# 폭풍의 언덕

# Wuthering Heights

Emily Brontë

# 폭풍의 언덕

에밀리 브론테 │ 이덕형 옮김

문예출판사

# 차 례

제1부

# 1

 

1801년. 방금 내 지주를 방문하고 돌아왔다. 그는 고독한 이웃이
며 앞으로 나를 난처하게 만들 그런 사람이다. 이곳은 분명히 아름
답기 그지없는 고장이구나! 하는 생각이 든다. 영국을 통틀어 이처
럼 세상의 소란과 동떨어진 곳을 찾아낸 것이 영 믿어지지 않는다.
지독한 염세주의자의 천국이다. 그러니까 히스클리프 씨와 나는 서
로의 고독을 나누기에는 제대로 만난 짝이다. 그 사람은 멋진 남자
다! 하는 생각이 든다. 내가 말을 타고 그의 집으로 다가서자 의심하
듯 나를 쳐다보는 그의 검은 눈이 이마 밑으로 움푹 팬 것을 보았을
때, 또한 내 이름을 말하자 그의 손가락들이 잡았던 것을 절대로 놓
치지 않겠다는 결심이라도 하듯이 호주머니 속으로 더욱 깊이 숨던
모습을 보았을 때 내 마음이 그에게 얼마나 훈훈한 열기를 내며 끌렸
는지 그는 상상도 못했을 것이다.

"히스클리프 씨죠?" 내가 물었다.

고개를 한 번 끄덕인 것이 그의 응답이었다.

"이번에 새로 소작인으로 들어온 록우드라는 사람입니다. 드러
시크로스 농장을 맡겨달라고 제가 끈질기게 부탁해서 선생님께 폐
를 끼치지나 않았는지 인사를 전하려고 도착하자마자 되도록 빨리
찾아왔습니다. 그런데 선생님께서는 무슨 생각을 가지고 계시다는

말을 어제 들었습니다만…….”

“드러시크로스는 내 것이오.” 그는 몸을 움칫하더니 내 말을 채
뜨렸다. “나는 막을 수 있는 한 누가 내게 폐를 끼칠 때까지 방치하
지 않을 거요. …… 들어오시오!”

이를 악물고 내뱉은 ‘들어오시오’라는 그의 말은 동시에 ‘어서
꺼져버려!’ 라는 느낌을 전달하고 있었다. 그가 몸을 굽혀 바라보고
있는 문조차도 들어오라는 그의 말에 동조하는 기색을 나타내지 않
았다. 분위기가 이렇게 돌아가자 나는 오히려 그의 초대를 받아들이
기로 결심했다. 그가 나보다 더 심하게 내성적인 성격을 가진 것 같
아서 흥미를 느꼈기 때문이다.

내가 탄 말의 가슴팍이 울타리를 떠미는 것을 보고서야 그는 손
을 주머니에서 빼더니 빗장을 열고는 나보다 앞서서 보도를 걸어 올
라갔다. 우리가 뜰로 들어서자 그는 소리쳤다.

“조셉, 록우드 씨의 말을 끌고 가고 올 때 술 좀 가져와요.”

두 가지 일을 한꺼번에 시키는 것으로 미루어 ‘이 집에 하인이라
고는 저 사람 하나뿐인 모양이군’ 하고 나는 생각했다. ‘포장용 돌
틈으로 풀이 자라고, 울타리 손질은 다만 그것을 뜯어먹는 소들 차
지라고 해도 놀랄 일이 아니군.’

조셉은 중년, 아니 노년에 접어든 사나이였다. 건강하고 근육질
이었지만 아마 나이는 굉장히 많은 것 같았다.

“주님, 사람 좀 살려주소서!” 하고 조셉은 나에게서 말을 데려가
며 앵돌아져 기분이 상했다는 것을 나타내듯 혼자서 낮은 목소리로
중얼거렸다. 그러는 동안에도 그가 나를 시큰둥한 표정으로 바라보
고 있을 때, 나는 조셉이 주님을 찾은 것은 속이 안 좋아 소화 좀 시
켜주십사고 신의 도움을 청함일 뿐 결코 예기치 않은 손님이 찾아와

서가 아니라고 너그럽게 짐작했다.

워더링 하이츠는 히스클리프 씨의 저택 이름이다. '워더링'이란
이 지방 사람들이 사용하는 중요한 형용사로, 폭풍이 불 때 이 지방
을 휩쓰는 대기의 난동을 표현하는 말이다. 지대가 높아서 실로 사
계절 내내 지독한 강풍이 그곳을 지배한다. 산마루를 넘어 몰아치는
북풍의 위세가 얼마나 강력한지는 집 가장자리에 서 있는 전나무들
이 한쪽으로 기울어진 것이라든지, 한 줄로 선 여윈 가시덩굴이 하
나같이 햇빛을 동냥하듯 모든 가지를 한곳으로 뻗고 있는 것을 보면
짐작할 수 있다. 다행히 건축 기사는 그 집을 튼튼히 지어야 한다는
선견지명을 가지고 있었다. 좁은 창문들은 벽 속 깊숙이 달려 있었
고, 벽 모퉁이들은 커다란 돌출석으로 둘려 있었다.

현관을 통과하기 전에 나는 건물 전면 여기저기에 새겨진 많은
괴상한 부조물을 보고 감탄하며 발을 멈췄다. 특히 중간 문 위쪽으
로 난 벽면에는 낡은 괴물들, 다시 말해 머리는 독수리요 몸은 사자
인 괴물들이 부서져 내릴 듯하면서도 잔뜩 깔리고, 벌거벗은 아이들
의 부조상이 깔린 가운데에 1500년이라는 연대와 '헤어튼 언쇼'라
는 이름이 새겨진 것이 보였다. 나는 몇 마디 하면서 그 뿌루퉁한 집
주인으로부터 이곳의 짤막한 역사를 듣고 싶었지만 문가에 선 주인
의 태도가 어서 들어오든지 얼른 돌아가든지 하라는 것 같고 나 역시
공연히 집의 내부도 보기 전에 주인의 조바심만 긁어놓고 싶지는 않
아 그만두었다.

한 걸음 안으로 들어서자 가족들이 거처하는 거실이었다. 그곳으
로 이끄는 로비나 복도는 없었다. 이곳에서는 그런 방을 특이하게도
'하우스'라고 부른다. 보통 부엌과 응접실을 겸하고 있는데, 이곳 워
더링 하이츠의 부엌은 더 안쪽으로 들어가 박혀 있는 것 같았다. 적

어도 나는 집의 안쪽에서 사람들의 말소리와 조리 기구들이 내는 딸그락 소리를 식별할 수 있었다. 이 방의 거대한 벽난로 주변에는 고기를 굽거나 끓인 흔적이 없었고 빵을 구운 흔적도 없었다. 벽에도 번쩍이는 구리 냄비나 주석으로 된 국자 등이 걸려 있지 않았다. 그러나 한쪽 구석에 놓인 커다란 참나무 찬장 안에는 천장까지 닿을 만큼 쌓여 있는 여러 단의 합금제 접시들이 찬란한 빛을 반사하고, 그것들 사이로 은으로 만든 물주전자와 큰 잔들이 여기저기 놓여 있었다. 지붕 밑으로 천장이 설치되지 않아서, 귀리 빵을 담아놓은 나무 상자와 소 다리, 양고기, 햄이 주렁주렁 매달린 부분만이 지붕을 가려줄 뿐 서까래 같은 지붕 밑 내부 구조가 모두 드러나 보였다. 벽난로의 연기를 빨아내는 벽면 위에는 여러 가지 흉측한 모양을 한 낡은 총들과 몇 개의 마상 단총이 걸려 있었다. 또한 벽난로 선반에는 장식의 효과를 내기 위해 화려하게 색깔을 칠한 찻잔 세 개가 진열되어 있었다. 바닥은 매끈한 흰 돌로 되어 있었고, 등이 높은 옛날식 구조의 의자들은 초록색으로 칠해져 있었다. 육중한 검은 의자한두 개가 어두컴컴한 구석에 웅크리고 있었다. 찬장 밑 쪽으로 둥글게 파인 곳에는 거구의 다갈색 포인터 암컷이 깨갱거리는 새끼들에게 둘러싸인 채 쉬고 있었고 그 외의 개들은 다른 구석에 은신하고 있었다.

고지식한 얼굴에 반바지를 입고 각반을 차면 잘 어울릴 것 같은, 우람한 손발을 가진 소박한 북부의 농부에게는 그러한 방의 내부 구조와 가구가 전혀 유별한 것이 아니었다. 그러한 개인이 거품이 이는 맥주잔을 올려놓은 둥근 탁자 앞에 앉아 있는 모습은, 저녁 식사후 적당한 시간에 이 고원지대의 5, 6마일 안에서 어느 집을 찾아가든 늘 볼 수 있는 광경이다. 그러나 히스클리프 씨는 그의 거처나 생활양식과는 독특한 대조를 이루고 있었다. 그는 외모는 가무잡잡한 피부의 집시이지만 복장이나 매너는 신사였다. 다시 말해 시골 유지들만큼 신사였다. 그는 옷에 신경을 쓰지 않는지도 모른다. 의상에 대한 소홀함은 있었지만 그가 전혀 어색하게 보이지 않는 것은 체격이 곧고 보기 좋은 몸매를 가졌기 때문이다. 침울한 표정의 사나이라서 어떤 사람들은 그를 두고 천박한 자부심만 있는 사람으로 생각할 수도 있겠지만, 내 마음속의 공감대는 그런 자부심이 그에게 있지 않다는 것을 말해주고 있었다. 자신의 감정을 남에게 보이기 싫어하고, 서로에 대한 다정함을 나타내기 싫어해서 저렇게 말 없는 내성적 성격이 생겨난 것을 나는 직감적으로 알아차렸다. 그는 사랑하고 미워하는 행위 두 가지 다 내색하지 않고 행했으며, 남에게서 사랑이나 미움을 받는 것 역시 일종의 부적절한 행위로 간주하고 있었다. 아니, 이것은 나의 지나친 추측일지도 모른다. 내 자신의 특성이 그에게도 있을 것이라고 함부로 판단하는 것인지도 모른다. 장차 알고 지낼 사람, 그러니까 나도 거기에 속할 텐데, 그런 사람을 처음 만나서 히스클리프 씨가 손도 내밀지 않는 것은 내 생각과는 다른 이유가 있기 때문인지도 몰랐다. 사실 나도 특이하다고 일컬을 만한 성격의 소유자다. 내 사랑하는 어머니께서는 내가 절대로 안락한 가정을 꾸리지 못할 거라고 늘 말씀하셨다. 그런데 바로 지난여름에 그 점을 내 스스로 입증하고 말았다.

바닷가에서 멋진 날씨를 즐기는 한 달 동안 나는 대단히 매력적인 여인과 어울리게 되었다. 그녀가 나에게 관심을 보이지 않는 동안 내 눈에 비친 그녀는 정말 여신이었다. 나는 소리 내어 '내 사랑을 말하지 않았지만' 만일 표정에도 말이 담겨 있다면 아무리 천치라도 내가 제정신이 아닐 정도로 그녀에게 빠져 있음을 짐작할 수

13

있었을 것이다. 마침내 그녀도 내 마음을 이해하고 반응을 보였다. 이 세상에서 상상할 수 있는 가장 감미로운 표정으로 회답을 보낸 것이었다. 그래서 내가 어떻게 했느냐고? 고백하기도 창피한 일인데, 달팽이처럼 차갑게 내 속으로 움츠러들고 말았다. 눈길이 올 때마다 더욱 차갑게 더욱 멀리 물러나는 바람에 결국 그 가엾고 순진한 아가씨는 자기가 착각을 했다고 생각하게 되었다. 그리고 자기 딴에는 실수라고 생각한 것에 당황한 나머지 어머니를 설득하여 바닷가를 떠나버렸다.

이처럼 이상한 심리적 변덕 때문에 나는 고의적으로 무정함을 추구하는 인간이라는 명성을 얻게 되었는데, 그것이 얼마나 잘못된 평인지 아는 사람은 나 혼자뿐일 것이다.

나는 벽난로의 한쪽 재받이돌 옆에 자리를 잡고 앉았다. 그 반대편 재받이돌 쪽으로 집주인이 다가왔다. 나는 서로 말을 주고받지 않는 불편한 시간을 그 어미 개를 쓰다듬으면서 메우려 했다. 그러자 어미 개는 새끼들에게 젖 먹이던 일을 그만두고 늑대처럼 슬며시 내 발 뒤로 와서 입술을 위로 말아 올리고 침이 흐르는 하얀 이빨을 드러내며 나를 물려고 하는 것이었다.

내가 쓰다듬자 개는 길게 으르렁거렸다.

"개는 만지지 말고 내버려두시오." 히스클리프 씨가 합창하듯 으르렁거렸다. 그러고는 개가 더 이상 사나움을 과시하지 못하도록 발로 마루를 힘껏 굴렀다. "저 개는 쓰다듬는 것에 익숙하지 않아요. 애완견이 아니니까."

그러고 나서 히스클리프 씨는 옆문으로 걸어가서 다시 외쳤다.

"조셉!"

조셉은 지하실에서 뭐라고 웅얼거릴 뿐 올라올 기색을 보이지 않왔다. 그래서 주인이 조셉을 찾아 지하실로 내려갔기 때문에 나는 그 사나운 암캐와 험상궂은 털북숭이 양치기 개 두 마리하고 정면으로 대치하게 되었다. 이 양치기 개들도 암캐와 함께 나의 일거일동을 어느 것 하나 빠뜨릴세라 면밀히 감시하는 것이었다.

놈들의 이빨에 물리기 싫어서 나는 가만히 앉아 있었다. 그러다가 말없이 놀려주면 놈들이 알 턱이 있을까 싶어 그 세 놈을 향해 윙크를 던지고 얼굴을 찡그렸더니, 불행히도 나의 얼굴에 나타난 변화가 암캐 아주머니의 비위를 거슬렸는지 녀석은 갑자기 분노를 터뜨리며 내 무릎 위로 달려들었다. 나는 발로 차서 그놈을 밀어버리고는 급히 그놈과 나 사이에 탁자를 가로놓았다. 이렇게 내가 취한 조치가 그만 벌집을 쑤셔놓고 말았다. 크기와 나이도 다양한 여섯 마리의 네 발 달린 악귀들이 숨어 있던 동굴에서 공동의 중앙 광장으로 달려 나왔다. 그들이 공격하는 특별 목표는 내 발꿈치와 옷자락이라는 것을 감지했다. 나는 부지깽이로 될 수 있는 한 효과적으로 큰 놈들을 격퇴시키면서 평화를 다시 확립하기 위해 소리를 질러 집 안 사람 몇몇에게 구원을 요청하지 않을 수 없었다.

히스클리프 씨와 하인은 나를 골려먹으려는 듯이 침착하게 지하실 계단을 올라왔다. 벽난롯가는 물어뜯고 짖어대는 대소동의 현장이 되었는데도 그들은 평상시보다 단 1초도 빨리 움직이지 않는다는 생각이 들었다.

다행히 부엌에 있던 누군가가 더 빨리 달려왔다. 기운차게 생긴 아주머니가 치맛자락을 추어올리고 팔을 걷어붙인 채 불덩이처럼 달아오른 양 볼을 하고 우리 사이로 뛰어들더니 프라이팬을 휘둘렀다. 그 무기와 자신의 혀를 적절히 사용하여 폭풍을 마술처럼 가라앉히는 것이었다. 그리하여 주인이 방에 들어왔을 때는 풍랑이 지나간 뒤의 바다처럼 그녀의 숨 쉬는 가슴만이 일렁이고 있었다.

"도대체 어찌 된 일이야?" 히스클리프 씨는 물으며 나를 쳐다보았는데, 냉대를 받은 뒤라서 나로서는 그의 눈초리를 참을 수 없었다.

"정말, 도대체 이게 어찌 된 일입니까!" 나는 투덜댔다. "귀신 들린 돼지 떼라도 댁의 개들보다 지독한 악령을 품고 있지는 못할 겁니다. 차라리 낯선 손님을 호랑이 떼와 함께 두는 편이 나을 겁니다!"

"우리 개들은 가만히 있는 사람한테는 달려들지 않소" 하고 말하더니, 그는 술병을 내 앞에 놓고 탁자를 제자리로 갖다놓았다. "개들이 방심하지 않고 경계하는 것은 잘하는 짓 아닙니까? 자, 술이나 한 잔 드시오."

"아닙니다, 사양하겠습니다."

"물리지는 않았소?"

"물렸다면 물은 놈을 불로 지져주었을 겁니다."

히스클리프 씨는 얼굴에 부드러운 표정을 지으며 이를 드러내고 웃었다.

"자, 어서." 그가 말했다. "록우드 씨, 당황하셨군요. 자, 이걸 좀 드시오. 우리 집에는 손님이 귀해서, 기꺼이 고백합니다만, 나나 집의 개들도 손님을 접대할 줄 모릅니다. 자, 당신의 건강을 위하여 건배!"

나는 상체를 약간 굽히고 축배에 응했다. 그까짓 개들의 버릇없는 짓거리를 두고 울상을 짓고 앉아 있는 것이 어리석다는 생각이 들었다. 게다가 내가 괴로워하는 것을 보여줌으로써 그가 더 재미있어하는 게 싫었다. 사실 그의 기분이 그런 쪽으로 바뀌었기 때문이다.

훌륭한 소작인이 될 사람의 기분을 망치는 것은 어리석은 짓이라는 신중한 생각이 들었는지, 그는 다소 누그러져서 대명사와 조동사를 생략하는 간결한 말투로 내가 관심을 가질 만한 문제, 즉 내가 세를 들어 살게 될 은신처의 장점과 단점을 이야기해주었다.

우리가 다룬 문제에 대해 히스클리프 씨는 매우 현명한 견해를 가진 것을 나는 알았다. 그래서 집으로 돌아가기 전에 나는 크게 용기를 얻어 내일 다시 방문하겠다고 자청했다.

히스클리프 씨는 분명히 나의 재차 방문을 원하지 않았다. 그럼에도 불구하고 나는 재차 방문하게 될 것이다. 그에 비하면 내가 얼마나 더 사교적인가를 생각하니 놀라울 뿐이다.

# 2

어제 오후에는 안개도 끼고 추웠다. 나는 히스 덤불과 진흙탕을 헤치고 워더링 하이츠로 가는 대신 서재의 난롯불 앞에서 오후를 보내기로 마음먹었다.

그러나 점심을 먹고 몸을 일으켜(나는 점심을 12시에서 1시 사이에 든다. 세 들 때 가구처럼 같이 딸려 있던 가정부는 살림하는 주부다운 사람인데, 정찬은 5시로 해달라는 내 요구를 이해하지 못했을뿐더러 이해하려고 노력하지도 않았다) 한가하게 보낼 의도로 계단을 올라가 방으로 발을 들여놓았는데, 하녀는 빗자루와 석탄통에 둘러싸인 채 방 한가운데 무릎을 꿇고 앉아 막 불이 붙으려던 석탄불을 꺼뜨려 눈을 뜰 수 없을 정도로 먼지와 연기를 일으키고 있었다. 이 광경을 본 나는 당장 집에서 물러 나왔다. 모자를 쓰고 4마일을 걸어서 히스클리프 씨의 정원 문 앞에 당도했을 때는 막 내리기 시작한 새털 같은 함박눈을 간신히 피할 수 있었다.

찬바람이 몰아치는 언덕 꼭대기의 땅은 모진 서리로 딱딱하게 굳어 있었고, 찬 공기는 나의 사지를 덜덜 떨리게 했다. 나는 문에 걸린 쇠사슬을 풀 수 없어 울타리를 뛰어넘었다. 그리고 구스베리 덩굴로 양편이 가려지고 돌이 깔린 길로 달려가 문을 열어달라고 손마디가 얼얼해질 정도로 두드렸지만 개들만 짖어댈 뿐이었다.

'한심한 것들만 살고 있군!' 하고 나는 속으로 외쳤다. '이처럼 인색하게 사람을 푸대접하다니, 너희들은 영원히 동료 인간들로부터 고립되도 싸다. 적어도 나는 대낮에 이렇게 문을 잠가둔 적은 없다. 상관없어. 에라, 그냥 들어가는 거다!'

그렇게 결심한 나는 빗장을 움켜쥐고 힘차게 흔들었다. 그러자 오만상을 찌푸린 조셉이 헛간의 둥근 창문 밖으로 머리를 내밀었다.

"왜 그러시오?" 그가 외쳤다. "주인님은 양 우리 안에 계십니다. 주인님께 할 얘기가 있으면 창고 뒤로 돌아가보시오."

"집 안에는 문 열어줄 사람도 없단 말인가?" 나는 응답 조로 외쳤다.

"아씨밖에 없어요. 아무리 문을 요란하게 흔들어도 밤이 되도록 아무도 열어주지 않을 겁니다."

"뭐야? 자네가 아씨한테 내가 누구라고 말해줄 수 없나, 조셉?"

"안 돼요! 난 상관하지 않겠습니다." 그 머리통은 중얼거리더니 창 안쪽으로 사라졌다.

눈은 본격적으로 내리기 시작했다. 다시 한 번 해보기 위해 내가 손잡이를 잡았을 때, 윗도리를 입지 않은 한 젊은이가 갈퀴를 어깨에 메고 뒤뜰에 나타났다. 그는 자기를 따라오라고 나에게 소리쳤다. 세탁실을 통과하여 석탄을 쌓아놓은 곳과 펌프가 있는 곳과 비둘기 집이 있는 포장된 곳을 지났더니, 마침내 먼젓번 왔을 때의 바로 그 따뜻하고 안락한 큰 방이 나타났다.

석탄, 토탄, 그리고 장작이 함께 뒤섞여 타면서 기분 좋은 거대한 불길이 열과 빛을 발하고 있었다. 또한 푸짐한 저녁상이 차려진 식탁 가까이에서 조금 전만 해도 전혀 생각하지 못했던 한 여인, 즉 아씨를 보게 된 것은 참으로 기쁜 일이었다.

나는 상체를 굽혀 인사하고는 그녀가 앉으라는 말을 할 것이라
생각하고 기다렸다. 그녀는 의자에 등을 기댄 채 나를 바라볼 뿐 움
직이지도 않고 입을 꼭 다물고 있었다.

"험악한 날씨군요!" 내가 말했다. "히스클리프 부인, 하인들이
게을러서 마룻장이 견디어낼지 모르겠습니다. 제가 왔다는 것을 알
리는 데 무척 애를 먹었습니다!"

그녀는 입을 결코 열지 않았다. 나는 그녀의 얼굴을 뚫어지게 바
라보았다. 그녀 역시 나를 응시했다. 어쨌든 냉정하고 초연한 자세
로 두 눈을 나에게 계속 고정시키고 있어서, 지독히 얼떨떨하고 불
쾌하기도 했다.

"앉으세요." 젊은이가 무뚝뚝하게 말하는 것이었다. "그분은 곧
오실 겁니다."

나는 젊은이의 말에 따랐다. 그러고 나서 헛기침을 하고 악당 주
노를 불렀다. 주노라는 개는 두 번째로 만났기 때문에 나를 알아본
다는 표시로 꼬리의 끝 부분만 약간 흔들어 보였다.

"참 아름다운 짐승이군요!" 내가 다시 말을 시작했다. "부인께선
새끼들을 나누어주실 건가요?"

"개들은 내 것이 아닙니다." 이 온화하게 생긴 안주인은 내 말이
귀찮은 듯 이렇게 대답했는데, 히스클리프 씨라도 이처럼 무정하게
대답하진 않았을 것이다.

"아, 부인이 제일 좋아하시는 것은 저것들 사이에 있겠군요!" 고
양이들같이 생긴 무언가로 가득 찬, 한 애매한 덮개 쪽으로 눈을 돌
리며 내가 계속한 말이었다.

"제일 좋아하는 것을 골라도 이상한 것을 골라주시는군요." 그녀
가 빈정대는 투로 말했다.

재수 없게도 그것은 죽은 토끼를 쌓아놓은 것이었다. 나는 또 한 번 헛기침을 하고 의자를 벽난로 쪽으로 가까이 당기면서 오늘 저녁의 험한 날씨에 대해 다시 이야기를 꺼냈다.

"외출은 하지 말았어야 했군요." 이렇게 말하고 그녀는 자리에서 일어나 벽난로의 장식 선반에서 색이 칠해진 두 개의 찻잔을 집으려고 손을 뻗쳤다. 부인이 앉아 있던 자리는 빛이 차단된 곳이었다. 이제 나는 그녀의 전체적인 모습과 얼굴을 똑똑히 볼 수 있었다. 날씬한 몸매에 겨우 소녀 티를 벗은 것 같았다. 감탄이 나오는 몸매였는데 나는 일찍이 이렇게 절묘하게 아름다운 조그마한 얼굴을 보는 기쁨을 누려본 적이 없었다. 이목구비가 올망졸망하면서 아름다웠다. 연한 황갈색이라기보다 오히려 황금빛이 나는 고수머리가 섬세한 목덜미에 살짝 매달려 있었다. 그리고 눈 말인데, 좀 더 표정이 상냥했다면 뿌리칠 수 없는 매력을 풍겼을 것이다. 다행히 예민한 감정을 가진 내가 볼 때 그 눈이 불러일으킨 유일한 감정은 멸시와 일종의 절망 사이에서 배회하는 것 같았는데, 그녀의 눈에서 내비치기에는 정말 어울리지 않았다.

찻잔은 그녀의 손이 닿을까 말까 한 위치에 있었다. 내가 그녀를 도와주려고 하자 그녀는 마치 구두쇠가 돈 세는 것을 도와주겠다는 사람을 거절하듯 나를 향해 돌아섰다.

"도와주실 필요 없어요." 그녀가 쏘아붙였다. "내 힘으로 꺼낼 수 있으니까요."

"죄송합니다." 나는 급히 말했다.

"차를 함께 마시자고 초대받으셨나요?" 그녀는 말쑥한 검은 드레스에 앞치마를 두르고 차를 한 숟가락 퍼내 찻주전자 위로 쳐든 채 묻고 있었다.

"한 잔 마시면 좋겠습니다." 나는 대답했다.

"초대받으셨나요?" 그녀가 거듭 물었다.

"그건 아닙니다." 나는 약간 미소를 지으며 말했다. "부인께서 초대하시면 되지 않습니까?"

그녀는 차고 숟가락이고 다 던져버리고는 실쭉하며 의자에 도로 앉았다. 이마에 주름이 가도록 찌푸리고는 금방 울음을 터뜨릴 듯한 어린애처럼 붉은 아랫입술을 삐죽 내밀었다.

그러자 아까 날 인도한 젊은이가 그야말로 초라한 상의를 걸치고 벽난로의 타오르는 불꽃 앞에 선 채, 마치 우리 사이에 아직 풀지 못한 불구대천의 원한이라도 있는 것처럼 곁눈질로 나를 내려다보는 것이었다. 나는 그가 하인인지 아닌지 궁금해지기 시작했다. 복장이나 말투가 다 거칠어서 히스클리프 부부에게서 볼 수 있는 점잖은 구석이라고는 하나도 없었다. 숱 많은 갈색 고수머리는 헝클어져 손질한 흔적이 없었고, 구레나룻은 곰처럼 양쪽 볼 위로 잠식해 들어가고 있었다. 손도 노동자의 손처럼 갈색으로 그을려 있었다. 그런데도 그의 태도는 자유분방하고 거의 거만하기까지 했다. 게다가 젊은이는 이 집 안주인의 시중을 들 때도 하인과 같은 부지런한 열성을 전혀 보이지 않았다.

그의 신분을 알아낼 만한 명확한 증거가 없어서 그의 묘한 행동에 관심을 두지 않는 것이 상책이라고 생각했다. 5분 후에 히스클리프 씨가 들어왔다. 나는 이 거북한 상태에서 일단 벗어날 수 있게 되어 어느 정도 마음이 놓였다.

"어제 약속한 대로 또 찾아왔습니다!" 나는 쾌활한 척하면서 외치듯 말했다. "날씨가 이래서 반 시간은 꼼짝 못할 것 같습니다. 그동안 머물 수 있게 해주신다면 말입니다."

"반 시간?" 옷에서 흰 눈송이들을 털어내면서 히스클리프 씨가 말했다. "거센 눈보라가 치는 날을 골라서 찾아온 것 같군요. 자칫하면 늪에 빠질 위험도 있다는 걸 모르시오? 이런 저녁에는 근처 지리에 밝은 사람들도 길을 잃기 일쑤요. 게다가 지금 같아선 눈이 금방 그칠 가망은 없는 것 같군요."

"혹시 청년들 중에서 안내할 사람을 하나 구해주실 수 있습니까? 그 청년은 농장에서 오늘 밤을 보내고 내일 아침에 이리 오면 되겠습니다만…… . 누구 하나 보내주실 수 있습니까?"

"아니, 그럴 순 없군요."

"그래요? 그러면 믿을 것이라곤 제 재주뿐이군요."

"흐음!"

"차를 끓이려던 건 어떻게 된 거요?" 초라한 차림새의 젊은이가 나를 노려보던 시선을 젊은 부인에게 돌리며 따져 물었다.

"저분에게도 드려야 할까요?" 그녀는 히스클리프 씨에게 물었다.

"차를 준비하면 되잖아!" 이것이 대답이었다. 말투가 하도 포악해서 나는 놀랐다. 그 단어들이 발음되는 음색은 정말로 고약한 성품을 여실히 드러냈다. 나는 더 이상 히스클리프 씨를 멋진 사나이라고 부르고 싶지 않았다.

음식 상이 다 준비되자 히스클리프 씨는 나를 이렇게 초대했다. "자, 선생, 의자를 당기고 앉으시오." 그 촌스러운 젊은이를 포함해서 우리 모두는 식탁에 둘러앉았다. 음식을 먹는 동안 무거운 침묵이 주변을 감돌았다. 나 때문에 이러한 먹구름이 끼었다면 그 먹구름을 몰아내는 것이 나의 의무라는 생각이 들었다. 이들이 설마 날마다 이렇게 어두운 얼굴로 말없이 앉아 있을 리는 없었다. 아무리 성미가 고약하다 해도 그들 모두가 매일같이 모두 찡그린 얼굴로 지낸다는 것은 불가능하다는 생각이 들었다.

"이상한 일입니다." 한 잔의 차를 꿀꺽 삼키고 두 번째 차를 받는 사이에 내가 말문을 열었다. "습관이 우리의 취미나 생각을 만들어 내는 모습은 참으로 이상한 일입니다. 히스클리프 씨, 당신들처럼 세상과 완전히 동떨어져 사는 생활 속에도 어떤 행복이 있으리라고는 대부분의 사람들이 상상도 못할 것입니다. 그러나 제가 감히 말씀드리건대, 이렇게 가족들에게 둘러싸이고 당신의 가정과 마음을 통괄하는 수호신으로서의 상냥한 부인을 거느리고 계시니……."

"나의 상냥한 부인이라니!" 히스클리프 씨는 거의 악마 같은 냉소를 얼굴에 띠며 내 말을 가로챘다. "어디에 있단 말이오, 나의 상냥한 부인이?"

"히스클리프 부인 말입니다. 당신의 부인을 말씀드린 겁니다."

"그래, 알겠소. 오! 내 아내의 넋이 구원의 천사가 되어, 육체가 없어진 지금도 워더링 하이츠의 행운을 지켜준다는 말이군요. 그렇게 말한 거지요?"

실수한 것을 감지하고 나는 내 말을 정정하려고 했다. 이 두 사람이 부부가 되기에는 나이 차이가 너무 크다는 것을 진작 알아챘어야 했다. 남자는 거의 40대였다. 젊은 아가씨와 사랑에 빠져 결혼한다는 망상은 품지 않을 만큼 정신이 성숙한 시기로, 그러한 꿈은 노령으로 기울어지는 시기의 위안을 위해 보류해둘 수는 있다. 반면 여자 쪽은 열일곱 살도 안 돼 보였다.

그러자 내게 어떤 생각이 번뜩 떠올랐다. '바로 내 옆에서 대접으로 차를 마시고 씻지도 않은 손으로 빵을 먹는 이 광대 같은 놈이 그녀의 남편일지도 모른다. 물론 히스클리프 2세일 거다. 여기에 사람을 생매장하는 실례가 있군그래. 그녀는 세상에 저 녀석보다 훌륭한 남자들이 있다는 것도 모르고 저런 촌놈에게 몸을 내맡겼음에 틀림없어! 슬픈 일이구나. 나로 말미암아 그녀가 잘못 선택한 것을 후회하지 않도록 조심해야겠군.'

마지막 생각은 나의 독단일지도 모르지만, 그렇지 않았다. 내 옆의 친구는 역겹다는 인상을 주는 녀석이었고, 나로 말하자면 꽤 매력 있는 남자라는 것쯤 체험으로 알고 있었다.

"히스클리프 부인은 내 며느리요." 히스클리프가 말했다. 이 말은 나의 추측을 확인시켜주었다. 히스클리프는 이렇게 말하면서 그녀를 향해 묘한 표정을 지었다. 증오의 표정이었다. 하긴 그의 얼굴 근육이 워낙 괴팍한 구조여서 다른 사람들과는 달리 마음속의 말을 전혀 드러내지 않는 것이라면 몰라도, 그건 분명히 증오의 표정이었다.

"아, 그러면 그렇지. 이제 알겠습니다. 당신이 바로 아름다운 분의 사랑하는 남편이시군요." 나는 내 옆의 젊은이를 향해 말했다.

이것은 아까보다 더한 망발이었다. 젊은이는 얼굴을 빨갛게 붉히더니 금방이라도 달려들 것처럼 주먹을 불끈 쥐었다. 그러나 그는 곧 정신을 진정시키는 것 같았고 심한 욕지거리로 가슴의 폭풍을 잠재우면서 나에게 뭐라고 중얼거렸지만 나는 거기에 전혀 관심을 보이지 않았다.

"선생, 추측이 빗나가서 안됐소!" 주인이 말했다. "우리 두 사람은 당신이 말하는 아름다운 선녀를 소유할 특권을 가지고 있지 않아요. 그녀의 남편은 죽었소. 아까 말했듯이 그녀는 내 며느리니까 내 아들과 결혼했던 것은 틀림없소."

"그럼 이 젊은이는……."

"내 아들은 아니오. 단언하오!"

히스클리프는 저 곰 같은 놈을 자기의 새끼로 여기는 것은 너무 지나친 농담이란 듯이 다시 미소를 지었다.

"내 이름은 헤어튼 언쇼입니다" 하고 젊은이는 으르렁거리듯 말했다. "내 이름을 무시하지 말 것을 당부드립니다!"

"무시한 적 없어요." 나는 이렇게 대답하면서도 그 젊은이가 자기 이름을 밝히면서 위엄 있게 행동하려는 것을 보고 속으로 웃었다.

젊은이의 눈은 오랫동안 내게 머물렀지만, 내 쪽에서 그의 귀싸대기를 후려갈기든지 폭소를 터뜨릴 것 같아서 내 시선을 거두었다. 나는 이 유쾌한 가족의 테두리 속에는 어울리지 않는구나 하는 느낌이 절실히 들기 시작했다. 그곳의 우울한 정신적 분위기는 나를 둘러싸고 타오르는 육체적 안락감을 압도하고 무력화시키는 것이었다. 따라서 내가 이 집을 세 번째로 방문하는 모험은 조심해야 할 사항이라고 결론지었다.

식사는 끝났으나 아무도 사교적인 대화를 위한 말을 한마디도 꺼내지 않았기 때문에 나는 날씨를 살피려고 창가로 갔다.

내가 본 것은 슬픈 광경이었다. 여느 때보다 일찍 어둠이 내려앉고, 하늘과 언덕들은 호된 바람의 회오리와 숨 막히는 눈과 한데 어우러져 뒤범벅을 이루고 있었다.

"안내자 없이는 이제 도저히 집에 갈 수 없을 것 같군요." 나는 이렇게 외치지 않을 수 없었다. "이미 길은 파묻혀버렸을 테고, 설사 길이 드러나 있더라도 한 치 앞도 분간할 수 없겠는데요."

"헤어튼, 그 양 열두 마리를 헛간으로 몰아넣어라. 밤새도록 우리에 그냥 두면 눈에 파묻혀버리겠다. 양들 앞에다가는 널빤지를 가로질러 놓아라." 히스클리프가 말했다.

"나는 어떻게 해야 하지?" 점점 초조해져서 나는 중얼거렸다.

이러한 나의 질문에는 아무 응답이 없었다. 둘러보니 개에게 먹일 죽이 담긴 통을 갖고 들어온 조셉과, 난롯불 앞으로 몸을 기울이고 선 히스클리프 부인만이 내 눈에 들어왔다. 부인은 찻잔을 제자리에 갖다 놓을 때 떨어뜨린 성냥 다발을 심심풀이로 태우고 있었다. 조셉은 죽 그릇을 내려놓더니 검열이나 하듯이 방 안을 한 번 둘러보고 나서 캑캑하는 쉰 목소리로 지껄였다.

"모두 바쁘게 일하러 나갔는데 여기서 이렇게 빈둥거리다니, 넌 더 나빠! 말해봤자 소용없지. 그 버릇은 절대 고치지 못할 거다. 너도 네 어미처럼 곧장 악마한테나 가버려!"

순간적으로 이 웅변이 나에게 던져진 욕설이라고 생각했다. 화가 어찌나 치미는지 그 늙은 악당을 발로 걸어차 문밖으로 쫓아내려고 그의 앞으로 발을 떼놓았다.

그러나 히스클리프 부인의 대답이 내 걸음을 멈추게 했다.

"이 고약한 늙은 위선자 같으니!" 그녀의 대답이었다. "악마의 이름을 함부로 지껄이다니, 네 몸뚱이째 끌려가는 게 무섭지도 않아? 경고하는데, 날 화나게 하지 마. 안 그러면 악마한테 특별히 부탁해서 영감을 끌어가게 할 거야. 그러니까 조셉, 그만 좀 떠들어." 선반에서 길쭉하고 검은 책 한 권을 꺼내면서 그녀는 말을 이었다. "내가 그동안 마술을 얼마나 잘 연마했는지 보여주겠어. 나는 곧 마술에 통달할 거야. 그 붉은 암소는 어쩌다 우연히 죽은 게 아니고, 영감의 류머티즘 정도는 하느님이 내린 벌에 끼지도 못해!"

"오, 악독해라. 악독해!" 노인이 숨찬 목소리로 말했다. "주여, 우리를 악에서 구하소서."

"천만에, 악당 같으니. 영감은 하느님이 버린 자야. 어서 꺼져. 그렇지 않으면 크게 다치게 될 테니! 나는 왁스와 진흙으로 영감의 인형을 만들 거야. 내가 정한 규칙을 최초로 어기는 자는 혼이 날 텐데, 어떻게 혼낼지는 말하지 않겠어. 하지만 영감은 알 거야. 어서 꺼져. 난 지금 영감을 노려보고 있으니까!"

이 작은 마녀가 아름다운 눈에 일부러 악의를 품은 표정을 짓자 조셉은 정말 공포에 사로잡힌 듯이 몸을 떨면서 기도하더니, "악독해!"라고 외치고 허겁지겁 나가버렸다.

나는 부인이 이런 식으로 행동한 것은 너무 심심한 나머지 장난을 친 거라고 생각했다. 그래서 우리 둘만 남게 되자 그녀가 나의 난처한 입장에 관심을 갖도록 하려고 노력했다.

"히스클리프 부인." 나는 진지하게 말했다. "귀찮게 해드려 죄송합니다. 내 짐작입니다만, 그런 얼굴을 가지고 계시니 마음도 착하지 않을 수 없다고 나는 확신합니다. 내가 집을 찾아갈 수 있게 해주는 어떤 표식이든 가르쳐주십시오. 부인께서 런던으로 가는 길을 모르듯이 나는 집으로 어떻게 돌아가야 할지 모르겠습니다."

"왔던 길로 그냥 가세요." 그녀는 길쭉한 책을 앞에 펼쳐놓고 촛불을 가까이 한 채 의자에 더욱 편히 앉으면서 대답했다. "간단하지만 내가 할 수 있는 제일 건전한 충고인 것 같군요."

"그러면 내가 수렁이나 눈구덩이에 빠져 죽었다는 소식을 듣더라도 부인은 조금도 양심의 가책을 느끼지 않을 건가요?"

"말도 안 돼요. 내가 댁을 바래다드릴 수는 없잖아요. 사람들은 내가 정원 담까지 나가는 것도 허락하지 않을 텐데요."

"부인이 나를요! 이런 밤에 나를 위해서 저 입구까지 가자고 부탁해도 미안한 일일 겁니다." 나는 큰 소리로 말했다. "난 단지 길을 가르쳐달라는 것이지 부인께서 직접 안내해주기를 바라는 건 절대 아닙니다. 그렇지 않으면 히스클리프 씨를 설득해서 내게 길을 안내

28

할 사람 하나를 구해달라는 말입니다."

"누구를요? 이 집에는 히스클리프와 언쇼, 질라, 조셉, 그리고 나뿐인데, 그중 누가 갔으면 좋겠어요?"

"농장에 심부름하는 젊은이는 없나요?"

"없어요. 그들이 전부예요."

"그렇다면 어쩔 수 없이 여기서 묵어야 한다는 얘기가 되는군요."

"그건 주인과 결정하세요. 나와는 관계가 없는 일이니까요."

"이번 일로 배운 게 있겠군요. 산간 지방에서는 함부로 나들이해서는 안 된다는 교훈 말이오." 이것은 부엌 입구에서 들려오는 히스클리프 씨의 엄격한 목소리였다. "여기서 하룻밤 묵는 이야기 말인데, 우리에겐 손님을 재울 방이 없소. 그러니까 묵게 되면 헤어튼이나 조셉과 함께 자야 하오."

"난 이 방에 있는 의자에서 잘 수 있습니다." 내가 응답했다.

"안 되지, 안 돼! 부유하든 가난하든 남은 남이니까. 무방비 상태에서 누군가를 가까운 곳에서 자도록 허락하는 것은 내게 맞지 않는 이야기군." 예의도 모르는 비열한의 말이었다.

이러한 모욕적인 언사에 나의 인내심은 극에 달했다. 나는 구역질이 나서 참지 못하겠다고 말하고는 집주인을 밀치다시피 하면서 마당으로 뛰어나왔다. 급히 서두는 통에 언쇼와 부딪치기까지 했다. 밖은 어찌나 어두운지 나가는 문이 어느 쪽인지도 알 수 없었다. 내가 허우적거리듯 헤매다 방문 앞으로 돌아왔을 때 전과는 달리 예의를 차리는 듯한 태도가 그들 사이에 일고 있었다. 우선 그 젊은이가 나에게 친절을 베풀기 위해 앞으로 나왔다.

"내가 공원까지 그를 바래다주겠어요." 젊은이의 말이었다.

"그래, 함께 지옥으로 꺼져버려!" 하고 도무지 젊은이와 어떤 관

29

계인지 분명치 않은 히스클리프 씨가 소리쳤다. "그럼 도대체 말은 누가 건사하지? 응?"

"사람 목숨을 위해 하루 저녁쯤 말은 소홀히 다뤄도 되지 않나요? 누구든 나서서 바래다줘야 해요." 히스클리프 부인이 내가 예상했던 것보다 훨씬 친절하게 중얼거렸다.

"당신이 명령할 일이 아니지!" 헤어튼이 대꾸했다. "손님을 소중히 여긴다면 입 다물고 있는 편이 좋을 거요."

"그러면 저 사람의 귀신이 당신을 매일 찾아올 거예요. 농장이 폐허가 될 때까지 그 땅을 빌리고 싶어 할 사람은 다시 없을 겁니다." 부인이 날카롭게 쏴붙이듯 말했다.

"들어봐요, 저 소리를 들어봐요. 저 여자는 우리를 저주하고 있어요!" 조셉이 중얼거렸다. 나는 조셉에게로 발걸음을 옮겼다.

조셉은 서로의 이야기가 들릴 만한 거리에서 등불을 켜놓고 소의 젖을 짜고 있었다. 나는 형식이고 뭐고 가릴 것 없이 그 등불을 잡아채어 내일 아침에 돌려주겠다고 소리치면서 제일 가까운 뒷문으로 달음질했다.

"주인님, 주인님. 저놈이 등을 훔쳐 가네요!" 늙은이는 소리치면서 내 뒤를 쫓았다. "어이, 내셔야! 어이, 개들아! 어이, 울프야, 저놈 잡아라, 저놈 잡아!"

작은 개집 문이 열리자 두 마리의 털북숭이 괴물들이 내 목덜미로 날아와 나를 바닥에 쓰러뜨리고 등불을 꺼뜨렸다. 그러는 동안 히스클리프와 헤어튼이 동시에 폭소를 터뜨려 나의 분노와 수치심에 불을 지르는 것이었다.

다행히도 그 짐승들은 앞발을 쭉 펴 기지개를 켜고 하품하며 꼬리를 흔들 뿐 나를 산 채로 집어삼킬 생각은 없는 것 같았다. 그러나 놈들은 내가 일어나 움직이는 것은 허용하려 들지 않았다. 그래서 나는 심술궂은 주인들이 기꺼이 일으켜줄 때까지 그대로 누워 있어야 했다. 그렇게 일어서게 된 후 나는 그 악당들에게 나를 내보내달라고 명령했다. 1분이라도 더 나를 잡아두면 그들에게 위험이 닥칠 것이라고 말하며 몇 마디 두서없는 보복의 위협을 늘어놓았는데, 그 위협적인 언사에 담긴 무한한 깊이의 독성에서는 리어 왕이 읊던 대사의 맛이 났다.

어찌나 격하게 흥분했는지 내 코에서는 코피가 잔뜩 쏟아졌다. 그런데도 히스클리프는 깔깔 웃고 있었고, 나는 더욱 비난의 말을 터뜨렸다. 이때 나보다 더 이성적이고 나를 냉대하던 자들보다 인정 있는 사람이 가까이 오지 않았더라면 이 상황이 어떻게 끝났을지 모르겠다. 그녀는 건장한 가정부인 질라였다. 그녀는 집안이 왜 이렇게 소란한가를 알기 위해 참다 못해 뛰어나온 것이었다. 그녀는 그들 중 누군가가 나를 때린 것으로 생각하고 감히 주인한테는 뭐라고 할 수 없으니까 젊은 악당에게 목소리 포탄을 터뜨렸다.

"이봐요, 언쇼 씨." 가정부 질라는 소리 질렀다. "다음엔 어떻게 할 작정이에요? 이 집 문전에서 살인이라도 저지르고 싶은가요? 이 집은 정말 맘에 들지 않아요. 저 가엾은 젊은이를 보세요. 질식할 것 같아요! 쉬! 이제 그만 소리 질러요. 이리 들어와요. 치료해드릴게. 자, 이제 가만히 계세요."

이렇게 말하더니 질라는 갑자기 얼음같이 차가운 물 한 바가지를 내 목덜미에 끼얹고 나를 부엌으로 끌고 갔다. 히스클리프 씨도 따라왔다. 우연히 찾아왔던 명랑한 기분은 금세 어디론가 사라지고 습관이 되어버린 침울한 표정으로 돌아가 있었다.

나는 몹시 아팠다. 현기증이 나고 기절할 것 같았다. 그래서 할 수

없이 그날 밤은 그의 지붕 밑 거처를 받아들여야 했다. 히스클리프는
질라에게 브랜디 한 잔을 내게 갖다주라고 말하고 거실로 가버렸다.
질라는 나의 딱한 처지를 위로해주면서 주인의 명령대로 했고, 내가
좀 정신이 들자 잠자리로 안내했다.

# 3

위층으로 안내하면서 질라는 나에게 촛불을 감추고 소리를 내지 말라고 당부했다. 그녀가 나를 안내한 이 방에 대해 주인은 괴이한 생각을 가지고 있어서 누구도 선뜻 그곳에 묵도록 허락하지 않는다는 것이었다.

나는 그 이유를 물었다.

자기는 모른다고 질라는 대답했다. 그녀는 이 집에 한두 해 살았을 뿐이고, 그동안에 이상한 일이 너무도 많이 일어나서 이제 호기심조차 일지 않는다는 것이었다.

너무나 놀라워서 나는 호기심도 갖지 못한 채 문을 잠그고 두리번거리며 침대를 찾았다. 가구라고는 의자 하나와 옷장 하나, 그리고 참나무로 된 큼직한 궤짝이 하나 있었는데, 이것은 위쪽에 네모난 틀이 만들어져 있어 마차의 창문 같았다.

그 구조물에 다가가서 안을 들여다보았더니 그것은 독특한 모양의 구식 침상인데, 가족들이 따로 침실을 가질 필요가 없도록 편리하게 만들어진 것이었다. 사실상 그것은 하나의 작은 골방으로서 창틀에 달린 선반은 탁자 구실을 하고 있었다.

나는 판자로 된 문을 밀어젖히고 촛불을 들고 들어가 다시 문을 닫았다. 그제야 비로소 히스클리프와 그 밖의 모든 사람의 감시에서 벗어난 것 같은 안정감을 느꼈다.

내가 촛불을 놓은 창틀 선반에는 곰팡이가 슨 몇 권의 책이 한쪽 구석에 쌓여 있었다. 페인트를 칠한 선반 부위는 낙서투성이였다. 그러나 이 낙서는 크고 작은 여러 가지 필체로 반복적으로 써놓은 어떤 이름에 불과했다. 그 이름은 캐서린 언쇼였는데, 여기저기에 캐서린 히스클리프로 바뀌었다가 다시 캐서린 린튼으로도 되어 있었다.

넋을 잃고 멍하니 창에 머리를 기댄 채 캐서린 언쇼, 히스클리프, 린튼이란 이름을 되풀이하여 발음하다가 나는 잠이 들었다. 그러나 눈을 감은 지 5분도 못 되어 흰 글자들이 어둠 속에서 유령처럼 빛나기 시작하여 허공은 캐서린이란 이름으로 가득 찼다. 이 거슬리는 이름을 쫓아버리려고 일어나 보니, 촛불의 심지가 헌책 한 권 위로 기울어져 있어 송아지 가죽을 태우는 냄새가 방 안에 진동했다.

나는 촛불의 심지를 잘랐다. 춥기도 하고 자꾸만 토할 것 같아 기분이 좋지 않았기 때문에 몸을 일으켜 앉아 그 손상된 책을 무릎 위에 펼쳤다. 그것은 가는 활자로 인쇄된 성서였는데 곰팡내가 지독했다. 겉표지 안의 면지에는 '캐서린 언쇼의 장서'라는 글자와, 25년 전쯤의 날짜가 적혀 있었다.

나는 성서를 덮고 다른 책들을 하나하나 집어 들었다. 그리하여 마침내 거기 있는 모든 책을 살폈다. 캐서린의 장서는 모두 훌륭한 것이었고, 닳아 있는 상태로 보아 자주 보던 책들이란 것을 알 수 있었다. 물론 모든 책이 읽겠다는 정당한 목적으로 구입된 것은 아닌 모양이었다. 어느 장을 막론하고 인쇄할 때 가에 남기는 여백에는 펜으로 주석이 달려 있었다. 적어도 주석같이 보이는 글귀로 덮여 있었다.

주석의 어느 부분은 윗문장과 동떨어진 독립된 문장들이었고, 또 어떤 부분은 보통 일기의 형식을 갖추고 있었는데 글씨체가 잡히지 않은 유치한 필체로 갈겨쓴 것들이었다. 여분으로 남겨진 어느 페이지 위에서 내가 처음으로 발견한 보물 같은 것이 있었다. 바로 조셉을 거칠지만 힘있게 묘사한 탁월한 풍자만화 같은 글귀를 보았을 때는 대단히 즐거웠다.

알지도 못하는 캐서린이라는 여자에 대한 관심이 즉각적으로 내속에서 움터 올라, 나는 거의 지워져서 알아보기 힘든 문자를 해독하기 시작했다.

"지겨운 일요일이다!" 하고 문단은 시작되고 있었다.

아버지가 다시 살아 돌아오셨으면 좋겠다. 힌들리는 정말 싫은 후견인이다. 히스클리프에 대한 그의 행동은 가증스럽다. H와 나는 반기를 들 참이다. …… 우리는 오늘 밤에 행동을 개시했다.

하루 종일 비가 억수같이 내렸다. 우리는 교회에 갈 수 없었다. 그래서 조셉은 다락방에서 예배를 보도록 해야 했다. 힌들리와 그의 아내가 아래층 따뜻한 난로 앞에서 불을 쬐고 있는 동안 — 그들이 성서를 읽지 않고 무엇을 하고 있었는지 나는 다 알지만 — 히스클리프와 나, 그리고 저 가엾은 농부 아이는 기도서를 가지고 다락방으로 올라오라는 명령을 받았다. 우리는 옥수수 자루에 일렬로 앉아서 신음 소리를 내며 추위에 떨었고, 조셉도 추워서 몸을 떨고 있으니까 본인을 위해서라도 설교를 짧게 하기를 희망했다. 그러나 그것은 우리의 망상이었다! 예배는 정확히 세 시간이나 지속되었다. 그러나 우리가 예배를 마치고 내려오는 것을 본 오빠는 놀라는 표정을 지으며 소리치는 것이었다.

"아니, 벌써 끝났니?"

전에는 우리가 떠들지만 않으면 일요일 밤에는 놀아도 좋다고 했다. 그런데 요즘에는 킥킥거리고 웃기만 해도 우리를 구석에다 처박다니!

"너희는 어른이 계시다는 것도 잊었느냐" 하고 폭군이 말했다. "내 화를 제일 먼저 돋우는 놈은 없애버리겠다! 그러니 정신을 똑바로 차리고 조용히들 있어라. 아하, 바로 너였구나! 여보, 프랜시스, 저 애 옆을 지날 때는 그 머리칼을 잡아당겨요. 저놈이 손가락으로 딱딱 튕기는 소리를 냈어요."

프랜시스는 그의 머리칼을 힘껏 잡아당겼다. 그러더니 자기 남편 무릎 위로 가서 앉는 것이었다. 거기서 어린애들처럼 서로 키스를 하면서 몇 시간이고 실없는 얘기를 나누었다. 우리가 듣기에도 민망한 바보 같은 수다만 늘어놓고 있었다.

우리는 윗부분이 아치 모양으로 된 화장대 안을 정성껏 아늑하게 꾸며놓았다. 나는 우리의 앞치마들을 묶어서 커튼 대용으로 걸어놓았는데, 때마침 조셉이 심부름차 마구간에서 집 안으로 들어왔다. 그는 내 작품을 찢더니 내 뺨을 후려갈기고는 고래고래 소리를 지르는 것이었다.

"주인님 장례식이 겨우 끝나고 안식일도 아직 지나지 않은 데다 목사님의 복음이 여전히 귀에 생생한데 장난이나 치고 있다니! 부끄러운 줄 좀 알아라! 이 못된 아이들아, 좀 가만히 앉아들 있거라! 읽으면 유익할 책이 얼마든지 있지 않으냐? 앉아서 너희 영혼에 대해 생각이나 하거라!"

이렇게 말하면서 조셉은 우리를 강제로 한곳으로 몰아 앉히더니 멀리 있는 벽난로에서 나오는 희미한 빛으로 자기가 던져준 너절한 책들을 읽으라는 것이었다.

나는 이런 일은 참을 수 없었다. 그래서 좋은 책은 증오한다고 소리치며 나의 때 묻은 책의 뒤표지를 잡아 개집 안에다 던져버렸다.

히스클리프도 제 책을 같은 곳으로 차버렸다.

그러자 소동이 벌어지고 말았다.

"힌들리 주인님!" 하고 우리의 설교꾼이 소리쳤다. "주인님, 이리 와보세요! 캐서린 아가씨는 《구원의 투구》 뒤표지를 내던지고 히스클리프는 《멸망에 이르는 넓은 길》의 앞부분을 발로 찼어요. 이렇게 저들을 내버려두다니 무서운 일이야! 아, 참! 주인어른이 살아 계셨다면 저들을 제대로 매질하셨을 텐데……."

힌들리는 벽난롯가의 제 낙원에서 급히 달려왔다. 그리고 우리 중 한 사람은 목덜미를 잡고 또 한 사람은 팔을 움켜잡아 둘 다 부엌 뒷방 안으로 집어던졌다. 조셉은 '악마'가 와서 틀림없이 우리를 데려갈 거라고 엄숙히 말했다. 그런 엉터리 위로를 받고 우리는 떨어져 있는 각 구석을 찾아들어 악마의 출현을 기다렸다.

나는 선반 위에서 이 책과 잉크병을 꺼낸 다음, 불빛이 들어오도록 문을 조금 열었다. 그리고 이 글을 쓰면서 20분쯤 시간을 보냈다. 그러나 내 친구 히스클리프는 참을 수 없다며 목장에서 일하는 여자의 외투를 훔쳐 입고 들판으로 도망쳐 숨자고 했다. 멋진 제안이다. 우리가 그렇게 도망치면 그 늙은 천치가 들어와 보고는 자기의 예언이 들어맞았다고 믿을 것이다. 여기에 이렇게 있는 것보다 차라리 비를 맞는 것이 덜 축축하고 덜 추울 것이다.

나는 캐서린이 자신의 계획을 실천했으리라고 생각한다. 왜냐하면 그다음 문장은 다른 문제를 다룬 글이었기 때문이다. 그녀는 눈물 나게 적고 있었다.

힌들리 오빠가 그처럼 나를 울릴 줄은 꿈에도 생각하지 못했다. 베개도 베지 못할 정도로 머리가 쑤신다. 그런데도 난 울음을 그칠 수가 없다. 불쌍한 히스클리프! 힌들리는 그를 떠돌이 거지라고 부르며 우리와 함께 앉지도, 먹지도 못하게 한다. 그리고 그와 내가 같이 놀아서는 안 된다고 말한다. 만일 우리가 자기 명령을 어기면 그를 내쫓겠다고 한다.

오빠는 아버지가 H를 너무 관대하게 취급했다고 비난했다. (어떻게 감히 아버지를 비난할 수 있을까?) 오빠는 히스클리프를 제 분수에 맞는 자리로 끌어내리겠다고 벼르고 있다. ……

나는 이 희미한 페이지를 보다가 꾸벅꾸벅 졸기 시작했다. 나의 눈은 그녀가 쓴 글과 인쇄된 글자 사이를 방황했다. 그러다가 빨갛게 장식된 제목을 보았다. '일흔 번씩 일곱 번과 일흔한 번째의 첫 번째―기머든 사우 교회 제이브스 브랜더햄 목사의 경건한 설교'라는 제목이었다. 나는 몽롱한 의식으로 브랜더햄 목사가 이 제목을 가지고 무슨 말을 했을까를 짐작하기 위해 머리를 짜내다가 그만 침대에 쓰러져 잠이 들었다.

아! 기분 나쁜 상태에서 차를 마시고 성질을 부린 탓인가? 그렇지 않다면 무엇이 나로 하여금 그처럼 무시무시한 밤을 보내도록 만들었을까? 내가 고통이라는 것을 알게 된 뒤로 그날 밤의 고통과 비교할 수 있는 고통은 기억나지 않는다.

나는 내가 어디에 와 있다는 의식이 채 사라지기도 전에 꿈을 꾸기 시작했다. 아침이라고 생각되었다. 나는 조셉의 안내를 받으며 집으로 가고 있었다. 몇 야드나 쌓인 눈이 우리가 가는 길을 덮고 있었다. 눈 속을 버둥거리며 나아가고 있을 때 나의 동반자는 내가 순례자의 지팡이를 가져오지 않은 것을 계속 비난하며, 그것 없이는 결코 집에 돌아갈 수 없다는 것이었다. 그러고는 위가 무거운 몽둥이를 과시하듯 휘둘렀는데, 그것이 그가 말한 순례자의 지팡이인 것 같았다.

잠시 동안 나는 내 집으로 들어가는 허락을 받기 위해 이런 무기가 필요하다는 것은 터무니없는 일이라고 생각했다. 그때 새로운 생각이 머리에 떠올랐다. 나는 집으로 가고 있는 것이 아니라, 그 유명한 제이브스 브랜더햄 목사의 '일흔 번씩 일곱 번'이라는 주제의 설교를 들으러 가는 중이었다. 설교자인 조셉 아니면 내가 '일흔한 번째의 첫 번째'에 해당하는 죄를 범하여 군중 앞에서 공개적으로 파문을 당하기로 되어 있었다.

우리는 교회에 도착했다. 나는 산책을 하다가 실제로 두세 번 그 교회를 지나친 적이 있었다. 교회는 두 언덕 사이의 분지에 세워져 있었는데, 지대는 높았고 가까이에 늪이 있었다. 그 늪의 토탄이 섞인 물은 시체가 빠질 경우 방부제 역할을 한다고 전해지고 있었다. 교회의 지붕은 지금까지 온전했지만, 목사의 봉급이 1년에 고작 20파운드밖에 안 되는 데다가 방이 두 개인 사택도 곧 방 하나짜리로 될 위험이 있어 이곳에 부임하려는 목사는 아무도 없었다. 특히 교인들이 자기들 주머니에서 한 푼씩 더 내어 생활비를 올려주느니 차라리 목사가 굶어 죽게 내버려두는 게 낫다고 생각한다는 소문이 나도는 바람에 더욱 그러했다. 그러나 내 꿈에서 제이브스 목사는 교회를 가득 메운 열성적인 신도들에게 설교하고 있었다. 그런데 이게 웬일이야, 엄청난 설교였다! 490장으로 나누어진 설교였는데, 그 1장이 보통 교단에서의 설교와 맞먹을 정도이고, 또 각 장은 각기 다른 죄를 다루고 있었다. 이것 참! 그가 그 많은 죄를 어디서 찾아냈는지 모르겠다. 그는 죄를 다룬 구절을 자기만의 방식으로 해석했으며, 자기 교회의 신도는 모든 경우에 서로 다른 죄를 짓는 것이 필요하다는 듯 설교하고 있었다.

그 여러 가지 죄들은 매우 기묘해서 전에는 내가 상상도 못한 이상한 죄들이었다.

오, 나는 얼마나 지루했는지 모른다! 얼마나 몸을 뒤틀고 하품하고 고개를 끄덕이다가 다시 깨어나곤 했던가! 얼마나 내 몸을 꼬집고 찌르고 눈을 비비고 일어섰다가는 다시 앉고, 설교가 끝나면 알려달라고 조셉을 쿡쿡 찔렀던가!

나는 설교를 끝까지 다 들어야 했다. 마침내 목사의 설교는 '일흔한 번째의 첫 번째'에 이르렀다. 그 순간 느닷없이 어떤 영감이 내게 떠올랐다. 나는 벌떡 일어나, 제이브스 브랜더햄 목사야말로 기독교인들이 용서할 필요가 없는 죄를 지은 죄인이라고 비난했다.

"여보시오!" 나는 소리쳤다. "나는 사방이 벽으로 둘러싸인 이곳에 줄곧 앉아서 당신의 490가지 설교를 참고 들으며 그것을 용서했소. 일곱 번씩 일흔 번이나 나는 모자를 집어 들고 떠나려 했소. 당신은 일곱 번씩 일흔 번이나 도리에 어긋나는 줄도 모르고 나를 강제로 주저앉혔소. 491번째는 너무하지 않소? 고생하신 여러분, 저 사람에게 달려드십시오! 저자를 끌어내려 가구로 만듭시다. 저자가 다시는 저 자리로 돌아오지 못하게 합시다!"

"그대가 바로 죄인이로다!" 쿠션에 기대어 잠시 엄숙하게 있던 제이브스 목사는 소리쳤다. "그대는 일곱 번씩 일흔 번이나 하품하며 얼굴을 찡그렸으며, 일곱 번씩 일흔 번이나 나는 내 영혼과 상의

했소. 보라, 이것이 바로 인간의 약점이로다. 이것 역시 용서받으리라! 일흔한 번째 중 첫 번째가 도래하였도다. 형제들아, 성경에 기록된 대로 저 사람에게 심판을 내릴지어다! 믿음 깊은 이들 영광이 있으라!"

그 말이 끝나자 모든 신도들이 순례자의 지팡이를 치켜들고 한꺼번에 내 주위로 몰려들었다. 그러나 방어할 무기가 없던 나는 가장 가까이에서 가장 사납게 공격해오는 조셉의 지팡이를 빼앗기 위해 그와 맞붙어 싸우기 시작했다. 다수의 군중이 뒤섞인 가운데 몇 개의 몽둥이들이 교차되었다. 나를 겨냥했던 몽둥이가 다른 사람들의 머리통을 때렸다. 이내 교회 안은 서로 치고받는 소리로 요란했다. 모두는 자기 옆에 있는 사람과 싸우고 있었다. 제이브스 목사도 가만히 있기 싫었는지 있는 정열을 다 동원하여 설교단을 요란한 소리가 나도록 두들겨댔다. 그 소리가 하도 요란해서 드디어 나는 잠에서 깼다. 동시에 말할 수 없는 안도감을 맛보았다.

그토록 요란한 소동의 꿈을 꾸게 한 것은 무엇이고, 그 소동 중에 제이브스 목사의 역할을 한 것은 무엇이었을까? 그것은 단지 강풍이 통곡하는 소리를 내며 지나갈 때 전나무 가지가 격자창을 건드리면서 그 가지에 붙은 마른 방울 열매들이 유리에 부딪히는 소리였다.

나는 잠시 귀를 세우고 경청했다. 그리하여 왜 그런 소음이 일어났는가를 알아냈다. 그러고는 돌아누워 눈을 감자 다시 꿈을 꾸었는데, 아까보다 더 기분 나쁜 꿈이었다.

내가 기억하기로 이번에는 참나무 골방에 누워 있었다. 거센 바람 소리와 눈보라가 몰려오는 소리를 똑똑히 들었다. 또한 전나무 가지가 내는 약 올리는 소리를 들었고, 왜 그런 소리를 내는지도 알아냈다. 그러나 그 소리가 어찌나 나를 괴롭히는지 나는 될 수 있으면 그 소리를 잠재우기로 결심했다. 나는 일어나서 창문을 잠그고 있는 걸쇠를 풀려고 노력했던 것 같다. 그러나 그 고리는 땜질이 되어 꺾쇠에 부착되어 있었다. 잠들기 전에는 그런 사정을 알고 있었는데 잠들고 잊었던 것이다.

"저 소리를 반드시 중지시켜야지!" 나는 중얼거리고는 꽉 찬 주먹으로 유리창을 깨고 팔을 뻗어 그 귀찮게 구는 가지를 잡으려고 했다. 그러나 내 손가락에 잡힌 것은 나뭇가지가 아니라 얼음처럼 차가운 작은 손이었다!

악몽과 같은 강렬한 공포가 나를 휘감았다. 팔을 빼려고 애썼지만 그 손은 내 손을 붙들고 늘어지며 아주 애절한 목소리로 울먹이며 말하는 것이었다.

"들여보내줘요…… 들여보내줘요!"

"당신은 누구요?" 내가 물었다. 그러면서도 그 손을 뿌리치려고 노력했다.

"캐서린 린튼이에요." 그 손은 떨면서 대답하는 것이었다. (내가 왜 린튼을 생각했지? 아까 그 책장 속에서는 린튼보다 언쇼에 대해 스무 배나 더 읽었는데, 원.) "이제 막 집에 돌아왔어요. 황무지에서 길을 잃었었거든요!"

이 말을 들으면서 나는 창을 통해 한 어린애의 얼굴을 어렴풋이 분간할 수 있었다. …… 공포심이 나를 잔인하게 만들었다. 뿌리치려고 노력해봤자 소용없다는 것을 깨닫고 그 손목을 깨진 유리창으로 끌어당겨 유리에다 이리저리 비볐다. 마침내 피가 콸콸 흘러내려 이불을 흠뻑 적셨다. 그런데도 그 어린애는 "들여보내주세요!" 하고 여전히 울부짖었다. 계속 꽉 잡고 놓지 않는 바람에 나는 겁이 나서 거의 미칠 지경이었다.

"어떻게 놔줄 수 없니?" 드디어 내가 말했다. "들어오고 싶으면 이 손을 놔!"

쥐었던 손가락이 느슨해지자 나는 내 손을 창구멍에서 빼냈다. 그러고는 재빨리 책들을 피라미드처럼 쌓아올려 창구멍을 막아버리고, 그 슬픈 애원을 듣지 않으려고 귀를 막았다.

나는 15분 이상 이렇게 귀를 막고 있었던 것 같다. 그러나 다시 듣게 된 순간에도 구슬픈 울음 소리는 계속되고 있었다.

"어서 꺼져!" 나는 외쳤다. "20년 동안 애원해도 난 너를 들여놓지 않겠다!"

"20년 동안이었어요." 그 목소리는 통곡했다. "20년이요. 나는 20년 동안 떠돌아다녔어요!"

밖에서 힘없이 긁는 소리가 들리기 시작했다. 그러더니 책 더미가 안으로 밀리듯 움직이는 것이었다.

나는 벌떡 일어나려 했지만 팔다리를 움직일 수 없었다. 그래서 무서워 미칠 것 같아 고함을 질렀다.

놀랍게도 그것은 꿈속에서 외친 소리가 아니었음을 나는 깨달았다. 급한 발걸음 소리가 내 방문으로 접근했다. 누군가가 억센 손으로 문을 밀쳐 열었다. 불빛이 침대 위 네모진 틈을 통해 희미하게 보였다. 나는 아직 몸을 떨며 앉아서 이마의 땀을 닦았다. 침입자는 머뭇거리는 듯하더니 혼자 중얼거렸다.

마침내 그는 분명 응답을 기대하지 않는 투로 속삭이듯 말했다.

"여기 누가 있소?"

나는 히스클리프의 억양을 알고 있었고, 더욱이 가만히 있다가는 그가 찾을 것 같아서 내가 있다는 것을 고백하는 편이 상책이라고 생각했다.

이런 의도로 나는 몸을 돌려 널빤지로 된 문을 열었다. …… 이 러한 나의 행동으로 야기된 결과를 나는 쉽게 잊을 수 없을 것이다.

히스클리프는 셔츠와 바지 차림으로 문 가까이에 서 있었다. 촛 농이 그의 손가락 위로 뚝뚝 떨어지고 있었고 그의 얼굴은 뒤에 있 는 벽만큼 창백했다. 참나무 문이 낸 삐걱하는 첫 소리에 그는 전기 충격을 받은 것처럼 놀랐다. 그의 손에 들려 있던 촛대는 몇 피트 밖 으로 나가떨어졌지만 그는 너무 큰 충격을 받은 터라 다시 집어 들 지 못하고 있었다.

"다름 아닌 댁의 손님입니다." 그가 더 이상 겁먹은 모습을 드러 내는 수치를 막아주기 위해 나는 큰 소리로 외쳤다. "불행히도 자다 가 무서운 악몽을 꾸어 비명을 질렀습니다. 주무시는 걸 방해해서 죄송합니다."

"오, 젠장! 록우드 씨였군! 차라리 당신 같은 사람은……" 하고 말을 시작하더니 히스클리프는 단단히 손에 잡고 있을 수가 없다고 느꼈는지 초를 의자 위에 올려놓았다.

"그런데 누가 당신을 이 방으로 안내했소?" 주인은 손바닥에 손 톱 자국이 날 정도로 주먹을 꽉 쥐고 턱이 덜덜 떨리는 것을 진정시 키기 위해 이를 악문 채 말을 시작했다. "대체 누구요? 그런 것들은 당장 이 집에서 쫓아내고 싶군!"

"댁의 하인 질라였습니다." 나는 마루 위에 발을 디디고 급히 옷 을 제대로 입으며 대답했다. "히스클리프 씨, 당신이 그녀를 쫓아내 셔도 난 상관 안 합니다. 그녀는 충분히 내쫓길 만한 일을 저질렀습 니다. 그녀는 나를 이용해서 이 방에 귀신이 나온다는 사실을 다시 증명하려고 했던 것이 분명합니다. 이건 정말, 귀신과 도깨비가 우 글거리더군요! 단언하건대 이런 방은 자물쇠를 채워둬야 마땅합니다. 이런 동굴에서 재워준들 누가 고맙다고 하겠습니까!"

"그게 무슨 소리요?" 하고 히스클리프가 물었다. "그런데 당신은 지금 무얼 하고 있는 거요? 이왕 이 방에 들어왔으니 누워서 자던 잠이나 자시오. 하지만 제발 부탁인데, 다시는 그런 끔찍한 소리는 지르지 마시오. 누가 당신의 목을 자른다면 몰라도 그런 고함은 용서할 수 없소!"

"만일 그 작은 마귀가 창문으로 들어왔다면 아마 내 목을 졸랐을 겁니다!" 내가 대꾸했다. "당신의 친절하신 조상들의 박해는 두 번 다시 참을 수 없습니다. 제이브스 브랜더햄 목사는 당신 외가 쪽 친척 아닌가요? 그리고 저 캐서린 린튼인지 언쇼인지 하는 그 말괄량이 계집애는 요정이 바꿔치기한 아이가 틀림없어요. 참 악독한 어린 것! 그 아이는 내게 20년 동안이나 지상을 방황했다고 말하더군요. 지독한 죄를 지었으니 마땅한 벌이지요. 틀림없어요!"

이 말을 뱉는 순간 그 책 속에 기록된 히스클리프의 이름과 캐서린의 이름이 얽혀 있던 것이 떠올랐다. 까맣게 잊고 있다가 이처럼 잠에서 깨자 다시 생각난 것이다. 나는 경솔하게 입을 놀린 것에 얼굴이 붉어짐을 느꼈다. 그러나 더 이상 기분 나쁘다는 기색은 보이지 않고 급히 말을 이었다.

"저, 사실은 초저녁에……." 여기까지 말하고 다시 말을 끊었다. 나는 "이 낡은 책들을 찬찬히 읽고 있었습니다" 하고 말할 뻔했는데, 그랬다가는 그 책의 내용뿐 아니라 낙서한 모든 것을 알고 있음이 드러나게 될 판국이라 얼른 말을 돌렸다. …… "저 선반 위에 낙서한 이름들을 읽고 있었습니다. 지루한 일이지만 잠을 청하느라고 그랬습니다. 이를테면 수를 센다든지, 아니면……."

"도대체 무슨 생각으로 나한테 그런 말을 하는 거요!" 히스클리프는 지독히 사나운 목소리로 호통을 쳤다. "어떻게 감히 내 지붕 밑에서…… 하느님 맙소사! 그런 말을 하다니, 미쳤군, 미쳤어!" 그는 화를 참지 못하고 자기 이마를 마구 쳐댔다.

나는 그의 말에 화를 내야 할지 변명을 늘어놓아야 할지 몰랐다. 그러나 큰 충격을 받은 듯한 그에게 동정심이 생겨 꿈 이야기를 계속했다. 나는 전에 '캐서린 린튼'이라는 이름을 들어본 적이 없는데 자꾸 되풀이해서 읽었더니 억제할 수 없는 상상력이 분출했는지 그 이름이 사람으로 형상화되는 인상을 받았다고 확언했다.

내가 이야기를 하고 있을 때 히스클리프는 침대가 피신처인 것처럼 그 뒤로 물러나더니 마침내 침대에 가려질 정도로 낮은 자세로 앉았다. 그러나 그 불규칙적인 가쁜 호흡으로 보건대 그는 강렬한 감정의 발작을 억누르기 위해 노력하는 것 같았다.

그의 정신적 갈등을 알고 있다는 기색을 내보이고 싶지 않던 나는 좀 요란하게 몸단장을 계속하고는 시계를 보며 밤이 길기도 하다고 독백했다.

"아직 3시도 되지 않았군! 6시쯤 된 줄 알았는데. 여기서는 시간이 흐르지 않는군. 분명히 9시에 잠자리에 들었을 텐데!"

"겨울에는 항상 9시에 자고 새벽 4시에 일어나지요." 주인은 신음 소리를 억누르며 말했다. 그의 팔 그림자가 움직이는 것으로 보아 그가 눈에서 흐르는 눈물을 닦고 있구나 하고 나는 생각했다.

"록우드 씨" 하고 그가 말을 이었다. "내 방으로 와도 좋습니다. 이렇게 이른 시간에 아래층으로 내려가면 사람들에게 방해가 될 뿐입니다. 더군다나 당신의 어린애 같은 고함 소리에 나도 잠이 죄다 달아났군요."

"나도 그렇습니다." 내가 응답했다. "날이 샐 때까지 마당에서 거닐겠습니다. 그러다가 떠나겠습니다. 내가 다시 찾아올까 봐 걱정할 필요는 없습니다. 시골에서든 도시에서든 사람과 사귀는 데서 즐거움을 찾는 일은 졸업했습니다. 예민한 사람은 자기 자신을 벗으로 삼는 것으로 충분하겠지요."

"유쾌한 친구로군!" 히스클리프가 중얼거렸다. "이 초를 들고 어디든 가고 싶은 곳으로 가시오. 나도 곧 따라 나갈 테니. 하지만 마당으로는 나가지 마시오. 개들을 풀어놓았으니까. 그리고 거실도 안 돼요. 거기는 주노가 지키고 있소. 그러니까 당신은 계단과 복도 근처를 왔다 갔다 하는 수밖에 없겠군요. …… 하지만 어서 나가주시오! 나도 2분 뒤에 가겠소."

나는 그 방에서 나가는 데까지만 그의 말에 복종했고 이 좁은 복도가 어디로 통하는지 몰라서 그냥 밖에 그대로 서 있었다. 그리하여 내가 본의 아니게 목격한 것은 지주 히스클리프가 품고 있는 미신이었다. 겉으로 보기에 지각이 있어 보이는 것과는 야릇하게 상치되는 미신에 대한 믿음이었다.

히스클리프는 침대 위로 올라가 격자로 된 창을 비틀어 열면서 걷잡을 수 없는 격정의 눈물을 터뜨렸던 것이다.

"들어와! 들어와!" 그는 흐느꼈다. "캐시, 제발 이리 와. 오, 한 번만 더 나타나라고! 오, 내 사랑하는 캐시, 이번에는 내 말을 들어 줘…… 캐서린, 이번만!"

그러나 귀신은 항상 그렇듯 귀신다운 변덕을 부리며 나타날 기색을 보이지 않았다. 다만 눈과 바람이 내가 서 있는 데까지 불어와 들고 있던 촛불을 꺼뜨리고 말았다.

이런 헛소리를 동반한 그 분출되는 슬픔 속에는 큰 고통이 담겨 있었기에 나 역시 연민을 느껴 그 바보 같은 히스클리프의 행동이 하나도 우습지 않았다. 그런 광경을 엿들은 나 자신에게 화가 났으며, 하찮은 악몽을 이야기하여 고뇌를 갖게 한 것이 후회되어 그 자리에서 물러났다. 그러나 그가 왜 그러는지 나로서는 이해할 수 없었다.

나는 조심스럽게 아래층으로 내려가 바깥 부엌으로 갔다. 거기서 불씨를 잔뜩 긁어 모아 초에 다시 불을 붙일 수 있었다.

얼룩무늬의 회색 고양이 말고 움직이는 것이라곤 아무것도 없었다. 그 고양이는 재에서 기어 나와 불만이 담긴 야옹 소리로 내게 인사를 했다.

반원 모양으로 된 두 개의 벤치가 벽난로를 거의 둘러싸듯 놓여 있었다. 그중 하나에 발을 길게 뻗고 앉자 그 암고양이는 또 하나의 벤치 위로 올라왔다. 우리 둘이서 꾸벅꾸벅 졸고 있을 때 누군가가 이 안식처로 쳐들어왔다. 조셉이었다. 그는 뚜껑문을 통해 천장 안으로 들어갈 수 있도록 제작된 사다리를 타고 내려왔다. 그것은 자기의 다락방으로 오르는 통로인 것 같았다.

조셉은 내가 창살 틈에 갖다 놓은 촛불을 어두운 눈초리로 바라보더니 고양이를 벤치에서 쓸어버리고 그 자리에 앉아서 3인치나 되는 담뱃대에 담배를 채워 넣기 시작했다. 그의 밀실에 내가 들어온 것은 말하기에도 너무 창피한 철면피 같은 행위로 여겨졌음에 틀림없다. 그는 말없이 담배 파이프를 입술로 가져가더니 팔짱을 낀 채 연기를 내뿜었다.

나는 그가 방해받지 않고 느긋한 시간을 즐기도록 잠자코 있었다. 그는 마지막 연기 고리를 뿜어내고 깊은 한숨을 내쉬더니 자리에서 일어나 올 때처럼 근엄하게 떠났다.

다음에는 보다 탄력 있는 발걸음이 들어왔다. 나는 '굿 모닝' 하고 아침 인사를 하기 위해 입을 열었다가 곧 단념하고 입을 다물었다. 헤어튼 언쇼가 낮은 목소리로 기도하듯이 손에 닿는 모든 것에게 욕지거리를 퍼부으며 눈더미를 파헤칠 괭이나 부삽을 찾는지 구석을 뒤지고 있었기 때문이다. 그는 벤치 뒤를 기웃거리고 콧구멍을 벌렁거릴 뿐 나와 내 친구 고양이에게는 인사를 할 생각이 없는 것 같았다.

그가 여러 가지 준비하는 것을 보고 나도 여기서 떠날 수 있으리라고 짐작했다. 그래서 등이 배기는 그 긴 의자를 떠나 그의 뒤를 쫓아가려고 나는 몸을 움직였다. 이것을 눈치챈 헤어튼은 그의 괭이 끝으로 내실로 통하는 문을 밀어젖히며, 장소를 옮기고 싶으면 그리로 가라고 분명치 않은 발음으로 알려주었다.

그것은 거실로 통하는 문이었고, 여자들이 벌써 일어나 움직이고 있었다. 질라는 거대한 풀무로 불티가 굴뚝을 통해 올라가도록 재촉하고 있었고, 히스클리프 부인은 벽난롯가에 무릎 꿇고 앉은 채 불꽃의 도움을 받아 책을 읽고 있었다.

그녀는 난로의 열과 자신의 눈 사이에 손을 놓아 열을 막으면서 독서에 몰입하고 있는 것 같았다. 가끔 하녀가 불똥을 자기 쪽으로 튀겨 야단을 치거나 개가 자기 얼굴에 콧등을 들이밀 때만 책에서 눈을 뗐다. 히스클리프 역시 그곳에 있는 것을 보고 나는 놀랐다. 그는 불 옆에 서서 등은 내 쪽으로 돌린 채 질라에게 한바탕 야단을 친 뒤였다. 질라는 일손을 멈추고 이따금 앞치마 자락을 들어 올려 눈가를 닦으면서 분노에 찬 신음을 내뱉었다.

"그리고 너, 쓸모없는 것아……" 하고 내가 들어갔을 때 그는 며느리를 야단치고 있었다. 이 오리 같은 것, 이 양 같은 것 하며 별로 해롭지 않은 명칭으로 부르긴 했지만 보통 글에서는 대시(—) 같은 기호로 나타내면서 잘 쓰지 않는 욕설이었다.

"넌 또 그 할 일 없는 짓거리를 하고 있구나! 다른 사람들은 제 밥벌이는 하는데 너만 내 자선에 기대어 살다니! 그 쓰레기는 집어 치우고 할 일을 찾아라. 내 눈앞에서 늘 얼씬거려 나를 괴롭힌 대가는 치러야 할 것이다. 내 말 듣고 있느냐? 이 가증스런 것아!"

"이 쓰레기 같은 내 책은 치워버리겠어요. 내가 거부해도 억지로 치우게 하실 테니까요." 그 젊은 숙녀는 이렇게 대답하고 책을 덮어 의자 위로 던져버렸다. "그러나 당신이 아무리 혀가 빠지도록 욕을 해도 내가 하고 싶은 일이 아니면 그 어떤 일도 하지 않겠어요!"

히스클리프가 손을 쳐들었을 때 이제까지 말하던 그녀는 안전한 거리까지 뛰어간 후였다. 분명히 그녀는 그 주먹의 무게를 잘 알고 있는 것 같았다.

나는 개와 고양이의 싸움을 구경하며 즐길 생각이 없었다. 나는 벽난로의 따스함을 나누고 싶어 하는 것처럼 경쾌한 걸음으로 안으로 들어갔을 뿐 중단된 싸움에 대해서는 전혀 모르는 체했다. 그들 각자는 더 이상의 싸움을 멈출 만한 예의는 갖추고 있었다. 히스클리프는 써먹고 싶어 근질거리는 주먹을 주머니에 넣었고, 히스클리프 부인은 골이 나서 입술을 뿌루퉁하게 말아 올린 채 멀리 떨어진 자리에 가 앉더니 내가 거기 머무는 동안 석고상처럼 입을 다물고 있었다.

나는 방에 오래 머물지 않았다. 아침 식사를 같이하자는 것을 거절하고 동이 트기가 무섭게 도주하는 기회를 잡았다. 이제 맑고 고요하며 만질 수 없는 얼음처럼 차가운 공기, 그 자유로운 공기 속으로 나왔다.

마당 끝자락에 이르기 전에 주인이 소리를 질러 내 걸음을 멈추게 했다. 그곳 황무지를 가로질러 가는 데 동행하겠다는 것이었다. 참으로 친절한 일이었다. 산등성이는 온통 물결이 세차게 몰아치는 하얀 눈바다였기 때문이다. 부풀어 오른 하얀 곳과 푹 꺼진 곳이 실제 지면의 고저를 나타내는 것이 아니었다. 적어도 많은 웅덩이들이 평평하게 메워져 있었고, 예전에 채석장 자리였던 제방도 어제 올때 기억해둔 위치에서 완전히 자취를 감추고 있었다.

나는 길 한편으로 6 내지 7야드 간격으로 열을 지어 황야 끝까지 똑바로 세워진 돌들을 기억하고 있었다. 그 돌들은 어두운 시간이나 지금처럼 눈이 내려 양쪽에 있는 늪과 길을 분간할 수 없을 때 길잡이 역할을 하도록 석회칠을 하여 세워진 것이었다. 그런데 지금 보니 여기저기 삐죽 나온 얼룩만 보일 뿐 돌들 전체의 자취는 사라지고 없었다. 따라서 내가 구불구불한 길을 올바로 가는 줄 알고 전진할 때마다 내 길동무는 자주 오른쪽 또는 왼쪽 하고 소리쳐 나에게 경고를 보낼 필요가 있었다.

우리는 거의 대화를 하지 않았다. 그는 드러시크로스 공원 입구에서 발을 멈추고 이제는 더 이상 길을 잘못 들 염려는 없다고 말했다. 우리는 서둘러 상체를 굽히는 인사로 작별을 대신했다. 문지기의 집에는 아직 아무도 들지 않았기에 그곳부터 나는 내 실력만 믿으며 눈길을 헤쳐 나아갔다.

그 문에서 내가 사는 농장까지는 2마일이었다. 그런데 나는 4마일은 겨우겨우 걸어온 것 같았다. 도중에 숲 사이에서 길을 잃기도 하고 눈 속에 목까지 빠지기도 했다. 이런 고생이 어떠한 것인지는 경험해본 사람만이 알 수 있을 것이다. 내가 어떻게 방황했건 집에 발을 들여놓았을 때 시계는 12시를 쳤다. 그러니까 워더링 하이츠에서 집까지 평균 1마일 오는 데 꼭 한 시간씩 걸린 셈이다.

나에게 늘 딸려 있는 가정부와 그녀를 돕는 하인들이 몰려나와 나를 반겼다. 자기네들은 나를 완전히 포기했었노라고 소란하게 떠들어댔다. 모두 내가 어젯밤에 죽었을 것이라고 추측하고 내 시신과 유물을 어떻게 찾아나서야 하나 궁리하는 중이었다는 것이다.

이제 돌아온 것을 봤으니 조용히 하라 이르고, 나는 심장까지 마비된 몸을 이끌고 위층으로 올라갔다. 그러고 나서 마른 옷으로 갈아입고는 30, 40분 정도 이리저리 왔다 갔다 하여 체온을 회복한 다음 나의 서재로 들어갔다. 고양이처럼 힘이 빠진 나는 하인이 준비해온 뜨거운 커피와 활활 타고 있는 난롯불도 즐길 힘이 모자라는 것 같았다.

# 4

우리는 얼마나 부질없는 변덕쟁이들인가! 모든 사교적인 교제를 끊기로 결심하고 마침내 누구와도 교제할 수 없는 곳을 찾아낸 행운을 감사하던 내가 어두워질 때까지 침울함과 외로움을 견디다 못해 결국 항복하고 말다니! 그래서 저녁 식사를 가져온 딘 부인에게 집 안에 필요한 물품들에 대해 물어본다는 구실로 저녁을 먹는 동안 내 곁에 있어달라고 부탁했다. 그녀가 제대로 된 수다쟁이여서 내 기운을 북돋아주거나 이야기로 나를 잠재워주기를 진정으로 희망했다.

"여기서 오래 사셨다지요." 내가 말을 꺼냈다. "16년이라고 하셨던가요?"

"18년이랍니다. 아씨가 시집오실 때 시중을 들기 위해 따라왔지요. 아씨가 돌아가신 후로는 주인께서 저를 가정부로 일하라고 잡아두셨어요."

"그랬군요."

침묵이 흘렀다. 그녀는 자신에 관한 일이 아니면 이야기를 잘 안 하는 사람인 듯싶었다. 그러나 나는 그녀의 신세타령에는 거의 흥미가 없었다.

그런데 그녀는 양쪽 무릎 위에 주먹을 하나씩 올려놓은 채 불그스름한 얼굴에 과거를 회상하는 듯한 표정을 짓고 한동안 묵묵히 앉아 있다가 갑자기 외치듯 말했다.

"아, 그때 이후로 시대가 많이 변했군요!"

"그럼요." 내가 말했다. "많은 변화를 보셨겠지요?"

"그래요, 여러 가지 문제도 보았지요." 그녀가 말했다.

'아, 그렇지. 집주인 가족에 대한 이야기를 시켜봐야겠군!' 나는 생각했다. '꺼내기에 딱 좋은 화제란 말야……. 그 예쁜 젊은 미망인에 대해서도 듣고 싶고, 그녀의 성장 배경이 궁금하군. 그녀가 이런 시골 출신일까? 아니, 그건 아닐 거야. 그녀는 이런 무뚝뚝한 시골 사람들이 가까이하기를 꺼리는 어느 먼 곳 사람일지도 몰라.'

이러한 의도를 가지고 나는 딘 부인에게 히스클리프는 왜 드러시크로스 농장은 세를 놓고, 주위 환경이나 집이 이보다 훨씬 못한 곳에서 살고 있는지를 물었다.

"그는 이곳 땅과 저택을 제대로 유지할 만큼 부자가 아닌가요?" 내가 물었다.

"그분은 부자예요!" 그녀가 대답했다. "얼마나 가졌는지 아무도 모를 만큼 돈이 많은 데다 매년 불어나고 있어요. 맞아요, 맞아. 그분은 이보다 더 좋은 집에서도 살 수 있을 만큼 부자예요. 하지만 그분은 매우 인색한…… 구두쇠지요. 이곳 드러시크로스 농장으로 옮기려다가도 누구 괜찮은 사람이 세 들고 싶어 한다는 말을 들으면 몇 백 파운드를 벌 기회를 결코 놓치지 않을 겁니다. 이 세상에 혈혈단신이면서 그렇게 욕심이 많으니 이상한 사람이지요."

"아들이 하나 있었던 것 같은데?"

"예, 있었지요……. 죽었어요."

"그러면 그 젊은 숙녀, 히스클리프 부인이라는 사람은 아들의 부인이었나요?"

"예, 그래요."

"원래 어디 사람인가요?"

"그녀는 돌아가신 제 주인어른의 따님이에요. 처녀 시절의 이름은 캐서린 린튼이었지요. 제가 키웠는데, 가엾기도 하지. 저는 히스클리프 씨가 이곳으로 이사 왔으면 좋겠어요. 그러면 아씨와 나도 다시 함께 살 수 있을 텐데."

"뭐라고요? 캐서린 린튼이라고?" 나는 놀라서 소리쳤다. 그러나 좀 침착하게 생각했더니, 유령인 캐서린은 아닌 게 분명했다. "그러면 전 주인의 이름이 린튼이었나요?" 하고 내가 말을 이었다.

"그렇습니다."

"그러면 언쇼라는 젊은이, 그 히스클리프 씨와 함께 살고 있는 헤어튼 언쇼라는 사람은 누구입니까? 그들은 친척입니까?"

"아니에요, 그는 돌아가신 린튼 부인의 조카예요."

"그러면 그 젊은 숙녀의 사촌이로군요?"

"맞아요, 그녀의 남편도 그녀의 사촌이었어요. 하나는 어머니 쪽으로 사촌이고, 또 하나는 아버지 쪽으로 사촌이었지요. 히스클리프 씨는 린튼 씨의 여동생과 결혼했으니까요."

"워더링 하이츠의 현관문 위에 새겨진 '언쇼'라는 글자를 보았는데…… 그들은 오래된 가문인가요?"

"아주 오래된 집안이지요. 그런데 헤어튼이 그 가문의 마지막 자손이고, 우리 캐시 아씨는 우리 주인 가문…… 그러니까 린튼 가문의 마지막 자손이란 뜻이지요. 워더링 하이츠에 다녀오셨나요? 여쭤보기 죄송합니다만, 아가씨가 어떻게 지내고 있는지 듣고 싶군요."

"히스클리프 부인 말입니까? 건강도 좋아 보이고 퍽 아름다운 여인이더군요. 그런데 그다지 행복해 보이지는 않았어요."

"저런! 그럴 겁니다! 그런데 주인 히스클리프 씨를 어떻게 생각하세요?"

"좀 난폭한 사람이더군요, 딘 부인. 그 사람 성격이 그렇지 않나요?"

"톱날처럼 거칠고 차돌처럼 단단하지요! 그 사람과는 상종하지 않을수록 더 좋을 겁니다."

"세파에 시달리며 여러 가지 기복을 겪어서 그런 심술쟁이가 되었을 겁니다. 그 사람의 과거에 대해 아시는 것이 있습니까?"

"뻐꾸기 같은 사람이에요. 그 배은망덕을 저는 다 알고 있습니다. 그가 어디서 태어나고 부모가 누구이며 처음에 돈을 어떻게 벌었는지는 모르지만요. …… 헤어튼 씨는 깃털도 나지 않은 바위종다리처럼 쫓겨났던 거예요. …… 그 불쌍한 젊은이 말이에요, 그는 이 교구에서 자기 집이 어떻게 사기를 당했는지 짐작도 못하는 유일한 사람이에요."

"딘 부인, 그 집안의 얘기를 좀 해주시면 고맙겠습니다. …… 잠자리에 누워도 잠이 올 것 같지 않아서 하는 말입니다. 그러니 여기 앉아서 한 시간쯤 이야기해주시면 고맙겠습니다."

"오, 이야기해드리고말고요! 잠깐 나가서 바느질거리 좀 가져오고, 원하시면 언제까지라도 앉아 있겠어요. 그런데 떨고 계신 걸 보니 감기가 드셨군요. 죽을 좀 드시고 한기를 몰아내야겠어요."

똑똑한 부인은 밖으로 나갔고, 나는 난로로 더 바싹 다가가서 쪼그리고 앉았다. 머리는 불덩어리였지만 온몸이 으스스했다. 게다가 바보가 된 것처럼 신경과 뇌가 온통 흥분 상태였다. 그래서 어제와 오늘 일로 심각한 결과가 생기지 않을까 하고, 답답한 것까지는 아니지만 은근히 걱정이 되었다.

그녀는 곧 무럭무럭 김이 나는 죽 그릇과 뜨개질 바구니를 들고 돌아왔다. 죽 그릇은 벽난로 시렁 위에 놓고 이야기 상대를 얻어 기쁘다는 듯이 의자를 내 옆으로 끌어당겼다. 이야기를 해달라고 내가 더 이상 부탁할 필요도 없이 그녀는 이야기를 시작했다.

이곳으로 와서 살기 전에 저는 거의 언제나 워더링 하이츠에 있었습니다. 제 어머니가 헤어튼의 아버지인 힌들리 언쇼의 유모였기 때문에 저는 언제나 그 댁 아이들과 놀곤 했지요. 저는 심부름을 하거나 건초 만드는 일도 거들고, 누가 제게 시킬 일이 생기면 기꺼이 도와줄 생각으로 농장을 어정거리곤 했습니다.

어느 화창한 여름날 아침이었습니다. 제 기억에 추수가 시작되고 있었습니다. 옛 주인이신 언쇼 씨가 여행을 위해 차려입으시고 계단을 내려오셨지요. 조셉에게 그날 해야 할 일을 지시하시고, 힌들리와 캐시와 제가 있는 쪽으로 몸을 돌리시더니, 그때 저는 그들과 함께 죽을 먹고 있었는데, 아드님에게 이렇게 말씀하시더군요.

"자, 내 사랑스런 아이야, 나는 오늘 리버풀에 갈 예정이다. 무엇을 사다 줄까? 네가 원하는 건 무엇이든 말해보거라. 단 거기까지 걸어서 갔다 와야 하니까 작은 물건이어야 해. 가고 오고 각각 60마일이야. 먼 거리지!"

아들 힌들리가 바이올린을 갖고 싶다고 했습니다. 다음에는 캐시 아가씨에게 물었지요. 아씨는 그때 여섯 살도 안 되었지만 마구간에 있는 어느 말이나 다 탈 수 있었기 때문에 채찍을 갖고 싶다고 했습니다.

주인어른은 제게도 무심하시지 않았습니다. 가끔 엄하시긴 해도 친절한 마음씨를 가진 분이셨어요. 제게는 사과와 배를 주머니 가득

사다 주겠노라 약속하시고, 아이들에게 작별 키스를 하신 후 떠나셨습니다.

주인어른이 안 계신 사흘은 우리에게 꽤 길었고, 어린 캐시는 아버지가 언제 돌아오시느냐고 묻곤 했습니다. 언쇼 부인도 사흘째 되는 저녁에는 돌아오실 것을 기대하고 저녁 식사를 몇 시간이나 미루셨습니다. 그러나 주인이 돌아오는 기척이 없고, 아이들은 기다리다 지쳐서 문밖까지 뛰어나가기도 했지요. 날이 어두워지자 마님께서는 아이들을 재우려 하셨지만 다들 자지 않고 기다리게 해달라고 애타게 졸라댔지요. 밤 11시가 되자 문빗장을 조용히 열고 주인어른이 들어오셨습니다. 주인은 의자에 털썩 주저앉아 웃다가 신음 소리를 냈다 하시더니, 죽을 지경으로 피곤하니까 아무도 가까이 오지 말라고 하셨어요. 그러고는 온 세상을 다 준다고 해도 두 번 다시 이런 여행은 하지 않겠다고 말씀하시더군요.

"그리고 마지막에는 놀라서 죽을 뻔했소!" 그는 둘둘 말아 팔에 안고 있던 커다란 외투를 펼쳐 보이면서 말씀하셨어요. "여길 좀 보구려. 난 평생 무언가 때문에 이렇게 탈진한 적이 없었소. 하지만 당신은 이것을 하느님이 주신 선물로 받아들여야 해요. 비록 악마한테서 태어난 것처럼 시커멓긴 하지만 말이오."

우리는 그 주위로 몰려들었습니다. 캐시 아가씨의 머리 너머로 슬쩍 들여다보았더니, 누더기 옷을 입고 머리털이 검은 더러운 아이가 있었습니다. 걷고 말할 수 있을 만큼 큰 아이였는데, 특히 얼굴은 캐서린보다 더 나이가 든 것처럼 보였어요. 바닥에 발을 딛게 하여 세웠을 때 그 아이는 주위를 둘러보고는 아무도 알아들을 수 없는 말을 몇 번이나 되풀이했습니다. 나는 겁을 먹고 있었는데, 언쇼 부인은 그 아이를 문밖으로 던져버릴 기세였습니다. 먹이고 살펴야 할 자식이 둘이나 있는데, 이런 집시 같은 아이를 어떻게 데려올 생각을 했느냐며 펄펄 뛰셨지요. 도대체 어떻게 할 작정이냐, 혹시 미친 것이 아니냐고 따지셨습니다.

주인어른은 그 일을 설명하려고 하셨어요. 그러나 워낙 피로해서 반죽음 상태였기 때문에 마님이 호통치시는 동안 제가 언뜻 알아들은 말은…… 굶주리고 집도 없고, 더군다나 벙어리나 다름없는 이 아이를 리버풀의 거리에서 발견하여 보호자를 찾아주려 했지만 아는 사람이 하나도 없었다는 것이었지요. 그렇다고 일단 눈에 띈 아이를 그냥 내버려두고 그 자리를 떠날 수도 없다고 생각하신 데다 여비도 빠듯하고 시간도 없어서 쓸데없이 그곳에서 비용을 없애기보다는 차라리 집으로 데려오는 것이 낫겠다고 생각했다는 이야기였습니다.

그래서 결말이 어떻게 났느냐 하면, 마님께서 불평을 그치셨습니다. 그러자 언쇼 어른은 저더러 그 아이를 씻기고 깨끗한 옷을 입혀 아이들과 함께 재우라고 명령하시더군요.

힌들리와 캐시는 집안이 평온을 되찾을 때까지 바라보고 경청하는 것으로 만족하고 있었습니다. 그러다가 그들은 아버지가 사다 주기로 약속한 선물을 찾느라고 그의 주머니를 뒤지기 시작했습니다. 힌들리는 열네 살의 소년이었지만 외투 주머니에서 조각조각 부서진 바이올린을 꺼내고는 엉엉 울더군요. 캐시도 아버지가 낯선 아이를 돌보다가 채찍을 잃어버린 것을 알고는 이를 갈며 그 얼간이 같은 아이에게 달려들어 침을 뱉어 화난 감정을 표현했지요. 그러나 아버지에게 버릇을 고쳐놓겠다는 꾸중을 들으며 흠씬 매만 맞고 말았어요. 두 아이 모두 데려온 아이를 자기들 침대에서 재우기를 거부했고, 자기들 방에 들이는 것도 싫어했습니다. 저도 철이 나지 않은 것은 아이들이나 마찬가지여서 이튿날 아침 어디로든 가버리기를 바라며 계단의 중턱 이음마루 위에 그 아이를 내버려두었습니다. 우연이었는지, 아니면 밖으로 새어나온 주인의 목소리에 끌렸는지 그 아이는 언쇼 씨의 방문까지 기어갔던 모양입니다. 언쇼 씨가 방에서 나오다가 그 아이를 발견하게 되었지요. 그리고 그 아이가 어떻게 거기까지 왔느냐고 물으시는 것이었어요. 저는 할 수 없이 사실대로 고백했고, 비겁하고 비인간적인 행동을 한 대가로 쫓겨나고 말았습니다.

이렇게 히스클리프는 처음 이 댁으로 들어왔던 것입니다. 영원히 쫓겨났다고는 생각하지 않은 제가 며칠 후 돌아와보니, 그 아이에게는 '히스클리프'라는 세례명이 주어져 있었습니다. 그것은 어려서 죽은 이 집 아들의 이름이었는데, 그 후로 그 아이의 이름 겸 성이 된 것입니다.

캐시 아가씨와 히스클리프는 그 후 아주 친해졌습니다. 그러나 힌들리는 그를 싫어했고, 사실을 말하면 저도 히스클리프가 싫었습니다. 그래서 우리 두 사람은 그를 괴롭히고 모욕을 주곤 했지요. 저는 그때 철이 없어 그런 행동이 옳지 않다는 것을 몰랐고, 게다가 마님도 그가 부당한 대우를 받는 것을 보시고도 그를 편드는 말은 한마디도 하지 않으셨습니다.

히스클리프는 침울하고 인내심이 강한 아이처럼 보였습니다. 아마도 학대를 받아 강해진 아이 같았습니다. 힌들리가 때려도 눈썹하나 까딱하지 않았고, 눈물 한 방울 흘리지 않고 견뎌냈습니다. 제가 꼬집어도 숨만 한 번 들이쉴 뿐 우연히 다친 것이며 잘못한 사람은 아무도 없다는 듯이 눈을 말끔히 뜨고 있었습니다.

언쇼 어른께서는 자신이 늘 아비 없는 가엾은 아이라고 부르는

60

히스클리프를 자기 아들인 힌들리가 구박하는 것을 보았을 때 히스클리프가 꿋꿋이 참는 것에 분통을 터뜨리기도 하셨습니다. 이상하게도 어른께서는 히스클리프를 귀여워하셨지요. 그래서 말수가 적고 하는 말은 모두가 진실인 히스클리프의 말이라면 무슨 말이든 믿으셨고, 말괄량이에다 고집이 세서 귀염을 못 받는 캐시보다 그 아이를 훨씬 더 귀여워하셨습니다.

이리하여 처음부터 히스클리프는 이 집안 식구들에게 좋지 않은 감정을 심어놓게 된 것입니다. 그 후 2년도 지나지 않아 마님께서 돌아가시자 도련님은 아버지를 친구라기보다 탄압하는 사람으로 여겼고, 히스클리프가 자기에 대한 아버지의 애정과 자신의 특권을 빼앗아갔다고 생각하게 되었지요. 그래서 그는 그처럼 자기에게 닥친 피해에 대해 곰곰이 생각하면서 원한에 사무치게 되었던 것이지요.

저도 얼마 동안은 힌들리와 같은 마음이었습니다. 그러나 아이들이 홍역에 걸려 제가 간호를 맡고 동시에 가사도 돌봐야 할 형편이 되자 제 생각도 바뀌더군요. 히스클리프는 중태에 빠져 있었는데, 최악의 상태에 떨어지자 자기 머리맡에서 저를 잠시도 떠나지 못하게 했어요. 그는 제가 마지못해 간호해준 것을 진정 친절한 마음씨로 받아들이는 것 같았습니다. 그러나 이 말은 해야겠네요. 이제껏 간호해본 그 어떤 아이보다 조용한 아이였어요. 그와 다른 아이들과의 차이를 보면서 저는 사람을 덜 편애하게 되었습니다. 캐시와 그녀의 오빠는 저를 지독히 괴롭혔지만, 히스클리프는 온순해서가 아니라 의지가 강해서 어린 양처럼 불평 따위는 하지 않았습니다.

히스클리프의 병세가 나아지자, 의사는 전적으로 제 덕분이라고 단언하면서 저의 간호를 칭찬했습니다. 저는 의사의 칭찬으로 우쭐해졌고, 그런 칭찬을 받게 한 히스클리프에게도 부드럽게 대하게 되었어요. 그래서 힌들리는 마지막까지 믿었던 자기편을 잃고 말았지요. 그러나 저는 히스클리프를 맹목적으로 사랑할 수는 없었습니다. 그런데 그렇게 귀염을 받고도 전혀 고맙게 여기지 않는 이 아이에게서 주인어른은 도대체 어떤 좋은 점을 발견하셨기에 그처럼 감싸는지 의아했습니다. 그는 은인을 향해 오만불손하지는 않았으며, 단순히 무감각했던 것입니다. 그러나 히스클리프는 자신이 주인님의 마음을 완전히 사로잡고 있다는 것을 알았고, 자기가 입밖으로 한마디만 내놓으면 온 집안 식구들이 자기 뜻을 따르지 않을 수 없다는 것도 잘 알고 있었지요.

한 가지 예가 기억나는군요. 언젠가 주인어른이 교구 장터에 가서 망아지 두 필을 사가지고 오셔서 사내아이들에게 한 마리씩 주신 적이 있었습니다. 히스클리프는 처음에 더 잘생긴 말을 받았는데 그것이 곧 절름발이가 되었어요. 그러자 그것을 발견한 그가 힌들리에게 말했습니다.

"넌 나와 말을 바꿔야 되겠어. 내 말은 마음에 들지 않아. 만약 네가 싫다고 하면 이번 주에 네가 나를 세 번 때린 것을 아버지한테 일러바치고 어깨까지 멍든 내 팔을 보여드릴 테야."

힌들리는 혀를 삐쭉 내밀더니 히스클리프의 귀를 후려갈겼지요.

"당장 바꾸는 게 좋을 거야." 그들은 그때 마구간에 있었는데, 히스클리프는 현관으로 달아나면서 끈질기게 종용하는 것이었습니다. "넌 그렇게 해야만 된다니까. 그리고 네가 지금 때린 것까지 일러바치면 넌 이자까지 붙은 매를 맞을 거다."

"꺼져! 개새끼!" 힌들리는 감자와 건초의 무게를 다는 저울추를 들고 위협하면서 소리쳤습니다.

"던져봐." 히스클리프는 가만히 선 채 대답했습니다. "아버지가 돌아가시면 이 집에서 당장 나를 쫓아내겠다는 건방진 말을 한 것도 일러바치겠어. 그러면 아버지가 너를 당장 쫓아내나 어쩌나 어디 두고 보자."

힌들리가 던진 저울추를 가슴에 맞은 히스클리프는 쓰러졌고, 즉시 비틀거리며 일어났지만 창백해진 채 숨도 쉬지 못하더군요. 만일 제가 말리지 않았더라면 그는 주인어른을 찾아가서 힌들리의 행패를 일러바쳐 후련하게 복수를 했을 것입니다.

"그래, 집시야. 내 망아지를 가져가!" 하고 언쇼 도련님이 말했습니다. "그 망아지를 타다가 네 모가지나 부러졌으면 좋겠다. 자, 얼른 가지고 꺼져. 남의 집에 끼어든 거지 같은 놈아! 아버지를 꼬드겨 재산을 전부 빼가라. 그러고 나서 사탄의 자식인 네 정체를 아버지께 보여드리라고. 저 망아지를 가져가. 말이 발굽으로 네 머리통을 부수면 좋겠다!"

히스클리프는 망아지의 고삐를 풀어 자기 마구간으로 옮기러 갔습니다. 마구간 뒤로 지나갈 때 힌들리는 하던 말을 그치고 히스클리프를 말의 발밑으로 거꾸러뜨리고는 자기 희망이 이루어졌는지 확인도 하지 않고 쏜살같이 달아났습니다.

저는 히스클리프가 냉정하게 정신을 차리고 일어나 자기가 마음먹은 일을 계속하며 안장과 그 밖의 것들을 바꾸고, 그러고 나서 건초더미 위에 앉아 저울추의 강타가 야기한 현기증을 가라앉힌 다음에 집으로 돌아가는 것을 보고 깜짝 놀랐습니다.

저는 히스클리프에게 상처는 말에서 떨어져 생긴 것이라고 주인님께 말씀드리겠으니 그리 알라고, 힘들이지 않고 그를 설득했습니다. 자기가 갖고 싶던 것을 일단 손에 넣었기 때문에 무슨 이야기가 오가든 히스클리프는 별 신경을 쓰지 않았습니다. 이런 일에 대해

거의 불평을 하지 않아서 저는 그가 진실로 복수심이 없다고 생각했
는데…… 그건 제가 완전히 속은 거였어요. 앞으로 제 이야기를 들
으시면 알게 되실 겁니다.

# 5

세월이 흐름에 따라 언쇼 씨는 건강을 잃기 시작했습니다. 활동적이고 건강한 분이셨는데 갑자기 기력을 잃으시더군요. 벽난로 굴뚝 모퉁이에 앉아 활동을 못하시게 되자 보기도 민망하게 짜증을 내셨습니다. 아무것도 아닌 일에 화를 내시고, 당신의 권위를 조금이라도 무시하는 것 같으면 거의 발작을 일으키곤 하셨어요.

언쇼 어른이 사랑하는 히스클리프를 누가 속이거나 억압하려 하면 특히 그렇게 역정을 내셨습니다. 당신이 히스클리프를 좋아하기 때문에 모두가 그를 미워하고 괴롭히고 싶어 한다는 생각이 머릿속에 깊이 박혀 있어서, 그에 대해 행여 무슨 나쁜 말을 하지 않나 하고 고통스러울 정도로 감시를 게을리 하지 않으셨습니다.

우리 가운데 친절한 마음씨를 가진 사람들은 주인어른의 기분을 상하게 하고 싶지 않았기 때문에 그의 편애에 비위를 맞춰드렸는데, 그것이 히스클리프라는 아이의 오만과 악독한 기질을 더욱 조장하면서 그에게는 나쁜 결과가 되었던 것입니다. 그러나 여전히 어느 면에서 그 비위 맞추기는 필요했습니다. 힌들리가 아버지 앞에서 히스클리프를 두세 번 경멸한 일이 있었는데, 주인어른께서는 머리끝까지 화가 나셔서 아들을 때리려고 지팡이를 들었지만 분노로 몸이 떨려 때릴 수도 없었습니다.

마침내 우리 교구 목사님(당시 우리에게는 교구 목사님이 계셨는데, 그분은 린튼 가문과 언쇼 가문의 아이들을 가르치고 작은 밭을 손수 경작해서 생계를 유지하셨습니다)이 도련님을 대학에 보내야 한다고 권유하자 주인어른도 동의를 하셨지만, 그것도 선뜻 내키지 않으셨는지 이렇게 말씀하셨습니다.

"흔들리는 쓸모없는 녀석이라 어디를 가도 잘될 리 없어."

저는 진심으로 이제 가정에 평화가 오기를 기원했습니다. 주인께서 자신의 선행 때문에 고초를 겪으실 생각을 하면 마음이 아팠습니다. 노쇠와 질병이 가정불화에서 비롯된 것이라고 저는 생각했습니다. 그것은 주인어른께서도 그렇다고 인정하신 일이며, 아시다시피 몸이 점점 쇠약해지는 원인이었습니다.

그럼에도 불구하고 우리는 그럭저럭 잘 살아갈 수도 있었을 것입니다. 그런데 캐시 아가씨와 하인 조셉 때문에 그야말로 늘 골치를 앓았습니다. 이번에 워더링 하이츠에 가셨을 때 아마 그 사람을 보셨을 겁니다. 조셉은 지금도 그러리라 생각되지만, 사람들을 아주 성가시게 하고 혼자 잘난 체하는 위선자로 언제나 자기에게 유리한 말들만 성경에서 인용하고 주위의 사람들에게는 저주를 퍼붓곤 하는 인간이었습니다. 약삭빠른 설교와 엄숙한 표정으로 교의에 대해 이야기함으로써 언쇼 어른조차 탄복시켰고, 주인께서 쇠약해짐에 따라 더욱 세도를 부렸던 것입니다.

그는 주인님의 영혼에 관련된 이야기와 자식들을 엄격히 교육시켜야 한다는 이야기로 주인님에게 무자비한 걱정거리를 안겨주었습니다. 그는 주인어른에게 흔들리는 버림받은 자식이라는 생각을 갖도록 충동질했습니다. 그는 밤마다 히스클리프와 캐서린을 모함하는 장황한 이야기를 투덜대듯 지껄였고, 캐서린에게는 가장 무거운 질

책을 함으로써 언쇼 어른의 약점을 더 키우려고 노력했던 것입니다.

사실 캐서린에게는 어떤 아이에게서도 본 적이 없는 나쁜 버릇이 있었습니다. 하루에도 50번 이상 우리 모두의 분통을 자극하며 참을 수 없을 정도로 만들었지요. 우리가 아침에 아래층으로 내려온 시각부터 잠자리에 들 때까지 한시도 마음을 놓을 수 없게 했고, 끊임없이 장난을 쳤습니다. 캐서린은 항상 쾌활하여…… 노래하고 웃고, 자기와 똑같이 행동하지 않는 사람은 누구든지 괴롭혔습니다. 그렇게 말썽꾸러기에다 말괄량이긴 했지만 그 교구에서 가장 아름다운 눈과 귀여운 미소, 그리고 가장 경쾌한 발을 가지고 있었습니다. 결국 그녀에게는 악의가 없었다고 저는 지금도 믿고 있습니다. 왜냐하면 그녀는 간혹 우리를 화나게 하여 소리를 지르게 만들고도 우리와 사귀지 않겠다는 의도는 결코 보이지 않았고, 오히려 우리가 그녀를 달래기 위해 입을 다물고 있도록 했기 때문입니다.

게다가 캐서린은 히스클리프를 무척 좋아했습니다. 캐서린에게 우리가 줄 수 있는 가장 무서운 벌은 히스클리프와 함께 있지 못하게 둘을 갈라놓는 일이었습니다. 그러나 히스클리프 때문에 우리 가운데 꾸지람을 제일 많이 들은 사람은 캐서린이었습니다. 놀이를 할 때 캐서린은 어린 마님 노릇 하기를 몹시 좋아했습니다. 하인들을 마음대로 부리고 소꿉친구들에게 명령하는 것을 좋아했지요. 저한테도 그렇게 대했지만, 저는 찰싹 때리는 행위나 명령받는 것을 견딜 수 없어서 캐서린에게 그런 장난은 싫다는 것을 알렸지요.

그런데 언쇼 어른은 아이들이 하는 농담을 이해하지 못하셨고, 자식들에게는 항상 엄격하고 근엄하셨습니다. 캐서린은 아버지가 병약해지신 뒤로 한창때보다 더 화를 잘 내고 참을성이 없어진 것을 전혀 이해하지 못했어요.

역정을 내며 야단치는 아버지의 행위가 오히려 아버지를 더 화나게 만들겠다는 짓궂은 장난기를 캐서린 속에 불러일으켰던 것입니다. 우리가 다 같이 비난을 퍼부을 때만큼 캐서린이 행복해할 때는 없었습니다. 그럴 때면 캐서린은 대담하고 토라진 얼굴로 준비된 여러 가지 말을 하며 우리에게 대들었습니다. 조셉의 종교적인 저주를 야유하고, 저를 놀리고, 아버지가 제일 싫어하는 행동을 했지요. 그녀의 아버지는 정말 그런 줄 아시지만 사실 그녀는 가장된 오만함을 드러냈는데, 그녀의 그런 가장된 오만이 히스클리프에게는 주인어른의 친절보다 더 위력을 발휘했기 때문에, 히스클리프 소년도 캐시의 명령이라면 무슨 일이든 했으며 주인님의 명령은 기분에 맞을 때만 들어드리곤 하더군요.

캐서린은 온종일 죽어라고 못되게 굴다가 밤이 되면 때로 못된 짓을 보상하듯 귀염을 떨었습니다.

"캐시, 안 돼." 주인어른께서는 말씀하시곤 했지요. "나는 너를 사랑할 수 없다. 넌 네 오빠보다 더 나빠. 저리 가서 기도를 올리고 하느님께 용서를 빌거라. 너의 어머니와 내가 너를 기른 걸 후회하지 않았으면 좋겠다!"

이런 꾸중이 처음에는 아가씨를 울게 했지만, 늘 야단을 맞다 보니 강심장이 되어버렸어요. 그래서 제가 잘못한 것을 미안하다고 말하고 용서를 빌라고 하면 캐서린은 깔깔 웃어대는 것이었습니다.

그러나 드디어 언쇼 어른이 지상에서의 고뇌를 끝맺을 때가 왔습니다. 10월 어느 날 저녁 난롯가의 의자에 앉은 채 조용히 세상을 떠나셨습니다. 강풍이 집 주위를 휘몰아치고 굴뚝 속에서 포효했어요. 험악한 소리를 내는 폭풍이 불고 있었지만 춥지는 않았습니다. 우리는 모두 그곳에 있었습니다. 저는 벽난로에서 조금 떨어져 앉아 부지런히 뜨개질을 하고 있었고, 조셉은 탁자 근처에서 성경을 읽고 있었습니다. (그 당시에는 일이 끝나고 나면 하인들은 대개 안채로 와 있었지요.) 캐시 아가씨는 몸이 아파서 조용히 있었지요. 캐시 아가씨는 아버지의 무릎에 기대 있었고, 히스클리프는 아가씨의 무릎 위에 머리를 놓은 채 마루에 누워 있었습니다.

주인어른께서 잠드시기 전에 아가씨의 고운 머리를 쓰다듬으시면서…… 캐시가 어쩌다 얌전히 있는 것을 보고 기뻐하시며 이렇게 말씀하신 것이 기억납니다.

"캐시, 항상 이렇게 얌전한 아가씨가 될 수는 없니?"

그러자 아가씨는 아버지의 얼굴을 쳐다보고 웃으면서 말했어요.

"아빠, 아빠는 항상 이렇게 다정한 분이 되어주실 수 없으세요?"

그러나 아가씨는 또다시 아버지의 비위를 거슬린 것을 알아차리고는 아버지의 손에 키스하고 주무시도록 노래를 불러드리겠다고 말하더군요. 캐시가 아주 낮은 소리로 노래를 시작하자 주인어른의 손이 따님의 손에서 밑으로 처지고 머리는 가슴 위로 떨어졌습니다. 그래서 저는 캐시에게 아버지가 깨시지 않도록 조용히 하고 몸을 움직이지 말라고 일렀지요. 우리 모두는 생쥐들처럼 조용히 반 시간 정도 앉아 있었습니다. 만약 성경 한 장을 다 읽은 조셉이 주인어른을 깨워 기도를 드리고 침실로 모시고 가려고 몸을 일으키지 않았더라면 우리는 꼼짝하지 않고 더 오래 앉아 있었을 겁니다. 조셉이 다가가서 주인어른을 부르고 어깨를 만졌지만 움직이려는 기색이 보이지 않았어요. 그래서 그는 촛불을 들어 얼굴을 들여다보았습니다.

조셉이 촛대를 내려놓았을 때 나는 무슨 불길한 일이 일어났구나 하는 생각이 들어 아이들을 각각 팔로 감싸안으면서 "빨리 위층으로 올라가요, 소리 내지 말고……. 오늘 밤에는 둘이서만 기도해요. 아버지께서는 무슨 할 일이 있으세요" 하고 그들에게 속삭이듯 말했습니다.

"난 먼저 아버지에게 안녕히 주무시라고 인사할 테야." 캐서린은 우리가 말릴 사이도 없이 아버지의 목을 두 팔로 감으며 말했습니다.

가엾은 아가씨는 당장 아버지가 돌아가신 것을 발견하고 비명을 질렀습니다.

"오, 아버지가 돌아가셨다. 히스클리프! 아버지가 돌아가셨어!"

그러고는 둘 다 가슴이 찢어지도록 엉엉 우는 것이었습니다.

저도 두 아이들과 함께 소리 내어 비통하게 울었지만, 조셉은 이미 하늘의 성자가 되신 분을 두고 그렇게 요란한 소리로 울부짖으면 되겠느냐며 우리를 나무랐습니다.

조셉은 제게 빨리 외투를 입고 기머튼으로 달려가서 의사와 목사님을 모셔오라고 했습니다. 이미 그분은 돌아가신 그때 그들 두 사람이 온다고 무슨 소용이 있는지 저는 짐작할 수도 없었습니다. 어쨌든 저는 비바람을 헤치고 달려가 의사만 모시고 왔습니다. 목사님은 다음 날 아침에 오겠다고 말했던 것입니다.

모든 설명은 조셉에게 맡기고 저는 아이들의 방으로 달려갔습니다. 방문은 빠끔히 열려 있었고, 자정이 지났는데도 두 아이는 자지 않고 있었습니다. 그러나 둘 다 침착한 모습이어서 제가 각별히 위로할 필요는 없었습니다. 이 작은 영혼들은 제가 생각한 것 이상으로 기특한 생각을 하며 서로를 위로하고 있었습니다. 어떤 훌륭한 목사님이라도 그날 밤 두 아이가 순진한 이야기 속에서 그린 천국보다 더 아름다운 천국은 그릴 수 없을 것입니다. 그들의 말을 흐느끼며 듣고 있던 저는 우리 모두가 편안히 천국으로 갈 수 있었으면 하고 바라지 않을 수가 없었습니다.

# 6

힌들리 씨는 장례식에 맞춰 집으로 돌아왔습니다. 우리를 놀라게 하고 사방의 이웃들을 수군거리게 한 일이 생겼는데……힌들리 도련님이 아내를 데리고 온 것이었습니다.

데려온 아내가 어떤 사람인지, 어디 출신인지는 우리에게 전혀 알려주지 않았습니다. 아마 돈도 없고 이름도 없는 가문의 여자였기 때문에 내세울 것이 없었나 봅니다. 그렇지 않다면 그 결합을 아버지에게 숨기지도 않았을 테니까요.

그의 아내는 자신 때문에 집안에 소란을 일으킬 그런 여자는 아니었습니다. 그녀가 이 집 문에 들어서는 순간 눈에 띈 모든 것은 그녀를 기쁘게 했던 것 같았습니다. 장례 준비와 조객들이 있다는 것을 빼놓고는 주위에서 일어나는 모든 일이 마음에 들었던 모양이었어요.

처신하는 것으로 보아 그녀는 머리가 좀 모자라는 여자라는 생각이 들었지요. 아이들의 옷차림을 보살펴야 하는 저를 끌고 자기 방으로 뛰어 들어가, 몸을 덜덜 떨며 양손을 깍지 끼면서 몇 번이고 저에게 묻는 것이었어요.

"그들은 아직 돌아가지 않았나요?"

그러고 나서 그녀는 상복을 보며 그것이 자신에게 일으킨 효과를 히스테리에 사로잡힌 감정으로 표현하기 시작해 깜짝 놀라거나 몸을 떨기도 하며 마침내 울음을 터뜨렸습니다. …… 그래서 제가 무슨 일이냐고 물었더니, 모른다는 것이 그녀의 대답이었습니다. 그런데 죽는다는 것은 너무 무섭다나요! 원!

그녀는 저처럼 죽을 것 같지 않다는 생각이 들더군요. 약간 여윈 편이지만 피부가 젊고 신선한 데다 두 눈은 다이아몬드처럼 빛났습니다. 그런데 계단을 오를 때면 숨이 차 보였고, 갑자기 무슨 작은 소리만 나도 온몸을 떨었으며, 때로 고통스럽게 기침을 했어요. 하지만 그런 증상이 어떤 병이 있다는 조짐인지 통 몰랐기 때문에 저는 그녀를 동정할 생각을 조금도 하지 못했습니다. 록우드 씨, 이곳 사람들은 외부인들이 먼저 접근하지 않으면 대체로 그들을 받아들이지 않는답니다.

젊은 언쇼 서방님은 집을 떠난 3년 동안에 많이 변해 있었어요. 몸이 야위고 혈색도 나빠진 데다 말하는 태도나 옷차림도 아주 달라졌더군요. 돌아온 바로 그날 그는 조셉과 저에게 이후로는 안채를 내놓고 부엌에 딸린 골방을 쓰라고 분부했습니다. 실은 하나의 거실을 따로 만들기 위해 작은 여분의 방에 융단을 깔고 새로 도배도 할 계획이었지만, 그의 아내가 안채의 흰 마루와 거대한 벽난로에서 타오르는 불꽃과 백랍 접시들, 도자기 진열장, 개집, 그리고 평소에 거처하면서도 마음대로 활동할 수 있는 널찍한 장소를 아주 좋아했기 때문에 새로 다른 방을 꾸며서 아내를 위로할 필요가 없어졌던 것입니다.

그의 아내는 새로 알게 된 여러 식구들 중에서 남편의 누이동생을 발견하고 기뻐했지요. 캐서린에게 쓸데없이 지껄이며 키스도 하고, 같이 이리저리 뛰어다니기도 하며, 처음에는 선물도 많이 주곤 했습니다. 그러나 그 애정은 시들해졌고, 그녀가 투정을 부리게 되자 힌들리 서방님은 폭군으로 변했습니다. 아내가 히스클리프를 싫어하는 듯한 말을 몇 마디 하자 힌들리 서방님은 옛날에 품었던 증오심을 되살렸습니다. 그는 히스클리프를 자기들과 함께 있지 못하게 하며 하인들과 똑같이 취급하고, 목사님의 가르침도 못 받게 하고 대신에 농장에 나가 부지런히 일해야 한다고 주장하면서 마침내 농장에서 일하는 젊은이들과 함께 고된 생활을 하게 했습니다.

처음에 히스클리프는 자신의 격하된 처지를 꽤 잘 참아냈습니다. 왜냐하면 캐시가 배운 것을 그에게 가르쳐주었고, 함께 일도 하고 같이 놀기도 했기 때문이지요. 서방님은 자신의 눈에 띄지 않는 한 두 사람이 무슨 짓을 하든, 어떻게 처신하든 상관하지 않았기 때문에 그들은 약속이라도 한 듯 야만인처럼 거칠어졌던 것입니다. 서방님은 그들이 교회에 가는지도 점검하지 않았기 때문에, 그들이 교회에 안 갔을 때는 조셉과 목사님이 그들에 대한 그의 소홀함을 비난했습니다. 그제야 서방님은 생각났다는 듯이 히스클리프를 매질하라고 명하고, 캐서린에게는 점심이나 저녁을 굶도록 했습니다.

그러나 아침이 되면 황무지로 달아나 그곳에서 하루 종일 시간을 보내는 것이 두 사람이 누리는 주된 즐거움의 하나였습니다. 뒤에 내려지는 벌은 비웃어 넘기면 그만이었지요. 목사님이 캐서린에게 암기하라고 아무리 여러 장을 배당해도, 조셉이 팔이 아프도록 히스클리프를 매질해도 그들은 서로를 만나는 순간 모든 것을 잊었고, 적어도 함께 어떤 짓궂은 복수를 계획하는 순간 다 잊어버렸습니다. 저는 그들이 날이 갈수록 더 무모해지는 것을 보고 수없이 울었습니다. 그러나 의지할 데 없는 그 아이들에게 제가 가지고 있는 미약한 힘이나마 잃을까 봐 감히 말 한마디 꺼내지 못했습니다.

어느 일요일 저녁 무렵이었습니다. 시끄럽게 했다는 죄로, 아니 그와 비슷한 어떤 가벼운 죄로 그들이 거실에서 쫓겨났습니다. 저녁 식사를 하라고 부르러 갔지만 어디에서도 그들을 발견할 수 없었습니다.

우리는 집 안을 아래위로 뒤지고, 마당과 마구간을 찾아보았습니다. 그들은 보이지 않았습니다. 마침내 힌들리 서방님은 화가 나서 문을 잠그고 밤중에 돌아오더라도 집 안에 들이지 말라고 명령하셨습니다.

집안 식구들은 모두 잠자리에 들었지만, 너무 걱정된 나머지 잠을 이룰 수 없던 저는 비가 내리는데도 격자창을 열고 밖을 내다보며 귀를 곤두세우고 혹시 그들이 돌아오면 힌들리 서방님의 명령을 어기고라도 안으로 들일 생각이었습니다.

잠시 후 길가에서 발걸음 소리가 들렸고, 등불의 빛이 문틈으로 껌뻑이는 것이 보였습니다.

저는 머리에 숄을 두르고 두 아이가 문을 두드려 서방님을 깨우는 일이 없도록 밖으로 뛰어나갔습니다. 그러나 히스클리프 혼자만이 거기에 있었습니다. 그가 혼자인 것을 보고 제 가슴은 철렁 내려앉았습니다.

"캐서린 아가씨는 어디 있지?" 저는 서둘러 물었습니다. "무슨 사고가 난 건 아니겠지?"

"드러시크로스 농장에 있어요" 하고 히스클리프가 대답하더군요. "나도 함께 그곳에 있고 싶었지만, 그 집 사람들은 나보고 머물고 가라고 말하는 예의가 없었어요."

"너는 혼이 날 거다!" 제가 말했습니다. "너는 쫓겨나야 직성이 풀릴 테지. 아니 도대체 왜 드러시크로스 농장까지 갔니?"

"넬리, 내 젖은 옷 좀 벗겨줘요. 내가 모두 이야기할 테니까." 그가 대답했습니다.

저는 그에게 서방님을 깨우지 않도록 조심하라고 주의를 주고 그가 옷을 벗는 동안 촛대를 들고 있었는데, 그는 계속해서 말했습니다.

"캐시와 나는 세탁실에서 빠져나가 자유롭게 돌아다니고 있었는데, 저쪽 농장에서 불빛이 끔뻑거리는 것이 보였어요. 우리 둘은 린튼 가문의 애들도 그들의 부모가 난롯가에서 불을 쬐며 먹고 마시고 노래하고 웃을 때 한쪽 구석에서 떨며 일요일 저녁을 보내는지 한번 가서 보기로 했어요. 그곳도 여기와 같다고 생각해요? 설교문을 읽고, 남자 하인이 묻는 교리문답에 대답하고, 제대로 대답하지 못하면 많은 복음서의 이름을 죄다 외우라고 명령받는 줄 알아요?"

"그렇게는 안 할지 모르지." 제가 대답했지요. "그 댁 아이들은 착할 거야. 잘못해서 너희들이 받는 그런 벌은 받을 필요가 없을 거다."

"넬리, 설교는 집어치워요." 그가 말했습니다. "말도 안 돼! 우리는 워더링 하이츠 언덕 꼭대기에서 그 집 정원 숲까지 한 번도 쉬지 않고 뛰어갔어요. 캐서린은 맨발이었기 때문에 그 경주에서 나한테 완전히 졌지요. 내일 늪에서 신발을 찾아야 할 거예요. 우리가 꺾어진 울타리를 통해 기어 들어가 어둠 속을 더듬으며 길을 찾아가서 응접실 창 밑에 가꾸어놓은 꽃밭 앞까지 가니까, 거기서 불빛이 흘러나왔어요. 덧문은 아직 닫히지 않았고 커튼도 반만 쳐져 있더군요. 우리는 받침돌 위 창틀에 매달려 안을 들여다볼 수 있었어요. 아, 참 아름다웠어요. 진홍색 융단이 깔려 있고 진홍색 천으로 덮인 탁자와 의자가 놓여 있었어요. 금줄로 테를 두른 하얀 천장 한가운데 은사슬로 이어진 유리알이 주렁주렁 매달려 있고 작고 은은한 촛불이 반짝이고 있는 작은 방이었어요. 늙은 린튼 씨 부부는 거기에 없었어요. 에드거와 그의 누이동생이 그 방을 쓰고 있더군요. 그러니 그들은 행복하지 않겠어요? 우리 같으면 천국에 와 있다고 생각할 지경이었어요! 그런데 그 착한 아이들이 무엇을 하고 있었다고 생각해요? 이사벨라는…… 캐시보다 한 살 아래인 열한 살일 텐데…… 마귀할멈이 붉게 달군 바늘로 찌르기라도 하듯 비명을 지르며 방 저편 끝에 누워 있더군요. 에드거는 벽난롯가에 조용히 선 채로 훌쩍거리고, 탁자 가운데는 강아지 한 마리가 다리를 흔들며 짖어대고 있더군요. 둘이 다투는 걸 보아 그 강아지를 서로 빼앗으려는 게 틀림없었어요. 바보 같은 것들! 그게 그들의 즐거움이라니! 따뜻한 털 뭉치를 서로 차지하려고 실컷 다투다가, 나중에는 서로 필요 없다고 고집을 부리면서 울기 시작했다니까요. 우리는 그 응석꾸러기들을 보고 웃음을 터뜨렸어요. 비웃었다니까요! 캐서린이 갖고 싶어 하는 것을 내가 빼앗으려 한 적이 있나요? 또 우리가 그 애들처럼 방 양쪽 끝에 갈라서서 울고 소리 지르고 뒹구는 것을 본 적이 있어요? 나는 천 번을 죽었다 깨어도 드러시크로스 농장, 린튼 가의 거주지와 여기 내가 있는 이곳을 바꾸지 않겠어요. 설령 내가 조셉을 가장 높은 박공으로 집어던지고 힌들리의 피로 이 집 정면을 칠할 특권을 가지고 있대도 말이에요!"

"쉿, 그만!" 제가 이야기를 가로막았습니다. "히스클리프, 어째서 캐서린을 남겨두고 왔는지는 말하지 않았잖아?"

"우리가 웃었다고 내가 말했지요?" 하고 그가 대답했습니다. "그 소리를 듣고 린튼 남매는 쏜살같이 함께 문으로 달려왔어요. 그러고는 잠시 말이 없더니, '오, 엄마! 엄마! 오, 아빠, 아빠! 오, 엄마, 이리 와보세요. 아, 아빠, 오!' 하고 소리치더군요. 그들은 정말 짐승처럼 울부짖었어요. 그래서 우리는 그 애들을 더 겁주기 위해 무서운

76

소리를 지르고 나서 창턱 아래로 뛰어내렸지요. 누가 문빗장을 여는 소리가 들리기에 나는 도망치는 게 상책이다 싶어 캐시의 손을 잡고 빨리 뛰라고 다그쳤어요. 그때 캐시가 그만 넘어지고 말았다고요.

'도망쳐, 히스클리프! 도망쳐!' 캐시가 속삭였어요. '저 사람들이 불도그를 풀어놓았어. 나를 물었어!'

넬리, 그 악마 같은 개가 캐시의 발목을 물었더군요. 나는 그놈의 지겨운 콧김 소리를 들었어요. 캐시는 비명을 지르지 않았어요, 전혀! 캐시는 미친 소의 뿔에 받혀도 '까짓거 뭐' 하고 콧방귀를 뀌었을 거예요. 그런데 나는 소리를 질렀어요. 기독교 국가에 있는 어떤 악마라도 멸할 만큼 욕설을 퍼부었어요. 그러고는 돌을 집어서 그놈의 입안에 넣고 목구멍까지 밀어넣었지 뭐예요. 마침내 짐승처럼 생긴 하인 하나가 등을 들고 다가오며 소리치는 것이었어요.

'꽉 물고 있어. 스컬커, 꽉 물어!'

그러나 스컬커가 물고 있는 것을 보더니 그만 말투가 달라졌어요. 개는 커다란 자색 혀를 반 피트나 입 밖으로 늘어뜨리고 입에서 피가 섞인 침을 줄줄 흘리며 교살당하기 직전인 것 같았어요.

하인이 캐시를 일으켰는데, 캐시는 몸이 아픈 것 같았어요. 무서워서가 아니었어요. 확실히 아팠기 때문일 거예요. 그 사람이 캐시를 안으로 데려갔기 때문에 나도 욕을 내뱉고 복수를 다짐하면서 따라갔지요.

'뭘 잡았나, 로버트?' 린튼 씨가 입구에서 큰 소리로 물었어요.

'스컬커가 조그마한 계집애를 붙잡았습니다' 하고 그가 대답하더군요. '그리고 여기 사내놈도 있습니다' 하고 나를 힘껏 잡은 채 말을 덧붙였어요. '악한 같은 얼굴입니다! 분명히 강도들이 이 애들을 창문으로 들여보내서 문을 열게 해놓고, 모두가 잠든 뒤에 들어와서 우리를 쉽게 죽이려고 했을 겁니다. 입 닥쳐! 입이 더러운 이 도둑놈아! 넌 이런 짓을 했으니 교수형을 받아야 해. 린튼 씨, 총을 치우지 마십시오.'

'알았어, 알았어. 로버트.' 늙은 바보가 말하더군요. '놈들은 어제가 토지세가 들어오는 날이라는 것을 알고 날짜를 꼭 맞춰 습격한 거야. 들어오너라. 환영회를 베풀어야지. 자, 존, 사슬로 묶어. 제니, 스컬커에게 물 좀 주어라. 치안 판사의 저택에, 그것도 일요일에 습격을 하다니! 이런 오만함이 언제 끝나려나? 오, 여보, 메리, 이리 와봐요! 무서워할 건 없소. 아이들인걸. 하지만 이놈 인상이 벌써 악당 같군그래. 이런 인상에 걸맞은 악한 짓을 저질러서 본성을 드러내기 전에 곧장 교수형에 처하는 것이 국가를 위해 좋은 일 아니겠어?'

그가 나를 샹들리에 밑으로 끌어다 놓으니까 린튼 부인은 코 위에 안경을 얹고 바라보더니 그만 기겁을 하고 두 손을 번쩍 들더군요. 겁 많은 아이들도 더 가까이 기어왔어요. 이사벨라가 그때 이렇게 중얼거렸어요.

'무서운 것! 아빠, 지하실에 가둬버리세요. 얘는 내가 갖고 있던 길들인 꿩을 훔쳐 간 점쟁이 아들과 똑 닮았어요. 에드거, 안 그래?'

그들이 나를 자세히 뜯어보는 동안 캐시가 정신을 차렸는데, 이 마지막 말을 듣고는 그만 웃음을 터뜨리더군요. 에드거 린튼은 우리를 자세히 뜯어보더니 충분한 기지를 모았는지 캐시를 알아보더군요. 아줌마도 잘 알다시피 우리가 다른 곳에서는 좀처럼 서로 만나지 못하지만 그들은 교회에서 우리를 보거든요.

'저 애는 언쇼 양이에요!' 그는 자기 어머니에게 속삭였어요. '보세요, 스컬커가 저렇게 물어뜯었어요…….. 발에서 피가 흐르고 있

어요!'

'언쇼 양이라고? 설마!' 하고 마님이 소리치더군요. '언쇼 댁 딸이 저런 집시와 함께 쏘다니다니! 그런데 저런, 저 애가 상복을 입고 있군. 정말 그래……. 저 애, 평생 절름발이가 될지도 모르겠어.'

'저 애의 오빠라는 사람은 아주 무모하고 여동생에게 너무나도 무관심하군, 참!' 린튼 씨는 나를 보다가 캐서린을 향하여 소리치더군요. '나는 쉴더스한테 들어서 알고 있어. (쉴더스는 아이들을 가르치는 목사인데) 그 오빠라는 사람은 자기 누이동생이 완전한 이교도가 되는데도 방치하고 있다는 거야. 그런데 이 녀석은 누구야? 이런 놈을 어디서 사귀었지? 옳아, 돌아가신 내 이웃이 리버풀에 갔다가 주워 왔다는 이상한 녀석이 바로 이 애로군. 동인도의 선원인지 미국인이나 스페인인이 버린 아이인지, 뭐 그런 애야.'

'어쨌든 흉악한 아이로군요.' 늙은 부인이 말했어요. '점잖은 집안에는 전혀 어울리지 않아요! 린튼, 저 애가 하는 말을 자세히 들어보셨어요? 우리 아이들이 그런 욕설을 들었을까 봐 겁이 나네요.'

그래서 나는 또 욕을 했어요. 넬리 아줌마, 화내지 마요. 그러자 로버트를 시켜 나를 끌어내게 하더군요. 나는 캐시와 함께가 아니면 돌아가지 않겠다고 말했어요. 놈이 나를 마당으로 끌고 나가더니 손에다 등을 억지로 들려주며 내가 한 짓을 언쇼 씨에게 통지하겠다고 으름장을 놓고는 똑바로 걸어가라고 하더니 문을 닫더군요.

아직 커튼의 한 구석이 그대로 걷혀 있어서 안을 들여다보았지요. 캐서린이 원한다면 그들이 돌려보내지 않으려 해도 그 거대한 유리창을 산산조각으로 박살 내고서라도 함께 돌아올 생각이었어요.

캐시는 소파에 조용히 앉아 있더군요. 린튼 부인은 우리가 집에서 나올 때 빌려 온 목장 하녀의 회색 외투를 벗겨주고 머리를 흔들면서 캐시를 간절하게 타이르고 있는 것 같았어요. 캐시는 젊은 숙녀니까 나와는 다르게 대우하고 있었어요. 그러고는 나이 든 여자 하인이 대야에 더운 물을 담아 와서 캐시의 발을 씻겨주더군요. 린튼 씨는 포도주를 뜨겁게 데워 한 잔 만들어주었고, 이사벨라는 케이크 한 접시를 무릎 위에 올려놓아주었고, 에드거는 멀찍이 서서 입을 벌린 채 보고 있었어요. 그러고 나서 모두 달라붙어 캐시의 어여쁜 머리칼을 말려 빗겨주고 터무니없이 큰 실내화를 신겨 의자에 앉힌 채 난롯가로 밀고 가는데, 캐시는 손에 든 음식을 강아지와 스컬커에게 나눠주고는 그것을 먹는 개들의 잔등을 쓰다듬으면서 한없이 즐거워하고 있었어요. 캐시의 명랑한 얼굴빛이 반사되었는지 린튼 씨 가족의 흐릿한 푸른 눈에도 약간 생기가 도는 것 같았어요. 그걸 보고 나는 이렇게 집으로 돌아왔어요. 그 사람들은 바보처럼 감탄에 젖어 있었어요. 그들과 비교하면 캐시는 정말 측량할 길이 없을 정도로 우월했어요. 지상의 누구보다도……. 넬리, 안 그래요?"

"이번 일로 생각보다 더 큰 일이 일어날 거다." 이불을 덮어주고 불을 끄면서 제가 대답했습니다. "히스클리프, 너는 어쩔 수 없는 아이로구나. 힌들리 서방님이 극단적인 방편을 강구할 거야. 두고 봐라."

제가 한 이 말은 예상한 것보다 더 들어맞았습니다. 그 운수 나쁜 모험은 언쇼 서방님을 노발대발하게 만들었지요. 게다가 린튼 씨가 어떻게 일이 벌어졌는가를 설명하기 위해 몸소 찾아와서 젊은 사람이 자기 집안 단속을 그렇게 하면 되느냐고 장황한 잔소리를 늘어놨기 때문에 서방님은 충격을 받고 주변을 철저히 감독하겠다고 결심하게 되었습니다.

히스클리프는 매를 맞지는 않았지만 앞으로 캐서린과 한마디라도 이야기를 나누면 내쫓겠다는 말을 들었습니다. 한편 언쇼 부인도 시누이가 돌아오자 꼼짝 못하게 했는데, 힘이 아니라 계략을 써서 단속하기로 했지요. 강제로 단속해봤자 소용이 없다는 것을 그녀는 깨달았던 것입니다.

# 7

캐시는 크리스마스까지, 그러니까 5주간이나 드러시크로스 농장
에 머물렀습니다. 그때쯤에는 발목의 상처도 다 아물고, 행실도 많
이 얌전해져 있었습니다. 그 집 주인마님께서는 틈틈이 찾아가서 캐
시의 성격을 고쳐주기 위해 좋은 옷을 입히고 칭찬도 해주며 캐시의
자존심을 키워주기 위한 노력에 착수했는데, 캐시도 이를 기꺼이 받
아들였지요. 그래서 집에 돌아왔을 때는 모자도 쓰지 않은 채 달려
들어와 우리를 숨이 막히도록 끌어안는 거친 모습이 아니라, 멋진
망아지에서 살포시 내려 서는 실로 품위 있는 모습을 보였습니다.
깃털 장식이 꽂힌 수달피로 만든 모자 아래로는 갈색 고수머리를
늘어뜨리고 양손으로 끝을 바로잡지 않으면 안 될 만큼 긴 부인용
모직 승마복을 입은 채 아주 의젓하게 집으로 들어오더군요.
　힌들리는 여동생을 말에서 부축하듯 들어 내리면서 기쁜 탄성을
질렀습니다.
　"아, 캐시, 넌 정말 미인이구나! 이런 미인인 줄은 이제껏 전혀
몰랐는걸. 이젠 숙녀 같구나……. 프랜시스, 이사벨라 린튼은 캐시
와 비교도 되지 않겠는데, 그렇지 않소?"
　"이사벨라는 타고난 바탕부터 모자라지요" 하고 그의 아내가 말
했습니다. "그러나 여기 왔으니 다시 전처럼 거칠어지지 않도록 주

의해야 해요. 엘렌, 캐서린 아가씨의 옷을 벗겨드려. 아가씨는 잠깐 여기 있어요. 머리칼이 말린 것을 풀어야겠어요. 모자부터 벗겨줄게요."

제가 그 여성용 승마복을 벗겼더니, 그 밑에서 화려한 격자무늬의 비단 상의와 흰 바지와 윤이 자르르 흐르는 구두가 빛나고 있었습니다. 개들이 환영한답시고 달려들자 캐시의 두 눈은 기쁨으로 빛났지만 훌륭한 옷을 버릴까 봐 감히 개들을 쓰다듬지는 않더군요.

캐시는 저에게 부드럽게 키스를 했고, 제가 크리스마스 케이크를 만드느라 밀가루 범벅이 되어서인지 저를 껴안지는 않았습니다만, 그러고 나서 캐시는 히스클리프를 찾느라 두리번거렸습니다. 언쇼 부부는 이 두 남녀가 만나는 것을 보면 앞으로 그들을 갈라놓는 데 성공할지 판단할 수 있겠거니 하고 초조한 눈으로 바라보고 있었습니다.

처음에는 히스클리프를 발견하기가 어려웠습니다. 캐서린이 집을 비우기 전에도 히스클리프는 남들에게 관심이 없었고 또 관심의 대상도 되지 않았지만, 그 후로는 열 배나 더욱 그런 상태였습니다.

저만이 그래도 친절을 베풀며, 몸이 더러우니 1주일에 한 번은 몸을 씻으라고 그에게 말해주었습니다. 사실 그 또래의 아이들은 좀처럼 비누와 물로 씻는 것을 좋아하지 않았습니다. 진흙과 먼지 속에서 놀며 3개월이나 안 갈아입은 옷이며 빗질도 안 한 숱 많은 머리는 말할 것도 없고, 얼굴과 손에는 지독히 때가 끼어 있었습니다. 그가 기대한 대로 지저분한 머리를 한 자신의 닮은꼴이 아니라, 이처럼 밝고 우아한 아가씨가 들어오는 것을 보고 등받이가 높은 의자 뒤에 그가 숨은 것은 당연한 일이었습니다.

"히스클리프는 여기 없나요?" 캐시가 장갑을 벗고 그동안 아무

일도 하지 않고 집 안에만 있었기 때문에 놀랍도록 하얘진 손가락을 내놓으며 물었어요.

"히스클리프, 앞으로 나와라." 힌들리 씨가 소리쳐 불렀습니다. 그는 히스클리프가 어쩔 줄 몰라 하는 것을 즐기며, 보기 흉한 젊은 망나니가 캐서린 앞에 어쩔 수 없이 나오는 모습을 보고 만족하고 있었습니다. "너도 다른 하인들처럼 캐서린 양을 환영해라."

캐시는 숨어 있는 자기의 친구를 보자 쏜살같이 달려가서 포옹을 하고 눈 감짝할 사이에 일고여덟 번이나 그의 뺨에 키스를 하고는, 갑자기 멈추고 물러서더니 웃음을 터뜨리며 외쳤습니다.

"어머나, 어쩌면 그렇게 까맣고 쌩그린 얼굴을 하는 거지! 어쩌면…… 어쩌면 그렇게 우습고 침울할까! 하지만 내가 에드거와 이사벨라 린튼의 생활 습관에 젖어서 왔기 때문일 거야. 저, 히스클리프, 나를 잊어버렸니?"

캐서린이 이렇게 묻는 데는 이유가 있었습니다. 그는 부끄러움과 자존심으로 얼굴에 전보다 갑절이나 되는 침울함이 감돌고 있었고 발도 움직일 수 없었기 때문입니다.

"악수해라, 히스클리프." 언쇼 씨는 아량을 베풀듯이 말했습니다. "가끔 악수하는 건 괜찮다."

"안 하겠어!" 그는 마침내 혀를 풀고 대답했습니다. "나는 웃음거리가 되지 않겠어. 그건 참을 수 없어!" 그러고는 그 자리를 뿌리치고 떠나려 했지만 캐시가 그를 다시 붙잡았습니다.

"난 너를 비웃을 의도는 없었어" 하고 아가씨가 말했습니다. "그냥 참을 수가 없었어. 히스클리프, 적어도 악수 정도는 하자! 무엇 때문에 화가 난 거니? 네 모습이 우습게 보였을 뿐이야……. 세수하고 머리만 빗으면 괜찮을 거야. 하지만 지금 너는 굉장히 더러워!"

캐시는 자기 손 안에 잡은 그 더러운 손가락과 자신의 옷을 걱정스레 바라보았습니다. 자기 옷이 그의 옷에 닿아 더러워지지는 않았나 걱정이 되었던 것입니다.

"내 몸에 손댈 필요 없어!" 하고 그는 캐시의 눈을 빤히 들여다보고 손을 얼른 빼면서 대답했습니다. "나는 마음껏 더럽게 하고 있겠어. 나는 더러운 것이 좋아. 그러니까 앞으로도 더럽게 하고 있을 거야."

그 말과 동시에 히스클리프는 방에서 뛰쳐나갔습니다. 주인 부부는 즐거워했고 캐서린은 그야말로 혼란스러워했습니다. 캐서린은 자기의 말이 어째서 그를 그토록 화나게 했는지 도무지 이해할 수 없었습니다.

새로 온 캐시의 시중을 들고 나서 저는 케이크를 오븐 안에 넣고 안채와 부엌을 크리스마스 이브에 걸맞게 불을 크게 피워 명랑한 분위기로 만든 후 혼자서 크리스마스 캐럴을 부르며 앉아서 즐길 참이었습니다. 조셉이 제가 부르는 성가의 명랑한 곡조가 경박하다고 우겼지만 저는 개의치 않았습니다.

조셉은 혼자 기도를 하기 위해 자신의 골방으로 물러가고, 언쇼 부부는 린튼 남매에게 그 친절에 대한 고마움을 표시할 선물로서 캐시를 위해 사두었던 여러 가지 장난감을 꺼내어 아가씨의 주의를 끌고 있더군요.

그들은 린튼 가의 남매를 내일 워더링 하이츠로 와서 보내도록 초대하고 승낙을 받았는데, 조건이 하나 있었습니다. 자기들의 귀여운 자식들이 그 '못된 욕쟁이 소년'과는 한자리에 앉지 않게 해달라는 요청이었습니다.

이런 여건에서 저는 혼자 남게 되었습니다. 저는 끓는 음식에서 피어오르는 양념 냄새를 맡고, 번쩍번쩍 빛나는 주방 용구들과 물푸레나무로 장식된 잘 닦인 시계, 만찬을 위해 노른자를 넣고 데운 맥주가 가득히 부어질 은잔들이 가지런히 놓인 쟁반, 무엇보다 제가 각별히 신경을 써서 이룩한 순수함…… 잘 문지르고 잘 쓸어놓은 마루에 감탄하고 있었습니다.

저는 이 모든 것에 속으로 그에 걸맞은 찬사를 보내다가, 돌아가신 언쇼 어른이 이렇게 깨끗하게 정리했을 때 들어오셔서 저를 부지런한 여자라고 칭찬하시며 크리스마스 선물이라고 1실링을 제 손에 쥐여주시던 일이 기억났습니다. 이어서 저는 그 어른이 히스클리프를 사랑하시던 일, 자기가 죽고 나면 학대를 받지 않을까 하고 걱정하시던 일이 생각났고, 자연히 현재 이 가엾은 젊은이의 처지를 생각하기에 이르러 노래하던 마음이 울음으로 바뀌는 것이었습니다. 그러나 그의 결점에 대해 눈물이나 쏟기보다는 그 결점을 고쳐주려고 노력하는 것이 더 의미 있다는 생각을 곧 하게 되었지요. 그래서 저는 일어나 그를 찾으러 마당으로 나갔습니다.

그는 그다지 먼 곳에 있지 않았습니다. 마구간에서 새 망아지의 윤기 흐르는 털을 쓰다듬으며 늘 하던 대로 다른 짐승들에게도 사료를 주고 있었습니다.

"히스클리프, 서둘러!" 제가 말했습니다. "부엌이 아주 아늑해. 조셉은 위층에 올라갔고. 서둘러. 캐시 아가씨가 나오기 전에 내가 깨끗하게 치장해줄게. 그러면 둘이서 벽난롯가에 앉아서 잘 때까지 오랫동안 얘기를 나눌 수 있을 거야."

히스클리프는 일을 계속할 뿐 저에게 고개도 돌리지 않더군요.

"오라니까…… 오지 않겠니?" 제가 계속 말을 이었습니다. "둘이 먹을 케이크가 있어. 옷을 입으려면 30분은 걸린단 말야."

저는 5분은 기다렸습니다. 그런데도 아무 응답이 없자 그 자리를 떠났지요. 캐서린은 오빠 내외와 함께 저녁 식사를 하고, 조셉과 저는 비난과 불손함이 뒤섞여 정다움이라곤 하나도 없는 식사를 같이 했습니다. 히스클리프 몫의 케이크와 치즈는 요정들이나 먹으라는 듯 밤새 탁자 위에 놓여 있었습니다. 그는 밤 9시까지 일을 계속하고는 말없이 찌푸린 얼굴로 자기 방으로 들어갔습니다.

캐시는 새로운 친구들을 환영하기 위해 여러 가지를 준비하느라 늦게까지 깨어 있었습니다. 그녀는 옛 친구 히스클리프와 이야기하려고 부엌에 한 번 왔었지만, 그가 없으니까 어찌 된 일이냐고 묻더니 그냥 나가버렸습니다.

다음 날 아침 히스클리프는 일찍 일어났습니다. 그날이 휴일이었기 때문에 언짢은 기분도 풀 겸 황무지로 나갔다가 식구들이 교회로 떠났을 때 비로소 다시 나타났습니다. 굶고 반성한 덕분에 기분이 나아진 것 같았습니다. 한동안 제 곁에서 왔다 갔다 하더니 용기를 짜내어 갑자기 소리쳤습니다.

"넬리, 나를 말쑥하게 해줘요. 얌전해질 테니까."

"히스클리프, 잘 생각했다." 제가 말했어요. "너는 캐서린을 슬프게 했어. 아가씨는 집에 돌아온 것을 오히려 후회할지도 몰라! 캐시만 위해주니까 샘이 난 모양이구나."

캐서린이 부러워 샘을 낸다는 말을 히스클리프는 이해하지 못했지만, 캐시를 슬프게 했다는 말은 분명히 알아듣더군요.

"캐시가 슬펐다고 말했어요?" 하고 그는 매우 진지한 표정으로 물었습니다.

"오늘 아침에도 또 밖으로 나가버렸다고 말했더니, 아가씨가 울었단다."

"그래요? 나도 어젯밤에 울었어요" 하고 그가 대꾸하더군요. "나는 캐시보다 울어야 할 이유가 더 많아요."

"그렇지. 너는 거만한 마음과 허기진 배를 움켜쥐고 자러 간 이유가 있겠지" 하고 제가 말했습니다. "거만한 사람은 멋대로 자기 슬픔을 키우는 법이야. 그렇지만 네가 공연히 토라진 것을 부끄럽게 생각한다면 아가씨가 들어왔을 때 용서를 빌어. 알겠니? 네가 먼저 다가가서 키스를 청하고……. 뭐라고 말해야 할지는 네가 제일 잘 알 거야. 그냥 마음에서 우러나오는 말만 하면 돼. 캐시가 멋진 옷을 입었다고 해서 낯선 사람으로 바뀌었다고 생각하지는 마. 자, 나는 음식을 준비해야 되지만 틈 나는 대로 너를 치장해서 에드거 린튼 따위는 네 곁에 왔을 때 장난감같이 보이게 해줄게. 사실 그는 장난감 같아. 너는 린튼보다 어리지만 키가 더 크고 어깨도 두 배나 넓어. 린튼 같은 애는 눈 깜짝할 사이에 때려눕힐 수 있어. 그렇다고 생각하지 않니?"

히스클리프의 얼굴은 잠시 밝아졌습니다. 그러다가 이내 흐려지더니 한숨을 내쉬었습니다.

"그렇지만 넬리, 내가 놈을 스무 번 때려눕힌다 한들 놈의 모습이 추해지는 것도 아니고 내 생김새가 더 나아지는 것도 아니잖아요. 나도 그와 같은 부드러운 머리카락과 하얀 피부에 그렇게 좋은 옷을 입고, 몸가짐도 점잖고 놈처럼 부자가 될 운을 타고났다면 얼마나 좋겠어요!"

"그리고 툭하면 엄마나 불러댔겠지……" 하고 제가 그의 말을 거들었습니다. "그러고는 시골 아이가 저한테 주먹을 휘두를까 봐 떨고 비가 조금만 와도 온종일 집안에 틀어박혀 있겠지. 오, 히스클리프, 그렇게 마음이 약해서 어떻게 해! 자, 거울 앞으로 와. 네가 원하는 게 무언지 가르쳐줄게. 양미간에 생긴 두 줄의 주름을 보란 말야. 네 더부룩한 눈썹은 아치 모양으로 올라가지 않고 가운데가 꺼져 있어. 그리고 악마가 보낸 스파이처럼 창문을 활짝 열어본 일 없이 그 밑에 숨어 번뜩이기만 하는, 저 깊이 묻힌 한 쌍의 검은 악마들이 보이지? 그 침울한 주름살을 펴고 눈꺼풀을 솔직하게 올려봐. 그 악마 같은 눈을 숨김없고 순박한 천사의 눈으로 바꾸고, 아무것도 미심쩍거나 의심스럽게 생각하지 말고, 분명한 적이 아닌 사람들을 친구로 대하란 말야. 발길에 채는 것이 응분의 보복이라는 것을 아는 듯하면서도 채어서 아프니까 온 세상을 증오하는 그런 똥개 같은 비겁자의 표정은 짓지 마."

"다른 말로 하면 에드거 린튼의 크고 푸른 눈과 훤한 이마를 갖게 해달라고 빌어야 한단 말이군요." 히스클리프가 대꾸했습니다. "빌겠어요. 하지만 빈다고 그렇게 되나요."

"애야, 마음을 착하게 쓰면 얼굴도 예뻐지는 법이란다" 하고 저는 계속했습니다. "네가 원래 흑인이라도 마찬가지야. 하지만 악한 마음씨는 가장 멋진 얼굴도 추하게 만드는 법이지. 자, 이제 얼굴도 깨끗하게 씻고 빗질도 하고 샐쭉한 표정을 짓고 있는데…… 어때? 네가 멋있다고 생각되지 않니? 정말이지 내 눈에는 멋져 보이는구나. 꼭 변장한 왕자님이라고 하면 좋겠군. 네 아버지는 중국의 황제이고 어머니는 인도의 여왕님이어서 두 분이 단 1주일의 수입으로 워더링 하이츠와 드러시크로스 농장을 한꺼번에 사들일 수 있는 분들인지 누가 알겠니? 그리고 너는 나쁜 뱃사람들에게 유괴당하여 영국으로 끌려온 것인지도 몰라. 너 같은 처지라면 나는 내가 고귀한 집안에서 태어났다고 생각하겠다. 내가 누구라는 그런 생각으로 보잘것없는 농부의 학대쯤은 이겨낼 용기와 위엄이 생길 거야!"

이렇게 제가 지껄이는 동안에 히스클리프의 찌푸렸던 표정은 펴지고 무척 유쾌해 보이기 시작했습니다. 그때 갑자기 마차가 덜거덕거리며 길에서 마당으로 들어오는 소리에 우리의 대화는 중단되었습니다. 그는 창가로 달려갔고 저는 문으로 달려갔습니다. 때마침 린튼 가의 두 남매가 외투와 털목도리로 몸을 감싼 채 가족 마차에서 내리고, 언쇼 가의 사람들도 말에서 내리는 것이 보였습니다. 그들은 겨울에는 보통 마차를 타고 교회에 갔지요. 캐서린이 두 손으로 린튼 남매의 손을 이끌고 집 안으로 들어와 난로 앞에 앉혔더니, 난로에서 타는 불이 그들의 하얗던 얼굴에 환한 색을 던져주었습니다.

저는 히스클리프에게 얼른 가서 친절하게 대해주라고 재촉했습니다. 그는 기꺼이 제 말대로 했습니다. 그러나 재수 없게도 그가 부엌에서 나가는 한쪽 문을 열었을 때 힌들리 씨가 반대편에서 문을 열고 들어오면서 두 사람이 마주쳤습니다. 집주인은 히스클리프가 전에 없이 깨끗하고 명랑한 것을 보고 화가 났는지, 아니면 린튼 부인과의 약속을 지켜야겠다고 생각했는지 그를 갑자기 뒤로 밀치더니 화난 목소리로 조셉에게 명령했습니다. "이놈을 방 밖으로 끌어내고, 저녁 만찬이 끝날 때까지 다락방에 처박아둬. 잠시라도 음식물 곁에 두면 과일 파이에다 손가락을 쑤셔넣고 과일을 훔쳐 갈지도 몰라."

"아니에요, 서방님." 제가 한마디 하지 않을 수 없었습니다. "그는 어떤 것에도 손대지 않을 겁니다. 그 애도 우리와 마찬가지로 음식을 먹어야지요."

"어두워질 때까지 아래층에 나타난 게 내 눈에 띄면 얻어터질 줄 알아" 하고 힌들리는 소리쳤습니다. "어서 꺼져, 이 건달아! 너, 아주 멋을 부렸구나. 내가 그 우아한 머리를 잡아보게 거기 가만히 있

90

거라. 내가 잡아당기면 좀 더 길어지는지 보자꾸나!"

"잡아당기지 않아도 이미 길군요" 하고 린튼 가의 도련님이 문가에서 안을 들여다보며 말했습니다. "저런 긴 머리를 하고도 두통이 없는 것이 이상해요. 눈 위를 덮은 게 꼭 망아지의 갈기 같은데요!"

그가 이렇게 대담하게 말한 것이 무슨 모욕을 줄 의도는 아니었습니다. 그러나 히스클리프의 격렬한 성격은 정이 가지 않는 녀석, 그 당시에는 경쟁자로 보이는 녀석의 입에서 나온 건방진 발언을 참고 견디지 못했습니다. 그는 아무것이나 처음 손에 잡히는 대로 뜨거운 사과즙이 담긴 쟁반을 들어 그런 말을 한 그 도련님의 얼굴과 목덜미를 향해 정통으로 집어던지는 것이었어요……. 도련님은 그 순간 울음을 터뜨렸고, 이사벨라와 캐서린이 그리로 달려오게 되었습니다.

언쇼 씨는 범인을 그 자리에서 붙잡아 자기 방으로 끌고 갔습니다. 틀림없이 언쇼 씨는 치밀었던 분노를 식히기 위해 히스클리프에게 지독한 분풀이를 했을 겁니다. 다시 방에서 나왔을 때 주인은 얼굴에 핏발이 서 있고 숨을 가쁘게 몰아쉬는 것이었어요. 저는 행주를 집어 들고, 에드거더러 쓸데없이 끼어들다 제대로 혼난 것이라고 말하면서 그의 입과 코를 심술궂게 북북 닦아주었습니다. 에드거의 누이동생이 집으로 돌아가겠다며 울기 시작하자 캐시는 얼굴을 붉힌 채 당황한 표정으로 서 있었습니다.

"그 애한테 말을 걸면 안 되는 거였어!" 캐서린은 린튼 도련님을 책망했습니다. "그 애는 기분이 나빴던 거야. 그런데 너도 우리 집을 방문했다가 기분을 잡치고, 또한 히스클리프도 매를 맞을 거야……. 난 그 애가 매 맞는 게 싫어! 밥도 안 먹혀. 에드거, 왜 그 애에게 말을 걸었니?"

"말하지 않았어." 에드거는 흐느끼며 제 손에서 벗어나 자신의 모시 손수건으로 얼굴에 남은 것을 깨끗이 닦아냈습니다. "난 그 애에게 한마디도 하지 않겠다고 엄마와 약속했어. 그래서 난 말을 하지 않았단 말야!"

"됐어. 울지 마!" 캐서린은 경멸하듯 말했습니다. "너를 죽이진 않았어……. 더 이상 소란은 피우지 마, 오빠가 오고 있어. 조용히 해! 이사벨라, 그만 울어! 누가 너를 때리기라도 했니?"

"자, 자, 얘들아, 자리에 앉아라!" 하고 힌들리 서방님이 수선스럽게 들어서며 소리쳤습니다. "저 짐승 같은 놈을 때려주었더니 내 몸에서 열이 다 났군. 에드거 군, 다음에 또 그러거든 주먹으로 본때를 보여줘. 그러고 나면 식욕이 날 테니까!"

아이들은 향기로운 음식을 보자 다시 침착해졌습니다. 마차를 타고 와서 배가 고픈 데다가 크게 다친 것도 아니었기 때문에 곧 평정을 되찾았습니다.

언쇼 씨는 고기를 썰어 각 접시에 가득가득 채워주었습니다. 또한 그 부인께서는 활기찬 이야기로 그들을 즐겁게 했습니다. 저는 부인의 의자 뒤에서 시중을 들고 있었는데, 캐서린은 생기를 잃은 눈매와 무관심한 표정으로 앞에 놓은 거위 날개를 자르고 있었어요. 저는 그런 캐서린을 보고 마음이 아팠습니다.

'감정도 없는 아이 같으니' 하고 저는 속으로 생각했습니다. '옛 친구가 겪은 고통을 어쩌면 저렇게 쉽게 잊을 수 있을까! 이렇게 이기적인 아이인 줄은 상상도 못했으니.'

캐서린은 음식을 입술까지 가져갔다가 도로 내려놓더군요. 두 볼이 붉어지면서 눈물이 그 위로 흘러내렸습니다. 그녀는 포크를 마루에 떨어뜨리더니 급히 식탁보 밑으로 몸을 굽혀 들어가면서 자신의 감정을 숨기는 것이었습니다. 저는 감정이 없는 아가씨라고 했는데, 그 생각은 오래가지 못했습니다. 캐시가 혼자 있을 기회만 엿보고 히스클리프를 찾아가보려고 마음 졸이며 그날 종일 지옥에서 허우적거리는 것을 느낄 수 있었습니다. 히스클리프가 주인에 의해 감금되어 있는 것은 제가 주인 몰래 음식을 갖다주려고 애쓰다가 알아냈습니다.

저녁이 되자 우리는 춤을 추기 시작했습니다. 캐시는 이사벨라의 상대가 없으니 히스클리프를 풀어달라고 애원했지만 받아들여지지 않았습니다. 그래서 그 부족한 인원을 보충하기 위해 저도 함께 춤을 추었습니다.

우리는 그 춤이라는 운동이 가져온 흥분 때문에 우울한 분위기에서 벗어나게 되었는데, 기머튼 악단이 도착하여 흥겨움은 배가 되었습니다. 악단은 모두 열다섯 명이었고 트럼펫 하나, 트롬본 하나, 클라리넷, 바순, 프렌치 호른, 콘트라베이스, 그 외에 가수도 있었습니다. 그들은 부유한 집들을 찾아다니면서 연주를 하고 크리스마스에는 언제나 기부금을 받았는데, 그들의 연주를 듣는 것을 우리는 최고의 대접으로 여겼습니다.

보통 유행하는 캐럴이 끝나면 우리는 여러 가지 노래와 합창곡을 신청했습니다. 언쇼 부인이 노래를 사랑했기 때문에 악단은 우리에게 많은 노래를 들려주었습니다.

캐서린도 음악을 좋아했습니다. 그러나 층계 꼭대기에서 들어야 제일 아름답다고 말하고는 어둠 속으로 올라갔습니다. 저도 따라갔어요. 사람들이 많아서 가족들은 우리가 없어진 것을 눈치채지 못하고 안채로 통하는 문을 닫아버렸습니다. 캐시는 꼭대기에서 멈추지 않고 히스클리프가 갇혀 있는 다락방으로 올라가 그를 불렀습니다.

그는 한동안 고집스럽게 대답하지 않더군요. 캐시는 인내심을 발휘해서 결국 판자벽을 통해 함께 얘기를 나누도록 그를 설득했습니다.

저는 두 사람이 방해받지 않고 얘기하도록 내버려두었고, 악대의 연주가 끝나가고 있고 끝나면 가수들이 음료수를 달라고 하리라는 생각이 들어 캐시에게 그것을 일깨워주기 위해 사다리로 올라갔습니다.

골방 밖에서 캐시를 본 것이 아니라 안에서 캐시의 음성이 들려왔습니다. 캐시는 다락의 이쪽 들창을 통해 지붕을 타고 다른 쪽 들창으로 해서 다락 안으로 들어갔던 것입니다. 저는 그녀를 달래어 밖으로 나오게 하느라 얼마나 애를 먹었는지 모릅니다.

캐시가 나오자 그 뒤를 따라 히스클리프가 나왔습니다. 조셉은 그가 '악마의 찬송가'라고 즐겨 부르던 소리가 듣기 싫어 이웃집에 가 있으니까 캐시는 저보고 히스클리프를 부엌으로 데려가라고 졸랐습니다.

저는 결코 그들의 계략을 도울 생각이 없다고 말했습니다. 그러나 감금되었던 히스클리프가 어제 저녁부터 굶고 있었기 때문에 이번 한 번만은 힌들리 서방님을 속이는 그를 눈감아주겠다고 했습니다.

히스클리프는 아래층으로 내려왔습니다. 저는 그를 불 옆에 앉히고 맛있는 음식을 잔뜩 갖다 주었지만, 그는 기분이 좋지 않은 듯 별로 먹지 않아서 그를 대접하려던 저의 수고는 허사가 되었습니다. 그는 두 팔을 무릎 위에 놓고 그 손 위에 턱을 괴고 묵묵히 생각에 잠겨 있었습니다. 제가 무엇을 그리 생각하느냐고 묻자 그는 침울하게 대답하는 것이었습니다.

"힌들리에게 어떻게 복수를 할까 곰곰이 생각하고 있어요. 복수만 할 수 있다면 언제까지 기다려도 상관없어요. 복수를 하기 전에 그가 죽지 않기를 바랄 뿐이에요."

"창피한 줄 알아라, 히스클리프!" 제가 말했습니다. "나쁜 사람을 벌주는 것은 하느님이 하실 일이고 우리는 용서하는 것을 배워야 해."

"아니에요, 난 하느님께 복수의 만족감을 양보하지 않겠어요." 그가 응답했습니다. "제일 좋은 방법을 알았으면 좋겠는데! 혼자 있게 해줘요. 계획을 세워야 해요. 그런 생각을 하는 동안에는 난 고통이고 뭐고 느끼지 않아요."

그런데 록우드 씨, 이런 이야기는 재미가 없으실 텐데 제가 깜박 잊었어요. 이렇게 오래 수다를 떨고 있었다니, 저도 기가 막히는군요. 선생님에게 드리려 했던 죽도 다 식어버렸고, 졸고 계시네요! 듣고 싶으신 히스클리프의 과거는 대여섯 마디면 해드릴 수 있었을 텐데요.

이렇게 말을 멈추고 가정부는 일어나서 뜨개질감을 치우려고 했다. 그러나 나는 벽난로를 떠날 수 있을 것 같지 않았고, 졸기는커녕 의식이 맑았다.

"딘 부인, 그대로 앉아요." 나는 소리쳤다. "가만히 앉아 계세요. 30분만이라도! 이야기를 그렇게 차분히 해주셨는데, 참 잘 하셨습니다. 제가 좋아하는 방식이거든요. 같은 식으로 마저 다 해주십시오. 저는 부인이 열거한 모든 인물에 대해 다소 흥미를 느끼고 있어요."

"선생님, 시계가 11시를 치고 있네요."

"상관없습니다. 나는 12시 전에 자는 것은 습관이 되지 않았습니다. 아침 10시까지 자는 사람은 새벽 1시나 2시에 잠자리에 들어도 이른 편이지요."

"10시까지 주무시면 안 돼요. 그러면 아침의 황금 같은 시간이 다 지나가고 말아요. 10시까지 하루 일과의 반을 하지 못한 사람은 나머지 반도 못하고 남겨둘 위험이 있죠."

"그렇긴 하지만, 딘 부인. 의자에 도로 앉으세요. 나는 이 밤을 내일 오후까지 끌고 갈 작정입니다. 아무래도 난 지독한 감기에 걸릴 것 같습니다."

"감기 드시면 안 됩니다. 선생님, 그런데 3년 정도 건너뛰는 것을 양해해주세요. 그사이에 언쇼 부인은……."

"아니, 그건 안 됩니다. 그런 것은 양해하지 않겠습니다. 이런 기분이 어떤 것인지 아실지 모르겠지만…… 가령 부인께서 혼자 앉아 있는데 고양이가 바로 앞 양탄자 위에서 새끼를 핥아주는 것을 본다고 합시다. 그런데 너무 집중해서 지켜보는 중에 고양이가 한쪽 귀 핥는 것을 빠뜨린다고 하면 공연히 화가 나는 그런 상황을 아시겠지요?"

"굉장히 심심하신가 보군요."

"천만에, 그 반대입니다. 지칠 정도로 활동이 왕성한 기분입니다. 현재 내 기분이 그렇습니다. 그러니 어서 이야기를 자세히 계속 하십시오. 이건 내 느낌인데, 이 지방 사람들은 도시 사람들에 비해 주변 사람들의 사정을 잘 아는 것 같습니다. 지하 동굴에 사는 거미가 오두막에 사는 거미보다 주변 사정을 더 잘 아는 것처럼 말입니다. 그러나 이런 깊은 관심이 전적으로 나의 방관자적 입장 때문만은 아닌 것 같습니다. 이곳 사람들은 보다 열심히 살며 좀 더 자신들만의 세계 속에서 살아가기 때문에 어떤 표면적인 변화나 경박한 외적인 일이나 사건 따위에 의해서는 동요되지 않고 있습니다. 이곳에서는 평생 지속되는 사랑이 가능하다는 상상을 할 수 있군요. 사실 나는 1년 이상 지속되는 사랑 같은 것은 절대로 믿지 않았던 사람입니다. 평생 지속되는 사랑은 어떤 배고픈 사람에게 한 가지 음식만 차려주어 식욕 전체를 집중하게 하고 그 음식을 평가하도록 하는 경우와 비슷한 것이고, 1년도 못 가는 사랑은 프랑스 요리사가 차려놓은 진수성찬에 해당되는데, 그 맛있는 성찬을 먹는 사람은 그 전체에서 많은 즐거움을 얻겠지만 각 음식은 그의 생각과 기억 속에 단지 한 톨의 원자 같은 것으로 남는 경우와 비슷할 것입니다."

"오, 우리를 알게 되면 이곳에 사는 우리도 다른 고장의 사람들이나 다를 게 없다는 것을 알게 되실 겁니다" 하고 내 말에 당황한 딘 부인이 말했다.

"미안합니다만" 나는 대꾸했다. "친절한 당신이 바로 그 주장이 틀렸다는 것을 정확히 입증하는 증거입니다. 부인에겐 사소한 몇 가지 지방색을 제외하면 부인이 속한 계층에 독특하게 존재한다고 내가 습관적으로 믿어왔던 그런 태도가 전혀 없어요. 대부분의 하인들과 비교할 때 부인은 훨씬 많은 생각을 하는 사람임에 틀림없습니다. 바보 같은 하찮은 일에 시간을 낭비할 기회가 없었기 때문에 부인에게 어쩔 수 없이 그런 명상의 능력이 길러진 것 같습니다."

딘 부인은 웃었다.

"사실 저 자신은 한결같고 이성적인 사람이라고 자부하고 있습니다." 그녀가 말했다. "그것은 1년 내내 이런 산골에 살면서 같은 얼굴들만 대하고 같은 일을 반복하다 보니 그렇게 되었다기보다는, 쓰라린 수련을 통해 얻은 지혜 때문일 것입니다. 록우드 씨, 게다가 저는 상상하시는 것 이상으로 많은 책을 읽었습니다. 이 서재에 제가 읽고 무언가를 얻어내지 못한 책은 한 권도 없습니다. 물론 그리스어와 라틴어와 프랑스어로 된 책들은 빼고 말입니다. 그런 책들은 구별만 할 정도지요. 가난한 촌부의 딸에게는 그 정도만 기대하실 수 있지요. 그러나 이 얘기를 진짜 이야기꾼 식으로 끌고 가라고 하시면 계속하는 것이 좋겠습니다. 또한 3년을 뛰어넘는 대신 이듬해 여름으로 넘어가는 데 만족하겠습니다. …… 1778년 여름, 지금으로부터 거의 23년 전으로 넘어가겠습니다."

# 8

화창한 6월의 어느 날 아침, 제가 처음으로 애지중지 키우게 될 아기, 그러니까 오랜 역사를 가진 언쇼 가문의 마지막 후손이 태어났습니다.

우리는 멀리 떨어진 들녘에서 건초를 수확하느라 바쁘게 일하고 있었는데, 늘 아침 식사를 나르는 계집애가 여느 때보다 한 시간이나 빨리 초원을 가로질러 좁은 길을 달려 올라오면서 저를 부르는 것이었습니다.

"아, 굉장한 아기예요!" 그녀는 가쁜 숨을 몰아쉬면서 말했습니다. "예쁜 남자 아기예요! 근데 의사는 주인아씨가 더 살지 못한대요. 아씨는 벌써 여러 달째 폐병을 앓고 계셨대요. 의사가 힌들리 서방님께 말하는 것을 제가 들었어요. 이제는 아씨의 목숨을 지탱시킬 방도가 없어서 겨울이 되기 전에 돌아가실 거래요. 당장 집으로 돌아가셔야겠어요. 넬리 아줌마, 아줌마가 유모 노릇을 해야 해요. 우유에 설탕을 섞어 먹이며 밤낮으로 보살펴야 해요……. 내가 아줌마라면 좋겠다, 아씨가 안 계시면 아기는 아줌마 아기나 다름없잖아요!"

"그런데 아씨는 위독하시냐?" 제가 갈퀴를 내던지고 보닛 끈을 매면서 물었습니다.

"제 짐작에도 위독하신 것 같아요. 하지만 아씨는 의연해 보였어요" 하고 계집애가 대답했어요. "그런데 아씨는 말이에요, 아기가 커서 어른이 되는 것을 볼 때까지 사실 것처럼 말씀하셔요. 너무 기뻐서 머리가 좀 도신 것 같아요. 아기가 그렇게 예쁘다니까요! 제가 아씨라면 절대로 죽지 않을 텐데. 케네스 의사가 아무리 뭐라고 해도 그런 아기를 보기만 하면 병이 나을 거예요. 전 그 사람만 보면 화가 나요. 아처 부인이 그 천사 같은 아기를 안고 내려와 집 안에 계시던 주인님께 보여드리자 주인님 얼굴이 막 환하게 밝아지는데, 그놈의 늙은 의사가 나서면서 '언쇼, 자네 아내가 자네에게 이 아들을 낳아줄 때까지 연명한 것은 축복일세. 그녀가 여기 처음 왔을 때부터 나는 그녀가 오래 살지 못하리라고 확신했었네. 이제 자네에게 말하지 않을 수 없지만, 자네 아내는 아마 겨울을 넘기지 못할걸세. 너무 슬퍼하고 괴로워하지 말게. 어쩔 수 없는 일이니까. 애당초 그렇게 골풀처럼 허약한 여자를 택하지 말았어야 해!' 하고 말하더군요."

"그랬더니 주인님은 뭐라고 대답하시던?" 제가 물었습니다.

"무슨 욕을 쏟아냈던 것 같아요……. 하지만 저는 그런 것에 신경 쓰지 않았어요. 아기를 얼른 보고 싶었거든요"라고 말하더니, 계집아이는 황홀한 표정을 지으며 아기에 대해 다시 설명하기 시작했어요. 저도 그 애처럼 아기를 빨리 보고 싶은 마음에 집을 향해 급히 걷고 있었지만 마음 한편으로는 힌들리 서방님이 불쌍하게 느껴졌습니다. 서방님의 마음에는 아내와 자기 자신이라는 두 우상이 들어설 자리밖에 없었습니다. 둘 다 애지중지하는 존재였지만 서방님은 특히 아내를 숭배했습니다. 그런 아내를 잃으면 어떻게 그 괴로움을 견디실까 전 상상할 수도 없었습니다.

100

우리가 워더링 하이츠에 도착했을 때 서방님은 현관에 서 계셨습니다. 저는 안으로 들면서 아기는 어떠냐고 물었습니다.

"당장이라도 뛰어다닐 것 같아, 넬리" 하고 그는 명랑한 미소를 지으며 대답하더군요.

"아씨는 어떠세요?" 하고 저는 감히 질문을 던졌습니다. "의사 말로는……."

"빌어먹을 의사 같으니라고!" 서방님은 얼굴을 붉히며 제 말을 막았습니다. "프랜시스는 괜찮아……. 다음 주 이맘때쯤이면 완쾌될 거야. 위층으로 가는 거야? 떠들지 않겠다고 약속하면 내가 곧 올라가겠다고 전해줘. 쉬지 않고 얘기를 하려고 해서 나와버렸거든. 프랜시스는 반드시…… 케네스 의사가 말을 해서는 안 된다고 했거든. 그러니 그렇게 전해줘."

이런 말을 그대로 전했더니 아씨는 꽤 즐거운 기색이었고, 명랑하게 이렇게 답하더군요.

"엘렌, 난 거의 한마디도 하지 않았는데 그이는 두 번이나 울면서 나가버렸어. 말하지 않기로 약속하겠다고 전해줘. 하지만 그에게 웃지도 않겠다는 말은 아니야!"

가엾은 여자! 돌아가시기 1주일 전까지도 아씨는 명랑함을 잃지 않으셨어요. 서방님은 끈질기게, 아니 화를 내시며 아씨의 건강은 하루가 다르게 좋아지고 있다고 주장하셨습니다. 케네스 의사가 현재 질병 상태로는 약이 소용없으니까 더 이상 비용을 들여 치료할 필요가 없다고 경고하자 서방님은 이렇게 대꾸하시더군요.

"당신의 치료가 필요 없는 건 나도 알고 있어요……. 아내는 아프지 않아요……. 이제 당신의 치료를 더 이상 바라지 않아요! 아내는 절대로 폐병에 걸린 게 아니었어요. 열병이었던 거예요. 이제 열도 없어요. 맥박도 나와 같이 정상이고 더 이상 볼도 뜨겁지 않아요!"

서방님은 아씨에게도 같은 말을 해드렸던 것이죠. 아씨는 그 말을 믿는 것 같았습니다. 그러던 어느 날 밤, 아씨는 서방님의 어깨에 기대면서 내일쯤은 일어날 수 있을 것 같다고 얘기하다가 갑자기 발작적으로 기침을 시작했어요. 아주 가벼운 기침이었어요. 서방님이 두 팔로 안으니까 아씨는 서방님의 목을 두 팔로 감고 끌어안으시는 것 같더니 이내 안색이 변하며 숨을 거두고 말았습니다.

그 계집아이가 예상했듯이 갓난아기 헤어튼은 제가 맡게 되었습니다. 제가 보기에 서방님은 아기가 건강해 보이고 우는 소리가 들리지 않으면 만족해하셨습니다. 그러나 서방님은 점점 절망하는 모습이 되어갔습니다. 그는 슬픔을 탄식으로 드러내지 않았고, 울지도 않고 기도도 하지 않았습니다. 욕을 하고 도전적이었어요……. 신과 인간을 저주하며 무모하고 방탕한 생활에 몸을 던졌습니다.

하인들은 그의 폭군 같은 못된 행동을 오래 견디지 못하고 다 나가버렸습니다. 남은 것은 조셉과 저뿐이었습니다. 아기를 키우는 제 책임을 저버릴 용기가 없었습니다. 게다가 아시다시피 저는 그의 수양 누이여서 다른 사람보다는 그의 행실을 너그럽게 보았던 것입니다.

조셉은 남아서 소작인들과 일꾼에게 호통이나 치기 시작했습니다. 그는 책망할 일이 많은 곳에 있는 것을 자신의 천직으로 아는 사람이었기 때문이지요.

서방님의 무절제한 생활과 나쁜 친구들은 캐서린과 히스클리프에게 좋은 본보기가 되었습니다. 히스클리프에 대한 그의 학대는 성인을 악마로 만들기에 충분한 것이었습니다. 또한 이건 사실인데, 당시의 히스클리프도 악마 같은 소질을 가진 듯 보였습니다. 그는 힌들리 서방님이 구원받지 못할 만큼 타락하는 것을 보고 좋아했으며, 날이 갈수록 음흉해지고 사나워지는 것이 뚜렷이 보였습니다.

집안 꼴이 얼마나 지옥 같았는지 이루 다 표현할 수도 없습니다. 목사님도 찾아오지 않았고, 결국 점잖은 사람은 근처도 오지 않았습니다. 한 가지 예외라면 에드거 린튼이 캐시를 찾아오는 것뿐이었습니다. 열다섯 살이 된 캐시는 이 고장에서 여왕이었습니다. 상대할 자가 없었지요. 그래서 캐시는 거만한 고집쟁이가 되어버렸어요! 저도 고백하지만, 어린 시절이 지난 캐시를 좋아하지 않았습니다. 그래서 자주 그 거만한 콧대를 꺾으려고 못살게 괴롭혔는데도 그녀는 저를 싫어하지 않더군요. 캐시는 옛 친구들에 대해서는 놀랍도록 한결같은 애정을 지니고 있었습니다. 히스클리프에 대해서도 변함없는 애정을 간직하고 있어서 젊은 린튼은 우월한 위치에 있으면서도 그녀에게 히스클리프처럼 깊은 인상을 주기란 어려운 일이었습니다.

린튼 도련님은 바로 제 전 주인이셨습니다. 저 벽난로 위에 걸린 것이 그분의 초상화입니다. 전에는 린튼 서방님의 초상화가 한편에 걸려 있었고 다른 쪽에 그의 부인 초상화가 걸려 있었지요. 그러나 부인 것은 치워버렸습니다. 그렇지 않았다면 부인의 모습을 보실 수 있었을 텐데……. 어디, 잘 보이십니까?

딘 부인이 촛불을 쳐들자 나는 부드러운 윤곽의 얼굴을 식별할 수 있었는데, 워더링 하이츠의 젊은 부인과 매우 닮았지만 표정이 무척 진지하고 다정했다. 좋은 초상화였다. 길고 갈색을 띤 머리카락이 곱슬곱슬 관자놀이 위를 살짝 덮고 있었고, 눈은 크고 진지한 빛을 띠고 있어 전체 용모는 거의 지나칠 정도로 우아했다. 이러한 남자 때문에 캐서린이 최초의 친구인 히스클리프를 잊었다는 것은 전혀 놀랄 일이 아니었다. 오히려 그런 용모에 걸맞은 고운 마음씨를 지녔다면, 그런 린튼이 내가 머릿속에서 그리는 캐서린 언쇼에게 어떻게 반하게 되었는지 몹시 의아하게 생각되었다.

"참 좋은 초상화군요" 하고 나는 가정부에게 말했다. "본인과 비슷한가요?"

"예" 하고 딘 부인이 말했다. "그러나 활기가 넘칠 때는 그보다 더 보기 좋은 얼굴이었지요. 저것은 그의 평소 얼굴이니까요. 대체로 그분은 기운이 없으셨습니다."

캐서린 아가씨는 린튼 댁에 5주일 동안 머물렀던 후로 그 댁 가족들과의 교제를 계속 이어갔습니다. 린튼 댁 사람들과 함께 있는 동안 캐시는 자신의 난폭한 면을 나타낼 기회가 없었고, 또 언제나 깍듯한 예절을 체험하면서 난폭한 면을 드러내는 것은 부끄러운 일이라는 분별력은 있었기 때문에, 재치 있는 우정을 발휘하여 본의 아니게 그 댁 노부부를 속이는 격이 되었습니다. 또 이사벨라의 찬양을 받았고, 그녀 오빠의 마음과 영혼을 사로잡게 되었습니다. 야심을 잔뜩 품은 그녀로서는 이렇게 사람들을 사로잡은 것에 우쭐해지면서 정확히 누구를 속이겠다는 의도는 없었지만 자연히 이중인격을 발휘하게 되었던 것입니다.

히스클리프를 '천한 젊은 악당' 이라느니 '짐승만도 못한 놈' 이라고 부르는 곳에서 캐서린은 히스클리프처럼 행동하지 않으려고 조심했습니다. 그러나 자신의 집에서는 예의를 지켜보았자 놀림감이 될 뿐이고 멋대로 날뛰는 성품을 억제해보았자 신용을 얻거나 칭찬을 받는 것도 아니었기 때문에 그런 성격을 억누르려고 노력하지 않았습니다.

에드거 도련님이 용기를 내어 공공연히 워더링 하이츠를 방문하는 일은 거의 없었습니다. 그는 언쇼 씨의 나쁜 평판을 두려워하여 마주치기를 피했습니다만, 그런데도 언쇼 댁에서는 늘 가장 정중한 대우를 받았습니다. 언쇼 주인님도 에드거의 감정을 상하게 하는 일은 피했는데, 그가 방문하는 이유를 알고 있었기 때문이지요. 따라서 친절히 대하지는 않았지만 방해하지도 않았습니다. 이것은 제 생각인데, 캐서린은 그가 찾아오는 것을 좋아하지 않았습니다. 캐서린은 교활하지도 못하고 교태를 부릴 줄도 몰라서 두 남자 친구들이 서로 만나는 것을 확실히 싫어했습니다. 히스클리프가 린튼을 면전에서 경멸할 때는 린튼이 없을 때처럼 반쯤 맞장구칠 수도 없었고, 린튼이 히스클리프에게 혐오나 반감을 드러낼 때는 옛 친구가 경시당하는 것이 아무렇지도 않다는 듯 린튼의 감정을 무심하게 넘겨버릴 수도 없었기 때문입니다.

저는 아가씨가 당황하는 모습과 말로는 표현하지 않는 고민거리를 여러 번 비웃어주었습니다. 아가씨는 제게 조롱받지 않기 위해 모든 것을 숨기려 했지만 허사였습니다. 이렇게 말하는 제가 심술궂은 여자로 보이시겠지만, 사실 캐서린은 어찌나 거만한지 좀 더 겸손해지게끔 다그쳐야 하는 생각에서 그녀의 괴로운 사정을 정말이지 동정할 수가 없었습니다.

캐서린은 마침내 저 말고는 의논할 상대가 없다고 스스로 고백하며 저에게 그 말을 슬쩍 털어놓았습니다.

어느 날 오후, 힌들리 주인님이 외출하고 안 계신 틈을 타 히스클리프는 일을 쉬기로 했습니다. 당시 그는 열여섯 살쯤 되었던 것 같은데, 그다지 용모가 추하거나 머리가 모자라는 것도 아닌데 안팎으로 가까이하기 싫은 인상을 주었습니다. 현재의 모습에서는 그런 흔적이 사라지고 없어진 것이지요.

우선 그 무렵에 이르러 히스클리프는 보다 어릴 때 받은 교육의 효과를 상실하고 있었습니다. 아침 일찍부터 밤늦게까지 쉴 새 없이 일하면서 전에 지녔던 지식을 향한 욕구라든가 책이나 학문에 대한 애착심도 사라진 후였습니다. 돌아가신 주인어른의 은총으로 고취되었던 그 어린 시절의 우월감도 다 사라져버렸습니다. 그는 오랫동안 캐서린에게 뒤지지 않으려고 공부했지만 말 없는 독기가 어린 후회만 남긴 채 공부를 포기하고 말았습니다. 그러나 완전히 포기하고 필연적으로 이전의 수준 이하로 떨어지고 있을 때는 향상의 길로 발걸음을 떼어놓도록 설득할 방도가 없었습니다. 그러자 외모까지 정신적 타락에 동조하여 걸음걸이도 나태함을 나타내고 표정도 천해지더군요. 본래 내성적인 그의 성격은 더욱 확대되어 거의 백치 같은 비사교적 침울함으로 변했으며, 몇 안 되는 지인들에게 존중을 받기보다는 오히려 그들의 증오심을 불러일으킴으로써 음침한 쾌감을 느끼는 것이었습니다.

일이 없는 한가한 계절에 캐서린과 히스클리프는 여전히 변함없는 친구였습니다. 그러나 히스클리프는 그녀를 좋아한다고 말로 표현하지는 않았으며, 캐시의 소녀다운 어루만짐을 오히려 분노한 듯한 의심을 품으며 피하는 것이었습니다. 그렇게 자신에게 남발하는 애정 표시에서는 만족할 수 없다는 태도였습니다. 아까 말씀드린 그날, 히스클리프는 일을 쉬기로 결정했다는 것을 알리기 위해 제가 캐시의 옷을 매만져주고 있는 안채로 들어왔습니다. 캐시는 히스클리프가 게으름을 피우며 놀 것이라고는 짐작도 못하고 집 안을 자기 혼자서 차지할 수 있으리라고 생각하여, 에드거 도련님에게 오빠가 집에 없음을 알리고 그가 찾아오기를 기다리던 중이었습니다.

"캐시, 오늘 오후에 바빠?" 하고 히스클리프가 물었습니다. "어디 갈 거야?"

"아니, 비가 오잖아." 그녀가 대답했습니다.

"그런데 왜 비단옷을 입고 있지?" 그가 말했습니다. "여기 올 사람 아무도 없잖아?"

"잘 모르지만" 하고 아가씨는 더듬거리더군요. "네가 지금 밭에서 일해야 된다는 건 알고 있지. 히스클리프, 점심 먹고 한 시간이나 지났어. 난 네가 이미 나간 줄 알았는데."

"힌들리가 지긋지긋하게 집에 붙어 있으니까 우리에겐 이런 자유 시간이 없단 말야" 하고 소년이 말했습니다. "난 오늘 일 안 하고 너와 함께 있을 테야."

"아, 하지만 조셉이 일러바칠 거야." 그녀가 제의했습니다. "너는 나가는 게 좋겠어!"

"조셉은 페니스톤 절벽의 저편에서 석회를 싣고 있어. 어두워질 때까지 해야 하니까 알 턱이 없어."

이렇게 말하고는 히스클리프가 난로 앞으로 어슬렁어슬렁 걸어와서 자리에 앉았습니다. 캐서린은 양미간을 찡그리고 잠시 생각하더니, 이 난데없는 장애물을 부드럽게 해결할 필요가 있음을 깨달았습니다.

"이사벨라와 에드거가 오늘 오후에 방문한다고 했어." 캐서린은 한동안 말이 없다가 입을 열었습니다. "비가 오니까 오지 않을 수도 있지만 올지도 모르지. 그들이 오면 너는 쓸데없이 비난이나 받을 위험이 있어."

"캐시, 엘렌을 보내서 너는 오늘 일이 있다고 전하면 되잖아" 하고 히스클리프는 집요함을 보였습니다. "그런 바보 같은 친구들 때문에 나를 쫓아내진 말란 말야! 나는 때로 불평하고 싶은 게 있었는데…… 아냐, 그만두겠어……."

"그들이 어쨌다는 거야?" 캐시는 난처한 얼굴로 그를 응시하며 소리쳤습니다. "아, 넬리!" 그녀는 제 손에서 머리를 흔들어 빼면서 심통스럽게 말을 이었습니다. "그렇게 빗질하면 머리가 다 풀려버리잖아! 내가 혼자 빗을 테니까 이제 됐어. 히스클리프, 뭘 불평하려고 했지?"

"아무것도 아니야……. 하지만 벽에 걸린 달력을 좀 봐" 하고 그는 가장자리에 테가 둘린 종이 한 장이 창문 가까이에 걸린 것을 가리키며 계속 말을 이었습니다.

"×표는 네가 린튼 남매와 함께 보낸 저녁을 표시한 것이고, ○표는 나와 함께 보낸 저녁을 표시한 거야……. 난 매일 표시했어, 알겠니?"

"알겠다……. 어리석군. 내가 그런 걸 볼 줄 알다니!" 캐서린이 퉁명스럽게 대답했습니다. "그런데 저게 어쨌다는 거야?"

"내가 주목하고 있다는 걸 알리자는 거지." 히스클리프가 말했습니다.

"그럼 난 언제나 너와 함께 있어야 한다는 말이야?" 그녀가 점점 신경질이 나서 물었습니다. "함께 있어서 내가 무엇을 얻지? 너는 무슨 이야기를 할 게 있지? 나를 즐겁게 하기 위해 하는 말이나 행동이 꼭 벙어리나 어린애지 뭐야!"

"내가 너무 말이 없다거나 나랑 같이 있는 것이 싫다는 말은 전에 하지 않았잖아? 캐시!" 하고 히스클리프는 몹시 흥분해서 소리쳤습니다.

"아무것도 모르고 아무 말도 하지 않는 친구는 친구가 아니지……." 그녀는 중얼거렸습니다.

히스클리프는 자리에서 일어났지만 더 이상 자기 감정을 표현할 시간이 없었습니다. 돌을 깐 길 위에서 말굽 소리가 들려왔기 때문입니다. 다음 순간 문을 조용히 두드리고 린튼 도련님이 들어왔습니다. 예기치 않게 초대를 받은 기쁨에 그의 얼굴은 빛을 발하고 있었습니다.

의심할 필요도 없이 캐서린은 들어온 친구와 밖으로 나간 친구 사이의 차이를 인식하고 있었을 것입니다. 그 대조는 마치 황폐한 산중의 탄광촌과 아름답고 비옥한 계곡을 보는 듯했을 것입니다. 그리고 그의 목소리와 인사도 외모가 그렇듯 정반대였습니다. 그는 선생님처럼 감미롭고 낮은 소리로 단어 하나하나를 발음했습니다. 이곳 사람들이 이야기하는 것보다 덜 무뚝뚝하고 더 부드러웠습니다.

"너무 일찍 온 것은 아니겠지요?" 하고 그는 저에게 눈길을 한 번 던지며 말했습니다. 저는 접시를 닦고 나서 저쪽 끝에 놓인 찬장 서랍을 정돈하기 시작하고 있었지요.

"아니에요." 캐서린이 대답했습니다. "넬리, 거기서 뭐 해?"

"제가 할 일을 하고 있어요, 아가씨" 하고 저는 대답했지요. (저는 린튼이 몰래 찾아올 때면 언제나 그들 곁에 있으라는 명령을 힌들리 서방님께 받은 몸이었습니다.)

캐서린은 제 뒤로 오더니 화가 난 듯 속삭였습니다. "걸레를 가지고 나가! 손님이 와 계시는데 그 방에서 하인들이 쓸고 닦기 시작하는 법이 어디 있어!"

"주인님이 안 계셔서 치울 기회가 왔어요." 제가 큰 목소리로 대답했습니다. "이런 것들은 주인님 앞에서 만지작거리면 아주 싫어하시지만, 에드거 도련님은 용서하실 거예요."

"나 있는 데서 그런 일 하는 것은 질색이라니까." 이 젊은 숙녀는 손님에게 말할 시간도 주지 않고 거만하게 외쳤습니다. 캐서린은 히스클리프와 조금 다툰 뒤라 아직 마음의 평정을 회복하지 못하고 있었거든요.

"캐서린 아가씨, 미안하게 되었군요!" 하고 반응하고 저는 제 일을 열심히 계속했습니다.

캐서린은 에드거가 볼 수 없을 것이라 생각하고 제 손에서 걸레를 잡아채더니 제 팔을 힘껏 꼬집고는 한참 비틀더군요.

이미 말씀드린 것처럼 저는 캐시를 사랑하지 않았을뿐더러 그녀의 허영심을 이따금 공격해 창피를 느끼게 하는 일을 오히려 재미로 알고 있었는데, 이번에는 너무나 아프게 꼬집었기 때문에 저는 펄쩍 놀라 일어서며 소리를 질렀습니다.

"오, 아가씨, 이게 무슨 점잖지 못한 짓이에요! 나를 꼬집을 권리는 없잖아요. 참을 수가 없네요!"

"난 손도 대지 않았어. 거짓말쟁이!" 그녀가 소리쳤습니다. 더 꼬집고 싶어서 손이 근질거리듯 양쪽 귀까지 빨개지며 분노를 참고 있었습니다. 캐시는 자신의 격정을 감출 능력이 없어서 화가 나면 얼굴에서 불꽃이 일었습니다.

"그럼 이건 뭐죠?" 하고 반박하면서 저는 캐시가 꼼짝하지 못하도록 꼬집힌 증거가 뚜렷한 보라색 멍 자국을 보여주었습니다.

그녀는 발을 동동 구르면서 한순간 몸을 떨더니 솟구치는 내면의 분노를 참지 못하고 갑자기 제 뺨을 후려쳤습니다. 어찌나 따끔한지 제 눈에는 눈물이 고였습니다.

"캐서린, 저런! 캐서린!" 린튼은 자기의 우상이 거짓과 폭행이라는 두 가지 실수를 저지른 것에 크게 충격을 받아 끼어들었습니다.

"엘렌, 방에서 나가줘!" 캐서린은 거듭 소리치며 온몸을 떨었습니다.

제가 어디를 가나 쫓아다니는 어린 헤어튼은 제게서 별로 떨어지지 않은 마루 위에 앉아 있었는데, 제가 눈물을 글썽이자 저도 눈물을 훌쩍이며 '심술쟁이 캐시 고모'에게 항의를 했습니다. 그러자 그녀의 분노는 운이 나쁜 아기 쪽으로 옮겨갔습니다. 캐시는 아이의 양 어깨를 붙잡고 그 불쌍한 어린것의 얼굴이 하얗게 질리도록 마구 흔들어대는 것이었어요. 에드거는 앞뒤 생각 없이 아이를 구하려고 캐시의 두 손을 붙잡았습니다. 잠시 후 캐시의 한쪽 손이 풀리는가 싶더니 그 손은 에드거의 뺨으로 날아가고 말았습니다. 장난이라고 하기에는 너무 세게 때린 것입니다.

에드거는 놀라서 뒤로 물러섰습니다. 저는 헤어튼을 들어 올려 부엌으로 갔지만, 이 기분 나쁜 사건을 두 사람이 어떻게 수습하는지 보고 싶어 거실과 통하는 문을 그대로 열어놓았습니다.

모욕을 당한 손님은 얼굴이 새파랗게 질리고 입술을 떨면서 모자를 놓아둔 곳으로 움직여 갔습니다.

'잘됐어!' 하고 저는 속으로 중얼거렸습니다. '경고를 받아들이고 어서 꺼져요! 캐시의 본성이 어떤지 이제야 보았으니 고맙게 아세요.'

"어디를 가시려고요?" 캐서린이 문 쪽으로 다가서면서 묻더군요.

에드거는 그녀를 제치고 지나가려고 했습니다.

"가시면 안 돼요!" 캐시는 힘껏 외쳤습니다.

"가야겠습니다. 갈 겁니다!" 린튼은 목소리를 낮춰 대답했습니다.

"안 돼요." 캐시는 문의 손잡이를 잡고 자기 주장을 굽히지 않았습니다. "지금 가시면 안 돼요, 에드거 린튼. 앉으세요. 그렇게 화난 채 돌아가면 안 돼요. 그러면 나는 밤새도록 비참할 거예요. 전 당신 때문에 비참해지고 싶지 않아요."

"이렇게 당신에게 얻어맞고도 여기 머물러 있을 수 있겠습니까?" 하고 린튼이 물었습니다.

캐서린은 입을 다물고 있더군요.

"당신이 두렵고 창피하게 느껴지는군요." 그는 말을 이었습니다. "여기에 다시는 오지 않겠습니다."

캐시의 두 눈에서는 눈물이 번쩍였고 눈꺼풀도 깜박거렸습니다.

"그건 일부러 하는 거짓말이에요!" 하고 린튼 도련님이 말했습니다.

"거짓말하지 않았어요!" 그녀는 잃었던 언어 능력을 회복했는지 다시 소리치더군요. "난 아무것도 일부러 하지 않았어요. 좋아요. 갈 테면 가세요! 나가세요! 난 울겠어요. 병이 나도록 울겠어요!"

그녀는 의자 옆에 무릎을 꿇고 앉더니 정말 우는 듯싶게 울기 시작했습니다.

그런데도 에드거는 결심을 바꾸지 않고 마당까지 나갔지만 거기서 주저하고 있었습니다. 그래서 저는 그의 용기를 북돋워주기로 결심했습니다.

"도련님, 아가씨는 말할 수 없이 고집이 세답니다." 제가 외쳤습니다. "철부지 어린애처럼 못됐어요. 어서 댁으로 돌아가십시오. 안 그러면 우리를 슬프게 하기 위해 진짜로 병이 날 거예요."

그러나 이 물렁팥죽 같은 남자는 곁눈질로 창 안을 들여다보는 것이었습니다. 그가 그 자리를 떠날 힘이란 것은 반쯤 죽은 쥐를 놔두고 떠나는 고양이의 힘, 아니면 반쯤 먹다 만 새를 놔두고 떠날 수 있는 고양이의 힘과 맞먹는 것이었습니다.

아, 저 사람은 구제할 길이 없구나……. 저 사람은 죽었구나, 파멸로 치닫는구나! 하는 생각이 제 머리를 스치는 것이었습니다.

아니나 다를까, 제 생각이 맞더군요. 그는 몸을 급히 돌려 다시 서둘러 집으로 돌아오더니 문을 닫았습니다. 잠시 후 힌들리 주인님이 만취한 상태로 집에 돌아와서 이 오래된 가옥을 무너뜨릴 기세여서(그렇게 취했을 때는 그분의 정신 상태가 늘 그랬습니다만) 제가 그런 사정을 알리려고 안으로 들어갔더니, 그들은 언제 싸웠느냐는 듯 그 다툼이 친밀감을 더하여 젊은 남녀 간에 겉으로 나타나는 수줍음을 털어버리고 친구라는 가면도 벗어버리고 서로 애인이라고 고백할 수 있는 지경에 이르러 있었습니다.

힌들리 주인님의 귀가를 알리자 린튼은 황급히 자기 말이 있는 곳으로 향했고, 캐서린은 자기 방으로 달아났습니다. 저는 헤어튼 아기를 숨긴 뒤에 주인의 엽총에서 총알을 빼버렸습니다. 주인님은 흥분하면 미친 듯이 총을 가지고 놀기를 좋아해서 자기를 화나게 만들거나, 심지어 주의를 많이 끄는 사람의 목숨을 위태롭게 했습니다. 그래서 저는 총알을 빼놓기로 계획을 짰던 것이지요. 설령 주인님이 총을 쏘더라도 사고가 나지 않게 하기 위해서였습니다.

# 9

 

주인님은 듣기에도 끔찍한 저주를 함부로 내뱉으며 들어오다가, 제가 그의 아들을 부엌 찬장 속에 숨기는 현장을 목격했습니다. 아버지의 야수 같은 사랑이나 광적인 분노 중 어느 것을 만나도 무섭다는 인상이 헤어튼 아기의 의식에 깊이 박혀 있었습니다. 사랑할 때는 꽉 껴안고 키스하는 통에 숨 막혀 죽을 지경이 되고, 화를 내는 경우에는 난로 속이나 벽에 내동댕이쳐질 위험이 있었습니다. 그래서 그 가엾은 아기는 제가 어디에다 데려다놓든 아무 말 없이 조용히 있었습니다.

"이제야 찾아냈군!" 하고 힌들리 주인님은 소리치며 제 목덜미를 개처럼 끌어당겼습니다. "너는 틀림없이 나 몰래 이 아이를 죽일 참이었어! 어쩐지 아이가 늘 내 눈에 보이지 않는다 했더니, 이제야 알겠어. 하지만 나는 사탄의 힘을 빌려서라도 네가 이 식칼을 삼키게 하겠다, 넬리, 알겠나! 웃지 마. 나는 방금 케네스 의사 놈을 블랙호스 늪 속에다 거꾸로 처넣고 왔어. 한 명 죽이나 두 명 죽이나 마찬가지니까…… 너희들 중 하나를 죽여야겠다. 그러지 않고는 답답해 못 견디겠어!"

"그렇지만 힌들리 주인님, 저는 그 식칼이 싫어요" 하고 제가 응답했습니다. "그건 붉은색 청어를 자르던 칼입니다. 마음 내키시면

114

총으로 죽여주십시오."

"차라리 죽고 싶단 말이지!" 그가 말했습니다. "좋아, 내 죽여주지……. 집안 단속을 막는 법은 영국에 없어. 그런데 내 집에는 가증스러운 것들뿐이야! 입을 벌려!"

그는 식칼을 손에 들고 칼끝을 제 이 사이로 밀어넣었지요. 그러나 저는 그런 그의 행패를 그다지 두려워하지 않았습니다. 저는 칼을 뱉어버리며 맛이 지독히 없다고 말하고는…… 무슨 일이 있어도 그것을 먹지 않겠다고 했습니다.

"오!" 하고 그는 저를 놓으며 말했습니다. "저 보기 흉한 작은 악당은 헤어튼이 아니구먼……. 용서해주게, 넬리. 만일 내 아들이면 나를 반기러 달려오지도 않고 귀신이라도 나타난 것처럼 비명만 질렀으니, 산 채로 껍질을 벗겨야 마땅해. 이 아비도 모르는 놈아, 이리 와! 마음씨 좋고 남에게 잘 속는 아버지를 속이지 않도록 가르쳐줄 테다……. 그건 그렇고, 녀석의 귀를 잘라 다듬어주면 더 예쁘지 않을까? 개는 그렇게 하면 더 사나워지거든. 나는 사나운 것이 좋단 말야……. 가위 좀 가져와, 날이 잘 서고 깨끗한 것으로! 귀를 소중히 여기는 것, 그건 지옥에나 갈 허영이야. 악마 같은 오만이지. 인간은 귀가 없어지기 이전에 벌써 지독한 바보들이야. 쉬, 이놈아, 쉬! 됐어, 착한 놈! 조용히 해. 눈물을 닦아……. 자, 나한테 키스해! 뭐, 안 한다고? 헤어튼, 키스해! 망할 녀석, 키스하라니까! 맙소사, 내가 어쩌다가 이런 괴물을 길렀을까! 내가 눈을 뜨고 살아 있는 한 저놈의 모가지를 부러뜨리고 말겠다."

가엾은 헤어튼은 아버지의 팔에 안겨 있는 힘을 다해 큰 소리로 울어대며 발버둥을 쳤지만, 아버지가 위층으로 들고 올라가 난간 너머로 들어 올리자 두 배로 목청을 높여 비명을 질렀습니다. 저는 아이가 놀라서 발작을 일으키면 어찌하느냐고 외치고는 헤어튼을 구하러 달려갔습니다.

제가 그들에게 접근했을 때 힌들리 주인님은 난간에 기대고 선 채 아래층에서 나는 무슨 소리에 귀를 기울이면서 자기 손에 무엇을 들고 있는지도 거의 잊고 있었습니다.

"저게 누구야?" 그는 누군가가 계단 밑 쪽으로 다가오는 소리를 들으면서 묻는 것이었습니다.

저는 발소리를 듣고 히스클리프라는 것을 알았기 때문에 오지 말라는 신호를 보내려고 저 역시 아래를 내려다보았습니다. 그런데 제 눈이 잠깐 헤어튼에서 밑으로 향한 순간, 헤어튼은 별안간 위로 튀어오르면서 자기를 잡고 있는 부주의한 아버지의 손에서 밑으로 떨어졌습니다.

공포의 전율을 느낄 겨를도 없이 우리는 그 불쌍한 것이 안전하다는 것을 알았습니다. 히스클리프가 그 결정적인 순간에 바로 밑에 와 있었던 거지요. 자연적인 반사작용으로 히스클리프는 위에서 떨어지는 것을 잡아 땅에 세우고는, 이런 사건을 일으킨 장본인이 누구인지 알아보기 위해 위를 쳐다보았습니다.

5실링을 받고 내준 복권이 5천 파운드를 타게 되었다는 것을 알게 된 수전노라 할지라도, 히스클리프가 위층에 있는 사람이 언쇼 씨라는 것을 알았을 때보다 더 벙벙한 얼굴 표정은 보일 수 없었을 겁니다. 히스클리프의 얼굴 표정은 말보다 더 명확히 강렬한 아쉬움을 나타내고 있었습니다. 자기 스스로가 벼르던 복수의 기회를 좌절시키는 도구가 되어버린 것을 아쉬워하는 표정이었습니다. 아마 어두웠더라면 헤어튼의 머리뼈를 계단에 짓이겨 실수를 만회하려고 했을 것입니다. 그러나 우리는 히스클리프가 헤어튼을 구하는 것을 목격했습니다. 그래서 저는 곧 아래로 내려가 제가 맡은 소중한 아기를 가슴에 꼭 안았습니다.

힌들리 주인님은 술이 깨어 창피한지 천천히 내려왔습니다.

"엘렌, 네 잘못이야" 하고 그가 말하더군요. "내 눈에 띄지 않는 곳에 숨겼어야지. 내게서 애를 빼앗았어야 했어! 어디 다친 데는 없나?"

"다친 데라고요!" 저는 화가 나서 소리쳤습니다. "죽지 않았으면 백치가 될 뻔했어요! 아! 아기 어머니가 무덤에서 일어나 남편이 이처럼 학대하는 것을 보러 오지 않는 게 이상하군요. 서방님은 이교도보다 더 나빠요. 자신의 혈육을 이렇게 다루다니!"

주인께서 아이를 만지려 하니까 아이는 저와 함께 있다는 것을 알고는 금세 겁을 집어먹고 흐느껴 울었습니다. 그러나 아버지의 손이 닿기가 무섭게 아이는 다시 전보다 더 큰 소리를 지르며 마치 경련이라도 일으킬 것처럼 버둥거렸습니다.

"그냥 내버려두세요!" 제가 말을 계속했습니다. "아이는 주인님을 미워하고 있어요. 모두가 주인님을 미워해요. 사실이에요! 행복한 가정, 꼴 좋게 되었네요!"

"더 꼴 좋게 될 거야, 넬리!" 길을 잘못 들어선 남자는 냉정을 되찾으며 웃었습니다. "당장 이 녀석을 데리고 나가! 그리고 히스클리프, 너도 내 손이 안 닿고 목소리가 들리지 않는 곳으로 꺼져버려. 오늘 밤에는 내 너를 죽이지 않겠지만 또 모르지. 아마 집에 불을 지를지도 몰라. 그러나 그건 내 생각이 어떻게 돌아가느냐에 따라……."

이렇게 말하면서 그는 찬장에서 1파인트들이 브랜디 병을 꺼내 잔에 따랐습니다.

"그건 안 돼요. 그만하세요!" 제가 애원했습니다. "힌들리 서방님, 몸 생각도 하세요. 불쌍한 아이 생각도 좀 하세요. 서방님 자신이야 어찌 되든 상관하지 않으셔도 좋아요."

"누구든 나보다는 잘 보살필 거야." 그가 대답했습니다.

"자신의 영혼을 불쌍히 여기세요!" 그의 손에서 술잔을 억지로 빼앗으며 제가 말했습니다.

"난 그렇게 안 해! 천만의 말씀. 내 영혼을 지옥으로 보내 그 영혼을 만든 자를 응징하게 되면 기분 한번 좋을 거다." 이 신성모독자가 외쳤습니다. "저주받는 영혼을 위해 건배!"

그는 술을 마시고는 짜증을 부리듯 우리에게 물러가라고 명령했습니다. 이렇게 명령을 마무리지으면서, 너무 지독해서 되풀이하거나 기억하기도 싫은 끔찍한 욕지거리를 연달아 퍼부었습니다.

"술로 뒈지지 못하는 게 유감이군." 히스클리프는 문이 닫힐 때 메아리처럼 돌아오는 힌들리가 한 욕을 입으로 중얼거렸습니다. "저 자식은 죽으려고 별짓을 다해도 몸이 말을 듣지 않는단 말이야……. 케네스 의사가 자기 암말을 걸고 하는 얘긴데, 힌들리는 기머튼 교구에서 누구보다도 오래 살고 백발이 된 죄인으로서 무덤에 들어갈 거래. 혹시 다행히도 불의의 사고가 일어나면 모를까."

저는 부엌으로 들어가서 자장가를 불러 아이를 재우려고 주저앉았습니다. 저는 히스클리프가 창고로 걸어갔으려니 생각했습니다. 그런데 나중에 보니까 히스클리프는 등이 높다란 의자 뒤로 가서 벽옆에 있는 벤치 위에 벌렁 드러누워 난로에서 좀 떨어져 잠자코 있었습니다.

저는 헤어튼을 무릎 위에 올려놓고 흔들면서 자장가를 한 곡 불렀습니다. 그 자장가는 이렇게 시작됩니다.

한밤중 아기들이 울면
엄마가 흙 밑에서 듣지요.

  그때 캐시 아가씨가 방에서 이 소란을 듣고 있다가 머리를 디밀고 소곤거렸습니다.
  "넬리, 혼자 있어?"
  "예, 아가씨." 제가 대답했습니다.
  아가씨가 들어와 벽난로 쪽으로 다가왔습니다. 무슨 말을 할 것 같아서 저는 올려다보았습니다. 그녀의 표정은 불안하고 초조해 보였습니다. 입술이 반쯤 열려 있어 무엇을 말하려는 것 같았습니다. 그러나 그녀는 숨을 들이마셨을 뿐 나온 것은 문장이 아니라 한숨이었습니다.
  저는 최근에 그녀가 제게 보인 행동을 잊지 않고 있었기 때문에 부르던 자장가만 계속했습니다.
  "히스클리프는 어디 있어?" 그녀는 제 노래를 중단시키면서 말했습니다.
  "아마 마구간에서 일하고 있겠지요." 제 대답이었습니다.
  히스클리프는 제 틀린 대답을 정정하지 않더군요. 아마 잠이 들었던 모양입니다.
  다시 긴 침묵이 이어졌습니다. 그때 저는 캐서린의 뺨에서 한두 방울의 눈물이 바닥으로 떨어지는 것을 보았습니다.
  자신의 부끄러운 행동을 후회하고 있는 것일까 하고 저는 속으로 자문해보았습니다. 그렇다면 그것은 희한한 일이었지요. 하지만 할 말이 있으면 하겠지……. 흥, 내가 도와줄 줄 알고! 저는 속으로 그렇게 중얼거렸습니다.

아가씨는 자신에 관한 일이 아니면 어떤 일에도 관심을 느끼지 않는 여자였습니다.

"아, 참!" 마침내 그녀가 소리쳤습니다. "난 너무 불행해!"

"안됐군요" 하고 제가 말했습니다. "아가씨는 비위 맞추기가 힘들어요. 친구는 많고 걱정은 없고…… 그런데도 만족을 못하다니!"

"넬리, 내 비밀을 지켜주겠어?" 캐서린은 제 곁에 무릎을 꿇고 앉더니 아무리 화가 난 사람도 누그러뜨릴 만큼 간절한 눈매로 제 얼굴을 쳐다보는 것이었습니다.

"지켜줄 가치가 있는 비밀이에요?" 저는 샐쭉했던 마음을 누그러뜨리며 물었습니다.

"그래, 그것 때문에 걱정이야. 그래서 난 털어놔야 해! 어떻게 해야 좋을지 알고 싶어……. 오늘 에드거 린튼이 청혼을 했어. 그래서 그분에게 대답했지. 그런데 내가 승낙했는지 거절했는지 넬리에게 말하기 전에, 내가 어떻게 대답했어야 했는지 넬리가 말해봐."

"이건 정말, 캐서린 아가씨, 내가 어떻게 알겠어요?" 제가 대답했습니다. "분명히 아가씨가 오늘 오후에 그분 앞에서 저지른 잘못을 생각하면 거절하는 것이 현명했으리라고 말할 수 있는데……. 그런 모욕을 당하고도 청혼을 했다니, 그분은 구제불능의 미련퉁이거나 모험을 좋아하는 바보겠죠."

"그렇게 말하면 난 더 이상 말하지 않을래." 그녀는 토라져서 벌떡 일어났습니다. "넬리, 난 청혼을 받아들였어. 내가 틀렸는지 어쩐지 빨리 말해봐!"

"승낙했다고요? 그럼 더 이상 의논해서 무엇 하게요? 결혼하기로 맹세했으니 취소할 수 없잖아요."

"하지만 내가 그렇게 대답했어야 했는지 말해봐……. 어서!" 아가씨는 두 손을 비비면서 얼굴은 찡그린 채 화난 어조로 소리쳤습니다.

"그 질문에 적절한 대답을 하기 전에 고려해야 할 것이 많이 있어요." 저는 설교하듯 말했습니다. "우선 무엇보다도 아가씨는 에드거를 사랑하나요?"

"어쩔 수 없는 일이야! 당연히 사랑하고 있어." 그녀가 대답했습니다.

그래서 저는 아가씨에게 다음과 같은 교리문답을 했습니다. 스물두 살의 처녀에게 이런 질문은 부적절한 것이 아니었습니다.

"아가씨는 그 사람을 왜 사랑하지요?"

"말도 안 돼. 그냥 사랑해……. 그것으로 충분하잖아?"

"절대로 충분하지 않아요. 사랑하는 이유를 말해야 돼요."

"그건…… 잘생기고 함께 있으면 즐거우니까."

"좋지 않은데요." 저의 논평이었습니다.

"또 그 남자는 젊고 쾌활하니까."

"여전히 좋지 않은데요."

"그리고 그 남자는 나를 사랑하니까."

"그 대답은 괜찮네요."

"그는 부자가 될 테고 나는 이 근방에서 제일가는 귀부인으로 행세하고 싶을 거야. 그런 남편을 얻은 것이 자랑스러울 거야."

"제일 좋지 않은 대답이군요! 자, 그럼 어떻게 사랑하는지를 말해봐요."

"다른 사람들과 다를 바 없지……. 넬리, 참 바보 같군!"

"천만에요, 대답하세요."

"나는 그의 발밑에 있는 땅을 사랑하고 그의 머리 위에 있는 공기를 사랑하고 그의 손이 닿는 모든 것을 사랑하며 모든 행동을 사랑해. 그 남자 전체를 모두 묶어서 사랑해. 됐어?"

"그러면 내게 묻는 이유가 뭐지요?"

"그러지 마⋯⋯. 넬리는 모든 것을 농담으로 돌리려 하고 있어. 심통이 사납기로 어쩌면 그럴까! 나한테는 웃을 일이 아니야!" 이 젊은 숙녀는 얼굴을 찌푸리며 얼굴을 난로 쪽으로 돌렸습니다.

"캐서린 아가씨, 나는 농담을 하고 있는 게 아니에요." 제가 대답했습니다.

"아가씨가 에드거 씨를 사랑하는 것은 그분이 미남이고 젊고 쾌활하고 부자이고, 게다가 아가씨를 사랑하기 때문이라고 말했지요? 그러나 그 마지막 대목은 있으나 마나예요. 그분이 아가씨를 사랑하지 않더라도 아가씨는 그분을 사랑할 테죠. 그런데 그분이 아가씨를 사랑하더라도 앞서 말한 네 가지 매력이 그분에게 없다면 아가씨는 그분을 사랑하지 않을 겁니다."

"그래, 확실히 그래. 나는 그를 사랑하지 않을 거야, 그냥 불쌍하게 여기겠지⋯⋯. 그가 못생기고 촌스럽다면 증오할지도 몰라."

"그러나 세상에는 잘생기고 돈 많은 젊은이가 에드거 씨 말고도 더러 있는 법이에요. 어쩌면 그보다 더 잘생기고 돈도 더 많은 사람들 말이에요. 왜 그런 사람들은 사랑하지 않는 거죠?"

"그런 사람이 있어도 내가 접할 수가 없지⋯⋯. 나는 에드거 같은 사람은 본 적이 없어."

"앞으로 볼 수도 있을 겁니다. 그렇다 하더라도 그런 사람이 항상 잘생기고 젊지는 않을 테고 항상 부자로 있지는 않을 겁니다."

"에드거 씨는 지금 잘생기고 부자야. 나는 현재에만 관심이 있어. 이제 좀 합리적으로 말했으면 해."

"됐어요, 결론이 났군요. 현재에만 관심이 있다면 에드거 린튼 씨와 결혼하세요."

"넬리의 승낙 같은 건 필요 없어. 난 그와 결혼할 거야. 그런데 내 행동이 옳은지 어쩐지는 아직 넬리가 말해주지 않았어."

"100퍼센트 옳아요. 사람이 현재만을 위해 결혼하는 것이 옳은 일이라면 아가씨가 옳아요. 그런데 아가씨가 어째서 불행한지 이야기해보세요. 오빠도 기뻐하실 테고, 에드거 씨의 부모님들도 반대하시지 않으리라 믿어요. 또한 아가씨는 이렇게 난장판 같고 안정되지 않은 집을 벗어나 부유하고 점잖은 집안으로 가는 거예요. 아가씨는 에드거를 사랑하고 에드거는 아가씨를 사랑하잖아요. 모든 것이 순조롭고 편한데…… 무엇이 문제지요?"

"여기 말야! 그리고 또 여기!" 캐서린은 한 손으로는 이마를, 또 한 손으로는 가슴을 치며 말하는 것이었습니다. "영혼이 어디에 살고 있든지 간에, 내 영혼과 가슴이 잘못이라고 확신시키는 게 있어!"

"참 이상도 해라! 나는 도무지 이해할 수 없군요."

"이건 나만의 비밀인데, 넬리가 비웃지 않는다면 설명할게. 명확한 설명은 못하겠어. 하지만 내 느낌을 말해줄게."

아가씨는 다시 제 곁에 앉더군요. 그녀의 얼굴은 더 슬프고 더 심각해졌으며, 힘껏 맞잡은 손은 떨리고 있었습니다.

"넬리는 이상한 꿈을 꾼 적 없어?" 얼마 동안 깊이 뭔가 생각하던 그녀는 갑자기 입을 열었습니다.

"있어요, 가끔." 제가 대답했습니다.

"나도 그래. 깨고 나도 줄곧 내게 붙어서 내 생각을 바꾸게 하는 그런 꿈을 지금까지 살아오는 동안 여러 번 꾸었어. 그것은 마치 물

123

에 포도주가 번지듯 내 몸 구석구석까지 스며들어 내 마음의 색깔을 바꿔놓고 말아. 이것이 그런 꿈 중의 하나야. 어떤 이야기를 듣는대로 웃지 말아줘."

"오, 그러면 말하지 말아요! 캐서린 아가씨!" 제가 소리쳤습니다. "귀신이나 환영을 불러들이지 않아도 우리를 당황케 하기에 충분히 우중충한 분위기에 둘러싸인 집이니까요. 자, 어서 명랑해져봐요. 원래의 캐서린이 돼봐요! 저 어린 헤어튼을 보라고요. 무서운 꿈은 절대 꾸지 않아요. 자면서 웃는 모습이 얼마나 예쁜지 보라고요."

"그렇군. 이 아이의 아빠도 혼자 있을 때 욕을 얼마나 예쁘게 하는지 몰라. 오빠에게도 이렇게 귀엽고 토실토실하고, 또 어리고 순진했던 시절이 있었던 걸 넬리는 아마 기억할 거야. 하지만 넬리, 내 이야기를 들어줘야겠어. 오래 걸리지 않아. 오늘 밤엔 아무래도 유쾌해질 기운이 없어."

"난 듣지 않겠어요. 듣지 않겠다고요!" 저는 급히 되풀이했습니다.

저는 지금도 그렇지만 꿈에 대해 미신 같은 것을 갖고 있었습니다. 게다가 캐서린의 태도가 여느 때와 달리 침울해서 어마어마한 재난을 내다보게 할 것 같아 듣기가 두려웠습니다.

캐시는 화가 나 있었지만 더 이상 말을 계속하지 않았습니다. 잠시 후 분명히 화제를 돌린 것처럼 하면서 다시 말을 시작했습니다.

"넬리, 만약에 내가 천국에 있더라도 난 아주 비참할 거야."

"천국에 가기엔 적당치가 않아서 그래요." 제가 대답했습니다. "죄인들은 천국에 가더라도 비참해질 겁니다."

"죄 때문에 그런 건 아니야. 한번은 천국에 간 꿈을 꾸었어."

"캐서린 아가씨, 말해두지만 꿈 이야기는 듣지 않겠어요. 그만 가서 자야겠어요" 하고 저는 다시 이야기를 가로막았습니다.

제가 의자에서 일어나려 하자 캐시는 웃으면서 저를 잡더니 도로 앉혔습니다.

"이건 아무것도 아니야." 캐시가 소리쳤습니다. "나는 다만 천국은 내 집이 될 것 같지 않다고 말하려 했을 뿐이야. 나는 지상으로 돌아오기 위해 가슴이 터져라고 울었어. 그랬더니 천사들이 화가 나서 나를 워더링 하이츠의 꼭대기에 있는 히스 초원 한가운데다 집어 던지는 것이었어. 나는 기뻐서 흐느껴 울다가 잠에서 깨어버렸지. 이것으로 다른 일도 그렇고 내 비밀이란 것을 설명하기에 충분해. 나는 천국에 가는 것도 필요 없듯이 에드거 린튼과 결혼하는 것도 다 필요 없어. 저 방에 있는 악독한 오빠가 히스클리프를 저렇게 비천하게 만들지만 않았어도 나는 에드거와의 결혼을 생각하지 않았을 거야. 이제 와서 히스클리프와 결혼을 한다면 내 품위가 바닥에 떨어질 거야. 그래서 내가 그를 얼마나 사랑하는지는 그에게 알리지 않겠어. 내가 그를 사랑하는 것은 그가 잘생겨서가 아니라 그는 나보다 더 나 자신이기 때문이야. 우리의 영혼이 무엇으로 만들어졌건 그와 내 영혼은 같은 것이야. 린튼의 영혼은 달빛이 번개와 다르듯, 서리가 불과 다르듯 내 영혼과는 달라."

이 말이 끝나기 전에 저는 히스클리프가 방에 있다는 것을 감지하게 되었습니다. 무언가가 조금 움직이는 것을 발견하고 고개를 돌렸더니 그가 벤치에서 일어나 소리도 없이 살금살금 나가는 것이 보였습니다. 그는 캐서린이 자기와 결혼하면 품위가 떨어질 것이라는 대목까지 엿듣다가 그 이상은 듣지 않고 나가버린 것이었습니다.

캐서린은 바닥에 앉아 있었기 때문에, 의자의 높은 등받이가 가로막고 있어서 히스클리프가 그곳에 있었다는 사실과 그가 떠나는 것을 알지 못했습니다. 그러나 저는 깜짝 놀라서 캐시에게 조용히 하라고 일렀습니다.

"왜?" 캐시는 불안하게 주위를 둘러보면서 물었습니다.

"조셉이 이리 와요." 저는 때마침 조셉의 달구지가 길 위로 굴러 오는 소리를 듣고 대답했습니다. "그러면 히스클리프도 함께 올 거예요. 지금쯤은 그가 문간에 와 있는지도 모르겠네요."

"아, 히스클리프가 문간에서 엿들을 수는 없었겠지!" 하고 캐시가 말했습니다. "헤어튼을 이리 주고 저녁 준비를 해. 준비가 다 되면 같이 먹자고 나를 불러줘. 난 꺼림칙한 양심을 감추고 싶고, 히스클리프가 아무것도 모른다는 것을 확인하고 싶어……. 그는 아무것도 모르겠지? 사랑하는 감정이 어떤 것인지 그는 몰라."

"아가씨도 아는데 그라고 모를 리 있어요?" 제가 응수했습니다. "그런데 만일 히스클리프가 아가씨를 사랑의 대상으로 선택한다면 그는 이 세상에 태어난 피조물 중에서 제일 불행해질 거예요! 아가씨가 린튼 부인이 되자마자 그는 친구와 사랑과 다른 모든 것을 잃게 될 테니까요! 아가씨는 히스클리프와의 결별을 어떻게 견딜까, 그리고 그가 세상에서 버림받은 신세를 어떻게 견뎌낼까 생각해보았나요? 아가씨는……."

"히스클리프가 이 세상에서 아주 버림받다니! 우리가 헤어지다니!" 캐시는 분노한 어조로 소리쳤습니다. "도대체 우리를 갈라놓는 게 누구야? 그런 짓을 하는 자들은 밀로[그리스의 운동선수로서, 떡갈나무를 두 쪽으로 갈라놓으려고 시도하다 오므라드는 나무 사이에 손이 끼게 되어 늑대에게 잡아먹히는 비참한 운명을 맞는다.]의 운명을 맞게 될 거야. 엘렌, 내가 살아 있는 한 누구도 우리를 갈라놓지 못해. 내가 히스클리프를 버리는 데 동의하기 이전에 이 세상의 모든 린튼은 녹아 없어질 거야. 히스클리프를 저버리다니, 그건 내가 의도하는 바가 아니야. 내 계획도 아니지! 그러한 희생을 요구한다면 나는 린튼 부인이 되지 않을 거야! 히스클리프는 이제까지 살아온 내내 그랬던 것처럼 앞으로도 내게 소중한 사람이야. 에드거도 그에 대한 반감을 털어버리고 적어도 그에게 관대해야 해. 그에 대한 나의 진정한 감정을 알게 되면 관대하게 대할 거야. 넬리, 이제 알겠는데, 넬리는 나를 이기적인 철면피라고 생각하겠지. 하지만 히스클리프와 내가 결혼한다면 우리가 거지가 된다는 생각은 해보지 않았지? 그러나 린튼과 결혼하면 나는 히스클리프가 출세하도록 도와주고 오빠의 손아귀에서 벗어나게 해줄 수도 있어."

"아가씨, 남편의 돈으로 한단 말인가요?" 제가 물었습니다. "린튼 씨는 아가씨가 계산하고 있는 것만큼 그렇게 마음이 너그러운 호인은 아닐 겁니다. 제가 심판자는 아니지만 지금 한 이야기는 아가씨가 젊은 린튼의 아내가 되려는 동기 중에서 가장 나쁜 것 같군요."

"그렇지 않아." 그녀가 응수해왔습니다. "가장 훌륭한 동기야! 다른 여러 가지 동기는 다 내 변덕을 충족시킬 뿐이야. 에드거를 위해서도 마찬가지야. 그를 만족시키는 것이야. 이것은 에드거에 대한 나의 감정과 내 자신에 대한 나의 감정을 개인적으로 이해하는 사람을 위한 것이기도 해. 말로 표현할 수 없지만, 틀림없이 너 나 할 것 없이 누구나 자기를 넘어선 자기가 있고 또 있어야 한다는 생각을 가지고 있는 법이야. 나라는 존재가 오로지 나에게만 국한된다면 세상에 태어난 보람이 어디 있겠느냐 말야. 이 세상에서 나의 큰 비참함은 히스클리프의 비참함이었어. 나는 처음부터 그 불행의 각 품목을 지켜보고 느꼈어. 삶에서 내 머릿속을 전적으로 차지하고 있는 것은 히스클리프야. 다른 것이 모두 없어져도 히스클리프만 남는다면 나는 계속 살아갈 테지만, 다른 모든 것이 남고 그가 사라진다면 이 우주는 지독히 낯선 곳이 될 거야. 나는 우주의 일부로 보이지 않을 거고. 린튼에 대한 나의 사랑은 숲 속의 나뭇잎과 같은 것이야. 시간이 그것을 변질시키리라는 것을 나는 잘 알아. 마치 겨울이 나무들을 변화시키는 것처럼 말이야. 그러나 히스클리프에 대한 나의 사랑은 땅속에 묻힌 영원한 바위를 닮아서 잘 보이지는 않지만 기쁨의 원천이고 없어서는 안 되는 것이야. 넬리, 나는 히스클리프야. 그는 늘 내 마음속에 있어. 나 자신이 내게 늘 즐거운 존재가 아니듯 그가 즐거운 존재로서가 아니라 나 자신의 존재로서 내 마음속에 있는 거야. 그러니까 그와 결별한다는 말은 입에 담지도 마. 그런 일은 비현실적이야. 그리고……."

캐시는 말을 끊더니 얼굴을 제 치마주름 속에 파묻더군요. 그러나 저는 옷을 힘차게 치워버렸습니다. 캐시의 어리석음을 더 이상 참을 수가 없었으니까요.

"아가씨, 그 말도 안 되는 얘기를 듣고 내가 파악한 것이 있다면" 하고 제가 말했습니다. "아가씨는 결혼 후에 떠맡게 될 의무를 전혀 모르거나, 그렇지 않다면 사악하고 방종한 여자라는 확신뿐이에요. 더 이상 비밀을 털어놓아 나를 괴롭히지 마세요. 그런 비밀을 지켜준다는 약속도 그만두겠어요."

"비밀을 지키겠다고 했잖아?" 캐시가 진지하게 물었습니다.

"아뇨, 난 약속하지 않겠어요." 제가 거듭 말했습니다.

아가씨가 다짐을 받으려고 나설 때 조셉이 들어오는 바람에 대화는 중단되었습니다. 캐시가 의자를 구석으로 옮기고 헤어튼을 돌보는 동안 저는 저녁 식사를 준비했습니다.

저녁 식사가 다 준비된 후 동료 하인인 조셉과 저는 저녁상을 누가 힌들리 주인님 방으로 가져가느냐를 놓고 서로 다투었습니다. 그러나 음식이 다 식어버릴 때까지도 결정을 내리지 못했습니다. 우리는 주인님이 한동안 혼자 계시는 곳에 들어가는 것이 특히 무서웠기 때문에 우선 그에게 식사를 하겠는지 묻기로 결정했습니다.

"그 바보 같은 녀석이 어쩌자고 여지껏 밭에서 돌아오지 않는 거지? 도대체 뭘 하고 있을까? 배짱 좋은 건달 같으니!" 조셉은 히스클리프를 찾느라 주위를 둘러보았습니다.

"내가 불러오지요. 분명히 헛간에 있을 거예요." 제가 말했습니다.

제가 가서 불렀지만 대답이 없었습니다. 돌아온 즉시 저는 히스클리프가 조금 전에 아가씨가 한 이야기를 들은 것은 틀림없으며, 그에 대한 힌들리 오빠의 대우가 너무하다는 이야기가 시작되었을 때 그가 부엌에서 나가버렸을 것이라고 아가씨에게 속삭이듯 말해 주었습니다.

아가씨는 깜짝 놀라 벌떡 일어나더군요. 그리고 헤어튼 아기를 높은 등받이 의자 위에 내던지고 직접 히스클리프를 찾아 나섰습니다. 왜 자신이 그렇게 당황하는지, 또 자기가 한 이야기가 히스클리프에게 어떤 충격을 주었는지 생각할 여유가 전혀 없었습니다.

캐서린이 매우 오랫동안 돌아오지 않자 조셉은 더 이상 기다리지 말자고 했습니다. 조셉은 자신의 지루한 축복 기도를 듣지 않으려고 어디 멀리 가 있을 것이라고 교활한 추측을 하고 있었습니다. 그들은 '나쁜 짓만 골라서 하는 못된 것들'이라고 조셉은 주장했습니다. 그래서 그날 밤에는 저녁 식사를 하기 전에 늘 하던 식으로 15분간의 기도를 하고도 그 두 사람을 위해서라며 특별 기도를 올렸습니다. 만일 그때 아가씨가 황급히 뛰어 들어와 조셉에게 어서 큰길 쪽으로 나가서 히스클리프가 어디를 배회하고 있든 찾아서 곧 데려오라고 명령하지 않았다면 15분은 더 끌며 감사 기도의 끝장을 보았을 겁니다.

"위층으로 올라가기 전에 난 히스클리프에게 얘기할 게 있어. 꼭 해야 돼" 하고 아가씨는 말했습니다. "문이 열려 있는데 히스클리프는 내 목소리가 닿지 않는 먼 곳에 있는 모양이야. 내가 가축 우리 지붕 위로 올라가 목청껏 소리쳐 불렀는데도 대답이 없었어."

조셉은 처음에 거부했지만, 캐시의 부탁은 너무나 간곡했으며 조셉의 거부를 용서하지 않을 것 같았습니다. 그래서 마침내 조셉은 모자를 집어 쓰고는 투덜거리며 걸어 나갔습니다.

그러는 동안 캐서린은 마루 위를 왔다 갔다 하다가 외쳤습니다. "그가 어디 있을까! 그가 가 있을 만한 곳이 어디지! 넬리, 아까 내가, 내가 무슨 말을 했지? 난 잊어먹었어. 오늘 오후 내 기분이 상해 있어서 화났나? 어머! 내가 히스클리프를 슬프게 하는 어떤 얘기를 했으면 말해봐. 그가 돌아왔으면 좋겠어. 정말 돌아왔으면 좋겠어!"

"아무것도 아닌 걸 가지고 시끄럽게 하지 말아요!" 저도 좀 불안했지만 그렇게 소리쳤어요. "아무것도 아닌 일에 그렇게 겁을 먹다니! 히스클리프는 달빛 속에서 황무지를 거닐거나 심술이 나서 우리와 얘기하기 싫다고 건초 헛간에서 누워 있을 텐데, 그렇게 놀랄 이유가 어디 있다고 그러세요? 그의 은신처를 내가 찾아낼 거예요. 내가 그를 찾아내나 못 찾아내나 두고 보세요."

저도 다시 그를 찾아 나섰습니다. 결과는 실망이었고, 조셉의 수색도 마찬가지였습니다.

"그 녀석, 점점 더 나빠지는군!" 조셉이 다시 돌아와 말하는 것이었습니다. "녀석이 문을 활짝 열어놓고 나가서 아가씨의 망아지가 귀리 밭을 두 고랑이나 망쳐놓고 목장 쪽으로 달아났어요! 내일 아침 주인님의 날벼락이 떨어질 텐데, 그래도 당연하지요. 그런 쓸모 없는 놈을 참고 데리고 계시다니, 주인님의 인내심도 참 대단하시지! 하지만 언제까지나 참고 계시진 않을 거야. 두고 봐요. 주인님을 그렇게 화나게 하면 좋지 않을 텐데."

"이 바보 같으니! 히스클리프를 찾았어?" 캐서린이 그의 말을 가로챘습니다. "내가 시킨 대로 그를 찾아보았느냐 말야?"

"말을 찾아 헤매는 편이 더 좋을 뻔했어요." 조셉이 대답했습니다. "그게 더 나을 걸 그랬어요. 하지만 이렇게 굴뚝같이 캄캄한데 사람이나 말을 누가 어떻게 찾습니까! 히스클리프는 내가 휘파람을 분다고 올 놈이 아니에요! 아마 아가씨의 목소리라면 보다 쉽게 들을지는 몰라도."

여름치고는 지독히 어두운 밤이었습니다. 구름은 천둥이라도 칠 태세였습니다. 저는 우리 모두 그냥 앉아 있는 게 더 좋겠다고 말했지요. 곧 비가 쏟아지기 시작하면 분명 그는 더 이상 고생할 것도 없이 집으로 돌아올 테니까요.

그러나 캐서린은 어떻게 설득해도 침착함을 찾지 못했습니다. 그녀는 휴식을 모르는 흥분 상태로 대문에서 현관문으로 이리저리 계속 배회하더니, 마침내 길 가까이에 접해 있는 벽 한쪽 면에 기대어 자리를 잡고는 꼼짝도 하지 않는 것이었습니다. 제가 아무리 간청해도 듣지 않았어요. 으르렁대는 천둥소리와 온몸 위로 퍼붓기 시작한 굵은 빗방울에도 아랑곳하지 않고 이따금 히스클리프를 부르고 다시 귀를 기울이고는 울음을 터뜨리며 그곳에 남아 있었습니다. 어찌나 크게 발작적으로 우는지 그녀의 울음은 헤어튼을 비롯한 여느 아이의 울음을 능가했습니다.

자정 무렵 우리가 아직 자지 않고 앉아 있는 동안 폭풍은 분노의 절정에 달한 듯 요란한 소리를 내며 워더링 하이츠 위로 몰아쳤습니다. 천둥이 치며 강풍이 불고 있었습니다. 강풍 아니면 천둥이 건물 모퉁이에 선 나무 한 그루를 찢어놓는 것이었습니다. 그러더니 큰 가지 하나가 지붕 위로 떨어지면서 동쪽 굴뚝의 일부를 무너뜨리는 바람에 부엌 아궁이 속으로 돌들과 검댕이 떨어졌습니다.

우리는 집 한가운데로 벼락이 떨어졌다고 생각했습니다. 그래서 조셉은 무릎을 꿇고, 족장 노아와 롯을 기억하시어 옛날에 그리 하셨던 대로 신앙이 없는 자는 벼락을 맞게 하실지라도 올바른 자는 구원해주십사고 주님께 간절히 애원했습니다. 저도 그것이 정녕 우리 위에 내린 하느님의 심판이라고 생각했습니다. 제 생각에도 재앙을 몰고 온다는 요나는 바로 언쇼 씨였습니다. 그래서 저는 언쇼 주인님이 아직 살아 있는지를 확인하기 위해서 그의 방문 손잡이를 흔들었습니다. 주인님은 충분히 들을 수 있는 큰 목소리로 대답하는 것이었습니다. 그러자 저의 동료인 조셉은 자기 같은 성자들과 주인 같은 죄인들을 엄격히 구분해달라고 언쇼의 목소리만큼 큰 목소리로 시끄럽게 기도했습니다. 그러나 이러한 소동은 우리 모두를 다치지 않게 하고 20분 후에 사라졌습니다. 그러나 아가씨만은 들어와서 비를 피하라는 권유를 완강히 거부하고 모자와 숄도 없이 밖에 서 있었으므로 머리와 옷이 흠뻑 젖고 말았습니다.

캐서린은 안으로 들어와 등이 높은 긴 의자에 쓰러지더니 흠뻑 젖은 채 등받이에 머리를 대고 두 손으로 얼굴을 가렸습니다.

"이봐요, 캐시!" 그녀의 어깨를 만지며 제가 외쳤습니다. "죽기로 작정한 건 아니죠? 지금이 몇 신 줄이나 알아요? 12시 반이에요. 자! 와서 자요. 그 바보 같은 녀석은 더 기다려봤자 소용없어요. 그

녀석은 기머튼에 가서 묵고 있을 거예요. 우리가 이렇게 늦게까지 눈뜨고 기다리리라고는 짐작도 못할 거예요. 주인님만이 깨어 있을 거라고 생각하고, 혹시 주인님이 문을 열어줄까 봐 오지 못하는 거예요."

"아니야, 그건 아니야. 기머튼에 있을 리 없어!" 조셉이 말했습니다. "그가 늪에 빠졌다 해도 이상할 게 없지. 이러한 하느님의 심판은 건성 있는 게 아니야. 아가씨도 조심하기를 바랍니다. 다음은 아가씨 차례니까요. 하느님, 감사하나이다! 선택을 받아 쓰레기 더미로부터 구원받은 자들에겐 복이 있나니! 성서가 말하고 있는 것을 알아야 해……."

또한 조셉은 몇 구절 더 인용하면서 우리가 찾아볼 수 있도록 몇 장 몇 절에 있다고 말해주었습니다.

저는 고집 센 아가씨에게 어서 일어나 젖은 옷을 갈아입으라고 말했지만 헛수고였습니다. 그래서 조셉은 설교하라고 놔두고 아가씨는 몸이 젖어 떨도록 내버려둔 채 헤어튼 아기를 데리고 잠자리에 들었습니다. 아기는 주변의 모든 사람이 잠든 듯이 아주 곤하게 자는 것이었습니다.

그 뒤로도 조셉이 얼마 동안 계속 성경을 읽는 소리가 들려왔습니다. 다음으로 조셉이 느린 걸음으로 사다리를 오르는 소리가 들렸습니다. 그러자 저도 잠이 들고 말았습니다.

제가 여느 때보다 좀 늦게 아래층으로 내려와 보니, 아가씨가 아직도 벽난로 근처에 앉아 있는 것이 덧문 사이로 스며드는 햇살을 통해 뚜렷이 보였습니다. 힌들리 주인님도 벌써 일어나 핼쑥하고 졸린 듯한 눈을 하고 부엌 난롯가에 서 있었습니다.

"캐시, 어디가 아프냐?" 하고 주인님이 제가 들어설 때 말하고 있었습니다. "마치 물에 빠진 강아지처럼 몰골이 형편없군. 애야, 온몸이 젖고 얼굴이 창백한데, 무슨 일이 있었니?"

"젖었어요." 캐시는 마지못해 대답했습니다. "그래서 좀 추울 뿐이에요."

"아, 아가씨가 말을 듣지 않아요!" 저는 주인님이 술이 깨어 제법 정신이 든 것을 감지하고 큰 소리로 말했습니다. "어제 저녁 쏟아진 비를 흠뻑 맞은 채 밤새 거기 앉아 있었어요. 제가 아무리 설득해도 꼼짝하지 않더군요."

언쇼 씨는 놀라서 우리를 노려보았습니다.

"밤새 꼼짝 안 해?" 그가 되풀이했습니다. "왜 잠을 자지 않았지? 설마 천둥소리가 무서워서 그런 건 아니겠지? 천둥이 그친 지 몇 시간이 지났는데."

우리 둘 다 히스클리프가 없어졌다는 말은 하고 싶지 않았습니다. 숨길 수 있는 데까지 숨기고 싶었습니다. 그래서 아가씨가 무엇 때문에 자지 않고 있었는지 모르겠다고 대답했고, 아가씨 역시 아무 말도 하지 않았습니다.

그 아침은 신선하고 서늘했습니다. 격자창을 열었더니 곧 정원에서 풍겨오는 달콤한 꽃향기가 방을 가득 채웠습니다. 그러나 캐서린은 심술궂게 저에게 소리치는 것이었습니다.

"엘렌, 창문을 닫아. 얼른!" 아가씨는 소리가 나도록 이를 부딪치면서 거의 꺼져가는 난롯불 쪽으로 다가가 몸을 움츠렸습니다.

"몸이 아픈 게로군……." 힌들리 주인님은 아가씨의 손목을 잡더니 말했습니다. "그래서 잠을 못 잔 거야, 젠장! 이 집안에 병자가 또 하나 생겨 시달리기는 싫은데……. 어쩌자고 비를 맞고 나다녔니?"

"늘 그렇듯 남자 아이들 뒤를 쫓아간 거죠." 우리가 주저주저하는 그 기회를 놓칠세라 조셉이 그르렁그르렁하는 목소리로 독기 있는 혀를 내밀었습니다.

"제가 주인님이라면 신분이 높거나 낮거나 놈들 면상에다 문짝을 밀어 닫겠어요. 주인님이 안 계시면 고양이 같은 린튼이 몰래 찾아오지 않는 날이 없습지요. 넬리 양도 마음도 좋지, 주인님이 들어오시는지 부엌에서 망을 보아준다니까요. 그래서 주인님이 앞문으로 들어오시면 린튼은 어김없이 뒷문으로 사라지거든요. 이 댁 숙녀는 사랑을 속삭이느라 정신이 없어요! 밤 12시가 지나도록 그 하잘것없는 집시 녀석 히스클리프와 황무지 한가운데를 쏘다니다니, 행실치고 참 훌륭하죠! 나를 눈뜬장님으로 알지만 천만의 말씀! 린튼 도련님이 오는 것, 가는 것 죄다 눈여겨보아두었죠. (이번에는 제게 화살을 돌리더니) 자네는 아무짝에도 쓸모없는 교활한 마녀야! 주인님의 말발굽 소리가 한길에서 들리면 재빨리 안채로 알리러 가는 것도 이 눈으로 똑똑히 보았죠."

"조용히 해! 이 염탐꾼아!" 캐서린이 외쳤습니다. "내 앞에서 그런 무례한 말을 지껄이지 마! 오빠, 에드거 린튼은 어제 우연히 들른 거예요. 그러러 돌아가라고 한 것도 나예요. 오빠가 취해서 그를 만나고 싶어 하지 않는다는 것을 알고 있었으니까요."

"캐시, 너는 분명 거짓말을 하고 있어." 오빠가 대답했습니다. "너는 정신 나간 바보야. 지금은 린튼 이야기는 그만두자……. 어젯밤에 히스클리프와 함께 있었던 게냐? 사실대로 말해봐. 그놈에게 해가 돌아갈까 걱정하지는 마라……. 난 그놈을 전과 마찬가지로 미워하지만 어제는 그놈이 헤어튼을 구하는 좋은 일을 했다. 그런 일이 있은 지 얼마 안 된 지금은 내 마음이 누그러져 있으니 그놈의 목을 부러뜨리지 않겠다. 그러기 위해서는 오늘 아침 일찍 일하러 내보내야겠어. 놈이 집 안에 없게 되면 너희들 모두 정신 차려야 할 거야. 내가 화를 풀 사람은 너희들뿐일 테니까."

"나는 어젯밤에 히스클리프를 보지도 못했어요." 캐서린은 이렇게 대답하고는 서럽게 흐느끼기 시작했습니다. "만일 히스클리프를 내쫓는다면 나도 함께 나가겠어요. 그러나 오빠는 그를 내쫓을 기회를 갖지 못할 거예요. 그는 아주 가버렸으니까요." 여기까지 말하고 그녀는 걷잡을 수도 없이 울음을 터뜨렸기 때문에 그 나머지 말은 알아들을 수가 없었습니다.

힌들리 주인님은 멸시가 섞인 욕설을 폭포처럼 쏟아냈습니다. 그리고 아가씨에게 당장 방으로 가라고 명령하고, 안 들어가면 가만두지 않겠다고 말했습니다. 저는 아가씨에게 주인님의 분부를 따르라고 했습니다. 캐시가 자기 방으로 들어가 연출해낸 광경을 저로서는 지금도 잊지 못합니다. 무섭더군요……. 아가씨가 저러다가 미치는 게 아닌가 하는 생각이 들어 저는 조셉에게 빨리 달려가 의사를 불러오라고 부탁했습니다.

정신착란의 시초로 판명되었습니다. 케네스 의사는 아가씨를 진찰하자마자 열이 대단하며 중태라는 것이었습니다.

의사는 아가씨의 피를 뽑아내고, 저에게 아가씨에게는 유장과 미음만 먹이라고 당부했습니다. 또한 아가씨가 아래층이나 창밖으로 투신하지 않도록 잘 감시하라고 말하고 떠났습니다. 오두막들이 대개 2, 3마일 간격을 두고 떨어져 있는 이 교구에서 의사는 무척 할 일이 많았던 것입니다.

제가 인자한 간호사 노릇을 했다고 말할 수 없고 조셉이나 주인님도 더 나을 것이 없었지요. 또한 우리의 환자도 까다롭고 고집이 무척 셌지만, 그런대로 회복이 되었던 것입니다.

린튼 댁의 늙은 마님이 여러 번 찾아와서 많은 일을 제대로 잡아주고, 우리 모두를 나무라기도 하고, 일도 시켰습니다. 그리고 캐서린 아가씨가 회복기로 접어들자 드러시크로스 농장으로 데려가는 것이 좋겠다고 주장하시더군요. 이 골치 아픈 환자가 집에서 떠나는 것이 저희로서는 여간 고마운 일이 아니었습니다. 그러나 가엾은 늙은 마님은 자신이 베푼 친절로 인해 남편과 함께 열병에 감염되어 며칠 간격으로 두 분 모두 돌아가시고 말았습니다.

우리의 젊은 아가씨는 전보다 더 건방지고 격정적이며 거만해져서 우리에게로 돌아왔습니다. 히스클리프는 폭풍이 휘몰아치던 그날 밤 이후로 소식이 없었습니다. 그러던 어느 날, 아가씨가 어찌나 화를 돋우는지 제가 그만 히스클리프가 사라진 것은 아가씨 탓이라고 말하는 그런 운수 나쁜 일이 벌어졌습니다. (사실 그건 아가씨도 잘 알다시피 모두 아가씨 탓이었으니까요.) 이런 일이 있은 후로 몇 달 동안 아가씨는 저를 단순한 하인으로 대할 뿐 저에게 일절 말을 하지 않았습니다. 조셉과도 전혀 말을 하지 않았습니다. 조셉은 자기의 생각을 얘기하고 싶어 했고, 캐시를 여전히 어린 소녀로 여기면서 설교도 하고자 했습니다. 그런데 캐시는 자신을 숙녀라고 생각하고 우리의 여주인으로 행세했습니다. 또한 요즈음 몸이 불편하니까 전보다 더 극진한 대접을 받을 자격이 있다고 생각하고 있었습니다. 게다가 의사도 아가씨의 비위를 상하게 해서는 안 되며 멋대로 하게 내버려두라고 말했고, 아가씨도 자기와 대면하여 거역하는 것은 살인 행위와 다름없다고 여겼습니다.

캐시는 언쇼 주인님과 그의 친구들을 멀리했습니다. 케네스 의사의 충고도 있었고 또한 누이동생의 격렬한 발작을 우려하여 주인님도 누이가 하는 대로 방관만 하여 그녀의 불같은 신경질을 돋우는 일은 피했던 것입니다. 누이에 대한 애정에서라기보다 자존심 때문에 린튼 댁과 인연을 맺음으로써 가문의 명예를 얻고 싶었으므로 누이가 자기를 내버려두는 한 그녀가 우리를 노예처럼 짓밟든 말든 전혀 관여하지 않았습니다.

에드거 린튼은 아버지가 돌아가시고 3년 후에 기머튼의 교회에서 캐서린을 신부로 맞이했습니다. 그때 그는 예전의 수많은 신랑들과 장차 신랑이 될 많은 남자들과 마찬가지로 여자에 홀려서 살아 있는 인간들 중에서 자기가 가장 행복한 남자라고 믿었습니다.

제 의사와 상관없이 저는 워더링 하이츠를 떠나 캐시를 따라서 이곳으로 오도록 결정되었습니다. 헤어튼도 거의 다섯 살이 되어 제가 막 글을 가르치기 시작한 때였습니다. 어린 헤어튼과 저는 슬픈 작별을 했고, 캐서린의 눈물은 우리의 눈물보다 더 굉장했습니다. 제가 함께 가자는 것을 거절하고 자신이 아무리 애원해도 제 마음이 흔들리지 않자 캐서린은 울면서 남편과 오빠에게 하소연했던 것입니다. 그러자 린튼 씨는 저에게 과분한 급료를 제시했고 오빠 힌들리 주인님은 저에게 짐을 싸라고 명령하시더군요. 아가씨도 없으니 하녀를 둘 필요가 없다고 말하더군요. 그래서 저는 주인님의 명령에 따를 수밖에 없었습니다. 저는 주인님께 점잖은 사람들을 내쫓는 것은 집안의 몰락을 재촉할 따름이라고 말했습니다. 저는 헤어튼에게 작별의 키스를 했습니다. 그리고 나서 헤어튼은 저와 남이 되어버렸습니다. 생각하면 기구한 일이지요. 그러나 분명히 헤어튼은 저 엘렌 딘에 관해서, 그리고 자기가 엘렌에게는 세상 그 무엇보다 더 소중한 존재였으며 저 또한 헤어튼에게 가장 소중했다는 것을 완전히 잊었을 겁니다!

이야기가 이 지점에 이르자 가정부는 벽난로 위에 걸린 시계를 힐끗 보았다. 그리고 시계가 1시 5분을 가리키고 있는 것을 보자 깜짝 놀라는 것이었다. 그녀는 1초도 더 머물려고 하지 않았다. 사실 나로서도 이 얘기가 어떻게 계속되는가는 다음 기회로 미루어 듣고 싶었다. 이제 엘렌은 자러 갔고, 나도 한두 시간이나 다시 명상에 잠겨 있어서 머리와 팔다리가 쑤시긴 하지만 용기를 내어 잠자리에 들어야겠다.

# 10

은둔 생활로 이끄는 매력 있는 서곡이 아닌가! 뒤척이며 앓는 넉 주간의 고통이라니! 아, 이 살을 에는 듯한 찬바람과, 매서운 북녘 하늘과, 통과할 수 없는 길과, 꾸물거리는 시골 의사들! 사람의 얼굴이 없어도 너무 없구나! 무엇보다 기가 막히는 것은 봄이 올 때까지 문밖으로 나갈 생각은 말라는 케네스 의사의 끔찍한 통고!

영광스럽게도 히스클리프 씨가 막 다녀갔다. 약 이레 전에 그는 나에게 뇌조 한 쌍을 보내주었다. 끝물이라 했다. 악당 같으니! 내가 이렇게 아픈 것에 그가 전혀 책임이 없는 것은 아니다. 그래서 나는 그에게 그렇게 말해줄 참이었다. 그러나 이걸 어쩌지! 한 시간이나 내 침대 곁에 앉아서 환약이니 물약이니 고약이니 거머리 치료법이니 하면서 이야기를 늘어놓는 것이 아니라, 어떤 다른 주제에 대해 얘기해주는 그런 자상한 사람을 내가 어찌 기분 나쁘게 할 수 있겠는가?

지금은 아주 편안한 시간이다. 책을 읽을 기운은 없지만 무언가 재미있는 것이면 즐길 수 있을 것 같다. 이왕이면 딘 부인더러 해주던 이야기를 끝내달라고 부탁하지 못할 이유가 어디 있는가? 나는 그녀가 해준 데까지의 중요한 사건들을 기억할 수 있다. 그렇지, 이야기의 주인공이 집을 나가서 3년 동안이나 소식이 없었다는 것을 나는 기억한다. 또 여주인공은 결혼했다는 것도 기억한다. 초인종을 눌러야지. 내가 쾌활하게 이야기할 수 있는 것을 보면 딘 부인도 기뻐할 것이다.

딘 부인이 왔다.

"선생님, 약을 드실 시간은 20분이나 남았습니다" 하고 딘 부인이 서두를 꺼냈다.

"약은 치워버려요. 치워버려!" 내가 응답했다. "내가 원하는 것은……."

"이제 가루약은 안 드셔도 된다고 의사가 말했습니다."

"내가 바라고 바라던 바군! 내 말을 가로막지 말아요. 이리로 와서 좀 앉아요. 그 늘어서 있는 쓴 약병에서 손을 떼고 주머니에서 뜨개질감이나 꺼내세요. 아, 그럼 됐어요. 지난번에 중단했던 데부터 지금까지 히스클리프 씨의 지난날 이야기를 들려주세요. 그는 유럽에 가서 교육을 끝마치고 신사가 되어 돌아온 겁니까? 아니면 대학에서 장학생이라도 된 겁니까? 또는 미국으로 건너가 자기를 키워준 조국의 피를 흘리게 하여 무공을 세우기라도 한 겁니까? 그렇지 않으면 영국에서 노상 강도질로 보다 빠르게 돈을 벌었나요?"

"록우드 씨, 그 모두에 조금씩 손을 댔는지도 모르죠. 그러나 어느 것이라고 꼬집어 말할 수 없군요. 전에도 말씀드린 것처럼 저는 그분이 어떻게 돈을 벌었는지 모릅니다. 또한 그렇게 깊이 빠져 있던 야만적 무지의 심연으로부터 어떻게 그의 정신을 끄집어냈는지도 모릅니다. 하지만 제 이야기가 재미있고 지루하지 않으시다면 제 식으로 이야기를 계속해보겠습니다. 오늘 아침에는 기분이 좋아지셨나요?"

"아주 기분이 좋아요."

"듣던 중 반가운 일입니다."

저는 아가씨를 모시고 드러시크로스 농장으로 왔습니다. 아가씨가 제 예상보다 한없이 얌전하게 처신하는 바람에 저는 기분 좋은 실망을 느꼈습니다. 남편 린튼 씨를 지나칠 정도로 좋아하는 것 같았고, 시누이에게도 깊은 애정을 보였습니다. 물론 그들 남매도 캐서린을 편하게 하려고 매우 신경을 많이 쓰더군요. 가시나무가 인동덩굴 쪽으로 기울어지는 것이 아니라 인동덩굴이 가시나무를 품고 있는 것 같았습니다. 서로 양보하는 것이 아니라 한쪽은 꼿꼿이 서 있고 다른 쪽들은 몸을 굽히는 모양새였지요. 반대나 무관심과 대면하지도 않는데 누가 심술궂게 화를 낼 수 있겠습니까?

에드거 주인님이 아씨의 비위를 건드리는 일을 매우 두려워하고 있다는 것을 저는 알았습니다. 그분은 이런 감정을 아씨에게는 숨겼지만, 제가 아씨에게 통명스럽게 대답하는 것을 듣거나 다른 하인이 아씨의 어떤 폭군적인 명령에 어두운 표정을 짓는 것을 보면 자신의 일로는 한 번도 어두워진 적이 없는 주인님의 얼굴에 불쾌하게 찡그리고 괴로워하는 모습이 나타나곤 했습니다. 그리고 여러 번 그는 저의 샐쭉한 언동에 대해 엄하게 나무랐습니다. 아내의 화난 모습을 보는 것은 칼에 찔리는 것보다 더 가슴이 아프다고 단언하는 것이었습니다.

친절한 주인님을 슬프게 해드리지 않기 위해서 저도 전보다 성격을 누그러뜨리게 되었습니다. 그래서 약 반년 동안 화약고는 모래처럼 위험성이 없는 상태를 유지했습니다. 가까이에 폭발을 일으킬 불티가 없었기 때문이지요. 캐서린은 이따금 침울하고 말을 잃은 때가 있었습니다. 그럴 때면 주인님은 동정 어린 침묵으로 그녀의 정신 상태를 존중했습니다. 전에는 그처럼 우울한 적이 없었던 아내가 중병으로 체질에 변화가 생긴 것으로 생각했기 때문이었습니다. 아씨의 얼굴에 햇볕 같은 화색이 돌아오면 주인님도 밝은 얼굴로 반겼습니다. 저도 두 분의 행복이 깊고 더욱 커지고 있다고 말할 수 있구나 하고 속으로 생각했습니다.

그런 행복이 끝장나더군요. 결국 인간은 어쩔 수 없이 이기적인 존재입니다. 온화하고 관대한 인간들도 거만하고 위압적인 인간들보다 이기심에서는 뒤지지 않는 거예요. 한쪽의 관심이 상대방의 생각 속에서 주된 고려 대상이 아니라고 느끼게 만드는 여건이 조성되면, 행복이고 뭐고 다 끝장이 나는 것이었습니다.

9월의 어느 향기로운 저녁이었습니다. 저는 과수원에서 잔뜩 따모은 사과를 광주리에 담아 들고 집으로 돌아오고 있었습니다. 날은 어두워지고 정원의 높은 담장 너머로 달빛이 쏟아지며 건물의 여러 돌출부 모퉁이들 속에 형체 없는 그늘들이 은신토록 만들고 있었습니다. 저는 부엌문으로 들어가는 층계 위에·광주리를 내려놓고 좀 쉬기 위해 머뭇거리며 부드럽고 달콤한 공기를 좀 더 들이마셨습니다. 입구를 등진 채 달을 바라보고 있었는데, 그때 제 뒤에서 어떤 목소리가 말하는 것이 들렸습니다.

"넬리, 넬리 아냐?"

낮게 울리는 목소리에 억양이 이색적이었습니다. 그런데 제 이름을 발음하는 어투에 친근한 무엇이 담겨 있었습니다. 저는 누군가하고 주위를 돌아보았습니다. 문들도 닫혀 있고 층계로 접근하는 사람도 전혀 없었기 때문에 겁을 먹을 상태였습니다.

현관에서 무엇인가가 움직였습니다. 가까이 다가서자 검은 옷을 입고 얼굴과 머리가 까만 키 큰 사나이를 알아볼 수 있었습니다. 그는 옆으로 기대어 서더니 자기가 문을 열려는 듯 빗장을 손가락으로 움켜잡는 것이었습니다.

'도대체 누구지?' 저는 생각했습니다. '언쇼 씨? 아, 아냐. 목소리가 전혀 달라.'

"나는 한 시간이나 기다렸어." 제가 계속 응시하는 동안 그 남자는 말을 이었습니다. "기다리는 내내 사방은 죽음처럼 고요하더군. 들어갈 엄두가 나지 않았어. 나를 몰라보겠어? 잘 봐, 낯선 사람이 아니라고!"

달빛 한줄기가 사나이의 모습을 비추었습니다. 양 볼은 창백하고 검은 구레나룻에 덮여 있었으며, 눈썹은 아래로 숙어 있고 눈은 움푹 들어가 독특했습니다. 저는 그 눈을 기억해냈습니다.

"어머나!" 저는 그를 정말 산 사람으로 여겨야 할지 몰라 소리치며 놀라움에 두 손을 번쩍 들었습니다. "어머나! 돌아온 거야? 정말 히스클리프야? 정말?"

"그래, 히스클리프라고." 그는 대답하더니 눈을 돌려 창을 올려다보더군요. 창문들은 번쩍이는 달빛을 반사하고 있었지만 안에서는 빛이 흘러나오지 않았습니다. "모두 집에 있나? 넬리, 캐시는 어디 있지? 반갑지 않은 모양이군……. 불안해할 필요는 없어. 캐시가 여기 있나? 말해봐! 난 캐시에게 한마디만 하고 싶어……. 자네의 안주인에게 말야. 가서 기머튼에서 온 사람이 아씨를 만나고 싶어 한다고 전해줘."

"아씨가 어떻게 생각하실까?" 저는 소리쳤습니다. "아씨가 어떻게 나오실까? 나는 놀라서 어리벙벙한데. 아씨는 정신이 이상해질지도 몰라! 당신이 히스클리프? 많이 변했군! 아니, 난 아무것도 모르겠어. 군대에 갔다 온 거야?"

"가서 내 말이나 전해줘." 그는 성급히 제 말을 가로막았습니다. "말을 전할 때까지 나는 지옥에 있는 거라고!"

그가 빗장을 열기에 저는 들어갔습니다. 린튼 부부가 있는 응접실에 이르렀을 때 저는 도저히 나아갈 수가 없었습니다.

마침내 초에 불을 붙이겠는지 물으러 왔다는 핑계를 대고 문을 열었습니다. 그들 부부는 격자창을 벽에 붙게 밀어젖힌 창가에 함께 앉아 있었습니다. 그 창을 통해 정원수와 야생의 수목 너머로 기머튼 계곡이 안개에 휩싸인 것이 보였습니다. (이미 보셨겠지만 교회를 지나면 늪에서 흘러나오는 실개천이 계곡을 흐르는 개울과 합쳐지는 곳이지요.) 워더링 하이츠는 바로 이 은빛 안개 위로 솟아 있습니다. 그러나 우리의 옛집은 보이지 않는데, 그 집은 반대편 깊숙이 박혀 있기 때문입니다.

방과 그 방 안에 있는 사람들, 그리고 그들이 내다보는 경치는 놀라울 정도로 평화로웠습니다. 저는 마음이 내키지 않아 선뜻 심부름을 하지 못했습니다. 결국 촛불을 어찌할 것인가만 묻고 할 말은 하지 않은 채 물러 나왔다가, 바보 같다는 생각이 들어 되돌아가 말했습니다.

"기머튼에서 오신 분이 아씨를 뵙고 싶다고 합니다."

"무슨 일인지는 말하지 않고?" 하고 린튼 부인이 물었습니다.

"여쭤보지 않았는데요" 하고 제가 대답했습니다.

"넬리, 그럼 커튼을 내려." 아씨가 말했습니다. "그리고 차를 가져와. 내 곧 돌아올 테니."

아씨가 그 방에서 나가자 에드거 씨는 그다지 관심이 없어 보이는 태도로 누가 찾아왔는지 물었습니다.

"아씨가 예상하지 않았던 사람입니다" 하고 제가 대답했습니다.

"히스클리프라는 사람이죠. 기억하실지 모르지만 언쇼 씨 댁에서 살았었지요."

"뭐라고, 그 집시 말인가? 밭 갈던 머슴 말야." 주인님이 소리쳤습니다. "그렇다면 왜 캐서린에게 그렇게 말하지 않았어?"

"쉬! 주인님, 그를 그렇게 부르시면 안 됩니다." 제가 말했습니다. "아씨가 들으시면 무척 섭섭해하실 겁니다. 그가 집을 나갔을 때 얼마나 낙담하셨는지 몰라요. 이제 그가 돌아와서 아씨가 무척 기뻐하실 거예요."

린튼 씨는 방 저편에 있는 창가로 걸어갔는데, 거기서는 뜰을 내려다볼 수 있었습니다. 그러고 나서 창문을 열고 몸을 굽혀 밖을 내다보았습니다. 그 뜰에 두 사람이 있었던 모양입니다. 왜냐하면 린튼 씨가 급히 외쳤거든요.

"여보, 거기 서 있지 말아요! 특별한 분이면 안으로 모셔요."

잠시 후 빗장이 열리는 소리가 들리더니 캐서린이 헐떡거리며 요란하게 위층으로 뛰어 올라왔습니다. 너무 흥분해 기뻐하는 표정이 아니었습니다. 표정으로 보아 오히려 무서운 재난을 당한 것 같았습니다.

"오, 에드거, 에드거!" 아씨는 숨을 헐떡거리며 두 팔로 남편의 목을 감았습니다. "오, 에드거, 여보! 히스클리프가 돌아왔어요……. 히스클리프라니까요!" 그러면서 아씨는 더욱 세차게 남편을 포옹했습니다.

"됐어요, 됐어." 남편은 화가 난 듯이 소리쳤습니다. "그렇다고 내 목을 조르지는 마요! 그 친구가 그렇게 굉장한 보물인 줄은 몰랐군. 그렇게 미친 듯이 날뛸 필요는 없잖소!"

"당신이 그를 좋아하지 않는 것은 알아요." 아씨는 기쁨을 약간 억누르며 대답했습니다. "하지만 나를 위해서 이제 그와 친구가 되세요. 그에게 올라오라고 할까요?"

"여기 응접실로 말이오?" 린튼이 말했습니다.

"어디 다른 곳이 있어요?" 아씨가 물었습니다.

주인님은 화난 표정이었고, 그 사람에게는 부엌이 더 적당한 장소라고 제의했습니다.

린튼 부인은 익살스러운 표정으로 남편을 노려보았습니다. 반은 화나고 반은 남편의 괴팍함을 비웃는 표정이었습니다.

"그건 안 돼요." 잠시 후 아씨가 말을 이었습니다. "내가 부엌에 앉아 있을 수는 없어요. 엘렌, 여기에 탁자 두 개를 갖다놓아. 하나는 신분 높으신 주인님과 이사벨라 아가씨를 위해서이고, 또 하나는 천한 신분의 히스클리프와 내가 앉을 자리야. 여보, 그러면 되겠어요? 그렇지 않으면 다른 방에 불을 지필까요? 그걸 원하면 지시하세요. 그럼 난 내려가서 손님을 붙들어놓겠어요. 나는 너무 기뻐서 꿈만 같아요!"

아씨가 다시 그 자리에서 뛰어나가려 하자 에드거 씨가 아씨를 붙잡았습니다.

"넬리, 자네가 가서 그를 올라오도록 하게." 주인님이 제게 말씀하셨습니다. "캐서린, 기뻐하는 것은 좋지만 어리석게 행동하진 말아요! 집에서 도망친 하인을 마치 형제나 되는 것처럼 환영하는 모습을 온 집안사람들이 목격할 필요는 없어요."

제가 내려갔을 때 히스클리프는 분명히 들어오라는 초대를 예상하며 현관 아래서 기다리고 있었습니다. 그는 아무 말 없이 제 안내를 따랐습니다. 제가 그를 안내하여 부부가 있는 곳으로 들어와 보니 두 부부는 말다툼을 한 것처럼 얼굴이 붉게 상기되어 있었습니다. 그러나 아씨는 히스클리프가 문에 나타나자 이번에는 또 다른 감정으로 얼굴이 더욱 달아올랐습니다. 그녀는 앞으로 튀어나오더니 히스클리프의 두 손을 잡고 남편에게로 끌고 가서, 내켜 하지 않는 남편의 손가락을 쥐더니 그 손가락을 히스클리프의 손가락 사이로 밀어넣는 것이었습니다.

난롯불과 촛불 속에서 완전히 드러난 히스클리프의 달라진 모습을 보고 저는 아까보다 더 놀랐습니다. 키가 크고 운동선수같이 발랄하고 체격 좋은 남자로 성장한 히스클리프에 비하면 그 옆에 선 주인님은 아주 가냘프고 어려 보였습니다. 히스클리프의 곧은 체격은 그가 군대에 있었다는 것을 암시했습니다. 그의 얼굴은 표정과 뚜렷한 윤곽으로 해서 린튼 씨보다 훨씬 더 나이 들어 보였습니다. 그 얼굴은 지적으로 보였고 과거의 천한 모습은 어디에도 없었습니다. 좀 성글어진 눈썹과 검은 불길로 가득 찬 두 눈에는 반쯤 개화된 사나움이 여전히 숨어 있었지만 많이 사그라져 있었습니다. 그의 태도도 너무 딱딱해 우아하지는 않았지만 거칠다는 인상은 완전히 사라지고 오히려 위엄이 있어 보였습니다.

주인님도 저만큼 놀라거나 오히려 더 놀라고 있었습니다. 조금 전에 밭갈이 머슴이라고 부른 이 사나이를 뭐라 부르면 좋을지 한동안 망설이는 것 같았습니다. 히스클리프는 주인의 가냘픈 손을 놓고 주인이 입을 열 때까지 침착하게 그를 내려다보고 서 있었습니다.

"앉으십시오." 주인이 마침내 입을 열었습니다. "내 아내는 옛날을 생각해서 내가 당신을 정중히 맞이하기를 바라고 있습니다. 물론 나도 아내를 기쁘게 할 일이 생겨 반갑습니다."

"나도 마찬가지입니다." 히스클리프가 대답했습니다. "특히 부인을 기쁘게 하는 데 내가 어떤 역할을 한다면 좋겠습니다. 기꺼이 한

두 시간 머물다 가겠습니다."

히스클리프는 캐서린을 마주 보는 자리에 앉았는데, 그녀는 잠시만 시선을 떼도 그가 사라질까 봐 겁이 나는 듯 그의 얼굴에서 눈을 떼지 않았습니다. 히스클리프는 그녀에게 눈길을 자주 던지지는 않았지만 이따금 힐끗 보는 것만으로도 충분한 모양이었습니다. 그는 아씨의 시선에서 빨아들인 숨김없는 기쁨을 매번 더 자신 있는 눈빛으로 되돌리고 있었습니다.

두 사람은 서로의 기쁨에 취해 당황하는 기색이 전혀 없었습니다. 그러나 에드거 씨는 그렇지 않았습니다. 오로지 약이 오르는 바람에 에드거 씨는 창백해졌습니다. 더욱이 아가씨가 자리에서 일어나 양탄자를 가로질러 가서 히스클리프의 손을 다시 잡고 미친 사람처럼 웃었을 때 에드거 씨의 괴로움은 절정에 달했습니다.

"내일이면 이걸 꿈이라고 생각할 거야!" 그녀가 외쳤습니다. "내가 당신을 이렇게 다시 만나 손을 만지고 말을 했다는 것을 믿지 못할 것 같아요. 하지만 이 잔인한 히스클리프! 당신은 이렇게 환영받을 자격이 없어요. 3년 동안이나 사라져서 소식도 없었고 나를 생각하지도 않았으니까!"

"당신이 나를 생각한 것보다는 좀 더 생각했어요." 히스클리프는 중얼거렸습니다. "캐시, 나는 당신이 결혼한 걸 얼마 전에야 들어서 알았소. 저 아래 뜰에서 기다리는 동안 나는 이런 계획을 했소. 아마 놀라서 쳐다보고 기쁜 체하는 당신의 얼굴을 잠깐 보고, 그러고 나서 힌들리에게 복수를 하고, 그다음엔 법률이 이러고저러고 하지 못하도록 자살이나 하는 계획 말이오. 그러나 당신의 환영을 받고 그런 생각은 머리에서 지워버렸소. 다음에 만날 때도 다른 모습으로 만나지 않길 바라오! 또 쫓아내지 말아줘요. 정말 나 때문에 상심했었나요? 그래요? 난 당신의 마지막 목소리를 들은 뒤로 비참한 생활과 싸워왔어요. 나를 용서해야 해요. 난 오로지 당신을 위해 투쟁했으니까!"

"캐서린, 식은 차를 들지 않으려면 식탁으로 와서 앉아요." 린튼 주인님은 평상시의 어조를 유지하고 적절한 예절을 갖추려고 애쓰며 두 사람의 대화를 차단했습니다. "히스클리프 씨는 어디서 묵든지 먼 길을 가야 하지 않겠소. 게다가 나는 목이 말라요."

아씨는 찻주전자 앞에 앉았습니다. 초인종 소리로 호출되어 이사벨라가 들어왔기 때문에 저는 의자들을 밀어준 후 방에서 나왔습니다.

차 마시는 시간은 10분도 지속되지 않았습니다. 캐서린의 잔은 애당초 채워지지도 않았고, 그녀는 먹지도 마시지도 않았습니다. 에드거도 받침 접시에 차를 흘린 채 한 모금도 삼키지 않았습니다.

손님인 히스클리프는 그날 저녁 한 시간 이상 머물지도 않았습니다. 떠날 때 제가 기머튼으로 돌아가느냐고 물었습니다.

"아니, 워더링 하이츠로 가겠어" 하고 그가 대답하는 것이었습니다. "오늘 아침 내가 찾아갔을 때 언쇼 씨가 날 초대했으니까!"

언쇼 주인님이 그를 초대하다니! 그가 언쇼 주인님을 방문했다고! 그가 떠나고 난 후에도 저는 그가 던진 이 문장을 고통스럽게 생각했습니다. 혹시 위선자가 되어 양의 탈을 쓰고 재앙을 가져오기 위해 이 고장을 찾아온 것이 아닐까 하고 생각했습니다. 제 마음 바닥에는 히스클리프가 여기를 떠나버리는 편이 낫겠다는 예감이 들었습니다.

한밤중이었습니다. 아씨가 제 방으로 와서 침대 곁에 앉으며 머리를 잡아당기는 통에 막 잠이 들었던 저는 잠에서 깨어났습니다.

"엘렌, 잠을 잘 수가 없어." 캐시는 변명하듯 말했습니다. "살아 숨 쉬는 누구든 나의 이 행복에 벗이 되어주었으면 좋겠어! 자기는 조금도 재미가 없는 것에 내가 기뻐하니까 에드거는 심술이 났어. 입을 닫고 있다가 쩨쩨하고 바보 같은 말만 하고 있다니까. 아프고 졸린 사람에게 말을 시킨다며 나더러 이기적이고 잔인하다는 거야. 조금만 화가 나도 늘 꾀병을 부려! 내가 히스클리프를 칭찬하는 말 몇 마디를 했더니 머리가 아픈지 질투가 났는지 소리 내어 울기 시작했어. 그래서 일어나 이리로 왔어."

"어쩌자고 주인님 앞에서 히스클리프를 칭찬했어요?" 제가 대답했습니다. "두 사람은 어릴 때부터 서로 싫어했잖아요. 히스클리프도 주인님을 칭찬하는 소리를 들으면 싫을 거예요. 그게 사람의 본성이지요. 그 남자들 사이에 싸움이 벌어지기를 원하는 게 아니라면 주인님 앞에서 히스클리프 이야기는 하지 마세요."

"하지만 그런 자세가 큰 약점을 드러내는 게 아닐까?" 아씨가 계속했습니다. "나는 질투 따위는 안 해. 아무리 이사벨라의 금발이 눈부시고 피부가 희어도, 아무리 우아하고 가족의 사랑을 받아도 나는 전혀 기분이 상하지 않아. 우리가 때로 다투기라도 하면 넬리도 이내 이사벨라의 편을 들잖아. 그래도 나는 바보 같은 어머니처럼 양보하고, 그녀를 사랑하는 사람이라 부르고 아첨까지 해가며 그 성질을 잠재운다고. 우리가 다정한 것을 보면 에드거도 좋아하니까 그랬던 거야. 하지만 그 남매들은 똑같아. 그들은 버릇없는 아이들처럼 세상만사가 자기들 뜻대로 되는 줄로 알아. 그들의 비위를 맞춰주고는 있지만 한번 따끔한 맛을 보여줘야 정신을 차릴 것 같거든."

"아씨, 그건 잘못 생각하시는 거예요." 제가 말했습니다. "그분들이 아씨의 비위를 맞추고 계세요. 그분들이 그러지 않는다면 집안이 엉망이 된다는 것을 나는 알아요! 그분들이 아씨가 원하는 것이면 미리 알아서 다 해주니까 아씨도 그분들의 일시적인 변덕쯤은 용서할 수 있는 것이에요……. 그러나 마침내 양편에게 다 중요한 일로 다투게 될 겁니다. 그때는 아씨가 약자로 여긴 사람들도 아씨나 다름없이 고집을 부릴 수 있어요."

"그렇게 되면 우리는 죽을 때까지 싸울 거야. 넬리, 안 그래?" 아씨는 큰 소리로 웃으며 말했습니다. "그렇지 않아! 나는 린튼의 사랑을 굳게 믿어. 그래서 장담하는데 설사 내가 그를 죽여도 그는 보복할 생각을 하지 않을 거야."

저는 주인님이 그처럼 사랑해주니까 그만큼 그분을 소중히 여기라고 충고를 했습니다.

"나는 그를 소중히 여기고 있어." 아씨가 대답했습니다. "하지만 그렇게 하찮은 일로 울 것까지는 없잖아. 유치해. 히스클리프가 이제는 누구에게나 존경받을 만하고 그와 친구가 되는 것은 이 고장 최고의 신사에게도 명예가 된다고 내가 얘기했기로서니 눈물까지 흘릴 필요는 없잖아. 오히려 그쪽에서 나를 위해 그런 말을 하고 내 말에 맞장구치면서 기뻐했어야 해. 그도 히스클리프와 가까이하다 보면 호감을 가질 거야. 히스클리프에게는 에드거를 싫어할 이유가 있다는 것을 고려하면 아까 에드거의 태도는 아주 훌륭했어!"

"히스클리프가 워더링 하이츠로 찾아간 것을 어떻게 생각하세요?" 하고 제가 물었습니다. "분명히 그는 모든 면에서 좋은 쪽으로 달라졌더군요. 정말 기독교인이었어요. 주위의 적들에게도 우호의 손길을 내밀고 있으니까요."

"그건 히스클리프 자신이 설명하더군" 하고 캐시가 대답했습니다. "나도 넬리만큼 놀랐어. 그는 넬리가 아직도 거기에 살고 있는 줄 알고 내 소식을 물어보려고 찾아갔었대. 결국 조셉이 오빠에게 얘기하니까 오빠가 나와서 그에게 이제껏 무엇을 해서 어떻게 살았느냐고 묻기 시작했다더군. 결국 오빠가 집 안으로 들어오라고 하더래. 안에서는 마침 몇 명이 모여 카드 노름을 하는 중이어서 히스클리프도 끼었다는 거야. 오빠는 그에게 돈을 좀 잃었대. 그런데 히스클리프의 주머니에 돈이 많은 것을 알고는 밤에 또 오라고 해서 그도 그런다고 했다는군. 오빠는 경솔해서 친구를 신중하게 선택하지 않아. 자기가 전에 심하게 학대한 사람이니까 믿지 않을 이유가 있을 텐데도 그런 이유를 생각하기조차 싫어해. 그러나 히스클리프가 예전에 자기를 학대한 사람과 다시 교제를 시작한 중요한 이유는 이 농장과 가까운 곳에 머무르고 싶고, 또한 예전에 살던 집이 그리워서래. 기머튼에 머무는 것보다는 나를 더 자주 만날 수 있으리라고 생각했다는군. 워더링 하이츠에 방을 얻는 데 상당한 숙박료를 내기로 했나 봐. 오빠는 욕심이 많으니까 그런 조건에 구미가 당긴 거지. 늘 욕심 사납지. 한 손으로 잡은 것을 다른 손으로 날려버리면서도 늘 그래."

"워더링 하이츠는 젊은이가 숙박하기 정말 좋은 곳이지요!" 제가 말했습니다. "아씨, 아씨는 그 결과가 어떨지 두렵지 않으세요?"

"히스클리프에게는 아무것도 두려울 게 없을 거야." 그녀가 대답하더군요. "그의 강인한 정신력은 위험으로부터 그를 보호할 거야. 오빠에게는 좀 위태롭지. 오빠는 도덕적으로 지금보다 더 타락할 수는 없을 거야. 그러니 내가 오빠에게 닥칠지 모를 위해를 막아줘야지. 오늘 저녁에 일어난 일로 해서 나는 하느님과 인간들에게 화해의 손을 뻗칠 수 있어. 나는 이제까지 신의 섭리에 분노의 반기를 들었던 사람이야. 오, 정말 나는 지독한 슬픔을 견뎌왔어! 넬리! 만일 에드거가 내 슬픔이 얼마나 비통했는지를 이해한다면, 그런 나의 뼈저린 슬픔이 해소된 것을 공연한 심술로 바라본 데 대해 부끄러워할 거야. 그런 슬픔을 나 혼자 견딘 것은 에드거에 대한 나의 배려였어. 내가 자주 느낀 마음의 고통을 표현했다면 그이도 나처럼 그 고통을 열성적으로 덜어주기를 갈망했을 거야. 하지만 다 지난 일이야. 나는 그가 투덜대는 그런 바보짓을 했다고 해서 복수는 하지 않겠어. 이제 나는 어떤 고통도 견뎌낼 수 있어! 이 세상에서 가장 천한 인간에게 뺨을 맞는다 해도 다른 쪽 뺨을 돌려 댈 뿐 아니라 그 사람의 화를 돋운 데 대해 용서를 구할 거야. 그 증거로 난 이제 곧 에드거에게 가서 화해하겠어. 그럼 편히 자요. 나는 이제 천사야!"

이런 자기만족에 겨운 확신을 가지고 아씨가 떠났습니다. 다음 날 아침에 아씨의 결심이 성공적으로 이행되었다는 것이 명백히 드러났습니다. 에드거 주인님은 (비록 아씨의 넘치는 활력에 눌려 아직도 좀 마음이 무거워 보이긴 했지만) 전날의 샐쭉했던 태도를 거두었을 뿐만 아니라 오후에 아씨가 이사벨라 아가씨를 데리고 워더링 하이츠를 방문하는 것도 반대하지 않았습니다. 그 보답으로 아씨는 여름날과 같은 상냥함과 애정을 보여주었기 때문에 며칠간은 집안 분위기가 낙원과 같았고, 주인이나 하인들 모두가 영원한 햇빛의 혜택을 누리는 것 같았습니다.

히스클리프는, 이제부터는 히스클리프 씨라고 부르겠습니다, 처음에는 드러시크로스 농장을 조심스럽게 방문했습니다. 자기의 침입을 주인이 언제까지 견뎌내나 시험해보는 것 같았습니다. 캐서린도 역시 그를 맞이할 때 기쁨의 표현을 자제하는 것이 옳다고 판단했습니다. 이리하여 그는 차츰 방문할 수 있는 권리를 공고하게 만들었습니다.

어린 시절에 두드러졌던 히스클리프의 내성적 성격은 아직도 많이 남아 있었는데, 그러한 성격이 감정의 격한 표출을 억제하는 데 이바지했습니다. 그래서 주인님의 불안감도 차츰 가라앉고, 더군다나 새로운 여건이 조성되는 바람에 그의 불안감은 다른 출구로 방향을 돌렸습니다.

주인님의 새로운 걱정은 예기치 않았던 불운에서 시작된 것이지요. 바로 누이동생 이사벨라가 갑자기 출입이 허용된 새 손님인 히스클리프에게 열렬한 애정을 느꼈기 때문입니다. 그 당시 이사벨라 아가씨는 열여덟 살의 매력 있는 젊은 숙녀로서, 행동은 어린애 같았지만 예리한 기지와 예민한 감정을 가졌을 뿐만 아니라 화가 나면 사나운 기질을 나타내곤 했습니다. 여동생을 극진히 사랑하던 주인님도 누이가 어이없게도 히스클리프를 좋아하는 데 놀랐었지요. 근본도 알 수 없는 사나이와 인연을 맺어 가문의 명예를 실추시킨다거나 자신에게 가문을 이을 아들이 생기지 않을 경우에는 재산이 몽땅 그런 사나이의 손에 넘어갈지도 모른다는 사실은 제쳐두고라도, 주인님은 분별력이 있었기 때문에 히스클리프의 기질을 파악했으며 비록 외모는 바뀌었다 하더라도 그의 마음은 변하지 않았고 또 변할 수도 없다는 것을 잘 알고 있었습니다. 그래서 주인님은 그 마음을 두려워했고 또한 역겹게 여겼습니다. 그런 마음의 소유자에게 이사벨라를 맡긴다는 생각만 해도 어딘지 으스스했던 것입니다.

이사벨라의 애정이 자발적으로 생겨났고 상대방에게 아무런 감응도 일으키지 못하는 일방적인 것이라는 사실을 알았다면 주인님은 더욱 맥이 풀렸을 것입니다. 다시 말씀드리면 아가씨가 사랑에 빠졌다는 것을 알게 된 순간 그는 모두가 히스클리프의 의도된 계획 때문이라고 단정했습니다.

우리는 얼마 전부터 이사벨라 아가씨가 무엇인가에 불만을 느끼며 혼자 속을 썩이고 있다는 것을 다 눈치채고 있었습니다. 그녀는 얼굴을 찡그리고 짜증을 부리고 계속 캐서린 아씨에게 말대꾸하며 야유하듯 말해서 아씨의 한정된 인내심을 고갈시킬 위험이 있었습니다. 우리는 몸이 불편해서 그러려니 하고 어느 정도는 내버려두었습니다. 실제로 아가씨는 우리 눈앞에서 몸이 여위고 오그라들고 있었습니다. 그런데 어느 날 그녀는 유난히 변덕을 부리며 아침도 먹지 않고 하인들이 자기 명령을 듣지 않는다고 불평을 했습니다. 또 올케인 캐서린은 집안에서 자기를 전혀 대우하지 않고 오빠는 자기를 소홀히 대한다는 둥 문들은 죄다 열어놓은 채 자기를 괴롭히기 위해 응접실의 불도 피우지 않아서 감기가 들게 했다는 둥 수없이 많은 경박한 불평을 늘어놓았습니다. 그러자 아씨는 가서 잠이나 자라고 단호히 말하고 시누이를 엄하게 야단치며 의사를 부르겠다고 위협하기에 이르렀던 것입니다.

케네스 의사 말이 나오자 아가씨는 즉시 자기는 아픈 데가 없으며, 자기 기분이 언짢은 것은 캐서린이 심하게 굴어서 그럴 뿐이라고 소리쳤습니다.

"버릇없는 아가씨 같으니! 내가 심하게 굴었다고요! 어떻게 그런 말을 할 수 있어요?" 당치도 않은 이런 주장에 놀라서 아가씨가 외쳤습니다. "이제 이성까지 잃었군요. 내가 언제 심하게 굴었는지 말해봐요!"

"어제요." 이사벨라가 훌쩍이며 말했습니다. "지금도요!"

"어제라뇨!" 올케인 캐서린이 말했습니다. "무슨 일로 그랬단 말인가요?"

"들판을 거닐 때요. 나한테는 마음 내키는 곳 아무 데나 산책하라 해놓고 언니는 히스클리프 씨와 함께 산책을 했잖아요!"

"그게 바로 아가씨가 생각하는 심하다는 것이군요?" 캐서린이 웃으면서 말했습니다. "아가씨가 우리와 같이 걷는 것이 귀찮아서가 아니었어요. 아가씨가 함께 있든 없든 상관없었어요. 난 단지 히스클리프의 얘기가 아가씨에겐 전혀 재미없으리라고 생각했을 뿐이에요."

"오, 그렇지 않아요." 아가씨가 울면서 말했습니다. "내가 그분과 함께 있고 싶어 한다는 것을 알기 때문에 언니는 나를 멀리 떨어져 있게 한 거예요!"

"아가씨가 제정신일까?" 아씨는 제게 호소하는 것이었습니다. "이사벨라, 그때 나눈 얘기를 그대로 여기서 되풀이할 테니 재미있다고 생각되는 데가 있으면 말해봐요."

"대화 내용은 아무래도 상관없어요" 하고 아가씨가 대답했습니다. "나는 단지 그분과 함께……."

"그래서요? 계속하세요." 아가씨가 말을 맺기를 주저하는 것을 감지하고 캐서린이 말했습니다.

"그분과 함께 있고 싶었어요. 이제는 언제까지나 나를 쫓아버리지는 못할 거예요!" 아가씨는 열이 났는지 말을 계속했습니다. "캐시 언니, 언니는 자기도 못 먹는 소 여물통을 차지하고 있는 거예요. 자기만 사랑받고 남이 사랑받는 건 못 견디겠다는 것이겠지요!"

"건방진 원숭이 새끼 같으니!" 캐서린도 놀라서 외쳤습니다. "아무리 떠들어도 그 바보 같은 소리는 믿지 않겠어요! 아가씨가 히스클리프의 흠모를 아무리 탐내도 소용없어요. 그가 상냥한 사람이라고 생각해도 다 헛거예요! 이사벨라, 내가 아가씨의 말을 잘못 이해했기를 바라요."

"아니에요, 제대로 이해하신 거예요." 히스클리프에게 혼을 빼앗긴 아가씨가 말했습니다. "난 언니가 오빠를 사랑한 것 이상으로 그를 사랑해요. 언니가 훼방만 놓지 않으면 그분도 나를 사랑하게 될 거예요!"

"그렇다면 나는 왕국 하나를 준다 해도 아가씨가 되지는 않겠어요." 캐서린도 강한 어조로 자신 있게 말했고 동시에 진지해 보였습니다. "넬리, 나를 도와 아가씨의 생각이 얼마나 허망한 것인가를 깨닫게 해줘. 히스클리프가 어떤 남자인지 아가씨에게 좀 얘기하란 말야. 교양도 없고 세련되지도 않은 야만인이라고 말야. 가시금작화하고 현무암만 가득한 불모의 황무지나 다름없다고 말해줘. 아가씨더러 마음을 그에게 주라고 권하느니 저 작은 카나리아를 추운 겨울날 숲 속으로 날려 보내는 것이 낫겠어요! 아가씨가 그런 꿈을 갖게 된 건 통탄스럽게도 아가씨가 그의 성격을 모르기 때문이지 다른 이유는 없을 거예요. 그의 딱딱한 겉모습 밑에 자비심과 애정이 깊숙이 감추어져 있다고 상상하지 마세요! 그는 다듬지 않은 다이아몬드가 아니에요. 진주를 품고 있는 투박한 조개가 아니에요. 그는 성격이 불같고 무자비하고 늑대 같은 남자예요. 나는 그에게 불쌍하고 잔인한 짓이니 이런저런 적을 괴롭히지 말라고 말하지는 않아요. 다만 그들이 부당하게 괴롭힘을 당하는 건 보기 싫으니 내버려두라고 말할 뿐이에요. 그는 아가씨를 귀찮다고 느끼는 순간 참새 알처럼 깨버리고 말 거예요. 그는 린튼 가문의 어느 누구도 사랑할 수 없지만 재산이나 상속권을 탐내고 결혼할 수는 있을 거예요. 탐욕은 늘 그를 사로잡고 있는 죄니까요. 이게 바로 그의 참모습이에요. 하지만 나는 그의 친구예요. 그와 너무 친하니까, 만약 그가 정말로 아가씨를 사로잡으려 했다면 나는 입을 다문 채 아가씨가 그의 올가미에 걸려들도록 내버려두었을 거예요."

아가씨는 분해서 올케를 바라보았습니다.

"아, 창피해! 창피한 줄 아세요!" 그녀는 화가 나서 거듭 말했습니다. "언니는 원수들 스무 명보다 더 나빠요. 악독한 여자 같으니!"

"그러면 아가씨는 내 말을 믿지 않는단 말이에요?" 캐서린이 말하더군요. "내가 사악한 이기심에서 하는 말이라고 생각하나요?"

"그렇다고 확신해요." 이사벨라가 대꾸했습니다. "언니만 봐도 소름이 끼쳐요!"

"좋아요!" 아씨가 소리쳤습니다. "그게 아가씨의 본심이라면 잘 해보세요. 난 할 만큼 했어요. 아가씨의 뻔뻔스런 오만함 앞에서 할 말을 잃었어요."

"언니의 이기심 때문에 내가 고통을 받아야 하다니!" 캐서린이 방을 나가자 아가씨가 흐느꼈습니다. "모두가, 모든 사람이 나를 방해하는군. 언니는 단 하나뿐인 내 위안을 뭉개버렸어. 하지만 언니는 거짓말을 한 거야. 안 그래? 히스클리프 씨는 악마가 아니야. 정말로 그분은 고결하고 진실된 정신을 가진 분이야. 그렇지 않다면 그분이 어떻게 언니를 잊지 않을 수 있겠어?"

"아가씨, 그 사람은 머리에서 지워버리세요." 제가 말했습니다. "그 사람은 흉조를 알리는 새와 같아요. 아가씨의 짝이 될 수 없어요. 아씨께서 강경하게 얘기하셨는데, 저도 그 말씀이 틀렸다고 말할 수 없습니다. 아씨는 그 사람의 마음을 저보다, 아니 그 누구보다 잘 아시니까요. 아씨는 절대로 실제보다 더 나쁘게 말씀하지 않을 겁니다. 정직한 사람은 자신의 행적을 감추지 않아요. 어떻게 살아왔을까요? 어떻게 돈을 벌었을까요? 자기가 싫어하는 사람의 집인 워더링 하이츠에서 기거하는 이유는 뭘까요? 모두 그가 온 이후로

159

힌들리 주인님이 더욱 포악해졌다고들 하더군요. 그들은 계속 함께 밤새도록 노름을 한대요. 힌들리 주인님은 땅을 잡히고 돈을 빌려서 노름을 하고 술만 마신다는군요. 바로 1주일 전에 기머튼에서 조셉을 만났는데, 그가 말해주더군요. '넬리, 얼마 안 있어 우리 집에 검시관이 조사를 나올지도 몰라. 한 사람이 송아지를 찌르듯 자기 몸을 찌르려고 날뛰는 걸 말리다가 하마터면 손가락이 잘릴 뻔했지 뭐야. 그게 누구냐면 바로 주인이었어. 최후의 심판을 받고 싶어 날뛴거야. 심판관들이 무섭지 않다는군. 사도 바울, 베드로, 요한, 마태도 무섭지 않다는 거야! 뻔뻔스런 얼굴로 그들과 대면하고 싶다는군! 그 건달 같은 히스클리프 녀석도 참 희한한 놈이야! 누구에게 질세라 악마의 농담쯤은 거침없이 웃어넘겨버리더군. 그 녀석이 그쪽 농장에 가서 이곳의 멋들어진 생활에 대해 얘기하지 않던가? 어떻게 살고 있느냐 하면, 해 질 무렵에 일어나서 다음 날 해 뜰 때까지 문을 꼭 닫고 촛불을 켜놓은 채 노름과 술로 시간을 보내지. 그러다가 바보 같은 주인은 점잖은 사람이면 낯 뜨거워서 귀를 막아야 하는 욕지거리를 퍼부으며 자기 방으로 들어가버린다니까. 그런데 그 악당 같은 놈은 돈을 세고 밥을 먹고 실컷 잔 다음 남의 여편네와 시시덕거리려고 나가더라니까. 물론 캐서린 아씨에게는 어떻게 당신 아버지의 재산이 몽땅 자기 주머니로 들어오는지, 그리고 그 아들이란 자는 멸망의 대로로 치닫고 있는데 자기가 앞서가 그 멸망의 문을 활짝 열어놓고 기다린다는 말은 하지 않겠지……' 이렇게 나한테 말해주더군요. 자, 아가씨, 조셉은 닳아빠진 악당이지만 거짓말은 하지 않아요. 그러니 히스클리프 씨의 행실에 대한 그의 얘기가 사실이라면 아가씨도 그런 사람을 남편으로 삼을 생각은 없으시겠지요?"

"엘렌, 당신도 다른 사람들과 한패로군!" 아가씨가 대답했습니다. "그런 중상모략은 듣지 않겠어. 세상에 행복이 없다는 것을 내게 확신시키려 들다니, 당신은 악의에 차 있다고!"

이사벨라 아가씨를 그대로 혼자 내버려두었다면 그녀가 이런 망상을 극복했을지, 아니면 한없이 그 망상을 키워갔을지 알 수 없습니다. 그러나 그녀에게는 깊이 생각할 시간이 없었습니다. 다음 날 이웃 도시에서 치안판사 회의가 있어서 에드거 주인님은 거기에 참석해야 했습니다. 그러자 히스클리프 씨는 그가 집에 없다는 것을 알고 평소보다 일찍 찾아왔습니다.

캐서린 아씨와 이사벨라 아가씨는 서로 적의를 품은 채 서재에 앉아 있었습니다. 그러나 두 사람은 입을 다물고 있었어요. 아가씨는 최근에 있었던 자신의 무분별한 행위, 다시 말해서 일시적인 감정의 폭발로 그만 자신의 은밀한 감정을 폭로한 것 때문에 불안했고, 캐서린 아씨는 아무리 생각해도 아가씨 때문에 기분이 나빴겠지요. 시누이의 건방진 말은 웃어넘긴다 해도 사실 그건 웃을 일이 아니라는 생각이 들었을 겁니다.

아씨는 히스클리프 씨가 창 앞을 통과하고 있는 것을 보고 웃더군요. 저는 벽난로를 청소하고 있었는데, 아씨의 입술 위에 장난기 어린 미소가 떠오르는 것을 보았습니다. 이사벨라 아가씨는 명상에 잠겼거나 책에 몰두해 있었는지 문이 열릴 때까지 그 자리에 남아 있었습니다. 문이 열리자 그 자리에서 도망치려 했지만 때는 이미 늦었지요. 할 수만 있었다면 아가씨는 그 자리를 기꺼이 피했을 것입니다.

"들어와요. 마침 잘됐군요!" 아씨는 명랑하게 말하며 의자 하나를 벽난로 쪽으로 끌어당겼습니다. "여기 있는 두 사람은 해빙을 위해 제삼자를 몹시 필요로 했는데, 당신이야말로 우리가 선택한 바로 그 사람이거든요. 히스클리프, 마침내 나보다 더 뜨거운 열정을 당신에게 품은 어떤 사람을 보여드리게 되어 자랑스러워요. 당신, 꽤 기분이 좋겠군요. 아니, 넬리가 아니에요. 넬리를 쳐다보지 마세요! 나의 가엾은 시누이께서 당신의 신체적 아름다움과 정신적 아름다움을 생각하는 것만으로도 속을 태우고 있거든요. 에드거의 매제가 되는 열쇠는 당신이 쥐고 있는 셈이에요! 안 돼, 안 돼요! 이사벨라, 도망가면 안 돼요." 아씨는 분개하여 일어서긴 했지만 어벙벙해진 아가씨를 장난하는 척하며 꽉 붙잡고 말을 계속했습니다. "히스클리프, 우리는 당신을 가운데 두고 마치 고양이들처럼 싸웠어요. 그러나 시누이가 확언하는 당신을 향한 숭배와 탄복에 나는 완패를 당했어요. 내가 가만히 물러선다면 자기가 내 경쟁자가 되어 당신의 영혼에다 화살을 쏘아 영원토록 박혀 있게 하고 나의 모습은 영원히 기억에서 지워버린다고 하더군요."

"언니!" 하고 이사벨라는 소리를 질렀지만 점잖은 자세를 유지하며 꽉 붙잡힌 팔을 뿌리치려던 노력을 포기했습니다. "아무리 농담이라도 나를 모함하지는 말고 진실을 말해주면 감사하겠어요. 히스클리프 씨, 제발 저를 놓아주라고 언니에게 말씀해주세요. 언니는 저와 당신이 아직 친한 사이가 아니라는 것을 잊고 있어요. 언니가 재미있어하는 것은 제게 말할 수 없는 고통입니다."

히스클리프 씨가 아무 대답도 하지 않고 자리에 앉아 이사벨라라는 이 처녀가 자기에게 어떤 감정을 품고 있든 간에 관심이 전혀 없다는 그런 표정을 지었을 때, 아가씨는 눈을 돌려 고문자인 올케에게 제발 놓아달라고 간청했습니다.

"안 돼!" 캐서린이 큰 소리로 대답했습니다. "여물통의 개라는 소리는 다시는 듣기 싫어요. 그러니까 여기 이대로 있으세요! 히스클리프, 당신은 왜 이 기쁜 소식을 듣고도 흐뭇해하지 않는 거죠? 나에 대한 에드거의 사랑은 당신에 대한 아가씨의 사랑에 비하면 아무것도 아니라고 아가씨가 맹세하듯 말하고 있어요. 아가씨가 그런 뜻의 말을 분명히 했어요. 안 그래, 엘렌? 아가씨가 당신과 함께 있지 못하도록 저리 가라고 한 것을 어찌나 슬프고 분하게 여기던지, 그저께 우리가 산책한 후로 아가씨는 아무것도 먹지 않았어요."

"당신이 아가씨의 뜻을 잘못 전한다는 생각이 드는군요." 히스클리프는 의자를 돌려 두 사람을 향해 앉으며 말했습니다. "어쨌든 지금 아가씨는 나와 함께 있기를 바라지 않는군그래!" 이렇게 말하고는 이상하게 생긴 흉측한 동물이라도 보듯이 이사벨라를 응시했습니다. 이를테면 인도에서 온 지네를 보듯 혐오감을 일으키지만 호기심에 끌려 자세히 관찰하게 되는 형국이었습니다.

가엾은 아가씨는 그 상황을 참을 수 없었습니다. 순식간에 하얗게 질렸다가 붉어졌다를 반복하더니 마침내 두 눈에 눈물을 글썽이며 아씨에게 붙잡힌 손을 뿌리치려고 자신의 작은 손가락에 있는 힘을 쏟았습니다. 그러나 한 개의 손가락을 빼내면 다른 손가락이 눌려서 도저히 전체를 함께 뿌리칠 수가 없다는 것을 깨달은 아가씨는 손톱을 사용하기 시작했습니다. 그러자 상대방의 손에는 붉은 초승달 모양의 자국이 생겨났습니다.

"암호랑이가 있군!" 캐서린은 외치며 아가씨를 놓아주고는 아픈 손을 흔들었습니다. "제발, 꺼져버려! 그 암여우 같은 얼굴을 내밀지도 마! 좋아하는 사람 앞에서 사나운 발톱을 드러내다니, 이 얼마나 어리석은 짓이야! 그가 어떻게 생각할지 짐작도 못해요? 봐요, 히스클리프, 저것이 처형 무기예요. 앞으로 눈을 조심해요."

"나를 위협하면 손톱을 뽑아놓고 말지." 아가씨가 문을 닫고 나가자 히스클리프 씨가 무지막지하게 말했습니다. "그런데 캐시, 그 사람을 왜 그렇게 놀리는 거요? 설마 당신이 한 말이 사실은 아니겠지?"

"그건 모두 정말이었어요." 캐시가 대답했습니다. "아가씨는 요 몇 주일 동안 당신 때문에 애를 태웠어요. 그리고 오늘 아침에는 당신을 칭찬하기에 그런 찬양의 열기를 식혀주려고 당신의 결점을 숨김없이 얘기해주었더니 내게 폭포 같은 욕을 퍼붓더군요. 그렇지만 이제 더 이상 그런 것에 신경 쓰지 마세요. 그냥 아가씨가 너무 건방져서 혼내주고 싶었던 거예요. 그뿐이에요. 내 소중한 히스클리프, 나는 아가씨를 너무 좋아하기 때문에 당신이 완전히 집어삼키도록 보고만 있을 수 없어요."

"나는 그 여자가 너무 싫어서 그런 짓은 시도도 않을 거요." 히스클리프 씨가 말하더군요. "시체를 파먹는 식이라면 모를까. 저런 구역질 나게 생긴 창백한 얼굴과 함께 살다가는 갖가지 이상한 소문만 듣게 될 거요. 매일, 아니면 하루 걸러 때려서 대개는 하얀 얼굴을 무지갯빛으로 만들고 푸른 눈을 까맣게 멍들게 할 테니까. 그녀의 눈은 에드거 린튼의 눈과 기분 나쁘게 닮았단 말야."

"기분 좋게 닮았지요." 캐서린이 말했습니다. "그건 비둘기의 눈이에요. 천사의 눈이라니까요!"

"그녀가 에드거의 상속자인가?" 히스클리프는 잠시 침묵을 지키다가 물었습니다.

"유감이지만 그렇게 생각해야겠지요." 아가씨가 대답했습니다. "내가 아이를 여섯쯤 낳으면 시누이의 권리가 없어지겠지요. 맙소사! 어쨌든 지금은 그런 이야기는 그만두죠. 당신은 남의 물건을 너무 탐내거든요. 이 남의 물건이란 곧 내 것이라는 걸 기억하세요."

164

"그것이 내 것이 되면 당신 것이나 다름없지." 히스클리프가 말했습니다. "그런데 이사벨라 린튼이 어리석긴 해도 미치지는 않았어. 간단히 말해서 당신의 충고대로 이 문제는 더 이상 말하지 말자고."

그래서 그들은 그 문제를 더 이상 거론하지 않았습니다. 캐서린은 아마 그 문제를 생각 속에서도 지워버렸을 겁니다. 그러나 제가 확신하건대 히스클리프 씨는 그날 저녁에 여러 번 상기했을 겁니다. 저는 그가 혼자 싱글거리고 웃는 것을 보았습니다. 이까지 드러내고 웃더라니까요. 또한 아씨가 방에서 잠시 나갈 때마다 그는 불길하게도 무언가 골똘히 생각하는 것이었습니다.

저는 그의 행동을 주시하기로 결심했습니다. 제 마음은 변함없이 캐서린 아씨보다는 에드거 주인님의 편이었습니다. 그것은 당연한 일이라고 저는 생각했습니다. 왜냐하면 그분은 친절하고 믿음직스럽고 존경할 만한 분이었으니까요. 아씨는 그분과 정반대라고까지는 할 수 없었지만 너무 자기 분수를 지키지 않았기 때문에 저는 아씨가 말하는 원칙을 신뢰하지 않았고 아씨의 감정에는 더욱 공감하지 않았습니다. 저는 워더링 하이츠와 농장이 히스클리프 씨의 손아귀에서 벗어날 수 있는 사건이 일어나서 그가 오기 전처럼 우리가 조용히 살 수 있기를 바랐습니다. 그의 방문은 제게 끊임없는 악몽이었습니다. 아마 주인님에게도 마찬가지였다는 생각이 듭니다. 그가 워더링 하이츠에 기거한다는 것은 설명할 수도 없는 정신적 압박이었습니다. 하느님께서 길 잃은 어린 양을 사악한 길에서 방황하도록 내팽개친 것처럼 느껴졌습니다. 그래서 어떤 악한 짐승이 그 어린 양과 양들의 우리 사이를 배회하다가 갑자기 달려들어 잡아먹을 기회만을 노리고 있다는 느낌이 들었습니다.

# 11

때때로 혼자 있을 때 이러한 여러 일들을 곰곰이 생각하다 보면 저는 갑자기 무서운 생각이 들어 벌떡 일어나 보닛을 쓰고 농장이 어떻게 돌아가고 있는지 알아보려고 밖으로 나섰습니다. 저는 사람들의 평판이 어떻게 돌아가고 있는지를 힌들리 서방님에게 알려주는 것이 저의 의무라고 제 양심을 설득했습니다. 그러다가도 그의 고질적인 나쁜 습관을 생각하면 그를 돕는 것이 부질없는 짓이지 하는 생각이 들어, 그 음침한 집에 발을 다시 들여놓기가 두려웠습니다. 제가 꿋꿋이 참고 제 말을 받아들이게 할 수 있을지도 의심스러웠습니다.

언젠가 저는 기머튼으로 가던 길에서 벗어나 그 낡은 대문 앞을 지났습니다. 그러니까 제 이야기가 이 시기 전후에 이르러 끝났었을 겁니다. 때는 서리가 내린 눈부신 오후였고, 땅은 황폐하고 길은 메말라 있었습니다.

저는 왼편 황무지 쪽으로 길이 갈라지는 곳에 위치한 한 개의 돌에 이르렀습니다. 그 거친 사암으로 된 돌 표면 북쪽에는 W. H.(워더링 하이츠), 동쪽에는 G.(기머튼), 남서쪽에는 T. G.(드러시크로스)라는 약자가 새겨져 있었습니다. 이것은 하이츠와 마을, 그리고 농장으로 가는 이정표 역할을 하는 것이었습니다.

태양은 그 돌기둥의 회색 꼭대기를 비춰 누런색을 띠게 하고 있어서 제게 여름을 연상시키는 것이었습니다. 이유는 모르겠는데, 갑자기 제 가슴속에 어린 시절의 감정이 물밀듯이 흘러들어 오더군요. 힌들리 서방님과 저는 20년 전에 이곳을 즐겨 찾는 놀이터로 생각했던 것입니다.

저는 잔뜩 풍화된 그 돌기둥을 바라보았습니다. 그러고는 쭈그리고 앉아 밑바닥 근처에 뚫린 구멍이 여전히 달팽이 껍데기와 조약돌로 채워져 있는 것을 보았습니다. 우리는 그 구멍을 잘 썩는 것들로 채워 넣기를 좋아했던 것입니다. 그러자 어린 시절의 놀이친구인 힌들리 서방님이 시든 잔디 위에 앉아 있는 모습이 눈에 선했습니다. 그 검고 네모진 머리를 앞으로 숙인 채 조그만 손으로 슬레이트 조각으로 흙을 파내는 모습이 떠오르더군요.

"가엾은 힌들리!" 저는 무의식적으로 소리쳤습니다.

저는 소리 지르고는 깜짝 놀라 정신을 차렸습니다. 제 눈이 착각을 일으켜 어린 힌들리가 얼굴을 들고 제 얼굴을 빤히 쳐다보고 있다고 순간적이나마 믿었던 것입니다! 그 영상은 눈 깜짝할 사이에 사라졌습니다. 그러자 저는 하이츠에 가고 싶은 강렬한 욕망을 느꼈습니다. 미신이 이 욕망에 따르라고 강력히 촉구하고 있었습니다. 만약 그가 죽었으면 어떡하지! 저는 생각했습니다. 아니면 곧 죽는다면! 이게 죽음의 전조라면!

집에 가까워질수록 저는 더 흥분이 되었습니다. 드디어 집이 보이자 사지가 떨렸습니다. 아까 눈에 어른거렸던 허깨비가 저보다 먼저 이르러 문 앞에서 밖을 내다보고 있었습니다. 헝클어진 머리에 갈색 눈을 가진 소년이 그 발그레한 얼굴을 문살에 기대고 있는 것을 보았을 때 헛것인 줄로 생각했던 것입니다. 그러나 자세히 보니 그것은 바로 헤어튼, 저의 헤어튼임에 틀림없었습니다. 열 달 전에 우리가 헤어진 후로 헤어튼 도련님은 그다지 변하지 않았습니다.

"신의 은총이 있기를, 사랑하는 도련님!" 저는 바보 같은 두려움을 즉시 잊고 소리쳤습니다. "헤어튼, 넬리예요. 도련님의 유모 넬리라고요."

그는 제 팔이 닿지 않게끔 뒤로 물러서더니, 커다란 돌멩이를 집어 드는 것이었습니다.

"도련님, 나는 도련님의 아버지를 만나러 왔어요." 헤어튼의 이런 행동으로 미루어 넬리가 그의 기억 속에 있다 하더라도 그 넬리와 저를 같은 사람으로 여기지 않을지도 모른다고 생각했기 때문에 그렇게 덧붙였던 것입니다.

헤어튼은 던지기 위해 그 돌을 들더군요. 저는 아이를 달래기 시작했지만 그의 손을 멈추게 하지는 못했습니다. 돌은 제 보닛에 맞았습니다. 이어 그 뜻을 아는지 모르는지도 분간 못할 욕지거리가 더듬거리는 아이의 입술 사이에서 흘러나왔습니다. 연습을 많이 해본 욕 같았습니다. 그 욕에 이어 이 어린아이의 용모는 충격적으로 악독한 표정으로 변하는 것이었습니다.

이 일로 제가 화가 나기보다 슬펐다는 것을 잘 아실 겁니다. 저는 울고 싶었지만 주머니에서 오렌지 한 개를 꺼내어 아이를 달래기 위해 먹으라고 앞으로 내밀었습니다.

아이는 주저하더니 그것을 잡아채 가는 것이었습니다. 마치 제가 주는 척하며 유혹하다가 실망만 시키리라고 상상했던 것 같습니다.

저는 또 한 개를 보여주며 그의 손이 닿지 않게 높이 쳐들었습니다.

"도련님한테 누가 그런 훌륭한 말을 가르쳐주었나요? 목사님이?" 하고 제가 물었습니다.

"망할 놈의 목사 같으니! 그리고 당신은 뭐야? 그거나 이리 줘." 그의 대답이었습니다.

"어디서 그런 말을 배웠는지 말해봐요. 그러면 이걸 줄게요." 제가 말했습니다. "도련님네 주인은 누구죠?"

"악마 아빠야." 그의 대답이었습니다.

"그러면 아빠한테서 뭘 배우지요?" 하고 제가 이어서 물었습니다.

그는 오렌지를 향해 펄쩍 뛰어올랐습니다만 저는 그것을 더 높이 쳐들었습니다. "아빠가 뭘 가르쳐주시나요?" 제가 물었습니다.

"아무것도 안 가르쳐." 그가 말했습니다. "옆에 오지 말래……. 아빠는 나한테 명령하지 못해. 내가 욕을 하니까."

"그러면 아빠에게 욕하라고 악마가 도련님을 가르치는군요?" 하고 제가 물었습니다.

"아, 그건 아니야." 그가 우물거렸습니다.

"그러면 누구예요?"

"히스클리프."

저는 도련님에게 히스클리프 씨를 좋아하느냐고 물었습니다.

"그럼!" 하고 그는 다시 대답하더군요.

저는 헤어튼이 그를 좋아하는 이유를 알아내려고 했지만 단지 다음과 같은 말을 들을 수 있었습니다. "난 몰라. 아빠가 날 혼내면 그가 복수해줘. 아빠가 날 욕하면 그가 아빠한테 욕을 해. 그는 나보고 무엇이든 마음대로 하래."

"그러면 목사님은 도련님한테 읽고 쓰는 것을 가르쳐주지 않나요?" 저는 질문을 계속했습니다.

"아니, 목사는 문지방만 넘어서도 그의 이빨을 부러뜨려…… 목구멍으로 넘어가게 하겠어. 히스클리프가 그렇게 하겠다고 약속했다니까!"

저는 헤어튼의 손에 오렌지를 쥐여주며 넬리 딘이라는 여자가 할 얘기가 있어 정원문에서 기다리고 있다고 아빠에게 전해달라고 일렀습니다.

헤어튼은 정원 통로를 따라 걸어가서 집 안으로 들어갔습니다. 그러나 힌들리 서방님 대신에 히스클리프 씨가 현관 돌바닥 위에 나타났습니다. 그래서 저는 마치 잠자는 귀신이라도 깨운 것처럼 겁을 집어먹고 즉시 몸을 돌려 있는 힘을 다해 길을 달려 내려가 아까 본 이정표에 닿을 때까지 한달음에 내달렸습니다.

이 일은 이사벨라 아가씨와는 별 관계가 없었습니다. 단지 이런 일로 인해 저는 그 악당을 더욱 철저히 감시하겠다는 결심을 굳혔습니다. 또한 캐서린 아씨의 기쁨을 좌절시켜 집안에 풍파가 일어나는 한이 있더라도 우리 농장에 그런 나쁜 영향이 퍼지는 것을 최대한으로 저지하겠다고 결심했습니다.

그 후 히스클리프 씨가 다시 찾아왔을 때 이사벨라 아가씨는 뜰에서 비둘기에게 모이를 주고 있었습니다. 아가씨는 올케에게 지난 사흘 동안 한마디도 하지 않았지만 신경질적인 불평도 하지 않아서 우리는 아주 마음이 편안했습니다.

히스클리프 씨는 이사벨라 아가씨에게 불필요한 인사말을 한마디도 건네는 적이 없었는데, 그날은 아가씨를 보자마자 맨 먼저 조심스럽게 현관을 훑어보는 것이었습니다. 저는 부엌 창문가에 서 있다가 얼른 보이지 않게 비켜섰습니다. 다음 순간 그는 자갈로 포장된 길을 건너 아가씨에게로 가서 무슨 말을 하더군요. 아가씨가 당황하여 자리를 피하려 했더니, 가로막기 위해 아가씨의 팔에 손을 없는 것이었습니다. 아가씨가 얼굴을 피하더군요. 분명히 대답할 마음이 없는 어떤 질문을 그가 던진 모양이었습니다. 그러자 히스클리프 씨는 다시 한 번 힐끗 안채를 바라보더니, 아무도 보는 사람이 없다고 생각했던지 이 악당은 뻔뻔스럽게도 아가씨를 껴안는 것이었습니다.

"유다 같은 자! 배신자!" 제가 큰 소리로 외쳤습니다. "위선자 같으니! 안 그래? 이 계획적인 사기꾼 같으니!"

"넬리, 누군데 그래?" 캐서린 아씨의 목소리가 바로 옆에서 들려왔습니다. 저는 밖에 있는 두 사람을 감시하는 데 정신이 팔려 있던 터라 아씨가 들어오는 것을 몰랐습니다.

"아씨의 쓸모없는 친구죠!" 저도 화가 나서 말했습니다. "저기 음흉한 악당 말이에요. 아, 우리를 보았군요. 들어오고 있네요! 아씨한테는 이사벨라 아가씨를 싫어한다고 말했으면서 저렇게 아가씨에게 수작을 건 것에 대해 그가 무슨 그럴듯한 핑계를 둘러댈까요?"

캐서린 아씨도 이사벨라 아가씨가 히스클리프 씨를 뿌리치고 뜰로 뛰어드는 것을 보았습니다. 잠시 후 히스클리프 씨가 문을 열었습니다.

저는 울분을 토해내고 싶은 충동을 억제할 수 없었지만, 캐서린 아씨가 제게 잠자코 있으라고 야단치면서 주제넘게 건방진 말을 하면 부엌에서 내쫓겠다고 위협하는 것이었습니다.

"넬리가 하는 말을 들으면 누구든 넬리가 이 집 주인인 줄 알겠어." 아씨가 소리쳤습니다. "일하는 사람답게 처신하라고! 히스클리프, 이런 난리를 피우다니, 무슨 짓을 한 거예요? 아가씨는 가만 놔두라고 했잖아요? 여기 오는 것을 우리가 받아주는 게 싫어졌나요? 아니면 에드거 린튼이 당신이 못 들어오게 빗장을 걸어 잠그기를 원하나요? 그렇지 않다면 제발 내 말대로 해요!"

"그 친구가 그런 일을 해? 어림도 없지!" 그 시커먼 악당이 대답했습니다. 저는 그때 그 남자가 죽도록 미웠습니다. "얌전히 참고 있으라고 해! 그를 하늘나라로 보내고 싶어 매일 미칠 지경이니까."

"조용히 해요!" 아씨가 안으로 통하는 문을 닫으며 말했습니다. "나를 화나게 하지 말아요. 어째서 당신은 내 부탁을 무시하는 거죠? 이사벨라가 일부러 당신을 찾아갔나요?"

"그게 당신과 무슨 상관이야?" 히스클리프 씨가 으르렁거렸습니다. "이사벨라만 원한다면 내겐 그녀와 키스할 권리가 있지만 캐서린에게는 그런 것을 반대할 권리가 없어. 난 당신의 남편이 아니야. 내게 질투할 필요 없어!"

"질투하는 게 아니에요." 아씨가 대답했습니다. "당신을 위해 걱정하는 거예요. 얼굴을 좀 펴요. 나한테 찌푸리지 말아요. 당신이 이사벨라를 좋아한다면 결혼하세요. 근데 좋아하긴 하나요? 진실을 말해봐요, 히스클리프. 거봐요, 대답을 못하잖아요. 좋아하지 않는다는 것을 난 확신하고 있어요!"

"에드거 주인님이 저런 사람과 누이동생이 결혼하는 걸 승낙하실까요?" 하고 제가 물었습니다.

"허락해야지." 아씨가 단호히 대답했습니다.

"그 친구는 그런 수고까지 할 필요가 없어." 히스클리프 씨가 말했습니다. "그런 승낙 없이도 나는 다 잘해 나갈 수 있어……. 당신, 캐서린 말인데, 이왕 이렇게 되었으니 당신에게 몇 마디 하고 싶군. 당신이 내게 지옥 같은 고통을 겪게 했다는 것을 나는 알고 있는데, 당신도 그 사실을 알고 있기를 바라. 지옥 같은 고통이었어! 내 말 듣고 있어! 내가 그런 것을 아무렇지도 않게 여긴다고 생각한다면 당신은 바보야. 달콤한 말로 날 달랠 수 있다고 생각한다면 당신은 백치야. 내가 복수를 하지 않고 참고 지낼 거라 상상한다면 얼마 안 가서 그 반대라는 것을 확인시켜주겠어. 어쨌든 시누이의 비밀을 말해줘서 고마워. 난 그걸 최대한 이용하겠어. 당신은 물러서서 구경이나 해!"

"사람이 저렇게 돌변하다니 어찌 된 노릇이지?" 아씨는 놀라서 외쳤습니다. "내가 당신에게 지옥 같은 대접을 했다니……. 게다가 나한테 복수를 하겠다고! 이 고마운 줄도 모르는 짐승, 어떻게 복수하겠다는 거지? 내가 지옥의 대우를 했다니, 어떻게 했다는 거지요?"

"당신에게 복수하지는 않겠어." 히스클리프 씨가 좀 누그러진 목소리로 말했습니다. "그런 계획은 없어. 폭군은 노예들을 억누르지만, 노예들은 폭군에게 반기를 드는 대신 저희들 밑에 있는 자들을 짓눌러버리지. 당신의 즐거움을 위해 나를 고문해도 좋아. 그러나 나한테도 그런 식의 즐거움을 조금 달란 말야. 나를 마음껏 모욕하는데, 그걸 자제하란 말이야. 내 궁전을 허물고 대신 오두막을 지어주고는 신이 나서 착한 일을 했다고 자만하지는 말란 말이야. 내가 이사벨라와 결혼하기를 당신이 진심으로 원한다면, 또 내 머리에도 그런 생각이 떠오르면 난 내 목을 자르겠어!"

"그럼 내가 질투하지 않는 것이 잘못이란 뜻이군요." 아씨가 울부짖었습니다. "그렇다면 중매쟁이 노릇은 더 이상 하지 않겠어요. 타락한 영혼을 사탄에게 바치는 것만큼 악한 짓이군요. 당신은 사탄처럼 고통 주는 것을 즐기고 있는 거예요. 당신은 그것을 증명하고 있어요. 에드거는 당신의 방문으로 불쾌했던 감정을 털어버려서 나도 안정을 찾고 마음이 편안해지기 시작했어요. 당신은 편안해진 우리를 보고 샘이 나서 소동을 일으킬 결심을 했군요. 히스클리프, 정 그렇다면 에드거와 싸우고 그의 누이를 속여보세요. 당신은 내게 복수할 가장 효율적인 방법을 찾아낸 셈이군요!"

대화는 끝났습니다. 아씨는 상기된 얼굴로 침울해진 채 난롯가에 앉아 있었습니다. 억제하고 있던 아씨의 분노는 점점 걷잡을 수 없게 되었습니다. 그 분노를 아씨로서는 억제할 수도, 다스릴 수도 없었습니다. 히스클리프 씨는 난롯가에 팔짱을 끼고 서서 흉악한 궁리에 몰두해 있었습니다. 저는 두 사람을 그 자리에 남겨놓은 채 에드거 서방님을 찾으러 나왔습니다. 서방님은 캐서린 아씨가 아래층에서 그렇게 오래 무엇을 하는지 궁금해하고 있었습니다.

"엘렌." 제가 들어가자 서방님이 말했습니다. "아씨를 봤나?"

"예, 아씨는 부엌에 계십니다." 제가 대답했습니다. "히스클리프 씨의 행동 때문에 상심하고 계십니다. 이제 그가 방문하면 달리 대우할 때가 온 것 같습니다. 너무 점잖게 대하다가는 해를 입을 것 같아요. 그래서 지금 이런 사태가……." 그러고는 뜰에서 있었던 일을 이야기했고, 그 후에 이어서 일어난 말다툼을 되도록 숨김없이 말했습니다. 아씨가 나중에 히스클리프 씨를 감싸주느라 변명을 함으로써 스스로를 불리하게 만들면 몰라도, 저는 아씨에게 그다지 편견을 가지고 불리하게 말하지 않았다고 생각했습니다.

에드거 린튼 서방님은 제 이야기를 끝까지 들으시느라 꽤 애를 쓰셨습니다. 주인의 첫마디에는 자신의 아내에게도 잘못이 있다는 뜻이 담겨 있었습니다.

"이건 도저히 참을 수가 없군!" 주인께서는 고함까지 질렀습니다. "아내가 그런 녀석을 친구라고 고백하며 나까지 그와 어울리게 강요하다니, 이런 창피한 일이 어디 있어! 엘렌, 복도에 나가 하인

두 명을 불러와요. 캐서린이 그런 천한 악당과 말다툼이나 하도록 놔둘 순 없어. 내가 아내의 비위를 분수없이 맞춰주기만 했군."

주인은 내려와서 하인들에게는 복도에서 기다리라고 명령한 뒤에 저를 뒤세우고 부엌으로 갔습니다. 두 사람이 격한 말다툼을 다시 시작한 후였습니다. 적어도 아씨는 더 격렬하게 상대를 비난하고 있었습니다. 히스클리프 씨는 창가로 가 있었는데, 아씨의 격렬한 비난에 좀 기가 죽은 듯 고개를 숙이고 있었습니다.

히스클리프 씨가 먼저 주인을 보았는지 아씨에게 입을 다물도록 손짓을 해 보이자, 아씨가 그 신호의 이유를 감지하고 얼른 입을 다물었습니다.

"저런 불량배가 던진 말을 듣고도 여기 그대로 남아 있다니, 그런 게 당신이 생각하는 예절이오? 말이면 다 말인 줄 알고 아무렇지도 않게 생각하나 보군. 당신은 저 사람의 천박함에 익숙해져 있어서 어쩌면 나도 그런 데 익숙해지리라고 생각하는 모양이지! 참!"

"당신, 문에서 엿들었군요?" 각별히 남편의 화를 돋우겠다는 계산이 깔린 말투로 아씨가 묻더군요. 남편의 분노에는 아랑곳하지 않으면서 그것을 오히려 경멸한다는 뜻이 내포된 말투였습니다.

히스클리프 씨는 주인의 말에 눈을 치켜뜨더니 아씨의 말에는 비웃듯 웃음을 터뜨리더군요. 일부러 주인의 주의를 끌기 위해 그러는 것 같았습니다.

그의 그런 의도는 성공했지만, 주인은 감정을 폭발시켜 그를 즐겁게 할 생각이 전혀 없었습니다.

"당신에 대해 이제까지 많이 참아왔소." 주인은 조용히 말했습니다. "비참하도록 천박한 당신의 성격을 몰랐기 때문이 아니오. 당신에게는 일부분의 책임밖에 없다고 생각했기 때문이오. 캐서린이 당신과의 친교를 유지하고 싶어 해서 난 묵인했소, 어리석게도. 당신이 얼씬거리는 것 자체가 가장 점잖은 사람들도 오염시킬 정신적 독약이오. 그래서 더 나쁜 결과를 방지하기 위해 이후로는 우리 집 출입을 금하고 지금 당장 나가달라고 경고하는 바요. 3분만 지체하면 강제로 끌어내어 창피를 주겠소."

히스클리프 씨는 야유가 담긴 눈으로 지금 말한 사람의 키와 어깨 넓이를 측정하고 있었습니다.

"캐시, 당신의 이 어린 양이 황소처럼 나를 위협하는군!" 그가 말했습니다. "내 주먹에 그 골통이 깨질 위험이 있소. 어이쿠, 린튼 씨, 지독히 유감인데 당신은 때려눕힐 가치도 없구려!"

주인은 복도 쪽을 힐끗 보고는 제게 하인들을 데려오라고 신호했습니다. 몸소 부딪쳐보는 위험은 무릅쓰고 싶지 않았던 것입니다.

저는 주인의 암시에 따랐습니다. 그러나 아씨는 무슨 생각을 했는지 저를 따라왔습니다. 제가 하인들을 부르려 하자 아씨는 저를 다시 끌어들이고는 문을 꽝 닫아 잠가버렸습니다.

"정정당당히 하세요!" 아씨는 화나고 놀란 남편의 표정에 응답하듯 말했습니다. "저 사람을 공격할 용기가 없으면 사과를 하든지 얻어맞든지 하세요. 그러면 용기도 없으면서 있는 척하는 허세는 부리지 않게 될 거예요. 이건 안 돼요. 당신이 열쇠를 손에 넣기 전에 내가 삼켜버리겠어요! 두 사람에게 친절히 대한 보답으로 이런 즐거운 구석으로 내가 몰리는군요! 이쪽의 연약한 성품, 저쪽의 악한 성품을 늘 오냐오냐하고 받아주었더니, 감사하게도 두 가지 배은망덕이 내게 돌아오다니! 한쪽은 맹목적 배은망덕이고, 또 한쪽은 어처구니가 없을 정도로 미련한 배은망덕이라니! 에드거, 나는 당신과 당신의 재산을 지켜주고 있어요. 그런데도 나를 나쁘게 생각하다니, 난 히스클리프가 당신을 몸져누울 만큼 마구 때려주었으면 좋겠어요!"

주인을 그렇게 만들기 위해 굳이 구타라는 수단까지 동원될 필요는 없었습니다. 주인이 아씨의 손에서 열쇠를 뺏으려 하자 아씨는 그것을 안전하게 난롯불 속으로 던져버리는 것이었습니다. 그 순간 에드거 주인은 온몸에 경련을 일으키더니 죽은 사람처럼 얼굴이 창백해졌습니다. 그가 아무리 애써도 그 감정의 발작을 피할 수 없었습니다. 고뇌와 굴욕감이 한데 얽혀 그를 완전히 압도하고 말았습니다. 주인은 의자 등받이에 기댄 채 얼굴을 두 손으로 가렸습니다.

"오, 맙소사! 옛날 같으면 당신은 훌륭한 기사가 되었겠군요!" 아씨가 소리쳤습니다. "우리가 졌어요! 우리가 졌어요! 생쥐들의 영토를 공략하기 위해 왕이 자기 군대를 진격시키지 않듯 히스클리프는 당신에게 손가락 하나 들어 올리지 않을 거예요. 기운을 내세요. 아무도 당신을 해치지 않아요! 당신은 어린 양이 아니라 젖먹이 새끼 토끼에 불과해요."

"캐시, 피 대신 젖이 흐르는 혈관을 가진 겁쟁이가 당신에게 큰 기쁨을 주기를 바라!" 아씨의 친구가 말했습니다. "당신의 취향에 대해 찬사를 보내는 말이야. 침이나 흘리고 몸을 떠는 인간을 나보다 좋아하다니! 저런 인간은 주먹이 아니라 발로 차버려 후련한 만족감이나 맛보았으면 좋겠군. 울고 있는 건가, 아니면 무서워서 기절하려는 건가?"

히스클리프 씨는 가까이 가서 린튼 주인이 앉아 있는 의자를 밀었습니다. 좀 거리를 두고 밀었더라면 좋았을 텐데 말이지요. 주인은 갑자기 벌떡 일어나더니 히스클리프 씨의 목을 강타했습니다. 보통 사람 같으면 바닥에 쓰러졌을 것입니다.

히스클리프 씨가 잠시 숨이 막혀 쩔쩔매는 동안 주인은 뒷문으로 해서 뜰로 갔다가 거기서 다시 현관 쪽으로 갔습니다.

"봐요! 이제 여기 오는 건 끝났어요." 캐서린이 말했습니다. "자, 이제 가세요. 그이는 권총을 가지고 여섯 명의 하인들을 데리고 돌아올 거예요. 우리 이야기를 엿들었다면 물론 그이는 당신을 절대 용서하지 않을 거예요. 히스클리프, 당신은 나한테 못되게 굴었어요. 하지만 가요. 서둘러요! 당신보다 궁지에 몰린 에드거를 보는 쪽이 좋겠어요."

"목구멍이 타오르도록 얻어맞고 내가 그냥 갈 것 같아?" 히스클리프 씨는 천둥 치듯 소리쳤습니다. "어림도 없지! 이 집 문지방을 넘어가기 전에 놈의 갈비뼈를 썩은 개암나무 열매처럼 으깨버리고 말겠어! 지금 바닥에 메어치지 않는다면 언젠가 놈을 죽일 거야. 그러니까 놈의 목숨이 소중하다면 놈을 찾게 해줘!"

"그분은 오시지 않아요." 저는 거짓말을 보태서 그의 말을 가로막았습니다. "마부와 정원사 두 명이 거기에 있어요. 분명히 당신은 여기서 머뭇거리다가 그들에 의해 길거리로 끌려 나가지는 않겠지요! 다들 방망이를 들고 있어요. 아마 주인님은 명령대로 따르는지 응접실 창문에서 보고 계실 겁니다."

정원사들과 마부가 거기 있었는데, 주인님도 함께였습니다. 그들은 벌써 뜰 안으로 들어섰습니다. 히스클리프 씨는 다시 생각하더니 세 사람을 상대로 싸우는 것은 피하기로 결심한 듯했습니다. 그는 쇠부지깽이를 쥐더니 문 안쪽에 걸린 자물쇠를 부수었고, 사람들이 안으로 들어왔을 때 그는 이미 도망간 뒤였습니다.

아씨는 몹시 흥분해서 저더러 위층으로 따라오라고 했습니다. 이런 소동에 제가 한몫한 것을 아씨는 모르는 눈치여서 아씨가 그냥 모르는 채 있도록 저는 조심했습니다.

"넬리, 난 아무래도 미칠 것 같아!" 아씨는 소파에 몸을 던지면서 외쳤습니다. "천 명의 대장장이가 내 머릿속에서 망치를 두드리고 있어! 이사벨라에게 내 눈에 띄지 말라고 일러줘. 이 소동은 아가씨 때문이니까. 아가씨든 누구든 지금 내 속을 더 건드리면 난 미쳐 날뛸 거야. 그러니까 넬리, 오늘 밤 에드거를 다시 보면 내가 중병이날 우려가 있다고 말해줘. 정말 지독히 아팠으면 좋겠어. 그이는 나를 놀라게 하고 충격적으로 괴롭게 했어! 나도 그이를 놀래주고 싶어. 게다가 그이는 여기 와서 욕을 하며 불평을 늘어놓기 시작할지 몰라. 나도 틀림없이 되받아칠 거야. 그렇게 되면 우리가 어떻게 될지 아무도 몰라! 착한 넬리, 그렇게 해주는 거지? 오늘 일에 내게는 아무런 잘못도 없다는 건 넬리가 잘 알지? 그이가 남의 말을 엿듣다니, 뭔가에 홀린 게 아닐까? 넬리가 나간 다음에 히스클리프가 한 말은 정말 포악했어. 그렇지만 난 곧 그가 아가씨를 멀리하도록 그의 생각을 돌릴 수 있었어. 그리고 그 후 나머지 이야기는 별 뜻이없었어. 그런데 이건 귀신처럼 어떤 사람한테는 있는 법인데, 그 바보 같은 양반도 자신에 대한 험담을 엿듣고 싶어 안달하는 바람에 모든 게 다 엉망이 된 거야. 에드거가 우리 이야기를 엿듣지만 않았어도 그런 일은 당하지 않았을 거야. 내가 그이를 위해서 목이 쉬도록 히스클리프를 야단친 후였는데, 그이가 그렇게 불쾌한 어조로 내게 퍼붓자 난 정말이지 다 어찌 되든 상관없다고 생각했어. 또한 결말이 어떻게 나든 우리가 얼마 동안인지 아무도 모를 정도로 말없이 오래 서로 떨어져 있어야 한다고 느꼈을 때는 더욱 될 대로 되라는 심정이었어. 만일 내가 히스클리프와 친구로 지낼 수 없다면⋯⋯ 에드거가 앞으로도 치사하게 질투를 한다면 내가 먼저 죽어서 두 사람의 가슴이 미어지게 만들 거야. 내가 극단으로 몰리면 그것이 만사를 해결하는 빠른 방법이 될 테니까! 그러나 그건 최후의 희망으로 남겨두어야 할 행동이야. 에드거를 깜짝 놀라게 하고 싶진 않아. 이런 점에서는 그이도 나를 화나게 하는 것을 두려워하며 분별력을 발휘했었지. 그이가 그러한 방침을 고수해야지, 그 방침을 버리면 얼마나 위험한가를 그이에게 일깨워줘. 그리고 화가 나면 미칠 지경이 되는 내 격한 기질을 그이에게 상기시켜줘. 넬리, 그 냉담한 얼굴 표정을 털고 나에 대해 좀 걱정하는 표정을 지어봐!"

의심할 것도 없이 이런 지시를 받아들이는 저의 냉담함에 아씨는 더 한층 화를 내더군요. 아씨는 정말 진지했기 때문입니다. 그러나 자신의 격정을 잘 이용하는 사람은 감정을 폭발시키다가도 이러한 의지력을 동원하여 적절히 자제할 수도 있으리라고 저는 확신했습니다. 아씨의 말대로 저도 주인을 '놀라게' 하고 싶지 않았고, 그의 괴로움을 배가시키면서까지 아씨의 이기심에 영합할 생각은 추호도 없었습니다.

그래서 저는 이 거실로 오는 주인을 만났으면서도 아무 말 하지 않았습니다. 그러나 두 분이 다시 말다툼을 이어가지는 않나 하고 실례를 무릅쓰고 다시 위층으로 올라갔습니다. 주인이 먼저 이야기를 시작했습니다.

"캐서린, 그대로 있어요." 그가 말하더군요. 목소리에는 분노가 아닌 몹시 실망한 서글픔이 담겨 있었습니다. "오래 있지 않을 거요. 싸우거나 화해하려고 온 것도 아니오. 단지 내가 알고 싶은 것은, 오늘 밤의 일 이후로도 당신이 그 사람과 계속 친밀한 관계를 유지할 의사가……."

"오, 제발." 아씨는 발을 구르며 말을 채뜨렸습니다. "제발, 지금 그 이야기는 더 이상 하지 마요! 당신의 차가운 피는 뜨거워질 수 없어요. 당신의 혈관은 얼음물로 가득 차 있어요. 그러나 내 혈관은 뜨겁게 끓고 있어서 그런 서늘한 것을 보기만 해도 혈관이 요동을 치니까요."

"나를 내보내려면…… 내 질문에 대답해요." 주인도 양보하지 않았습니다. "대답을 해야만 하오. 그 정도의 난폭함에는 겁내지 않아요. 당신이 마음만 먹으면 누구보다도 냉정할 수 있다는 것은 이미 알고 있소. 앞으로 히스클리프를 포기하겠소, 아니면 나를 포기하겠소? 당신은 나의 친구이면서 동시에 그의 친구가 될 수는 없소. 당신이 어느 쪽을 선택하는지 나는 반드시 알 필요가 있소."

"혼자 있게 해줘요!" 캐서린은 무섭게 소리쳤습니다. "제발 부탁이에요. 일어설 수도 없는 게 안 보여요? 에드거, 당신…… 당신, 나를 내버려두세요!"

아씨는 줄이 끊어지도록 초인종을 요란하게 흔들었습니다. 저는 천천히 방으로 들어갔습니다. 아씨의 지각 없고 악독한 분노는 성인이라도 참을 수 없을 정도였습니다. 소파의 팔걸이에 머리를 찧고 이를 가는데, 머리와 이가 산산조각으로 부서질 것 같았습니다. 주인은 갑작스러운 후회와 두려움에 사로잡혀 아씨를 물끄러미 바라보고 있었습니다. 그는 제게 물을 가져오라고 말했습니다. 아씨는 숨이 차서 말을 못했습니다.

저는 물을 유리잔에 가득 채워 가져갔습니다. 아씨가 마시려고 하지 않아서 물을 얼굴 위에 뿌려주었습니다. 잠시 후 아씨의 몸이 뻣뻣해지고 눈이 뒤집힌 채 양 볼은 핏기가 가시고 납빛으로 변해서 꼭 죽은 것 같았습니다.

주인은 겁이 난 모습이었습니다.

"걱정하실 것 없어요." 제가 주인께 속삭였습니다. 속으로는 저도 걱정이 되었지만 주인이 굴복하는 건 바라지 않았습니다.

"입술에 피가 흐르잖아!" 주인이 몸을 떨며 말했습니다.

"걱정하지 마세요!" 제가 냉정하게 말했습니다. 그리고 주인이 오시기 전에 아씨가 미친 듯 거짓 발작을 꾸미겠다고 한 것을 알려 주었습니다.

제가 경솔하게 큰 소리로 설명하는 바람에 아씨가 듣고 말았습니다. 아씨가 벌떡 일어나더군요……. 머리는 두 어깨 위로 풀어져 내리고 두 눈은 번득이며 목과 팔의 근육이 기이하리만큼 불쑥 솟아올라 있었습니다. 저는 적어도 뼈가 몇 개 부러질 각오를 했습니다. 그러나 아씨는 잠시 사방을 노려보더니 그대로 방 밖으로 뛰쳐나갔습니다.

주인의 분부대로 저는 아씨의 뒤를 좇아 아씨의 방 앞까지 갔지만 문을 잠가버려 들어갈 수가 없었습니다.

다음 날 아침에도 아씨는 아침을 들러 내려올 기색이 없어서 음식을 방으로 가져가냐고 물어보러 갔었습니다.

"싫어!" 아씨는 단호하게 대답하시더군요.

점심과 차를 드실 시간에도 같은 질문을 했고, 그 다음 날 아침에도 계속 물었지만 아씨의 대답은 똑같았습니다.

주인은 주인대로 서재에 틀어박힌 채 자기 아내가 무엇을 하고 있는지 묻지도 않았습니다. 주인은 이사벨라 아가씨와 한 시간가량 이야기를 나누며, 히스클리프의 접근에 대해 아가씨가 좀 혐오감을 갖도록 노력했습니다. 그러나 아가씨의 대답은 애매하여 결국 소득 없이 이야기를 끝내야 했습니다. 대신 만일 아가씨가 보잘것없는 구혼자의 말에 부응하는 미친 짓을 하면 남매의 인연을 끊어버리겠다는 경고만 덧붙였을 뿐입니다.

# 12


이사벨라 아가씨는 항상 말없이, 거의 언제나 눈물을 흘리며 공원과 정원을 거닐고, 그녀의 오빠는 한 번도 펴본 적이 없는 책 속에 파묻혀 있었는데, 제가 추측하기로는 아씨가 자신의 행동을 후회하고 사과하며 또 막연하나마 화해를 청하러 오리라고 기대하고 계신 것 같았습니다. 아씨는 아마도 끼니때마다 자기가 없는 것이 남편으로서는 목이 메겠지만 달려와서 자기 발밑에 엎드리지 못하는 것은 오로지 자존심 때문이라는 생각에서 고집스레 단식을 계속하는 것 같았습니다. 이 농장이라는 성벽 안에 지각 있는 영혼이라고는 단 하나이고, 그것이 제 몸속에 자리하고 있다고 확신했기 때문에 저는 제 의무인 집안일을 해나갔습니다.

저는 쓸데없이 아가씨를 위로하거나 아씨에게 충고하지 않았습니다. 아씨의 목소리가 들리지 않으니까 그 이름만이라도 들었으면 하고 애태우는 주인의 한숨도 못 들은 체했습니다.

이러한 화해는 제가 나설 일이 아니라, 원하는 사람들이 스스로 나서서 해결해야 할 문제라고 저는 결론을 내렸습니다. 그런데 그 과정은 답답할 정도로 천천히 진행되었지만, 제가 처음에 생각했던 대로 마침내 희미하게 동이 트듯 그 화해의 징조가 보여 저는 몹시 기뻤습니다.

사흘째 되는 날이었습니다. 아씨가 방문을 열고 주전자와 물병의 물이 떨어졌으니 새로 물을 떠오고 죽을 한 그릇 가져오라고 했습니다. 본인 생각에도 죽을 것 같다고 말하는 것이었습니다. 모두가 남편 귀에 들어가라고 하는 소리로 여긴 저는 대수롭지 않게 생각하고 주인에게도 알리지 않은 채 아씨에게 약간의 차와 아무것도 바르지 않은 식빵을 갖다 드렸습니다.

아씨는 허겁지겁 먹고 마시고 나서 다시 베개 위로 눕더니 두 주먹을 불끈 쥐고 신음했습니다.

"아, 난 죽을 것 같아" 하고 아씨가 소리치더군요. "아무도 나한테 신경 쓰는 사람이 없으니……. 그거, 먹지 말걸."

한참 만에 아씨가 중얼거리는 소리를 저는 들었습니다.

"아니야, 난 죽지 않을 테야……. 그이가 기뻐할 거야……. 그이는 나를 조금도 사랑하지 않아……. 내가 죽어도 슬퍼하지 않을 거야!"

"아씨, 뭐 시키실 일 없으세요?" 제가 물었습니다. 그 핼쑥한 얼굴과 이상하고 과장된 태도에도 불구하고 저는 겉으로 태연한 체했습니다.

"그 냉담한 양반은 뭘 하고 있지?" 숱이 많은 헝클어진 머리를 초췌한 얼굴에서 쓸어 넘기며 아씨가 물었습니다. "혼수상태에 빠진 건가, 아니면 죽어버린 건가?"

"둘 다 아닌데요." 제가 대답했습니다. "린튼 주인님 말씀이시라면, 제 생각엔 꽤 건강하십니다. 공부가 좀 지나친 것 같긴 합니다. 달리 접촉할 사람이 없으니까 늘 책 속에 파묻혀 계시는 거죠."

아씨가 정말 어떤 상태였는지 알았다면 그렇게 말해서는 안 되는 거였는데, 아씨가 병자의 역할을 꾸며서 하고 있다는 생각을 저는 떨칠 수가 없었습니다.

"책 속에 파묻혀 있다니!" 아씨는 당황한 듯이 말했습니다. "나는 죽어가는데! 무덤 가장자리에 와 있는데! 맙소사! 내 몰골이 어떻게 변했는지 알기나 하나?" 저쪽 벽에 걸린 거울에 비친 자신의 모습을 응시하며 아씨는 말을 계속했습니다. "저게 캐서린 린튼인가? 아마도 그이는 내가 심술을 부리거나 연극을 한다고 생각하겠지. 넬리, 그분에게 내가 아픈 것은 진짜라고 말해줄 수 없겠어? 더 늦기 전에 말이야. 그이의 본심을 알면 나는 즉시 둘 중 하나를 택하겠어. 당장 굶어 죽든가…… 아니 이건 그이에게 감정이 없다면 벌이 되지도 못할 거야. 아니면 회복되는 대로 이 고장을 떠나든지 해야겠어. 그이의 마음이 지금 어떤지 사실대로 말해줘. 정신 차리고 말야. 그이가 내 생명에 대해 정말 그렇게 철저히 무관심한 거야?"

"참, 아씨도, 원." 제가 대답했습니다. "주인님은 아씨가 정신적으로 혼란 상태에 있다는 것을 모르십니다. 그러니까 당연히 아씨가 굶어서 자살하실 것이라는 염려는 안 하시지요."

"넬리도 그렇게 생각해? 내가 굶어 죽을 참이라는 걸 그이에게 말해줄 수 없어?" 아씨가 말했습니다. "그를 납득시켜……. 넬리의 생각을 말해줘. 내가 굶어 죽을 것을 확신한다고 말하라니까!"

"싫어요. 아씨, 잊으셨어요?" 제가 넌지시 암시했습니다. "오늘 저녁에 음식을 맛있게 드신 것 말이에요. 내일이면 좋은 효과가 나타나는 것을 느끼실 거예요?"

"그이도 따라 죽는 것이 확실하다면 난 당장 자살하고 말 거야!" 아씨가 제 말을 막으며 말했습니다. "끔찍한 사흘 밤 동안 나는 잠시도 눈을 붙이지 못했어. 아, 계속 시달렸어! 넬리, 내게 무슨 귀신이 찾아왔어! 그런데 넬리도 나를 싫어한다는 생각이 들기 시작하는 거야. 참 이상하다니까! 서로 미워하고 경멸하면서도 나를 사랑하지 않을 수 없던 사람들이 불과 몇 시간 만에 모두 적이 되어버렸어. 모두가 말야. 그건 확실해. 이 집 사람들 모두가 그렇단 말야. 그런 차가운 얼굴들에 둘러싸여 죽음을 맞는 것은 얼마나 끔찍할까! 겁나고 징그러워서 이사벨라는 방에 들어오는 것이 무서울 테고 내가 죽는 것을 바라보기가 두려울 거야. 에드거는 내 숨이 넘어가는 걸 근엄하게 곁에 서서 바라보겠지. 그러고는 집안에 평화가 다시 찾아온 것에 대해 하느님께 감사 기도를 드리고 책으로 돌아가겠지! 감정이 있는 사람이라면 내가 죽어가는데 책이나 끼고 무얼 하겠다는 거지?"

아씨는 린튼 주인님이 철학적 체념에 빠진 모양이라는 제 생각을 듣고는 참을 수 없는 일이라고 여겼습니다. 몸을 뒤척이고 열병 같은 정신 혼란이던 것이 더 악화되어 거의 미친 사람처럼 되는가 했더니, 이로 베개를 찢고 온몸이 불덩이가 되어 일어나서는 저더러 창문을 열어달라고 했습니다. 때는 한겨울이라 북동풍이 세차게 불고 있어 저는 창문 여는 것에 반대했습니다.

그러나 아씨의 얼굴에 스치는 표정과 이랬다 저랬다 하는 감정의 변화에 저는 몹시 겁이 나기 시작했습니다. 전에 아씨가 앓았던 일과 화를 돋우어서는 안 된다는 의사의 당부가 떠올랐기 때문입니다.

조금 전만 해도 아씨는 격렬한 언행을 보였는데, 지금은 조용히 팔을 괴고 앉아 창을 열라는 것을 거절한 제 행동에 신경도 쓰지 않고 방금 찢은 베개 모서리 사이로 깃털들을 끄집어내 종류별로 요 위에 늘어놓는 어린애 같은 장난에 재미를 느끼고 있는 것 같았습니다. 아씨의 마음은 다른 생각으로 흘러가고 있었습니다.

"이건 칠면조 털이야." 아씨가 중얼거렸습니다. "이것은 야생오리고, 이것은 비둘기 털이군……. 내가 죽을 수 없는 게 당연해! 누울 때 이것을 잊지 말고 마루 위에 뿌려야지. 여기 붉은뇌조의 털도 있군. 그리고 이건…… 천 가지 털 중에서도 구별할 수 있는 도요새 털이야. 예쁜 새지. 황무지 한복판에서 우리 머리 위로 빙빙 돌던 놈이야. 둥지로 가고 싶어 했지. 구름이 언덕마루에 닿아서 비가 올 것 같았지. 이 깃털은 히스 풀 사이에서 주웠지. 새는 쏘지 않았어. 우리는 겨울에 이 새의 둥지를 보았는데 작은 뼈가 가득 차 있었어. 히스클리프가 둥지 위에 덫을 놓아서 어미 새들은 감히 날아들지 못했어. 나는 그에게서 앞으로 도요새는 절대 쏘지 않겠다는 약속을 받아냈지. 그 후로 히스클리프는 그 새를 쏘지 않았어. 응, 여기 또 있네! 넬리, 그가 내 도요새를 또 쏘았나? 그중 어떤 것은 빨강색이라고? 내게 보여 봐."

"그 어린애 같은 장난, 그만해요!" 저는 베개를 빼앗아 찢어진 구멍이 요 쪽으로 향하도록 돌려놓았습니다. 베개 안에 든 깃털을 한 움큼씩 끄집어내고 있었기 때문이지요. "어서 누워서 눈을 감아요. 정신이 오락가락하는군요. 이 어질러놓은 것 좀 봐! 털이 눈처럼 날아다니고 있어요!"

저는 방 안을 이리저리 돌아다니며 털들을 주워 모았습니다.

"넬리, 넬리는 늙은 부인으로 보여. 머리는 백발에다 어깨가 굽어 있군그래. 이 침대는 페니스톤 바위 밑에 있는 선녀의 동굴이고, 넬리는 우리의 어린 암소들을 해치려고 독화살 촉을 주워 모으는 중이야. 내가 가까이 있는 동안은 독화살 촉을 양털인 것처럼 가장하고 있어. 이건 50년 후에 일어날 일이야. 넬리가 지금 그렇다는 게 아니야. 내 정신이 오락가락하는 게 아니라 넬리가 잘못 생각하고 있어. 그렇지 않다면 넬리는 정말 말라빠진 마녀고, 나는 페니스톤 바위 밑에 있다고 생각해야겠네. 그리고 난 지금이 밤이라는 것을 알고 있고, 탁자 위에 놓인 초 두 개가 검정 칠을 한 찬장을 흑옥처럼 빛나게 하고 있다는 것도 알고 있단 말야."

"검정 칠을 한 찬장이라뇨? 그런 게 어디 있어요?" 제가 물었습니다. "아씨는 잠꼬대를 하고 있어요."

"늘 있던 그대로 벽에 기대어 서 있네." 아씨가 응답했습니다. "이상하게 보이는군……. 거기에 사람 얼굴 하나가 보여!"

"이 방에 찬장 같은 건 없어요. 전에도 없었고요." 제가 말하고 제자리로 다시 돌아오면서 아씨를 지켜볼 수 있도록 커튼을 걷어올려 묶었습니다.

"저 얼굴이 보이지 않는단 말야?" 아씨는 거울을 뚫어져라 바라보며 물었습니다.

제가 아무리 말해도 그게 아씨 자신의 얼굴이라는 것을 이해시킬 수 없어서 저는 일어나서 거울을 숄로 덮어버렸습니다.

"아직도 그 뒤에 있잖아!" 아씨는 초조해하며 계속 말했습니다. "저게 움직였어. 저게 누구지? 넬리가 가버렸을 때 저게 나오지 않았으면 좋겠네. 아, 넬리, 이 방에 귀신이 출몰하나 봐! 나 혼자 있기가 무서워!"

저는 아씨의 손을 감싸쥐고 진정하라고 말했습니다. 아씨는 계속 사시나무처럼 온몸을 떨면서 거울에서 시선을 떼려고 하지 않았습니다.

"여기엔 아무도 없어요!" 제가 우겼습니다. "아씨 자신이에요. 린튼 부인 말이에요. 조금 전에는 알고 계셨잖아요."

"나 자신이라니." 아씨는 숨을 가쁘게 내쉬었습니다. "시계가 12시를 치고 있어! 그러면 정말인가 봐. 아이, 무서워!"

아씨의 손가락들이 옷을 움켜잡더니 그것으로 자기 눈을 덮었습니다. 저는 주인을 부르려고 살그머니 문으로 걸어갔지만 날카로운 비명에 발걸음을 돌려야 했습니다. 숄이 거울 틀에서 미끄러져 떨어졌던 것입니다.

"무슨 일이에요?" 제가 소리쳤습니다. "이제 보니 겁쟁이네요? 정신 차리세요! 저건 유리예요. 거울이라고요, 아씨. 아씨 자신의 모습을 보고 계신 거라고요. 저도 옆에 있잖아요."

몸을 떨며 당황한 아씨는 저를 꼭 잡고 있었고, 그러는 사이 아씨의 얼굴에서는 점차 겁먹은 표정이 사라지고 창백했던 얼굴은 부끄러움으로 빨개졌습니다.

"오, 어이없어! 난 우리 집에 있는 줄 알았어." 아씨는 한숨을 내쉬었습니다. "난 워더링 하이츠의 내 방에 누워 있다고 생각했어. 몸이 쇠약해지니까 머리가 혼란스러워서 무의식중에 소리를 지른 거야. 아무 말 말고 나와 함께 있어줘. 나는 잠드는 게 무섭단 말야. 간담이 서늘한 꿈을 꾸게 돼."

"푹 주무시면 개운해질 겁니다, 아씨." 제가 대답했습니다. "이렇게 고생하셨으니 이제 다시는 굶겠다는 생각은 하지 마시기를 바라요."

"아, 옛집 내 침대에 누워 있기만 해도 얼마나 좋을까!" 아씨는 두 손을 맞잡고 비틀며 비통한 듯이 말했습니다. "그 격자창 옆에 선 전나무들 사이에서 소리 내던 그 바람, 그걸 느끼게 해줘…… 그 바람은 황무지 위로 곧장 내려오거든. 그 바람을 한 모금만 마시게 해줘!"

저는 아씨를 진정시키기 위해 창문을 잠깐 조금만 열었습니다. 찬바람이 세차게 몰아쳐 들어왔습니다. 저는 문을 다시 닫고 자리로 돌아왔습니다.

　아씨는 이제 조용히 누워 있었는데, 얼굴은 눈물범벅이었습니다. 탈진한 몸이 아씨의 정신을 완전히 진정시켰던 것입니다. 불같던 캐서린도 칭얼대는 어린애와 다를 바 없었답니다!

　"내가 여기 틀어박힌 지 얼마나 되었지?" 아씨는 갑자기 생기를 되찾으며 물었습니다.

　"월요일 저녁부터였지요." 제가 대답했습니다. "오늘은 목요일 밤, 아니 지금 시각으로는 금요일 아침이라는 것이 옳겠어요."

　"뭐라고! 다음 주로 넘어가지 않았단 말야?" 아씨는 외치더군요. "시간이 겨우 그것밖에 안 지났다고?"

　"냉수만 마시고 속을 끓이며 살기에는 아주 긴 시간이지요" 하고 제가 토를 달았습니다.

　"참, 지겹도록 긴 시간 같았는데." 아씨는 미심쩍은 듯이 중얼거렸습니다. "틀림없이 더 오래됐을 거야. 그 두 남자들이 싸운 다음에 내가 응접실에 있었던 기억이 나. 에드거가 잔인하게 약을 올려서 나는 필사적으로 이 방으로 뛰어왔거든……. 문을 잠그자마자 눈앞이 캄캄해져서 마룻바닥에 쓰러진 거야. 만일 에드거가 계속 야유조로 말하면 난 틀림없이 발작을 일으키거나 미쳐 날뛰리라는 것을 그이에게 설명할 수 없었어. 혀나 머리가 내 마음대로 움직이지 않았으니까 에드거는 아마 내 괴로움을 짐작하지 못한 거지. 나에게는 그의 모습과 목소리로부터 도망가야겠다는 의식밖에 남아 있지 않았어……. 보고 들을 수 있을 만큼 충분히 회복되지도 않았을 때 동이 트기 시작한 거야. 넬리, 그때 내가 생각한 것을 말해줄게. 생각하고 또 생각하다가 내가 정말 미쳐버리지나 않을까 하고 겁나던 생각을 말해줄게. 저기 있는 탁자 다리에 머리를 기대고 누워서 회색의 네모난 창문을 겨우 분간하고 있을 때 나는 옛집의 참나무 판대기로 짠 침대 속에 파묻혀 있다는 생각이 들었어. 깨어났을 때는 기억할 수 없었지만 내 가슴은 어떤 큰 슬픔으로 꽉 차서 몹시 아팠어. 나는 곰곰이 생각하며 내 고통의 이유를 발견하고 내 자신이 염려스러웠어. 가장 이상한 것은 내 인생에서 지난 7년이 백지처럼 아무것도 없이 텅 비어 있다는 사실이었어! 그런 7년이 있었는지조차 떠올릴 수 없었어. 나는 어린애였어. 아버지의 장례가 막 끝나 있더군. 그런데 힌들리 오빠가 나와 히스클리프를 갈라놓은 데서부터 내 슬픔이 시작되더군. 나는 처음으로 혼자 뉘어져 있더군. 밤새 울다가 깜빡 졸았는데, 그 졸음에서 깨어나 내 손으로 침대 판자를 밀어젖히자 그 판자가 탁자 윗부분에 부딪혔어. 나는 손으로 융단 위를 쓸어보았어. 바로 그때 기억이 살아났어. 내 최근의 고통은 절망의 발작 속으로 삼켜지고. 내가 왜 그렇게 비참함을 느꼈는지 모르겠어. 원인이 없으니까 일시적인 정신착란이었음에 틀림없어. 하지만 열두 살 되던 해에 나는 하이츠와 어린 시절의 모든 추억과 당시 나의 전부나 다름없던 히스클리프로부터 떠나 갑자기 린튼 부인이 되고, 드러시크로스 농장의 안주인으로 낯선 사람의 아내가 되었던 것을 생각해봐. 그래서 내가 살던 세계에서 추방당한 유랑자가 된 거야. 내가 엎드려 그 바닥을 기어 다닌 심연이 어떠했는지 넬리도 좀 상상은 될 거야! 넬리, 머리를 저어 아니라고 하는데, 그건 맘대로 해. 넬리도 내 머리를 돌게 만드는 데 한몫했잖아! 넬리가 에드거에게 말을 했어야 해. 정말 그랬어야 해. 그래서 내가 안정되도록 내버려두라고 그이에게 강력히 말했어야 해. 아, 내 몸이 타는 것 같아! 밖에 나가면 좋을 텐데……. 다시 야만에 가까운, 원기 왕성하고 자유로운 소녀라면 좋을 텐데……. 아무리 욕을 먹어도 미칠 것 같은 게 아니라 깔깔 웃어넘기던 소녀! 왜 나는 이렇게 변했을까? 어째서 단 몇 마디 말에 내 피는 지옥 같은 대혼란 속으로 쏟아져 들어가는 것일까? 다시 저 언덕의 히스 숲으로 들어간다면 틀림없이 예전의 내가 될 것이야……. 다시 한 번 그 창문을 활짝 열어줘. 열린 채로 고정시켜. 빨리! 왜 움직이지 않지?"

"아씨를 감기에 걸려 죽게 하고 싶지 않으니까요." 제가 대답했습니다.

"내게 살 기회를 주지 않겠다는 뜻이군." 아씨가 침울하게 말했습니다. "그렇지만 난 아직 무기력하지 않아. 내 손으로 열겠어."

제가 말릴 겨를도 없이 아씨는 침대에서 미끄러져 나와 매우 불안정한 걸음걸이로 방을 가로지르더니 창을 열어젖히고 몸을 밖으로 내밀었습니다. 칼날처럼 날카로운 찬 공기가 양 어깨를 자르듯이 후려치는데도 전혀 개의치 않았습니다.

저는 애원하다가 마침내 강제로 끌어들이려고 했습니다. 그러나 미쳐 날뛰는 아씨를 제 힘으로는 당해낼 수 없다는 것을 곧 깨달았습니다. (아씨는 정신에 이상이 있었습니다. 그 후의 행동이나 헛소리로 미루어 저는 그렇게 확신했습니다.)

달이 없는 밤이었습니다. 온 세상은 안개를 머금은 어둠 속에 누워 있었습니다. 멀고 가깝고 할 것 없이 어느 집에서도 불빛이 껌벅이지 않았습니다. 불빛은 모두 한참 전에 꺼져 있었습니다. 또한 워더링 하이츠의 등불들은 전혀 보이지 않는데 아씨는 자꾸만 그곳의 불빛이 빛나고 있는 것이 보인다고 우겨댔습니다.

"저기 봐!" 아씨는 흥분해서 소리쳤습니다. "저게 내 방이야. 안에 촛불이 켜져 있고 방 앞에는 나무들이 흔들리고 있어……. 또 하나의 촛불은 조셉의 다락방에 켜져 있네……. 조셉이 늦게까지 자지 않고 있는 거지? 내가 돌아온 후에 대문을 잠그려고 기다리는 거야……. 하지만 그는 좀 더 기다릴 거야. 아주 고되고 슬픈 여행이야. 그 여행을 하려면 기머튼 교회 묘지를 통과해야 해! 우리는 자주 함께 그곳의 유령들과 대결했었지. 각자 무덤 사이에 서서 유령을 불러낼 수 있나 겨뤄봤어……. 그렇지만 히스클리프, 내가 당신에게 겨루자고 하면 용기를 내어 나올 건가요? 정말 당신이 나온다면 난 당신을 놓지 않을 거야. 난 혼자 거기에 눕지 않을래. 사람들이 나를 12피트 깊이로 파묻고 교회를 옮겨 그 위에 올려놓더라도, 히스클리프와 함께가 아니면 난 편안히 저세상으로 가지 않을 테야. 절대로 가지 않을 거야!"

아씨는 잠시 그쳤다가 야릇한 미소를 띠며 말을 계속했습니다. "그가 생각하고 있는 것은…… 내가 자기에게 와주기를 바라나 봐! 그러면 길을 찾아줘! 교회 묘지를 통과하지 않는 길을……. 넌 느리구나! 늘 내 뒤를 따르는 데 만족해!"

제정신이 아닌 사람에게 따져봤자 소용이 없다는 것을 깨달은 저는 아씨를 붙든 채 덮어줄 것을 어떻게 손에 넣을까 하고 고심했습니다. 열린 창문가에 아씨 혼자 그대로 둘 수는 없었기 때문입니다. 그때 놀랍게도 문의 손잡이가 요란하게 딸가닥거리더니 주인이 들어왔습니다. 마침 서재에서 나와 복도를 지나다가 우리의 말소리를 듣고 이렇게 늦은 시간에 무슨 일이 있나 해서 호기심 아니면 두려움에 이끌려 들어온 것이었습니다.

"오, 서방님!" 눈앞에 나타난 광경과 살벌한 방 안 분위기에 놀라 소리치려는 주인의 입을 막으려고 제가 외쳤습니다.

"가엾은 아씨께서 몸이 불편하십니다. 저를 꼼짝도 못하게 하십니다. 저로서는 어떻게 할 도리가 없어요. 제발 이리 오셔서 침대에 눕도록 아씨를 설득해보세요. 화난 일은 잊으세요. 아씨는 자기 고집대로 하실 뿐 누구의 말도 듣지 않으시니까요."

"캐서린이 아프다고?" 주인은 우리 쪽으로 급히 오며 말했습니다. "엘렌, 창문을 닫아. 캐서린, 왜……."

주인은 입을 다물었습니다. 해골처럼 되어버린 부인을 보고 말을 잊은 주인은 너무나 놀라서 아씨와 저를 번갈아 쳐다볼 뿐이었습니다.

"아씨는 여기서 속을 태우고 계셨어요." 제가 말을 계속했습니다. "아무것도 먹지 않고 투덜거리지도 않으셨어요. 오늘 저녁까지 아무도 들어오지 못하게 하셨어요. 그래서 서방님께 아씨의 병세를 알리지 못했습니다. 우리도 몰랐으니까요. 그러나 대단치는 않은 것 같습니다."

제가 느끼기에도 제 설명은 어색했습니다. 주인은 얼굴을 찌푸리시더군요. "엘렌, 이게 대단치 않은 상태인가?" 주인의 어조는 엄격했습니다. "여지껏 나한테 알리지 않은 까닭을 더 분명히 설명해 봐!" 주인은 아씨를 두 팔로 안고 괴로운 표정으로 아씨를 들여다보았습니다.

처음에 아씨는 주인을 알아보는 기색이 없었습니다. 멍한 아씨의 시야에 주인의 모습은 들어오지 않았던 모양입니다. 그러나 이러한 정신착란은 오래가지 않았습니다. 밖의 어둠을 응시하던 눈을 조금씩 돌리더니 주의력을 주인에게 집중하고는 자기를 안고 있는 사람이 누구인지를 알아보았습니다.

"아, 당신이 왔군요. 에드거 린튼, 당신이지요?" 아씨는 생기 있게 화난 어조로 말했습니다. "당신은 전혀 필요 없을 때 나타나고 필요할 때는 나타나지 않는 사람이군요! 이제 곧 통곡 소리가 요란하겠네요……. 난 알아요……. 그렇지만 저 건너편 나의 작은 집으로 내가 가는 걸 막을 수 있는 사람은 없어요. 봄이 다 가기 전에 내가 가게 될 나의 휴식처 말이에요! 그곳은 저 교회 지붕 밑에 있는 린튼 가문의 묘지가 아니라, 한 개의 묘석만 있는 야외 무덤이에요. 당신은 당신 가문의 묘지로 가든지 나에게 오든지 맘대로 하세요!"

"캐서린, 무슨 일이 있었나?" 주인이 말을 시작했습니다. "난 이제 당신에게 아무것도 아니란 말인가? 당신이 사랑하는 건 그 악당 놈, 히스……."

"쉿!" 아씨가 외쳤습니다. "입 닥쳐요! 그 이름을 말하면 난 당장 창에서 뛰어내려 모든 것을 끝장내겠어요! 당신이 지금 만지고 있는 이 육신은 당신 것일지 몰라도 내 영혼은 당신이 다시 손을 대기 전에 저 언덕마루에 가 있을 거예요. 에드거, 난 당신을 원치 않아요. 그런 때는 지났어요……. 책으로 돌아가세요……. 당신에게 위안거리가 있어서 다행이네요. 내게서 얻던 위안은 이제 모두 사라졌으니까요."

"서방님, 아씨는 제정신이 아니십니다." 제가 끼어들었습니다. "저녁 내내 말도 안 되는 헛소리만 하고 계세요. 그렇지만 안정을 취하게 하고 적절히 돌보면 회복되실 거예요……. 이제부터는 아씨의 화를 돋우지 않도록 우리 모두가 조심해야겠어요."

"더 이상의 충고는 바라지 않아." 주인이 말했습니다. "아씨의 성격을 잘 알면서도 자넨 내가 그 성질을 건드리도록 충동질한 거야. 게다가 요 사흘 동안 아씨가 어떻게 지내는지 전혀 알려주지 않았잖아! 인정머리 없게도! 몇 달을 앓았어도 몰골이 이렇게 변하진 않았을 거야!"

다른 사람의 사악한 고집 때문에 꾸지람까지 듣는 것은 억울하다 싶어서 저는 변명을 하기 시작했습니다.

"아씨가 원래 고집이 세고 오만하다는 것은 저도 알고 있었습니다." 저도 큰 소리로 외쳤지요. "하지만 그런 불같은 성미를 서방님이 더욱 키워주고 싶어 하시는 줄은 몰랐습니다. 아씨의 비위를 맞추기 위해 히스클리프 씨의 행동을 못 본 체해야 하는 줄은 몰랐습니다. 저는 서방님께 알려서 충실한 하인의 의무를 다한 겁니다. 그런데 충실한 하인에게 돌아오는 보답이 이런 거군요! 좋습니다. 이번 일을 교훈 삼아 다음부터는 조심하겠습니다. 다음부터는 서방님께서 직접 정보를 모아보세요!"

"엘렌 딘, 다음에도 이야기를 꾸며서 알려주면 이 집에서 내보내겠어." 서방님이 대답했습니다.

"그러면 서방님께서는 아무 말도 듣고 싶지 않다는 겁니까?" 제가 말했습니다. "히스클리프 씨가 아가씨를 꾀어내고, 서방님이 안 계실 때마다 찾아와 일부러 서방님을 비방하는 말을 아씨에게 하는 것도 다 서방님의 허락을 맡은 것입니까?"

아씨의 머리는 아직 혼란에 싸여 있었지만 그때 정신이 들었는지 우리의 대화를 들었던 것입니다.

"아, 넬리가 반역자였군!" 아씨는 격정적으로 외쳤습니다. "넬리는 나의 숨은 적이군…… . 마귀할멈 같으니! 그래서 우리를 해치려고 독화살 촉을 찾아다녔군! 이거 봐요, 내 저것을 혼내줘야겠어요! 내뱉은 말을 취소하겠다고 울부짖게 해야겠어요!"

광인의 분노가 아씨의 눈썹 아래서 광채를 발하더군요. 아씨는 서방님의 팔에서 벗어나려고 필사적으로 발버둥을 쳤습니다. 저는 이 사태의 결말을 기다리고 싶지 않아서 제 판단에 따라 의사를 부를 결심을 하고 방에서 나왔습니다.

정원을 가로질러 큰길로 가고 있을 때, 바람도 없는데 말고삐 걸이가 벽에 박혀 있는 곳에 뭔가 흰 물건이 흔들리며 움직이는 것이 눈에 들어왔습니다. 바쁘지만 무엇인지 알아보려고 발걸음을 멈췄습니다. 다른 세계에서 온 피조물을 보았다는 확신이 제 상상 속에 남아 있지 않게 하기 위해서였습니다.

다름 아닌 이사벨라 아가씨의 사냥개인 패니가 손수건에 묶여 매달려서 숨이 넘어갈 지경이 된 것을, 시각이 아니라 촉각으로 발견한 저는 놀라고 당황했습니다.

저는 재빨리 개를 풀어주고 정원으로 들어가게 했습니다. 아가씨가 잠자리에 들기 위해 위층으로 올라갈 때 이 개가 졸졸 뒤따라가는 것을 보았는데 도대체 어떻게 해서 밖으로 나올 수 있었는지, 또 어떤 심술궂은 사람이 개를 이렇게 취급했는지 궁금했습니다.

고리에서 매듭을 푸는 동안 상당히 먼 곳에서 계속 말발굽 소리가 들렸습니다. 다른 곳도 아닌 이 근방에서, 그것도 새벽 2시에 그런 소리가 들린다는 것이 이상하긴 했지만 생각할 게 너무 많아서 그러한 정황에 신경을 쓰지 않았습니다.

제가 길을 올라가고 있을 때 다행히도 마을의 환자를 진찰하려고 집에서 나오던 케네스 의사와 마주쳤습니다. 아씨의 증세에 대한 저의 설명을 듣자 의사는 당장 저를 따라나섰습니다.

케네스 의사는 소박하고 꾸밈이 없는 사람이었습니다. 그래서 아씨가 전보다 더 자기의 지시에 따르지 않으면 이런 두 번째 발병에서 살아남기 어렵다는 말을 주저없이 해대는 것이었습니다.

"넬리 딘." 의사가 말했습니다. "이번에는 어떤 특별한 까닭이 있다고 생각하지 않을 수 없군. 농장에서 도대체 무슨 일이 벌어졌지? 이상한 소문이 돌더군. 캐서린처럼 활기차고 튼튼한 여자는 여간해서 병에 걸리지 않아. 또 그런 사람은 병에 걸리면 안 돼. 열병 같은 병에 걸리면 치료하기가 어렵지. 어떻게 시작된 병이지?"

"주인님께서 말씀하실 거예요." 제가 대답했습니다. "하지만 선생님도 언쇼 집안의 격렬한 기질은 잘 아시잖아요. 그중에서도 아씨가 제일 과격하다는 것을 아실 거예요. 이 말은 할 수 있겠네요. 말다툼에서 시작되었어요. 아씨는 분노가 폭발하다가 일종의 발작을 일으킨 거예요. 적어도 아씨의 설명으로는 그래요. 분노가 절정에 달했을 때 방으로 뛰어가 문을 잠가버렸어요. 다음에는 먹기를 거부하고, 지금은 헛소리도 하고 비몽사몽 헤매고 계세요. 주위 사람들을 알아보지만 마음속은 온갖 이상한 생각과 망상으로 가득 차 있어요."

"린튼 씨가 낙심하겠군?" 케네스 의사는 질문 조로 말했습니다.

"낙심이라니요, 만일 무슨 일이라도 생기면 서방님은 가슴이 터져버릴 겁니다." 제가 대답했습니다. "필요 이상으로 그분을 놀라게 하지 마십시오."

"알았소, 주의하라고 일러두었건만." 의사가 말했습니다. "하지만 내 경고를 소홀히 여겼으니 스스로 책임을 져야지! 요즘 주인은 히스클리프와 친하게 지내고 있나?"

"히스클리프는 농장에 자주 찾아와요." 제가 대답했습니다. "주인님이 그와 어울리기를 좋아해서가 아니라 아씨가 어린 시절의 그를 알았다는 구실로 오는 것이지요. 하지만 이제 방문할 수 없게 되었어요. 주제넘게도 우리 아가씨에게 흑심을 품고 있는 게 탄로 났지요. 다시는 출입하지 못할 겁니다."

"이사벨라 아가씨가 그에게 냉정한 태도로 나왔단 말인가?" 하는 것이 의사의 다음 질문이었습니다.

"아가씨는 제게 속마음을 터놓지 않아요." 저는 이 화제를 끌고 가기가 꺼림칙해서 그렇게 답변했습니다.

"터놓지 않겠지. 아가씨는 어수룩하지 않아." 의사는 머리를 저으며 말했습니다. "나름대로 계획이 있을 거야! 그러나 아가씨는 정말 진짜 바보야! 믿을 만한 소식통에 의하면, 어젯밤…… 참 멋진 밤이었지! 아가씨와 히스클리프가 이 집 뒤에 있는 농원을 두 시간 넘게 거닐었대. 그 녀석이 아가씨에게 다시는 집에 들어가지 말고 자기와 함께 말을 타고 도망가자고 강요하더래! 그것을 알려준 사람이 그러는데, 아가씨가 다음에 만날 때는 도망칠 준비를 해놓겠다고 맹세하고 겨우 그놈을 돌려보냈다더군. 다음번이 언제인지는 듣지 못했지만 어쨌든 린튼 씨에게 정신 바짝 차리고 감시하라고 일러요!"

의사가 전한 이 이야기를 듣고 저는 새로운 공포에 사로잡혔습니다. 저는 케네스 의사를 앞질러 뛰다시피 집으로 들어왔습니다. 아까 풀어준 그 작은 개는 아직도 뜰에서 시끄럽게 짖어대고 있었습니다. 그래서 저는 잠시 멈춰 서서 그 개가 집으로 들어갈 수 있도록 문을 조금 열어주었습니다. 그런데도 그놈은 현관으로 들어가지 않고 킁킁거리며 풀 위에서 무슨 냄새를 찾아 돌아다녔습니다. 그러니까 만일 제가 붙잡아서 그 개를 집 안으로 데리고 들어오지 않았다면 길로 도망쳤을 것입니다.

이사벨라의 방으로 올라갔을 때 제가 의심했던 것이 현실로 확인되었습니다. 방은 텅 비어 있었습니다. 제가 몇 시간만 일찍 아씨의 병세를 아가씨에게 알렸더라도 아가씨의 경솔한 행동을 막을 수 있었을 것입니다. 그러나 이제 와서 무엇을 할 수 있단 말입니까? 당장 뒤쫓아간다 해도 그들을 따라잡을 가능성은 희박했습니다. 또한 제가 쫓아갈 수도 없는 형편이었고, 식구들을 깨워 소동을 일으킬 엄두도 나지 않았습니다. 게다가 아씨가 위독해 정신이 없는 상황에서 또 다른 슬픔을 감당할 마음의 여유가 없는 주인께 이 사실을 털어놓을 수는 없었습니다.

저에게는 묘안이 보이지 않아서 입을 다물고 될 대로 되라 하고 내버려둘 수밖에 없었습니다. 그때 케네스 의사가 도착했기 때문에 저는 꽤 침착한 얼굴을 하고 그가 왔다는 것을 주인께 알렸습니다.

캐서린 아씨는 괴로운 잠에 빠져 있었습니다. 서방님은 요란한 아씨의 광기를 진정시키는 데 성공하고 나서, 아씨의 베개 위를 내려다보며 안색의 변화와 고통스러워하는 표정의 변화를 주시하고 있었습니다.

의사는 환자를 자세히 진찰한 다음 절대 안정을 취하기만 하면 틀림없이 회복될 것이라는 희망적인 얘기를 했습니다. 저에게는 무서운 위험이란 죽음이 아니라 영원히 미친 사람으로 살아가는 것이라고 강조했습니다.

저는 그날 밤 눈을 붙이지 못했습니다. 주인도 그랬습니다. 사실 우리는 잠자리로 가지도 않았습니다. 하인들도 평상시보다 훨씬 일찍 일어나 집 안을 조용히 걸어 다니고 집안일에 대해서도 서로 작은 소리로 속삭였습니다. 이사벨라 아가씨 말고는 모두가 일어나 움직이고 있었습니다. 하인들은 아가씨가 곤히도 잠들었나 보다고 말하기 시작했습니다. 오빠도 아가씨가 일어났느냐고 물었고 아가씨가 나타나기를 간절히 바라면서 올케에 대해 조금도 걱정하지 않는 것을 괘씸하게 여기는 듯했습니다.

주인이 저에게 아가씨를 불러오라고 할까 봐 저는 몸을 떨고 있었습니다. 그러나 아가씨의 도주를 최초로 알리는 그 성가신 일은

200

다행히도 제 몫이 아니었습니다. 생각이 모자라는 하녀가 새벽에 기머튼으로 심부름을 갔다가 헐떡이며 돌아와 입을 딱 벌리고 방으로 뛰어 들어오며 외쳤던 것입니다.

"오, 어쩌나! 이걸 어째! 다음엔 어떻게 되지? 서방님, 서방님, 우리 아가씨가······."

"조용히 하지 못해!" 그 하녀가 어찌나 시끄럽게 구는지 제가 화가 나서 급히 소리 질렀습니다.

"메리, 차근차근 말해봐······. 무슨 일이냐?" 주인이 말했습니다. "아가씨에게 무슨 일이 있다는 거야?"

"아가씨가 없어졌어요! 가버렸어요! 저, 히스클리프와 함께 도망갔어요!" 하고 하녀는 가쁜 숨을 내쉬었습니다.

"그럴 리 없어!" 서방님은 흥분해 몸을 일으키며 외쳤습니다. "있을 수 없는 일이지······. 어떻게 넌 그런 생각을 했느냐? 엘렌 딘, 가서 찾아봐요. 믿을 수 없어······. 있을 수 없는 일이야."

이렇게 말하더니 주인은 그 하녀를 문으로 데려가서 어째서 그런 말을 했는지 다그쳐 물었습니다.

"저, 여기로 우유를 배달하는 젊은이를 길에서 만났어요." 하녀는 더듬거리며 말했습니다. "우리 농장에 무슨 사고가 나지 않았느냐고 묻더군요. 아씨의 병환을 말하는 건 줄 알고 저는 그렇다고 대답했어요. 그랬더니 '붙잡으러 사람들이 쫓아갔겠군' 하기에 저는 어안이 벙벙했어요. 제가 아무것도 모른다는 사실을 눈치챈 그는 자정이 지나 기머튼에서 2마일 정도 떨어진 대장간에 웬 신사와 아가씨가 찾아와 말의 편자를 박았다는 얘기를 해주더군요. 그 대장장이의 딸이 누굴까 하고 일어나서 가만히 보았더니 둘 다 낯익은 사람이더래요. 남자는 틀림없이 히스클리프였대요. 사실 그를 모르는 사

201

람은 없으니까요. 그 남자는 대장장이에게 금화 한 닢을 지불했대
요. 여자는 외투로 얼굴을 감싸고 있었는데, 물 한 모금을 청하여 마
시다가 외투가 뒤로 떨어지는 바람에 대장장이 딸은 그 여자의 얼굴
을 똑똑히 보았대요. 두 사람이 말 위에 오르더니, 히스클리프가 양
쪽 고삐를 잡고 마을과 반대쪽 울퉁불퉁한 길을 전속력으로 달려가
더래요. 대장장이의 딸은 자기 아버지에게는 아무 말도 안 하고 있
다가 오늘 아침에 기머튼 마을 전체에다 소문을 퍼뜨렸대요."

저는 위층 이사벨라의 방으로 뛰어 올라가 형식적으로 아가씨의
방을 슬쩍 들여다보고 돌아와서 하녀의 말이 옳다는 것을 주인에게
알렸습니다. 서방님은 침대 곁에 앉아 있었습니다. 제가 들어가자
눈을 들어 멍한 표정으로 모든 것을 짐작한 듯 아무 말 없이 시선을
내리깔더군요.

"뒤따라가서 아가씨를 다시 데려올 방법을 강구해야 할까요?"
제가 물었습니다. "어떻게 해야 옳지요?"

"자기가 좋아서 간 거야." 주인이 대답했습니다. "가고 싶으면 갈
권리가 있으니까……. 이제 그 애에 대해서 더 이상 나를 귀찮게 하
지 마. 앞으로 그 애는 이름만 내 누이야. 내가 그 애를 버린 것이 아
니라 그 애가 나를 버렸으니까."

그 문제에 대해 주인이 한 말은 그게 전부였습니다. 다시는 누이
에 대해 한마디도 묻지 않았고 어떤 식으로든 아가씨의 이야기는 하
지 않았습니다. 단지 아가씨의 새집이 어디인지 알게 되는 대로 이
곳에 있는 누이의 물건들을 모두 보내라는 지시만을 제게 내렸을 뿐
입니다.

# 13

    도망간 사람들은 두 달 동안 행방이 묘연했습니다. 그 두 달 사이에 아씨는 뇌막염이라고 불리는 병 중에서도 최고의 악성 뇌막염에 걸렸다가 나았습니다. 하나밖에 없는 자식을 간호하는 어머니도 아씨를 돌보는 에드거 서방님의 정성에는 미치지 못했을 것입니다. 낮이나 밤이나 그는 날카로운 신경과 망가진 이성이 끼칠 수 있는 온갖 귀찮은 일을 지켜보며 끈기 있게 참아냈습니다. 주인이 아씨를 무덤에서 구해냈지만 그에게 돌아올 보상은 장차 끝없이 이어질 근심과 걱정뿐이며 주인의 건강과 체력도 단지 폐품이 된 인간을 보호하느라 모두 희생될 것이라고 케네스 의사가 말했지만, 아씨가 위험한 고비는 넘겼다는 말을 의사가 했을 때 주인의 감사하는 마음과 기쁨은 한도 끝도 없었습니다. 몇 시간이고 옆에 앉아서 아씨의 건강이 회복되는 것을 지켜보고 마음의 안정을 되찾아 예전의 캐서린으로 돌아오리라는 환상에 젖어 지나친 희망을 품고 있었습니다.
    아씨가 처음으로 자기 방에서 나온 것은 이듬해 3월 초였습니다. 서방님은 아침에 아씨의 베개 위에 황금빛 크로커스를 한 움큼 갖다 놓았습니다. 기쁨의 빛과는 오래도록 담을 쌓고 있던 아씨의 눈은 잠을 깨면서 그 꽃들을 보자 즐겁게 빛을 발하더니 그것을 열심히 주워 모았습니다.

"이건 하이츠에서 제일 먼저 피는 꽃이에요!" 아씨는 외치더군요. "이걸 보니까 눈을 녹이는 부드러운 바람과 따스한 햇살, 그리고 거의 다 녹은 눈이 생각나요. 에드거, 이제 남풍이 불고 눈은 거의 사라졌지요?"

"여보, 이곳의 눈은 완전히 녹아버렸어!" 남편이 대답했습니다. "황무지 전역을 둘러봐도 하얀 눈이 남은 곳은 두 군데밖에 없더군. 하늘은 푸르고 종달새들이 노래 부르며 실개천이나 개천에는 물이 철철 넘쳐흐르고 있어. 캐서린, 작년 봄 이맘때는 이 집에서 당신과 함께 살기를 얼마나 열망했는지 몰라. 그런데 이제 난 1, 2마일쯤 떨어진 저 언덕 위로 당신을 데려가고 싶군. 바람이 어찌나 감미로운지 그 바람이 당신을 회복시킬 것 같아."

"난 거기 한 번밖에 가지 않을 거예요!" 아직 환자인 아씨가 말했습니다. "그러면 당신은 나를 놓고 떠날 테고 나는 영원히 거기 있게 되겠지요. 내년 봄에 당신은 다시 나를 이 집 지붕 밑으로 데려오고 싶을 거예요. 그리고 회상하겠지요. 그때는 행복했었지 하고……."

린튼 서방님은 다정한 애무를 아끼지 않았고 정다운 말로 아씨를 위로하려고 노력했지만, 아씨는 멍하니 꽃을 바라보면서 눈물이 눈썹에 고였다가 두 뺨을 타고 흘러내리는 것을 그냥 내버려두었습니다.

우리는 아씨가 정말로 몸이 좋아진 줄 알았으므로, 너무 한곳에만 오래 있다 보면 우울증이 깊어지고 환경을 바꾸면 기분이 달라질 것이라는 결론을 내렸습니다.

주인은 여러 주일 동안 비워두었던 거실에 불을 지피고 창가 햇빛 잘 드는 자리에 안락의자를 가져다 놓으라고 저에게 지시했습니다. 그러고는 아씨를 데리고 내려왔습니다. 아씨는 기분 좋은 온기를 즐기면서 오랜 시간을 앉아서 보냈습니다. 그러자 우리의 예상대로 주위의 물건들을 보고 원기를 회복하는 것이었습니다. 비록 눈에 익은 물건들이었지만 지긋지긋한 병실을 뒤덮고 있던 끔찍한 분위기를 잊게 해주는 것들이었기 때문입니다. 저녁 무렵 아씨는 몹시 피곤해 보였습니다. 그런데도 아무리 방으로 돌아가시라고 해도 가지 않겠다고 고집을 부려서 다른 방이 준비될 때까지 거실 소파를 침대로 꾸며줄 수밖에 없었습니다.

계단을 오르내리는 피로를 덜기 위해 거실과 같은 층에, 지금 선생님께서 사용하시는 이 방을 새로 꾸몄던 것입니다. 얼마 안 가서 아씨는 에드거 주인의 팔에 의지하여 이 방과 거실 사이를 오갈 정도로 건강이 회복되었던 것입니다.

아, 그처럼 정성스런 간호를 받으니까 아씨는 완쾌될지도 모른다고 저는 속으로 생각했습니다. 아씨의 완쾌를 바라는 데는 또 다른 이유도 있었습니다. 아씨의 생존에는 또 하나의 생명이 달려 있었기 때문이지요. 머지않아 주인의 마음은 기쁨으로 충만할 것이고, 그분의 땅은 후계자의 출생으로 남의 손에 넘어가지 않을 것이라는 희망을 우리는 품고 있었습니다.

집에서 나간 지 6주일 만에 이사벨라 아가씨가 히스클리프와의 결혼을 알리는 짤막한 편지를 보내왔다는 말씀을 드려야겠군요. 편지는 무미건조하고 냉랭한 것 같았습니다. 그러나 아래 여백에 막연한 사과와, 만일 자기 행동에 화가 나셨어도 너그러이 생각해주고 화해를 하자는 간청이 연필로 적혀 있었습니다. 그때는 어쩔 수 없었고, 또 이렇게 된 이상 되돌릴 능력이 자기에겐 없다고 적혀 있었습니다.

제 생각에 주인은 이 편지에 답장을 하지 않았을 것입니다. 그로

부터 2주일 뒤였습니다. 저는 한 통의 긴 편지를 받았는데, 방금 밀
월여행을 마친 신부의 글치고는 참 이상하다는 느낌이 들 정도였습
니다. 아직 그것을 제가 가지고 있으니까 읽어드리겠습니다. 생전에
소중한 사람이었다면 그 유품 역시 귀중한 것이지요. 그것은 이렇게
시작하고 있습니다.

  사랑하는 엘렌,
  나는 어젯밤 워더링 하이츠에 와서 언니가 중병을 앓았고 지금도
여전히 회복이 안 됐다는 소식을 처음으로 들었어. 언니에겐 편지를
쓰면 안 될 것 같고, 오빠는 너무 화가 나 있는지 너무 괴로워서인지
내 편지에 답장도 하지 않아. 하지만 누구한테 편지를 써야겠기에
내게 유일하게 남은 엘렌에게 이렇게 쓰는 거야.
  세상을 다 주고라도 오빠를 다시 한 번 보고 싶다고 오빠에게 전
해줘. 집을 떠난 지 24시간 만에 내 마음은 벌써 드러시크로스 우리
농장으로 되돌아가고, 지금 이 순간에도 내 마음은 여전히 그곳에
가 있으며 오빠와 언니에 대해서도 따뜻한 애정을 품고 있다고 말해
줘. 하지만 그건 내 마음대로 할 수 없는 일이야! (이 말에는 밑줄까
지 쳐 있었습니다.) …… 오빠 내외는 내가 오기를 기다릴 필요가 없
겠지. 마음대로 결론을 내려도 좋아. 그렇지만 내가 그곳에 못 가는
것을 내 약한 의지나 부족한 애정 탓으로 돌리지 말아줘.
  이 편지의 나머지 부분은 엘렌하고만 관련이 있어. 물어보고 싶
은 게 두 가지가 있어.
  첫 번째로 엘렌은 이 집에 있을 때 사람끼리 같이 나누는 인간의
정을 어떻게 유지하며 살았지? 나는 이 집에 사는 주변 사람들의 감
정을 이해할 수가 없어.

두 번째 질문은 특히 내 관심이 가는 질문인데, 이런 거야.

히스클리프 씨는 사람인가? 그렇다면 미치광이야? 미치지 않았다면 악마야? 왜 이런 질문을 하는지 그 이유는 말하지 않겠어. 제발 내가 어떤 인간과 결혼했는지 설명 좀 해줘. 엘렌이 나를 찾아올 때 말야. 엘렌, 빠른 시일 내에 나를 찾아와. 편지 쓰지 말고 그냥 와 줘. 에드거가 무슨 말을 하면 꼭 알려줘.

이제 내가 나의 새로운 보금자리라고 상상하는 이곳 하이츠에서 나를 어떻게 대접했는지를 들려줄게. 외적인 위안이 없다는 그런 넋두리에 매달린다는 것도 오히려 즐거운 이야기야. 간혹 위안이 있으면 하고 그리울 때 말고는 위안 따윈 내 머리에 들어오지도 않아. 위안이 없다는 것이 내 불행의 전부이고 그 나머지는 이상한 꿈에 불과하다면 나는 기뻐서 웃고 춤이라도 추겠어!

우리가 황무지로 들어섰을 때 해가 농장 뒤로 져버리더군. 그래서 6시쯤 되었다고 나는 생각했지. 히스클리프는 30분가량 발을 멈추고 공원과 뜰과 그 집 전체를 꼼꼼히 살피더군. 그래서 농가의 포장된 마당에 이르러 말에서 내렸을 때는 캄캄했어. 엘렌의 옛 친구인 조셉이 촛불을 들고 나와 우리를 맞아주더군. 마중하는 그 영감의 태도에는 그의 악명을 드높이는 그런 예의가 배어 있더군. 그가 제일 먼저 한 일은 촛불을 내 얼굴 높이로 쳐들고 악의에 찬 표정으로 곁눈질하더니 아랫입술을 삐죽 내밀고 돌아서는 거였어.

그러고 나서 조셉은 그 두 마리 말을 마구간으로 몰아넣고 바깥 대문을 잠그려고 다시 나타나더군. 마치 고대의 성 안에서 사는 것 같았어.

히스클리프가 그 자리에 남아서 조셉과 얘기를 하기에 나는 부엌으로 들어갔어. 어둡고 지저분한 굴속이더군. 엘렌이 맡아서 일할 때하고 너무나 달라져서 아마 엘렌도 몰라볼 거야.

난롯가엔 험악하게 생긴 아이가 서 있는데, 손발이 튼튼해 보이고 더러운 옷을 걸치고 있었지만 눈매와 입 언저리는 캐서린 언니를 많이 닮았더군.

'이 아이가 오빠의 처조카로구나' 하고 나는 생각했어. '그러니까 한편으로 내 조카도 되는구나. 악수를 해야겠다. 응, 그렇지, 키스도 해줘야겠군. 처음에 잘 사귀어두는 게 좋지.'

나는 다가가서 그 통통한 주먹을 잡으려고 하면서 말했어.

"도련님, 안녕!"

아이는 내가 알아들을 수도 없는 말로 대답하더군.

"헤어튼, 나와 친구가 되지 않겠니?" 하고 대화를 위한 서두를 꺼냈어.

나의 끈질긴 접근에 돌아온 보답은, 욕설 한마디와 '꺼지지' 않으면 드로틀러 개를 풀어 나를 물게 하겠다는 위협이었어.

"야, 드로틀러, 이 녀석아!" 이 꼬마 깡패는 모퉁이의 개집에서 잡종 불도그를 깨워 일으키면서 속삭이더군. "여기서 썩 나가지 못해?" 하고 그는 나한테 위압적으로 말하더군.

목숨이 아까워서 시키는 대로 했지 뭐야. 문지방을 넘어 밖으로 나와 다른 사람들이 들어올 때까지 기다렸지. 히스클리프 씨는 어디에도 보이지 않았어. 마구간으로 쫓아가서 조셉에게 함께 들어가달라고 했더니, 나를 물끄러미 쳐다보고 혼자 중얼거리더니 코를 찡그리며 이렇게 말하는 거야.

"새침 떨기는! 예수 믿는 사람이 그런 말을 들어본 일이 있나 모르겠네. 점잔만 빼고 거만하기는 원! 그렇게 말하면 어떻게 알아듣겠소?"

"내 말은 나와 함께 안으로 들어가자는 거예요!" 귀가 먹었나 보다 생각했지만 그 무례함에 지독히 불쾌해서 소리쳤지.

"난 안 되겠소. 할 일이 있어서." 이렇게 대답하고는 일을 계속하더군. 일하는 동안에도 랜턴처럼 생긴 턱을 움직이며 경멸하는 눈초리로 내 옷과 얼굴을 훑어보더군. (내 옷은 대단히 훌륭했지만 얼굴은 그가 바라는 만큼 처량해 보인 것이 틀림없었어.)

나는 마당을 돌아 쪽문을 통해 다른 문으로 가서, 좀 더 예의 바른 하인이 나타나기를 바라며 문을 힘껏 두드렸어. 잠시 후 어떤 키크고 삐쩍 마른 사람이 문을 열었어. 그는 목도리도 두르지 않았을 뿐더러 다른 입성도 지저분하더군. 어깨까지 늘어진 덥수룩한 머리털 때문에 얼굴이 잘 보이지 않았어. 그런데 그 사람의 눈 역시 캐서린의 눈을 닮았더군. 그러나 올케의 눈처럼 아름다운 데는 없고 유령의 눈 같았어.

"무슨 일로 왔소?" 그가 어두운 표정으로 묻더군. "당신은 누구요?"

"제 이름은 이사벨라 린튼입니다." 내가 대답했어. "전에 저를 보신 적이 있으실 거예요. 최근에 히스클리프 씨와 결혼했는데 그이가 저를 이리로 데려왔습니다. 댁의 허락이 있었다고 생각되는데요."

"그러면 그놈이 돌아왔겠군?" 그 은둔자는 굶주린 늑대처럼 눈을 부라리며 묻더군.

"그렇습니다. 우리는 방금 돌아왔어요." 내가 말했어. "그분은 저를 부엌문 앞에 세워두고 어디론가 가버렸어요. 그런데 제가 안으로 들어가려니까 댁의 아드님이 문지기처럼 서 있다가 불도그를 불러 위협하면서 쫓아내더군요."

"그 흉악한 놈이 약속은 지켜서 다행이군!" 내가 앞으로 살게 될

이 집의 주인은 이렇게 고함을 지르고는 내 어깨 너머로 히스클리프를 찾으려고 어둠 속을 살피더군. 그러고는 만일 그 '악마'가 자기를 속였다면 어떻게 갚아주었을 것이라는 둥 욕지거리와 위협의 말을 중얼거리는 거야.

나는 두 번째 문을 두드린 것을 후회하고 그의 욕지거리가 끝나기도 전에 빠져나오려고 했는데, 그러기 직전에 그가 나더러 들어오라고 하더니 문을 닫고 고리를 다시 걸었어.

방에는 난롯불이 활활 타고 있었는데 그 큰 방에 빛이라곤 그게 전부였어. 바닥은 전체가 먼지로 덮여 잿빛이었고, 내 어린 시절에 눈길을 끌던 눈부신 백랍 접시들도 녹슬고 먼지가 쌓여 마룻바닥과 유사한 비운을 맛보고 있었어.

하녀를 불러 침실로 안내받을 수 없겠느냐고 물었지. 언쇼 씨는 대꾸도 하지 않더군. 그는 내가 있다는 것을 완전히 잊은 듯이 주머니에 손을 넣고 왔다 갔다 하기만 하더군. 생각에 깊이 잠긴 모습으로 보아 사람을 싫어하는 눈치여서 나는 그에게 귀찮게 말을 거는 것을 삼갔어.

엘렌은 내가 어떤 감정으로 살아가는지 알면 놀랄 거야. 삭막한 난롯가에 쓸쓸한 정도가 아닌 지독한 고독을 맛보며 앉아서, 4마일 저쪽엔 내 즐거운 집이 있고 그곳엔 내가 세상에서 사랑하는 사람들만이 있다는 것을 추억으로 여기며 살아가는 그 심정 말이야. 그 4마일이 대서양이 가로막고 있는 것처럼 나를 내 집으로 못 가게 만들고 있는 것 같아!

나는 내 자신에게 물었어. 어디서 위로를 찾아야 하나? 이건 오빠나 올케에게 말하지 마. 무엇보다 슬픈 일인데, 히스클리프와 대항해서 싸울 때 나를 도와줄 수 있거나 도와주기를 원하는 사람을 도저히 찾을 수 없다는 절망감 말야!

나는 기꺼이 워더링 하이츠를 피신처로 삼으려고 했어. 그러면 히스클리프 씨와 단둘이 살지는 않을 테니까. 하지만 그는 여기 같이 살게 되는 사람들을 다 알고 있었고 그 사람들의 간섭 따위는 겁내지 않았어.

나는 그 방에 앉은 채 우울한 생각에 빠져 시간을 보냈어. 시계가 8시를 치고 9시를 쳐도 그때 나와 함께 있는 언쇼 씨는 여전히 고개를 숙이고 왔다 갔다 하면서 말 한마디 없이 간간이 신음 소리나 한이 맺힌 절규를 내뱉더군.

나는 집 안에서 여자 목소리라도 들리지 않을까 하고 귀를 기울이고 있었지. 그러다가 후회와 암담한 예감이 몰려드는 바람에, 나는 마침내 한숨과 울음을 참지 못하고 다 들리게 터뜨리고 말았어.

얼마나 요란하게 울어댔는지는 모르지만 한결같은 보폭으로 왔다 갔다 하던 언쇼 씨가 내 앞에 서더니 새삼스레 놀란 눈초리로 나를 쳐다보는 것이었어. 그가 주의력을 회복한 틈을 타서 나는 외쳤어.

"저는 먼 길을 와서 피곤해요. 잤으면 하는데……. 하녀는 어디에 있죠? 오지 않겠다면 제가 찾아가겠어요!"

"하녀는 없소." 그가 대답하더군. "자기 일은 자기가 해야 하오!"

"그러면 어디서 자야 하나요?" 나는 흐느끼며 말했어. 피로하고 슬퍼서 자존심이고 뭐고 없었어.

"조셉이 당신을 히스클리프의 방으로 안내할 거요." 그가 말했어. "저 문을 열어봐요. 그 안에 조셉이 있으니까."

그의 말대로 문 쪽으로 가려는데, 그가 갑자기 나를 제지하더니 이상한 말투로 말을 잇더군.

"방문을 잠그고 빗장을 걸어요……. 잊지 말아요!"

"예?" 내가 말했지. "그건 왜죠, 언쇼 씨?" 히스클리프 씨와 함께 나 자신을 일부러 감금시킨다는 생각에 기분 좋지는 않았어.

"여기 봐요!" 이렇게 대답하고 그는 윗도리에서 묘하게 생긴 권총을 꺼냈는데, 총신 양쪽에 용수철이 달린 칼날이 붙어 있더군. "이게 자포자기한 사람에게는 커다란 유혹물이 아니겠소? 매일 밤 이것을 가지고 올라가서 그놈의 방문을 열고 싶다는 생각을 뿌리칠 수가 없단 말이오. 문이 열려 있기만 하면 놈은 끝장이지! 일을 저지르는 바로 그 순간에 그래서는 안 되지 하는 백 가지 이유가 내 머릿속을 맴돈다 하더라도 난 반드시 놈을 해치울 거요. 그를 죽여 내 인생 모든 꿈을 망치라고 충동질하는 어떤 귀신이 있나 봐. 당신은 사랑을 좋아하니 그 악마와 오래오래 싸워보시구려. 그러나 때가 되면 천국의 모든 천사가 와도 그놈을 구하지 못할 거요."

나는 호기심이 나서 그 흉기를 훑어보았어. 무서운 생각이 내 머리에 떠오르는 거야. 내가 그런 무기를 가지고 있다면 얼마나 강한 인간이 될까! 나는 그의 손에서 그것을 집어 들고 그 칼날을 만져보았어. 그 순간 내 얼굴에 나타난 표정을 보더니 그는 깜짝 놀라는 듯하더군. 무서워하는 표정이 아니라 부러워하는 표정이었으니까. 그는 제 것을 지키겠다는 듯이 권총을 내게서 채가더니 칼날을 접고 주머니 속에다 다시 감추더군.

"그놈에게 말해도 상관없고." 그가 말했어. "조심하라고 이르고 그를 잘 지켜줘요. 이제 그놈과 내가 어떤 사이인지 알았을 거요. 그놈이 위험한 처지에 있다고 말해도 당신은 놀라지 않는군요."

"히스클리프가 댁에서 무슨 짓을 했나요?" 내가 물었어. "그 사람이 댁한테 어떤 나쁜 짓을 했기에 그렇게 무서운 증오심을 품고 계신가요? 그를 이 집에서 내쫓는 것이 더 현명하지 않겠어요?"

"천만에!" 언쇼 씨가 소리치더군. "나간다는 말이 그의 입에서 나오는 날이 바로 그가 죽는 날이 될 거요. 그놈더러 가자고 해봐요. 그럼 당신은 살인을 한 여자가 될 거요! 복수할 기회도 없이 내가 알거지가 되겠소? 헤어튼보고 거지가 되란 말이오? 빌어먹을! 난 꼭 되찾고 말 거요. 놈의 돈도 모두 빼앗고 피까지 빨아먹은 다음에 영혼을 지옥으로 보내겠소! 그 손님을 맞으면 지옥은 전보다 열 배는 더 깜깜해질 거요!"

엘렌, 옛 주인의 습성에 대해 나한테 말해준 적이 있었지? 그는 분명 미치기 직전이더군. 적어도 어젯밤에는 그랬어. 그와 가까이 있으면 소름이 끼쳐서 오히려 하인 조셉의 버릇없는 시무룩함이 그래도 낫겠다는 생각이 들었어.

그가 또다시 생각에 잠겨 왔다 갔다 하기 시작하기에 나는 걸쇠를 올려 문을 열고 부엌으로 도망쳤어.

조셉은 난로 위로 몸을 굽히고 그 위에 매달린 큰 프라이팬을 들여다보고 있더군. 그 옆의 높은 등받이 의자 위에는 반죽된 오트밀이 담긴 나무 그릇이 놓여 있고, 프라이팬 속의 내용물이 끓기 시작하니까 영감이 돌아서서 죽 그릇을 집으려 하더군. 우리 저녁을 준비하고 있는 것 같았어. 너무 배가 고파서 먹어야겠다는 결심으로 내가 날카롭게 소리쳤어.

"죽은 내가 끓이겠어요!" 나는 그 죽 그릇을 영감의 손이 닿지 못하게 치워놓고 모자와 승마복을 벗으면서 말했어. "언쇼 씨가 자기 일은 자기가 하라고 말하더군요. 그러니까 내가 하겠어요. 당신들한테 여주인 행세는 하지 않겠어요. 굶어 죽을까 봐 그래요."

"맙소사!" 조셉은 중얼거리더니 자리에 앉아 무릎에서 발목까지

213

덮고 있는 줄무늬 양말을 쓰다듬더군. "두 주인에게 이제 겨우 익숙해졌는데 또다시 새로운 명령을 내리는 또 한 명의 여주인을 상전으로 모시게 되었으니, 이제 난 나갈 때가 되었어. 이 정든 곳을 떠난다는 생각은 해본 적도 없는데 그렇게 될 날도 멀지 않았나 보군!"

나는 조셉의 이런 넋두리 따위엔 신경 쓰지 않고 재빨리 일을 시작했어. 이런 일을 하면서 즐거웠던 시절을 생각하며 한숨을 내쉬었지만 그러한 추억은 얼른 머릿속에서 지워버려야 했어. 행복했던 지난날을 회상한다는 것은 괴로운 일이었어. 그 추억의 환상이 떠오르려고 하면 할수록 내 죽을 젓는 주걱의 손놀림이 더 빨라지면서 그때마다 오트밀 반죽 덩어리들이 물 속으로 떨어졌지.

조셉은 요리하는 내 모습을 보고 점점 화가 난 모양이야.

"저것 좀 봐!" 그가 소리치더군. "헤어튼, 너 오늘 밤에 죽은 다 먹었다! 죽이 내 주먹만큼밖에 남지 않았다. 저것 봐, 또 그러네! 내가 당신이라면 차라리 그릇째 넣겠소! 자, 먼저 위에 뜬 것을 걷어내고 다시 넣어야 돼. 그저 펑펑 집어넣고 있으니, 원. 그릇 바닥이 떨어져 나가지 않은 게 천만다행이군!"

그릇에 쏟아보니 과연 죽치고 엉망이었어. 그래도 4인분이 확보되고, 방금 짠 1갤런의 우유가 착유장에서 배달되어 왔어. 그것을 헤어튼이 움켜잡더니 마시기 시작하더군. 크게 벌린 입술 밖으로 우유가 줄줄 흘렀어.

나는 타이르면서 머그잔에다 마실 만큼 따라 마시라고 했어. 그렇게 지저분하게 입을 댄 우유는 난 마실 수 없다고 했지. 그러자 빈정대기 잘하는 늙은이가 내가 깔끔을 떤다며 지독히 기분 나빠하는 거야. 몇 번이나 거듭 말하는 거였어. "그 아이도 당신 못지않게 훌륭한 집안 아이요. 아주 건강한 아이요." 조셉은 나더러 어쩌면 그렇

214

게 오만할 수 있느냐고 고개까지 갸우뚱하는 거였어. 그 어린 깡패는 계속 우유를 마시더니 주전자에다 침을 뱉고 도전적인 눈매로 나를 노려보더군.

"난 다른 방에서 저녁을 먹겠어요." 내가 말했어. "이 집에는 객실이라는 곳이 없나요?"

"객실!" 조셉은 비웃듯이 내 말을 되풀이하더군. "객실! 없어요. 우린 객실 같은 건 없소. 우리와 함께 있는 게 싫으면 주인 방에 가요. 주인 방이 싫으면 우리와 함께 있고요."

"그럼 난 위층으로 올라가겠어요." 내가 말했어. "방이나 하나 안내해줘요!"

나는 내 죽 그릇을 쟁반 위에 올려놓고 직접 우유를 더 가져왔어.

그러자 영감은 몹시 투덜거리며 일어서서 앞장서 올라가더군. 우리는 지붕 밑 방들로 올라갔는데, 지나치는 방을 들여다보기 위해 그 영감이 이따금 문을 열어보더군.

"여기 방이 있군." 마침내 영감은 돌쩌귀 위에 얹힌 삐걱거리는 판자문을 요란하게 열면서 말했어. "잠깐 죽이나 먹기엔 괜찮은 방이오. 구석마다 곡식 자루가 있지만 이만하면 깨끗해요. 그 좋은 비단옷을 버리기 싫으면 손수건을 깔고 앉아요."

그 '방'이란 일종의 다락 같은 곳으로 엿기름과 곡식 냄새가 진동하더군. 여러 가지 곡식 자루가 주변에 쌓여 있고 가운데만 텅 비어 있었어.

"어머, 기가 막혀!" 나는 화가 나서 조셉을 똑바로 바라보며 소리쳤어. "여긴 잠자는 데가 아니잖아요. 난 침실을 보고 싶다고요."

"침실이라니!" 그는 조롱하는 말투로 내 말을 반복했어. "여기 있는 모든 침실을 다 보구려……. 저건 내 침실이오."

그가 두 번째 다락방을 가리켰는데, 첫 번째와 다른 점은 벽 사방으로 아무것도 없고 한쪽 구석에 커튼도 없는 큼직한 낮은 침대가 있고 그 위에 연한 남빛 이불이 덮여 있다는 것뿐이었어.

"영감 침실이 내게 무슨 소용이 있어요?" 내가 대꾸했어. "히스클리프 씨는 이런 꼭대기 다락방에서 살진 않을 텐데?"

"아! 그러면 댁은 히스클리프 주인님의 방으로 가신단 말씀입니까?" 영감은 새로운 발견이라도 한 것처럼 소리치더군. "왜 처음부터 그렇게 얘기하지 않았소? 그랬으면 이런 소동 없이 거절을 했을 텐데. 그 방만은 볼 수 없어요. 언제나 잠가놓으니까 주인님 이외에는 아무도 들어갈 수 없다고요."

"조셉, 아주 좋은 집이군요." 나는 말하지 않을 수 없었어. "식구들이 다 상냥하고 말이에요. 내가 이 집 식구들과 인연을 맺는 날, 세상의 모든 광증을 모아 짜낸 진액이 내 머릿속에 들어와 자리를 잡겠네. 하지만 그런 건 지금 와서 생각할 일이 아니군. 또 다른 방들이 있을 것 아녜요? 제발, 빨리 어디서든 좀 쉬게 해줘요!"

이런 내 간청에 조셉 영감은 아무 대꾸도 하지 않고 그저 나무 계단을 끈기 있게 터벅터벅 내려가더니 어떤 방 앞에 서더군. 그가 걸음을 멈춘 것과 가구가 고급스러운 것으로 보아 제일 좋은 방이구나 싶었어.

융단이 깔려 있더군. 좋은 융단이었어. 그러나 융단의 무늬는 먼지 때문에 보이지 않았어. 벽난로 위의 벽지는 찢어져서 조각들이 늘어져 있었고, 값비싼 재료를 써서 최신식으로 만든 폭 넓은 진홍빛 휘장이 드리워진 멋진 떡갈나무 침대가 있더군. 그러나 함부로 사용한 흔적이 역력했어. 장식 천이 휘장용으로 늘어져 있었지만 고리에서 빠져나와 있고 그것들을 받치는 쇠막대기는 한쪽으로 호를 그러며 굽어 있어 휘장이 바닥에 끌리고 있었어. 의자들도 망가져 있었는데 그중 여러 개는 아주 못 쓸 정도였어. 벽의 널빤지도 깊이 홈이 패어 보기 흉했어.

나는 결심을 단단히 하고 들어가서 그 방을 차지하려고 했지. 그때 바보 같은 영감이 말하더군.

"이건 언쇼 주인님의 방이오."

이때는 이미 들고 온 음식이 다 식어버리고 식욕도 없어진 데다가 내 인내심도 탕진된 후였어. 그래서 아무 데고 좋으니 몸을 은신하고 쉴 방도를 찾아달라고 단호히 말했지.

"도대체 어디로 가겠다는 거요?" 그 신앙심 깊은 영감이 말하더군. "주여, 우리에게 축복을 내리소서! 도대체 댁은 어디로 가겠다는 거요? 흉하고 성가신 사람 같으니! 헤어튼의 방을 빼곤 다 본 셈이오. 이제 이 집에는 잠을 잘 수 있는 방이 없단 말이오."

나는 어찌나 화가 나는지, 내 쟁반과 거기 담긴 것을 죄다 바닥에 내동댕이치고 나서 층계 꼭대기에 걸터앉아 손으로 얼굴을 가리고 엉엉 울었어.

"어럽쇼! 어럽쇼!" 조셉이 소리치더군. "잘했소, 아씨! 잘했어요. 나리가 들어오시다 그 깨진 그릇에 걸려 넘어지기라도 하는 날에는 난리가 날 거요. 야단을 맞을 거요. 쓸데없는 바보 같으니! 크리스마스 때까지 굶어도 싸지. 하느님이 주신 귀한 음식을 화가 난다고 내던지다니! 그렇게 오래 화를 내는 것은 잘못 생각하는 거요. 히스클리프 나리가 이렇게 멋진 행동을 보고 가만히 있을 것 같아요? 이렇게 짜증을 부리는 모습을 나리께서 봤으면 좋겠군. 정말 그랬으면 좋겠어."

이렇게 야단을 치며 영감은 촛불을 들고 밑에 있는 자기의 동굴로 가버리더군. 그래서 나는 어둠 속에 남아 있었어.

이런 바보 같은 행동을 하고 나서 잠시 생각해보니, 내 자존심과 분노를 억누르고 엎지른 죽을 치우기 위해 몸을 움직일 필요가 있겠다고 느꼈어.

그때 뜻밖에도 드로틀러가 내 구원자로 나타났어. 알고 보니 그 개는 우리 집에 있는 늙은 스컬커의 새끼더군. 강아지 시절을 농장에서 보내다가, 돌아가신 우리 아버지가 힌들리 씨에게 주신 거야. 그 녀석이 나를 알아보는 것 같았어. 인사의 표시로 내게 코를 문지르더니 쏟아진 죽을 금세 먹어치우더군. 그동안에 나는 나대로 어둠 속에서 계단을 더듬어 깨진 그릇 조각을 줍고 난간에 튄 우유를 손수건으로 말끔히 닦아냈어.

우리의 작업이 거의 끝나갈 무렵 복도에서 언쇼 씨의 발소리가 들려왔어. 내 조수는 꼬리를 말아 벽에 붙이더군. 나는 가장 가까운 문간으로 몰래 가서 몸을 숨겼어. 주인을 피하려던 개의 노력은 실패로 돌아갔어. 계단을 내려가는 소리와 함께 들려온 비명을 길게 울리는 구슬픈 신음 소리로 짐작한 거야. 나는 운이 좋았어. 그는 나를 지나쳐서 자기 방으로 들어가더니 문을 닫더군.

바로 그때 조셉이 헤어튼을 재우려고 데리고 올라왔어. 나는 헤어튼의 방에 숨어 있었던 거야. 영감은 나를 보자 입을 열더군.

"이 집에도 당신과 당신의 거만을 받아들일 방이 하나 있겠군. 비어 있으니 혼자 있으시오. 늘 제삼자인 악마도 이 나쁜 사람과 함께 있기를!"

나는 기꺼이 이 말을 받아들였어. 그 방 난롯가의 의자에 몸을 묻는 순간 나는 꾸벅이다가 잠들어버렸어.

나는 곤하게 잠이 들었지만 곧 깨어났어. 히스클리프 씨가 나를 깨운 거야. 그는 돌아오자마자 다정한 태도로 거기서 뭘 하고 있었느냐고 묻더군.

나는 늦게까지 위층에 머물게 된 이유를 설명했어. 우리 방 열쇠는 그의 주머니 속에 있었기 때문이라고 말했지.

'우리'라는 형용사가 그가 듣기에 지독히 기분 나빴던 모양이야. 그건 우리 방도 아니고 내 방도 아니라고 그가 소리치더군. 또 그는…… 그의 말이나 그의 습관적인 행동을 여기다 되풀이해서 쓰지는 않겠지만, 그는 내가 자기를 싫어하게 만들려고 애쓰는데, 그 노력이 교묘하고 끈질겨서 나는 간혹 두려움도 잊을 만큼 강렬히 경탄할 때가 있어. 그러나 확실히 말해줄 수 있는 것은, 호랑이나 독사도 그가 나에게 안겨주는 공포심에 비할 만한 공포심은 일으킬 수 없다는 거야. 그는 올케가 아프다는 얘기를 하면서 그건 모두 오빠 탓이라는 거야. 그러면서 오빠를 혼내줄 수 있을 때까지는 내가 대신 고통을 받아야 한다더군.

난 정말 그를 증오해……. 난 비참해……. 난 바보였어! 농장 사람들 아무한테도 이런 말은 하지 마. 나는 매일같이 엘렌이 오기를 기다리고 있어. 날 실망시키지 말아줘!

이사벨라로부터

# 14

저는 이 편지를 읽자마자 주인님에게 가서 아가씨가 하이츠에 도착해 캐서린 아씨의 병환을 슬퍼하고 오빠를 몹시 보고 싶어 하는 내용의 편지를 보냈다고 말씀드렸습니다. 오빠께서 저를 통해 어떤 용서의 표시를 아씨에게 전했으면 좋겠다는 이야기도 했습니다.

"용서?" 린튼 주인님이 말했습니다. "나는 그 애를 용서할 게 아무것도 없어. 엘렌, 원하면 오늘 오후에라도 워더링 하이츠에 가도 좋아. 내가 화난 것이 아니라 누이를 잃은 것을 서운하게 여긴다고 전해. 특히 그 애가 절대로 행복해질 리 없다는 생각이 들어 더욱 유감이라고 말이야. 그러나 내가 누이를 만나러 간다는 것은 있을 수 없는 일이야. 우리는 영원히 헤어졌으니까. 그 애가 진정으로 나에게 고마운 일을 하고 싶으면 결혼한 그 악당을 설득해 이 고장에서 떠나라고 해."

"그럼 아가씨에게 몇 마디 짧은 편지라도 써주시지 않겠어요?" 제가 간절히 부탁해보았습니다.

"안 돼." 그가 대답하더군요. "그럴 필요 없어. 그쪽도 마찬가지겠지만, 히스클리프의 가족과 접촉하는 것은 삼가야 해. 접촉이 있어서는 안 돼."

에드거 주인님의 냉담함에 저는 몹시 낙담했습니다. 주인의 말을 제가 되풀이하게 될 텐데 그 말을 어떻게 따뜻하게 전달할까, 몇 줄 써주는 것조차 거절한 그 정황을 어떻게 부드럽게 말해서 아가씨를 위로할 수 있을까 하고 저는 하이츠로 가는 내내 고민했습니다.

아가씨는 아마 아침부터 저를 눈이 빠지게 기다렸던 모양입니다. 제가 정원의 자갈길을 올라가고 있을 때 아가씨가 격자창으로 밖을 내다보고 있는 것을 보고 저는 고개를 숙여 인사를 했습니다. 그랬더니 누가 볼까 봐 걱정스러웠는지 몸을 숨기는 것이었습니다.

저는 노크도 하지 않고 들어갔습니다. 전에는 활기에 넘치던 집 안이 그렇게 음산하고 음침할 수가! 고백하건대 제가 그 젊은 숙녀의 입장이라면 적어도 벽난로 주위는 쓸고 탁자들도 걸레로 훔쳤을 것입니다. 그러나 아가씨는 이미 자기를 에워싸고 있는 주변의 게으름에 물들어 있었습니다. 곱던 얼굴은 야위고 기운도 전혀 없었습니다. 머리도 다 풀려서 몇 가닥은 지저분하게 흘러내려 있었고, 몇 가닥은 아무렇게나 둘둘 말아 올렸더군요. 아마도 옷은 어젯밤부터 매만지지도 않은 모양이었습니다.

힌들리 서방님은 거기에 없었습니다. 히스클리프 씨는 탁자 앞에 앉아 수첩을 뒤적거리고 있었습니다. 그러나 제가 들어서자 일어서더니 아주 다정하게 안부를 묻고 의자를 가리키며 앉으라고 권했습니다.

그곳에서 점잖아 보이는 사람은 히스클리프 씨뿐이었고, 또한 그가 그처럼 품위 있게 보인 적은 없었습니다. 환경이 두 사람의 입장을 어찌나 많이 바꾸어놓았는지, 처음 대하는 사람이면 그가 좋은 가문에서 태어난 교양 있는 신사이고 그의 아내는 한낱 천한 여인네라고 생각했을 것입니다.

아가씨는 달려와 반갑게 저를 맞아들였습니다. 그러고는 기대하고 있던 편지를 받으려고 한 손을 내밀었습니다.

저는 고개를 저었습니다. 아가씨는 그 눈치를 알아채지 못했는지, 제가 보닛을 벗으려고 찬장 쪽으로 가자 거기로 따라와서는 가져온 것을 어서 달라고 작은 소리로 졸라대는 것이었습니다.

히스클리프 씨는 아내가 왜 저렇게 행동하는지 그 의미를 짐작하고 말했습니다.

"분명히 뭘 가져왔을 텐데, 그게 이사벨라에게 전할 것이면 어서 줘요. 비밀로 할 필요는 전혀 없어요. 우리 사이엔 비밀이 없으니까."

"아, 전 아무것도 가져오지 않았어요." 당장 사실대로 말하는 것이 좋을 듯해 제가 대답했습니다. "저희 주인께서는 아가씨에게 현재로서는 당신의 편지나 방문을 기대하지 말라고 전하라고 말씀하셨어요. 아가씨, 오빠께서는 아가씨를 사랑하고 아가씨의 행복을 빌며 지난날 아가씨가 안겨준 슬픔을 용서한다고 하셨어요. 그러나 앞으로 당신 집과 여기 이 집 사이의 접촉은 끊어야 하고, 접촉을 유지한들 좋을 것이 없다고 하셨습니다."

아가씨의 입술이 가늘게 떨렸고, 그녀는 창가의 자리로 돌아갔습니다. 남편인 히스클리프 씨는 제 가까이 난롯가에 자리 잡고 서서 캐서린 아씨에 대해 여러 가지를 묻기 시작했습니다.

저는 그에게 아씨의 병세에 대해서 적절하다고 생각되는 정도만 이야기해주었습니다. 그는 꼬치꼬치 캐물은 끝에 병의 원인에 대해 저한테서 대부분 알아냈습니다.

저는 이 모든 것을 자초한 아씨가 받아 마땅할 만큼 아씨를 비난했습니다. 또한 히스클리프 씨도 린튼 씨와 마찬가지로 앞으로 린튼 가족의 일에 관여하지 말아주었으면 좋겠다는 말로 얘기를 마쳤습니다.

"아씨는 이제 완쾌되고 있습니다." 제가 말했지요. "전과 똑같지는 않을 테지만 목숨만은 건졌습니다. 그러니까 히스클리프 씨께서 아씨를 진정으로 존중하신다면 두 번 다시 만나지 마십시오. 아니, 이 고장을 완전히 떠나십시오. 당신이 후회하지 않도록 하는 말이지만, 캐서린 린튼 아씨는 저와 다른 만큼이나 당신의 옛 친구인 캐서린 언쇼와는 전혀 다른 사람이 된 것입니다. 아씨의 모습도 변했지만 성격은 더 많이 변했습니다. 따라서 어쩔 수 없이 아씨의 반려가 되어야 할 그분도 앞으로는 옛날의 아씨에 대한 추억의 힘으로, 사람이면 누구나 느끼는 그 정이라는 것과 의무감으로 아씨에 대한 애정을 겨우 유지할 것입니다!"

"그것은 아주 가능한 이야기야." 히스클리프 씨는 억지로 침착한 체하면서 말했습니다. "넬리의 주인이 그저 정과 의무감만으로 캐서린을 돌보는 것, 그건 가능한 일이지. 하지만 내가 캐서린을 그 친구의 의무감과 인간성에만 그냥 맡겨두고 있을 것 같아? 캐서린에 대한 내 감정을 그 친구의 감정에다 비교할 수 있을 것 같아? 넬리가 여길 떠나기 전에 나한테 약속 하나 해야겠어. 캐서린을 만나게 해줘……. 약속하든 안 하든 나는 만나고 말 거야. 할 말 있으면 해봐."

"히스클리프 씨, 제 말은……." 제가 대답했습니다. "그래서는 안 됩니다. 저를 통해서는 절대로 안 됩니다. 당신과 제 주인이 다시 만나는 건 아씨를 죽이는 일이 될 겁니다."

"넬리가 돕는다면 그런 일은 피할 수 있어." 그가 계속했습니다. "만일 그런 일이 있다면…… 만일 그놈이 캐서린의 생존에 방해가 되는 요인이 된다면…… 내가 극단적인 조치를 취해도 정당화될 수 있으니까! 그놈이 이 세상에서 없어진다면 캐서린이 괴로워할지 자네가 진지하게 말해봐. 캐시가 괴로워할지도 모른다는 의구심 때문

223

에 나는 주저하고 있는 거야. 나와 에드거의 감정의 차이란 바로 그런 점이야. 그가 내 입장이고 내가 그의 입장이라면, 아무리 미워도 난 결코 그에게 해를 끼치려는 생각은 하지 않을 거야. 넬리는 내 말을 믿지 못하겠다는 표정이군. 마음대로 생각해! 캐서린이 에드거를 생각하는 한 그녀 곁에서 그를 몰아내지는 않겠어. 하지만 캐시의 사랑이 그에게서 완전히 떠나는 순간에 난 그의 심장을 도려내어 피를 빨지도 몰라! 그러나 그때까지는……. 나를 믿지 못한다면 나라는 인간을 잘 모르기 때문이야. 내가 말라 죽는 한이 있더라도 머리카락 하나 손대지 않겠어!"

"그렇지만……" 하고 제가 그의 말을 가로막았습니다. "당신을 거의 다 잊고 있는 지금 또다시 아씨의 추억 속으로 파고들어 아씨를 불안과 고통으로 몰아넣고 완쾌의 희망을 거리낌 없이 산산조각 내려 하다니, 양심의 가책도 못 느끼나요?"

"캐시가 나를 거의 잊었다고 ·생각하나?" 그가 말했습니다. "오, 넬리, 그렇지 않다는 걸 넬리도 잘 알잖아! 캐시가 린튼을 한 번 생각할 때 내 생각은 천 번이나 한다는 것은 나도 알고 넬리도 아는 것 아냐? 내 생애에서 가장 비참했던 시기에는 캐시가 나를 잊었다고 생각했었지. 작년 여름에 내가 이 근방에 왔을 때도 그 생각이 머리에 떠오르더군. 그러나 그처럼 소름 끼치도록 무서운 생각은 캐서린에게서 직접 듣지 않는 한 두 번 다시 떠오르지 않을 거야. 만일 캐시가 나를 잊었다면 린튼이나 힌들리, 그리고 내가 꾸어온 모든 꿈이 허무로 돌아가는 거야. 그러면 죽음과 지옥, 이 두 단어만이 내 미래를 말해줄 테지. 캐시를 잃은 뒤의 인생은 지옥일 테니까.

그러나 캐서린이 나보다 에드거를 더 좋아한다고 잠시나마 생각하다니, 나는 바보였어. 그렇게 허약한 인간이 온 힘을 다해 80년 동안 캐시를 사랑한다 해도 내가 하루 동안 사랑하는 만큼도 사랑할 수 없어. 또한 캐서린도 나만큼 깊은 애정을 품고 있어. 캐시의 애정을 그가 독점할 수 있다고 말하는 것은 말 여물통에 바다를 통째로 담을 수 있다는 말이나 같지. 당치도 않아! 그는 캐시가 기르는 개나 말보다도 못한 애정을 받고 있어……. 나와는 달리 그에게는 사랑할 건더기가 없어. 사랑할 건더기가 없는데 캐시가 그를 어떻게 사랑할 수 있지?"

"캐서린과 에드거는 쌍을 이룬 어느 인간들보다 서로를 좋아하고 있어요!" 이사벨라가 갑자기 생기 있게 소리쳤습니다. "어느 누구에게도 그런 식으로 이야기할 권리는 없어요. 게다가 오빠를 얕잡아보는 것을 잠자코 듣고 있을 수가 없네요!"

"당신 오빠는 당신을 끔찍이도 사랑하지 않소?" 하고 히스클리프는 조롱하는 어조로 말했습니다. "그래서 놀라운 속도로 당신을 험한 세파 속으로 내던졌군그래."

"오빠는 내가 고생하고 있는 것을 알지 못해요." 그녀가 대답했습니다. "나는 그런 것을 알리지 않았어요."

"그렇다면 오빠에게 다른 얘기는 했다는 뜻이네……. 편지를 썼군, 그렇지?"

"결혼했다는 걸 알렸어요. 당신도 그 편지는 봤잖아요."

"그 후로는 아무 소식도 보내지 않았단 말야?"

"그래요."

"우리 어린 아가씨는 환경이 바뀌어서 그런지 얼굴이 무척 수척해졌어요." 제가 말했습니다. "누군가의 사랑이 부족한 게 확실해요. 누구인지 짐작은 가지만 말하지 않겠어요."

"내 짐작으로는 이사벨라 자신의 탓인 것 같군." 히스클리프 씨가 말했습니다. "이사벨라는 단정치 못한 여자로 전락하고 말았어. 나를 즐겁게 하려고 노력하는 데 진력난 거야. 며칠 되지도 않았는데 너무도 빠르지. 넬리는 믿지 못하겠지만 결혼한 바로 다음 날 아침부터 집으로 가겠다고 울어댔다니까. 너무 얌전하지 않아야 이 집에 잘 어울릴 거야. 그래서 저 사람이 밖으로 헤매고 다니면서 내 체면을 깎지 않도록 조심할 생각이야."

"저기요." 제가 대꾸했습니다. "아가씨는 돌봐주고 시중을 받는 데만 습관이 들어 있다는 것을 고려하시기 바랍니다. 모두가 떠받드는 외동딸처럼 자랐다는 것도요. 시중들 하녀를 두시고 아가씨께 친절하게 대하셔야 합니다……. 에드거 서방님에 대해 어떤 생각을 가지고 있든 아가씨에게는 강한 사랑을 베풀 능력이 있음을 의심하지 못하실 겁니다. 그렇지 않다면 친정의 우아함과 안락함, 그리고 친구들을 버리고 이런 황량한 곳에서 당신과 함께 사는 것에 만족할 리가 없지요."

"이사벨라가 그런 것들을 버린 것은 망상에 사로잡혔었기 때문이야." 그가 대답했습니다. "나를 무용담에 나오는 주인공으로 상상하고는 기사도적인 헌신으로 끝없이 관대함을 보이리라 기대했던 거지. 이성을 가진 사람이라고 생각할 수 없어. 나의 성격에 대한 터무니없는 생각을 결정하고는 고집스럽게 거기 집착하기도 하고 자신이 품게 된 그릇된 인상에 따라 행동하거든. 그러나 마침내 이사벨라도 나를 알기 시작한 것 같아. 처음에 나를 화나게 만든 바보 같은 미소와 찌푸린 표정을 요즘은 볼 수 없거든. 그녀의 망상에 대한 내 생각을 말해도 그게 내 진심에서 나온 말이라는 것도 분별 못하는 그 어리석음은 기가 막힐 뿐이었어. 내가 자기를 사랑하지 않는다는 걸 깨닫는 데도 엄청난 노력과 땀을 쏟았어. 한때는 아무리 가르쳐줘도 깨닫지 못하는구나 하는 생각이 들었었지. 그나마 아직 깨달음이 모자라. 왜냐하면 오늘 아침에 제법 총명한 눈빛을 하고는, 그녀 자신이 나를 미워하게 만드는 데 정말 성공했다고 선언하더라고! 나를 미워하게 만드는 것은 헤라클레스의 노고에 맞먹는 일이었다니까. 내 목적이 이루어지면 신에게 감사해야지……. 이사벨라, 당신 이제 나를 확실히 미워하지? 그러한 당신의 주장을 믿어도 되나? 반나절 동안 혼자 내버려둬도 나를 찾아와 한숨을 내쉬며 다시는 응석을 부리지 않겠지? 이사벨라는 넬리 앞에서 내가 아주 다정하게 대해주길 바라는 모양이군. 진실을 폭로해서 자존심이 상한 거겠지. 그러나 우리 사랑이 어느 한쪽의 일방적인 사랑이라는 것이 알려진다 해도 나는 상관없어. 나는 이 점에 대해 한 번도 이사벨라에게 거짓말을 한 적이 없으니까. 그러니까 나는 절대로 애정을 빙자했다는 비난을 받을 이유가 없어. 농장에서 나올 때 이사벨라가 본 나의 첫 행동은 그녀의 강아지를 매단 것이었어. 풀어달라고 애원했을 때 내가 처음 한 말은 그 집 식구들 가운데 딱 한 사람만 빼고 모두 목을 졸라매는 게 소원이라는 것이었고. 아마 이사벨라는 그 예외의 대상이 자기라고 착각한 모양이야. 어떤 잔악한 행위에도 이사벨라는 싫은 내색을 하지 않더군. 그런 행위를 천성적으로 좋아하나 봐. 다만 자신의 소중한 몸만 다치지 않는다면 말이지! 그런데 이런 가련한 노예근성을 가진 천한 여자가 내 사랑을 받을 수 있다고 꿈꾸다니, 지독한 멍청이가 아니면 진짜 천치가 아니고 무엇이란 말인가? 넬리, 당신의 주인에게 전해. 내 생전에 이사벨라처럼 천박한 여자를 본 적이 없다고……. 심지어 린튼 가문의 명예를 더럽힐 정도라고. 어느 정도까지 잘 참고 비굴하게 기어드는지를 시험하던 내가 고삐를 좀 늦추는 것은 순전히 다른 방법이 생각나지 않기 때문이야. 내가 법의 한계를 잘 지킬 테니까 오빠로서, 또 치안 판사로서 안심하라는 말도 전해줘. 나는 지금까지 이사벨라가 별거를 주장할 만한 구실을 조금도 주지 않았어. 하지만 가고 싶으면 가도 좋아. 이사벨라를 괴롭혀서 얻는 만족감 따위는 내 옆에 붙어서 성가시게 구는 것에 비하면 아무것도 아니니까."

"히스클리프 씨." 제가 말했습니다. "미친 사람의 이야기로군요. 부인께서도 당신이 미쳤다고 확신할 겁니다. 그래서 여지껏 참아왔을 겁니다. 그런데 당신이 나가도 좋다고 말했으니까 부인은 틀림없이 허락하신 대로 행하실 겁니다. 아가씨, 저 사람과 자진해서 남아있을 만큼 홀려 있는 건 아니겠죠?"

"엘렌, 말조심해!" 이사벨라 아가씨는 노여움으로 눈을 번뜩이며 대답했습니다. 표정으로 미루어 미움을 받으려는 남편의 노력이 결실을 맺은 것은 의심의 여지가 없었습니다. "저이가 하는 말은 한마디도 믿으면 안 돼. 거짓말쟁이 악마이고 괴물이야. 인간이 아니야! 전에도 내게 나가도 좋다고 말한 적이 있어. 그래서 나가려고 했어. 그렇지만 난 감히 그 짓은 되풀이하지 않겠어! 오, 엘렌, 오빠나 캐서린에게 그의 수치스러운 얘기를 한마디도 전하지 않겠다고 약속해줘. 무엇을 어떻게 가장해도 저 사람은 오빠의 화를 돋우어 자포자기하도록 만들고 싶은 거야. 저이는 오빠를 지배하기 위해 일부러나와 결혼했다고 말하고 있어. 하지만 그는 오빠를 지배하지 못해. 내가 먼저 죽을 테니까! 저이가 악마 같은 조심성을 망각하고 나를 죽여주었으면 좋겠어. 그걸 나는 바라고 있어. 내가 상상할 수 있는 한 가지 즐거움은, 내가 죽든지 그가 죽는 것을 보는 것이야!"

"자, 이제 그쯤 해둬!" 히스클리프 씨가 말했습니다. "넬리, 만일 법정에 소환될 일이 생기면 이사벨라가 지금 한 말을 기억해둬! 그

리고 저 얼굴도 잘 봐둬. 이제 내게 어울리는 아내가 되어가는 것 같
군. 아니지, 이사벨라, 당신은 이제 보니 자기 자신도 제대로 지킬
수 없는 사람 같군. 내가 당신의 법적 보호자니까 잘 보호해야겠어.
아무리 그 보호 의무가 귀찮다 해도 할 수 없지. 위층으로 올라가.
난 엘렌 딘에게 따로 할 이야기가 있으니까. 그쪽이 아냐. 위층이라
고 했잖아! 저런, 여기가 위층으로 가는 통로지. 어리석기는!"

그는 아내를 붙잡아 방에서 밀어내고는 다시 돌아와 중얼거렸습
니다.

"난 무자비한 놈이야! 무자비해! 벌레들이 꿈틀거리면 꿈틀거릴
수록 그것들의 내장을 으깨버리고 싶거든! 이것은 정신적 이갈이라
는 거지. 통증이 더하면 더할수록 더 세게 이를 가는 거야."

"자비라는 말의 뜻이나 알고 있나요?" 제가 말하고는 급히 보닛
을 집어 쓰면서 말했습니다. "평생토록 동정하고 싶은 마음이 털끝
만치라도 있었나요?"

"모자를 내려놔!" 제가 떠나려고 한다는 것을 알아차린 그가 저
를 가로막았습니다. "아직 돌아가면 안 돼. 넬리, 자, 이리 와봐. 캐
서린을 만나겠다는 내 결심을 이루는 데 도움이 되도록 당신을 설득
하거나 강요해야겠어. 또 이건 지체할 일이 아니야. 누구를 해칠 생
각은 없어. 소동을 피울 생각도 없고, 린튼을 화나게 하거나 모욕할
생각도 없어. 다만 캐시의 병세가 어떤지, 왜 병이 났는지 그녀에게
직접 듣고 싶어. 또 내가 캐시를 위해 무슨 일을 할 수 있는지 묻고
싶어. 어젯밤에 난 농장 뜰에서 여섯 시간이나 서 있었어. 오늘 밤에
도 또 갈 생각이야. 집 안으로 들어갈 수 있는 기회를 얻을 때까지
밤마다 찾아갈 작정이야. 하루도 빠뜨리지 않을 거야. 만일 에드거
린튼과 마주치게 되면 주저하지 않고 놈을 때려눕혀서 내가 안에 있

는 동안 얌전히 있게 해줄 테야. 하인들이 달려들면 이 권총으로 위협해서 쫓아버리겠어. 그러니까 내가 갈 때 하인들이나 주인과 마주치지 않게 하는 게 좋지 않겠어? 넬리라면 쉽게 할 수 있는 일이야! 내가 가서 신호를 한다 이거야. 캐시가 혼자 있게 되면 다른 사람들의 눈에 띄지 않게 나를 안으로 들여보내주고 내가 나올 때까지 망을 봐달란 말야. 그러면 양심상 괴로울 것도 없고 불상사를 막을 수도 있을 거야."

저는 저를 고용하고 있는 주인의 집에서 그런 배신행위는 할 수 없다고 거절했습니다. 더불어 자신의 만족을 위해 아씨의 평온한 마음을 짓밟으려는 그의 잔인함과 이기심을 비난했습니다.

"아씨는 아주 평범한 일에도 깜짝깜짝 놀라십니다." 제가 말했습니다. "신경이 너무 예민해져서 놀라는 일이 생기면 감당하지 못하실 거예요. 뻔하죠. 그런 일을 고집하지 마세요. 히스클리프 씨, 그렇지 않으면 주인께 당신의 계획을 알릴 수밖에 없어요. 그렇게 되면 부당한 침입으로부터 집과 집안 식구들이 안전하도록 조치를 취하실 겁니다!"

"그렇다면 나도 자네를 단속할 조치를 취해야겠군!" 히스클리프 씨가 소리쳤습니다. "넬리, 자네가 내일 아침까지 워더링 하이츠를 못 떠나게 하겠어. 캐서린이 나를 만나기 싫어한다고 주장하다니, 그런 바보 같은 말이 어디 있어. 나 또한 캐서린을 놀라게 하고 싶지 않아. 그러니까 넬리가 미리 귀띔을 해봐. 내가 가도 되는지 물어보라고. 캐서린이 내 이름을 입에 담지도 않고 누구도 내 이름을 그녀 앞에서 들먹이지 않는다고 넬리는 말하고 있는데, 그렇다면 그 집에서 내 얘기가 금물인데 캐시는 도대체 누구에게 내 얘기를 할 수 있겠나? 캐서린은 자네들 모두를 남편의 스파이로 알고 있을 테니까.

아, 캐시는 자네들에게 포위되어 지옥에 있는 기분일 거야! 무엇보다도 캐시가 말을 통 하지 않는다니, 그 심정이 짐작돼. 캐시가 자주 안절부절못하고 초조해한다고 했지? 그게 캐시의 마음이 평온하다는 증거야? 캐시의 마음이 안정되지 않고 있다고 했지? 그 무서운 고독 속에서 도대체 어떻게 그녀의 마음이 평온할 수 있겠나. 게다가 그 멋대가리 없고 시원찮은 놈이 의무감과 정을 발휘해 그녀를 돌본다고? 동정과 자비심에서 그런다고! 그런 얄팍한 표토에 불과한 간호로 캐시가 원기를 회복할 수 있다고 상상하는 것은, 화분에다 참나무를 심고 무성히 자라기를 기대하는 것이나 다름없어! 당장에 결정을 내리자. 자네는 여기 있고 내가 린튼과 하인들을 밟아버리고 캐서린에게로 갈까? 아니면 이제까지 그랬듯이 내 편이 되어 부탁을 들어주는 게 어때? 결정을 내려! 넬리가 계속 완강한 심술을 고집하면 나는 잠시도 지체할 이유가 없으니까!"

그건 그렇고 록우드 씨, 저는 따지고 불평하며 쉰 번이나 그의 부탁을 단호히 거절했습니다. 그러나 결국 그는 제게서 억지로 승낙을 받아내고야 말았습니다. 저는 그의 편지를 아씨에게 전해주기로 했습니다. 또한 아씨가 승낙하면, 다음에 주인이 외출하는 때와 히스클리프가 언제 오면 좋고 언제 집 안으로 들어올 수 있는지를 알려주기로 약속했습니다. 저도 집에 있지 않기로 하고 하인들도 다 얼씬거리지 못하게 하기로 했습니다.

그것이 옳은 일이었을까요, 아니면 옳지 못한 일이었을까요? 임기응변이긴 했지만 옳은 일은 아니었던 것 같네요. 그 당시로서는 그의 요구를 들어줌으로써 다른 위험을 막을 수 있다고 생각했습니다. 또한 그와 만남으로써 아씨의 정신병이 호전될 수 있을지도 모른다고 생각했던 것입니다. 그때 말을 이리저리 전하고 다닌다는 에드거 주인님의 엄한 꾸중도 머리에 떠오르더군요. 그래서 이 문제에 대한 모든 불안을 씻어버리려는 생각에서, 신뢰에 대한 배신이라고 까지 불릴 일이라면 그것도 이번이 마지막이라고 몇 번이고 다짐을 했습니다.

그럼에도 불구하고 집으로 돌아오는 길은 워더링 하이츠로 갈 때 보다 더 슬펐습니다. 그리고 아씨에게 그 편지를 전하기로 제 자신을 설득하기까지는 여러 가지로 불안했습니다.

그런데 지금 케네스 의사가 왔군요. 내려가서 선생님이 퍽 좋아지셨다고 말씀드리겠습니다. 제 이야기는 우리가 흔히 말하듯 따분한 것이지만 하루 아침나절을 보내는 데는 도움이 될 것입니다.

따분하고 음산하구나! 이 착한 부인이 의사를 맞으러 내려가자 나는 그렇게 생각했다. 이건 확실히 내 흥을 돋울 만한 이야기는 아니다. 그러나 난 상관 안 한다. 나는 딘 부인의 쓴맛 나는 약초에서 몸에 좋은 약만 뽑아내면 된다. 우선 캐서린 히스클리프의 빛나는 두 눈에 은신하고 있는 매력을 조심해야겠다. 그 젊은 미망인에게 내가 홀딱 반하게 되면, 또한 그 딸이 어머니의 복사판으로 판명되는 날에는 내 꼴이 우스워질 테니까!

제2부

# 1

다시 한 주가 지났다. 그만큼 내 건강도 좋아지고, 봄도 가까이 왔다. 가정부 딘 부인이 별로 바쁘지 않은 틈을 타서 나는 여러 번에 걸쳐 내 이웃의 모든 내력을 들었다. 나는 이 얘기를 부인이 말한 대로, 다만 조금 줄여서 계속하겠다. 그녀는 대체로 꽤 훌륭한 이야기꾼이다. 그래서 그녀의 이야기 방식을 내가 더 좋게 개량할 수는 없다는 생각이 든다. 그녀는 이어서 이야기했다.

제가 하이츠를 방문했던 그날 저녁, 히스클리프 씨가 농장 근처에 와 있다는 것은 확실했습니다. 그가 준 편지가 아직도 제 주머니에 있었고 더 이상 협박이나 괴로움을 당하고 싶지 않아서, 저는 집 밖으로 나가는 것을 피했습니다.

그 편지를 받고 캐서린 아씨가 어떤 반응을 보일지 짐작할 수 없었기 때문에, 저는 주인이 어디로 외출하기 전까지는 편지를 아씨에게 전하지 않기로 결심했습니다. 그러다 보니 사흘이 지나도록 편지를 전하지 못했던 것이지요. 나흘째 되는 날은 일요일이어서 저는 식구들이 교회에 간 후에 편지를 가지고 아씨 방으로 갔습니다.

남자 하인 하나가 저와 함께 집을 지키고 있었는데, 여느 때 같으면 식구들이 예배를 보러 간 후에는 습관적으로 문단속을 단단히 해

235

두었을 것입니다. 하지만 그날은 날씨가 어찌나 따뜻하고 화창한지 모든 문을 활짝 열어놓았습니다. 누가 찾아오리라는 것을 알고 있었던 저는 약속을 지키기 위해서 그 남자 하인더러 아씨가 오렌지를 먹고 싶어 하시니 마을로 뛰어 내려가 돈은 내일 주기로 하고 몇 개 사오도록 일렀습니다. 이렇게 그를 집 밖으로 내보내고 저는 위층으로 올라갔습니다.

아씨는 헐렁한 흰옷에 가벼운 숄을 어깨에 걸치고 여느 때와 마찬가지로 열린 창문 가까이에 앉아 있었습니다. 숱이 많고 길던 머리는 처음 병이 났을 때는 일부분을 묶어 올렸었지만 지금은 그저 자연스럽게 빗질하여 관자놀이와 목덜미에 늘어뜨리고 있었습니다. 아씨의 모습은 제가 히스클리프 씨에게 말했던 것처럼 몹시 변해 있었지만, 조용히 있을 때는 그 변한 모습 속에도 지상에서는 볼 수 없는 그런 아름다움이 깃들어 있었습니다.

눈에서 나오는 광채는 꿈꾸는 듯하면서도 우울한 부드러움으로 이어지고 있었습니다. 그 눈은 주위의 사물을 보는 것이 아니라 항상 먼 곳, 훨씬 먼 곳을 응시하고 있는 것 같았습니다. 이 세상을 벗어난 어떤 곳을 보고 있구나 하고 말할 수도 있었을 것입니다. 건강이 회복되면서 여위었던 모습은 사라지고 살이 좀 올랐지만 그 창백한 얼굴과 아씨의 정신 상태에서 빚어진 표정은 그렇게 될 수밖에 없었던 원인들을 가슴 아프게 암시하고 있어 보는 이의 가슴을 찡하게 만드는 매력을 더하고 있었지요. 따라서 늘 제 눈에, 아니 보는 사람 모두의 눈에 그녀는 곧 회복되기보다는 오히려 곧 죽을 사람이라는 인상을 강하게 풍기고 있었습니다.

아씨 앞의 창턱에는 한 권의 책이 펼쳐져 있었고, 부는 듯 마는 듯한 바람으로 책장이 가끔씩 팔랑였습니다. 린튼 주인이 거기다 책을 갖다 놓았을 겁니다. 아씨는 독서나 다른 어떤 일에도 전혀 흥미를 느끼지 않았지만, 주인께서는 예전에 아씨가 즐기던 일로 그녀의 관심을 돌려보려고 무진 애를 쓰셨으니까요.

아씨도 남편의 그런 의도를 알고 있었기에 기분이 좋을 때는 말없이 남편의 노력을 받아주었습니다. 다만 때때로 피로한 듯 한숨이 나오는 것을 꾹 참고 있다가 결국에는 말할 수 없이 슬픈 미소와 입맞춤으로 그의 노력이 별다른 효과가 없었다는 것을 나타내곤 했습니다. 다른 때는 앵돌아져서 몸을 돌리고 앉아 두 손으로 얼굴을 가리거나 심지어 화까지 내며 남편을 밀어버리기도 했습니다. 그러면 주인도 자신의 노력이 아무 소용이 없다는 것을 알고 조심해서 아씨가 혼자 있도록 내버려두었습니다.

기머튼 교회의 종소리는 여전히 울리고 있었습니다. 골짜기의 개천을 철철 넘치며 무르익은 듯한 소리를 내며 흐르는 물소리가 귀를 달래주고 있었습니다. 그것은 아직 찾아오지 않은 여름 신록의 속삭임을 대신하는 아름다운 음향이었습니다. 하지만 나뭇잎이 무성해지면 농장 주변에서는 그 물소리의 음악이 나뭇잎들의 속삭임에 파묻혀버렸습니다. 그러나 워더링 하이츠에서는 눈이 녹은 뒤나 장마철이 지난 조용한 날이면 언제나 그 물소리가 들렸습니다. 아씨가 무언가를 생각하거나 무엇을 듣는 듯 보였다면 바로 이 물소리를 들으며 워더링 하이츠를 생각하고 있었을 것입니다. 그러나 전에 말했듯이 아씨는 멍하니 먼 곳을 바라보는 표정을 짓고 있었으므로 귀나 눈으로 사물을 인식하는 듯한 기색은 전혀 보이지 않았습니다.

"아씨, 이건 아씨에게 온 편지예요." 저는 그렇게 말하고 무릎 위에 놓인 그녀의 손에 그것을 가만히 놓았습니다. "어서 읽으세요. 답장이 필요한 거니까요. 겉봉을 뜯어드릴까요?"

"뜯어줘." 아씨는 눈의 방향도 바꾸지 않고 대답했습니다.

겉봉을 뜯고 보니 아주 짤막한 편지였습니다.

"자," 제가 말을 계속했습니다. "읽어보세요."

아씨가 손을 빼는 바람에 편지는 바닥에 떨어졌습니다. 저는 편지를 주워 아씨의 무릎에 올려놓고 기꺼이 훑어볼 때까지 기다렸습니다. 그러나 읽으려는 동작이 너무나 느려 시간이 지체되었기 때문에 제가 다시 말했습니다.

"아씨, 제가 읽어드릴까요? 히스클리프 씨한테서 온 편지예요."

아씨는 깜짝 놀라며 무언가를 회상하는지 괴로운 눈빛을 발하며 생각을 정리하느라 애쓰는 것 같았습니다. 아씨는 편지를 들고 찬찬히 읽는 것 같았으나 서명한 곳에 이르러 한숨을 지었습니다. 그러나 아씨는 편지의 의미를 모르는 것 같았어요. 저는 아씨의 응답을 듣고 싶었지만 아씨는 단지 편지에 적힌 이름을 가리키며 애처롭고도 의아해하는 눈초리로 저를 응시하는 것이었습니다.

"히스클리프 씨가 아씨를 만나고 싶대요." 설명이 필요한 것 같아서 제가 말했습니다. "지금쯤 뜰에 와서 제가 전할 대답을 기다리고 있을 거예요."

이렇게 말하며 밖을 보니, 아래 양지바른 풀밭에 누워 있던 커다란 개가 짖을 것처럼 귀를 세우더니 다시 귀를 내리고 가까이 접근한 사람이 낯설지 않다는 표시로 꼬리를 흔들었습니다.

아씨는 몸을 숙이고 숨을 죽인 채 귀를 기울였습니다. 잠시 후 발소리가 홀을 가로질렀습니다. 열려 있는 문들이 워낙 유혹적이어서 히스클리프 씨는 참지 못하고 걸어 들어온 것입니다. 아마 그는 제가 약속을 이행하지 않은 것으로 생각하고 자신의 배짱에 의존하기로 결심했던 모양입니다.

아씨는 눈을 잔뜩 긴장한 채 문 쪽을 열심히 바라보았습니다. 히스클리프 씨는 단번에 방을 찾지 못했습니다. 아씨는 제게 손짓을 하여 그를 데려오라고 했습니다. 그러나 제가 문 쪽으로 가기도 전에 그가 방을 찾아냈습니다. 한두 걸음에 아씨 곁으로 다가서더니 그는 아씨를 두 팔로 껴안았습니다.

한 5분 동안 그는 말도 없이 팔도 풀지 않고 키스를 퍼부었습니다. 아마 지나온 그의 생애 동안에 했던 키스를 모두 합친 것보다 더 많이 했을 거예요. 그러나 먼저 키스를 한 것은 아씨였습니다. 그리고 몹시 괴로운지 히스클리프 씨가 아씨를 똑바로 쳐다보지 못하는 것을 저는 분명히 보았습니다. 저와 마찬가지로 그도 아씨를 보는 순간 완쾌될 가능성은 전혀 없고 숙명적으로 죽을 수밖에 없다고 믿었던 것입니다.

"오, 캐시! 아, 내 생명! 내가 어떻게 견딜 수 있겠어?" 이것이 그가 입 밖에 낸 첫마디였는데, 절망을 숨기지 않는 어조였습니다.

그런 다음 그는 아씨를 뚫어지게 바라보았습니다. 그 시선이 어찌나 강렬한지 그의 눈에 눈물이 고이겠구나 하고 저는 생각했습니다. 그러나 그의 눈은 괴로움으로 불타면서 빛이 사그라질 줄을 몰랐습니다.

"이제 와서 무얼 바라는 거지요?" 아씨는 몸을 뒤로 기대고 갑자기 눈썹을 찡그리면서 그의 눈을 쏘아보았습니다. 아씨의 기분은 마냥 변덕을 부리는 바람개비였습니다. "당신과 에드거는 내 가슴을 찢어놓았어요, 히스클리프! 또한 자기들이 동정받아야 할 사람인 것처럼 나를 찾아와 우는소리를 하다니! 난 당신을 동정하지 않을 거예요, 절대로. 당신은 나를 이미 죽였어요. 그리고 잘살았겠죠. 당신은 기운도 좋군요! 내가 죽은 후에도 얼마나 오래 살 작정인가요?"

히스클리프 씨는 아씨를 안으려고 무릎을 꿇고 있었습니다. 그가 일어나려고 했지만 아씨는 그의 머리카락을 잡고 그대로 있게 했습니다.

　"이렇게 당신을 붙잡고 있을 수 있다면 얼마나 좋을까." 아씨가 애절하게 말을 계속했습니다. "둘이 다 죽을 때까지 그랬으면! 난 당신이 무슨 고통을 받았건 상관 안 해요. 당신의 괴로움 같은 건 상관 안 해요. 당신이라고 고통 받지 말라는 법 있나요? 내가 이렇게 고통을 받는데! 나를 잊을 건가요? 내가 땅속에 묻히면 당신이 행복할까요? 20년 후에는 이렇게 말하겠지요? '저것이 캐서린 언쇼의 무덤이야. 난 오래전에 그녀를 사랑했고 그녀를 잃었을 때는 슬펐었지. 하지만 모두 지나간 일이야. 그 뒤로 많은 여자들을 사랑했지. 그녀보다 내 자식들이 더 소중해. 죽어서 그녀에게로 가는 것은 즐겁지 않을 거야. 자식들을 떠나야 하는 것이 슬픈 일이지.' 이렇게 말하겠지요! 그렇죠, 히스클리프 씨?"

　"나까지 당신처럼 미치게 나를 괴롭히지 마!" 그는 머리를 억지로 빼며 이를 갈면서 소리쳤습니다.

　냉정한 제삼자인 제 눈에는, 두 사람이 이상하고 무서운 인간들 같았습니다. 어차피 죽어야 할 때 캐서린이 육신과 함께 자기의 개성까지 벗어버리지 않는다면 그녀에게는 천국도 유형의 땅으로 여겨질 게 당연했습니다. 그때 그녀의 얼굴에는 하얀 볼과 핏기 없는 입술과 빛나는 눈, 어느 것 할 것 없이 사나운 복수심이 서려 있었습니다. 그런데 그녀는 꽉 쥔 손가락들 속에 머리카락 한 줌을 쥐고 있었습니다. 상대편은 어땠느냐 하면, 한 손을 짚고 일어나면서 다른 손으로는 아씨의 팔을 잡고 있었습니다. 아씨의 몸 상태는 부드러운 손길을 요하므로 가만히 쥐었어야 하는데, 그러지 못해서 잡았던 손을 놓자 창백한 피부에 네 개의 손가락 자국이 퍼렇게 나 있는 것을 볼 수 있었습니다.

"죽어가면서까지……" 히스클리프 씨가 사납게 몰아세우더군요. "내게 그런 식으로 말하다니, 캐시는 귀신에 사로잡힌 거 아냐? 당신이 지금 던지는 모든 말이 내 머릿속에 다 박혀서 당신이 죽은 후에도 영원히 더 깊이 파고들리라는 건 생각해보지 않았어? 내가 당신을 죽였다는 말이 당신의 거짓말이라는 건 알고 있을 거야. 캐서린, 내가 당신을 잊을 수 있다는 말은 내가 살아 있다는 것을 잊을 수 있다는 말과 같다는 걸 당신은 알아야 해! 당신이 저승에서 편안히 있는 동안 내가 지옥의 고문 속에서 몸부림치게 돼도 당신의 그 지독한 이기심에는 성이 차지 않는단 말인가?"

"난 편안히 있지 않을 거예요." 캐서린이 신음하는 소리로 말했습니다. 이 격한 흥분으로 눈으로 보이고 귀로 들릴 만큼 그녀의 심장이 격렬하고 불규칙하게 고동치고 있어, 다시 그녀는 몸의 무기력 증상을 일으켰습니다.

아씨는 경련이 끝날 때까지 아무 말도 하지 않다가 다시 말을 계속했습니다. 이번에는 말씨가 전보다 부드러웠습니다.

"히스클리프, 당신이 나보다 더 고통 받기를 바라지는 않아요. 난 오로지 당신과 내가 결코 헤어지지 않기를 바랄 뿐이에요. 내가 한 말이 장차 당신을 괴롭힌다면 나 역시 지하에서 그와 똑같은 괴로움을 느끼고 있을 거라고 생각하세요. 그러니 나를 위해 나를 용서해줘요! 이리 와서 다시 무릎을 꿇어봐요! 당신은 여지껏 날 한 번도 해친 적이 없어요. 아니, 당신 마음속에 분노를 품고 있다면 그건 내 가혹한 말을 기억하고 있는 것보다 더 나빠요. 다시 이리 오지 않겠어요? 자!"

히스클리프 씨는 아씨의 의자 뒤로 가서 상체를 굽혔지만, 감정이 복받쳐 파랗게 질린 자신의 얼굴이 아씨에게 보이지 않을 정도로만 굽혔습니다. 아씨는 그를 보려고 몸을 돌렸지만 그는 얼굴을 보이지 않았고 갑자기 몸을 돌려 난롯가로 걸어가 우리에게 등을 돌린 채 묵묵히 서 있었습니다.

아씨의 눈초리는 의아하다는 듯이 그의 뒤를 따라갔습니다. 그의 동작 하나하나가 아씨에게 새로운 감정을 불러일으키고 있었습니다. 말없이 한참 바라보고만 있던 아씨가 화나고 실망한 어조로 저에게 말하는 것이었습니다.

"아, 넬리, 보라고! 저이는 저승으로 가는 나를 붙잡을 시간조차 아까운 모양이야! 내가 받는 사랑이란 것이 다 이 모양이지! 하지만 상관없어! 저이는 나의 히스클리프가 아니야. 나는 나의 히스클리프를 아직 사랑하고 있어. 그 히스클리프를 같이 데려가겠어. 그는 내 영혼 속에 있어. 그리고……" 아씨는 깊이 생각하듯 말을 덧붙였습니다. "결국 나를 제일 괴롭히는 것은 이 감옥 같은 내 망가진 육신이야. 나는 지쳤어. 이 육신 속에 갇혀 있는 데 진력났어. 난 저 찬란한 세계로 도피하여 언제까지라도 그곳에 살고 싶어. 눈물에 가려 흐릿한 눈으로 보거나 아픈 마음의 벽을 통해 보는 게 아니라, 정말 그 세계와 더불어 살고 그 세계 안에 있고 싶어. 넬리는 나보다 더 낫고 더 운이 좋다고 생각할 거야. 건강하고 기운이 있으니까 말이야. 나를 불쌍하게 여기겠지. 하지만 곧 사정이 바뀔 거야. 내가 넬리를 불쌍하게 여길 테니까. 나는 당신들 모두보다 비교할 수 없이 멀고 높은 곳에 있게 될 거야. 저이가 내 가까이 오기를 원치 않는 것이 이상해!" 아씨는 계속 중얼거렸습니다. "전에는 오고 싶어 하는 줄 알았는데. 히스클리프, 사랑하는 사람아! 침울한 얼굴은 그만 거두세요. 히스클리프, 제발 내게로 와요."

처절한 몸짓으로 아씨는 몸을 일으켜 팔걸이에 몸을 기댔습니다. 그 간절한 호소 앞에서 히스클리프는 아씨 쪽으로 몸을 돌렸습니다. 완전히 절망에 빠진 표정이었습니다. 크게 뜬 두 눈은 마침내 눈물에 젖어 아씨를 향해 맹렬한 섬광을 발했습니다. 그의 가슴은 경련을 일으킨 듯 들먹거렸습니다. 순간 떨어져 있던 그들이 어떻게 해서 서로 껴안게 되었는지 저는 잘 보지 못했지만, 아씨가 용수철처럼 튀어오르자 그가 아씨를 잡았는데, 저로서는 아씨가 살아서는 풀려날 수 없을 거라는 생각이 들 정도의 강렬한 포옹 속에 두 사람은 갇혀버렸습니다. 정말이지 제가 보기에 아씨는 곧 의식을 잃을 것 같았습니다. 히스클리프 씨는 아씨를 안은 채 제일 가까이에 있는 의자에 털썩 주저앉았습니다. 그래서 혹시 아씨가 기절한 게 아닌가 확인하려고 제가 접근하자, 그는 저를 향해 이를 갈며 미친개처럼 거품을 물고는 누가 빼앗아 갈까 봐 아씨를 자기 쪽으로 더 끌어당겼습니다. 저는 사람과 같이 있다는 느낌이 들지 않았습니다. 아무리 말해봤자 그가 알아들을 것 같지 않았습니다. 그래서 저는 비켜서서 어쩔 줄 몰라 입을 다물었습니다.

잠시 후 캐서린이 움직이는 것을 보고 저는 좀 안심이 되었습니다. 아씨는 손을 올려 그의 목을 감고 그의 팔에 안긴 채 자기의 뺨을 그의 뺨에 갖다 댔습니다. 그러자 이번에는 그가 미친 듯이 그녀를 애무하며 거칠게 말했습니다.

"당신이 여지껏 얼마나 잔인하고 위선적이었는지를 이제야 나에게 가르쳐주는군. 왜 나를 경멸했지? 캐시, 왜 자신의 마음을 저버렸지? 나로선 위로할 말이 없어. 캐시한테는 그래야 마땅해. 캐시는 자신을 죽인 거야. 그래, 내게 키스하고 울면서 내 키스와 눈물을 짜내어봐. 그것들이 당신을 병들게 한 거야. 더욱 저주할 거야. 당신은 나를 사랑했어. 그런데 무슨 권리로 나를 버린 거지? 무슨 권리로……. 대답해봐. 린튼한테 느낀 그 하찮은 매력 때문이었나? 불행과 타락과 죽음, 그리고 하느님이나 사탄이 가져올 수 있는 그 무엇도 우리를 갈라놓을 수 없었을 거야. 그러니까 우리를 갈라놓은 것은 당신이야. 당신 자신의 의지였어. 내가 캐시의 가슴을 찢어버린 게 아니라 당신이 그렇게 한 거야. 그렇게 함으로써 당신은 내 가슴을 찢어버렸어. 내 몸이 튼튼하다는 것이 더욱 원망스러워. 내가 살고 싶은 줄 알아? 내가 살아봤자 그게 어떤 삶이겠어? 이런…… 오, 하느님! 자신의 영혼처럼 소중한 사람을 무덤에 파묻고 살고 싶은 사람이 어디 있겠어?"

"나 좀 혼자 있게 해줘요. 날 내버려두세요." 캐서린이 흐느꼈습니다. "내가 잘못했다면 그 잘못 때문에 난 죽어가고 있는 거예요. 그걸로 충분해요! 당신 역시 날 버렸어요. 하지만 당신을 원망하지 않아요! 당신을 용서하겠어요. 나를 용서해요!"

"당신을 용서하기도 어렵고, 그 눈을 보기도 어렵고, 그 여윈 손을 만지기도 어려워." 그가 대답했습니다. "다시 내게 키스해줘요. 당신 눈을 보게 하지 말아줘! 당신이 내게 한 일은 모두 용서할게. 나를 죽인 자는 용서하지만, 당신을 죽인 자는 용서 못해! 어떻게 용서할 수 있겠어?"

그들은 아무 말도 하지 않았습니다. 그들의 얼굴은 서로의 얼굴로 가려지고 서로의 눈물로 씻겨지고 있었습니다. 적어도 제 생각으로는 양쪽이 다 울고 있는 것 같았습니다. 히스클리프 씨도 이런 엄청난 경우를 당하면 울 줄도 아는 인간이었던 모양입니다.

이러는 동안 저는 몹시 불안해졌습니다. 어느새 오후 시간이 지

244

나갔기 때문에 심부름을 시켰던 하인이 돌아오고, 골짜기 너머 서쪽으로 기우는 햇빛으로 기머튼 교회의 현관 밖으로 사람들이 몰려나오는 것이 보였거든요.

"예배가 끝났어요." 제가 알려주었습니다. "반 시간만 있으면 주인이 오실 겁니다."

히스클리프 씨는 욕설을 웅얼거리며 내뱉더니 캐서린을 더 가까이 끌어안았습니다. 아씨는 움직이지 않았습니다.

얼마 안 가서 하인들의 무리가 부엌채를 향해 길을 올라오는 것이 감지되었습니다. 린튼 주인도 별로 뒤처지지 않고 올라와 손수 정원의 대문을 열고 천천히 걸어오고 있었습니다. 아마도 여름날처럼 부드러운 미풍이 부는 상쾌한 오후를 즐기는 것 같았습니다.

"이제 오셨어요." 제가 소리쳤습니다. "제발 빨리 내려가세요! 앞계단으로 가면 아무도 만나지 않을 거예요. 빨리요! 주인이 완전히 들어설 때까지는 나무 사이에 가만히 서 있으세요."

"캐시, 난 가야겠어." 히스클리프 씨는 아씨의 팔에서 몸을 빼려고 하면서 말했습니다. "그렇지만 내가 살아 있다면 당신이 잠들기 전에 다시 한 번 당신을 보러 올게. 당신의 방 창문에서 5야드를 벗어나 있지 않을게."

"가면 안 돼요!" 캐서린은 있는 힘을 다해 그를 붙잡으며 말했습니다. "못 가요, 절대로."

"한 시간 동안만." 그가 진지하게 애원했습니다.

"1분도 안 돼요." 그녀가 답했습니다.

"가야 돼. 린튼이 곧 올라올 거야." 초조해진 침입자가 우겼습니다.

히스클리프 씨는 벌떡 일어나면서 아씨의 손가락을 풀려고 했지만 아씨는 숨을 가쁘게 내쉬며 힘껏 매달리는 것이었습니다. 아씨의 얼굴에는 미친 결심이 서려 있었지요.

"안 돼!" 아씨가 목이 터져라 외쳤습니다. "아, 가면 안 돼! 가지 마요. 이게 마지막이에요! 에드거는 우릴 해치지 않을 거예요. 히스클리프, 난 죽을 거예요. 죽는다고요!"

"바보 같은 자식, 저기 오는군." 히스클리프 씨는 자리에 도로 주저앉으며 소리쳤습니다. "쉿, 내 사랑! 쉿, 캐서린! 그래, 여기 있을게. 그놈이 나를 총으로 쏴도 나는 감사의 기도를 올리며 죽어갈 거야."

그러면서 그들은 다시 꼭 껴안았습니다. 주인이 계단을 올라오는 소리가 들려오자 저는 이마에 식은땀이 흐르고 무서웠습니다.

"아씨의 헛소리를 듣고 있을 작정이세요?" 제가 열을 내면서 말했습니다. "아씨는 자기가 무슨 말을 하고 있는지 몰라요. 아씨가 제정신이 아니라고 해서 아씨를 망칠 셈인가요? 일어서요. 당신은 곧 빠져나갈 수 있잖아요. 이것은 당신이 한 짓 중에서 가장 악질적인 행동이에요. 우린 이제 끝장이에요. 주인이나 아씨나 하인들, 모두 끝장이라고요."

저는 양손을 맞잡고 비틀며 소리를 질렀습니다. 주인은 그 떠드는 소리에 발걸음을 재촉했습니다. 제가 이렇게 흥분하고 있을 때 아씨의 팔이 밑으로 축 늘어지며 고개가 떨어지는 것을 보고 저는 정말 기뻤습니다.

'기절한 것일까, 아니면 죽은 것일까' 하고 저는 생각했습니다. '차라리 잘된 일이지. 살아서 주위 사람들에게 짐이 되고 화근이 되느니 죽는 게 훨씬 낫지.'

주인은 놀라고 화가 나서 새파랗게 질린 얼굴로 이 불청객에게 달려들었습니다. 어쩔 생각이었는지 저는 알 수 없었습니다. 그러나 히스클리프 씨는 주인을 즉시 가라앉혔습니다. 죽은 것처럼 보이는 아씨를 주인의 팔에 안겨주었던 것입니다.

"자, 보시오." 히스클리프 씨가 말했습니다. "당신이 악마가 아니라면 먼저 부인이나 돌보시오. 그러고 나서 내게 말하시오!"

그는 거실로 들어가 앉았습니다. 린튼 씨는 저를 불렀습니다. 그러고는 무진 애쓰며 여러 수단을 동원하여 우리는 간신히 아씨의 의식을 회복시켰습니다. 그러나 아씨는 완전히 멍청한 상태였습니다. 아씨는 한숨을 내쉬고 신음하기도 하면서 아무도 알아보지 못했습니다. 아씨에 대한 걱정으로 에드거는 아씨의 미운 친구를 잊고 있었지만 저는 잊지 않았습니다. 기회가 생기기가 무섭게 저는 히스클리프 씨에게 가서 어서 떠나라고 간청했습니다. 캐서린 아씨는 회복되었으며 내일 아침에 아씨가 이 밤을 어떻게 보냈는지 알려주겠다고 다짐했습니다.

"여기서 나가지 않겠다는 건 아니야." 그가 대답했습니다. "하지만 난 뜰에 남아 있을 테야. 그리고 넬리, 내일 약속을 꼭 지켜야 해. 나는 저 낙엽송 밑에 있을 테니까. 명심해! 린튼이 있든 없든 난 또 찾아올게."

그는 반쯤 열린 문을 통해 슬쩍 안을 들여다보더군요. 그러고는 제 말이 틀림없다는 것을 확인하고 나서 화를 불러오는 자신의 존재를 집에서 감추었습니다.

# 2

그날 밤 12시쯤, 선생님이 워더링 하이츠에서 본 그 캐서린이 태어났습니다. 허약한 칠삭둥이였습니다. 그러고 나서 두 시간 후 산모 캐서린 아씨는 히스클리프 씨를 그리워하거나 남편 에드거를 알아볼 만큼의 의식을 회복하지 못한 채 세상을 떠나고 말았습니다.

아씨를 여읜 주인의 상심은 너무나 가슴 아파 말로 표현할 수 없을 정도였습니다. 그 상처가 얼마나 깊었는지는 뒤에 나타난 여러 가지 결과가 보여주었습니다.

제가 보기에 불행을 가중시킨 한 가지 요인은 주인에게 상속인이 없다는 사실이었습니다. 저는 엄마 없는 허약한 아기를 보면서 그 점을 슬퍼했습니다. 또한 저는 속으로 돌아가신 린튼 영감님을 원망했습니다. 왜냐하면 당연한 일이긴 했지만 재산을 아들의 자손이 아닌 자신의 딸에게 물려준 결과가 되었기 때문입니다[에드거에게 아들이 없을 경우 이 농장의 재산은 모두 이사벨라에게 가며, 결국 이사벨라의 아들에게로 간다는 뜻].

반가운 아기가 아니었어요. 가엾은 아기였지요! 울다가 지쳐 죽을 뻔했습니다. 태어나서 몇 시간 동안 아무도 돌보지 않았으니까요. 우리는 나중에서야 그 무관심을 보상했습니다. 아기의 말년도 그럴지 모르겠지만 하여튼 태어난 처음부터 외톨이였습니다.

다음 날 아침은 밝고 상쾌한 날씨였습니다. 그 아침 햇살은 조용한 방의 덧문 사이로 살며시 비쳐 들어 침대와 그 위에 누워 있는 사람들을 푸근하고 부드러운 빛으로 휘감고 있었습니다.

에드거 린튼 씨는 베개를 베고 눈을 감고 있었습니다. 그의 젊고 수려한 얼굴은 곁에 누운 죽은 아씨의 얼굴만큼이나 시체 같았고 굳어 있었습니다. 그러나 그의 얼굴은 고뇌로 탈진되어 고요했으며, 아씨의 얼굴은 완전한 평화를 찾은 모습이었습니다. 아씨의 이마에는 주름 하나 없었고 눈은 감은 채 입술에는 미소가 어려 있었습니다. 하늘의 천사라도 아씨보다 더 아름다울 수는 없었을 것입니다. 저도 아씨가 누리는 그 무한한 평온을 함께 나누었습니다. 저는 그 성스러운 안식을 취하고 있는 고요한 형상을 바라보던 순간보다 더 거룩한 기분을 느껴본 적이 없습니다. 저는 직관적으로 아씨가 불과 몇 시간 전에 했던 말들을 입에 담아보았습니다.

"우리 모두와 비교할 수 없이 멀고 높은 곳으로! 아직 지상에 있든 천상에 가 있든 아씨의 혼은 하느님과 함께 편안하시기를!"

제가 괴팍해서인지는 모르겠습니다만, 저는 함께 밤샘하는 조객이 미친 듯이 절망적으로 곡을 하지 않는 한 시체가 있는 방에서 밤샘하는 동안 불행을 느끼지 않았습니다. 지상이나 지옥의 무엇도 방해할 수 없는 평온이 거기에 있는 것을 보기 때문입니다. 또한 영원하고 끝이 없는 내세…… 죽은 자들이 들어간 영원한 시간……. 생명은 무한히 지속되고 사랑은 끝없이 서로 화답하며 기쁨도 그 충만함에 있어 한정이 없는, 그런 곳에 대한 확실한 다짐을 느낄 수 있기 때문입니다. 주인이 캐서린 아씨의 이 축복받은 해방을 놓고 그처럼 애석해하는 것을 보았을 때, 주인의 사랑 같은 사랑 속에도 얼마나 지독한 이기심이 깃들어 있는가를 저는 깨달았습니다.

제멋대로 참을성 없게 살아온 아씨가 마지막에 이르러 평화의 안식처로 들어갈 자격이 있는지 의심할 사람도 있었을 것입니다. 냉정히 생각할 때는 의심스럽지만 아씨의 시신 앞에서는 그런 의심이 들지 않았습니다. 시신 자체가 드러내는 평온이 살아생전에도 똑같이 평온했었음을 보증하는 것 같았습니다.

"선생님, 그런 사람들이 저승에 가서도 행복하리라고 믿으십니까? 그 점이 저는 퍽 궁금합니다."

나는 딘 부인의 질문에 대답을 거부했다. 그 질문 자체가 어딘지 이단적인 것 같았기 때문이다. 그녀는 말을 계속했다.

"캐서린 린튼의 일생을 돌이켜보건대 그분이 저승에서 행복하리라고 생각할 수 없어요. 그건 창조주의 처분에 맡겨야겠군요."

주인은 잠든 것 같았습니다. 그래서 저는 해가 뜨자마자 방을 뛰쳐나와 순수하고 시원한 공기 속으로 슬쩍 나왔습니다. 하인들은 제가 긴 시간 동안 밤을 새서 엄습하는 졸음을 쫓기 위해 밖으로 나간 걸로 알고 있었지만, 사실 저는 히스클리프 씨를 만나는 게 목적이었습니다. 만일 그가 밤새 낙엽송 밑에 있었다면 농장에서 일어난 소동을 전혀 듣지 못했을 겁니다. 아마 심부름꾼이 기머튼으로 달려가는 말발굽 소리는 들었는지 모릅니다. 좀 더 집 가까이 다가왔더라면 여기저기서 번쩍이는 불빛이나 바깥문이 열리고 닫히는 것으로 미루어 집 안에 무슨 일이 일어났음을 눈치챘을 것입니다.

저는 그를 찾기를 바라면서 동시에 그를 만나는 것이 무서웠습니다. 저는 이 끔찍한 소식은 전해야 한다고 느껴서 빨리 알리고 싶었지만 어떻게 말해야 좋을지 알 수가 없었습니다.

250

히스클리프 씨는 거기에 있었습니다. 공원 속으로 적어도 몇 야드 더 들어간 곳에 있었습니다. 물푸레나무 고목에 기댄 채 모자를 벗고 있어서 움트는 나뭇가지에 맺혔던 이슬로 머리가 흠뻑 젖어 있었고, 이슬은 다시 그의 주변으로 비 오듯 떨어지고 있었습니다. 그는 그 자리에 오랫동안 서 있었던 모양이었습니다. 거기서 3피트도 떨어지지 않은 곳에서 검은지빠귀 한 쌍이 둥지를 짓느라 바삐 날아다니면서도 가까이에 있는 그를 나무토막만큼도 무서워하지 않더군요. 제가 다가가자 새들은 날아가버렸습니다. 그러자 그는 눈을 치켜뜨고 말했습니다.

"죽었군!" 그가 말했습니다. "난 그 소식을 듣기 위해 기다린 게 아니야. 손수건 치워. 내 앞에서 훌쩍거리지 마! 빌어먹을! 캐시는 당신들의 눈물을 바라지 않아!"

저는 아씨를 위해서 울었고, 그를 위해서도 운 것입니다. 우리는 때로 자기 자신이나 남에 대해 아무런 감정을 갖지 못하는 인간을 가엾게 여기지요. 저는 그의 얼굴을 보자마자 그가 이 재난을 이미 알고 있었다는 것을 깨달았습니다. 그의 입술이 움직이고 눈이 땅을 향해 있었기 때문에 저는 어리석게도 그가 마음을 가라앉히고 기도를 올리고 있는 줄로만 알았습니다.

"예, 아씨는 돌아가셨어요!" 저는 억지로 울음을 참고 볼을 닦으며 대답했습니다. "천국으로 가셨기를 바라요. 우리 모두 올바른 경고를 받아들여 악을 멀리하고 선을 따르면 천국으로 가서 아씨와 함께할 수 있을 겁니다."

"그러면 캐시가 올바른 경고를 받아들였단 말인가?" 히스클리프 씨는 비웃듯이 묻더군요. "캐시가 성자처럼 죽었나? 자, 사실대로 말해줘. 어떻게……."

그는 아씨의 이름을 말하려고 노력했지만 결국 하지 못했습니다. 입을 꾹 다문 채 내적 번민과 소리없이 싸우면서도 굽힐 줄 모르는 사나운 눈으로 노려보며 저의 동정 같은 건 받지 않겠다는 태세를 취하고 있었습니다.

"캐시가 어떻게 죽었지?" 그는 마침내 말을 계속했습니다. 그러나 강심장인 그도 뒤의 나무에 기대려고 했습니다. 내적 갈등을 치르고 난 그는 본인도 모르게 손가락 끝까지 떨고 있었습니다.

'불쌍한 인간!' 저는 생각했습니다. '역시 다른 사람들과 마찬가지로 감정과 신경을 가지고 있구나! 그런데 왜 그것을 감추려고 안달하는 거지? 네 자존심도 하느님의 눈을 속일 순 없어! 하느님을 속이려 들면 결국 굴욕의 눈물만 흘리게 될 거야!'

"어린 양처럼 조용히 돌아가셨어요." 제가 큰 소리로 대답했습니다. "한숨을 내쉬더니 어린애가 잠을 깰 때처럼 기지개를 켜고 다시 잠드셨어요. 5분 후 심장이 약하게 한 번 뛴다고 제가 느꼈는데, 더 이상 아무것도 없었어요!"

"그런데…… 내 이름을 말하지 않던가?" 그는 주저하듯 물었습니다. 그 질문에 대한 대답이 자칫 자신이 차마 들을 수 없는 어떤 상세한 내용까지 털어놓게 될까 봐 두려워하는 것 같았습니다.

"그 후로 아씨의 의식은 돌아오지 않았어요. 당신과 헤어진 뒤로 아씨는 아무도 알아보지 못했습니다." 제가 말했습니다. "아씨는 달콤한 미소를 머금고 누워 계셨어요. 마지막 순간에 아씨는 즐거웠던 어린 시절을 생각하신 것 같아요. 평온한 꿈을 꾸며 임종하셨으니…… 저승에서 부디 친절한 눈빛으로 깨어나시기를 빕니다."

"제발 고통 속에서 깨어나기를!" 그는 놀랄 만큼 난폭하게 두 발로 땅을 구르며 억제할 수 없는 격정의 발작 속에서 신음하듯 외쳤습니다. "원 이건! 끝까지 거짓말을 했군! 지금 어디 있는 거야? 거기는 아니야, 천국도 아니야, 죽지 않았어⋯⋯. 그러면 어디야? 아, 당신은 내 고통 따위는 상관하지 않는다고 말했지! 그러니까 나도 기도 하나 해야겠군. 혀가 굳어질 때까지 되풀이하겠어. 캐서린 언쇼, 내가 살아 있는 한 당신에겐 안식이 없기를! 내가 당신을 죽였다고 말했지? 그럼 귀신이 되어 나한테 찾아와봐! 죽은 사람은 자신을 죽인 사람에게 혼백으로 나타난다고 난 믿고 있어. 유령들은 이승을 배회한다고 알고 있어서 하는 말이야. 항상 나와 함께 있어주면 돼. 어떤 형태를 하고 와도 좋아. 나를 미치게 해줘! 다만 당신을 볼 수 없는 이 심연 속에 나를 남겨두지만 마! 오, 하느님! 너무하십니다! 제 생명 없이 저는 살 수 없습니다! 제 영혼 없이는 살아갈 수 없습니다!"

히스클리프 씨는 옹이 박힌 나무 몸통에 머리를 들이받았습니다. 눈을 치켜뜨고는 사람이 아니라 마치 칼과 창에 찔려 죽어가는 야수처럼 울부짖었습니다.

저는 그 나무껍질에 튄 몇 개의 핏자국을 보았습니다. 그의 손과 이마는 피로 물들어 있었습니다. 제가 본 이 장면은 아마도 밤중에도 여러 번 되풀이되었던 것 같았습니다. 이런 행동은 연민을 자아내기보다 공포감을 안겨주는 것이었습니다. 그런데도 저는 그를 그냥 내버려두고 가고 싶지는 않았습니다. 그러나 제가 보고 있다는 것을 깨달을 만큼 정신이 든 순간, 히스클리프 씨는 저더러 꺼지라고 큰 소리로 명령했습니다. 저는 순순히 따랐습니다. 제 재주로는 도저히 그를 진정시키거나 위로할 수 없었습니다.

아씨의 장례식은 돌아가신 그 주 금요일에 거행하기로 결정했습니다. 그때까지는 관에 뚜껑을 덮지 않고 꽃과 향기로운 나뭇잎으로 장식하여 넓은 응접실에 안치되었습니다. 주인은 밤낮을 그곳에서 보내며 잠도 자지 않는 지킴이 노릇을 했습니다. 그리고 저만 아는 사실이지만, 히스클리프 씨도 적어도 여러 날 밤을 밖에서 새웠던 것입니다. 그도 주인처럼 전혀 잠을 자지 않았습니다.

저는 히스클리프 씨와 접촉할 기회를 갖지 않았지만, 할 수 있으면 안으로 들어오려고 하는 그의 의도를 알고 있었습니다. 화요일에 날이 저물고 주인이 너무 지친 나머지 두 시간쯤 방을 비운 사이에, 저는 아씨의 시신이 안치된 방으로 가서 창문 하나를 열어두었습니다. 히스클리프 씨의 끈기에 감동하여 그가 자기 우상의 사라져가는 모습에 마지막 작별을 고할 수 있는 기회를 주기 위해서였습니다.

그는 이 기회를 놓치지 않고 조심스럽게 재빨리 들어왔습니다. 어찌나 조심스럽게 들어왔는지 소리를 전혀 내지 않아서 그가 안에 들어온 것이 드러나지 않았습니다. 정말이지 아씨의 얼굴을 덮었던 천이 헝클어지고 방바닥 위에서 은실로 묶은 금발의 고수머리를 보지 않았더라면 그가 거기 들어왔었다는 것을 저도 몰랐을 것입니다. 자세히 살펴보니 그 머리카락은 아씨의 목에 걸어둔 로켓에서 꺼낸 것이 분명했습니다. 히스클리프 씨는 그 장신구의 뚜껑을 열어 그 속에 든 것을 꺼내고 자기의 검은 머리카락을 대신 넣어두었던 것입니다. 저는 두 사람의 머리카락을 함께 꼬아서 그 속에 도로 넣어두었습니다.

물론 언쇼 씨는 누이의 장례식에 참석해달라는 부고를 받았지만 아무 변명도 없이 오지 않았습니다. 그래서 남편 린튼 씨 이외에 영결식에 참석한 사람은 소작인과 하인들뿐이었습니다. 이사벨라 아씨는 초청되지도 않았습니다.

마을 사람들도 깜짝 놀란 일이지만, 캐서린 아씨가 묻힌 장소는 교회 안에 있는 린튼 가의 조각된 기념비 아래도 아니고 교회 바깥의 아씨 친정댁의 묘소도 아니었습니다. 교회 묘지 한구석 비탈진 푸른 언덕에 묻혔던 것입니다. 그곳은 담이 너무 낮아서 들판의 무성한 히스며 월귤나무 줄기가 기어 올라오고 토탄으로 파묻히다시피 되어 있었습니다. 지금은 아씨의 남편도 그곳에 함께 묻혀 있습니다. 무덤임을 알리는 표시로 위에는 각각 단순한 비석이 있고 아래에는 수수한 회색 돌이 놓여 있습니다.

# 3

　그 금요일은 한 달에 걸쳐 지속되던 좋은 날씨의 끝자락이었습니다. 저녁이 되면서 그 좋았던 날씨가 끝나더니 바람은 남풍에서 북동풍으로 바뀌고, 처음에는 비가 내리다가 나중에는 진눈깨비와 눈보라가 휘몰아쳤습니다.

　아침이 되자 여름 같은 날씨가 3주일이나 계속되었다고는 믿어지지 않을 정도였습니다. 앵초와 크로커스가 눈더미에 자취를 감추고, 종달새들도 울음을 그치고, 일찍 돋아난 나무들의 어린 잎들은 난타를 당해 온몸이 검게 멍들어 있었습니다. 그 이튿날 아침은 지겹고 쌀쌀하고 울적하게 천천히 지나가더군요! 주인은 자기 방에 틀어박혀 있었습니다. 저는 쓸쓸한 거실을 육아실로 바꾸고 거기에 들어앉아 있었지요. 자꾸만 울어대는 인형 같은 아기를 무릎 위에 올려놓고 이리저리 흔들어주면서, 커튼이 없는 창으로 몰려와 쌓이는 눈발을 바라보고 있었습니다. 그때 문이 열리더니 누군가가 웃으면서 헐레벌떡 들어오는 것이었습니다.

　잠시였지만 저는 놀랐다기보다 분노가 치밀었습니다. 저는 하녀 중의 한 명인 줄 알고 소리를 질렀습니다.

　"그만 웃지 못해! 어떻게 감히 여기서 그렇게 경솔하게 구는 거니? 린튼 주인님이 들으시면 뭐라 하시겠니?"

"미안해!" 귀에 익은 목소리가 대답했습니다. "하지만 난 에드거 오빠가 자고 있는 것을 알거든. 참을 수도 없었어."

그렇게 말하더니 그녀는 난롯가로 와서 숨을 가쁘게 쉬며 손을 허리에 얹는 것이었습니다.

"워더링 하이츠에서 줄곧 뛰어왔어!" 그녀는 잠시 말을 멈췄다가 다시 계속했습니다. "날아온 곳도 있지만. 얼마나 넘어졌는지 셀 수도 없어. 아, 온몸이 쑤시는군! 놀라지 마. 숨 좀 돌리고 곧 설명할게. 수고스럽겠지만 우선 나가서 나를 기머튼으로 데려다 줄 마차를 불러주고, 하녀에게 일러서 내 옷장을 열어 옷을 몇 벌 챙기라고 해줘."

그 침입자는 히스클리프 부인이었습니다. 분명히 그녀는 웃을 경황이 아닌 것 같았습니다. 머리카락은 눈과 눈 녹은 물에 젖어 어깨로 흘러내려 있었습니다. 여느 때처럼 처녀 티가 나는 옷을 입었는데, 그 옷차림은 자신의 신분보다는 나이에나 걸맞은 것이었습니다. 소매가 짧고 앞이 깊게 팬 드레스를 입고 있었고, 머리와 목에는 아무런 것도 없었습니다. 드레스는 얇은 실크라 젖어서 몸에 달라붙어 있었습니다. 발은 얄팍한 슬리퍼만으로 싸여 있고, 귀 밑에는 깊은 상처가 있었는데 추위로 출혈은 멈춰 있더군요. 하얀 얼굴에는 긁힌 자국과 타박상이 있었고, 지칠 대로 지쳐 몸을 제대로 가누지도 못했어요. 그래서 시간 여유를 갖고 자세히 살폈을 때도 처음에 놀란 제 가슴은 가라앉지 않았습니다.

"아이고머니, 아가씨!" 제가 소리쳤습니다. "그 옷을 죄다 벗고 새 옷으로 갈아입으시기 전에는 한 발짝도 움직이지 않고 아무 말도 듣지 않겠습니다. 또한 오늘 밤에 기머튼으로 갈 수 없을 테니 마차도 부르지 않겠어요."

"꼭 가야 해." 그녀가 말했습니다. "걸어서 가든 마차로 가든 말이야. 하지만 옷을 갈아입는 건 마다하지 않겠어. 아, 내 목에 피가 흐르는 것 좀 봐! 불을 쬐니까 몹시 쓰리네."

이사벨라 아가씨는 지시를 따르지 않으면 자기 몸에 손도 못 대게 하겠다고 고집했습니다. 마부를 대령시키고 하녀에게 필요한 옷가지를 챙기도록 이르고 나서야, 상처에 붕대를 감고 옷을 갈아입게 제가 돕는 것을 허락하더군요.

"자, 엘렌." 제가 일을 끝내자 이사벨라 아가씨는 차 한 잔을 앞에 놓고 난롯가 안락의자에 앉아 말했습니다. "내 앞에 앉아봐. 캐서린의 가엾은 아기는 저리 치워, 꼴도 보기 싫으니까! 내가 여기 들어올 때 그렇게 바보처럼 웃었다고 해서 내가 캐서린을 좋아하지 않았다고 생각하진 마. 나도 몹시 울었어. 그래, 누구보다도 난 울어야 할 이유가 있어. 기억하겠지만 우리는 화해도 못한 채 작별한 거야. 그래서 나 자신을 용서할 수 없어. 그러나 그건 그렇다 쳐도, 난 그 사람을 동정할 마음이 없었어. 그 짐승 같은 인간 말야! 아, 그 부지깽이 좀 이리 줘! 이건 내 몸에 지니고 있는 그의 마지막 물건이야." 그녀는 넷째 손가락에서 금반지를 빼내 마룻바닥에 내동댕이쳤습니다. "으깨버려!" 그녀는 어린애 같은 앙심을 품고 팽개치더니 말을 계속했습니다. "이번에 태워버려야겠어!" 그러고는 반지를 집어 임자가 없어진 그 물건을 석탄불 속에 던져버렸습니다. "저것 봐! 그가 나를 데려가려면 또 하나를 사야 할걸. 에드거를 괴롭히기 위해서라도 나를 데리러 올 거야. 그런 생각이 그의 악독한 머리에 떠오르면 안 되니까 나는 여기서 지체할 수 없어! 게다가 에드거 오빠도 나한테 친절하지 않았어. 그렇지? 그래서 나는 오빠의 도움을 청하러 오지도 않을 거고 오빠를 곤경에 빠뜨리지도 않을 거야. 지금은 어쩔 수 없이 이리로 피신 온 거야. 오빠가 없다는 걸 알지 못했다면 난 부엌에 가서 얼굴이나 씻고 몸을 녹인 다음, 엘렌에게 필요한 것들을 챙겨달라고 해서 그 지겨운 사람들의 손이 닿지 않는 어디론가 떠났을 거야. 사람의 탈을 쓴 귀신의 손이 닿지 않는 곳으로 말야! 아, 그 사람은 정말 포악해. 그에게 붙잡혔다가는! 언쇼 씨도 힘으로는 그의 상대가 되지 못하니, 참 원통한 일이야. 그 사람이 히스클리프를 해치울 수 있었다면, 히스클리프가 맞아 죽은 것을 보기 전에는 도망하지 않았을 거야!"

"저, 아가씨, 말을 좀 천천히 해요." 제가 말을 가로챘습니다. "얼굴을 싸매드린 손수건이 풀려서 피가 또 흐르겠네요. 차를 드시고 숨 좀 돌리세요. 그리고 그만 웃으세요. 이 집 지붕 밑에서 웃는다는 것은 슬프게도 격에 맞지 않아요. 아가씨 입장도 그렇고요!"

"그렇긴 해." 그녀가 대답했습니다. "저 아기 소리를 들어봐! 끊임없이 울어대는군. 내 귀에 들리지 않게끔 한 시간만 어디로 보내버려. 그 이상 지체하진 않을게."

저는 초인종을 울려서 하인을 불러 아기를 맡겼습니다. 그러고 나서 어째서 그렇게 초라한 모습으로 워더링 하이츠에서 도망쳐 온 것인지, 여기에 있기도 싫다면 도대체 어디로 갈 작정인지를 물어보았습니다.

"여기 있어야 하고, 또 그러고 싶어." 그녀가 대답했습니다. "그 이유는 에드거 오빠를 위로하고 아기도 돌보고 싶어서야. 또 여기가 바로 내 집이기 때문이야. 그러나 엘렌에게 말해두지만, 그 사람이 나를 그렇게 하라고 내버려두지 않을 거야! 내가 피둥피둥 살찌면서 즐겁게 사는 걸 그가 보고만 있을 것 같아? 우리 남매가 평온하게 사는 걸 보면서 훼방 놓지 않고 배길 것 같아? 내 목소리가 들리거나 내 모습이 눈에 띄는 것조차 그에게는 심각한 괴로움이 되는 지경까지 그가 날 싫어하게 되었으니 이제 나도 만족해. 내가 제 앞에 나타나기만 해도 그의 안면 근육이 자신도 모르게 일그러지면서 증오의 표정으로 변하는 것을 알게 되었어. 내가 자기를 싫어할 수밖에 없는 이유를 그는 알고 있어. 또 한편으로 그는 애당초 나를 싫어했어. 나를 싫어하는 감정은 워낙 강해서 나를 찾아내려고 온 영국 땅을 헤매지는 않을 거라고 나는 확신해. 내가 교묘하게 도망치기만 한다면 그렇다는 말이야. 그러니까 난 떠나야 해. 처음에는 그의 손에 죽고 싶다는 욕망이 있었지만 이제 그런 욕망은 사라졌어. 차라리 그가 자살했으면 좋겠다는 생각이 들어! 그는 내가 자기에게 품고 있는 애정을 효과적으로 시들게 했어. 그래서 내 마음은 편안해. 내가 그를 얼마나 사랑했었는지는 기억할 수 있어. 또 막연하게나마 그를 여전히 사랑할 수 있으리라는 생각도 들 때가 있지. 만일…… 아니지, 그건 아냐! 만일 그가 나한테 홀딱 반했다 하더라도 그 악마의 본성은 어떤 식으로든 드러났을 거야. 캐서린은 그를 그렇게 잘 알면서도 그를 소중히 여겼다니, 참 변태적인 취미를 가졌었나 봐. 괴물 같으니! 그 괴물이 이 세상에서 없어지고 내 기억에서 사라져버린다면 얼마나 좋을까!"

"쉿! 쉿! 그분도 인간이에요." 제가 말했습니다. "좀 더 자비롭게 생각하세요. 세상에는 그보다 나쁜 사람들이 아직도 많아요!"

"그는 인간이 아니야!" 이사벨라가 반박했습니다. "그에겐 내 자비심을 바랄 권리가 없어. 난 그에게 마음을 바쳤는데, 그는 그것을 받아 비틀어 죽이더니 내게 도로 던져버렸어. 엘렌, 사람은 마음으로 느끼는 거야. 그런데 그가 내 마음을 죽여버려서 난 그에 대해 뭘 느낄 힘이 없어졌어. 그래서 그가 캐서린의 죽음 때문에 아무리 신음해도 난 죽을 때까지 그를 동정하지 않을 거야. 캐서린을 위해 피

눈물을 흘리라고 해! 절대, 절대 난 동정 안 해!" 여기서 이사벨라는 울기 시작했습니다. 하지만 곧 속눈썹에서 눈물을 닦아내며 말을 이었습니다.

"왜 내가 끝내 도망 나왔느냐고 물었지? 그럴 수밖에 없었어. 그가 내게 품은 악감 정도가 아닌 미친 분노를 느끼게끔 하는 데 내가 성공했기 때문이야. 빨갛게 단 집게로 신경을 뽑아내는 것은 머리통을 강타하는 것보다 더한 침착성을 요하는 일이야. 그가 자랑하던 악마 같은 조심성을 잃고 살인적인 폭력을 행사하기에 이르더군. 나는 그가 노발대발하도록 만들 수 있다는 것에 쾌감을 느꼈어. 그런 쾌감이 내 속에서 자기방어 본능을 일깨웠어. 그래서 나는 완전히 자유의 몸이 된 거야. 혹시 내가 다시 그의 손아귀에 붙잡힌다면, 까짓것, 지독한 복수 따위 할 테면 하라지.

엘렌도 알다시피, 어제 언쇼 씨는 장례식에 갔어야 했어. 그래서 그는 안 취하고 정신을 차리고 있더라고. 꽤 말짱했어. 그런데 아침 6시에도 잠자리에 들지 않더니, 12시에도 취한 채 일어나지 않았어. 그는 결국 일어났지, 자살이라도 할 것처럼 의기소침한 상태로 말이야. 교회에 가도 무도회에 가도 어울렸을걸. 하지만 그런 데로 가는 대신 그냥 난롯가에 앉아 진인지 브랜디인지 모르지만 큰 잔으로 마구 들이켜더군.

히스클리프…… 이름만 들어도 소름이 끼치는군. 그는 지난 일요일부터 오늘까지 집에 없었어. 천사들이 먹여주었는지 지옥의 자기 혈족들이 먹여주었는지 난 몰라. 하여튼 그는 거의 한 주 동안 우리와 같이 식사를 하지 않았어. 새벽에 집으로 돌아오더니 위층 자기 방으로 들어가 문을 걸어 잠그고 은신하더군. 누가 자기하고 같이 있고 싶어 하기나 하는 것처럼, 원, 참! 거기서 감리교도처럼 기도를 계속하는데, 그가 애걸하는 유일한 신은 이제 감각도 없는 한 줌의 흙이더군. 그가 부르는 하느님은 자기의 아버지인 사탄과 묘하게 혼합된 존재였어! 목이 쉬고 목소리가 목구멍에 걸려 안 나올 때까지 이어지는 이 대단한 기도가 끝나면 그는 으레 밖으로 나가더군. 그때마다 이 농장으로 곧장 달려왔을 거야. 에드거 오빠가 어째서 경관을 불러 그를 감옥에 가두지 않는지 이상하다니까! 캐서린 올케에 대해 나도 슬픔을 금할 길 없지만, 그 지독한 정신적 억압에서 풀려난 요 며칠을 휴일로 생각하지 않을 수 없다고.

난 조셉의 끝없는 설교를 울지 않고 들을 수 있을뿐더러 전과는 달리 겁먹은 도둑처럼 살금살금 걷지 않고도 집 안을 오르내릴 수 있을 만큼 충분한 용기를 갖게 되었어. 엘렌은 조셉이 던지는 무슨 말에 내가 울음을 터뜨린다고는 생각하지 않겠지? 그러나 조셉과 헤어튼은 같이 살기 싫은 상대들이야. 차라리 힌들리 씨와 함께 앉아서 그의 끔찍한 이야기를 듣는 편이 낫지. 그 '꼬마 주인'과 그의 끈질긴 지지자인 끔찍한 영감하고 같이 있기보다는 그쪽이 나아!

히스클리프가 있을 때는 어쩔 수 없이 부엌에 가서 그들과 같이 있든지, 습기 찬 빈방들 중 아무 방에나 들어가 굶기 일쑤였어. 이번 주처럼 그가 없을 때는 난롯가 한구석에 식탁과 의자를 갖다 놓고 언쇼 씨가 무엇을 하고 시간을 보내든 상관 안 하는 거야. 그분도 내가 하는 일을 방해하지 않아. 그분은 이제 누가 건드리지 않으면 전보다 말수가 없어졌어. 전보다 더 침울하고 풀이 죽어 있고 난폭한 구석도 적어졌어. 그분은 분명히 변했다고 조셉이 장담하더라니까. 주님이 그의 마음을 어루만져서 '불구덩이에서' 구원을 받았다는 거야. 그렇게 좋게 변한 표적을 찾아볼까 했지만 그런 것은 다 나하고는 상관없는 일이야.

어젯밤에 나는 내 구석 은신처에 앉아 밤 12시가 되도록 어떤 헌
책들을 읽고 있었어. 밖에서는 눈보라가 사납게 몰아치고 있어서 위
층으로 올라가기에도 너무 무시무시하더군. 그런데 자꾸 교회 묘지
와 새로 만든 무덤이 생각나는 거야! 앞에 놓인 책에서 눈만 들면 그
우울한 장면이 즉각 눈앞에 떠오르는 거였어.

머리를 한 손에 기댄 채 힌들리 씨는 내 맞은편에 앉아 있었는
데, 아마 나와 같은 생각을 하고 있었을 거야. 그는 정신을 잃지 않
을 정도만 술을 마시고 두세 시간 동안 꼼짝도 하지 않은 채 침묵을
지키고 있었어. 이따금 창을 흔드는 바람의 신음 소리와 석탄이 튀
는 희미한 소리, 때때로 내가 초의 길어진 심지를 자르는 가위 소리
이외엔 집 안에 정적만이 감돌았지. 아마 헤어튼과 조셉은 곤히 잠
들어 있었나 봐. 아주 슬픈 시간이었어. 책을 읽으면서도 나는 한숨
을 내쉬었어. 세상의 모든 기쁨은 사라지고 결코 되찾을 수 없는 것
같았어.

그 슬픈 고요함도 마침내 부엌의 빗장을 흔드는 소리로 깨지더
군. 히스클리프가 밤샘을 하다가 여느 때보다 일찍 돌아온 거야. 갑
작스런 폭풍 때문이었나 봐.

그 문이 잠겨 있으니까 다른 문으로 들어오려고 돌아가는 발소리
가 들리더군. 내가 억누를 수 없는 내 감정 표현을 입술에 올리면서
몸을 일으키자 여지껏 문 쪽을 노려보고 있던 힌들리 씨가 몸을 돌
려 나를 쳐다보았어.

'내가 저놈을 5분간만 못 들어오게 하겠소.' 그가 외치더군. '반
대하지 않겠죠?'

'그렇게 하세요. 저를 위해서도 밤새 밖에 세워둬도 좋습니다.'
나는 대답했어. '어서요! 자물쇠를 채우고 빗장을 걸으세요.'

히스클리프가 앞문으로 오기 전에 언쇼 씨는 그 잠그는 일을 끝마치더군. 그러고는 내 맞은편으로 의자를 끌고 와 탁자 위에 몸을 기대더니 증오심에 불타는 눈을 번득이며 공감을 구하는 것처럼 내 눈을 쳐다보는 거야. 그때 그는 모습뿐만 아니라 감정마저도 자객과 같아서, 자신이 내게서 구하는 그 공감은 얻지 못했지만 말을 걸어 볼 용기를 얻을 만큼의 공감은 얻었다는 생각이 들었나 봐.

'당신과 나는……' 하고 그가 말하더군. '저 밖에 있는 사나이와 청산해야 할 빚이 있어요! 우리 둘 다 겁쟁이가 아니라면 힘을 합쳐 그것을 돌려줄 수 있을 거요. 당신도 당신의 오빠처럼 겁쟁이요? 끝까지 참기만 하고 단번에 반격할 생각은 없소?'

'난 이제 더 이상 참을 수 없어요.' 내가 대답했어. '저한테 되돌아오지 않을 보복이면 기꺼이 찬성합니다. 그렇지만 배반과 폭력은 양쪽 끝이 뾰족한 창과 같아요. 그런 무기를 쓰는 사람은 적보다 더 심하게 다치게 마련이지요.'

'배신과 폭력은 바로 그 배신과 폭력에 대한 정당한 보복인 것이오!' 힌들리 씨가 소리치더군. '히스클리프 부인, 그저 가만히 앉아 입만 다물고 있으면 됩니다. 그렇게 할 수 있죠? 당신도 저 악마의 최후를 보는 것이 나만큼 기쁠 겁니다. 당신이 선수 치지 않으면 놈이 당신을 죽일 겁니다. 또한 나도 파멸시키고 말 겁니다. 빌어먹을 지옥의 악마 같으니! 놈이 벌써 이 집의 주인이나 된 것처럼 문을 마구 두드리고 있군! 입 다물고 있겠다고 약속하시오. 그러면 저 시계가 치기 전에…… 1시 3분 전이군…… 당신은 자유의 몸이 될 거요!'

그러고 나서 그는 내가 전에 편지에 썼던 그 흉기를 자기 가슴에서 꺼내더니 촛불을 끄려고 하더군. 하지만 나는 그것을 빼앗고 그의 팔을 붙잡았어.

'저는 입 다물고 있지 않겠어요.' 내가 말했어. '그이에게 손을 대서는 안 돼요. 문이나 잠그고 가만히 있기나 하세요.'

'안 돼! 난 이미 결심했소. 맹세코 실천에 옮기겠소!' 그 절망에 빠진 사람이 소리치더군. '당신이 어떻게 생각하든, 난 당신에겐 친절을 베풀고 내 아들 헤어튼에겐 정당한 대우를 해주고 싶은 거요! 그러니 나를 막으려고 수고할 필요 없어요. 캐서린은 죽었소. 이 순간 내가 내 목을 잘라도 날 불쌍히 여기거나 수치스럽게 생각할 사람은 살아 있지 않소. 지금이 끝장을 낼 시간이오!'

난 차라리 곰하고 싸우거나 미치광이를 설득하는 편이 낫겠다는 생각이 들더군. 내가 할 수 있는 일이라곤 창가로 달려가서 목표물로 찍힌 자에게 닥쳐올 운명을 알려주는 것뿐이었어.

'오늘 밤엔 아무 데고 다른 곳에 가서 주무세요!' 나는 자못 의기양양한 어조로 소리쳤지 뭐야. '언쇼 씨가 당신이 기어코 들어오기를 고집하면 총으로 당신을 쏘려고 하고 있어요.'

'문을 여는 게 좋겠군, 당신이…….' 히스클리프는 지금 반복하기도 싫은 무슨 고상한 말로 나를 부르며 대답하는 것이었어.

'난 이 일에 끼어들지 않겠어요.' 내가 다시 대꾸했어. '원한다면 들어오세요. 그리고 총을 맞고 죽어요. 난 내 의무를 다 했어요.'

난 그렇게 말한 뒤에 창문을 닫고 난롯가의 내 자리로 돌아왔어. 그를 위협하고 있는 위험에 대해 조금이라도 걱정하는 척할 만한 위선이 내겐 없었거든.

언쇼 씨는 내게 격렬히 욕설을 퍼붓더군. 아직도 내가 그 악당을 사랑하고 있다느니 하면서 내가 드러낸 비열함에 대해 별의별 욕을 다 해대는 거야. 그런데 나는 양심의 가책을 조금도 느끼지 않으면서 이런 생각을 했어. 히스클리프가 이 사람을 죽여서 불행에 종지부를 찍어준다면 이 사람을 위해서 얼마나 좋은 일인가! 또한 이 사람이 히스클리프를 죽여서 그가 있어야 할 적당한 곳으로 보내버린다면 내게 얼마나 큰 축복일까! 내가 이런 생각에 빠져 있는데, 내 등뒤의 창문이 히스클리프의 주먹에 쾅 소리를 내며 방바닥으로 떨어지고 그가 그 시커먼 얼굴을 기분 나쁘게 불쑥 안으로 들이밀더군. 창문을 지탱하는 좁은 기둥 사이에 어깨가 걸려 들어오지 못하고 있어서 난 안전하다는 생각에 신이 나서 미소를 지었어. 그의 머리와 옷은 눈으로 덮여 새하얗더군. 식인종처럼 날카로운 이는 추위와 분노로 어둠 속에서도 하얗게 빛나고 있었어.

'이사벨라, 나를 들어가게 해줘. 그렇지 않으면 후회하게 해줄 거야!' 조셉의 말을 빌리자면, 그는 정말 으르렁거렸어.

'살인을 저지를 순 없어요.' 내가 대답했어. '힌들리 씨가 칼과 실탄이 든 권총을 들고 망을 보고 있다고요.'

'그럼 부엌문을 열어!' 히스클리프가 말했어.

'힌들리 씨가 나보다 먼저 그리로 갈 텐데요' 하고 내가 대답했어. '이런 눈보라를 견디지 못하다니, 당신의 사랑도 허약하군요! 여름 달이 비치는 동안 우리는 편히 잠자리에 들 수 있었는데, 겨울 바람이 불어오는 순간엔 당신도 피난처를 찾아 허둥대야 하는군요! 히스클리프, 내가 당신이라면 당장이라도 올케의 무덤 위에 누워 충성스런 개처럼 죽어버리겠어요. 지금 같아선 세상 살 가치가 없을 거예요, 그렇죠? 캐서린은 당신의 삶의 모든 기쁨이라는 생각을 나한테 똑똑히 심어주지 않았나요? 그녀가 죽었는데 당신이 살아남을 생각을 하다니, 난 상상도 할 수 없네요.'

'놈이 거기 있군. 그렇지요?' 언쇼 씨가 소리치더니 그 뚫린 창으

로 달려가더군. '팔을 내밀 수만 있다면 놈을 명중시킬 수 있겠는데!'

엘렌, 나를 참으로 사악한 계집이라고 생각할까 봐 걱정이 돼. 하지만 엘렌은 다 아는 게 아니니까 속단하지는 마! 그런 인간일지라도 난 결코 그 생명을 없애려는 계획을 돕거나 충동질할 마음은 없었어. 그러면서도 그가 죽기를 속으로 바랐지. 그래서 그가 언쇼 씨에게 달려들어 무기를 빼앗았을 때는 대단히 실망했어. 이어 내가 그에게 퍼부은 빈정거림에 대한 보복이 돌아올 걸 생각하니 온몸에 힘이 쭉 빠지더군.

장전되었던 총알이 발사되었고, 칼은 뒤로 튀더니 그 주인의 손목에 꽂히고 말았어. 히스클리프가 그 칼을 힘껏 빼는데, 칼이 빠질 때 살이 잔뜩 찢어지더군. 히스클리프는 피가 뚝뚝 떨어지는 칼을 자기 주머니에 집어넣었어. 그러고 나서 그는 돌을 주워 창문 사이의 칸막이를 부수고 안으로 뛰어들었어. 그의 상대는 심한 고통과 동맥이나 대정맥에서 흘러나온 선혈로 정신을 잃고 쓰러져 있었고.

히스클리프라는 악한은 바닥에 쓰러진 언쇼 씨를 발로 걷어차고 밟으면서 머리를 몇 번이나 돌바닥에 찧었어. 그러면서 조셉을 부르러 가지 못하도록 한 손으로는 나를 붙잡고 있었지.

히스클리프는 초인적인 자제력을 발휘해서 언쇼 씨를 완전히 죽이지는 않았어. 하지만 숨이 차서 공격을 멈추더니 겉보기에 죽은 것 같은 언쇼 씨의 몸뚱이를 끌어다 긴 의자에 올려놓더군.

그러고 나서 그는 언쇼 씨의 소매를 찢어 우악스럽게 그의 상처를 싸매주면서 앞서 발로 찰 때처럼 침을 뱉으며 계속 기운차게 욕을 퍼붓는 거야. 그에게서 풀려나자마자 나는 조셉 영감을 찾아갔는데, 그는 급히 떠들어대는 내 얘기를 대충 알아듣더니 한꺼번에 계단을 두 개씩이나 뛰어 내려가더군.

'도대체 무슨 일이야? 웬 난리들이지?'

'이런 난리지 뭐긴 뭐야.' 히스클리프가 천둥 치듯 소리치더군. '영감의 주인이 미쳐버렸어. 앞으로 한 달쯤 더 살면 난 이놈을 정신 요양소에 집어넣겠어. 도대체 무슨 속셈으로 문을 잠그고 날 못 들어오게 했지? 이 이빨 빠진 늙은 개야! 거기서 우물우물 지껄이며 서 있지 마. 이리 와. 내가 이놈을 간호해주게 생겼어? 피나 좀 닦아. 촛불을 조심해. 이놈의 피는 반 이상이 브랜디니까!'

'아, 그럼 당신이 주인을 죽이려 했군!' 조셉은 공포에 사로잡혀 손을 쳐들고 눈을 치켜뜨며 소리쳤어. '이런 끔찍한 일이 있나! 하느님, 제발…….'

히스클리프가 영감을 밀자 영감은 흥건한 피 한가운데에서 무릎을 바닥에 대며 주저앉았어. 그러자 히스클리프는 영감에게 수건을 던져주더군. 그러나 영감은 피를 닦는 대신 양손을 모으고 기도를 시작하는 거였어. 난 괴상한 기도문을 듣고 웃음보를 터뜨리지 않을 수 없었지. 나는 어떠한 것에도 충격을 받지 않는 정신 상태가 된 거야. 교수대 아래로 끌려온 어떤 흉악범들에게 나타나는 그런 무모함이 내게도 생겨 있었다고.

'아, 내가 널 잊고 있었군.' 그 폭군이 말했어. '너도 피나 닦아. 꿇어앉아. 너, 독사 같은 년, 이놈과 공모해서 날 공격하려 했지? 자, 맛 좀 봐라!'

히스클리프는 내 이가 서로 부딪쳐 딱딱 소리가 나도록 날 흔들더니 조셉 옆에 꿇어앉히는 것이었어. 한편 조셉은 꾸준히 하던 기도를 끝내고 일어서며 자기는 당장 농장으로 가겠다고 선언했어. 린튼 씨는 치안 판사니까 설령 부인이 쉰 명이나 죽었다 해도 이번 일은 조사해야 한다는 것이었어.

그의 결심이 어찌나 확고한지 히스클리프는 내 입을 통해서 사건 발생의 경위를 밝히는 편이 낫겠다고 생각했나 봐. 그래서 내가 영감의 질문에 마지못해 답하고 있는 동안 히스클리프는 화를 못 참고 식식거리고 있었어.

이 소동을 일으킨 장본인이 히스클리프가 아니라는 사실을 조셉 영감에게 납득시키는 것은 여간 힘들지 않았어. 특히 내 대답이란 게 마지못해 나오는 것이었으니까. 그런데 잠시 후 언쇼 씨가 아직 살아 있다는 확신이 영감에게 든 거야. 그러자 영감은 주인에게 위스키를 먹이는 처방을 서둘렀어. 그 위스키 덕택에 주인은 이윽고 꿈틀거리더니 의식을 찾는 거였어.

히스클리프는 언쇼 씨가 의식이 없는 동안 당한 구타에 대해 아무것도 모른다는 것을 눈치채고는, 술에 취해 제정신이 아니더라고 말하고 그의 포악한 행위에 대해서는 더 이상 말하지 않겠으니 가서 잠이나 자라고 하더군. 기쁘게도 히스클리프는 이런 철든 충고까지 하고 나가버렸어. 그러자 힌들리 씨는 벽난롯가에 몸을 길게 펴고 눕더군. 나는 내 방으로 가면서 이렇게 쉽게 빠져나온 것을 신기하게 여겼어.

오늘 정오가 되기 반 시간쯤 전에 아래층으로 내려와 보니, 언쇼 씨는 몹시 아픈 듯 난롯가에 앉아 있었고 악령 같은 히스클리프는 초췌하고 유령처럼 창백한 얼굴을 하고 굴뚝에 기대어 서 있더군. 둘 다 식사할 생각이 없는 것 같아서 식탁 위의 음식들이 다 식어버릴 때까지 기다리다가 나 혼자 먹기 시작했어.

나는 아무 거리낄 것 없이 실컷 먹었어. 이따금 침묵하고 있는 두 남자들을 바라보며 일종의 만족감과 우월감을 느꼈어. 난 양심에 거리낄 게 하나도 없다는 위안마저 느꼈던 거지.

식사를 마친 후 여느 때와는 달리 대담무쌍하게 난로로 다가가 언쇼 씨 자리를 돌아 그의 옆 구석 자리에 주저앉았지 뭐야.

히스클리프는 내 거동을 거들떠보지도 않더군. 그래서 나는 그의 얼굴이 돌로 변해버렸구나 생각하고 자신 있게 그 얼굴을 자세히 살폈어. 한때는 정말 사내답다고 여겨졌지만 지금은 악마 같다고 생각되는 그의 이마는 무서운 구름으로 그늘져 있었어. 그의 도마뱀 눈은 수면 부족으로 거의 빛을 잃었고. 속눈썹이 젖은 것으로 보아 그는 울고 있었던 거야. 그의 입술에서도 지독했던 냉소는 사라지고 말로 표현할 수 없는 슬픈 표정이 그 입술을 봉합하고 있더군. 만일 다른 사람이었다면 그러한 슬픔 앞에서 난 얼굴을 가리고 말았을 거야. 그런데 그였기 때문에 나는 속이 다 시원하더군. 쓰러진 적을 모욕하는 건 비겁한 행위이긴 하지만 나는 이 기회를 놓치지 않고 창을 던졌어. 악을 악으로 갚을 수 있는 쾌감을 맛볼 수 있는 유일한 기회는 그가 허약함을 드러낼 때뿐이었으니까."

"저런, 저런, 아가씨도 참!" 제가 이사벨라의 말을 가로챘습니다. "다른 사람들이 들으면 아가씨가 평생 성경책을 한 번도 열어보지 않았다고 생각하겠어요. 하느님께서 아가씨의 적에게 벌을 내리시면 그것으로 만족하셔야지요. 아가씨의 고문까지 곁들이는 것은 치사하고 주제넘는 행위입니다!"

"일반적으로 생각하면 그 말이 옳다는 걸 나도 인정해, 엘렌." 이사벨라는 다시 이야기를 계속했습니다. "내가 손도 쓰지 않았는데 히스클리프가 불행해졌다면 내가 만족할 수 있을까? 내가 그에게 고통을 주고 그 고통의 원인이 나 때문이라는 것을 그가 알기만 하면 그의 고통이 좀 미약해도 난 상관 안 해. 아, 나는 그에게 갚아줄

270

게 많아. 내가 그를 용서할 수 있는 조건은 하나밖에 없어. 눈에는 눈, 이에는 이로 내게서 짜낸 고통만큼의 고통을 그에게서 짜내는 것, 그리고 그를 내 처지로 끌어내리는 것, 그게 조건이야. 그가 먼저 내게 상처를 입혔으니 먼저 용서를 빌어야 해. 그렇다면…… 그렇다면 엘렌, 나도 아량을 좀 베풀 수 있어. 그러나 내가 복수를 한다는 것은 도저히 불가능해. 그러니까 난 그를 용서할 수 없어. 힌들리 씨가 물을 마시고 싶다고 해서 나는 한 그릇 떠다 주며 몸은 어떠냐고 물었어.

'내가 원하는 만큼 아프진 않소.' 그가 대답하더군. '그런데 이 팔만 빼고 온몸이 마치 도깨비 떼와 싸운 것처럼 마구 쑤시는군!'

'그럴 거예요.' 이게 내 다음 응답이었어. '캐서린 언니는 자기 오빠가 상처를 입지 않도록 늘 막아준다고 자랑했었어요. 자기를 화나게 하는 것이 무서워서 아무도 당신을 건드리지 못한다는 거였어요. 죽은 사람이 무덤에서 정말로 벌떡 일어나 나오지 않는 게 다행이군요. 그렇지 않다면 어젯밤에 올케는 아주 끔찍한 광경을 볼 뻔했지 뭐예요! 가슴이나 어깨에 타박상이나 상처는 없나요?'

'모르겠소.' 그가 대답하더군. '그런데 그게 무슨 뜻이오? 내가 정신을 잃고 쓰러졌을 때 저놈이 나를 때리기라도 했단 말이오?'

'당신을 짓밟고 발로 차고 바닥에다 내동댕이쳤지요.' 내가 소곤대는 소리로 말해주었어. '입에 침을 흘리며 당신을 물어뜯으려 했어요. 그는 반만 사람이거든요. 반도 되지 않을 거예요.'

언쇼 씨는 나처럼 우리 공동의 원수를 쳐다보더군. 히스클리프는 고민에 빠진 채 주위에서 일어나는 어떤 일에도 관심이 없는 것 같았어. 서 있는 시간이 길어질수록 고통스러운 생각에 잠겨 있다는 검은 흔적이 얼굴에 더 뚜렷하게 나타나고 있었어.

'아, 내가 숨을 거두는 마지막 고뇌 속에서도 하느님이 내게 저 놈의 목을 졸라 죽일 힘만 주신다면 나는 지옥에라도 기꺼이 가겠는데.' 속을 끓이는 언쇼 씨는 신음하듯 말하며 일어서려고 애썼지만 아무래도 싸울 힘이 없다는 것을 깨닫고 절망하며 그냥 주저앉고 말더군.

'아니, 저이는 이미 당신 가족 중 한 사람을 죽였어요.' 내가 크게 소리쳤어. '히스클리프 씨만 없었더라면 당신의 누이동생은 지금 살아 있을 거라는 사실을 농장의 모든 사람이 알고 있어요. 따지고 보면 저이한테 사랑을 받기보다는 미움을 받는 편이 차라리 낫겠다니까요. 우리가 행복했던 때를 돌이켜보면…… 캐서린이 저이가 오기 전에 얼마나 행복했었나를 돌이켜보면…… 저이가 돌아온 날이 저주스러워요.'

아마 히스클리프는 그렇게 말한 내 정신 상태보다는 그 말의 진실성을 더 잘 깨달았던 모양이야. 그가 정신을 차린 것을 난 알았어. 그의 눈에서 쏟아지는 눈물이 난로 속 재 위로 비 오듯 떨어지고 숨막힐 듯한 한숨을 내쉬더라니까.

나는 그를 똑바로 노려보며 경멸하듯 웃었어. 지옥의 창문 같은 그의 구름 낀 두 눈이 한순간 나를 향해 빛을 발하더군. 그러나 늘 밖을 내다보던 그의 눈 속의 악마가 흐릿하게 눈물로 가려져 있기에 나는 또다시 대담하게 비웃는 웃음소리를 냈지 뭐야.

'일어나 내 눈앞에서 꺼져!' 하고 그 슬픔에 빠진 이가 말하더군.

그의 목소리는 거의 알아들을 수 없었지만 최소한 그런 말을 했을 것이라고 나는 짐작했어.

'미안하게 되었군요.' 내가 대답했어. '하지만 나도 캐서린을 사랑했어요. 지금 올케의 오빠에게는 시중들 사람이 필요해요. 그러니까 난 올케를 생각해서라도 언쇼 씨를 간호해야겠어요. 올케가 죽고 없으니 힌들리 씨를 보면 올케를 보고 있는 것 같아요. 힌들리 씨의 눈은 올케의 눈과 똑같으니까요. 당신이 힌들리 씨의 눈을 도려내지 않거나 멍들고 충혈되게 하지 않는다면 그렇다는 말이에요. 게다가 올케의……'

'일어나, 이 가증스런 천치야. 내 발에 밟혀 죽기 전에!' 그가 소리치며 몸을 움직이기에 나도 움직였어.

'그런데 말이에요.' 나는 도망칠 준비를 단단히 하면서 말했어. '만약에 가엾은 캐서린이 당신을 믿어 히스클리프 부인이라는 우습고도 하찮고 불명예스러운 명칭을 얻었다면 나와 똑같은 신세가 되었겠네요! 그러나 올케는 당신의 지긋지긋한 행동을 조용히 참기만 하지는 않았을 거예요. 자신의 증오와 염증을 틀림없이 말로 표현했을 거라고요.'

의자의 높은 등받이와 언쇼 씨의 몸이 나와 히스클리프 사이를 가로막고 있었기 때문에 그는 내게 달려드는 대신 식탁에서 칼을 집어 내 머리통을 향해 던지더군. 칼이 내 귀 밑을 스치는 바람에 나는 하던 말을 멈췄어. 그러나 나는 칼을 뽑고 문 쪽으로 달려가면서 그가 던진 칼보다 더 깊이 그의 가슴에 박히기를 바라며 또 한 마디의 말을 던졌어.

내가 마지막으로 본 광경은 히스클리프가 화가 나서 뛰어 나오려는 것을 언쇼 씨가 붙잡는 바람에 두 남자가 한데 엉겨 난롯가에 쓰러지는 모습이었어.

부엌을 통해 도망치며 나는 조셉에게 주인이 있는 곳으로 빨리 가보라고 일렀어. 그러다가 헤어튼과 부딪쳐 그 아이가 넘어졌지. 그 애는 문간에서 의자 등받이에다 강아지를 매달고 놀던 중이었어.

나는 지옥에서 탈출한 혼령처럼 기뻐하며 가파른 길을 깡충깡충 뛰면서 날다시피 내려왔어. 그러고는 꼬불거리는 길로 들어서지 않고 곧장 들판을 가로질러 둑 위를 구르고 늪지를 지나왔는데 실은 농장의 등불을 향해 달려온 거지. 다시 워더링 하이츠의 지붕 밑에서 단 하룻밤이라도 지내야 한다면 차라리 지옥에서 영원히 지내는 운명을 택하겠어."

이사벨라 아가씨는 이야기를 그치고 차를 마셨습니다. 그러고 나서 자리에서 일어나더니 제가 갖다 놓은 보닛과 커다란 숄을 씌워달라고 했습니다. 한 시간만 더 있다 가라는 제 간청을 뿌리치고 의자 위에 올라서서 에드거 서방님과 캐서린 아씨의 초상화에 키스를 하고 제게도 똑같은 작별 인사를 한 후, 옛 주인을 만나 기뻐서 어쩔 줄 몰라 하는 패니라는 하녀와 함께 마차를 타러 내려갔습니다. 이렇게 떠난 아가씨는 그 뒤로 다시는 이 근방에 나타나지 않았습니다. 그러나 상황이 좀 안정되자 아가씨와 주인은 정기적으로 편지를 주고받았습니다.

이사벨라 아가씨의 새로운 거주지는 런던 근처의 남부였다고 생각됩니다. 그곳에서 아들을 낳았는데 도망친 지 몇 달 후였습니다. 아기의 이름은 린튼이라고 했는데, 처음부터 허약하고 성미가 까다로운 아이라고 알려왔습니다.

어느 날 마을에서 저를 만났을 때 히스클리프 씨는 아내의 거처를 물었습니다. 저는 말해주지 않았습니다. 그건 별로 중요한 일이 아니라면서 그는 그녀가 오빠를 찾아오는 것만은 조심하라고 말했습니다. 그녀를 부양해야 한다 할지라도 오빠에게 얹혀살게 할 수는 없다는 것이었습니다.

저는 그에게 아무것도 알려주지 않았지만 다른 하인들을 통해 아

274

가씨의 주소와 아기가 있다는 것을 알아냈던 모양입니다. 그러나 그는 더 이상 아가씨를 괴롭히지 않았습니다. 그렇게 참아준 것이 다 아가씨에 대한 염증 때문이었으니 아가씨는 오히려 그것을 고맙게 생각했습니다.

히스클리프는 저를 볼 때마다 아기에 대해 물었습니다. 아기의 이름을 듣더니 그는 어둡게 웃으면서 말하더군요.

"내가 아기까지 미워하길 바랐나 보군. 안 그래?"

"아기에 대해선 당신이 아무것도 모르기를 바랄 겁니다." 제가 대답해주었습니다.

"하지만 난 아이를 찾아오겠어." 그가 말했습니다. "내가 원할 때 말이야. 그걸 알아두라고 일러!"

다행히도 아이의 어머니는 그 시기가 오기 전에 세상을 떠났습니다. 캐서린 아씨가 돌아가신 지 13년쯤 후니까 아들 린튼의 나이가 열두 살이 조금 넘었을 무렵의 일이었습니다.

이사벨라 아가씨가 느닷없이 찾아왔던 다음 날, 저는 주인에게 이 사실을 알릴 기회가 없었습니다. 그는 얘기를 나누기 싫어하고 무엇을 의논할 기분도 아니었습니다. 제가 겨우 그 사실을 알렸을 때 그는 누이동생이 남편을 버리고 떠났다는 사실에 대해 무척 통쾌하게 생각하는 것 같았습니다. 평상시의 온화한 성격과는 달리 주인은 히스클리프를 몹시 증오했으니까요. 그의 반감은 너무 깊고 날카로워서 히스클리프가 나타날 것 같거나 그에 대한 얘기를 들을 가능성이 있는 곳에는 아예 가지도 않았습니다. 게다가 슬픈 일까지 겹쳐 주인은 완전히 은둔자가 되어버렸습니다. 치안 판사 직도 버리고 교회에도 나가지 않았으며 매사에 마을 사람들의 눈을 피해 저택에 딸린 야산과 정원만을 산책하는 완전한 은둔 생활을 했는데, 대개 저녁 무렵이나 아무도 돌아다니지 않는 꼭두새벽에 부인의 묘지를 찾아가곤 했습니다.

그러나 그는 너무 선량한 사람이어서 철저한 불행 가운데 오래도록 빠져 있지 못했습니다. 그는 캐서린의 영혼이 자기를 찾아오도록 기도하지 않았습니다. 시간이 지남에 따라 체념을 하게 되었고 평범한 기쁨보다는 오히려 달콤한 울적함을 즐기게 되었습니다. 그는 강렬하고 다정한 사랑으로 죽은 아내에 대한 추억을 떠올리며 천당을 갈망했고, 아내가 천당으로 갔을 거라는 사실을 의심치 않았습니다.

또한 주인은 세속적 위안과 애정을 갖게 되었습니다. 전에도 말씀드린 것처럼 그는 처음 며칠 동안은 돌아가신 아씨가 남긴 허약한 아기에 대해 관심이 없는 것 같았습니다. 그러나 그 냉담함은 4월의 눈처럼 빨리 녹아버려서 아기가 더듬거리며 말을 배우고 아장아장 걷기 시작하기도 전에 아빠는 완전히 마음을 빼앗겨버리고 말았습니다.

아기의 이름은 캐서린이었지만 그는 이름을 줄여서 불렀습니다. 그분은 돌아가신 아씨의 이름을 줄여서 부른 적이 없었지만, 그건 아마 히스클리프 씨가 그렇게 불렀기 때문일 것입니다. 그러나 그는 아기를 언제나 캐시라고 불렀습니다. 그렇게 해서 그 이름이 아기 어머니와 구별되면서도 연결되기도 했던 것입니다. 주인의 애정은 아기와 어머니 사이의 관계에서 비롯된 것이지 그 아기가 자기의 자식이기 때문은 아니었습니다.

저는 그와 힌들리 언쇼 씨를 비교해보곤 했습니다. 비슷한 환경에 놓여 있으면서도 행실은 어찌 그리 다른지 만족한 설명을 하려야 할 수가 없었습니다. 둘 다 다정한 남편이었고, 또 아이에 대한 애착

이 강했습니다. 그러나 좋든 나쁘든 간에 어째서 이 두 사람은 같은 길을 걷지 않는지 알 수가 없었습니다. 그러나 제 나름대로 생각해 보건대, 린튼 씨보다는 힌들리 씨가 확실히 의지가 강하긴 하지만 딱하게도 사실은 더 악하고 약한 사람이라는 결론을 내릴 수밖에 없었습니다. 배가 난파하자 선장은 달아나고 선원들은 배를 구하려고 애쓰지는 않고 우왕좌왕만 해서 그들의 불운한 배는 희망을 잃은 격이었습니다. 그와 반대로 린튼 씨는 고결하고 충실한 인간의 참된 용기를 보여주었습니다. 그는 하느님을 믿었습니다. 그리고 하느님은 그를 위로해주셨습니다. 한 사람은 희망을 택하고, 또 한 사람은 절망을 택한 것이지요. 두 사람은 각기 자신의 운명을 선택했으니 당연히 그 운명을 견디도록 결정된 것입니다.

그러나 록우드 씨, 저의 설교 같은 이야기는 듣고 싶지 않으실 겁니다. 이런 일들에 대해서는 선생님도 저처럼 판단을 내리실 수 있을 것입니다. 적어도 선생님은 자신이 판단하겠다고 생각하실 겁니다. 그러니까 다 같은 이야기입니다.

언쇼 씨의 종말은 우리가 예측했던 대로였습니다. 그는 곧 누이 캐서린의 뒤를 따라갔습니다. 두 죽음 사이의 시간적 간격은 6개월이 채 되지 못했습니다. 농장에 있던 우리는 죽기 전의 그의 상태에 대해 전혀 아는 것이 없습니다. 제가 얻어들은 얘기라고 해봤자 장례식 준비를 돕기 위해 갔을 때 들은 게 고작입니다. 케네스 의사가 그 사실을 우리 주인에게 알리러 왔던 것입니다.

"이봐요, 넬리." 어느 날 아침 케네스 의사가 말을 타고 마당으로 들어오는 것이었습니다. 너무 이른 시간이라 무언가 불길한 소식을 알리러 왔다는 것을 알아차리고 저는 놀랐습니다. "지금 같아선 넬리와 내가 조문을 가야 할 것 같소. 이번엔 누가 죽었다고 생각되나?"

"누구죠?" 저는 당황해서 물었습니다.

"짐작해보라니까!" 그는 말에서 내려 문 옆 고리에 고삐를 매면서 말했습니다. "그리고 앞치마 자락이나 붙잡아요. 틀림없이 곧 앞치마가 필요할 테니까."

"설마 히스클리프 씨는 아니겠지요?" 저는 큰 소리로 물었습니다.

"뭐라고! 당신은 그 사람을 위한 눈물까지 가지고 있단 말인가?" 의사가 말했습니다. "천만에. 히스클리프는 튼튼한 젊은이지. 오늘도 신수가 좋더군······. 방금 만났지. 아내를 잃은 후로 갑자기 살이 찌더군."

"케네스 씨, 그러면 누가 죽은 거죠?" 저는 초조해서 다시 물었습니다.

"힌들리 언쇼라오! 넬리의 소꿉동무 힌들리 말이오." 그가 대답했습니다. "그리고 내게는 좋지 않은 친구였지. 오래전부터 나에게는 꽤 난폭하게 굴었거든. 저 봐! 눈물을 흘릴 거라고 내가 말했지? 하지만 기운을 내요! 영주처럼 취해서 자기답게 죽었어. 불쌍한 친구야. 나 역시 서운해. 누구나 옛 친구를 잃으면 섭섭하기 마련이지. 비록 상상하지 못할 만큼 나쁜 짓도 많이 하고 내게도 몹쓸 짓을 여러 번 했지만 말야. 이제 겨우 스물일곱 살인데. 그러고 보니 넬리와 동갑이군. 누가 당신들을 동갑으로 생각하겠나!"

이 소식이 저에게는 캐서린 아씨의 죽음보다 더 큰 충격을 주었다고 고백하지 않을 수 없습니다. 옛 추억이 제 마음속에 남아 있었기 때문입니다. 저는 현관에 앉아 가까운 친척이라도 죽은 듯이 울고 있었습니다. 케네스 의사에게는 다른 하인의 안내를 받아 주인을 만나라고 말했습니다.

'억울한 죽음을 당한 건 아닐까?' 하는 의문이 제 머릿속에 박히더니 떠날 줄을 몰랐습니다. 제가 무슨 일을 하든지 그 생각이 저를 괴롭히는 것이었습니다. 그 생각이 끈질기게 머리에서 떠나지 않아 저는 허락을 받아 워더링 하이츠로 가서 죽은 사람을 위한 마지막 일을 도와야겠다고 결심했습니다. 린튼 씨는 허락하기를 몹시 꺼리더군요. 그러나 저는 죽은 언쇼 씨의 외로운 처지를 감동적으로 호소했습니다. 그리고 제 옛 친구이고 젖남매이기도 했으니 지금의 주인인 린튼 씨와 마찬가지로 제 시중을 받을 권리가 충분히 있다고 말씀드렸습니다. 게다가 남은 아들 헤어튼은 주인의 처조카니까, 가까운 친척이 없을 경우엔 주인이 그 아이의 후견인 역할을 해야 된다는 사실도 상기시켰습니다. 또한 유산이 어떻게 되어 있는지도 알아보고 처남의 뒷일을 돌봐줘야 하는 것이 당연할뿐더러 그렇게 해야만 한다고 말했습니다.

그 당시에 주인은 그런 일을 맡을 처지가 아니었으므로 그의 고문 변호사에게 말하라고 제게 일렀습니다. 그러고는 마침내 하이츠에 가도 좋다고 허락했습니다. 그의 변호사는 언쇼 씨의 변호사이기도 했습니다. 저는 마을에 들러 그 변호사에게 함께 가자고 청했습니다. 그러나 그는 머리를 흔들더니 히스클리프를 건드리지 말라고 충고하고는, 만일 진실이 밝혀지면 헤어튼은 거지 신세가 될 것이라고 단언했습니다.

"그 애의 아버지는 빚을 남기고 죽었어요." 변호사가 말했습니다. "전 재산이 저당 잡혀 있어요. 그러니 상속자가 기대할 것이라곤 채권자의 호감을 사서 관대한 처사를 바라는 것뿐이오."

하이츠에 도착한 저는 모든 일이 순조롭게 진행되고 있는지 알아보러 왔다고 설명했습니다. 크게 낙심해 있던 조셉도 제가 찾아온 것을 반가워했습니다. 히스클리프 씨는 제가 할 일은 별로 없지만 원한다면 하이츠에 머무르며 장례 준비를 돌보라고 말했습니다.

"바로 말하자면……" 하고 히스클리프 씨가 말하더군요. "저 바보 같은 녀석의 시체는 장례식 같은 거 치를 필요도 없이 길거리에다 묻어버려야 해. 어제 오후에 한 10분쯤 혼자 내버려두었더니 그 사이에 집의 양쪽 문을 잠가서 나를 들어오지 못하게 하고는 죽을 심산으로 밤새도록 퍼마신 거라고! 오늘 아침에 말처럼 요란하게 코 고는 소리가 들리기에 문을 부수고 들어와 보니 저 의자 위에 드러누워 있더군. 껍질을 벗기고 머릿가죽을 벗겨도 일어날 것 같지 않았어. 케네스를 부르러 보내고 그가 오긴 왔는데, 저 짐승 같은 녀석이 송장이 되어버린 후였어. 죽어서 몸이 싸늘하고 뻣뻣해진 후였지. 그러니 넬리도 공연히 저 녀석 때문에 소동을 벌일 필요가 없다는 것을 인정할 거야!"

늙은 하인 조셉은 이 말을 시인하면서도 이렇게 중얼거리더군요.

"히스클리프 나리가 의사를 부르러 갔어야 했어! 저분보다는 내가 더 주인을 잘 간호할 수 있었을 텐데. 내가 집을 나올 때만 해도 죽지 않았었는데. 그런데 이게 뭐야!"

저는 장례식을 엄숙히 치러야 한다고 주장했습니다. 히스클리프 씨는 제가 원하는 대로 해도 좋다고 말했습니다. 단 그 모든 비용은 자기 주머니에서 나간다는 것을 기억해두라고 말하더군요.

히스클리프 씨는 기쁨이나 슬픔은 나타내지 않고 냉담하고 무관심한 태도를 보였습니다. 나타낸 것이 있다면, 어려운 어떤 일을 성공적으로 해냈다는 강한 만족감뿐이었습니다. 실로 단 한 번뿐이긴 했는데, 그의 태도에서 희열에 가까운 뭔가가 감도는 것을 저는 보았습니다. 그것은 사람들이 집에서 관을 메고 나가던 바로 그때였습니다. 그는 유족의 한 사람 행세를 하는 위선을 보이더군요. 헤어튼과 함께 관을 따라가기에 앞서 그 불쌍한 아이를 들어 탁자에 올려놓고는 야릇한 정도로 명랑하게 선언하는 것이었습니다.

"자, 이 귀여운 녀석아, 넌 내 아들이야! 호된 바람 속에 자라는 나무는 모두 휘지만 그중 한 나무는 다른 나무들과는 달리 곧게 자라나 어쩌나 두고 보자꾸나!"

아무것도 모르는 아이는 이 말에 기뻐하고는 히스클리프 씨의 구레나룻을 만지작거리고 볼을 쓰다듬기도 했지만, 그 말의 의미를 짐작한 저는 단호히 말했습니다.

"그 아이는 저와 함께 드러시크로스 농장으로 가야 합니다. 그 아이는 당신의 것이 아니에요!"

"린튼이 그렇게 말했나?" 그가 물었습니다.

"물론입니다. 제게 그 아이를 데려오라고 지시하셨어요." 제가 대답했습니다.

"그러면" 하고 그 악당이 말했습니다. "이 문제에 대해 지금은 따지지 않겠네. 하지만 이 아이를 내 손으로 키워보고 싶단 말야. 그러니까 자네 주인에게 이 아이를 데려가고 싶으면 내 아이를 보내라고 전하게. 나는 헤어튼을 순순히 넘겨주지 않겠어. 하지만 내 자식은 반드시 데려와야겠어. 잊지 말고 이 말을 전해줘."

이 암시는 우리를 속수무책으로 만들기에 충분했습니다. 저는 돌아오자마자 이 요지를 거듭 말했지만, 에드거 린튼 주인은 처음부터 그다지 흥미가 없는 일이라는 듯 어떤 개입을 하겠다는 말을 통 하지 않았습니다. 설사 주인이 이 문제에 관심이 있었다 해도 일을 제대로 해냈을지는 저도 모르겠습니다.

손님이었던 사람이 이제 워더링 하이츠의 주인이 되었습니다. 그는 확고한 소유권을 갖게 되었던 것입니다. 히스클리프 씨는 언쇼 씨가 노름에 미쳐 현금을 마련하느라 자기가 갖고 있는 토지를 모조리 저당 잡혔는데 그 저당권자가 바로 자신이라는 것을 변호사에게 입증하고, 그 변호사는 그것을 린튼 씨에게 입증했던 것입니다.

　이리하여 지금쯤 이 고장에서 제일가는 신사가 되어 있어야 할 헤이튼은 자기 아버지의 원수에게 완전히 엎혀사는 신세로 전락하고 말았습니다. 자기 소유여야 할 집에서 하인으로 살면서 임금이라는 혜택도 박탈당한 채, 편을 들어줄 사람도 없고 억울한 일을 당했다는 것도 모르기 때문에 제 위치를 찾지 못하고 살아가고 있는 것입니다.

# 4

딘 부인의 이야기는 계속되었다…….

그 음울한 시기에 이어진 12년간은 제 일생에서 가장 행복했던 시절이었습니다. 그 세월이 지나는 동안 제게 걱정거리가 있었다면 어린 아가씨의 잔병치레 정도였습니다. 빈부에 관계없이 모든 아이들이 겪는 과정이었으니까요.

처음 6개월 이후로 아가씨는 낙엽송처럼 잘 자랐고, 엄마인 린튼 부인의 무덤에 히스 꽃이 두 번째로 만발하기 직전에는 걸음마도 하고 본인만 알아들을 말도 했습니다.

어린 아가씨는 비할 데 없는 매력 덩어리여서 이 살벌한 집안에 햇빛을 가져다 주었습니다. 언쇼 가의 잘생긴 검은 눈과 린튼 가의 흰 피부, 거기에다 오목조목한 얼굴의 구석구석들과 노란 고수머리까지 곁들여 얼굴이 정말 예뻤습니다. 성격은 거칠지는 않았지만 명랑했는데 민감하고 지나칠 정도로 다정다감한 마음씨가 뒤를 받쳐주고 있었습니다. 사람을 정열적으로 좋아하는 능력은 엄마를 연상케 했지만 엄마를 닮진 않았습니다. 왜냐하면 아가씨는 비둘기처럼 부드럽고 온순했으며 부드러운 목소리와 생각에 잠긴 듯한 표정을 짓기도 했으니까요. 화를 내긴 했지만 격렬하진 않았고, 애정도 무턱대고 맹렬한 것이 아니라 은근하고 부드러웠습니다.

그러나 솔직히 인정해야 할 부분도 있는데, 아가씨에게는 이런 자질을 훼손시키는 결점이 있었습니다. 건방진 성향이 그 하나이고, 기질이 좋든 나쁘든 응석받이 아이들에게 흔히 있는 외고집도 있었 지요. 하인이 비위를 건드리기라도 하면 늘 "아빠한테 이를 테야!" 하고 말하는 것이었습니다. 또한 아빠가 눈짓으로 야단을 치면 가슴 이 찢어지는 슬픔을 당했나 싶을 정도였습니다. 주인은 딸에게 한 번도 야단치는 말을 입에 담은 적이 없다는 생각이 듭니다.

주인은 아가씨의 교육을 전적으로 맡아서 했고, 또 그것을 낙으 로 삼았습니다. 다행히 아가씨는 호기심도 많고 두뇌가 명석해서 공 부를 썩 잘하게 되었습니다. 빨리 터득하고 열심이어서 아빠가 가르 치는 보람을 느끼게끔 했습니다.

열세 살이 되기까지 아가씨는 혼자서 농장에 딸린 공원 밖으로 나가본 적이 없었습니다. 린튼 씨가 이따금 아가씨를 데리고 1마일 가량 밖으로 나간 적은 있지만 다른 사람이 데리고 나가게 하지는 않았습니다. 기머튼은 아가씨의 귀에는 실체가 없는 이름이었습니 다. 집 말고 가까이 가보거나 들어간 건물이란 교회뿐이었습니다. 워더링 하이츠나 히스클리프 씨는 아가씨에게는 없는 것이나 같았 습니다. 실로 완전한 은둔 생활이었으며 이런 생활에 만족하고 있었 습니다. 그러나 때로 자기 방 창문을 통해 바깥을 내다보며 이렇게 말하곤 했습니다.

"엘렌, 얼마나 더 있어야 나도 저 언덕을 꼭대기까지 걸어갈 수 있는 거야? 그 너머에 뭐가 있을까? 바다가 있을까?"

"아니죠, 캐시 아가씨." 저는 대답하곤 했습니다. "저 언덕과 비 슷한 언덕이 또 나오지요."

"밑에 가서 서보면 저 황금색 바위들은 무엇과 같을까?" 아가씨는 언젠가 이렇게 물었습니다.

페니스톤 바위산의 절벽이 무엇보다 눈길을 끌었던 모양입니다. 특히 석양이 바위와 그 언덕 꼭대기에 비치고 그 밖의 모든 펼쳐진 지역이 그늘에 덮여 있을 때는 더욱 그랬나 봅니다. 그 바위는 흙이 전혀 없는 돌덩이인데 틈새에 흙이 없어서 작은 나무도 자랄 수 없다고 제가 설명해주었습니다.

"그럼 여긴 벌써 어두워졌는데 저기는 왜 저렇게 환하지?" 아가씨가 계속 물었습니다.

"저기는 여기보다 훨씬 높아서 그래요." 제가 대답했습니다. "아가씨는 올라갈 수 없어요. 아주 높고 가파르니까요. 겨울에는 여기보다 서리가 늘 먼저 내리지요. 한여름에도 저 바위산 북동쪽의 컴컴한 동굴 아래에서 눈을 본 적이 있다니까요!"

"아, 유모는 거기 올라간 적이 있구나!" 아가씨는 신이 나서 외쳤습니다. "그럼 나도 어른이 되면 갈 수 있겠네. 엘렌, 아빠도 가봤어?"

"아가씨, 아빠는 이렇게 말씀하실 거예요." 저는 얼른 대답했습니다. "저기는 가볼 만한 곳이 못 된다고요. 아빠와 같이 산책하는 벌판이 훨씬 더 좋은 곳이에요. 그리고 드러시크로스 공원이 세상에서 제일 아름다운 곳이에요."

"난 우리 공원은 알지만 저기는 모른단 말야." 아가씨가 혼자서 중얼거리더군요. "그리고 저 꼭대기에 서서 사방을 둘러보면 참 즐거울 거야. 내 망아지 미니가 언제고 나를 저리로 데려다 주겠지."

하녀 하나가 요정 동굴에 대해 이야기하는 바람에 아가씨의 머릿속은 그곳에 가보고 싶은 욕망으로 꽉 차 있었습니다. 아가씨는 그 일로 린튼 씨를 졸라대서 크면 보내주겠다는 약속을 받아냈습니다.
그러나 캐시 아가씨는 자기 나이를 해가 아니라 달로 계산했습니다.
그래서…….

"이제 난 페니스톤 바위에 갈 만큼 컸지?" 이것이 아가씨가 끝없
이 입에 올리는 질문이었습니다.

그곳으로 가는 길은 워더링 하이츠 바로 옆을 지나며 구불구불하
게 이어져 있었습니다. 에드거 주인은 그곳을 지나고 싶은 마음이
나지 않아 늘 이렇게 대답했습니다.

"우리 귀여운 녀석, 아직 안 돼. 아직은."

히스클리프 부인, 그러니까 이사벨라가 남편을 떠난 후 12년 남
짓 살았다고 말씀을 드렸을 겁니다. 린튼 가문은 허약한 체질이었습
니다. 그녀와 에드거 주인은 둘 다 이 지방 사람들에게서 흔히 볼 수
있는 건강한 혈색이 아니었습니다. 이사벨라 아씨가 무슨 병으로 사
망했는지는 확실히 모릅니다. 하지만 제 추측으로는 남매가 같은 병
으로 죽은 것 같습니다. 일종의 열병인데, 초기에는 심하지 않지만
불치병이어서 나중에 가서는 급속도로 쇠약해지는 병입니다.

이사벨라 아씨는 넉 달 동안 앓고 있는 병이 심상치 않은 결과로
끝날 것 같다는 편지를 오빠에게 보내왔습니다. 그리고 될 수 있으
면 빨리 자기에게 와달라고 간청했습니다. 정리할 일도 많을뿐더러
오빠에게 마지막 작별도 고하고 싶고 아들인 린튼을 안전하게 맡기
고 싶기 때문이라고 했습니다. 아들 린튼이 자기와 같이 살았던 것
처럼 오빠와 함께 살도록 하고 싶었던 것입니다.

아이의 아버지 히스클리프는 아들의 양육과 교육을 맡을 의사가
없으리라고 믿고 싶었던 모양입니다. 주인은 조금도 주저하지 않고
누이동생의 부탁을 받아들였습니다. 보통 용무로 누군가를 방문하

러 갈 때는 마지못해 집을 나서는 분이었지만 이때만은 급히 달려가셨습니다. 자기가 없는 동안 아가씨를 특히 잘 보살피도록 이르고는 비록 저와 함께라도 공원 밖으로 나가서는 안 된다고 거듭 당부했습니다. 아가씨가 혼자서 나간다는 것은 생각조차 할 수 없는 일이었습니다.

주인은 3주간이나 집을 비웠습니다. 처음 하루 이틀 동안 아가씨는 슬픔에 잠겨 책을 읽거나 놀지도 않고 서재 구석에 앉아 있기만 했습니다. 그렇게 얌전히 있으니까 저로서는 성가신 일이 전혀 없었지요. 그러나 곧이어 까다롭게 굴고 짜증내며 지겨워하는 시기에 이르렀습니다. 저는 바쁘기도 하고 나이도 들어 이리저리 뛰어다니며 아가씨의 비위를 맞춰줄 수 없어서 아가씨 혼자 놀 수 있는 방법을 생각해냈던 것입니다.

저는 아가씨가 때로는 걸어서 때로는 망아지를 타고 집 주위를 돌도록 했습니다. 그리고 돌아와서 얘기하는 아가씨의 실제 또는 공상적인 모험담을 끈기 있게 들어주었습니다.

여름이 절정에 달해 있었습니다. 아가씨는 이렇게 혼자 배회하는 것에 재미를 붙여서 아침을 먹고 나가면 오후 차 마시는 시간이 되어도 돌아오지 않는 경우가 많았습니다. 그러고는 환상적인 이야기를 하면서 저녁 시간을 보냈습니다. 저는 아가씨가 저택 밖으로 나가리라고는 생각지도 못했습니다. 문들은 대개 잠겨 있었고, 설사 활짝 열려 있다 해도 혼자서는 감히 나가지 않으리라고 생각했으니까요.

불행히도 제 확신은 잘못된 것이었음이 입증되고야 말았습니다. 어느 날 아침 8시에 캐시 아가씨는 제게 와서 그날은 아라비아 상인이 되어 대상을 거느리고 사막을 횡단할 작정이라고 말했습니다. 그러니까 자기의 짐승들을 위한 많은 식량을 준비해달라는 것이었습니다. 짐승이란 한 필의 말과 낙타 세 마리인데, 그 낙타 역할은 큰 사냥개 한 마리와 포인터 두 마리가 하기로 했다는 겁니다.

저는 맛있는 음식을 잔뜩 준비해 바구니에 넣어서 안장 옆에 걸어주었습니다. 아가씨는 차양이 넓은 모자와 망사 베일로 7월의 햇살을 가리고 요정처럼 경쾌하게 말에 올라타고는, 너무 빨리 달리지 말고 일찍 돌아오라는 제 주의 깊은 충고를 비웃듯이 받아들이고는 쾌활하게 웃으며 출발했습니다.

이 장난꾸러기 아가씨는 오후의 차 마시는 시간에도 돌아오지 않았습니다. 이제 나이가 너무 들어서 편한 것을 좋아하는, 함께 떠났던 사냥개만 돌아왔을 뿐입니다. 그러나 캐시 아가씨나 망아지나 두 마리의 포인터는 어디에도 보이지 않았습니다. 저는 사람들을 풀어 이리저리 사방으로 찾아보게 하다가 제가 직접 아가씨를 찾으러 나섰습니다.

마당 가장자리의 조림지에 둘러친 울타리를 고치고 있는 인부가 있었습니다. 저는 그에게 아가씨를 본 일이 있느냐고 물었습니다.

"아침에 보았지요." 그가 대답했습니다. "내게 개암나무 가지 하나를 꺾어달라고 하더니 저쪽 울타리의 제일 낮은 곳으로 말을 타고 뛰어넘어서는 어디론지 사라져버렸어요."

이 소식을 들었을 때 제 심정이 어떠했겠나 아마 짐작하실 겁니다. 그 순간 제게는 아가씨가 페니스톤 바위산으로 간 것이 틀림없다는 생각이 떠올랐습니다.

"아가씨가 어찌 될까?" 저는 소리를 지르고 일꾼이 고치던 울타리 틈으로 빠져나와 곧장 한길로 나섰습니다.

저는 마치 누구와 내기라도 하듯 몇 마일을 걸어서 마침내 하이츠의 저택이 보이는 모퉁이에 이르렀습니다. 그러나 가까운 데건 먼

데건 캐서린 아가씨의 모습은 찾을 수 없었습니다.

바위산은 히스클리프의 저택에서도 1마일 반이나 되는 거리에 있었습니다. 그러니까 농장으로부터는 4마일 거리였습니다. 그래서 제가 거기에 도착도 하기 전에 해가 지지 않을까 겁이 나기 시작했습니다.

'만일 아가씨가 바위를 기어오르다가 미끄러져 죽었거나 뼈가 부러졌다면 어떡하지?' 하는 생각을 저는 하게 되었습니다. 이런 걱정은 참으로 고통스러운 것이었습니다. 그런데 하이츠의 농가 옆을 급히 지날 때였습니다. 포인터 중에서 가장 사나운 찰리가 부은 머리에다 피까지 흘리며 창문 아래 누워 있는 것을 보고 우선 반갑고 한시름 놓게 되었습니다.

저는 쪽문을 열고 정문으로 달려가서 세차게 두드렸습니다. 그러자 전에 기머튼에 산 적이 있고 저와 안면도 있는 여자가 문을 열어 주는 것이었습니다. 그녀는 언쇼 씨가 죽은 뒤에 하녀로 여기서 일해왔던 것입니다.

"아," 그녀가 말했습니다. "어린 아가씨를 찾으러 오셨군요! 놀라실 것 없어요. 여기에 무사히 계셔요. 주인이 돌아오신 줄 알았는데 아니어서 다행이군요."

"그럼 주인이 안 계시단 말이군요?" 저는 급히 걷고 놀란 터라 숨을 헐떡이며 말했습니다.

"그래요, 안 계셔요." 그녀가 대답했습니다. "주인과 조셉은 외출했어요. 한참 지나야 돌아올 것 같으니 들어와서 좀 쉬세요."

들어가보니 저의 길 잃은 양이 난롯가에 앉아 있는 게 보이더군요. 그 애 엄마 캐서린이 어렸을 때 앉았던 바로 그 의자에 앉아 흔들흔들 그것을 구르고 있었습니다. 모자는 벽에 걸려 있었고 아주 편안해서인지 기분이 좋아져, 이제 열여덟 살의 건장한 청년이 된 헤어튼에게 웃으며 재잘거리고 있었습니다. 헤어튼은 대단한 호기심과 놀라움으로 그녀를 바라보고 있었으나 쉴 새 없이 지껄이며 쏟아내는 이야기와 질문의 의미를 전혀 알아듣지 못하는 것 같았습니다.

"이제 그만해요, 아가씨." 저는 기쁨을 감추고 화난 표정을 지으며 소리쳤습니다. "이제 아빠가 돌아오실 때까지 말을 탈 생각은 하지 말아요. 다시는 문턱도 넘어가지 못하게 할 테니까. 이 말괄량이 아가씨야!"

"아, 엘렌!" 아가씨는 명랑한 목소리로 외치더니 깡충 뛰어 일어나 제 옆으로 달려왔습니다. "오늘 밤에 재미있는 얘기를 해줄게. 그런데 결국 유모한테 들키고 말았네. 전에 여기 와본 적이 있어?"

"어서 모자나 쓰고 집으로 가요" 하고 제가 말했습니다. "캐시 아가씨, 난 정말 가슴 아파요. 아가씨는 정말 못되게 굴었다고요! 토라져서 울어도 소용없어요. 아가씨를 찾느라고 사방을 헤매고 다니며 고생했는데, 운다고 되겠어요? 아가씨를 안에만 있게 하라고 아빠가 신신당부하신 것을 생각해보세요. 그런데도 이렇게 몰래 빠져나오다니, 아가씨는 약삭빠른 어린 여우 같다는 걸 보여준 거예요. 그러니 이제 아무도 아가씨를 믿지 않을 거라고요."

"내가 뭘 어쨌다는 거야?" 아가씨는 흐느끼는가 싶더니 금세 뚝 그쳤습니다. "아빠는 나한테 아무런 당부도 안 했어. 엘렌, 아빠는 나를 야단치시지 않을 거야. 아빠는 유모처럼 화내지도 않아!"

"자, 어서!" 저는 되풀이했습니다. "리본을 매드릴게요. 이제 심술은 그만 부려요. 아유, 창피해. 열세 살이나 된 아가씨가 아기처럼 저러다니!"

제가 이렇게 소리친 것은 아가씨가 모자를 벗어던지고 제 손이 닿지 않는 굴뚝 쪽으로 도망했기 때문이었습니다.

"그러지 말아요." 하인 여자가 끼어들더군요. "딘 부인, 귀여운 아가씨를 나무라지 마세요. 부인께서 걱정할까 봐 그냥 가고 싶다는 걸 우리가 못 가게 한 거예요. 헤어튼이 함께 가주겠다고 하기에 저도 그러는 것이 좋겠다고 생각했어요. 산길이 워낙 험하니까요."

우리가 이렇게 이야기를 나누는 동안 헤어튼은 너무 어색하여 말도 못하고, 두 손을 주머니에 찌른 채 그냥 서 있었습니다. 하지만 제가 이렇게 뛰어든 것을 못마땅해하는 눈치였습니다.

"도대체 언제까지 기다려야 되죠?" 저는 하녀의 참견도 무시하고 말했습니다. "이제 10분만 있으면 어두워질 거예요. 캐시 아가씨, 망아지는 어디 있죠? 그리고 피닉스는요? 서두르지 않으면 아가씨를 놔두고 떠나겠어요. 그러니 마음대로 하세요."

"망아지는 마당에 있어." 아가씨가 대답했습니다. "피닉스는 저기 갇혀 있고. 피닉스는 물렸어. 찰리도 물렸고. 다 이야기하려고 했는데, 그렇게 화를 내니까 유모는 이제 들을 자격도 없어."

저는 아가씨의 모자를 집어 들고 다시 씌워주려고 다가갔습니다. 그러나 이 집 사람들이 모두 자기편이라는 것을 안 아가씨는 방 안을 이리저리 뛰어다니기 시작하는 것이었습니다. 그래서 제가 쫓아가면 생쥐처럼 가구의 위아래로, 또 뒤로 달아나 뒤쫓는 저를 우스꽝스럽게 만들었습니다.

헤어튼과 하인이 웃으니까 아가씨도 덩달아 웃더군요. 점점 더 건방지게 굴어서 저는 마침내 몹시 화가 나서 소리를 질렀습니다.

"들어봐요, 캐시 아가씨. 여기가 누구의 집이라는 걸 알게 되면 당장 나가고 싶을 거예요."

"당신 아버지 집 아녜요?" 아가씨가 헤어튼을 향해 물었습니다.

"아니야." 그는 눈을 내리깔고 부끄러운 듯이 얼굴을 붉히며 대답했습니다.

빤히 응시하는 아가씨의 눈이 바로 자신의 눈과 똑같았지만 그는 그 눈길을 참을 수가 없었습니다.

"그러면 당신 주인의 집인가요?" 아가씨가 물었습니다.

이번에 헤어튼은 아까와 다른 감정에서 얼굴을 더 붉히더니 뭐라고 욕을 중얼거리며 몸을 돌리는 것이었습니다.

"이 사람 주인은 누구야?" 아가씨는 계속해서 성가시게도 저에게 물었습니다. "아까 '우리 집'이니 '우리 식구'니 하기에 난 이 집 주인의 아들인 줄 알았어. 그리고 나를 아가씨라고 부르지 않았어. 만약에 하인이면 그렇게 불렀어야 하잖아. 그렇지 않아?"

이런 유치한 말에 헤어튼의 얼굴은 먹구름처럼 어두워졌습니다. 저는 이렇게 질문 공세를 펼치는 아가씨를 말없이 달래어 마침내 떠날 준비를 갖추게 하는 데 성공했습니다.

"자, 내 말을 끌어와." 아가씨는 농장에서 마부들에게 명령하듯이 미지의 친척에게 말했습니다. "그리고 날 따라와도 돼. 도깨비 사냥꾼이 늪에서 나오는 그 장소를 보고 싶어. 그리고 네 말대로 요정들에 대해서도 듣고 싶어. 하지만 서둘러! 웬일이니? 내 말을 끌어오라고 했잖아."

"내가 네 하인이 되기 전에 네가 뒈지는 꼴을 봤으면 좋겠다!" 젊은이가 몹시 화를 내며 말했습니다.

"내가 어떻게 되는 꼴을 보고 싶다고?" 캐서린이 놀라서 물었습니다.

"뒈지는 꼴…… 이 건방진 것아!" 그가 대답했습니다.

"됐어요, 캐시 아가씨! 친구 한번 잘 사귀었군요." 제가 끼어들었

292

습니다. "어린 숙녀에게 좋은 말을 쓰는군! 제발 이런 사람과는 다투지 마세요. 자, 우리가 미니를 찾아서 돌아가기로 해요."

"하지만 엘렌." 단단히 놀란 아가씨는 헤어튼을 노려보며 소리쳤습니다. "어떻게 감히 이 사람은 내게 그렇게 말하지? 내가 시키는 대로 해야 되잖아? 나쁜 놈, 네가 한 말을 아빠에게 이를 테야. 두고봐!"

이러한 협박을 듣고도 헤어튼은 두려워하는 기색이 없었습니다. 그러자 아가씨는 너무 분한 나머지 눈에 눈물이 고였습니다. "내 망아지를 데려와." 아가씨는 여자 하인에게 몸을 돌리며 외쳤습니다. "그리고 당장 내 개를 풀어줘!"

"아가씨, 목소리를 낮추세요." 하인 여자가 대답했습니다. "공손히 말해도 손해 볼 건 없어요. 저기 저 헤어튼 씨는 주인의 아들은 아니지만 아가씨의 사촌이에요. 그리고 나는 아가씨 시중을 들라고 고용된 게 아니고요."

"그가 내 사촌이라고!" 캐시 아가씨는 냉소를 띠며 외쳤습니다.

"그래요, 정말이에요." 아가씨를 책망했던 하녀가 응답했습니다.

"오, 엘렌! 그런 말 좀 못하게 해." 아가씨는 많이 괴로워하며 저에게 졸랐습니다. "아빠는 런던에 사촌을 데리러 가셨어. 내 사촌은 신사의 아들이야. 쟤가 내⋯⋯." 아가씨는 말을 그치고 울음을 터뜨렸습니다. 저런 촌놈과 친척이라는 생각만으로도 속이 뒤집혔던 것입니다.

"쉬, 조용히!" 제가 속삭였습니다. "캐시 아가씨, 사촌은 많을 수 있고 그중에는 별의별 사촌이 다 있을 수 있는 거예요. 그건 나쁠 게 없어요. 마음에 들지 않고 나쁜 사촌일 때는 어울리지 않으면 돼요."

"이건 아냐. 엘렌, 그는 내 사촌이 아니야." 이렇게 말하고 아가씨는 생각할수록 슬픔이 복받치는지 그 생각을 피해 달아날 곳을 찾아 제 팔에 안겼습니다.

아가씨와 하녀가 서로 폭로한 내용 때문에 저는 몹시 마음이 괴로웠습니다. 아가씨 때문에 린튼 씨가 곧 도착하리라는 사실이 히스클리프 씨에게 전해질 것은 뻔한 일이었습니다. 또한 아버지가 돌아오자마자 그 하녀가 주장한 대로 그런 무지막지한 친척이 어째서 자신한테 있었는지 설명해달라고 아가씨가 떼쓸 것도 뻔한 일이었습니다.

하인으로 오인되었던 불쾌감에서 벗어난 헤어튼은 아가씨가 슬퍼하는 모습에 가슴이 아팠던 모양입니다. 그래서 망아지를 데려와 문 앞에 세워놓고 아가씨와 화해하기 위해 개집에서 멋진 안짱다리 테리어 강아지를 들고 와서 아가씨의 손에 얹어주면서 자기로서는 나쁜 의도가 없었으니까 진정하라고 말했습니다.

아가씨는 울음을 그치고 두렵고 겁먹은 듯한 눈초리로 그를 훑어보더니 다시 울음을 터뜨리는 것이었습니다.

불쌍한 젊은이를 향한 아가씨의 반감에 저는 웃지 않을 수 없었습니다. 균형 잡히고 날렵한 체격에 얼굴이 잘생기고 건장하고 건강한 청년이었지만, 매일 밭에서 일을 하거나 들판에서 토끼나 짐승들을 쫓아다니는 것이 일이어서 거기에 맞는 옷을 입고 있었습니다. 하지만 저는 그의 인상에서 그의 아버지 언쇼 씨보다 더 좋은 성품을 엿볼 수 있었습니다. 비유적으로 말하자면 잡초가 무성한 들판에 좋은 풀이 감춰져 있는 형국이었습니다. 소홀히 돌봐지고 잡초가 너무 무성해서 좋은 기질이 성장하는 것을 마구 억누르고 있는 상태였습니다. 그렇긴 하지만 다른 좀 더 좋은 환경이었더라면 훌륭한 결실을 거두었을지도 모를 비옥한 토질이라는 뚜렷한 증거가 있었습니다. 제가 지금도 믿는 일이지만, 히스클리프 씨는 헤어튼에게 육체적 학대는 하지 않았던 것입니다. 헤어튼의 무서움을 모르는 기질 덕분에 히스클리프 씨는 아예 학대할 생각조차 해보지 못한 것 같았습니다. 히스클리프 씨가 보기에 시달림을 가하면 재미있을 것 같은 소심한 기질이 헤어튼에게는 전혀 없었던 것입니다. 그래서 그는 이 헤어튼을 짐승으로 만드는 데 자신의 악의를 기울였던 것입니다. 읽고 쓰기조차 가르치지 않고, 나쁜 짓을 해도 자기 비위를 거스르지만 않으면 나무라지 않았습니다. 선을 향해서는 한 걸음도 인도하지 않고 악을 멀리하도록 한 마디의 훈계도 하지 않았습니다. 제가 들은 바에 의하면, 조셉 영감도 헤어튼의 추락에 그 좁은 소견으로 한 몫한 셈이었습니다. 이 집안의 종손이라는 생각에서 어린 시절부터 헤어튼의 비위나 맞춰주고 귀여워만 했던 것입니다. 조셉의 표현을 빌리자면, 캐서린 언쇼와 히스클리프가 어렸을 때 하도 못된 짓을 많이 해서 언쇼 씨의 화를 돋우었고 그래서 언쇼 씨는 술에서 위안을 찾게 되었다고 늘 나무라던 버릇대로, 지금에 와서는 헤어튼의 모든 결점을 그의 재산을 가로챈 히스클리프의 탓으로 돌리고 있었습니다.

헤어튼이 밥 먹듯 욕을 하고 아무리 벌받을 짓을 해도 조셉은 그런 것을 고쳐주지 않았습니다. 헤어튼이 분명 아주 나쁜 길로 들어서는 것을 보고도 조셉은 만족을 느꼈던 것입니다. 조셉은 헤어튼이 파멸하고 그의 영혼이 지옥으로 떨어지는 것을 방관했습니다. 그러면서도 이 모든 책임은 히스클리프 씨에게 있다고 생각했습니다. 파멸한 헤어튼의 피가 히스클리프 씨에겐 필요하다고 생각하는 데서 조셉은 큰 정신적 위안을 찾았던 것입니다.

조셉은 헤어튼에게 가문과 혈통에 대한 자부심을 불어넣었습니

다. 조셉에게 대담성만 있었더라면 헤어튼과 히스클리프 사이에 증
오심을 키웠을 것입니다. 그러나 히스클리프에 대한 그의 두려움은
미신에 가까운 것이었기 때문에, 히스클리프에 대한 그의 감정은 비
꼬는 말을 웅얼거리거나 남몰래 저주하는 정도로만 나타났습니다.

그 당시 워더링 하이츠의 생활 방식에 대해 잘 아는 척하지는 않
겠습니다. 제가 직접 본 것은 별로 없기 때문에 다만 풍문으로 들은
것만을 말씀드리겠습니다. 히스클리프 씨는 인색하기 그지없고 소
작인들에게는 가혹한 지주라고 마을 사람들은 말했습니다. 그러나
집 안은 하녀가 들어와 관장하고부터 과거의 안락한 모습을 되찾았
고, 힌들리 서방님이 살아 있을 때 흔히 일어나던 난폭한 광경은 볼
수 없다는 것이었습니다. 히스클리프 주인은 너무 침울한 성격이어
서 좋은 사람이든 나쁜 사람이든 누구와도 사귀지 않는다고 했는데,
그건 지금도 마찬가지입니다.

그런데 이래 가지고는 제 이야기가 진전되지 않겠군요. 캐시 아
가씨는 화해의 표시인 테리어를 거절하며 자기의 애완견인 찰리와
피닉스를 내놓으라고 했습니다. 그것들은 다리를 절며 머리를 떨어
뜨린 채 나타났습니다. 그래서 우리는 하나같이 풀이 죽어 하이츠를
떠나 집으로 향했습니다.

그날 하루를 어떻게 보냈는지에 대해서는 아가씨한테서 알아낼
도리가 없었습니다. 다만 제가 예상했듯이 순례의 목적지는 페니스
톤 바위산이었다는 것과, 별다른 일 없이 하이츠의 농가에 도착했는
데 때마침 헤어튼이 개들을 끌고 나오다가 놈들이 아가씨 일행에게
덤벼들었다는 것만은 알아낼 수 있었습니다.

사람들이 떼어놓기 전까지 개들은 맹렬히 싸웠다고 하더군요. 그
일이 그 두 사람이 알게 된 계기였던 것입니다. 캐시 아가씨는 헤어

튼에게 자기가 누구이며 어디로 간다는 것을 말하고 길을 묻다가 마침내 그를 꾀어 함께 가게 되었던 것입니다.

헤어튼은 신비스러운 요정의 동굴과 스무 곳이 넘는 괴상한 곳으로 아가씨를 안내했던 것입니다. 그러나 저는 아가씨의 눈 밖에 났기 때문에 거기서 본 흥미로운 것들에 대한 이야기는 듣지 못했습니다.

그런데 이건 제 짐작입니다만, 처음에는 이 안내자에게 호감이 갔지만 그를 하인이라고 불러 그의 기분을 상하게 했고, 나중에 그 히스클리프 씨의 하녀가 그를 사촌이라고 하는 바람에 아가씨는 기분이 잡쳤던 것입니다.

게다가 헤어튼이 아가씨에게 한 말이 그녀 가슴에 맺혀 있었습니다. 농장에서는 언제나 '사랑하는 것', '귀염둥이', '여왕님', '천사'이던 아가씨가 낯선 사람에게 충격적인 모욕을 당했으니, 그 심정이 어떠했겠습니까! 아가씨는 도저히 이해를 못하더군요. 그래서 아빠한테 그것을 고자질하지 않겠다는 약속을 받느라 저는 진땀깨나 흘렸습니다.

아빠는 하이츠의 모든 식구를 싫어하니까 아가씨가 그곳에 갔었다는 걸 아시면 몹시 서운해하실 거라고 설명해주었습니다. 그중에서도 특히 아빠가 내린 명령을 제가 소홀히 했다는 것이 드러나면 아빠는 대단히 노하여 저를 쫓아낼 거라고 말했습니다. 캐시 아가씨는 그런 전망을 참을 수 없었을 것입니다. 그래서 저를 위해 약속을 했고, 또 그 약속을 지켰습니다. 어쨌든 아가씨는 사랑스러운 어린 소녀였습니다.

# 5

검정색 테가 둘린 편지가 주인이 돌아올 날을 알려왔습니다. 이사벨라는 죽었던 것입니다. 주인은 제게 캐시 아가씨가 입을 상복을 마련하고, 어린 조카가 거처할 방 하나와 그 밖의 다른 여러 가지를 준비하라고 분부했습니다.

캐서린 아가씨는 돌아오는 아빠를 맞을 생각에 기뻐서 어쩔 줄을 몰랐습니다. 그리고 '진짜' 사촌에게는 수많은 좋은 점이 있으리라는 장밋빛 기대로 잔뜩 부풀어 있었습니다.

드디어 그들이 도착하기로 예정된 저녁이 되었습니다. 이른 아침부터 아가씨는 자신의 자질구레한 물건들을 정리하느라 바쁘더군요. 이제는 새로 만든 검은 상복을 입고…… 가엾은 것! 고모의 죽음에 슬퍼하는 기색은 조금도 없더군요. 자꾸만 저를 졸라 할 수 없이 두 사람을 맞으러 함께 마당 건너편까지 걸어 나갔습니다.

"린튼은 나보다 딱 여섯 달 아래야." 나무 그늘 아래 이끼 긴 울퉁불퉁한 풀밭을 천천히 걸으며 아가씨가 조잘댔습니다. "그 아이와 놀이 동무가 되면 얼마나 재미있을까! 이사벨라 고모가 그 애의 머리카락을 아빠에게 보냈었는데, 내 머리보다 더 밝은 색깔이었어. 더 연한 황갈색이고, 가늘기는 마찬가지였어. 난 그걸 작은 유리 상자 속에다 잘 보관해두었지. 그 머리카락의 주인을 진짜로 만난다면

298

얼마나 좋을까 하고 자주 생각했어. 아, 난 행복해……. 아빠, 사랑하는 아빠! 자, 엘렌, 뛰어가자! 자, 뛰어와!"

아가씨는 뛰어갔다가 돌아오고 또 뛰어가고, 제가 느린 걸음으로 대문까지 가는 동안 몇 번이나 그 짓을 반복했습니다. 그러고 나서 길가 풀이 무성한 둑 위에 앉아 참을성 있게 기다려보려고 했지만 그럴 수가 없었습니다. 아가씨는 단 1분도 가만히 있지 못했습니다.

"왜 이리 안 올까?" 아가씨가 외쳤습니다. "아, 저 길 위에 먼지가 일고 있네. 지금 오나 봐! 아니잖아! 언제 오려나? 우리가 좀 더 나가보면 안 돼? 반 마일만, 엘렌. 딱 반 마일만, 응? 그런다고 대답해. 저 모퉁이의 자작나무 숲까지만!"

저는 단호히 거부했습니다. 그러나 마침내 아가씨의 조바심도 끝이 났습니다. 달려오는 마차의 모습이 시야에 들어왔기 때문입니다.

창문으로 내다보는 아버지의 얼굴이 보이자 아가씨는 소리를 지르며 두 팔을 벌렸습니다. 아버지도 딸만큼이나 기뻐하며 마차에서 내렸습니다. 한참이 지난 뒤에야 두 사람은 자기들 말고도 다른 사람이 있다는 것을 깨달았습니다.

아빠와 딸이 다정한 포옹을 나누는 동안 저는 린튼 소년을 보기 위해 마차 안을 살짝 들여다보았습니다. 린튼은 마치 겨울이나 만난 것처럼 털을 댄 따뜻한 외투에 싸여 구석에서 자고 있었습니다. 창백하고 가냘픈 계집애 같은 소년이었는데, 주인의 동생으로 착각할 만큼 주인과 닮아 있었습니다. 그러나 그 소년의 모습에는 에드거 린튼에게서는 찾아볼 수 없는 병적인 신경질 같은 것이 엿보였습니다.

주인은 제가 들여다보는 것을 알고 제게 악수를 청한 다음 문을 닫으라고 말했습니다. 그리고 여행으로 지쳤으니 그 소년을 그냥 두라는 것이었습니다.

캐시 아가씨도 한번 보기를 원했지만 주인이 그냥 가자고 해서 그들은 함께 공원 쪽으로 걸어 올라갔고, 저는 하인들에게 준비할 것을 지시하려고 앞장서 올라갔습니다.

"캐시, 내 말 들어보렴." 현관 계단 밑에 이르자 멈춰 서서 린튼 씨는 딸에게 말했습니다. "네 사촌은 너처럼 튼튼하거나 명랑하지 못한단다. 그리고 얼마 전에 어머니를 잃었다는 걸 명심해라. 그러니 지금 당장 너와 함께 뛰어놀 수 있으리라 생각하지 마라. 그리고 너무 말을 많이 해서 귀찮게 하면 안 돼. 적어도 오늘 밤만은 조용히 있게 해주렴. 알겠니?"

"예, 예, 아빠." 캐서린이 대답했습니다. "하지만 그 애를 한번 보고 싶어요. 창밖으로 한 번도 얼굴을 내밀지 않았어요."

마차가 멈추자 주인은 자던 아이를 깨워 안아서 땅에 내려놓았습니다.

"얘가 네 사촌 캐시란다." 주인은 두 아이들의 작은 손을 서로 잡게 하고는 말했습니다. "캐시는 벌써 너를 좋아하고 있단다. 그러니 오늘 밤은 울어서 이 애를 슬프게 하지 마라. 이제 기운 좀 내. 여행도 끝났으니 이제 쉬고 마음대로 놀기만 하면 된단다."

"그럼 전 잠이나 자겠어요." 소년은 캐서린의 인사도 피하며 대답했습니다. 그러고는 막 쏟아지려는 눈물을 닦으려고 손가락을 눈에 갖다 댔습니다.

"자, 그만. 착하지요." 제가 속삭이고는 소년을 안으로 데리고 들어갔습니다. "그러면 아가씨까지 울어요. 아가씨가 얼마나 안쓰러워하는지 보면 알잖아요."

캐시 아가씨가 사촌 때문에 정말 슬퍼했는지 알 수는 없었지만 아가씨도 소년만큼이나 슬픈 표정을 짓고 아버지에게 갔습니다. 그들 세 명은 집 안으로 들어가 차가 준비된 서재로 올라갔습니다.

저는 린튼 소년의 모자와 외투를 벗겨주고 식탁 옆에 있는 의자에 앉혔습니다. 그러나 소년은 의자에 앉자마자 다시 울기 시작했습니다. 주인은 왜 우느냐고 물었습니다.

"전 의자에 앉지 못해요." 소년은 흐느끼며 말했습니다.

"그러면 소파로 가거라. 엘렌이 차를 가져다 줄 거다." 외삼촌은 참을성을 발휘하며 말했습니다.

여기까지 오는 여행 도중 주인은 이 까다롭고 허약한 아이를 떠맡은 덕분에 꽤나 고생했겠구나 하고 저는 생각했습니다.

린튼 소년은 발을 질질 끌고 가서 소파 위에 드러누웠습니다. 캐시 아가씨도 발판과 찻잔을 들고 그의 곁으로 갔습니다.

처음 한동안 아가씨는 조용히 앉아 있었지만, 오래가지는 못했습니다. 아가씨는 전부터 생각했던 대로 어린 사촌을 노리갯감으로 삼을 결심을 했습니다. 그래서 그의 고수머리를 쓰다듬기 시작하더니 볼에다 입을 맞추기도 하고 어린애를 다루듯 자기 접시에 차를 따라 권하기도 했습니다. 그러자 소년은 좋아하더군요. 사실 어린애나 다름없었으니까요. 소년은 눈물을 닦고 엷은 미소까지 지어 보였습니다.

"오, 잘 지낼 수 있겠군." 잠시 아이들을 지켜보던 주인이 제게 말하더군요. "엘렌, 잘된 일이야. 우리가 저 아이를 계속 키울 수 있다면 말야. 제 또래와 어울리다 보면 곧 새로운 힘이 솟을 테고, 튼튼해지기를 바라기만 하면 튼튼해질 것이고……."

'그럼요, 우리가 키울 수만 있다면 그렇겠지요!' 하고 저는 속으로 생각했습니다. 그럴 가망은 없다는 불길한 예감이 들었기 때문입니다. 다음 순간 저런 약골이 워더링 하이츠에서 그의 아버지와 헤어튼 사이에 끼여 어떻게 살 수 있을까 하는 걱정이 앞서는 것이었습니다. 그쪽 사람들이 무슨 놀이 동무나 선생이 되겠나 하는 걱정이 앞섰습니다.

우리가 우려했던 일이 예상보다 빨리 판가름 났습니다. 차를 마신 후 저는 아이들을 데리고 위층으로 올라가 린튼 소년이 잠드는 것을 지켜보았습니다. 잠들기까지 저를 놓아주지 않았기 때문입니다. 제가 아래층으로 내려와 홀에 있는 식탁 옆에 서서 주인의 침실로 들고 갈 촛불을 켜고 있을 때였습니다. 하녀가 부엌에서 나오더니, 문 앞에 히스클리프 씨 댁의 하인인 조셉이 와서 주인과 이야기하기를 원하고 있다고 말하는 것이었습니다.

"용건이 뭔지 내가 먼저 물어봐야겠어." 저는 몹시 당황해서 말했습니다. "이런 늦은 시간에 와서 사람을 귀찮게 하는 법이 어디 있어. 또 긴 여행에서 방금 돌아오셨는데, 원. 주인은 만나주지 않을 거야."

제가 이렇게 말하고 있는데, 조셉은 부엌을 통해 이미 홀로 들어와 있었습니다. 그는 나들이옷을 입고 대단히 엄숙하면서도 시큰둥한 얼굴을 하고 있었습니다. 한 손에 모자를 들고 다른 손에는 지팡이를 든 채 매트에다 신발을 문지르고 있었습니다.

"조셉, 안녕하세요." 제가 냉랭하게 말했습니다. "이런 밤에 무슨 일로 오셨나요?"

"난 린튼 씨께 드릴 말씀이 있어." 저와는 상대도 안 하겠다는 듯이 손을 저으며 그가 대답했습니다.

"린튼 주인님은 지금 주무시려는 참이에요. 특별한 일이 아니면 지금 듣고 싶지 않으실 거예요." 제가 계속했습니다. "그러니 거기 앉아 내게 용건을 말하세요."

"주인의 방이 어디지?" 닫힌 문들을 훑어보며 그가 물었습니다.

그가 제 중개 역할을 한사코 거부할 것을 감지하고 저는 마지못해 서재로 가서 이 난데없는 방문자가 와 있음을 알리고, 내일이나 만나겠다 말하고 오늘은 돌려보내시라고 충고했습니다.

그러나 린튼 주인님에게는 제게 권한을 위임할 시간조차 없었습니다. 조셉이 제 뒤를 바싹 쫓아와 방으로 들이닥치더니, 탁자 건너편에 버티고 서서 두 주먹으로 지팡이 손잡이 위를 탁탁 치며 거절당할 것을 예상했다는 듯이 큰 소리로 지껄이기 시작했습니다.

"히스클리프 씨가 자기 아이를 데려오라고 나를 보냈으니, 난 데려가야 합니다."

에드거 린튼은 잠시 말이 없었습니다. 몹시 슬픈 표정이 주인의 얼굴을 뒤덮었습니다. 아이의 처지가 딱하다고 생각했을 겁니다. 게다가 이사벨라 아씨의 마지막 당부와 걱정하던 모습, 그리고 아이의 장래를 생각해 오빠에게 맡기던 심정을 생각하니 아이를 넘겨준 다음의 일이 염려되어 어떻게든 이 요구를 피할 방도가 없을까 하고 궁리하고 있는 것 같았습니다. 그러나 묘안이 떠오르지 않았습니다. 아이를 이쪽에서 키우겠다는 뜻이 조금이라도 노출되면 상대방은 더욱 완강해질 테니 포기하는 수밖에 없었습니다. 그러나 자고 있는 아이를 깨우고 싶지는 않았습니다.

"히스클리프 씨에게 전하게." 주인은 침착하게 답했습니다. "아이를 내일 워더링 하이츠로 보내겠다고 말일세. 아이는 지금 자고 있어. 지금 그렇게 먼 길을 갈 수 없다네. 또한 아이의 어머니는 내가 아이를 맡아 기르기를 원했다는 말도 전하게. 게다가 아이의 건강이 현재로서는 아주 위태롭단 말일세."

"안 됩니다!" 조셉은 지팡이로 마룻바닥을 치고는 아주 위엄 있는 자세를 취하며 말했습니다. "안 돼요! 그건 말도 안 돼요! 히스클리프 씨는 아이의 엄마나 당신을 대수롭게 여기지 않아요. 아이만 돌려받을 작정이라 했으니까 데려가야겠어요. 아시겠습니까?"

　"오늘 밤은 안 돼!" 린튼 씨는 단호히 대답했습니다. "당장 내려가서 주인에게 내 말을 전하게. 엘렌, 영감을 데리고 내려가. 어서……."

　화가 난 영감의 팔을 붙잡아 일으켜 방에서 쫓아내고 주인은 문을 닫아버렸습니다.

　"좋아!" 조셉은 천천히 물러나면서 소리쳤습니다. "내일 아침엔 그분이 직접 올 텐데, 어디 밀어내고 싶으면 밀어내봐!"

# 6

이러한 위협이 현실화될 위험을 피하기 위해, 아침 일찍 아이를 캐서린의 망아지에 태워 그 집으로 데려다 주라는 분부를 내리고 주인은 이렇게 말했습니다.

"그 아이의 운명이 좋게 되든 나쁘게 되든 이제 우리로서는 어쩔 수 없으니, 그 아이가 어디로 갔는지 딸아이에게는 말하지 말게. 어차피 앞으로는 접촉할 일이 없을 테니 이 근처에 있다는 걸 캐시가 모르고 있는 게 좋을 거야. 그렇지 않으면 공연히 안절부절못하고 하이츠로 찾아가고 싶어 할 테니까. 이렇게만 말해. 그 애 아버지가 갑자기 사람을 보내 데려오라고 해서 어쩔 수 없이 보냈다고 말이야."

일어나기 싫어하는 린튼 소년을 새벽 5시에 깨워 더 멀리 떠날 준비를 해야 한다고 말하자, 그는 깜짝 놀랐습니다. 그러나 저는 아이를 안심시켰습니다. 이제 아버지 히스클리프 씨와 얼마 동안 살게 될 것이고, 그분은 아들이 너무 보고 싶어 지난 여행의 피로가 풀릴 때까지 도저히 기다릴 수 없었다는 말을 해주었습니다.

"우리 아빠?" 소년은 당황하여 야릇한 표정을 지으며 소리쳤습니다. "엄마는 내게 아빠가 있다는 말을 한 적이 없는데. 어디 사는데? 난 외삼촌과 살고 싶어."

"이 농장에서 좀 떨어진 곳에 살고 계세요." 제가 대답했습니다. "바로 저 언덕 너머예요. 그렇게 멀지 않으니까 앞으로 원기를 찾으면 여기까지 걸어올 수도 있어요. 집에 가서 아빠를 만날 테니 기뻐해야 돼요. 엄마를 사랑한 것처럼 아빠를 사랑하세요. 그러면 아빠도 도련님을 사랑하실 거예요."

"그런데 왜 나는 전에 아빠에 대한 얘기를 듣지 못한 거지?" 린튼 소년이 물었습니다. "왜 엄마와 아빠는 다른 사람들처럼 함께 살지 않았지?"

"아빠는 사업 때문에 북부 지방에 살아야 했어요." 제가 대답했습니다. "엄마는 건강 때문에 남부에 살아야 했고요."

"그럼 왜 엄마는 아빠에 대해 말해주지 않았을까?" 린튼 소년은 계속 추궁했습니다. "엄마가 외삼촌 얘기는 자주 해서 난 오래전부터 외삼촌이 좋았어. 어떻게 아빠를 사랑할 수 있지? 난 아빠를 모르잖아."

"오, 자식들은 누구나 부모님을 사랑하기 마련이에요." 제가 말했습니다. "아마 아빠 얘기를 자주 하면 도련님이 아빠와 함께 살기를 원할 거라고 엄마는 생각했을 거예요. 어서 서둘러요. 이렇게 아름다운 아침에 일찍 말을 타는 것은 한 시간 더 자는 것보다 훨씬 더 좋을 거예요."

"그 애도 함께 가는 거야?" 소년이 물었습니다. "어제 만난 그 여자애 말야."

"지금은 같이 안 가요." 제가 대답했습니다.

"그럼 외삼촌은?" 그가 계속 물었습니다.

"안 가세요. 거기까지 나만 같이 갈 거예요." 제가 말했습니다.

린튼 소년은 다시 베개 속으로 머리를 파묻더니 깊은 생각에 빠졌습니다.

"외삼촌이 같이 가지 않으면 안 갈 테야." 그는 마침내 소리쳤습니다. "아줌마가 날 어디로 끌고 갈지 난 모르잖아."

아버지를 만나기 싫어하는 것은 버릇없는 나쁜 행위라고 저는 타일렀습니다. 그러나 여전히 고집을 부리며 옷을 입지 않으려 해서 그를 달래 침대에서 나오게 하는 데 주인의 도움을 청해야 했습니다.

지금 여기를 떠나도 거기 잠시 가 있는 것이며 외삼촌과 캐시가 만나러 갈 것이라는 몇 가지 엉터리 다짐과 다른 약속을 받고서야 그 불쌍한 소년은 마침내 출발했습니다. 가는 도중에도 간간이 거짓 약속을 꾸며내어 거듭 말해주었습니다.

잠시 후 싱싱한 히스 향기, 밝은 햇빛, 그리고 망아지 미니의 경쾌한 발굽 소리에 울적했던 소년의 마음이 다소 가벼워졌습니다. 소년은 자기가 새로 찾아가는 집과 그곳 식구들에 대해 큰 관심을 보이며 활기 있게 질문했습니다.

"워더링 하이츠도 드러시크로스 농장만큼 좋은 곳이야?" 소년은 골짜기 쪽을 마지막으로 돌아보며 물었습니다. 그 골짜기에서는 엷은 안개가 피어 올라 푸른 하늘 가장자리에 양털 구름을 이루고 있었습니다.

"그곳은 여기 농원처럼 나무들 속에 파묻혀 있지 않아요." 제가 대답했습니다. "또 여기처럼 크지도 않고요. 그렇지만 주변 전체의 경치가 아름답고 공기도 여기보다 맑고 건조해서 도련님의 건강에 좋을 거예요. 처음에는 낡고 음침한 건물이라는 생각이 들겠지만 아주 훌륭한 집이지요. 이 지방에서는 두 번째로 좋은 집이에요. 게다가 벌판은 산책하기가 얼마나 좋은데요! 캐시 아가씨의 사촌 오빠니까 도련님에게도 사촌 형뻘이 되는 헤어튼 언쇼라는 청년이 있는데,

그분이 그곳의 아름다운 데는 모조리 안내해줄 거예요. 날씨가 좋을 때는 책을 들고 나가서 푸른 계곡을 서재로 삼을 수도 있어요. 또 산책을 하다 보면 때로 외삼촌도 뵙게 될 거예요. 저 언덕 위로 자주 산책을 나오시니까요."

"그런데 아빠는 어떻게 생겼어?" 하고 그가 물었습니다. "외삼촌처럼 젊고 잘생겼어?"

"젊다는 점에선 같아요." 제가 말했습니다. "그러나 머리와 눈이 검고 더 엄하게 생기셨어요. 키도 몸집도 더 크시지요. 처음엔 외삼촌같이 친절하거나 상냥하게 보이지 않을 거예요. 성격이 다르거든요. 하지만 진심으로 대하고 솔직하게 대하도록 하세요. 그러면 자연히 외삼촌보다도 더 도련님을 귀여워하실 거예요. 도련님은 바로 그분의 아들이니까요."

"머리와 눈이 검다고!" 린튼은 생각에 잠겼습니다. "난 상상도 못하겠네. 그럼 나는 아빠를 닮지 않았네, 그렇지?"

"별로 닮지 않았어요." 제가 대답했습니다. 소년의 흰 얼굴과 가냘픈 몸을 애처롭게 바라보면서 저는 속으로 전혀 닮지 않았다고 생각했습니다. 또한 크고 힘없어 보이는 눈은 엄마와 똑 닮았지만 병적인 과민성으로 잠깐 반짝할 때를 제외하면 엄마의 눈에 넘치던 총기의 흔적은 발견할 수 없구나 하는 생각을 했습니다.

"아빠가 엄마와 나를 한 번도 찾아오지 않았다니 참 이상해" 하고 소년이 중얼거렸습니다. "아빠가 날 본 적이 있나? 있다면 내가 아기였을 때일 거야. 아빠에 대한 기억은 아무것도 없어!"

"린튼 도련님." 제가 말했습니다. "300마일은 굉장한 거리예요. 그리고 10년이란 세월은 어른들에게 도련님이 생각하듯 그렇게 긴 세월이 아니에요. 아마 히스클리프 씨는 여름마다 보러 가겠다고 벼

308

르기만 하다가 적절한 기회를 놓쳐버린 거예요. 이젠 때늦은 이야기지요. 그 문제에 대해 여러 가지 질문을 해서 아빠를 괴롭히지 마세요. 공연히 귀찮게 해드릴 뿐이니까요!"

이런 말을 들은 린튼 소년은 망아지를 타고 남은 거리를 가는 내내 생각에 잠겨 있었습니다. 드디어 우리는 농가의 정원 대문 앞에 이르렀습니다. 저는 소년의 얼굴 표정을 살폈습니다. 그는 건물의 조각된 앞면과 높이가 낮은 격자창과 서로 엉킨 구스베리 덤불과 구부러진 전나무들을 유심히 살피더니 고개를 젓는 것이었습니다. 새로 살게 될 집의 외형이 마음에 들지 않았던 것입니다. 그러나 불평을 뒤로 미룰 정도의 분별력은 가지고 있었습니다. 이런 외부의 결함을 보충할 것이 내부에 있을지도 모른다고 생각한 모양이었습니다.

그가 말에서 내리기 전에 제가 먼저 가서 문을 열었습니다. 6시 반이었습니다. 가족들은 막 아침 식사를 끝내고 하녀가 식탁을 치우고 있었습니다. 조셉은 주인의 의자 옆에 서서 절뚝거리는 말에 대해 이야기하고 있었고, 헤어튼은 건초밭에 나갈 준비를 하고 있었습니다.

"이봐, 넬리!" 저를 보자 히스클리프 씨가 소리쳤습니다. "내가 직접 가서 자식 놈을 데려와야 하나 걱정하고 있었는데 넬리가 데려왔군, 그렇지? 자, 어디 어떤 놈인가 보자고."

히스클리프 씨는 일어나서 문으로 성큼성큼 걸어갔습니다. 헤어튼과 조셉은 호기심에서 입을 벌린 채 따라갔습니다. 가엾은 린튼은 세 사람의 얼굴을 질린 눈으로 쳐다보았습니다.

"틀림없이" 하고 조셉이 신중히 살펴본 후에 말했습니다. "주인님, 그가 바꿔치기한 거예요. 저 애는 그 집 딸이라고요!"

히스클리프 씨는 아들이 당황하여 몸을 벌벌 떨 때까지 노려보더니 경멸의 웃음을 터뜨리는 것이었습니다.

"맙소사! 대단한 미인이군! 어쩌면 이렇게 사랑스럽고 매력적일까!" 하고 그가 외쳤습니다. "넬리, 달팽이와 시큼한 우유만 먹여서 키웠나 보지? 아, 제기랄! 예상했던 것보다 형편없군……. 하기야 나도 기대 같은 건 안 했었지!"

당황하여 몸을 떠는 아이더러 저는 말에서 내려 들어가라고 했습니다. 소년은 아버지가 한 말의 뜻을 완전히 이해하지 못했고 자기를 두고 한 말인지조차 몰랐습니다. 이 무섭게 생기고 비웃기만 하는 낯선 사람이 자기 아버지라고 확신하지도 않고 있었습니다. 그냥 더 겁만 먹었는지 제게 매달렸습니다. 히스클리프 씨가 의자 하나를 잡고 "이리 와라" 하고 말하자, 소년은 얼굴을 제 어깨 위에 파묻고 우는 것이었습니다.

"쯧쯧!" 히스클리프 씨는 혀를 차더니 한 손을 내밀어 소년을 자기 무릎 사이로 거칠게 끌어당기고는 턱을 밀어 올려 머리를 쳐들었습니다. "울긴 왜 울어, 뚝 그쳐! 우린 널 해치지 않아. 린튼…… 그게 네 이름이지? 넌 영락없이 네 엄마의 자식이구나! 날 닮은 데가 어디 있지, 이 울보야!"

그는 소년의 모자를 벗기고 숱이 많은 황갈색 고수머리를 뒤로 쓸어 넘기며 가느다란 팔과 작은 손가락을 만져보았습니다. 그렇게 살피는 동안 린튼 소년은 울음을 그치고 크고 푸른 눈을 들고는 자기를 조사하는 사람을 조사하는 것이었습니다.

"나를 알겠니?" 히스클리프 씨는 소년의 팔다리가 모두 가늘고 허약하다는 것을 확인하고 물었습니다.

"아뇨!" 린튼 소년은 막연히 무언가를 두려워하는 눈초리로 말했습니다.

"나에 대해 들은 적은 있겠지?"

"아뇨." 그가 다시 대답했습니다.

"아니라고? 참, 네 엄마는 창피한 줄도 모르는 여자로군. 아빠에 대한 효심도 심어주지 않았다니, 원! 그럼 내가 말해주지. 넌 내 아들이야. 네게 어떤 아버지가 있다는 것도 알려주지 않다니, 네 엄마는 악독하고 품행이 단정치 못한 여자였구나. 이제 걸핏하면 놀라고 얼굴을 붉히지 마라! 하긴 네가 하얀 피를 가지고 있지 않다는 걸 보는 것도 좋은 일이긴 하지만. 내 말을 잘 듣는 착한 아이가 되거라. 그럼 나도 잘해줄 테니까. 넬리, 피곤하면 앉지. 그렇지 않으면 집으로 돌아가고. 집으로 돌아가면 여기서 보고 들은 것을 농장의 그 변변치 않은 친구한테 보고할 테지. 넬리가 여기서 우물쭈물하는 동안은 이 녀석이 진정되지 않겠어."

"그러면 히스클리프 씨, 이 아이에게 다정하게 대해주시기 바랍니다. 그렇지 않으면 오랫동안 데리고 있지 못할 거예요. 이 넓은 세상에 당신의 혈육이라곤 이 도련님뿐이에요. 기억해두세요."

"친절하게 대할 테니 염려할 필요 없어!" 그는 웃으며 말했습니다. "하지만 나 말고 다른 사람이 친절하게 굴면 안 되지. 나는 아들의 애정을 독차지하려고 노력한다고. 자, 이제 내 친절을 보여주는 거야. 조셉, 아이에게 아침을 갖다 줘. 헤어튼, 이 멍청이, 어서 일하러 나가. 저, 그런데 넬리, 들어봐." 그들이 자리를 뜨자 히스클리프 씨가 말을 이었습니다. "아들은 장차 넬리가 사는 집의 주인이 되는 거야. 그러니 에드거의 상속인으로 확정될 때까지는 저 애가 죽는 걸 바라지 않아. 게다가 저 애는 내 아들이거든. 내 후손이 그들의 토지의 주인이 되는 것을 보며 승리감을 맛보고 싶어. 내 아이가 그들의 자손을 고용해서 그들의 아버지가 소유했던 땅을 갈게 하고 임금을 지급하는 일 말야. 그 일념으로 저 변변치 못한 녀석을 참고 받아들인 거야. 저 녀석 자체도 싫지만 저 녀석 때문에 되살아나는 추억도 질색이라고! 하지만 지금 말한 그 계획만으로 충분해. 그러니 저 녀석이 나와 있으면 안전할 테고, 자네 주인이 자식을 소중히 하듯이 나도 녀석을 조심스럽게 키울 생각이야. 녀석을 위해 위층에 방 하나를 마련해서 멋지게 꾸며놓았어. 녀석이 배우고 싶어 하는 것은 모두 가르쳐줄 가정교사도 한 명 두어 20마일이나 떨어진 곳에서 한 주에 세 번씩 오게 했지. 헤어튼에게도 저 녀석의 말에 순종하라고 일러두었어. 사실 따지고 보면 저 녀석의 점잖고 신사다운 점을 키워서 이 집 사람들 위에 높이 군림할 수 있도록 매사를 다 꾸며놓은 셈이야. 하지만 저 녀석에겐 유감스럽게도 그만큼 공을 들일 가치가 없단 말야. 내가 이 세상에서 바라는 축복이 있다면 녀석이 자랑스럽게 되는 것인데, 저렇게 창백한 울보에 지나지 않으니 보통 실망스러운 게 아냐."

주인이 말하고 있는 동안 조셉이 우유를 넣은 죽이 담긴 대접을 들고 들어와 린튼 소년 앞에 놓았습니다. 소년은 못마땅하다는 표정으로 그 볼품없는 음식을 휘젓더니, 자기는 먹을 수 없다고 딱 잘라 말했습니다.

저는 하인 영감도 주인만큼이나 소년을 멸시하는 것을 알아차릴 수 있었습니다. 그러나 히스클리프 씨가 하인들에게 자기 아들을 존경하라고 명백히 일러두었기 때문에 영감은 자기 속마음을 억제할 수밖에 없었습니다.

"먹을 수 없다고?" 조셉은 린튼 소년의 얼굴을 뚫어지게 쳐다보며 주인이 들을까 봐 목소리를 낮춰 속삭이듯이 반복했습니다. "하지만 헤어튼 도련님도 어렸을 때는 이것만 먹었어. 그 아이가 먹을 만한 것이면 너도 먹을 수 있을 텐데. 난 그렇게 생각해!"

"난 안 먹겠다니까!" 린튼이 잘라 말했습니다. "가져가."

조셉은 화가 나서 그 음식을 잡아채어 우리 쪽으로 가져왔습니다.

"이 음식이 뭐가 잘못됐다는 겁니까?" 조셉은 그 쟁반을 히스클리프 씨의 코밑에 들이대며 물었습니다.

"뭐 잘못된 거라도 있나?" 히스클리프 씨가 말했습니다.

"글쎄요!" 조셉이 대답했습니다. "저 멋쟁이 녀석은 이걸 먹을 수 없다는군요. 하긴 그럴 만도 하군! 저 도련님의 엄마도 그랬었죠. 우리가 너무 지저분해서 아씨가 드실 빵을 만들 곡식도 심을 자격이 없다나요."

"저 애 엄마 얘기는 꺼내지도 마." 주인이 화를 내며 말했습니다. "그 애가 먹을 수 있는 걸 갖다 줘. 그러면 되잖아. 넬리, 저 녀석은 보통 뭘 먹지?"

저는 끓인 우유나 차가 좋을 거라고 말했습니다. 그러자 가정부에게 그것을 준비하라는 지시를 내리더군요.

'가도 되겠군'. 아버지의 이기심 때문에 소년이 편하게 지낼 수 있겠다는 생각이 들었습니다. 아이가 허약하다는 것을 알았으니 너그럽게 대해야 한다는 것도 깨달았을 테니까요. 에드거 씨에게 히스클리프 씨의 마음이 그런 쪽으로 돌아섰다고 알려드려 위로를 해야겠다고 생각했습니다.

저는 더 이상 지체할 구실이 없었으므로 린튼 소년이 다정한 양몰이 개가 다가오자 겁에 질려 물리치느라 정신이 팔린 틈을 타서 살그머니 빠져나왔습니다. 그러나 소년이 어찌나 경계하고 있었는지 속지 않는 것이었습니다. 제가 문을 닫자 비명이 들리고 미친 듯이 반복해서 이런 말이 들려왔습니다.

"날 두고 가지 마! 여기 있지 않을 테야. 난 여기 있지 않을 테야!"

그러자 빗장이 올려지고 채워지는 소리가 났습니다. 밖으로 나오도록 허용되지 않았습니다. 저는 미니에 올라타고 빨리 걸으라고 재촉했습니다. 그렇게 해서 저의 짧은 보호자의 임무는 끝났습니다.

# 7

그날 어린 캐시 아가씨 때문에 우리의 하루는 엉망이었습니다. 아가씨는 사촌과 함께 놀고 싶은 마음에 아주 신이 나서 일어났던 것입니다. 그러나 그가 떠났다는 말을 듣고 대성통곡을 하는 바람에 에드거 씨가 직접 나서서 곧 그 애가 돌아올 것이라면서 달래야만 했습니다. 그러나 "내가 그 애를 데려올 수 있다면 말이다"라는 말을 덧붙였지요. 그런데 그렇게 될 희망은 없었습니다.

이런 약속으로 아가씨를 완전히 달랠 수는 없었지만 세월이 약이 었습니다. 그래서 가끔 린튼이 언제 돌아오느냐고 아빠에게 묻곤 했는데, 다시 만나기도 전에 그의 얼굴이 기억 속에서 희미해져서 만나도 알아볼 수 없을 정도였습니다.

저는 볼일이 있어 기머튼에 갔다가 워더링 하이츠의 가정부를 우연히 만나면 도련님이 어떻게 지내느냐고 묻곤 했습니다. 린튼 도련님도 캐시 아가씨처럼 언제나 집에 갇혀 있어서 만날 수가 없었기 때문이었지요. 저는 그 가정부에게 린튼은 여전히 건강이 나쁘며 사람을 성가시게 한다는 것을 알아냈습니다. 그 가정부가 말하기를, 히스클리프 씨는 내색을 안 하려고 애쓰지만 점점 더 아들을 싫어하는 듯하다고 했습니다. 아이의 목소리조차 듣기 싫어해 한방에서 단 몇 분 동안도 같이 앉아 있지 않는다는 것이었습니다.

부자지간에 많은 얘기를 나누는 경우는 없었으며, 린튼은 공부를 하다가 저녁 시간에는 거실이라는 작은 방에서 보내거나 하루 종일 침대에 누워 지낸다고 했습니다. 그는 그칠 날 없이 기침을 하고 감기에 걸리거나 어디가 아프고, 어딘가에 늘 이상이 있다는 것이었습니다.

"그런 겁쟁이는 보다 처음이에요." 그 가정부가 덧붙였습니다. "그렇게 제 몸을 아낄 수가 없어요. 저녁 늦게 문을 열어두면 야단이 나는 거예요. 오! 사람 죽이네, 밤공기를 마시다니! 하고 호들갑을 떨어요. 한여름에도 불을 피워야 하고, 조셉의 파이프 담배는 독이라는 거예요. 항상 달고 맛있는 것이 있어야 하고 늘 우유, 죽어라 하고 우유만 찾아요. 나머지 식구들이야 겨울에 얼마나 추운가는 생각도 하지 않고, 자기는 언제나 털 달린 외투를 뒤집어쓰고 난롯가 의자에 앉아서 토스트와 물, 아니면 다른 음료를 벽난로 위에 놓아두고 있는 거예요. 가엾게 생각하고 어쩌다 헤어튼이 웃겨주려고 오면…… 헤어튼은 거칠긴 하지만 마음이 나쁘진 않은데…… 결국 하나는 욕을 하고 하나는 울면서 갈라지고 말지요. 자기 아들만 아니었다면 주인도 헤어튼 언쇼가 그 아이를 미라가 되도록 실컷 때려주면 속이 후련하겠다고 생각하고 있을 게 틀림없어요. 또 그 아이가 얼마나 제 몸을 아끼는지 반만이라도 안다면 화가 나서 집에서 쫓아낼 게 뻔해요. 그렇지만 그런 충동은 일어날 수 없게 되어 있죠. 주인은 거실에 들어가는 일이 거의 없으니까요. 또 자기가 있는 거실에서 린튼이 그런 꼴을 보이면 당장 위층으로 올려보내고 말거든요."

이런 이야기로 미루어 히스클리프 2세가 원래 그런 성질을 타고난 게 아니라면 지금처럼 그렇게 이기적이고 까다로운 인간이 된 것

316

이 주변의 누구도 그에게 동정심을 보여주지 않았기 때문이라고 저는 짐작했습니다. 따라서 그 소년에 대한 저의 관심도 시들어갔습니다. 그러나 여전히 그 소년의 운명이 불쌍하다는 느낌도 들고 우리와 함께 살았으면 좋았을 텐데 하는 생각을 버리지는 못했습니다.

에드거 주인은 제게 소년의 소식을 알아오라고 재촉했습니다. 주인은 소년을 많이 생각하고 있어서 위험을 무릅쓰고라도 그 소년을 만나려는 것 같았습니다. 또 한번은 제게, 그 소년이 마을에 나오는 일이 있는지 그곳 가정부에게 물어보라고까지 하는 것이었습니다.

린튼 소년은 단 두 번 아버지를 따라 말을 타고 마을을 다녀간 적이 있었다고 가정부가 말했습니다. 그런데 두 번 다 그 후 사나흘 동안은 완전히 녹초가 된 것처럼 행동하더라는 것이었습니다.

제 기억이 정확하다면, 그 가정부는 소년이 온 지 2년 만에 그만두고 다른 가정부가 들어왔는데, 저는 잘 모르는 여자로 지금도 그곳에 살고 있습니다.

농장에서는 이전과 마찬가지로 시간이 즐겁게 흘러 마침내 캐시 아가씨는 열여섯 살이 되었습니다. 아가씨의 생일이 돌아가신 아씨의 기일(忌日)이기도 해서 우리는 기뻐하는 내색을 보이지 않았습니다. 아가씨의 아버지는 그날이 되면 변함없이 서재에 혼자 있다가 저녁 무렵에 기머튼 교회 묘지까지 걸어가서 자정이 넘도록 그곳에 머무는 적이 많았습니다. 그래서 캐시 아가씨는 자기 멋대로 놀 수 있었습니다.

그해 3월 20일은 아름다운 봄날이었습니다. 아버지가 서재로 들어가자 아가씨는 외출 차림으로 내려오더니 저와 함께 들판 끝까지 거닐자고 했습니다. 멀리 가지 않고 한 시간 안에 돌아온다면 나가도 된다는 허락을 린튼 주인한테서 받았다는 것이었습니다.

"엘렌, 그러니까 빨리 서둘러!" 아가씨가 소리쳤습니다. "가보고 싶은 곳을 난 알아. 들꿩 떼가 사는 곳이야. 벌써 둥지를 만들었는지 보고 싶다고."

"거긴 꽤 먼 곳일 텐데요." 제가 대답했습니다. "들판 끝에다가 새들이 알을 낳진 않아요."

"멀지 않아." 아가씨가 말했습니다. "아빠랑 그 근처까지 갔었거든."

그 일에 대해서는 더 이상 생각하지 않고 저는 보닛을 쓰고 기분 좋게 나섰습니다. 아가씨는 깡충깡충 뛰며 앞으로 갔다가 다시 제 곁으로 돌아와서는 다시 어린 사냥개처럼 달아나는 것이었습니다. 처음에는 여기저기서 지저귀는 종달새 소리를 들으며 무척 즐거웠습니다. 달콤하고 훈훈한 햇살을 즐기며, 저의 귀염둥이이며 기쁨이기도 한 아가씨가 곱슬거리는 금발을 뒤로 너풀거리며 뛰어가는 모습, 활짝 핀 들장미처럼 부드럽고 순수하고 밝은 빛을 발하는 뺨과, 어두운 그림자를 찾아볼 수 없이 기쁨으로만 빛나는 눈을 지켜보고 있었습니다. 당시의 아가씨는 행복한 창조물이며 천사였습니다. 아가씨가 만족하지 못하고 있다는 것이 안타까운 일이었습니다.

"아가씨," 하고 제가 말했습니다. "들꿩들은 어디 있나요? 우린 다 온 것 같은데……. 농장 울타리를 벗어난 지도 오래됐어요."

"아, 엘렌, 조금만 더 가면 돼. 조금만 더." 아가씨는 계속 그렇게 대답했습니다. "저 언덕으로 올라가서 둑을 지나 반대편에 닿을 무렵에는 새들이 날아오를 거야!"

그러나 올라가고 지나야 할 언덕과 둑이 하도 많아서 저는 마침내 지쳐버려 발을 멈추고는 돌아가자고 말했습니다.

아가씨가 앞질러 멀리 가고 있어서 저는 소리를 크게 질러 불렀습니다. 그러나 아가씨는 정말 듣지 못했는지 듣고도 못 들은 척하는지 그냥 뛰어가기만 해서 저는 할 수 없이 따라가야 했습니다. 마침내 아가씨가 움푹 들어간 곳으로 내려가 제 시야에서 사라졌습니다. 제가 다시 아가씨의 모습을 보았을 때는 자기 집 농장보다 워더링 하이츠 쪽으로 2마일이나 더 가까운 곳에 가 있었습니다. 그런데 두 사람이 아가씨를 체포하듯 붙잡는 것이 보였습니다. 그중 한 사람은 히스클리프 씨였습니다.

캐시 아가씨는 들꿩 둥지를 훔치거나, 적어도 뒤졌다는 이유로 잡힌 것이었습니다.

하이츠는 히스클리프 씨의 땅이었으므로 그는 밀렵자를 문책하고 있었습니다.

"난 잡지도 않고 찾아내지도 못했단 말이에요." 제가 땀을 뻘뻘 흘리며 그곳에 이르렀을 때 아가씨는 손을 양쪽으로 벌리며 자기 말이 사실이라는 것을 입증하면서 말하고 있었습니다. "난 새들을 잡으러 온 게 아니에요. 아빠가 이곳에는 새들이 많다고 하셔서 알을 보고 싶었던 거예요."

히스클리프 씨는 악의에 찬 미소를 지으며 저를 힐끗 보았습니다. 그러더니 우리 일행을 알고 있으며, 그러니까 악의로 대하겠다는 표정을 나타내며 '아빠'가 누구냐고 묻는 것이었습니다.

"드러시크로스 농장의 린튼 씨예요." 아가씨가 대답했습니다. "아저씨는 나를 모르나 보군요. 알았다면 그런 식으로 말하진 않았을 테니까요."

"아가씨는 아빠를 덕망 높고 존경받는 사람으로 생각하나 보군." 그가 빈정거리며 말했습니다.

"그럼 아저씨는 무얼 하는 분이죠?" 아가씨는 호기심 가득한 눈길로 상대방을 보며 물었습니다. "저 사람은 전에 본 적이 있네요. 아저씨 아들인가요?"

아가씨는 나머지 한 사람인 헤어튼을 가리켰습니다. 헤어튼은 두 살을 더 먹는 동안 몸집과 힘만 좋아진 것 같았습니다. 전과 마찬가지로 어색하고 거칠어 보였습니다.

"캐시 아가씨." 제가 끼어들었습니다. "이제 조금 있으면 집에서 나온 지 한 시간이 아니라 세 시간이 되겠어요. 정말이지 우린 돌아가야 해요."

"아니, 저 사람은 내 아들이 아니야." 히스클리프 씨가 저를 옆으로 밀치며 대답했습니다. "하지만 아들이 하나 있지. 아가씨도 전에 본 적이 있을 텐데. 유모가 서두르는데, 아가씨나 유모나 잠시 쉬어 가는 편이 훨씬 좋을 것 같군. 이 히스 벼랑을 돌아 우리 집으로 들어갈까? 쉬었다 가면 그만큼 더 빨리 집으로 돌아갈 수 있을 거야. 또 친절한 환영도 받을 테고."

저는 캐시 아가씨에게 무슨 일이 있어도 그 제안을 받아들여서는 안 된다고 속삭였습니다. 말도 안 되는 얘기라고 했습니다.

"왜?" 아가씨가 큰 소리로 물었습니다. "나는 뛰어서 지쳤어. 또 땅이 이슬로 젖어서 여기 앉을 수가 없잖아. 그러니까 엘렌, 가자! 게다가 내가 자기 아들을 본 적이 있다고 하잖아. 잘못 생각하시고 있나 봐. 어디 살고 있는지는 짐작이 가. 내가 페니스톤 바위산에 갔다 오다 들렀던 바로 그 농가일 거야. 그렇죠?"

"맞다. 이봐, 넬리, 입 다물고 있어. 우리 집을 구경하는 것도 아가씨한테 재미있는 일일 거야. 헤어튼, 아가씨를 모시고 먼저 가거라. 넬리, 나와 함께 걸어갑시다."

"안 돼요. 아가씨는 그런 곳에 못 가요." 저는 그가 붙잡은 팔을 빼려고 버둥거리며 소리쳤습니다. 그러나 아가씨는 전속력으로 벼랑을 돌아 벌써 그 집 문 앞의 섬돌에 가 있었습니다. 동행하라고 지시받았던 헤어튼은 아가씨를 호위하기는커녕 길가로 벗어나 사라지고 없었습니다.

"히스클리프 씨, 이건 부당한 처사예요." 저는 계속해서 말했습니다. "좋은 의도가 아닌 것은 당신도 아시잖아요. 이제 아가씨는 린튼을 만날 것이고, 집에 돌아가면 모든 얘기가 주인께 전해질 거라고요. 그러면 저만 비난을 받는다고요."

"난 캐시가 린튼을 만나도록 하고 싶었어" 하고 그가 대답하는 것이었습니다. "린튼은 요 며칠 동안 한결 몸이 나아졌어. 건강해진 모습을 보기란 아주 드문 일이지. 여기 온 것을 비밀로 하도록 캐시를 설득할 거야. 그러면 해로울 게 뭐가 있지?"

"해로운 일은, 아가씨가 당신 집에 들어가도록 제가 내버려두었다는 것이 탄로 나면 주인이 저를 몹시 미워할 거라는 사실입니다. 이건 제 생각인데, 아가씨를 집으로 끌어들이는 데는 무슨 계략이 있는 것 같군요" 하고 제가 응답했습니다.

"내 계략은 아주 정직해. 내가 그 전모를 넬리에게 말해주지." 그가 말했습니다. "두 사촌끼리 사랑에 빠져 결혼하게끔 하는 거야. 지금 나는 자네 주인에게 아량을 베풀고 있는 거야. 저 어린 계집애는 유산을 받을 수 없으니까 내 소원대로 해준다면 당장에라도 린튼과 공동 상속인이 될 수 있어."

"만일 린튼 도련님이 죽는다면……" 제가 대답했습니다. "몸이 약해서 확실하지 않으니까, 그렇게 되면 캐시 아가씨가 상속인이 될 겁니다."

"천만에, 그렇지 않아." 히스클리프 씨가 말했습니다. "유서에는 그걸 보장하는 문구가 없어. 그의 재산은 내게로 오게 되는 거야. 그러나 분쟁을 방지하기 위해 저 두 아이의 결합을 바라고, 또 그렇게 되도록 하기로 결심했어."

"저도 캐시 아가씨가 다시는 저와 함께 당신네 집에 접근 못하도록 하기로 결심했어요." 우리가 대문에 이르렀을 때 제가 그렇게 말했습니다. 캐시 아가씨는 거기서 우리를 기다리고 있었습니다.

히스클리프 씨는 제게 입을 다물고 있으라고 이르더니 먼저 올라가 급히 문을 열었습니다. 우리 아가씨는 이 남자를 어떻게 생각해야 할지 망설이는 듯 그를 몇 번이나 쳐다보는 것이었습니다. 그러나 히스클리프 씨는 아가씨의 눈과 마주치자 미소를 짓고 말할 때도 목소리를 부드럽게 했습니다. 그래서 캐시 아가씨의 어머니에 대한 추억으로 아가씨에게 해를 끼치려던 생각을 떨쳐버렸구나 하고 저는 어리석은 상상을 했던 것입니다.

린튼 소년은 난롯가에 서 있었습니다. 모자를 쓰고 있는 것으로 보아 벌판을 거닐러 외출했다 온 것 같았습니다. 그는 조셉에게 마른 신발을 가져오라고 소리치고 있었습니다.

그는 아직 몇 달 더 있어야 열여섯 살이 되는데도 나이에 비해 키가 컸습니다. 여전히 용모가 뛰어났고, 눈빛과 안색도 제가 기억하고 있는 것보다 밝았습니다. 건강에 좋은 공기와 온화한 햇빛을 받아 단지 일시적으로 빛을 발하고 있는지도 모를 일이었습니다.

"자, 저게 누구지?" 히스클리프 씨는 아가씨를 돌아보며 물었습니다. "알아보겠나?"

"아저씨의 아들인가요?" 아가씨는 믿을 수 없다는 듯이 두 사람을 번갈아 쳐다보며 말했습니다.

"맞아, 맞아." 그가 대답했습니다. "저 애를 본 게 이번이 처음일

322

까? 생각해봐! 아! 기억력이 형편없군. 린튼, 넌 사촌이 생각나지 않니? 보고 싶다고 그렇게 귀찮게 굴더니만."

"어머, 린튼이라니!" 이름을 듣자 반갑기도 하고 놀랍기도 해서 아가씨가 소리쳤습니다. "그 조그맣던 린튼 말인가요? 나보다도 키가 크네! 당신이 린튼이란 말이에요?"

청년은 앞으로 나서며 그렇다고 하더군요. 아가씨는 그에게 열렬한 키스를 퍼부었습니다. 그들은 세월이 서로의 외모에 가져온 변화를 놀란 눈으로 바라보았습니다.

캐시는 이제 다 자란 상태였습니다. 통통하면서도 날씬하고 강철처럼 탄력이 있었고, 몸 전체가 건강과 활력으로 빛나고 있었습니다. 한편 린튼의 표정이나 동작은 몹시 맥이 없었고 체격은 극히 가냘팠습니다. 그러나 그의 태도에 담긴 우아함은 이런 결점을 완화시켜서 보기에 불쾌할 정도는 아니었습니다.

린튼과 이런저런 정다운 말을 주고받은 뒤에 아가씨는 히스클리프 씨에게로 갔습니다. 그는 문간에서 머뭇거리며 안쪽과 바깥쪽에 고루 신경을 쓰고 있었지만, 실은 바깥쪽을 보는 척하면서 안쪽에만 주의를 기울이고 있었습니다.

"그럼 아저씨는 제 고모부시네요!" 아가씨는 그에게 새삼스레 인사를 하려고 다가서며 큰 소리로 말했습니다. "처음에는 좀 무서웠지만 이젠 고모부가 좋아졌어요. 왜 린튼과 함께 우리 농장에 오지 않으셨죠? 이렇게 가까이 살면서 오랫동안 한 번도 만나러 오시지 않았다니, 참 이상하네요. 왜 그러셨나요?"

"네가 태어나기 전에 한두 번, 아니 지나칠 정도로 자주 갔었지." 히스클리프 씨가 대답했습니다. "이런 제기랄, 내게 키스하고 싶으면 린튼에게나 해라. 나한텐 소용없는 짓이다."

"엘렌은 못됐어!" 아가씨는 외치며 제게 덤벼들어 마구 포옹하는 것이었습니다. "엘렌은 나빠! 여기 들어오지 못하게 날 막다니! 그렇지만 앞으로는 매일 아침 이리로 산책하러 올 거야. 그런데 고모부, 가끔 아빠와 함께 와도 되지요? 우리를 보면 기쁘시겠지요?"

"물론이지!" 그 고모부 되는 사람은 찾아오겠다는 두 사람에 대한 깊은 반감에서 우거지상이 되려는 자기 표정을 억누르며 대답했습니다. "그런데 잠깐!" 그는 아가씨를 돌아보며 말을 계속했습니다. "지금 생각해보니 말해두는 게 낫겠군. 아가씨의 아빠인 린튼 씨는 나를 안 좋게 생각하고 있어. 우리는 기독교인답지 않게 과거 언젠가 지독히 싸운 적이 있단다. 그래서 네가 여기 온다고 말하면 아빠는 무조건 안 된다고 하실 거다. 그러니 이후로 사촌 린튼을 다시 만나고 싶지 않다면 몰라도 얘기해선 안 돼. 오고 싶으면 와도 좋지만 말하진 말란 말이다."

"왜 싸우셨죠?" 캐시 아가씨는 몹시 풀이 죽어 물었습니다.

"내가 너무 가난해서 네 고모와 결혼시킬 수 없다고 생각한 거지." 히스클리프 씨가 대답했습니다. "그러나 내가 고모와 결혼하자 몹시 슬퍼했지. 자존심이 상했던 거야. 그래서 그것을 절대로 용서하지 않는 거란다."

"그건 잘못이지요!" 아가씨가 말했습니다. "언제고 제가 아빠께 그렇게 말씀드릴게요. 그러나 린튼과 나는 어른들이 싸운 것하고는 아무 상관도 없어요. 그럼 제가 여기 안 오면 린튼이 우리 농장으로 오면 되겠네요."

"거긴 너무 멀어." 아가씨의 사촌이 중얼거렸습니다. "4마일이나 걷다가는 죽고 말 거야. 그러지 말고 캐서린 양이 이리로 와. 매일 아침이 아니라 이따금 오란 말야. 1주일에 한두 번도 좋아."

아버지는 아들에게 쓰디쓴 경멸의 눈길을 던졌습니다.

"넬리, 내 노력이 헛수고가 되겠군그래." 히스클리프 씨는 제게 투덜거렸습니다. "저 얼간이가 캐서린 양이라고 부르는 그녀가 녀석의 값어치를 알게 되면 차버리고 말겠군. 그런데 저게 헤어튼이라면……. 헤어튼은 천한 놈이지만 나는 하루에 스무 번도 녀석을 부러워한다는 걸 알겠나? 저 녀석이 힌들리 언쇼의 자식이 아니었다면 난 그를 사랑했을 거야. 하지만 저놈은 아가씨의 마음에 들지 않을 거야. 변변치 못한 내 자식이 적극적으로 나가지 못하면 헤어튼 놈을 경쟁자로 나서게 해야겠군. 열여덟 살까지도 살지 못할 것 같아. 아, 저 망할 머저리 같은 놈. 발 말리는 데 정신이 팔려 계집애는 쳐다보지도 않는군. 린튼!"

"예, 아버지." 린튼 소년이 대답했습니다.

"네 사촌에게 이 근처 어디든 구경시켜줄 데 없니? 토끼나 족제비 집은 어떠냐? 신발을 갈아 신기 전에 뜰로 데리고 나가서 마구간에 있는 네 말이라도 보여줘라."

"여기 있는 게 더 좋지 않아?" 움직이기가 싫은 듯한 어조로 린튼이 캐시에게 물었습니다.

"모르겠어." 캐시는 문 쪽을 간절한 눈으로 바라보며 분명히 뛰어 돌아다니고 싶다는 인상을 지으며 대답했습니다.

린튼은 자리에 앉은 채 불 쪽으로 더욱 몸을 움츠렸습니다.

히스클리프 씨는 벌떡 일어나 부엌으로 가더니, 거기서 뜰로 나가 헤어튼을 불렀습니다.

헤어튼의 대답이 들리고, 이윽고 두 사람은 다시 들어왔습니다. 젊은이는 세수를 했는지 볼에서 빛이 나고 머리는 젖어 있었습니다.

"참, 고모부, 물어볼 게 있어요." 캐시 아가씨는 가정부가 주장하던 말이 생각나서 크게 외쳤습니다. "저 사람은 제 사촌 아니죠, 그렇죠?"

"사촌이야." 히스클리프 씨가 대답했습니다. "네 엄마의 조카야. 그가 좋지 않니?"

캐서린은 묘한 표정을 지었습니다.

"잘생기지 않았니?" 고모부가 계속해서 물었습니다.

버릇없는 아가씨는 까치발로 서서 히스클리프 씨의 귀에다 무어라고 속삭였습니다.

그가 크게 웃었습니다. 헤어튼의 표정은 어두워졌습니다. 그는 자기를 업신여기는 것 같은 행위에 대해 아주 민감했으며, 희미하게나마 열등감을 가지고 있는 것이 분명했습니다. 그러나 그의 주인 또는 보호자인 히스클리프 씨가 다음과 같이 외치자 찌푸렸던 얼굴을 펴는 것이었습니다.

"헤어튼, 네가 우리 중에서 제일 인기가 좋구나! 캐시의 말이 너는…… 뭐라더라? 하여튼 아주 좋은 말이었어. 이봐! 네가 아가씨를 모시고 농장을 한 바퀴 돌아라. 신사처럼 행동해라, 알았지! 상스러운 말은 쓰지 말고. 아가씨가 너를 쳐다보지 않을 때는 너도 보지 마라. 또 쳐다보면 넌 얼굴을 돌리는 거야. 말을 할 때는 천천히 하고 주머니에서 손을 빼라. 자, 가서 되도록 잘 모셔라."

히스클리프 씨는 두 사람이 창문을 지나가는 것을 지켜보고 있었습니다. 헤어튼 언쇼는 캐서린으로부터 얼굴을 완전히 돌리고 있었습니다. 그는 낯익은 경치를 타향인이나 예술가가 느끼는 관심을 가지고 자세히 살피는 것 같았습니다.

캐시 아가씨는 그를 교활하게 살짝살짝 훔쳐보며 좀 감탄한 듯한 표정을 짓는 것이었습니다. 그런 다음 아가씨는 관심을 돌려 스스로 재미있는 것을 찾아내려고 애를 썼으며, 대화가 없는 어색함을 메꾸기 위해 노래를 흥얼거리며 즐겁게 경쾌한 발걸음을 옮겼습니다.

"내가 저 녀석의 혀를 묶어버렸어!" 히스클리프 씨가 말했습니다. "내내 감히 한마디도 못할걸! 넬리, 내가 저만 한 나이 때를 기억하지? 아니, 좀 더 어렸을 때지……. 나도 저렇게 멍청했었나? 조셉의 표현대로 '아둔' 했었나?"

"더 형편없었지요." 제가 대답했습니다. "게다가 성격이 침울했다고요."

"저놈은 나를 즐겁게 하는 데가 있어." 그는 지난 세월을 생각하며 큰 소리로 계속했습니다. "내 기대를 만족시켜주거든……. 저 녀석이 타고난 바보였다면 지금의 반만큼도 재미가 없을 거야. 그러나 녀석은 바보가 아니야. 내가 느껴봤기 때문에 난 저 녀석의 모든 감정에 공감할 수 있어. 이를테면 지금 녀석이 뭣 때문에 괴로워하는지 정확히 알 수 있지. 그것은 앞으로 겪게 될 고통의 시작에 불과해. 또 녀석은 천박과 무지의 구렁텅이에서 결코 헤어나지 못할 거야. 녀석의 비열한 아비가 날 억압했던 것보다 더 심하게 난 저 녀석을 억압하고 천하게 만들었지. 녀석은 자신의 야수성을 자랑하고 있으니 말이야. 짐승 이외의 모든 것을 비열하고 나약한 것으로 경멸하도록 가르쳐주었어. 힌들리가 아들 녀석을 볼 수 있다면 자랑스럽게 여기려나? 내가 내 아들을 자랑스럽게 여기는 만큼 말이야. 하지만 차이점이 있어. 하나는 금인데 도로 포장용 돌로 쓰이고, 다른 놈은 양철인데 은처럼 보이려고 닦아놓은 셈이지. 내 자식 놈은 쓸 만한 곳이 하나도 없지만, 그런 보잘것없는 놈이라도 써먹을 수 있는 데까지는 써먹을 작정이야. 힌들리의 자식 놈은 아주 훌륭한 소질을 타고났지만 모두 없어졌어. 써먹을 수 없는 정도가 아니라 더 형편

없어져버렸지. 나는 후회할 게 없어. 하지만 녀석이 누구보다 후회할 게 많다는 것은 나만이 알아. 그래도 제일 잘된 일은 헤어튼이 나를 지독히 좋아한다는 점이야! 이 점을 생각하면 내가 힌들리를 이겼다는 걸 넬리도 인정할 거야. 죽어버린 그 악당이 무덤에서 일어나 제 자식 놈을 학대했다고 날 욕한다면, 그 욕하는 녀석과 그 자식 놈이 맞붙어 싸우는 재미있는 광경을 구경하게 될 거야. 세상에 단 하나밖에 없는 제 친구인 내게 욕한다고 제 아비에게 화를 낼 테니까 말야!"

히스클리프 씨는 그런 생각을 하며 악마처럼 낄낄거리고 웃었습니다. 저는 아무런 대답을 하지 않았습니다. 그가 무슨 대답을 기대하지 않는다는 것을 알았기 때문입니다.

그러는 동안 너무 멀리 떨어져 앉아 있어서 우리의 얘기를 듣지 못하던 린튼은 불안한 모습을 드러내기 시작했습니다. 캐서린과 어울려 재미있는 시간을 보낼 수 있는 기회를 좀 피곤할까 봐 두려워 포기한 것을 후회하는 듯했습니다.

아들의 초조한 눈길이 창문 쪽으로 방황하고 손이 결단을 내리지 못하듯 모자 쪽으로 뻗어 있는 것을 아버지는 알아차렸던 것입니다.

"일어서, 이 게으른 놈아!" 그는 정다운 체하며 소리쳤습니다. "저 애들을 쫓아가라. 겨우 저 모퉁이의 꿀벌통까지밖에 못 갔다."

린튼은 기운을 내어 난롯가를 떠났습니다. 격자창이 열려 있어서 그가 밖으로 나갈 때 캐시 아가씨가 무뚝뚝한 동행자에게 문 위에 새겨진 것이 무엇이냐고 묻는 소리가 들렸습니다.

헤어튼은 그것을 올려다보더니 정말 촌놈처럼 머리를 긁적거렸습니다.

"지긋지긋한 글이지 뭐야." 그가 대답했습니다. "난 못 읽어."

"못 읽는다고?" 캐서린이 소리쳤습니다. "난 읽을 수 있어. 영어로군······. 그런데 왜 저기에 그런 말이 적혀 있는지 모르겠네."

린튼이 낄낄거리며 웃더군요. 그가 처음으로 즐거운 표정을 지었던 것입니다. "그는 글자를 몰라." 린튼은 사촌 누이에게 말했습니다. "그런 천치가 있다는 걸 믿을 수 있겠어?"

"나이를 헛먹은 거야?" 캐시 아가씨는 진지하게 물었습니다. "아니면 바보인가······ 제 정신이 아닌가? 지금까지 두 번 물어봤는데, 그때마다 멍청한 표정을 짓는 걸 보면 내 말을 알아듣지 못하나 봐. 정말이지 난 아무래도 이해를 못하겠어!"

린튼은 다시 웃더니 헤어튼을 비웃듯이 쳐다보았습니다. 헤어튼은 그 순간까지도 말귀를 알아듣지 못하는 것 같았습니다.

"게으름을 피웠을 뿐이야. 그렇지, 언쇼?" 린튼이 말했습니다. "내 사촌이 너더러 백치래. 네 말대로 '책 공부'를 우습게 여긴 결과가 얼마나 쓴지를 맛보고 있는 거야. 캐서린, 이 친구의 지독한 요크셔 사투리를 들어봤지?"

"참 원, 빌어먹을 그 공부라는 것이 무슨 소용이야?" 헤어튼이 으르렁거렸습니다. 매일 보는 린튼의 말에는 대답할 마음이 생겼던 것입니다. 그가 말을 더 계속하려 하자 두 젊은이는 재미있다는 듯이 요란한 웃음을 터뜨렸습니다. 속없는 아가씨는 그의 이상한 말투를 흥밋거리로 삼을 수 있다는 것을 알고는 즐거워했습니다.

"그 말을 하는데 '빌어먹을'이란 말을 왜 쓰는 거야?" 린튼은 킥킥거리며 웃었습니다. "아빠가 상스런 말을 쓰지 말라고 했는데도, 넌 입만 벌렸다 하면 욕이로군. 제발 신사처럼 굴어봐. 자, 어서!"

"네가 계집애 같지 않고 사내처럼 보인다면 지금 당장이라도 때려눕혔을 거다. 이 불쌍하게 비실거리는 것아!" 화가 난 이 촌놈은

329

이렇게 대꾸하며 물러갔는데, 분노와 모멸감으로 얼굴이 붉게 달아올라 있었습니다. 모욕당한 것을 알긴 하지만 어떻게 분풀이를 해야 할지 몰랐기 때문입니다.

히스클리프 씨는 저와 마찬가지로 그들의 대화를 듣고 있었는데, 젊은 헤어튼이 물러가는 것을 보고는 빙그레 웃었습니다. 그러나 곧 남아 있는 경박한 둘에게 야릇한 혐오의 눈초리를 던졌는데, 그들은 여전히 문가에서 재잘대고 있었습니다. 소년은 헤어튼의 실수와 약점을 들추어내면서 그것과 관련된 우스운 행동에 대한 얘기를 하느라 신이 나 있었고, 아가씨는 그의 말에 담긴 악의는 생각지도 않고 단지 그의 건방지고 짓궂은 험담을 즐기고 있었습니다. 그러나 저는 린튼에 대해 동정보다 혐오감이 일기 시작하여, 그의 아버지가 갖고 있는 아들에 대한 멸시를 어느 정도 이해하게 되었습니다.

우리는 오후까지 하이츠에 머물렀습니다. 좀 더 일찍 아가씨를 데리고 나올 수가 없었습니다. 그러나 다행히 주인은 자기 방에서 나오지 않아 우리가 그렇게 오랫동안 외출했다는 것을 모르고 있었습니다.

집으로 걸어오면서 저는 방금 헤어진 사람들에 대한 제 못마땅한 심정을 아가씨에게 알려주고 싶었지만, 아가씨는 제가 그들에게 좋지 않은 편견을 지녔다고 생각하는 것이었습니다.

"아하!" 아가씨가 외쳤습니다. "엘렌 유모는 아빠 편이군. 유모가 편파적이라는 것은 나도 알아. 그렇지 않다면 어쩜 그렇게 오랫동안 날 속여서 린튼이 아주 먼 곳에 살고 있다고 생각하게 만들었겠어. 정말이지 난 몹시 화가 나 있지만 다만 너무 기뻐서 화난 걸 나타낼 수가 없어! 그러나 고모부에 대해서는 입을 다물고 있어야 돼. 내 고모부라는 걸 기억해줘. 그분과 싸웠다니, 아빠를 혼내줘야지." 계속 그런 식으로 말했기 때문에 저는 아가씨의 잘못을 일깨워 주려던 노력을 포기하고 말았습니다.

아가씨는 그 방문에 대해 그날 밤에는 말이 없었습니다. 린튼 씨를 만나지 못했기 때문입니다. 다음 날 모든 것이 탄로 나는 바람에 저는 몹시 속상했지만 전적으로 유감스럽지는 않았습니다. 앞으로 아가씨를 지도하고 경고하는 일은 저보다는 아빠 되는 주인이 더 능률적으로 해낼 것이라는 생각에서였습니다. 하지만 주인은 너무 소심해서 아가씨가 왜 하이츠의 식구들을 피해야 하는지 납득할 만한 이유를 대지 못했고, 아가씨는 자신이 좋아하는 일을 방해하는 모든 제약에 대한 뚜렷한 이유를 듣고 싶어 했습니다.

"아빠!" 아침 인사를 한 뒤 아가씨가 외쳤습니다. "어제 제가 들판을 거닐다가 누구를 만났는지 알아맞혀보세요. 아, 아빠, 깜짝 놀라시네! 잘못한 일이 있나 보죠? 그렇죠? 전 알아요. 하지만 들어보세요. 제가 어떻게 알아냈는지 들어보세요. 아빠와 한편이 된 엘렌은, 제가 린튼이 돌아오길 바랐는데 돌아오지 않아서 실망했을 때 절 동정하는 척했지요!"

아가씨는 산책 나갔던 일과 그 뒤의 일들을 아주 자세히 설명했습니다. 주인은 몇 번 제게 책망하는 눈길을 던졌지만 아가씨의 얘기가 끝날 때까지 아무 말도 하지 않았습니다. 그러고 나서 주인은 아가씨를 가까이 끌어당기더니, 린튼이 가까이 산다는 사실을 감춘 까닭을 아느냐고 물었습니다. 아무 해도 없는 기쁨을 빼앗기 위해 그랬다고 생각하느냐고 물었습니다.

"아빠가 히스클리프 씨를 싫어했으니까 그러셨겠죠." 아가씨가 대답했습니다.

"그렇다면 캐시, 너는 내가 네 감정보다 내 감정을 더 중요시한다고 생각하니?" 주인이 말했습니다. "그건 아니야. 내가 히스클리프 씨를 싫어해서가 아니라 히스클리프 씨가 나를 싫어하기 때문이야. 그는 악독한 사람이어서 기회만 생기면 자기가 미워하는 사람을 학대하고 파멸시키는 것을 낙으로 삼는단다. 그 사람과 접촉하지 않고 네가 사촌과 계속 사귈 수 없다는 것을 아빠는 알아. 그러면 나 때문에 그 사람은 너까지 미워할 거다. 그러니 다 너를 생각해서 다시는 린튼과 만나지 않게 하려고 미리 조심한 거야. 네가 좀더 크면 이 일을 설명해주려고 했는데 이제껏 미루어온 것이 잘못이었구나!"

"하지만 히스클리프 씨는 아주 친절했어요, 아빠." 캐서린 아가씨는 설득되지 않고 말했습니다. "게다가 그분은 우리가 만나는 것에 반대하지 않아요. 제가 오고 싶으면 언제든 와도 좋다고 말했어요. 다만 아빠에게는 이런 말을 하지 말랬어요. 아빠와 싸운 적이 있는 데다 이사벨라 고모와 결혼한 것을 아빠가 용서하지 않기 때문이래요. 앞으로도 용서하지 않을…… 아빠가 나빠요. 그분은 적어도 우리가 친구가 되는 것을 기꺼이 허락한대요. 린튼과 저 말이에요. 그런데 아빠는 반대하고 계세요."

주인은 아가씨가 고모부의 사악한 기질에 대한 자신의 말을 믿으려 하지 않는다는 것을 직감하고, 이사벨라 아씨에 대한 그의 처사와 워더링 하이츠가 그의 소유가 된 경위를 간략하게 설명해주었습니다. 주인은 차마 얘기를 길게 할 수가 없었습니다. 왜냐하면 이런 얘기는 별로 하지도 않았지만, 아내인 캐서린 아씨가 죽은 후 언제나 그 옛 원수에 대한 두려움과 증오심을 마음에 품고 있었기 때문이었습니다. '그놈만 아니었다면 내 아내는 아직 살아 있을 텐데' 하는 것이 주인의 뼈저린 감정이었습니다. 그래서 그의 눈에는 히스클리프 씨가 살인자로 보였던 것입니다.

캐시 아가씨는 성급함과 무분별에서 비롯된 하찮은 불복종이나 터무니없는 행위나 화를 내는 것 말고는 악한 행위라는 것을 전혀 모르는 소녀였고, 그런 나쁜 행위를 저질렀어도 그날 바로 후회하는 소녀였습니다. 그런데 그런 소녀가 오랜 세월에 걸쳐 복수를 다짐하고 그 계획을 숨기며 양심의 가책도 없이 복수 계획을 교활하게 수행하는 인간의 음침한 음흉함을 깨달았을 때는 그만 질겁하지 않을 수 없었습니다. 여지껏 책에서 본 일도 없고 상상조차 해보지 못한 그러한 인간성의 새로운 면 앞에서 그녀가 놀라고 충격을 받자, 에드거 씨는 그 문제에 대해 더 이상 얘기할 필요가 없겠다고 생각했습니다. 그는 다만 이렇게 덧붙였습니다.

"내가 왜 그 집과 가족을 멀리하길 바라는지 캐시 너도 앞으로 알게 될 거다. 자, 이제 예전처럼 네가 하고 싶은 대로 하고 재미있게 놀면서 그들에 대해선 더 이상 생각하지 마라!"

캐서린 아가씨는 아버지에게 키스하고 예전과 다름없이 두어 시간 조용히 앉아서 공부했습니다. 그러고는 아버지와 함께 정원으로 나갔습니다. 하루가 여느 때처럼 지나갔습니다. 그러나 밤이 되어 자기 침실로 물러가기에 제가 옷 벗는 것을 도와주려고 들어갔더니, 아가씨는 침대 옆에 무릎을 꿇고 앉아 울고 있었습니다.

"어머, 저런, 바보같이!" 제가 소리쳤습니다. "아가씨에게 진짜 슬픈 일이 생기면 이런 시시한 일로 눈물을 흘린 것을 부끄럽게 생각할 거예요. 캐서린 아가씨, 이건 전혀 슬퍼할 일이 아니에요. 잠시 생각 좀 해봐요. 아버지와 제가 죽어버리고 아가씨 혼자 이 세상에 남아보세요. 그때 심정이 어떻겠어요? 이번 일을 그런 고통과 비교해보세요. 다른 친구를 더 탐할 게 아니라 지금 곁에 있는 친구들에게 감사하세요."

"엘렌, 나 자신을 위해 울고 있는 게 아니야." 아가씨가 대답했습니다. "그 아이를 생각해서 우는 거야. 다음 날 다시 나를 볼 수 있으리라고 기대하고 있었을 거야. 그런데 얼마나 실망했겠어. 날 기다릴 텐데 난 가지 못해!"

"말도 안 돼요!" 제가 말했습니다. "아가씨가 도련님을 생각하는 것만큼 그가 아가씨를 생각한다고 상상하고 있는 거예요? 도련님에겐 헤어튼 같은 친구가 있잖아요. 겨우 두 번, 그것도 오후에 잠깐 만난 친척을 잃었다고 울 사람은 백 명 중 한 명도 없을 거예요. 린튼은 사정을 짐작하고 더 이상 아가씨 때문에 고민하지 않을 거예요."

"그렇지만 내가 갈 수 없는 이유를 편지로 알려주면 안 될까?" 아가씨가 일어서며 물었습니다. "빌려주겠다고 약속한 책도 보냈으면 좋겠어. 그 애의 책은 내 책만큼 재미있지 않아. 내 책이 아주 재미있다고 얘기했더니 몹시 갖고 싶어 했어. 안 될까, 엘렌?"

"안 돼요. 절대로 안 돼요, 절대!" 저는 단호하게 대답했습니다. "그렇게 되면 그가 아가씨에게 답장을 쓸 것이고 그러다 보면 끝이 없을 테니까요. 안 돼요, 캐서린 아가씨. 교제는 완전히 끊어야 해요. 아빠도 그러길 바라시고 나도 그렇다고요!"

"하지만 짧은 편지 한 장이 어떻게……." 아가씨는 애원하는 얼굴로 다시 편지 이야기를 꺼내기 시작했습니다.

"조용히 하세요!" 제가 말을 막았습니다. "그 짧은 편지 얘기 꺼내지도 마세요. 어서 잠이나 주무세요!"

아가씨는 아주 천한 눈초리를 제게 던졌는데, 어찌나 천해 보이는지 처음에는 잘 자라는 키스도 해주고 싶지 않았습니다. 저는 대단히 언짢은 기분으로 이불을 덮어주고 문을 닫았습니다. 그러나 반쯤 오다가 마음을 고쳐먹고 살그머니 다시 들어갔더니, 원 세상에! 아가씨는 백지 한 장을 앞에 놓고 연필을 쥔 채 탁자 앞에 있다가 제가 다시 들어가자 죄라도 지은 듯이 종이와 연필을 감추는 것이었습니다.

"그걸 전해줄 사람은 아무도 없어요, 아가씨." 제가 말했습니다. "그것을 지금 써봤자 소용없어요. 당장 촛불을 끄겠어요."

제가 불꽃에 덮개를 씌우려 하자 아가씨는 제 손을 찰싹 때리면서 토라져서 "심술꾸러기 같으니!" 하고 소리쳤습니다. 다음 순간 제가 방에서 나오자 아가씨는 지독한 신경질을 부리며 빗장을 걸었습니다.

아가씨는 결국 편지를 다 써서 마을에서 오는 우유 배달부를 통해 목적지로 보냈던 것입니다. 저는 어느 정도 시간이 지나서야 그 사실을 알게 되었습니다. 몇 주가 지나자 아가씨는 냉정을 되찾았지만, 혼자서 몰래 구석으로 가기를 좋아했고 책을 읽고 있을 때 갑자기 제가 다가가면 깜짝 놀라며 책 위로 몸을 굽혔는데 분명히 무언가를 감추는 기색이었습니다. 그럴 때면 책장 밖으로 종이의 끝자락이 빠져나온 것을 볼 수 있었습니다.

또한 아가씨에게는 아침 일찍 내려와 부엌에서 서성거리며 무엇인가를 기다리는 이상한 버릇도 생겼습니다. 서재에 있는 벽장에는 아가씨 전용의 작은 서랍이 있었는데, 아가씨는 거기서 몇 시간씩 빈둥거리다가 나올 때는 각별히 조심해서 열쇠를 뽑아 어디로 가져가버리는 것이었습니다.

어느 날 아가씨가 그 서랍을 검사하고 있을 때, 얼마 전까지만 해도 거기에 들어 있던 장난감과 장신구가 없어지고 접힌 종이쪽지로 가득 채워진 것을 볼 수 있었습니다.

제게 호기심과 의심이 생겨났습니다. 저는 그 수상한 보물들을 엿보기로 결심했습니다. 그래서 밤이 되어 아가씨와 주인이 위층으로 올라가 안전해졌을 때, 저는 집안 열쇠 꾸러미에서 서랍의 자물쇠에 맞는 열쇠를 쉽게 찾아냈습니다. 저는 서랍을 열고 그 안에 있는 모든 것을 제 앞치마에 쏟아 제 방으로 가져와 천천히 살폈습니다.

짐작은 하고 있었지만, 그것이 아가씨의 편지에 대한 답장으로 린튼 히스클리프가 보낸 편지 뭉치라는 걸 알고 저는 굉장히 놀랐습니다. 거의 매일 보낸 것임에 틀림없었습니다. 초기에 보낸 편지들은 서툴고 짧았지만 점차 긴 연애편지로 발전하고 있었고, 나이가 나이인지라 우스꽝스럽긴 했으나 여기저기 좀 더 경험 있는 사람의 도움을 받은 흔적도 보였습니다.

어떤 편지들은 열정과 덤덤함이 뒤섞여 유난히 이상한 느낌을 자아내기도 했습니다. 열렬한 감정으로 시작되는가 싶더니 결국 중학생이 가상의 애인에게나 쓸, 아는 체하고 미사여구나 남발하는 그런 형태로 끝맺는 편지도 있었습니다.

그 편지들이 아가씨를 만족시켰는지 모르지만 제가 보기에는 전혀 무가치한 쓰레기에 불과했습니다.

이만하면 됐다 할 만큼 여러 번 뒤적여본 후에 저는 그것들을 손수건에 싸서 따로 치워놓고 빈 서랍을 다시 잠가두었습니다.

습관처럼 아가씨는 아침 일찍 내려와 부엌으로 왔습니다. 어떤 꼬마 녀석이 도착하자 아가씨가 문 쪽으로 가는 것을 저는 보았습니다. 젖 짜는 하녀가 소년이 가져온 통을 채우는 동안 아가씨가 그의 웃옷 주머니에 뭔가를 집어넣더니 또 뭔가를 꺼내는 것이었습니다.

저는 정원으로 돌아가 그 배달부를 기다렸습니다. 그 녀석은 자기가 맡은 편지를 빼앗기지 않으려고 용감히 실랑이를 하다가 그만 우유를 쏟고 말았습니다. 그러나 저는 그 편지를 빼앗는 데 성공하고 나서 얼른 집으로 돌아가지 않으면 혼날 줄 알라고 위협하고는 담벼락 밑에 서서 캐서린 아가씨의 열렬한 편지를 자세히 읽었습니다. 사촌의 편지보다 더 간결하면서 보다 웅변적인 호소력이 있었고, 애교가 넘치면서도 매우 어리석기도 했습니다. 저는 머리를 저으면서 깊이 생각하며 집으로 들어갔습니다.

그날은 비가 와서 아가씨는 공원을 거닐면서 기분 전환을 할 수 없었습니다. 오전 공부가 끝나자 아가씨는 위안을 얻으려고 그 서랍으로 갔습니다. 아버지는 탁자 앞에 앉아 책을 읽고 있었습니다. 저는 일부러 창문 커튼의 가장자리에 술을 다는 일을 찾아 제 일을 하는 척하며 아가씨의 거동을 지켜보았습니다.

삐악거리는 새끼 새들을 둥지에 잔뜩 남겨두고 나갔다 돌아와 그 새끼들 모두를 약탈당한 것을 알고 울부짖으며 날개를 퍼덕이는 어미 새라 할지라도, "오!" 하는 외마디 소리와 함께 조금 전까지의 행복했던 표정이 싹 가신 아가씨만큼 완전한 절망감을 표현하지는 못했을 것입니다. 린튼 씨가 쳐다보았습니다.

"아가, 무슨 일이냐? 어디 다치기라도 했니?" 아버지가 물었습니다.

그의 어조와 표정으로 보아 감추어둔 것을 찾아낸 사람은 아버지가 아니라는 것이 아가씨를 안심시켰습니다.

"아니에요, 아빠……." 그녀는 숨이 가빴습니다. "엘렌! 엘렌! 위층으로 와. 나 속이 메스꺼워!"

저는 아가씨의 호출에 응하여 따라 나왔습니다.

"오, 엘렌! 엘렌이 가져간 거야?" 아가씨는 둘만 있게 되자 무릎을 끓고 입을 열었습니다. "아, 편지를 돌려줘. 다시는 절대로 그러지 않을게! 엘렌, 아빠한테 이르지 마. 아빠한테 말하지 않았겠지? 안 했다고 말해! 정말 잘못했어. 하지만 이젠 안 할게!"

저는 심각하고 근엄한 태도로 아가씨에게 일어서라고 말했습니다.

"그런 짓을 하다니." 제가 외쳤습니다. "캐서린 아가씨, 너무 지나친 것 같군요. 그러니 부끄러워할 만도 하죠! 심심할 때 볼 만한 쓰레기 다발을 연구했더군요. 확실히 인쇄를 해도 될 만큼 훌륭하던데요! 아빠한테 보여드리면 뭐라 하실지 생각해봤어요? 아직 보여드리진 않았지만 아가씨의 우스꽝스러운 비밀을 제가 지켜주리라 기대하지 마세요. 부끄럽지도 않아요? 이 어리석은 짓을 먼저 시작한 건 아가씨라는 게 뻔해요. 그가 먼저 했을 리 없어요."

"그렇지 않아! 아니란 말야!" 캐시 아가씨는 금방이라도 가슴이 터질 듯이 흐느꼈습니다. "사랑한다는 생각은 한 번도 한 적이 없는데 결국……."

"사랑이라고요!" 저는 최대한의 경멸조로 외쳤습니다. "사랑이라고요! 그런 말이 어디 있어요! 그게 사랑이라면 저는 1년에 한 번씩 곡식을 사러 오는 방앗간 주인을 사랑한다고 말하겠어요. 정말 이런 멋진 사랑도 다 있군요. 두 번 다 합해봐야 아가씨 평생에 린튼을 본 것은 네 시간도 안 되잖아요! 그런데 그런 유치한 쓰레기나 받고 있으니, 원! 이걸 가지고 난 서재로 가겠어요. 아빠가 이런 사랑에 대해 뭐라고 하실지 들어보자고요."

아가씨가 그 소중한 편지를 빼앗으려고 뛰어올랐지만 저는 그것을 머리 위로 쳐들었습니다. 그러자 그것들을 태워버리든지 어떻게 하든 좋으니 제발 아빠에게는 보이지 말아달라고 계속해서 미친 듯이 애원했습니다. 모두가 소녀다운 허영심으로 여겨져 우습기도 하고 야단치고도 싶었지만 끝내는 어느 정도 제 마음이 누그러져 이렇게 말했습니다.

"제가 태우겠다고 하면 아가씨도 충실하게 약속하겠어요? 저는 아가씨가 책도 보냈다는 것을 알고 있는데, 다시는 편지를 보내지도 받지도 않고, 책이나 머리카락이나 반지나 장난감도 보내지 않겠죠?"

"우린 장난감 같은 건 안 보내!" 캐서린 아가씨가 외쳤는데 자존심이 수치심을 압도하고 있었습니다.

"어쨌든 아무것도 안 돼요, 아가씨!" 제가 말했습니다. "약속하지 않으면 난 가겠어요."

"엘렌, 약속할게!" 아가씨는 제 옷을 잡으며 외쳤습니다. "오, 제발 그걸 불 속에 넣어. 어서, 어서!"

하지만 제가 부지깽이로 태울 자리를 넓히고 있을 때 아가씨로서는 그 희생이 감당할 수 없을 정도로 고통스러웠던 것입니다. 아가씨는 한두 통만이라도 남겨달라고 간청했습니다.

"엘렌, 린튼을 위해서 한두 통만이라도 남겨줘!"

제가 손수건을 풀고 한 귀퉁이부터 불 속에 떨어뜨리기 시작하자 불꽃이 굴뚝으로 소용돌이치며 피어올랐습니다.

"하나라도 가지고 있을래, 이 잔인한 유모야!" 그녀는 외치더니 손을 불 속으로 넣어 손가락을 데면서까지 반쯤 타버린 조각 몇 장을 건져냈습니다.

"잘하는 짓이군요. 그렇다면 나도 몇 장 가지고 가서 아빠에게 보여드리겠어요!" 저는 그렇게 대답하고 나머지는 툭툭 털어 다발이 되게 한 다음 다시 문으로 향했습니다.

아가씨는 타다 남은 편지 조각들을 불꽃 속에 던지고는 제가 들고 있던 것도 넣으라고 몸짓으로 말했습니다. 다 태우고 나서 저는 재를 긁어모으고 석탄 한 삽을 그 위에 얹었습니다. 아가씨는 마음이 몹시 아팠는지 아무 말 없이 자기 방으로 가버렸습니다. 저는 내려가서 주인께 아가씨의 메스꺼운 증세는 거의 사라졌지만 잠시 누워 있는 것이 낫겠다고 말했습니다.

아가씨는 식사도 하지 않으려 했지만 차 시간에는 나타났습니다. 창백하고 눈언저리가 발그스름했지만 겉으로 보기엔 놀라울 정도로 침착했습니다.

다음 날 아침 저는 쪽지에 다음과 같이 답장을 썼습니다. "히스클리프 도련님께서는 린튼 양에게 더 이상 편지를 보내지 마시기 바랍니다. 아가씨는 편지를 받지 않을 것입니다." 그 뒤로 그 꼬마 녀석은 빈 주머니로 왔습니다.

# 8

여름이 끝나고 초가을이 찾아왔습니다. 미카엘 축제 기간도 지났지만, 그해에는 추수가 늦어져 우리 밭에도 아직 곡식을 거둬들이지 않은 데가 몇 곳 있었습니다.

린튼 씨와 아가씨는 추수하는 사람들 사이를 자주 산책하곤 했습니다. 마지막 곡식 단을 나르던 날은 땅거미가 질 때까지 나가 있었습니다. 그날 저녁은 쌀쌀하고 습해서 주인은 독감에 걸렸습니다. 독감은 끈질기게 떨어지지 않고 폐렴으로 정착되는 바람에 주인은 거의 외출 한 번 못하고 겨우내 집 안에만 틀어박혀 있었습니다.

가엾은 캐시 아가씨는 그 작은 연애 사건으로 기가 꺾여 그것을 포기한 후로는 훨씬 시무룩하고 활기가 없었습니다. 그래서 주인은 아가씨에게 독서는 줄이고 운동을 많이 하라고 일렀습니다. 아가씨는 아버지와 어울릴 수 없었으므로 될 수 있는 대로 제가 그 빈 시간을 메워주어야겠다고 생각했지만, 저는 신통치 않은 대용물이었습니다. 저는 날마다 할 일이 많아 겨우 두세 시간밖에는 틈을 낼 수 없었을 뿐만 아니라 아가씨에게는 저와 어울리는 것이 아버지와 함께 있는 것보다 확실히 덜 바람직한 것이었습니다.

10월인가 11월 초의 어느 오후였습니다. 비를 머금은 상쾌한 오후여서 잔디밭과 오솔길에는 축축한 가랑잎들이 바스락거리고 차갑고 푸른 하늘은 구름으로 반쯤 가려져 있었으며, 어두운 잿빛 구름 띠가 서쪽에서 급히 위로 올라오며 많은 비를 뿌릴 태세였기 때문에, 저는 틀림없이 소나기가 올 것 같으니까 산책을 그만두자고 아가씨에게 말했습니다. 아가씨가 말을 듣지 않아서 저는 마지못해 외투를 입고 우산을 들고 아가씨와 함께 공원 끝자락까지 산책을 했습니다. 그곳은 아가씨가 기분이 우울할 때 찾는 산책로였는데, 에드거 씨의 병세가 평상시보다 악화되면 아가씨는 어김없이 기분이 우울해졌던 것입니다. 주인은 자기의 병세에 대해 한마디도 하지 않았지만, 아가씨와 저는 그가 점점 말수가 줄고 침울해지는 것으로 미루어 병세의 진전을 짐작했습니다.

아가씨는 슬픔에 잠겨 걷고만 있었습니다. 쌀쌀한 바람에 달리고 싶었을 텐데도 그녀는 달리지 않고 깡충깡충 뛰지도 않았습니다. 그런데 저는 가끔 곁눈질로 아가씨가 손을 들어 뺨에서 무언가를 닦아내는 것을 보았습니다.

저는 아가씨의 기분을 바꿀 만한 뭔가를 찾으려고 주위를 둘러보았습니다. 길 한편에 높고 험한 둑이 솟아 있었는데, 거기에는 개암나무와 구부러진 참나무들이 뿌리를 반쯤 드러낸 채 간신히 붙어 있었습니다. 그곳의 땅은 참나무가 뿌리를 내리기에 너무 물렀으며 강한 바람으로 거의 땅 위에 드러누운 참나무도 있었습니다. 여름이면 캐서린 아가씨는 이런 나무줄기를 타고 올라가 가지에 걸터앉아서 높이 20피트나 되는 곳에서 발을 흔들며 노는 것을 즐겼습니다. 저도 아가씨의 민첩한 동작과 경쾌하고 어린애 같은 마음씨를 보고 즐거워하면서도, 한편으로는 그렇게 높이 올라갈 때마다 야단을 치는 것이 적절한 처사라고 생각했습니다. 아가씨도 나무라는 소리를 듣고도 내려갈 필요가 없다는 것을 알고 있었습니다. 점심을 끝내고 나서 차 시간까지 아가씨는 산들바람 속에 흔들리는 요람에 누워 하는 일 없이 옛 노래들, 그러니까 어렸을 때 제가 불러준 동요 같은 것을 혼자 부른다든지, 자기처럼 나무에 세 든 어미 새가 새끼 새들에게 먹이를 주며 나는 요령을 가르쳐주는 것을 지켜본다든지, 아니면 두 눈을 감고 편안히 누워 생각에 잠긴 채 꿈속을 헤매는 말할 수 없는 행복감에 빠지기도 했습니다.

"아가씨, 저기 봐요!" 저는 구부러진 나무의 뿌리 밑에 생긴 움푹 팬 곳을 가리키며 외쳤습니다. "여기는 아직 겨울이 오지 않았네요. 저 너머에 작은 꽃이 피어 있어요. 이 잔디밭을 라일락 빛 안개처럼 덮고 있던 7월에 그 많이 피었던 도라지꽃 중에서 마지막으로 남은 것이에요. 올라가서 꺾어다가 아빠께 보여드리지 않을래요?"

캐시 아가씨는 땅속 은신처에서 떨고 있는 그 외로운 꽃 한 송이를 한동안 바라보더니 마침내 대답했습니다.

"아니야, 난 건드리지 않을 거야. 엘렌, 울적해 보이지 않아?"

"그래요." 제가 말했습니다. "꼭 아가씨처럼 굶주리고 기운이 없어 보여요. 아가씨의 뺨엔 핏기가 없어요. 자, 손잡고 달려요. 아가씨가 기운이 없으니까 아마 나도 뒤지지 않을 거예요."

"싫어." 아가씨는 다시 거절하고 계속 거닐다가 가끔 걸음을 멈추고 이끼, 하얗게 바랜 덤불, 갈색 낙엽 사이에 핀 빛나는 주황색 버섯을 내려다보며 생각에 잠겼어요. 그러다가 때때로 얼굴을 돌리고는 손을 얼굴에 올리곤 했습니다.

"캐서린 아가씨, 왜 우는 거예요?" 저는 다가가서 아가씨의 어깨 위에 제 팔을 얹으며 물었습니다. "아빠는 감기를 앓는 정도니까 울지 마세요. 더 나쁜 병이 아닌 것을 감사하게 여기세요."

아가씨는 눈물을 더 이상 참으려 하지 않았습니다. 흐느끼느라 숨이 막힐 정도였습니다.

"더 무서운 일이 일어날 것 같아." 그녀가 말했습니다. "아빠와 엘렌이 나를 떠나버려서 혼자 남게 되면 어떡해? 난 유모가 언젠가 한 말을 잊을 수 없어. 그 말이 항상 내 귀게 맴돌고 있어. 아빠와 유모가 죽으면 내 생활이 얼마나 달라질까? 이 세상이 얼마나 끔찍스러울까?"

"아가씨가 우리보다 먼저 죽을지 어쩔지는 아무도 모르는 일이에요." 제가 대답했습니다. "나쁜 일을 미리 생각하는 것은 좋지 않아요. 우리가 죽기까지 많은 세월이 남아 있기를 바라자고요. 주인님은 젊으시고, 나도 이렇게 건강하고 아직 마흔다섯 살도 안 됐어요. 내 어머니는 여든까지 사셨는데 돌아가실 때까지 정정했대요. 아가씨, 아빠가 예순까지만 사신다 해도 아가씨가 살아온 세월보다 더 긴 세월이 남은 거예요. 아가씨! 그러니까 20여 년 후에 일어날 불행한 일을 미리 슬퍼하는 것은 어리석은 일이 아닐까요?"

"그렇지만 이사벨라 고모는 아빠보다 더 젊었잖아." 아가씨는 좀 더 위로의 말을 듣고 싶은지 저를 쳐다보며 말했습니다.

"이사벨라 고모에겐 간호해줄 아가씨와 제가 없었잖아요." 제가 대답했습니다. "고모는 아빠만큼 행복하지 못했고 사는 보람도 없었어요. 아가씨가 해야 할 일은 오로지 아빠의 시중을 잘 들고 명랑한 모습을 보여서 기쁘게 해드리는 거예요. 그러니까 어떤 일로도 걱정을 끼쳐선 안 돼요. 아가씨, 아시겠죠? 제 마음을 숨기지 않고 말하겠습니다. 아빠가 돌아가시면 기뻐서 날뛸 인간의 아들에게 바보 같고 터무니없는 애정을 품어 멋대로 무모하게 행동하고, 아빠로서는 못마땅하다고 여기셔서 두 사람을 갈라놓는 것에 대해 아가씨가 불만을 품고 있다는 걸 아빠가 아시게 되면, 아가씨가 아빠를 죽도록 만드는 일이에요."

"아빠의 병 말고 세상에서 나를 괴롭히는 것은 없어." 아가씨가 대답했습니다. "아빠 말고는 아무것도 관심이 없어. 내가 제정신으로 있는 한 절대로, 오, 절대로 아빠를 화나게 할 행동이나 말은 하지 않을 테야. 엘렌, 난 아빠를 나보다 더 사랑해. 그걸 어떻게 아느냐 하면…… 매일 밤 나는 아빠보다 더 오래 살기를 기도해. 아빠가 슬퍼하는 것보다 내가 슬퍼하는 것이 낫기 때문이야. 그게 내가 아빠를 나 자신보다 더 사랑한다는 증거야."

"좋은 말이에요." 제가 대꾸했습니다. "그러나 행동으로 그 말을 입증해야 해요. 그리고 아빠의 건강이 회복된 후에도 지금 겁에 질려서 갖게 된 결심을 잊지 마세요." 이야기를 나누며 우리는 큰길로 통하는 문으로 다가갔습니다. 그러자 아가씨는 다시 명랑함을 되찾아, 담 위로 기어올라 거기에 걸터앉더니 길가에 그늘을 드리운 들장미의 맨 윗가지에 열린 새빨간 열매를 따려고 손을 뻗었습니다. 아래쪽 가지에 열렸던 열매는 이미 떨어진 후였고, 아가씨가 지금 앉아 있는 곳에서 딸 수 있는 것 말고는 새들이나 쪼아먹을 수 있는 높은 데 달려 있었습니다.

가지를 잡아당기려고 손을 뻗다가 아가씨의 모자가 떨어졌습니다. 문이 잠겨 있어서 아가씨는 그것을 주우러 담 너머로 내려가겠다는 것이었습니다. 떨어지지 않도록 조심하라고 제가 일렀는데, 아가씨는 날렵하게 뛰어내려 보이지 않았습니다.

그러나 다시 담을 올라 돌아오는 것은 그리 쉬운 일이 아니었습니다. 돌들이 미끄럽고 틈새는 시멘트로 말끔히 채워져 있는 데다 장미 덩굴과 검은딸기들의 멋대로 뻗은 가지들이 다시 올라오는 것을 방해했습니다. 저는 바보처럼, 아가씨가 웃으면서 뭐라고 외칠 때까지는 그 사실을 생각도 못하고 있었습니다.

"엘렌, 열쇠를 가져와야겠어. 그렇지 않으면 문지기네 집까지 돌아가야 해. 이쪽에서는 담을 기어오를 수 없어!"

"거기 그대로 있으세요." 제가 대답했습니다. "내 주머니에 열쇠 꾸러미가 있으니까 그럭저럭 열 수 있을 거예요. 안 되면 갈게요."

캐서린 아가씨가 문 앞에서 이리저리 춤을 추며 흥겨워하는 동안 저는 큰 열쇠들을 차례로 시험해보았습니다. 마지막 열쇠까지 꽂아보았지만 맞는 것이 없었습니다. 그래서 아가씨에게 그대로 있으라는 당부를 되풀이하고 급히 집으로 달려가려던 참이었습니다. 그때 무언가가 가까이 오는 소리에 발을 멈추었습니다. 말발굽 소리였습니다. 캐시 아가씨는 춤을 멈추었고 잠시 후 말도 멈추는 것이었습니다.

"누구일까요?" 제가 속삭였습니다.

"엘렌, 문을 열 수 있으면 좋겠어." 아가씨도 초조한 듯이 소곤거렸습니다.

"어허, 린튼 양이군!" 말을 타고 온 사람의 깊은 목소리가 외치는 것이었습니다. "만나서 반갑군. 그렇게 서둘러 들어가지 말아요. 물어볼 것과 듣고 싶은 말이 있으니까."

"히스클리프 씨, 난 댁과 이야기하지 않겠어요!" 캐서린 아가씨가 대답했습니다. "아빠가 그러시는데 당신은 악한 사람이래요. 당신은 아빠와 나를 미워하고 있대요. 엘렌도 그렇게 말했어요."

"그건 틀린 말인걸." 히스클리프가 말했습니다. 바로 그 사람이었습니다. "나는 내 아들을 미워하지 않는다고 생각하지. 아가씨가 내 말을 듣기를 바라는 것은 아들에 관한 이야기니까 그래. 그렇군! 아가씨의 얼굴이 붉어질 만도 하겠지. 두세 달 전에는 린튼에게 버릇처럼 편지를 보내지 않았나? 장난으로 연애를 했지, 그렇지? 너희 둘 다 매를 맞아도 싸! 손위인 데다 알고 보니 더 지각이 없는 아가씨가 더욱 그래. 난 아가씨의 편지를 가지고 있거든. 나에게 건방지게 굴면 네 아빠에게 그것들을 보내겠어. 그런 장난에 싫증이 나서 그만둔 모양이군, 그렇지? 그 덕택에 린튼은 공포의 구렁텅이로 빠지고 말았어. 그 녀석은 진심이었어. 정말 사랑한 거야. 정말 그 녀석은 아가씨 때문에 죽어가고 있어. 아가씨의 변심으로 가슴이 찢어지고 있어. 과장해서 하는 말이 아니라 실제로 일어난 일이야. 지난 6주 동안 헤어튼이 계속 그를 놀려대고 나 또한 좀 더 진지한 방법으로 겁을 주며 어리석은 꿈을 깨도록 노력했지만 날로 심해지고 있어. 아가씨가 구해주지 않으면 여름이 오기 전에 땅속에 묻히게 될 거야!"

"가엾은 어린애한테 어떻게 그런 새빨간 거짓말을 할 수 있죠!" 제가 안에서 소리쳤습니다. "제발 가던 길이나 가세요! 어떻게 그처럼 엉터리 같은 거짓말을 꾸며낼 수 있죠? 캐시 아가씨, 돌로 자물쇠를 부숴버리겠어요. 그런 해로운 거짓말을 믿지 마세요. 잘 알지도 못하는 사람을 사모하다 죽는다는 건 있을 수 없는 일이란 걸 아가씨도 느낄 수 있을 거예요."

"엿듣는 사람이 있는 줄은 몰랐군." 발각된 악당이 투덜대더군요. "훌륭하신 딘 부인, 난 당신을 좋아하지만 그렇게 겉과 속이 다른 것은 좋아하지 않소." 그는 큰 소리로 덧붙였습니다. "당신은 어떻게 그런 새빨간 거짓말로 내가 저 '가엾은 어린애'를 미워한다고 믿게 한 거요? 터무니없는 얘기까지 꾸며서 아가씨가 겁에 질려 우리 집에 얼씬하지도 못하게 한 건 아닌가? 캐서린 린튼, 그 이름만 들어도 난 온몸이 훈훈해지지만, 귀여운 아가씨, 난 이번 주 내내 집에 없을 거야. 내 말이 거짓말인지 가서 알아봐요. 꼭 그렇게 해봐,

아가씨! 아가씨의 아버지가 내 입장이고 아가씨가 린튼 입장이라고 상상해봐. 그때 아가씨의 아버지가 몸소 간절히 부탁하는데, 당신의 애인이 당신을 위로해주기 위해 한 발짝도 움직이기 싫다고 한다면 당신은 그 매정한 애인을 어떻게 생각하겠느냐 말이야. 그러나 어리석게도 그와 같은 잘못은 저지르지 말아줘. 내가 목숨을 걸고 맹세하지만 녀석은 정말이지 다 죽어가고 있어. 아가씨 말고는 살려낼 사람이 없단 말야!"

자물쇠가 열려 저는 뛰어나갔습니다.

"맹세코 린튼은 지금 죽어가고 있소." 히스클리프는 저를 노려보며 반복했습니다. "그런데 슬픔과 실망이 그 애의 죽음을 재촉하고 있소. 넬리, 아가씨를 보내고 싶지 않으면 넬리가 직접 가봐. 하지만 나는 다음 주 이맘때까지는 돌아오지 않을 테니 당신 주인도 아가씨가 사촌을 찾아가는 것을 그리 반대하진 않을 거야!"

"들어와요" 하고 저는 캐시 아가씨의 팔을 잡고 반강제로 끌어들이며 말했습니다. 거짓말을 하고 있다고 하기에는 너무 진지해 보이는 히스클리프 씨의 얼굴을 당황한 눈으로 바라보며 아가씨가 우물거리고 있었기 때문이었습니다.

히스클리프 씨는 말을 가까이 몰고 오더니 허리를 굽히며 말했습니다.

"캐서린 양, 내가 솔직히 고백하는데, 나는 린튼에게 너그럽게 대하지 않아. 헤어튼과 조셉은 더 야박하게 대하고 말이야. 말하자면 린튼은 무정한 인간들 틈에서 살고 있는 셈이지. 그 아이는 친절을 갈망하고 있어. 사랑도 갈망하고 있지. 그래서 아가씨의 다정한 말 한마디가 그에게 제일 좋은 약이 될 거야. 딘 부인의 잔인한 경고 따위는 개의치 말고 너그러운 마음으로 그 아이를 만나보도록 해요.

그 애는 밤낮으로 아가씨를 그리워하고 있어. 아가씨가 편지와 방문을 끊은 이후로는 아가씨가 그 애를 미워하는 건 아니라고 아무리 설득해도 소용없다니까."

저는 문을 열고 자물쇠가 빠진 문을 고정시키기 위해 돌을 하나 굴려다 받쳐놓았습니다. 그러고는 우산을 펼쳐 아가씨를 그 아래로 끌어들였습니다. 신음하는 가지들 사이를 비집고 빗방울이 떨어지기 시작하며 더 지체하지 말라는 경고를 하고 있었기 때문이었습니다.

우리는 집을 향해 급히 걷느라고 히스클리프 씨를 만난 일에 대해서는 아무 말도 하지 않았습니다. 그러나 저는 직감적으로 아가씨의 마음이 두 겹의 그늘로 덮여 있다는 것을 알아챘습니다. 얼굴이 어찌나 슬퍼 보이는지 아가씨의 얼굴 같지 않았습니다. 아가씨는 방금 들은 말이 전부 사실이라고 믿는 것이 분명했습니다.

주인은 우리가 들어오기 전에 이미 잠자리에 들었습니다. 아가씨가 좀 어떠신지 보려고 살금살금 들어갔다 나오더니 잠들었다고 말했습니다. 아가씨는 돌아와서 제게 서재에 함께 앉아 있자고 부탁했습니다. 함께 차를 마시고 나서 아가씨는 양탄자 위에 눕더니 몹시 피곤하니까 말을 걸지 말라고 했습니다.

저는 책 한 권을 꺼내 읽는 척했습니다. 제가 독서에 열중하고 있다고 생각되자 아가씨는 소리 없이 울기 시작했습니다. 이제는 우는 것이 그녀가 즐기는 유일한 기분 전환이었습니다. 저는 한동안 실컷 울도록 내버려두었습니다. 그런 다음 저는 타일렀습니다. 아가씨도 제 말에 동의하리라 확신하고 히스클리프 씨가 자기 아들에 대해 주장한 말을 조롱하고 비웃었습니다. 그러나 이를 어쩌나! 그의 말이 가져온 영향을 깔끔히 해소시킬 재간이 제게는 없었습니다. 히스클리프 씨가 의도한 대로 일이 진행되고 말았습니다.

"엘렌, 엘렌 말이 옳은지도 몰라." 아가씨가 대답했습니다. "하지만 내가 직접 확인하기 전까지는 마음이 편치 않을 것 같아. 린튼에게 편지를 쓰지 않은 것은 내 잘못이 아니라고 말해주고, 내 마음은 변치 않으리라는 것을 확신시켜야겠어."

아가씨가 그의 말을 바보스럽게도 홀딱 믿어버린 것에 대해 화를 내고 항변을 해봤자 무슨 소용이 있었겠습니까? 우리는 그날 밤 서로 분하게 생각하며 헤어졌습니다. 그러나 다음 날 저는 고집 센 아가씨가 탄 망아지를 좇아 워더링 하이츠로 가는 그런 모습을 드러내고 말았습니다. 저는 아가씨의 슬픔을 도저히 참고 바라볼 수 없었고, 그녀의 창백하고 낙담한 얼굴과 부어오른 눈을 볼 수 없었습니다. 린튼이 직접 우리를 마중해 들임으로써 히스클리프 씨의 이야기가 얼마나 근거 없는 거짓이었는지를 증명해줄지도 모른다는 희미한 희망을 품고 있었습니다.

# 9

비를 쏟던 밤은 안개가 자욱한 아침을 끌어들였습니다. 안개라고 했지만, 반은 서리이고 반을 가랑비였습니다. 그래서 갑자기 생긴 도랑이 고원지대로부터 콸콸 흘러내려 우리가 가는 길을 막았습니다. 제 발은 다 젖어버렸습니다. 저는 화도 나고 내키지 않았습니다. 이런 불유쾌한 정황을 맘껏 이용하기에 알맞은 기분이었습니다.

히스클리프 씨가 정말로 집에 없는지를 확인하기 위해 우리는 부엌으로 해서 농가로 들어갔습니다. 저는 그의 말을 믿지 않았기 때문입니다.

조셉은 활활 타고 있는 난롯가에 마치 낙원에 있는 것처럼 혼자 앉아 있었습니다. 가까이에 있는 식탁 위에는 맥주 한 병과 구운 귀리 과자의 큼직한 조각들을 수북이 쌓아놓고는 검고 짧은 담뱃대를 물고 있었습니다.

캐서린 아가씨는 불을 쬐려고 난로로 달려갔습니다. 저는 주인이 집에 있느냐고 물었습니다.

제 질문에 너무 오래 답이 없었으므로 저는 그 영감이 귀가 먹었나 싶어 다시 한 번 큰 소리로 물었습니다.

"아니, 없어!" 그가 으르렁거렸습니다. 코로 외쳤다는 쪽이 더 맞는 말 같았습니다. "아니야, 없어! 들어온 곳으로 도로 나가는 게 좋을 거야."

"조셉!" 저도 그의 이름을 부르려던 차에 안에서 짜증이 섞인 목소리가 조셉을 불렀습니다. "도대체 몇 번이나 불러야 돼? 불이 이제 꺼져가고 있어. 조셉, 당장 이리 와!"

힘차게 담배 연기를 뿜어내며 난로 속을 뚫어져라 노려보는 거동으로 보아 자기를 부르는 소리가 귀에 들어오지 않는다는 선언 같았습니다. 가정부와 헤어튼은 보이지 않았는데, 가정부는 심부름을 가고 헤어튼은 아마 일하러 간 모양이었습니다. 우리는 린튼의 목소리를 알고 있었기 때문에 그 방으로 들어갔습니다.

"난 네가 다락방에 박혀 있다가 굶어 죽었으면 좋겠어." 우리를 게으른 하인으로 잘못 알고 린튼이 말했습니다.

바로 자기가 실수한 것을 깨닫고 그는 말을 멈추었습니다. 아가씨가 그에게 달려갔습니다.

"린튼 양 아냐?" 그가 기대고 있던 커다란 의자의 팔걸이에서 머리를 쳐들며 말했습니다. "아냐, 키스하지 마. 숨이 막힌단 말야. 정말이네! 네가 올 거라고 아빠가 말씀하셨거든." 그는 아가씨의 포옹에서 좀 정신을 회복하더니 말을 이었고, 그동안 아가씨는 매우 뉘우치는 표정으로 서 있었습니다. "미안하지만 문 좀 닫아줄래? 문을 열어놓고 들어왔군. 저 못된 것들이 난로에다 석탄을 넣어주지도 않는다고. 아휴, 추워!"

저는 재를 헤쳐놓고 직접 석탄 한 통을 가져왔습니다. 환자는 재투성이가 되겠다고 불평했지만, 지겹도록 기침을 해대며 열이 있고 아픈 것 같아서 저는 그런 짜증을 나무라지 않았습니다.

"저, 린튼!" 린튼의 찌푸렸던 이맛살이 펴지자 아가씨가 속삭였습니다. "나를 봐서 기뻐? 내가 뭘 도와줄까?"

"왜 진작 찾아오지 않았어?" 린튼이 말했습니다. "편지 대신 찾아왔더라면 좋았을 텐데. 긴 편지들을 쓰다 보면 지독히 피곤했거든. 말로 했더라면 더 좋았을 거야. 이젠 말할 기력도 없고 아무것도 할 수 없어. 질라가 어디 있나 모르겠군! (저를 쳐다보며) 자네가 부엌으로 가서 봐주겠어?"

저는 앞서 제가 해준 일에 대해서도 고맙다는 말 한마디 듣지 못했으므로, 그의 명령대로 이리저리 뛰어다니기가 싫어서 이렇게 대답했습니다.

"조셉 말고는 아무도 없던데요."

"뭘 좀 마시고 싶어." 린튼은 고개를 돌리며 짜증스럽게 소리쳤습니다. "아빠가 나가신 뒤로 질라는 뻔질나게 기머튼으로 가버려. 비참한 일이야! 그러니 나는 할 수 없이 여기 내려와야 해. 내가 위층에서 불러도 못 들은 척하기로 결심한 거야."

"히스클리프 도련님, 아버지가 도련님을 잘 보살피나요?" 캐서린 아가씨가 다정스레 다가가다가 멈칫하는 것을 보고 제가 물었습니다.

"보살펴주느냐고? 적어도 하인 놈들에겐 좀 더 잘 보살펴주라고 이르긴 하지." 그가 소리치듯 말했습니다. "나쁜 놈들! 린튼 양, 짐승 같은 헤어튼 녀석이 나를 비웃는 건 알 거야. 난 그 녀석이 싫어. 정말이지 모두 싫어. 모두가 지긋지긋한 것들이야!"

캐시 아가씨는 물을 찾기 시작했습니다. 찬장 위에 주전자가 놓여 있는 것을 보고 잔에 따라 가져왔습니다. 그는 아가씨에게 식탁 위에 있는 술병에서 포도주를 한 스푼 따라 넣어달라고 부탁했습니다. 그걸 조금 마시더니 그는 아까보다 좀 침착해져서 아가씨에게 매우 고맙다고 말하는 것이었습니다.

"그런데 내가 와서 기뻐?" 아가씨는 앞서 한 질문을 되풀이했습니다. 린튼의 얼굴에 엷은 미소가 떠오르는 것을 감지하고 아가씨는 기뻐했습니다.

"응, 기뻐. 너 같은 목소리를 듣는 것만으로도 새로운 기분이야!" 린튼이 대답했습니다. "하지만 네가 오지 않아서 나는 괴로웠어. 아빠는 그게 다 내 탓이라고 단정하셨어. 아빠는 나보고 불쌍하고 발을 질질 끌고 다니는 무가치한 놈이라고 하셨어. 그리고 네가 날 깔본다는 거야. 아빠가 내 입장이라면 지금쯤 농장에서 네 아빠보다도 더 그곳을 꽉 쥐고 흔들거라더군. 하지만 너는 나를 깔보지 않겠지? 너를 뭐라고 부를까?"

"캐서린이나 캐시라고 불러줘!" 아가씨가 말을 채뜨렸습니다. "너를 깔본다고? 아니야. 아빠와 엘렌 다음으로는 이 세상 누구보다도 너를 사랑해. 그렇지만 히스클리프 씨는 사랑하지 않아. 그분이 돌아오면 난 여기 못 와. 여러 날 집을 비우시는 거니?"

"여러 날은 아니야." 린튼이 대답했습니다. "하지만 사냥철이 시작되니까 자주 들판으로 나가셔. 그럼 아빠가 안 계실 때 한두 시간은 나와 함께 보낼 수 있을 거야. 그렇게 해! 그러겠다고 말해줘! 너에게는 짜증을 내지 않을 것 같아. 나를 화나게 하지 않고 언제나 날 도와주려고 하니까. 그렇지?"

"물론이야." 아가씨는 그의 길고 부드러운 머리칼을 쓰다듬으며 말했습니다. "아빠가 허락만 하신다면 내 시간의 반을 너와 함께 보내고 싶어. 귀여운 린튼! 네가 내 동생이면 좋겠다."

"동생이 되면 넌 나를 너의 아빠만큼 좋아하겠니?" 그는 더 명랑해지면서 말했습니다. "아빠가 그러시는데, 네가 내 아내가 되면 너는 네 아빠나 이 세상 누구보다도 나를 더 사랑할 거래. 그러니까 네가 정말 내 아내가 되면 참 좋겠다!"

"안 돼! 난 누구도 아빠보다 더 사랑할 수 없어." 아가씨가 심각하게 대답했습니다. "때로 사람들은 아내를 미워해. 그렇지만 자기 누이나 형제는 미워하지 않아. 그러니까 네가 내 동생이라면 넌 우리와 함께 살고 아빠는 나를 좋아하는 것만큼 너를 좋아하실 거야."

린튼 도련님은 아내를 미워하는 사람은 없다고 말했습니다. 그러나 캐시 아가씨는 있다고 주장했고, 자기가 알고 있는 예를 들면 바로 린튼의 아빠가 자기 고모를 싫어했다는 것이었습니다.

저는 아가씨의 이런 지각 없는 말을 막으려고 애썼습니다. 제 노력에도 불구하고 결국 아가씨는 자기가 알고 있는 모든 것을 털어놓았습니다. 히스클리프 도련님은 몹시 흥분하여 아가씨의 얘기는 거짓말이라고 주장했습니다.

"우리 아빠가 얘기해주셨어. 아빠는 절대로 거짓말을 안 하신다고!" 아가씨는 건방까지 떨며 말했습니다.

"우리 아빠는 네 아빠를 멸시해!" 린튼이 소리쳤습니다. "네 아빠를 소심한 바보라고 하셨다고!"

"네 아빠는 나쁜 사람이야." 아가씨가 대꾸했습니다. "네 아빠가 한 말을 그대로 옮기다니, 너도 못된 아이로구나. 이사벨라 고모를 그렇게 달아나게 했으니까 네 아빠는 나쁜 사람임에 틀림없어!"

"엄마는 달아난 게 아니야." 린튼 도련님이 말했습니다. "그렇게 얘기하지 마!"

"달아났어!" 아가씨가 외쳤습니다.

"그렇다면 나도 너한테 들려줄 말이 있어!" 린튼이 말했습니다. "네 엄마는 네 아빠를 미워했다더라. 자, 어때?"

"어머!" 캐서린 아가씨는 소리쳤지만 너무 화가 나서 말을 잇지 못하더군요.

"그리고 네 엄마는 우리 아빠를 사랑했단 말야!" 그가 덧붙였습니다.

"이 거짓말쟁이! 난 이제 네가 싫어." 아가씨는 숨을 헐떡거렸고 화가 나서 얼굴이 새빨갛게 되었습니다.

"사랑했어! 사랑했다니까!" 린튼은 노래하듯 되풀이하고는 의자 깊숙이 가라앉더니 뒤에 서 있는 논쟁 상대의 흥분된 모습을 즐기기 위해 머리를 뒤로 젖혔습니다.

"입 다물어요, 히스클리프 도련님!" 제가 말했습니다. "그것도 다 도련님의 아버지가 하는 얘기겠죠."

"아니야. 유모는 입 다물고 있어!" 린튼이 대답했습니다. "사랑했어. 캐서린, 네 엄마가 사랑했어. 사랑했다니까!"

캐시 아가씨는 자제력을 잃고 의자를 힘껏 밀어붙이는 것이었습니다. 린튼은 한 손을 바닥에 짚으며 의자에서 굴러떨어졌습니다. 그러자 숨 막힐 듯한 기침이 뒤이어 엄습하는 바람에 그 승리의 기쁨도 곧 끝나고 말았습니다.

기침이 어찌나 오래 지속되는지 저마저 겁이 났습니다. 사촌인 캐시 아가씨도 말은 하지 않았지만 자기가 저지른 실수에 놀라서 엉엉 울기 시작했습니다.

저는 그 기침의 발작이 멎을 때까지 그를 부축해주었습니다. 기침이 멎자 그는 저를 밀어버리고 말없이 고개를 떨어뜨렸습니다. 캐서린 아가씨도 울음을 그치고 맞은편 자리에 앉더니 침통하게 난롯불을 들여다보고 있었습니다.

"히스클리프 도련님, 이제 기분이 어때요?" 저는 10분쯤 기다렸다가 물었습니다.

"아이고, 아파. 캐시도 내가 느끼는 이 통증을 느껴봤으면 좋겠다." 그가 대답했습니다. "앙칼지고 잔인하구나! 헤어튼도 내게 손 댄 적이 없어. 더군다나 때린 적은 한 번도 없어. 오늘은 내 몸이 좋았는데 그만……." 그의 목소리는 울음 속에 묻혀버렸습니다.

"난 너를 때리지 않았어!" 캐시 아가씨는 다시 폭발하려는 감정을 억누르기 위해 입술을 깨물며 투덜거렸습니다.

그는 몹시 아픈 사람처럼 신음하며 한숨을 내쉬었습니다. 분명 아가씨를 괴롭히려고 일부러 15분가량 그러는 것 같았습니다. 아가씨가 참았던 한숨을 내쉬는 것을 볼 때마다 그는 아주 괴로운 듯이 신음 소리를 높이곤 하더군요.

"린튼, 아프게 해서 미안해!" 아가씨는 괴로움을 참지 못하고 마침내 말했습니다. "하지만 나 같으면 그 정도로 조금 밀었다고 해서 아파하지 않았을 거야. 난 그렇게 아파할 줄 몰랐어. 린튼, 많이 아프진 않지? 너를 아프게 했다는 생각을 가지고 그냥 집으로 돌아가지 않도록 해줘! 대답해. 말해보라니까."

"그럴 수 없어." 그가 투덜거렸습니다. "네가 그렇게 나를 아프게 했기 때문에 밤새 기침하느라고 난 잠도 못 잘 거야! 너도 이런 기침을 해봐. 그러면 그것이 얼마나 괴로운지 알게 될 거야. 곁에 아무도 없이 혼자서 끙끙 앓는 동안 넌 편안히 자고 있겠지. 너 같으면 그런 무서운 밤을 어떻게 보낼지 궁금하군!" 그는 자신이 너무 불쌍하다는 듯이 엉엉 울기 시작했습니다.

"도련님이야 끔찍한 밤을 보내는 게 습관이 되었으니까……" 하고 제가 말했습니다. "잠을 망친 게 아가씨라고는 할 수 없죠. 아가씨가 찾아오지 않았어도 못 자기는 마찬가지였을 거예요. 하지만 아가씨는 두 번 다시 도련님을 괴롭히지 않을 거라고요. 우리가 떠나

357

고 나면 좀 진정될 거예요."

"내가 가야 해?" 아가씨는 린튼 쪽으로 몸을 굽히면서 슬픈 어조로 물었습니다. "린튼, 내가 가버렸으면 좋겠어?"

"엎질러진 물이야." 린튼은 아가씨에게서 몸을 움츠리며 토라진 어조로 말했습니다. "나를 놀려 열이 나게 해서 더 악화시키기나 하겠지!"

"그럼 난 가야겠구나?" 아가씨가 반복했습니다.

"적어도 혼자 있게 해줘." 그가 말했습니다. "네가 지껄이는 걸 참고 들을 수가 없어!"

아가씨는 머뭇머뭇하며 제가 돌아가자고 설득해도 듣지 않았습니다. 지루한 시간이 흘렀지만 그가 올려다보지도 않고 말도 하지 않자 아가씨는 마침내 문을 향해 움직였고 저는 그 뒤를 따랐습니다.

우리는 뒤에서 비명 소리가 들려 다시 발길을 돌렸습니다. 린튼은 의자에서 난롯가의 돌바닥으로 미끄러져 될 수 있는 대로 사람을 괴롭히고 성가시게 하겠다고 결심한 듯이, 말썽꾸러기의 고집을 꺾지 않은 채 바닥에 뒹굴고 있었습니다.

저는 그의 행동으로 미루어 그의 기질을 완전히 파악했습니다. 그래서 그를 달래려고 하는 것은 어리석은 짓이라는 것을 즉시 깨달았습니다. 그러나 아가씨는 저와 달랐습니다. 아가씨는 겁을 먹고 달려가 무릎을 꿇고 앉아 소리 내어 울면서 그를 달래고 애원하는 것이었습니다. 그러자 마침내 그는 아가씨를 괴롭힌 것에 대한 가책 때문이 아니라 단지 숨이 가빠서 어쩔 수 없이 조용해졌습니다.

"제가 이 등받이가 높은 큰 의자에다 도련님을 올려놓겠어요." 제가 말했습니다. "그러면 마음대로 뒹굴 수 있을 테니까요. 여기 계속 머물러 지켜볼 수 없어요. 캐시 아가씨, 아가씨가 도련님에게 도

움을 줄 수 없고, 또 도련님의 병이 아가씨에 대한 집착 때문도 아니
라는 것을 충분히 아셨죠? 자, 이제 됐어요! 떠나요. 자기 응석을 받
아줄 사람이 곁에 없다는 것을 알게 되자마자 얌전히 누워 있을 거
예요!"

아가씨는 그의 머리 밑에 쿠션을 괴어주고 물을 좀 갖다 주었습
니다. 그는 물은 거절하고, 괴어준 쿠션이 돌이나 나무토막인 것처
럼 그 위에서 불편하다는 듯이 뒤척였습니다.

아가씨는 쿠션을 더 편하게 해주려고 노력했습니다.

"그건 벨 수 없어." 그가 말했습니다. "너무 낮단 말야!"

캐서린 아가씨는 하나를 더 가져와 그 위에 포개놓았습니다.

"너무 높잖아!" 사람을 성가시게 하는 데 이력이 난 도련님이 투
덜댔습니다.

"그러면 어떻게 눠줄까?" 아가씨는 절망한 어조로 물었습니다.

아가씨가 긴 의자 옆에 무릎을 반쯤 꿇고 앉자, 그는 아가씨에게
매달려 그녀의 어깨 위에 몸을 기대는 것이었습니다.

"안 돼요, 그러시면 안 돼요!" 제가 말했습니다. "히스클리프 도
련님, 쿠션으로 만족하세요. 아가씨는 도련님 때문에 이미 많은 시
간을 허비했어요. 이제 우리는 5분 이상 머무를 수 없어요."

"아니야, 아니야, 우린 머물 수 있어!" 캐시 아가씨가 대응했습니
다. "이제 린튼은 얌전히 참고 있어. 내가 찾아와서 오히려 몸이 더
나빠졌다고 생각하면 오늘 밤 내가 자기보다 훨씬 더 괴로워할 테고
다시는 찾아오지 않으리라는 것을 린튼도 깨닫기 시작한 거야. 린
튼, 사실을 말해. 내가 널 괴롭혔다면 나는 여기 와서는 안 되니까."

"와야 해. 나를 고쳐주기 위해서 말야." 그가 대답했습니다. "네가
나를 아프게 했으니까 와야 해. 네가 지독히 나를 아프게 했다는 걸

알잖아! 네가 들어올 때만 해도 난 이렇게 아프지 않았어. 그렇지?"

"하지만 울고 화를 내니까 네 스스로 더 아프게 된 거야. 네가 아픈 게 모두 내 탓만은 아니야." 사촌 누이뻘인 아가씨가 말했습니다. "그렇지만 이제 사이좋게 지내자. 넌 날 필요로 하고 있어. 정말로 가끔 나를 보고 싶니?"

"그렇다고 말했잖아!" 그는 답답하다는 듯이 대답했습니다. "이 긴 의자에 앉아봐, 무릎에 기댈 수 있게 말야. 엄마는 언제나 오후 내내 그렇게 해주셨어. 가만히 앉아서 아무 말도 하지 마. 할 줄 알면 노래는 하나 불러도 돼. 아니면 언젠가 가르쳐주겠다고 약속한 길고 재미있는 민요나 이야기를 들려줘. 그런데 민요가 더 좋겠어. 시작해."

아가씨는 알고 있는 것 중에서 제일 긴 민요를 불렀습니다. 그러자 두 남녀는 모두 기분이 좋아졌습니다. 저의 완강한 반대에도 불구하고 린튼은 하나 더 해달라고 하더니 끝나면 다시 또 하나를 청하는 통에 시계가 12시를 칠 때까지 그들은 그칠 줄을 몰랐습니다. 그러다 보니 헤어튼이 점심을 먹으러 마당으로 들어오는 소리가 들렸습니다.

"그럼 캐서린, 내일도 여기에 와주겠어?" 아가씨가 마지못해 일어설 때 히스클리프 도련님은 그녀의 옷자락을 잡고 물었습니다.

"안 돼요!" 제가 대답했습니다. "모레도 안 돼요." 그러나 아가씨는 저와 다른 대답을 한 것이 분명했습니다. 몸을 굽혀 그의 귀에 뭐라고 속삭이자 그의 이마가 환히 밝아졌으니까요.

"아가씨, 내일은 못 와요. 아시겠지요?" 밖으로 나오자 제가 말을 꺼냈습니다. "설마 여기 올 생각을 하고 있는 거예요?"

아가씨는 미소를 짓는 것이었습니다.

"아, 내가 정신을 똑바로 차리고 있어야지!" 제가 계속했습니다. "자물쇠도 고치게 할 거예요. 달리 빠져나갈 수 없을 거예요."

"난 담을 넘어 갈 수 있어." 아가씨가 웃으면서 말했습니다. "엘렌, 농장은 감옥이 아니야. 또 유모는 내 간수가 아니고. 게다가 나는 열일곱 살이 다 돼가. 난 숙녀야. 내가 간호해주면 린튼은 곧 회복될 것이 분명해. 알다시피 나는 린튼보다 나이도 많고 더 현명하고 어른스러워, 안 그래? 조금 달래주기만 하면 곧 그는 내가 시키는 대로 할 거야. 얌전할 때는 참 귀엽지 않아? 그가 내 것이 되면 퍽 귀여워해줄 텐데. 서로 친해지면 절대로 다투지 않을 거야, 그렇지? 엘렌은 그를 좋아하지 않아?"

"좋아하느냐고요?" 제가 소리쳤습니다. "열 몇 살까지 겨우겨우 목숨이나 이어온 주제에 성미만 지랄 같은 약골을 누가! 다행히 히스클리프 씨가 짐작한 대로 스무 살을 넘기지 못할 거예요! 정말이지 내년 봄까지나 살아 있을까 모르겠네요. 그가 언제 죽어도 식구들은 슬퍼하지 않을 거예요. 그러고 보니 그 애 아버지가 데려간 것이 오히려 다행이었네요. 친절하게 대해줄수록 더 진저리 나게 하고 이기적이 되거든요! 그러니 캐서린 아가씨, 그를 남편으로 삼을 기회가 없다는 게 참으로 다행이라고요!"

아가씨는 제가 한 이런 말에 매우 심각한 표정을 지었습니다. 린튼의 죽음에 대해 제가 그렇게 함부로 말해서 감정이 상했던 것입니다.

"그는 나보다 어려." 아가씨는 한동안 생각에 잠겨 있다가 대답했습니다. "그러니까 당연히 나보다 오래 살아야 돼. 오래 살 거야. 나만큼은 오래 살아야 해. 이젠 처음 이 북부 지방에 왔을 때만큼 건강해졌어. 틀림없어! 지금은 단지 아빠처럼 감기에 걸렸을 뿐이야. 아빠는 곧 나을 거라고 엘렌이 말했지? 린튼도 낫지 않을 리가 없잖아?"

"자, 됐어요. 그만하세요." 제가 소리쳤습니다. "결국 우리가 걱정할 일이 아니라고요. 아가씨, 제 말을 잘 듣고 명심하세요. 저와 함께든 저 없이 혼자든 아가씨가 또다시 위더링 하이츠에 가려 하면 제가 아빠에게 이르겠어요. 아빠가 허락하지 않으시면 사촌 동생과의 교제를 다시 시작하면 안 돼요!"

"이미 다시 시작했잖아!" 캐시는 시무룩해져서 투덜댔습니다.

"그렇다면 그만두셔야 해요!" 제가 말했습니다.

"두고 보라지!" 그녀의 대답이었습니다. 그러고는 아가씨가 말을 급히 달려 앞서갔으므로 그 뒤를 쫓느라고 저는 애를 먹었습니다.

우리 둘은 점심 식사 전에 집에 도착했습니다. 주인은 우리가 공원을 산책하고 온 줄 알고 어디를 다녀왔느냐고 묻지도 않았습니다. 집으로 들어가자마자 저는 급히 젖은 신발과 양말을 갈아 신었지만, 그렇게 오래 하이츠에 머문 것이 몸에 안 좋았던 모양이었습니다. 다음 날 아침 저는 일어날 수가 없었습니다. 그로부터 3주일 동안 저는 꼼짝도 못하고 해야 할 일도 할 수 없었습니다. 일찍이 경험해보지 못한 재앙이었고, 고맙게도 그 후로는 그런 재난이 없었습니다.

우리 아가씨는 천사처럼 저를 간호하며 제 외로움을 달래주는 것이었습니다. 꼼짝 못하고 누워 있자니 저는 매우 우울했습니다. 늘 활동하던 저로서는 누워 있는 것이 지루한 일이었습니다. 그러나 저로서는 불평할 이유가 조금도 없었습니다. 아가씨는 아빠의 방에서 나오기가 무섭게 제 침대 곁에 나타났으니까요. 아가씨의 하루는 린튼 씨와 저를 위해 반으로 나뉘어 잠시도 놀 시간이 없었습니다. 그녀는 식사나 공부나 놀이도 모두 집어치웠습니다. 병자를 돌보는 간호사치고 아가씨만큼 다정한 간호사는 없었을 것입니다. 아빠를 그렇게 사랑하면서도 저에게 그런 사랑을 베풀다니, 아가씨는 가슴이 따뜻한 사람임에 틀림없었습니다.

아가씨의 하루는 우리 두 사람을 위해 나뉘었다고 말씀드렸지만, 주인은 일찍 주무시고 저도 대개 6시 이후로는 필요한 것이 없었기 때문에 아가씨는 저녁 시간을 자기 시간으로 가질 수 있었습니다.

한심하게도 저는 아가씨가 차 마시는 시간 이후로 무엇을 하는지 생각해보지 않았던 것입니다. 그래서 저를 들여다보며 잘 자라는 인사를 할 때 뺨이 발그레하고 가느다란 손가락이 분홍색으로 물든 것을 빤히 보면서도, 그것이 말을 타고 추운 벌판을 달려갔다 온 탓이구나 하는 생각은 못하고 서재에서 뜨거운 불을 쬐어 그렇게 되었겠거니 생각했던 것입니다.

# 10

　3주일이 지난 후 저는 제 방에서 나와 집 안을 돌아다닐 수 있었습니다. 제가 처음으로 일어나 앉아 있게 된 날 밤, 저는 아가씨에게 제 시력이 나쁘니까 책 좀 읽어달라고 부탁했습니다. 주인은 이미 잠자리에 든 뒤라 우리는 서재에 앉아 있었습니다. 아가씨가 마지못해 제 부탁을 들어주는 것 같기에 제 마음에 드는 책은 아가씨에게 적절치 않다고 생각하고, 그녀가 정독한 책 중에서 아무거나 골라서 읽어달라고 말했습니다.

　아가씨는 자기가 좋아하는 책 한 권을 골라서 한 시간가량 차분히 읽어주더니, 이어서 이런 질문을 자주 던지는 것이었습니다.

　"엘렌, 피곤하지 않아? 이제 좀 눕는 게 좋지 않겠어? 엘렌, 이렇게 오래 앉아 있으면 몸이 불편할 텐데."

　"아니에요, 아니에요, 아가씨. 난 피곤하지 않아요." 저는 계속 이렇게 대답했습니다.

　제가 요지부동한 것을 감지하자 아가씨는 책 읽어주기가 싫다는 것을 나타내는 다른 방법을 동원했습니다. 하품도 하고 기지개를 켜기도 하는 것이었습니다.

　"엘렌, 나 피곤해."

　"그럼 읽는 건 그만하고 얘기나 해줘요." 제가 대답했습니다.

그것은 오히려 역효과를 불렀습니다. 아가씨는 8시까지 짜증을 내고 한숨을 내쉬며 시계만 보더니 아주 졸음이 쏟아지는 얼굴을 하고 마침내 자기 방으로 가버렸습니다. 짜증스럽고 무거운 표정을 지으며 계속해서 눈을 비비는 것을 보면서 몹시 졸려서 그런 줄 알았습니다.

다음 날 밤에는 아가씨가 더욱 초조한 기색이었습니다. 저와 함께 지내게 된 사흘째 밤에는 머리가 아프다고 짜증을 내더니 제 곁에서 떠났습니다.

아가씨의 행동이 이상하다는 생각이 들더군요. 그래서 혼자 오랫동안 앉아 있다가, 아가씨 방으로 올라가 두통이 어떤가 물어보고 어두운 위층에 있지 말고 아래층으로 내려와 소파에 누워 있으라고 권해야겠다고 결심했습니다.

저는 캐서린 아가씨를 위층에서도 아래층에서도 찾을 수가 없었습니다. 하인들도 아가씨를 보지 못했다고 말하는 것이었습니다. 저는 주인의 방문에다 귀를 대고 방 안의 기척을 살폈지만 조용하기만 했습니다. 저는 아가씨의 방으로 돌아가서 촛불을 끄고 창가에 자리를 잡았습니다.

달이 밝고 잠시 흩날리던 눈이 땅을 덮고 있어서, 혹시 아가씨가 머리도 식힐 겸 정원으로 산책 나갈 생각을 했을지도 모른다고 저는 생각했습니다. 공원의 안쪽 울타리를 따라 한 인간의 그림자가 기어가는 것을 발견했지만 우리 아가씨는 아니었습니다. 그 모습이 달빛 속으로 들어왔을 때 보니 집에서 부리는 마부였습니다.

그는 한동안 서서 밭을 가로지르는 마찻길을 바라보더니 뭔가 발견한 듯 빠른 걸음으로 그 자리를 떠났다가 곧 아가씨의 망아지를 끌고 다시 나타났습니다. 그 곁에는 방금 말에서 내린 아가씨가 망

365

아지와 함께 걸어오고 있었습니다.

　마부는 자기에게 맡겨진 망아지를 끌고 살그머니 잔디밭을 가로질러 마구간으로 가버렸습니다. 캐시 아가씨는 응접실의 창문을 통해 안으로 들어와 발소리를 죽이며 제가 기다리고 있는 방으로 올라왔습니다.

　아가씨는 문을 살며시 닫고는 눈투성이가 된 신발을 벗고 모자 끈을 풀었어요. 그리고 제가 보고 있는 줄도 모르고 외투를 벗어놓으려고 했는데, 제가 벌떡 일어나 모습을 나타냈습니다. 깜짝 놀란 아가씨는 한순간 돌처럼 굳어져 알아듣지도 못할 소리를 지르더니 꼼짝도 않고 서 있었습니다.

　"캐서린 아가씨." 저는 아가씨가 최근에 친절하게도 잔소리꾼이 된 것에 너무나도 생생하게 감동을 받아 입을 열었습니다. "이런 시간에 말을 타고 어딜 다녀오는 건가요? 그리고 왜 거짓말을 해서 나를 속이려고 했나요? 어딜 다녀온 거예요? 말해봐요!"

　"공원 저쪽 끝에 갔다 왔어." 아가씨는 더듬거리며 말했습니다. "난 거짓말하지 않았어."

　"다른 곳은 안 갔었나요?" 제가 다그쳤습니다.

　"다른 곳엔 가지 않았어." 아가씨가 중얼거리듯 대답했습니다.

　"오, 캐서린." 저는 슬픈 어조로 소리쳤습니다. "아가씨가 그릇된 행동을 하고 있다는 것을 본인도 알고 있는 거예요. 그렇지 않으면 내게 거짓말을 할 까닭이 없잖아요. 난 그게 슬퍼요. 아가씨가 계획적으로 거짓말하는 것을 듣느니 차라리 석 달 동안 앓아눕는 편이 더 낫겠어요."

　아가씨는 앞으로 달려와 눈물을 터뜨리며 팔로 제 목을 감았습니다.

"엘렌, 난 유모가 화낼까 봐 무서웠어." 아가씨가 말했습니다. "화내지 않겠다고 약속해. 그러면 사실대로 말할게. 나도 숨기는 게 싫단 말야."

우리는 창가에 앉았습니다. 아가씨의 비밀이 무엇인지 저는 물론 짐작을 하고 있었지만, 그것이 무엇이든 절대로 야단치지 않겠다고 안심시키자 아가씨는 이야기를 하기 시작했습니다.

"엘렌, 나는 워더링 하이츠에 갔다 왔어. 엘렌이 앓아누운 뒤로는 하루도 거르지 않고 갔었어. 다만 유모가 자리에서 일어나기 전 사흘과 그 후 이틀은 가지 못했어. 마이클에게 책과 그림을 주고는 매일 저녁 미니를 대령시키게 하고 돌아와선 다시 마구간으로 데려가도록 했어. 그러니까 제발 마이클을 혼내지 말아줘. 6시 반에 하이츠에 도착해서 보통 8시 반까지 있다가 집으로 돌아왔어. 언제나 재미있게 놀려고 간 건 아니야. 시종 따분한 때도 종종 있었어. 가끔 행복한 때도 있었는데, 아마 한 주일에 한 번 정도였을 거야. 린튼과 헤어질 때 다음 날 또 오겠다고 약속했기 때문에, 처음에 그 약속을 지키기 위해 유모를 설득하려면 굉장히 힘들 것이라고 각오하고 있었는데, 그다음 날 유모가 앓아눕는 바람에 그런 수고는 하지 않아도 되었던 거야. 그날 오후 마이클이 공원 쪽의 문을 열고 있을 때 나는 열쇠를 내가 갖기로 했어. 내 사촌 동생이 몸이 아파 이 농장에 올 수 없어서 나더러 찾아오라고 간청하는데 아빠가 못 가게 하신다는 말을 해줬어. 그러고 나서 망아지에 대해 그와 의논했어. 그는 독서를 좋아하는데 곧 우리 집에서 나가 결혼할 생각이라며 서재에 있는 책을 빌려준다면 시키는 대로 해주겠다고 했어. 하지만 난 내 책을 주는 게 낫겠다고 했더니, 그도 그게 좋겠다고 말했어.

내가 다시 찾아갔을 때 린튼은 아주 명랑해 보였어. 그리고 그 집 가정부인 질라가 방을 깨끗이 치워주고 불도 피워준 다음, 조셉은 예배 보러 가고 헤어튼 언쇼는 개를 데리고 나갔으니…… 나중에 들은 얘긴데 우리 숲에서 몰래 꿩들을 훔치려고 나갔다고…… 맘놓고 놀아도 된다고 말하더군. 질라는 따뜻하게 데운 포도주하고 생강이 든 빵을 갖다 주는 등 여간 친절한 게 아니었어. 린튼은 안락의자에 앉고 나는 난롯가의 흔들의자에 앉아서 웃으며 재미있게 얘기를 나누었어. 그러다 보니까 얘깃거리는 얼마든지 있더군. 여름이 되면 어디 가서 무엇을 할지 계획도 세웠어. 엘렌이 들으면 바보 같은 소리라고 할 테니까 우리가 한 이야기를 반복하진 않을게.

그런데 한 번 정말로 싸울 뻔했어. 그는 더운 7월의 하루를 가장 즐겁게 보내는 방법은, 아침부터 저녁까지 초원 한복판 히스가 우거진 곳에 누워 꿀벌들이 꽃 사이를 꿈꾸듯 윙윙거리며 날아다니고 종달새가 머리 위로 높이 떠 지저귀고 구름 한 점 없는 푸른 하늘에 밝은 태양이 빛나는 모습을 즐기는 거라고 말하더군. 그것이야말로 가장 완벽한 천국의 행복이라고 주장하는 거였어. 반면에 나는 그런 것보다는 살랑살랑 소리를 내는 초록색 나무 위에 앉아 몸을 흔들며 불어오는 서풍을 얼굴에 맞고, 위에서는 밝고 흰 구름이 빠른 속도로 스쳐가며 종달새뿐 아니라 개똥지빠귀, 검은새, 그리고 홍방울새, 뻐꾸기가 사방에서 신나게 지저귀고, 아득히 뻗은 초원이 끝은 시원하게 보이는 어둑어둑한 계곡으로 이어지고, 바로 눈앞에는 잔물결이 일듯 흔들리는 긴 풀들과 숲, 그리고 졸졸 흐르는 시냇물이나 그 밖의 온 누리가 눈을 뜨고 환희에 차 있는 모습…… 그런 것들이 천국의 행복이라고 주장했어. 그는 만물이 평화의 희열 속에 누워 있기를 원했고, 나는 만물이 찬란한 환희 속에서 빛을 발하며 춤추기를 원했어.

내가 그의 천국은 반만 살아 있는 것이라고 말했더니, 그는 나의 천국이 술에 취한 천국이라는 거야. 또 나는 그의 천국에서는 잠들고 말 거라고 했더니, 그는 내 천국에서는 숨도 쉴 수 없을 거라며 몹시 화를 내기 시작했어. 결국 우리는 알맞은 날씨가 찾아오면 그 두 가지를 다 실험해보기로 합의하고 키스를 한 후에 화해했지. 한 시간쯤 조용히 앉아 있다가, 바닥이 매끄럽고 양탄자도 깔려 있지 않은 그 커다란 방을 보니까 탁자를 치우고 놀면 아주 좋을 것 같다는 생각이 들었어. 그래서 린튼더러 질라를 불러 도와달라고 말하라고 했어. 그러면 우리는 숨바꼭질을 할 수 있을 거고. 질라가 술래를 하면 되거든. 엘렌, 해봐서 잘 알잖아. 그런데 그는 싫다는 거야. 그건 재미가 없다고. 하지만 공놀이는 하겠다고 응하더군. 팽이, 굴렁쇠, 제기채와 제기 등 낡은 장난감이 가득 들어 있는 벽장에서 공을 두 개 찾아냈어. 하나에는 C, 또 하나에는 H라고 쓰여 있었어. 나는 C가 쓰여 있는 것을 갖고 싶었어. 캐서린을 나타내는 것이었으니까. H는 그의 이름인 히스클리프를 나타냈지. 그런데 그 공에서는 겨가 나와 린튼은 좋아하지 않았어.

내가 계속 이기자 그는 다시 화가 나서 기침을 하더니 도로 제 의자로 가버렸어. 그래도 그날 밤엔 곧 좋은 기분을 회복했어. 멋진 노래를 두세 곡 들려줬더니 매혹된 거야. 바로 엘렌이 가르쳐준 노래 말야. 내가 떠나야 할 때가 되니까 다음 날 또 와달라고 애원했어. 그래서 난 그러겠다고 약속했지.

미니와 나는 바람처럼 가볍게 집으로 날아왔어. 나는 아침까지 워더링 하이츠와 내 귀엽고 사랑스런 사촌의 꿈을 꾸었어.

다음 날 나는 슬펐어. 넬리가 아파서 불쌍하기도 했고, 한편으로는 내 외출을 아빠에게 알리고 허락을 받고 싶어서였어. 그렇지만 오후 차를 마시고 난 후 아름다운 달밤이 찾아오기 시작했고, 말을 타고 하이츠로 달리다 보니 우울했던 기분은 완전히 사라졌어.

그날 밤도 즐거운 저녁이 되리라는 생각을 했어. 더욱 기분 좋았던 것은 내 사랑스런 린튼이 즐거워하리라는 생각이 들었기 때문이야.

하이츠의 정원을 빨리 걸어 올라 뒤쪽으로 돌아가는 참이었는데, 그때 난 헤어튼 언쇼와 마주쳤어. 그는 고삐를 잡아주며 앞쪽으로 들어가라고 이르더군. 그가 미니의 목덜미를 토닥거리며 좋은 말이라고 하는 품이 어쩐지 내가 말을 걸어주길 바라는 눈치였어. 나는 말을 그냥 내버려두라고 말했어. 그렇지 않으면 말이 발길질을 할지도 모른다고 말이야. 그랬더니 그는 상스러운 말투로 대답하더군. '제까짓 게 걷어차보라지, 원' 하고 빙그레 웃으며 미니의 다리를 훑어보는 거였어.

나는 망아지에게 정말 발길질을 시키고 싶었어. 그때 헤어튼은 문을 열려고 문 쪽으로 가더군. 그는 빗장을 올리며 문 위의 글자를 쳐다보더니 쑥스러운 듯하면서도 의기양양한 우스꽝스러운 태도로 이렇게 말하는 거야. '캐서린 양! 이제 나도 저걸 읽을 수 있어요.'

'놀랍군요!' 나는 외치고 말았어. '그럼 읽어봐요. 똑똑해지셨네요.'

그러자 그는 한 자씩 점잔을 빼며 읽었어. '헤어튼 언쇼'라는 이름을 모두 발음했어.

'그럼 저 숫자는?' 그가 거기서 딱 막히는 것을 눈치채고 격려하듯 외쳤어.

'아직 그건 모르겠는데.' 그가 대답하더군.

'아휴, 바보 같으니!' 나는 그가 읽지 못하는 것을 보고 깔깔 웃으면서 말했어.

그 바보는 입가에 쓴웃음을 짓고 눈살을 찌푸리면서 나를 빤히 쳐다보더군. 나를 따라 웃어야 할지, 내가 웃는 것이 허물없는 친근함인지 멸시인지를 종잡을 수 없었던 모양이야. 사실은 멸시였지.

나는 엄숙한 태도를 취해 그의 의심을 해결해주었어. 또한 나는 린튼을 만나러 왔으니까 저리 가라고 일렀어.

헤어튼은 얼굴을 붉히더군. 달빛 속에서 난 그걸 봤어. 그는 빗장에서 손을 떼고, 자존심이 상한 표정으로 슬그머니 달아나더군. 자기 이름을 읽을 수 있으니까 린튼만큼 유식해진 것으로 착각했었나 봐. 내가 그렇게 생각해주지 않자 몹시 당황했던 거지."

"캐서린 아가씨, 그만! 말을 멈추세요." 제가 말을 가로막았습니다. "아가씨를 나무라지는 않겠는데, 그때 거기서 한 아가씨의 행동은 마음에 들지 않는군요. 헤어튼도 히스클리프 도련님과 마찬가지로 아가씨의 사촌이라는 것을 생각했더라면 그런 짓이 얼마나 예의에 벗어난 행동이었는지 깨달았을 겁니다. 적어도 그가 린튼만큼 유식해지려고 노력한 것만은 가상한 일이라고요. 아마 단지 자랑하려고 공부한 것은 아닐 거예요. 틀림없이 전에 아가씨가 그의 무지에 대해 무안을 주었기 때문에 그걸 면하고 아가씨를 기쁘게 해주고 싶었을 거예요. 그의 불완전한 시도를 비웃은 것은 교양 없는 행동이었어요. 아가씨가 그런 환경에서 자랐다면 그보다 더 나았을 것 같나요? 그 사람도 어렸을 때는 아가씨만큼 재치 있고 똑똑했다고요. 그런데 지금 멸시당하는 것을 생각하니 마음이 아프네요. 이 모든 것은 비열하기 짝이 없는 히스클리프 씨가 그를 그렇게 부당하게 다룬 결과라고요."

"됐어, 엘렌. 그렇다고 울지는 않겠지, 그렇지?" 제가 열을 내자 아가씨는 놀라며 소리쳤습니다. "끝까지 내 말을 들어봐. 그래야 헤어튼이 정말 나를 기쁘게 하기 위해 ABC를 배웠는지, 또 그 야만인에게 내가 공손히 대해야 할 가치가 있는지 유모도 알게 될 거야. 나는 집 안으로 들어갔어. 린튼은 등받이가 높은 긴 의자에 누워 있다가 나를 환영하려고 반쯤 일어나더군.

'캐서린, 오늘 밤에는 내 몸이 아파' 하고 그가 말했어. '그러니까 너 혼자 얘기해. 난 듣고 있을 테니까. 이리 와서 내 옆에 앉아. 난 네가 약속을 어기지 않으리라고 확신했어. 오늘도 네가 가기 전에 약속을 받아야겠어.'

그가 아프니까 나는 그를 놀려서는 안 된다는 것을 알고 있었어. 그래서 말도 부드럽게 하고 아무것도 묻지 않았지. 어떤 식으로든 그를 화나게 하는 일은 피했어. 그날 밤에도 그를 위해 내 책 중에서 제일 좋은 책을 몇 권 가져갔어. 그가 그중 한 권을 읽어달라기에 막 읽으려고 하는데 언쇼가 문을 박차고 들어왔어. 생각할수록 울화가 치밀었나 봐. 우리를 향해 다가오더니 린튼의 팔을 잡고는 의자에서 끌어내는 것이었어.

'네 방으로 썩 꺼져!' 몹시 흥분하여 헤어튼은 거의 알아들을 수 없는 목소리로 말했는데, 얼굴은 부어올라 있고 무서워 보였어. '저 애가 널 만나러 온 거면 네 방으로 데리고 가! 나를 밖으로 내몰지 마. 둘 다 썩 꺼져버려!'

헤어튼은 우리에게 욕을 퍼붓고는 린튼을 부엌으로 집어던지다시피 하여 어떤 대답을 할 시간도 주지 않았어. 내가 린튼의 뒤를 따라 나올 때 나까지 때려눕히고 싶었는지 주먹을 불끈 쥐더군. 잠시 나는 겁을 집어먹고 얼떨결에 책을 한 권 떨어뜨렸어. 헤어튼은 그 책을 내 쪽으로 걷어차고는 문을 닫아버리더군.

그때 난롯가에서 심술궂게 캑캑거리는 웃음소리가 들려서 돌아보았더니, 그 흉측한 조셉이 앙상한 손을 비비면서 몸을 떨며 서 있더군.

'헤어튼이 본때를 보여줄 줄 알았어! 참 대단한 녀석이야! 올바른 정신이 박혔거든! 그는 알고 있지. 누가 이 집 주인인지 나만큼 그는 똑똑히 알고 있지. 에, 엣, 헷! 그가 너희를 쫓아낸 건 당연한 일이야, 에, 엣, 헷!'

'우린 어디로 가야 되나?' 나는 그 늙은 악당의 조롱을 무시하고 린튼에게 물었어.

린튼은 얼굴이 하얗게 질려서 몸을 떨고 있더군. 엘렌, 그때 린튼은 예쁘지 않았어. 오, 아니었어! 오히려 무서워 보였어! 여윈 얼굴과 커다란 눈엔 광기가 서려 있고 힘없는 분노가 이글거리고 있었어. 그는 문 손잡이를 잡고 흔들더군. 문은 안으로 잠겨 있었어.

'나를 들여보내지 않으면 너를 죽일 테다. 나를 들여보내지 않으면 죽이겠어!' 그는 말이라기보다 비명을 질렀어. '악마! 악마! 난 널 죽이겠어, 널 죽이고 말겠어!'

조셉은 다시 캑캑거리며 웃더군.

'저 봐, 그 아비에 그 자식이야!' 조셉이 외쳤어. '아비를 쏙 빼닮았어! 누구나 부모를 닮기 마련이야. 헤어튼, 못 들은 체해라. 난 걱정 안 해. 네게 덤벼들지도 못할 녀석이니까!'

나는 린튼의 손을 잡고 끌고 가려고 했지만 그가 어찌나 충격적으로 악을 쓰는지 감히 어찌할 바를 몰랐어. 마침내 무서운 기침 발작이 일어나서 숨이 막히는 통해 악을 쓰지 못하더군. 입에서 피가 솟구치더니 바닥으로 쓰러지는 것이었어.

나는 무서워서 속이 매슥거리기에 마당으로 뛰어나가 목청껏 질라를 불렀어. 그녀는 곧 부르는 소리를 들었어. 그녀는 광 뒤쪽의 헛간에서 소젖을 짜고 있었거든. 질라는 하던 일을 멈추고 급히 달려와서 무슨 일이냐고 물었어.

나는 너무 숨이 차서 설명할 수가 없었어. 그냥 그녀를 끌고 들어가서 린튼을 찾았어. 그런데 언쇼가 자기가 저지른 잘못이 어떤 결과를 만들었나 살피기 위해 나왔다가 쓰러져 있던 린튼을 보고 위층으로 옮기고 있었어. 질라와 나는 그를 따라 올라갔는데, 헤어튼 언쇼는 계단 꼭대기에서 나를 가로막더니 들어가서는 안 되니까 집으로 돌아가야 한다고 말하더군.

나는 그가 린튼을 죽였으니까 들어가야겠다고 소리쳤어.

조셉이 문을 잠그고는 '그런 바보 같은 짓'은 하지 말라고 말하더니, 나더러 '린튼처럼 미친증을 타고났느냐'고 묻는 거였어.

내가 울면서 서 있으려니까 가정부가 다시 나타나서, 린튼은 곧 괜찮아질 거라며 이제 고함도 소란도 피우지 못할 거라고 말하고는, 나를 잡고 거의 안다시피 해서 거실로 데려왔어.

엘렌, 나는 내 머리카락을 쥐어뜯고 싶었어! 어찌나 흐느끼고 울었는지 눈앞이 거의 보이지 않았어. 엘렌이 그렇게 동정하는 그 악당은 내 맞은편에 서서 이따금 '조용히!' 하고 내게 말하며 모든 게 제 잘못이 아니라고 우기더군. 마침내 내가 아빠에게 말해서 감옥에 가두었다가 교수형을 당하게 하겠다고 위협했더니, 겁을 먹고 엉엉 울기 시작하더니만 겁쟁이처럼 떠는 모습을 감추려고 허둥지둥 나가버리더군.

그랬다고 해서 내가 헤어튼에게서 벗어난 건 아니었어. 드디어 그 집 사람들이 나더러 돌아가라고 해서 그 집 영내로부터 몇 백 야드쯤 벗어났을 때 갑자기 헤어튼이 길가의 으슥한 곳에서 나타나더니 미니를 정지시키고 나를 붙잡는 거야.

'캐서린 양, 나도 마음이 아파.' 그가 말을 시작했어. '하지만 아가씨는 너무 심하게…….'

나는 그가 나를 죽이려는구나 생각하고 채찍으로 그를 후려갈겼어. 그랬더니 무서운 욕지거리를 토하며 놓아주기에 정신없이 집으로 말을 달렸어.

그날 밤 나는 유모에게 잘 자라는 인사도 하지 않았고, 다음 날 워더링 하이츠에도 가지 않았어. 몹시 가고 싶긴 했지. 그러나 난 이상하게 흥분되어 있었어. 때로는 린튼이 죽었다는 소식이 올까 봐 두려웠고, 또 때로는 헤어튼과 마주칠 생각을 하니 소름이 끼치기도 했어.

사흘째 되던 날에야 나는 용기를 냈어. 더 이상 애태우고만 있을 수 없어서 다시 한 번 몰래 빠져나갔던 거야. 5시에 집을 나서서 걸어갔어. 몰래 그 집 안으로 숨어들어서 누구에게도 들키지 않고 린튼의 방으로 들어갈 생각이었어. 하지만 개들이 내가 접근하는 걸 알아챘어. 그러자 질라가 나를 맞아들이며 '도련님은 많이 좋아지고 있어요'라고 말하고는 나를 말끔하게 융단이 깔린 작은 방으로 안내했어. 거기에서 린튼이 작은 소파에 누워 내 책을 한 권 읽고 있는 것을 보자 난 말할 수 없이 기뻤어. 하지만 말야, 엘렌, 린튼은 한 시간 동안 말 한마디 않고 쳐다보지도 않는 거야. 그런 불행한 성격을 가졌다니까. 게다가 기가 막히게도 겨우 입을 열어 한다는 말이, 내가 그런 소동을 일으킨 장본인이며 헤어튼은 하나도 잘못이 없다는 헛소리를 해대는 거야!

화내지 않고 대답할 수 없어서 나는 일어나 방에서 걸어 나왔어. 린튼이 내 뒤에다 대고 '캐서린!' 하고 희미하게 부르더군. 내가 그렇게 반응할 줄은 미처 생각하지 못했던 거지. 하지만 난 돌아보지도 않았어. 그다음 날은 내가 집에만 틀어박힌 두 번째 날인데, 그날 나는 다시는 그를 찾아가지 않겠다고 결심하다시피 했지.

그러나 그에 대한 소식을 결코 듣지 못한다는 것이 자나 깨나 어찌나 비참한지, 나의 그 결심은 제대로 여물기도 전에 슬며시 녹더니 허공으로 날아가버렸어. 전에는 그곳에 가는 것이 잘못처럼 느껴졌지만, 이젠 가는 걸 자제하는 게 잘못인 것처럼 보이더군. 마이클이 와서 미니에게 안장을 채울지 묻기에 나는 '그렇게 해줘' 하고 말했어. 말을 타고 언덕을 넘어갈 때 나는 내 의무를 다하고 있다는 생각이 들더라니까.

뜰에 도달하려면 집 정면의 창들 앞을 지나야 하기 때문에 몰래 들어가려 해도 소용이 없었어. '도련님은 거실에 계세요.' 내가 응접실로 가려는 것을 보았는지 질라가 말하더군.

들어갔더니 언쇼도 있었는데, 나를 보자 즉시 나가버리더군. 린튼은 큰 안락의자에 앉아 꾸벅꾸벅 졸고 있었어. 나는 난로로 다가가서 진지한 어조로 말하기 시작했어. 내 말이 진실이라는 것을 알리고도 싶었거든.

'린튼, 너는 나를 좋아하지도 않고 내가 일부러 널 괴롭히기 위해 온다고 생각하면서 올 때마다 그런 시늉을 하니까 하는 말인데, 우리가 만나는 것도 오늘이 마지막이야. 작별 인사나 하자. 그리고 히스클리프 씨에게는 네가 날 만나고 싶지 않다고 말씀드려. 그래서 이 문제에 대해서 그분이 더 이상 거짓말을 꾸며내지 않도록 해줘.'

'캐서린, 앉아서 모자나 벗어.' 그가 대답했어. '너는 나보다 훨씬 행복한 사람이니까 나보다 착해야 되지 않겠어. 아빠는 내 흠만 보고 멸시하기 때문에 당연히 나는 내 자신을 의심하고 있는 거야. 때로 나는 아빠 말처럼 내가 아무짝에도 쓸모없는 놈이 아닌가 하고 의심하게 돼. 그러면 화도 나고 견딜 수가 없어서 모든 사람이 다 미워져! 나는 쓸모없고 성질도 나쁘고 거의 항상 기력도 없어. 그러니까 네가 원하면 작별 인사를 해도 좋아. 골칫거리한테서 벗어나는 일이니까. 캐서린, 다만 이것만은 옳게 판단해줘. 만일 내가 너만큼 다정하고 친절하고 착할 수 있다면 나도 기꺼이 너만큼, 아니 너보다 더 행복하고 건강해질 거야. 네가 친절하게 대해주었기 때문에 나는 너의 사랑을 받을 자격도 없으면서 더욱 깊이 너를 사랑하게 된 거야. 그럴 능력도 없으면서 말야. 그러니 어쩔 수 없이 네게 성질을 부렸는데, 그 점을 나는 유감으로 생각하고 후회해. 죽는 날까지 유감으로 생각하고 후회할 거야!'

나는 그가 진심을 말하고 있다고 느꼈어. 그래서 용서해줘야겠다고 생각했어. 비록 다음 순간에 그가 시비조로 나오더라도 다시 용서해줘야 한다고 느낀 거야. 화해는 했지만 우리 둘 다 내가 거기 머무는 동안 내내 함께 울었어. 전적으로 슬퍼서가 아니라, 린튼이 그런 비뚤어진 성격을 가진 것이 나는 안타까웠어. 그는 친구들을 편안하게 해주지 못할뿐더러 자기 자신도 편히 있지 못할 사람이었어!

나는 그날 밤 이후로는 항상 그의 거실로 찾아갔어. 다음 날 그의 아버지가 돌아왔기 때문이야. 내가 처음 찾아갔을 때만큼 즐거움과 희망으로 가득 찼던 때는 단 세 번뿐이야. 나머지는 따분하고 괴로웠어. 어떤 때는 그의 이기심과 심술 때문에 그랬고, 때로는 그가 아팠기 때문이었어. 하지만 그의 병에 대해서 참아주듯 그의 나쁜 성질에 대해서도 거의 분개하지 않고 참아주게 되었어.

히스클리프 씨는 일부러 나를 피했어. 나는 거의 그를 보지 못했어. 참, 지난 일요일에 여느 때보다 일찍 갔는데, 히스클리프 씨가 린튼의 전날 밤 행동에 대해 혹독하게 야단치는 소리를 들었어. 그가 엿들은 거지. 엿듣지 않았으면 어떻게 알았는지 난 모르겠어. 린튼이 나를 화나게끔 행동한 건 사실이야. 그렇지만 그건 나 이외의 다른 사람이 관여할 일이 아니지. 그래서 나는 방으로 들어가 히스클리프 씨의 잔소리를 중단시키고 그 문제에 상관하지 말라고 말했어. 그러자 그는 웃음을 터뜨리더니 내가 그렇게 너그럽게 생각해주니 고맙다고 하면서 나가버리더군. 이런 일이 있은 뒤로 나는 린튼에게 신경질을 부릴 때는 속삭이는 목소리로 하라고 말해줬어.

자, 엘렌, 나는 할 말을 다 했어. 그래서 나는 워더링 하이츠에 가지 않을 수가 없어. 안 가면 우리 두 사람에게는 비극이 닥치는 것이니까. 반면에 유모가 아빠에게 일러바치지만 않으면 내가 거기 간다고 해서 마음이 불안해질 사람은 없어. 아빠에게 이르지 않겠지, 그렇지? 일러바치면 유모는 정말 무정한 사람이야."

"캐서린 아가씨, 그 점에 관해서는 내일까지 마음의 결정을 내리겠어요." 제가 대답했습니다. "좀 생각할 필요가 있는 문제군요. 이제 아가씨는 쉬세요. 나는 가서 깊이 생각해보겠어요."

저는 그 문제를 주인 앞에서 소리를 내어 독백한 꼴이 되었습니다. 아가씨의 방에서 나오자마자 곧장 주인의 방으로 달려가, 아가씨와 린튼 사이에 오간 대화와 헤어튼에 대한 이야기만 빼고 낱낱이 고해바쳤던 것입니다.

주인은 제게 알려줘서 고맙다는 말을 하기에 앞서, 놀라며 절망에 빠졌습니다. 아침이 되자 캐서린 아가씨는 제가 배신했다는 것과 이제 비밀로 진행되던 방문도 끝장이 났다는 것을 알게 되었습니다.

캐서린 아가씨는 방문 금지 명령이 내려지자 울고불고 몸부림쳤으며, 아버지에게 린튼을 불쌍히 여겨달라고 애원했지만 소용이 없었습니다. 아가씨가 얻어낸 위안은, 아빠가 편지를 보내어 린튼이 원하면 이쪽 농장에 올 수 있도록 허락하겠으며 워더링 하이츠에서 캐서린을 볼 것을 기대하지는 말라고 설명하겠다는 약속이었습니다. 주인이 조카의 성격과 건강 상태를 알았더라면 아마 그나마의 위로조차도 주어서는 안 된다고 생각했을 것입니다.

# 11

 "선생님, 이런 일들은 지난겨울에 일어난 것입니다." 딘 부인이
말했다. "1년도 채 안 된 이야기입니다. 지난겨울만 해도 이 집과 아
무런 관계도 없는 낯선 분에게 제가 이런 얘기를 하게 되리라고는
생각도 못했습니다. 하지만 또 누가 압니까? 선생님이 이 댁 식구들
과 한가족이 될지 말입니다. 선생님은 아주 젊으셔서 독신 생활에
언제까지나 만족하실 수는 없을 테니까요. 캐서린 린튼을 보는 사람
은 누구나 그녀를 사랑하지 않고는 못 배길 거라는 생각이 듭니다.
선생님은 웃으시네요. 그런데 제가 아가씨 이야기만 꺼내면, 선생님
은 왜 그리 활기를 띠며 관심을 가지시죠? 또 저 벽난로 위에 아가
씨의 초상화를 걸어달라고 부탁하시는 이유는 뭔가요? 그리고
왜……."

 "착하신 아주머니, 그런 얘긴 그만해요!" 내가 소리쳤다. "내가
그 여자를 사랑할 수는 있겠지만 그 여자가 나를 사랑할까요? 나는
너무 자신이 없어서 그런 유혹에 빠져 내 마음의 평정을 잃고 싶지
않아요. 게다가 이곳은 내 고향이 아닙니다. 나는 복잡한 세상에서
태어난 사람이라 그 품으로 돌아가야 해요. 자, 이야기를 계속해요.
그래, 캐서린이 아버지의 명령대로 했나요?"

 "그럼요." 가정부는 이야기를 계속했다.

아버지에 대한 아가씨의 사랑은 그녀 마음속에 자리한 가장 강한 감정이었습니다. 게다가 주인은 화를 내지 않고 이야기했습니다. 위험과 원수들 사이에 자기의 보물을 두고 떠나려는 사람의 지극히 자애로운 심정으로 말이지요. 자기가 떠난 후 따님을 인도할 수 있는 유일한 길잡이는 자신이 남기는 말이라고 생각한 것 같았습니다.

며칠 후 주인은 제게 말하더군요.

"엘렌, 내 조카가 편지를 보내든 방문해주든 했으면 좋겠어. 자네는 그에 대해 어떻게 생각하는지 솔직히 말해보게. 전보다 몸이 좀 나아졌나? 어른이 되면서 더 나아질 것 같은가?"

"도련님은 몸이 매우 약합니다." 제가 대답했습니다. "그래서 어른이 될 때까지 살지도 못할 것 같습니다. 하지만 제가 말씀드릴 수 있는 것은, 도련님은 자기 아버지를 닮지 않았다는 점입니다. 그러니까 만일 불행히도 캐서린 아가씨가 그와 결혼하더라도 다루지 못하지는 않을 겁니다. 아가씨가 지나칠 정도로 어리석게도 도련님의 응석을 받아주지만 않는다면 말입니다. 하지만 주인님, 아직 시간은 충분하니 그 도련님과 많이 접촉해보시고 아가씨의 배필로 적당한지 어떤지를 판단하세요. 도련님이 성인이 되려면 아직 4년은 더 있어야 하니까요."

에드거 주인은 한숨을 내쉬었습니다. 그는 창가로 걸어가 기머튼 교회 쪽을 바라보았습니다. 안개 낀 오후였지만 2월의 태양이 희미하게 비추어 교회 묘지에 서 있는 두 그루의 전나무와 여기저기 흩어져 있는 비석들을 겨우 분간할 수 있었습니다.

"나는 종종 기도를 올렸어." 주인은 거의 혼잣말처럼 말했습니다. "이왕 닥칠 일이면 빨리 닥쳐오라고 기도한 거지. 그런데 이제는 몸이 움츠러들고 두려워. 신랑으로서 저 계곡을 내려오던 때의 기억보다 몇 달, 아니 몇 주 후에 실려 내려가 저 쓸쓸한 구덩이에 묻힐 날에 대한 기대가 더 즐거워졌지. 엘렌, 난 어린 캐시와 함께 참 행복했어. 수많은 겨울 밤과 여름 낮을 지나오는 동안 캐시는 내 곁에 있는 살아 있는 희망이었어. 하지만 저 낡은 교회 아래의 비석들 틈에서 혼자 생각에 잠기는 것도 행복한 일이었지. 기나긴 6월의 저녁 내내 그 애 엄마의 푸른 무덤 위에 누워서 나도 그 밑에 눕게 될 날을 간절히 바라면서 말이야. 캐시를 위해 내가 무엇을 할 수 있을까? 그 애를 두고 어떻게 떠나야 되는 거지? 린튼이 히스클리프의 아들이라는 것을 난 조금도 개의치 않아. 내가 떠난 후에 나를 잃은 캐시의 상처를 그가 위로해줄 수 있다면 나에게서 캐시를 빼앗아 간대도 괜찮아. 히스클리프 씨가 제 목적을 달성하여 내 최후의 축복마저 훔쳐 간다 해도 난 개의치 않아. 그러나 린튼이 쓸모없는 인간이라면, 자기 아버지의 허약한 꼭두각시에 불과하다면, 나는 딸아이를 그에게 맡길 수 없어! 내가 살아 있는 동안 그 애를 슬프게 하고 죽을 때는 외롭게 남겨두고 떠날 수밖에 없더라도 마찬가지야. 캐시의 부푼 꿈을 짓밟아 뭉개는 것이 아무리 어려워도 말야. 사랑하는 것! 차라리 그 애를 하느님께 맡겨 내가 죽기 전에 땅에다 묻어주고 싶어."

"지금 그대로의 아가씨를 하느님께 맡기세요." 제가 대답했습니다. "정말 그런 일은 없어야겠지만…… 하느님의 뜻에 따라 우리가 정말로 주인님을 잃더라도 저는 끝까지 아가씨의 친구가 되어 돌봐드리겠습니다. 캐서린 아가씨는 착해요. 일부러 나쁜 길로 들어서지 않으리라 믿습니다. 또한 자신의 의무를 다하는 사람들은 결국 그 보답을 받을 것입니다."

봄이 한창이었습니다. 그러나 주인께선 따님을 데리고 뜰을 거닐

정도였을 뿐 완전히 기운을 차리진 못했습니다. 경험이 부족한 아가
씨에게는 그 정도만도 주인이 완전히 회복된 것으로 보였던 것입니
다. 게다가 그의 뺨에 자주 빨갛게 혈색이 돌고 눈이 반짝이는 것을
보고 아가씨는 아빠가 회복되었다고 확신했습니다.

아가씨의 열일곱 번째 생일에 주인은 교회 묘지를 찾지 않았습니
다. 비가 내리고 있었습니다. 그래서 제가 물었습니다.

"주인님, 틀림없이 오늘 밤에는 나가시지 않겠죠?"

주인이 대답했습니다. "그래, 올해는 좀 뒤로 미루지."

주인은 린튼에게 그를 만나보기를 간절히 바란다는 편지를 다시
썼습니다. 그래서 만일 몸이 아픈 린튼 도련님이 올 수만 있었다면
그의 아버지 히스클리프 씨는 틀림없이 그를 보냈을 것입니다. 그러
나 그 아버지의 지시를 받은 답장이 왔는데, 그 내용은 이러했습니
다. 아버지가 농장으로 찾아가는 것은 반대하지만 외삼촌이 친절하
게도 자기의 안부를 물어서 기쁘고, 언제고 산책 길에 한번 만나 자
신과 사촌 누이가 이렇게 오랫동안 완전히 떨어져 있지 않게 해달라
고 직접 간청하고 싶다는 것이었습니다.

여기까지의 내용은 아주 단순한 것으로 보아 아마 린튼 자신이
썼을 겁니다. 히스클리프 씨는 자기 아들이 캐서린을 만나고 싶다는
내용을 쓸 때는 열변을 토하는 호소력을 발휘할 수 있다는 것을 알
고 있었습니다. 그래서 이어진 내용은 이러했습니다.

저는 캐서린에게 이곳으로 와달라고 요청하지는 않겠습니다. 그
러나 제 아버지는 제가 캐서린의 집을 찾아가는 것을 금하고 또 외
삼촌께서는 캐서린이 여기 오지 못하게 하시니, 저는 캐서린을 영
원히 만날 수 없게 되는 겁니까? 제발 이따금 캐서린과 함께 우리

하이츠로 와주십시오. 그래서 외삼촌이 보시는 앞에서 우리가 이야기를 나눌 수 있도록 해주십시오! 우리는 이렇게 떨어져 있어야 마땅한 어떤 잘못도 저지르지 않았습니다. 외삼촌께서는 저를 싫어하실 이유가 없으십니다. 그건 인정하실 겁니다. 사랑하는 외삼촌! 내일 제게 친절한 편지를 보내주십시오. 그래서 드러시크로스 농장 이외의 아무 곳이나 마음 내키는 곳에서 만나뵙게 해주십시오. 만나보시면 저는 아버지의 성격과 다르다는 확신을 가지실 것입니다. 아버지는 저를 자신의 아들이기보다 오히려 외삼촌의 조카라고 말씀하십니다. 비록 저에게 캐서린과 어울릴 수 없는 어떤 결점이 있다 하더라도 캐서린은 모두 용서했습니다. 그러니 캐서린을 위해서 외삼촌께서도 저를 너그럽게 보아주십시오. 제 건강에 대해 궁금해하셨는데, 지금은 아주 좋아졌습니다. 그러나 모든 희망을 잃고 고독 속에 처박혀 저를 싫어했고 앞으로도 싫어할 인간들과 함께 살아야 한다면, 어떻게 제가 쾌활하고 건강해질 수 있겠습니까?

에드거 주인께서 그 소년을 측은하게 여기기는 했지만 그의 요청을 받아줄 수는 없었습니다. 그는 캐서린을 따라나설 수 없었기 때문입니다.

주인은 여름이 되면 어쩌면 서로 만날 수 있으리라고 말했습니다. 그러는 동안에도 조카가 계속 편지를 보내면 편지로 할 수 있는 충고와 위로를 보내주고 싶다고 말했습니다. 그 집안에서의 조카의 어려운 처지를 잘 알고 있었기 때문입니다.

린튼 도련님은 주인의 말에 응했습니다. 그런데 제멋대로 쓰게 방치했다면 그는 아마 편지에다 불평과 탄식만 늘어놓아 모든 일을 망쳐버렸을 것입니다. 그러나 그의 아버지 히스클리프가 엄격하게 감시하면서 우리 주인이 보낸 편지를 한 줄도 빼지 말고 모조리 자기에게 보이라고 다그쳤던 게 틀림없습니다. 그래서 항상 그의 마음을 차지하고 있는 나름의 고통과 고민을 적는 대신에 친구이자 연인인 캐서린과 만나지 못하는 비참한 운명에 대해서만 장황하게 호소했습니다. 또 외삼촌이 곧 만나주지 않으면 빈말을 하면서 고의로 자기를 속이는 것이 아닌가 우려하게 된다고 점잖게 알렸습니다.

이쪽 집에서 캐시 아가씨는 린튼 도련님을 지원하는 막강한 동맹군이었습니다. 그래서 두 남녀는 주인을 설득하여 마침내 한 주에 한 번씩 제 감시하에 우리 농장 근처의 벌판에서 말을 타거나 산책을 해도 좋다는 허락을 받아냈습니다. 6월이 되어도 주인의 병세는 여전히 악화일로에 있었기 때문입니다. 매년 수입의 일부를 아가씨의 몫으로 떼어놓기는 했지만, 선조 대대로 내려온 이 집을 아가씨가 소유하거나 혹 출가를 해도 적어도 빠른 시일 내에 이 집으로 돌아왔으면 하는 것은 아버지의 당연한 욕망이었습니다. 그렇게 할 수 있는 유일한 방법은 히스클리프의 상속자와 결혼하는 길뿐이라고 주인은 생각했던 것입니다. 그러나 주인은 히스클리프의 상속자가 자기만큼이나 급속도로 쇠약해지고 있다는 사실을 모르고 있었습니다. 아무도 몰랐다는 것이 더 옳은 표현일 겁니다. 의사는 하이츠에 한 번도 가지 않았고, 또 우리 중 누구도 히스클리프 도련님을 보고 와서 그의 몸 상태를 알려줄 수 없었기 때문입니다.

저로 말하자면 예전에 품었던 제 예상이 틀렸다는 생각이 들기 시작했고, 들판에서 말을 타고 산책하면서 그토록 열심히 자기 목적을 달성하려는 것을 보면 정말 도련님의 건강이 좋아지는 게 틀림없다고 생각하게 되었던 것입니다.

나중에 알게 된 일이지만, 히스클리프 씨가 다 죽어가는 아들을

폭군처럼 사악하게 다루어 이런 활기 있는 행동을 가장시켰으리라
고는 저도 상상할 수 없었습니다. 히스클리프 씨는 자신의 탐욕적이
고 무자비한 계획이 아들의 죽음에 의해 수포로 돌아갈까 봐 조급해
지자 그 욕심을 이룰 노력을 배가했던 것입니다.

# 12

에드거 주인이 마지못해 그들의 간청을 승낙하여 캐서린과 제가 말에 올라 린튼을 만나러 집을 나선 것은 여름도 이미 한고비를 넘긴 무렵이었습니다.

햇빛은 없지만 답답하고 무더운 날씨였으며, 하늘에는 얼룩얼룩한 적운이 깔리고 안개가 자욱하여 비가 올 것 같지는 않았습니다. 우리는 만날 장소를 네거리의 이정표가 있는 지점으로 정했지요. 그러나 그곳에 도착하자 심부름 온 어린 목동이 기다리고 있다가 이렇게 말하는 것이었습니다.

"린튼 도련님은 하이츠 근처에 계십니다. 조금만 더 그쪽으로 오시면 고맙겠다고 하셨어요."

"그렇다면 린튼 도련님은 외삼촌이 모처럼 내린 명령을 잊으셨군요." 제가 말했습니다. "주인께서는 농장의 경계를 벗어나지 말라고 우리에게 당부하셨는데 여기서 조금만 더 가도 농장을 벗어나는 거예요."

"그러면 우리가 린튼이 있는 데까지 갔다가 말 머리를 돌리면 되잖아." 아가씨가 대꾸했습니다. "거기서 우리가 집을 향해 돌아오면 되지 뭐."

그러나 우리가 린튼이 있는 곳에 도착해보니 그의 집에서 4분의

1마일도 안 되는 곳이었고, 게다가 그는 타고 다닐 말도 없어서 우리는 어쩔 수 없이 말에서 내리고 말은 풀이나 뜯어 먹으라고 내버려두었습니다.

린튼은 히스 초원에 누워 우리를 기다리고 있었는데, 우리가 불과 몇 야드 앞에 갈 때까지도 일어나지 않더군요. 그러다가 일어나긴 했는데, 어찌나 힘없이 걷고 얼굴이 창백한지 저는 즉시 소리쳤습니다.

"저런, 히스클리프 도련님, 오늘 아침에 산책을 즐기는 건 말도 안 돼요. 어쩌면 안색이 그리 나쁘시죠?"

캐서린 아가씨는 슬픔과 놀라움을 동시에 느끼며 그를 훑어보았습니다. 입술에 떠올렸던 기쁨의 탄성이 놀라움의 비명으로 바뀌고, 오랜만의 만남에 대한 축하 인사가 여느 때보다 더 몸이 나쁜지를 걱정스럽게 묻는 위로의 말이 되어버렸습니다.

"아니…… 좋아졌어. 좋아졌어!" 린튼은 떨리는 몸으로 가쁜 숨을 헐떡이며, 몸을 지탱할 것이 필요한 듯 아가씨의 손을 잡고는 커다랗고 푸른 눈으로 힘없이 아가씨를 바라보았습니다. 눈 주위가 움푹 패어 예전의 나른해 보이던 표정이 이제는 해골 같은 야성으로 변해 있었습니다.

"하지만 더 나빠졌어." 아가씨가 우겼습니다. "마지막으로 보았을 때보다 더 나빠졌어. 몸이 더 마르고 또……."

"난 피곤해." 린튼은 급히 말을 가로챘습니다. "너무 더워서 걸을 수가 없어. 여기서 쉬자. 그리고 아침에는 자주 어지러워. 아빠는 내가 너무 빨리 자라서 그런 거라고 말했어."

기분은 그다지 좋지 않았지만 캐시 아가씨가 앉자, 그는 아가씨에게 기대고 앉았습니다.

"이게 바로 네가 말한 천국 같구나." 아가씨는 애써 명랑하게 말했습니다. "우리가 각자 가장 즐거운 장소라고 생각하는 곳에서 가장 즐거운 방식으로 이틀을 보내자고 한 약속을 기억하니? 오늘은 네가 말한 천국 같아. 다만 구름이 끼긴 했지만 아주 부드럽고 아름다워서 햇빛보다 더 좋아. 너만 좋다면 다음 주에 말을 타고 우리 농장의 공원으로 내려가서 내 천국을 즐기자."

린튼은 아가씨가 하는 말을 기억하지 못하는 것 같았습니다. 또한 이야기하는 것이 몹시 괴로운 모양이었습니다. 아가씨가 꺼낸 화제에도 전혀 흥미를 느끼지 못하는 듯했고, 함께 즐길 기력도 없는 것이 뚜렷했기 때문에 아가씨는 실망감을 감추지 못했습니다. 린튼의 전체 외모와 거동에는 달라진 무엇이 있었습니다. 살살 달래주면 좋아하던 그 토라지는 성미는 이제 아무것에도 흥미를 느끼지 못하는 무관심으로 변해 있었습니다. 한편 달래주는 말을 듣고 싶어서 일부러 뾰로통해져서 투정을 부리는 어린애 같은 성미도 자취를 감추고, 고질 환자 특유의 자기 생각에만 열중하는 우울증이 심해져 위로해주는 것도 귀찮아하고 다른 사람들이 기분 좋게 웃으면 그것을 자기에 대한 모욕으로 여기기 일쑤였습니다.

우리와 함께 있는 것을 즐거워하기보다 형벌로 여기고 있다는 것을 저뿐만 아니라 아가씨도 눈치챘습니다. 그래서 아가씨는 잠시 후 거리낌없이 돌아가자고 제안하는 것이었습니다.

기대하지도 못한 일인데, 아가씨의 제안에 린튼은 무감각 상태에서 깨어나 묘한 흥분 상태가 되었습니다. 그는 겁먹은 눈초리로 하이츠 쪽을 힐끔 바라보더니 적어도 30분간만 더 있어달라고 간청하는 것이었습니다.

"하지만 이건 내 생각인데" 하고 캐시 아가씨가 말했습니다. "너는 여기에 앉아 있기보다는 집에 있는 편이 더 편할 거야. 오늘은 내가 동화를 들려주고 노래를 불러주고 조잘거려도 너를 즐겁게 해줄 수 없을 것 같아. 지난 6개월 동안 너는 나보다 더 현명해졌나 봐. 내가 아무리 재미있게 해주려 해도 넌 흥미를 느끼지 않으니 말야. 그렇지 않고 너를 즐겁게 해줄 수 있으면 나도 기꺼이 더 있고 싶어."

"여기서 쉬었다 가." 그가 대답했습니다. "그런데 캐서린, 내 건강이 몹시 나쁘다고 생각하지 말고 말하지도 말아줘. 날이 너무 더워서 지쳤을 뿐이야. 네가 오기 전에 난 혼자서 꽤 많이 걸었어. 외삼촌께는 내 건강이 아주 좋아졌다고 말해줘. 그렇게 해주겠지?"

"린튼, 네가 그렇게 말하더라고 말씀드릴게. 하지만 아무래도 난 그렇게 생각하지 않아." 아가씨는 린튼이 뻔한 거짓말을 끈질기게 해대는 것을 의아하게 생각했습니다.

"그리고 다음 목요일에도 와줘." 아가씨의 당황한 눈초리를 피하며 린튼이 계속했습니다. "또 네가 여기 오도록 허락해주셔서 감사하다고 전해줘. 대단히 감사하다고 전해줘. 그리고…… 그리고 만일 네가 우리 아빠를 만나게 되면 말인데, 만약 우리 아빠가 나에 대해 물으면, 내가 말 한마디 안 하고 멍청히 있었다고 생각하시지 않도록 해줘. 지금 같은 그런 슬픈 표정이나 실망한 표정을 짓지 마. 아빠가 화내실 테니까 말이야."

"네 아빠가 화내도 난 상관 안 해." 아가씨는 히스클리프 씨가 자기에게 화낸다는 뜻으로 생각하고 소리쳤습니다.

"그렇지만 난 무서워." 사촌은 떨면서 말했습니다. "캐서린, 아빠가 내게 화내지 않도록 해줘. 아빠는 무서운 분이야."

"히스클리프 도련님, 아빠가 그렇게 엄하신가요?" 제가 물었습니다. "오냐오냐하면서 도련님을 받아주는 일에 싫증을 느꼈나요? 그래서 속으로만 미워하다가 이제 겉으로 드러내며 미워하시는군요?"

린튼은 저를 쳐다보았지만 아무 대답도 하지 않았습니다. 아가씨는 다시 10분쯤 더 그의 곁에 앉아 있었는데, 그동안 린튼은 졸면서 머리를 가슴에 떨어뜨리고 피로해서 그러는지 고통 때문에 그러는지 억눌린 신음 소리만 낼 뿐 아무 말도 하지 않았습니다. 그러자 아가씨는 월귤의 열매를 찾는 데서 위안을 찾기 시작했고, 그걸 주워 제게도 나누어주었습니다. 아가씨는 린튼에게는 그 열매를 먹으라고 내밀지 않았는데, 더 이상 관심을 쏟으면 그가 더욱 피곤해하고 짜증을 부릴 것을 알고 있었기 때문이었지요.

"엘렌, 이제 30분쯤 되지 않았어?" 마침내 아가씨가 제 귀에 대고 속삭였습니다. "우리가 여기 있어야 할 이유를 모르겠어. 린튼은 잠들어 있고 아빠는 우리가 돌아오기를 기다리실 거야."

"글쎄요, 자는 사람을 두고 가선 안 되잖아요." 제가 대답했습니다. "잠을 깰 때까지 기다리세요. 참고 계세요. 그렇게 여기 오고 싶어 했잖아요? 불쌍한 도련님을 만나고 싶어 하던 열정이 이내 사라지고 말았나 보군요!"

"왜 나를 그리도 보고 싶어 했을까?" 캐서린 아가씨가 되물었습니다. "지금처럼 묘한 기분에 사로잡혀 있는 린튼보다는 차라리 전에 몹시 신경질을 내던 린튼이 더 좋았어. 오늘 우리가 만난 것은…… 아버지 히스클리프 씨한테 야단맞는 것이 두려워서 억지로 꾸미는 일 같거든. 무슨 이유로 히스클리프 씨가 린튼에게 이런 애처로운 짓을 시켰는지 모르지만, 난 히스클리프 씨를 기쁘게 하기 위해 여기에 올 생각은 없어. 린튼의 건강이 좋아진 것은 기쁘지만 전보다 즐거워하지도 않고 나에 대한 애정도 줄어든 것 같아서 난 속상하단 말야."

"도련님 건강이 전보다 좋아졌다고 생각하세요?" 하고 제가 말했습니다.

"응." 아가씨가 대답했습니다. "유모도 알겠지만 전에는 늘 아프다고 난리였잖아. 그런데 지금은 아빠에게 전해달라고 하는 것만큼은 아니지만 전보다는 나아진 것 같아."

"아가씨, 제 생각과는 전혀 다르군요." 제가 말했습니다. "제 짐작인데, 도련님은 전보다 훨씬 더 나빠진 것 같아요."

이때 린튼은 공포로 인해 당황한 듯 잠에서 깨더니 누가 자기를 불렀느냐고 물었습니다.

"아니." 아가씨가 말했습니다. "꿈을 꾼 모양이군. 이런 아침 시간에 어떻게 집 밖에서 잠을 잘 수 있는지 모르겠어."

"아버지가 나를 부르신 줄 알았어." 그는 우리 머리 위에 찡그리고 서 있는 벼랑을 올려다보면서 헐떡이며 말했습니다. "정말 아무도 나를 부르지 않았어?"

"정말 안 불렀어." 아가씨가 대답했습니다. "엘렌과 나는 다만 네 건강에 대해 얘기를 좀 하고 있었을 뿐이야. 린튼, 정말로 우리가 겨울에 헤어졌을 때보다 더 건강해진 거야? 그렇다 하더라도 한 가지만은 약해진 것이 분명해. 나에 대한 생각 말야……. 말해봐, 그렇지?"

린튼은 대답했는데, 동시에 눈에서는 눈물이 쏟아지는 것이었습니다. "아니야, 아니야, 그렇지 않아!"

그러면서도 자기를 부르는 상상 속의 목소리가 여전히 들리는지 린튼은 그 목소리의 주인공을 찾느라 눈을 두리번거렸습니다.

캐시 아가씨가 일어섰습니다.

"오늘은 그만 헤어져야겠어." 아가씨가 말했습니다. "그런데 나는 오늘 우리가 만나서 굉장히 실망했다는 것을 숨기지 않을 테야. 너 말고 다른 누구에게도 이런 말은 하지 않겠지만 말이야……. 그렇다고 내가 히스클리프 씨를 무서워한다는 건 아니야."

"조용히 해." 린튼이 웅얼거렸습니다. "제발 조용히 해! 아빠가 오고 있어." 그러고는 아가씨의 팔에 매달려 아가씨를 잡아두려고 했습니다. 그러나 아가씨는 이런 말을 듣자 급히 그 손을 뿌리치고 휘파람으로 미니를 불렀습니다. 미니는 개처럼 아가씨의 부름에 따랐습니다.

"다음 주 목요일에 여기로 올게." 아가씨는 안장 위로 뛰어오르며 소리쳤습니다. "안녕, 빨리 가, 엘렌!"

이리하여 우리는 아버지가 오고 있다는 생각에 정신이 팔려서 우리가 떠나는 것도 모르는 린튼을 남겨두고 돌아섰습니다.

집에 도착하기도 전에 아가씨의 불쾌감은 풀리고, 린튼이 처한 신체적인 여건과 그를 둘러싼 사회적 여건에 대해 막연하고 불안한 의심이 혼재된 동정심과 유감이 뒤섞인 착잡한 심정으로 바뀌어 있었습니다. 저의 심정도 마찬가지였습니다만, 다음에 만나면 더 확실히 알게 될 터이니 지금은 말을 많이 하지 말라고 타일렀습니다.

주인은 우리의 외출에 대한 설명을 듣고 싶어 했습니다. 그래서 조카가 전한 감사의 뜻을 말씀드렸지만, 그 나머지에 대해서는 아가씨가 적당히 얼버무렸습니다. 저 또한 주인의 질문에 자세한 대답을 올리지 못했습니다. 무엇을 감추고 무엇을 밝혀야 할지 저도 잘 모르고 있었기 때문입니다.

# 13

한 주가 흘러갔습니다. 그동안 에드거 린튼의 병세는 하루가 다르게 급격히 악화되었습니다. 전에는 몇 달이라는 기간이 가져온 신체적 피폐가 이제는 불과 몇 시간 만에 진행되는 형국이었습니다.

이러한 암담한 현실에 대해 우리는 캐서린 아가씨를 속이려 했지만, 아가씨의 예민한 육감은 속아 넘어가기를 거부했습니다. 점차 현실화가 되어가는 그 무서운 가능성을 남몰래 추측하고 그것에 대해 곰곰이 생각했던 것입니다.

목요일이 돌아왔는데도 아가씨는 말을 타고 밖으로 나가겠다는 말을 꺼낼 용기가 없었습니다. 그래서 제가 나갔다 와도 된다는 허락을 얻어냈습니다. 왜냐하면 겨우 참고 앉아 있을 수 있는 주인이 매일 잠깐 머무는 서재와 침실만이 아가씨의 활동 반경이었기 때문입니다. 아가씨는 잠시도 떠나지 않고 아버지의 머리맡에서 시중을 들거나 그의 곁에 앉아 있었습니다. 보살피고 슬퍼하느라 아가씨의 얼굴은 핼쑥해졌으므로 주인은 환경과 대인 관계에 행복한 변화가 있었으면 좋겠다고 말하며 따님을 기꺼이 내보내주었습니다. 그래서 자기가 죽은 후에도 아가씨는 혼자가 아닐 것이라는 희망으로 위안을 받고 있었습니다.

주인께서 우연히 흘린 몇 마디의 말로 미루어볼 때, 그는 조카의 외모가 자신과 비슷하니까 마음도 닮았으리라고 생각했습니다. 왜 냐하면 린튼이 보낸 편지에는 별로 문제가 없었고, 성격적 결함이 드러나 있지 않았기 때문이었습니다. 그런 줄 알면서도 저는 주인의 그릇된 판단을 바로잡아주는 일은 삼갔습니다. 설사 충고를 한다 해 도 조치를 취할 힘도 기회도 없는 분의 최후 순간을 혼란에 빠뜨려 봤자 무슨 소용이 있겠느냐고 자문했던 것입니다.

우리는 오후까지 산책을 미루었습니다. 8월의 황금 같은 오후였 습니다. 언덕에서 불어오는 바람은 생명력으로 넘쳐서 그것을 들이 마시는 사람은 누구나 죽어가다가도 살아날 것 같았습니다.

캐서린 아가씨의 얼굴은 마치 그곳 풍경과 같았습니다. 그늘과 햇빛이 재빨리 바뀌며 얼굴을 스치고 있었습니다. 그러나 그늘은 더 오래 머무르고 햇빛은 머무는 시간이 더 짧았습니다. 아가씨의 애처로운 작은 가슴은 잠깐 시름을 잊는 것조차 죄 짓는 일로 여겼 습니다.

린튼이 지난번에 자기가 정해놓은 그 장소에서 우리를 기다리고 있는 것이 보였습니다. 아가씨는 말에서 내리며 아주 잠깐만 있을 테니까 말을 탄 채 망아지의 고삐를 잡고 있으라고 제게 일렀습니 다. 그러나 제가 돌봐야 하는 아가씨에게서 잠시도 눈을 뗄 수 없다 고 생각한 저는 아가씨의 말을 어겼습니다. 그래서 우리는 함께 히 스가 무성한 경사면을 올라갔습니다.

이번에는 히스클리프 도련님이 꽤 활기찬 얼굴로 우리를 맞이했 습니다. 그러나 기운이 넘치거나 기뻐서가 아니라 무언가를 두려워 해서 그러는 것 같았습니다.

"늦었구나!" 그는 짤막하게, 그것도 겨우 말했습니다. "네 아버 지가 몹시 편찮으시지 않니? 난 네가 못 올 줄 알았어."

"왜 넌 솔직하지 않니?" 캐서린은 인사말은 삼켜버리고 소리쳤습니다. "왜 나를 만나고 싶지 않다고 똑바로 말하지 못하니? 린튼, 참 이상해. 일부러 두 번씩이나 여기까지 오게 해서 우리를 괴롭히려는 게 아냐? 다른 이유는 없잖아?"

린튼은 몸을 떨면서 반은 애원하듯, 반은 부끄러운 듯한 눈초리로 아가씨를 힐끗 보았습니다. 하지만 아가씨에게는 이러한 수수께끼 같은 사촌의 행동을 참아줄 만한 인내심이 부족했습니다.

"우리 아빠의 병세는 위독해." 아가씨가 말했습니다. "그런데 왜 나를 아빠의 곁에서 불러냈니? 내가 약속을 지키지 않기를 바랐다면 왜 사람을 보내서 약속을 취소하지 않았지? 자, 어서 해명해봐. 장난이나 시시한 일 따위엔 흥미가 전혀 없어. 이제 네가 꾸며서 하는 말에 장단을 맞춰줄 수 없단 말이야!"

"꾸며서 하는 말이라니!" 그가 중얼거렸습니다. "내가 한 말의 어디가 꾸민 거지? 캐서린, 제발 그렇게 화난 얼굴을 하지 마! 마음껏 날 경멸해! 나는 쓸모없는 겁쟁이야. 아무리 멸시받아도 시원치 않아! 나는 너무 하찮은 놈이라 네가 화낼 가치도 없으니까 우리 아버지나 미워해. 화는 내지 말고 멸시를 하라고!"

"말도 안 되는 소리 그만둬!" 캐서린 아가씨가 화가 나서 소리쳤습니다. "바보 멍청이! 저것 좀 봐! 내가 정말로 건드리는 줄 알고 벌벌 떨고 있잖아! 린튼, 경멸해달라고 미리 부탁할 필요는 없어. 너를 보면 누구나 자연히 널 경멸할 거야. 어서 가! 난 집으로 돌아갈 테야. 너를 난롯가에서 끌어내 연극을 시키다니, 어리석었어. 무슨 연극을 꾸밀까? 내 옷자락 잡지 마! 네가 울거나 겁을 잔뜩 먹은 것 같아서 내가 널 불쌍히 여기면 넌 그런 동정은 배격해야 돼! 엘렌, 이런 행동이 얼마나 부끄러운 일인지 린튼에게 알려줘. 일어나, 그리고 비굴한 파충류처럼 자기를 깎아내리지 마. 제발, 그러지 마!"

눈물이 흐르는 얼굴에 괴로운 표정을 지으며 린튼은 힘없는 자기 몸을 땅 위로 던지는 것이었습니다. 그는 격렬한 공포로 경련이라도 일으킨 듯 보였습니다.

"아!" 그는 흐느꼈습니다. "난 견딜 수가 없어! 캐서린, 캐서린, 나는 또한 배반자야. 그런데도 감히 너한테 말을 못하고 있어! 하지만 네가 나를 떠나면 나는 죽음을 당할 거야! 사랑하는 캐서린, 내 목숨은 네 손에 달려 있어. 나를 사랑한다고 넌 말했잖아? 날 사랑한다고 너에게 해가 되는 일은 아니잖아. 그러니 가지 않겠지? 친절하고 다정하고 착한 캐서린! 아마 넌 승낙할 거야. 그러면 아빠도 네 곁에서 죽도록 할 거야!"

아가씨는 그의 처절한 고뇌를 보자마자 허리를 굽혀 그를 일으켰습니다. 응석을 받아주던 옛날의 그 부드러운 애정이 분노를 압도하여 그녀는 어떤 뭉클함을 느끼며 걱정하기 시작했습니다.

"무엇을 승낙하란 말이지?" 아가씨가 물었습니다. "여기 머무는 것? 지금 한 이상한 말의 의미를 말해줘. 그러면 머물게. 네 말은 앞뒤가 안 맞아서 영문을 모르겠어! 침착하고 솔직해봐. 그리고 네 가슴을 억누르는 모든 것을 당장 털어놓으라고. 린튼, 나를 해치려는 건 아니겠지? 그렇지? 네가 막을 수만 있다면 나를 해치려는 어떤 적도 내버려두지 않겠지? 너는 너 자신에게만 비겁자일 뿐 친구를 비겁하게 배신하진 않으리라고 난 믿어."

"하지만 아빠가 나를 위협하셔." 린튼은 여윈 손가락을 깍지 끼며 숨 가쁘게 말했습니다. "난 그가 무서워……. 난 그가 무서워! 그래서 감히 말을 못해!"

"좋아, 까짓것!" 캐서린이 경멸적인 동정심을 발휘하며 말했습니다. "비밀은 말하지 마. 나는 겁쟁이가 아니야……. 너는 너나 지켜. 난 무섭지 않으니까!"

아가씨의 관대함은 린튼의 눈물을 자아냈습니다. 그는 눈물을 흘리며 자신을 부축하는 아가씨의 손에 키스했지만 말할 용기는 내지 못했습니다.

저는 그 비밀이 무엇일까 곰곰이 생각하다가, 제 호의에 따라 린튼이나 어떤 사람에게 이익을 주려다가 캐서린 아가씨가 해를 입어서는 안 된다고 결론을 내렸습니다. 바로 그때 히스 숲에서 나뭇가지가 흔들리는 소리가 들려서 쳐다보니, 히스클리프 씨가 하이츠에서 내려와 바로 우리 곁에 와 있었습니다. 린튼의 흐느낌이 들릴 정도로 그들은 서로 가까이 있었지만, 히스클리프 씨는 그들을 거들떠보지도 않고 제게만 사용하는 친절한 어조로 인사를 하는 것이었습니다. 저는 그의 속셈을 의심하지 않을 수 없었습니다.

"넬리, 우리 집 근처에서 이렇게 만나니 반갑군! 농장에서는 다들 안녕하신가? 어디 들려주게. 소문을 듣자니……" 하고 히스클리프 씨는 목소리를 낮추며 덧붙였습니다. "에드거 린튼이 다 죽게 되었다던데. 아마 병세를 과장해서 하는 이야기겠지?"

"과장은 아니에요. 주인께선 돌아가실 겁니다." 제가 대답했습니다. "그건 틀림없는 사실입니다. 우리 모두에게는 슬픈 일이지만 본인에게는 축복이지요!"

"자네 생각엔 얼마나 더 살 것 같은가?" 그가 물었습니다.

"모르겠습니다." 제가 말했습니다.

"왜냐하면," 하고 말을 이으면서 히스클리프 씨는 두 젊은이를 뚫어지게 쳐다봤습니다. 두 사람은 그의 시선을 받자 굳어버렸습니다. 린튼은 머리도 못 쳐들고 움직이지 못했고, 아가씨도 그 때문에 꼼짝할 수 없었습니다. "왜냐하면 저기 저 녀석이 내 계획을 망치려고 작정한 놈 같아서 그래. 그러니 녀석의 외삼촌이 녀석보다 먼저 세상을 떠나준다면 고맙겠는데. 이봐, 저 못난이가 아까부터 저 꼴을 하고 있었나? 질질 짜면 어떻게 된다는 걸 가르쳐주었는데도 저러네. 녀석이 린튼 양과는 대체로 쾌활하게 지내나?"

"쾌활하게요? 천만에요. 몹시 괴로워하던데요." 제가 대답했습니다. "도련님을 보니, 이렇게 애인과 함께 언덕을 산책할 것이 아니라 자리에 누워 의사의 치료나 받아야 될 것 같네요."

"하루 이틀 후에 눕게 해주지." 히스클리프 씨가 중얼거렸습니다. "그러나 우선…… 린튼, 일어나! 일어나봐!" 그가 소리쳤습니다. "그렇게 땅바닥에서 기어 다니지 마……. 당장 일어서라!"

린튼은 속절없는 공포에 사로잡혀 다시 제자리에 털썩 주저앉고 말았습니다. 아마 자기 아버지가 노려보았기 때문에 공포에 사로잡혔을 겁니다. 그것 말고는 그렇게 굴욕적인 행동을 할 이유가 없었습니다. 그는 아버지가 시키는 대로 따르기 위해 몇 번 노력했지만, 마침내 보잘것없는 체력이 고갈되어 신음 소리를 내면서 다시 쓰러지고 말았습니다.

히스클리프 씨는 다가가서 아들을 들어다가 풀밭의 턱진 곳에다 기대어 앉혔습니다.

"이봐" 하고 히스클리프 씨는 분노를 억누르며 말했습니다. "넌 내 화를 돋우고 있어. 보잘것없겠지만 네 있는 힘을 죄다 동원하지 않으면…… 어떻게 되는지 알지? 당장 일어나!"

"일어날게요, 아버지." 린튼은 헐떡거렸습니다. "다만 저를 내버려두세요. 그렇지 않으면 기절할 것 같아요! 전 아버지가 원하시는 대로 했어요. 정말이에요. 제가…… 제가 쾌활했다고 캐서린이 말

쓸드릴 거예요. 캐서린, 내 곁에 있어줘. 손을 잡아줘."

"내 손이나 잡아" 하고 그의 아버지가 말했습니다. "너 혼자 일어
서봐! 자, 됐어. 아가씨가 팔을 잡으라고 내밀지 않니. 옳지, 아가씨
를 쳐다봐. 린튼 양, 이렇게 겁을 줘서 나를 악마로 생각하겠군. 우
리 애와 집까지 걸어가주지 않겠나? 내 손만 가까이 가도 저 녀석은
벌벌 떠나 말야."

"린튼!" 캐서린 아가씨가 속삭였습니다. "난 워더링 하이츠에 갈
수 없어. 아빠가 가지 말라고 하셨거든. 네 아빠가 너를 어떻게도
하지 않는데, 왜 그리 무서워하니?"

"난 절대로 저 집으로 다시 들어갈 수 없어." 린튼이 대답했습니
다. "너와 함께가 아니면 난 들어가지 못해."

"닥쳐……." 그의 아버지가 소리쳤습니다. "우리는 캐서린의 효
심을 존중해야 해. 넬리, 녀석을 안으로 데려다 주게나. 자네 충고대
로 곧 의사에게 보이겠네."

"그러는 게 좋을 겁니다." 제가 대답했습니다. "그렇지만 저는 아
가씨와 같이 있어야 해요. 댁의 아드님을 돌보는 것은 제 일이 아니
에요."

"고집 한번 세군!" 히스클리프 씨가 말했습니다. "이미 알고 있
는 일이지. 하지만 자네의 자비심을 움직이려면 내가 할 수 없이 녀
석을 꼬집어서라도 울려야겠군그래. 자, 이리 와봐, 나의 영웅 나리,
내가 호위하면 좋아서 들어가겠지?"

히스클리프 씨가 다시 다가가 가냘픈 소년을 붙잡으려 했지만,
린튼은 뒷걸음질 쳐 사촌 누이에게 매달리며 함께 가달라고 애원
했습니다. 도저히 거절할 수 없는 미친 듯한 애원이었습니다.

제가 안 된다고 아무리 말려도 아가씨를 막을 수는 없었습니다.

정말이지 아가씨가 어떻게 거절할 수 있었겠습니까? 왜 린튼이 그토록 무서워하는지 알 수 없었지만, 그는 공포에 사로잡혀 무기력한 지경이었기 때문에 더 이상 무섭게 하면 충격을 받아 천치가 될 것 같았습니다.

우리는 집 입구에 도달했습니다. 캐서린 아가씨만 안으로 들어가고, 저는 아가씨가 환자를 의자에 앉히고 곧 나오리라 예상하고 밖에서 기다리고 있었습니다. 그때 히스클리프 씨가 저를 집 안으로 떠밀면서 외쳤습니다.

"넬리, 우리 집에 전염병이 돌지는 않아. 오늘은 내가 환대를 해주고 싶군. 앉아. 문을 닫게 해줘."그는 문을 닫더니 자물쇠를 채우는 것이었습니다. 저는 깜짝 놀랐습니다.

"집으로 돌아가기 전에 차라도 대접하겠어." 그는 말을 이었습니다. "난 지금 혼자야. 헤어튼은 몇 마리 소를 끌고 리즈 목장에 갔고, 질라와 조셉은 놀러 나갔어. 난 혼자 있는 데 길이 든 사람이지만 그래도 재미있는 말벗이 있으면 좋겠어. 린튼 양, 그 애 곁에 앉아요. 내가 가지고 있는 것을 아가씨에게 주려고 해. 그 선물은 받을 가치도 없는 것이지만 달리 줄 것이 없거든. 바로 린튼이야. 빤히 쳐다보긴! 이상하게도 나는 나를 무서워하는 것을 보면 잔인한 감정이 솟아나거든! 만일 내가 법이 엄격하지 않고 취미도 좀 고상하지 않은 나라에서 태어났다면 저 둘을 산 채로 천천히 해부하면서 하루 저녁을 즐겼을 텐데."

그는 숨을 들이쉬고 탁자를 때리며 혼자 욕을 해댔습니다.

"지겨운 것! 놈들을 증오해."

"난 당신을 무서워하지 않아요!" 아가씨는 그가 말한 마지막 부분을 잘 듣지 못하고 소리쳤습니다.

아가씨는 바싹 다가섰는데, 검은 두 눈은 분노와 결의로 번뜩이고 있었습니다.

"그 열쇠를 주세요. 내가 갖고 있을래요!" 그녀가 말했습니다. "굶어 죽더라도 여기서는 아무것도 먹거나 마시지 않겠어요."

히스클리프 씨는 탁자 위에 놓여 있던 열쇠를 집어 들었습니다. 그는 아가씨의 대담함에 조금 놀라며 쳐다보았습니다. 어쩌면 아가씨의 목소리와 눈초리에서 그런 것을 물려준 아가씨의 어머니가 생각났는지도 모르겠습니다.

아가씨는 그의 느슨해진 손가락에서 열쇠를 잡아채려 했지만, 이런 아가씨의 행동으로 제정신이 돌아온 그는 열쇠를 재빨리 다시 빼앗았습니다.

"이봐, 캐서린 린튼." 그가 말했습니다. "저리 가. 안 그러면 때려 눕히겠어. 그러면 딘 부인은 화가 나서 미치겠지."

이런 경고를 무시하고 아가씨는 그의 꽉 쥔 손을 잡고 다시 손에 든 열쇠를 잡았습니다.

"우린 가겠어요." 아가씨는 말을 되풀이하며 있는 힘을 다해서 강철처럼 억센 그의 근육을 펴보려고 노력했습니다. 손톱으로 공격했지만 아무 소용이 없자 아가씨는 이로 날카롭게 물어뜯는 것이었습니다.

히스클리프 씨는 제가 끼어드는 것을 막기 위해 잠시 저에게 무서운 눈초리를 던졌습니다. 캐서린 아가씨는 그의 손가락에만 정신이 팔려서 그의 얼굴을 보지 못했습니다. 그는 갑자기 손가락을 펴서 분쟁의 목표물을 포기했습니다. 그러나 아가씨가 그 열쇠를 채 쥐기도 전에 그는 자유로워진 손으로 아가씨를 붙잡아 무릎 앞으로 끌어가더니 다른 손으로 그녀의 머리통 양쪽을 사정없이 후려갈겼습니다. 한 대 한 대가 맞으면 쓰러질 만큼 위협적인 효력을 발휘하는 그런 주먹질이었습니다.

이런 악마 같은 폭력에 저는 화가 나서 그에게 달려들었습니다.

"이 악당아!" 제가 외치기 시작했습니다. "이 악당아!"

그러나 가슴을 맞은 저는 말을 할 수가 없었습니다. 저는 뚱뚱해서 이내 숨이 가빠지는 데다, 화가 나서 어지러움을 느끼며 비틀비틀 뒤로 물러났습니다. 숨이 막히거나 혈관이 터지는 기분이었습니다.

이러한 소동은 2분 만에 끝났습니다. 풀려난 아가씨는 두 손을 관자놀이에 갖다 댔습니다. 아가씨는 자기 귀가 붙어 있는지 떨어져 나갔는지조차 모르는 표정이었습니다. 애처롭게도 그녀는 갈대처럼 몸을 떨며 완전히 당황하여 탁자에 몸을 기대고 있었습니다.

"보았지? 나는 아이들을 벌주는 법을 잘 알고 있지." 이 악당은 바닥에 떨어져 있는 열쇠를 집으려고 허리를 굽히면서 냉혹하게 말했습니다. "내 말대로 이제 린튼에게 가서 실컷 울어! 내일이면 나는 네 아버지가 되는 거야. 며칠 후면 너의 단 하나뿐인 아버지가 될 테니까. 그렇게 되면 실컷 두들겨주지. 넌 견딜 수 있어. 약골이 아니니까. 또다시 눈에 독기를 품으면 매일 이런 맛을 보여줄 테니!"

캐시 아가씨는 린튼에게로 가지 않고 저에게 달려와서 무릎을 꿇더니 타는 듯한 뺨을 제 무릎에 묻고는 엉엉 울었습니다. 사촌 린튼은 높은 등받이 의자 구석에 생쥐처럼 조용히 웅크리고는 자기 아닌 다른 사람이 얻어맞은 것이 천만다행이라고 자축하는 듯했습니다.

히스클리프 씨는 우리 모두가 넋이 빠져 있는 것을 감지하고 일어서더니 재빨리 차를 준비했습니다. 찻잔과 접시가 준비되었습니다. 그는 차를 따르더니 제게 한 잔을 건넸습니다.

"화 풀게." 그가 말했습니다. "그리고 자네의 짓궂은 아가씨와 내 아들 녀석에게 차를 권하게. 내가 준비했지만 독은 들어 있지 않네. 나는 자네들의 말을 찾으러 나갈 참이야."

그가 나가자 우리에게 제일 먼저 든 생각은 어떻게든 이곳을 빠져나가야겠다는 것이었습니다. 부엌문을 밀어보았지만 밖으로 잠겨 있었습니다. 창문을 보았지만 아가씨의 작은 몸조차 빠져나갈 수 없게 좁았습니다.

"린튼 도련님." 우리가 정말로 감금되었다는 것을 깨닫고 제가 소리쳤습니다. "도련님은 악마 같은 아버지가 무슨 짓을 꾸미는지 알고 있을 거예요. 그러니 우리에게 다 얘기하세요. 안 그러면 그가 아가씨에게 한 것처럼 제가 도련님의 따귀를 갈겨주겠어요."

"그래, 린튼. 넌 얘기해줘야 해." 아가씨가 말했습니다. "나는 너를 위해 여기 온 거야. 그런데 네가 말하기를 거부하면 그건 배은망덕한 짓이야."

"차 좀 줘. 난 목이 말라. 그러면 말해줄게." 그가 대답했습니다. "딘 부인, 저리 가. 그렇게 나를 내려다보는 게 싫어. 이런, 캐서린, 내 찻잔에 네 눈물이 떨어졌어. 이거 안 마실래. 다른 걸 줘."

캐서린 아가씨는 다른 찻잔을 린튼에게 밀어주고 얼굴에서 눈물을 닦았습니다. 린튼이 이제 두려워할 것이 없다는 것을 알고 침착해지자 얄미웠습니다. 들판에서는 그토록 괴로워하다가 워더링 하이츠에 들어서자마자 아무렇지도 않았던 것입니다. 그래서 저는 그가 우리를 꾀어 데리고 들어오지 않으면 단단히 혼난다는 협박을 받았다는 것을 짐작했습니다. 그 과업이 수행되었으니 당장에는 두려워할 것이 없었던 것입니다.

"아빠는 우리가 결혼하기를 원하셔." 린튼은 차를 조금 마시고는 말을 이었습니다. "하지만 지금은 네 아버지가 허락하지 않으리라는 것을 아서. 그 허락을 기다리다가 내가 죽을까 봐 걱정하시는 거야. 그래서 우리는 내일 아침에 결혼하기로 되어 있어. 그러니까 너는 오늘 밤 여기에서 지내야 해. 아빠가 하라는 대로만 하면 너는 내일 집으로 돌아갈 수 있어. 나를 데리고 간단 말이야."

"도련님을 데리고요? 불쌍한 못난이를요?" 제가 외쳤습니다. "도련님이 결혼한다고요? 참말로, 그 사람 미쳤군. 아니면 우리 모두를 바보로 아나 보죠. 저렇게 아름답고 건강하고 활달한 아가씨가 도련님처럼 다 죽어가는 작은 원숭이와 결혼할 것 같아요? 캐서린 린튼 양은 말할 나위도 없지만 어떤 아가씨가 도련님을 남편으로 삼으려 하겠어요? 그런 생각을 정말 하고 있는 겁니까? 비겁하게 울고 짜는 수법을 써서 우리를 이리로 끌어들인 것만으로도 매 맞아 싸요. 그리고…… 이젠 그렇게 바보 같은 표정은 집어치워요! 경멸받아야 할 속임수와 바보 같은 오만에 대해 지독히 혼내주고 싶은 마음 간절하다고요."

제가 그를 붙잡고 조금 흔들었더니 그는 곧장 기침을 시작하고 으레 하는 신음과 울음을 터뜨렸습니다. 그러자 아가씨는 저를 나무랐습니다.

"오늘 밤 내내 여기 있어야 한다고? 안 돼!" 아가씨는 천천히 주위를 살피며 말했습니다. "엘렌, 난 저 문을 불태우고서라도 빠져나갈 테야."

그런 다음 아가씨는 그 위협을 당장 실천하는 일에 착수했을 것입니다. 그러나 린튼 도련님은 자기에게 돌아올 위험을 생각하고 깜짝 놀라 일어나더니 흐느껴 울면서 힘없는 두 팔로 아가씨를 껴안았습니다.

"나를 갖고 나를 구해주지 않겠어? 나를 농장으로 데려다 주지 않을래? 오, 사랑하는 캐서린! 가면 안 돼. 나를 떠나면 안 돼! 너는 우리 아버지의 말을 따라야 해. 꼭 따라야 해!"

"나는 우리 아빠의 뜻을 따라야 해." 아가씨가 대답했습니다. "이런 잔인한 걱정거리에서 벗어나게 해드려야 해. 오늘 밤 내내 있어야 한다니! 아빠가 어떻게 생각하실까? 아빠는 벌써 애태우고 계실 거야. 문을 부수든지 불을 지르고서라도 나가야겠어. 조용히 해! 넌 위험하지 않아. 그렇지만 네가 날 방해하면…… 린튼, 나는 너보다 아빠를 더 사랑해!"

히스클리프 씨의 분노에 대한 지독한 공포심 때문에 이 린튼 도련님은 겁쟁이의 애걸로 돌아갔습니다. 캐서린 아가씨는 거의 미칠 지경이었습니다. 그러면서도 집으로 돌아가기를 고집했고, 오히려 자기 쪽에서 애원하면서 그의 이기적인 괴로움을 가라앉히려고 그를 설득했습니다.

그렇게 그들이 실랑이를 벌이는 동안 우리의 간수가 되돌아왔습니다.

"자네들의 말은 가버렸더군." 그가 말했습니다. "그런데…… 인마, 린튼! 다시 훌쩍거리고 있구나? 캐서린이 너한테 어떻게 했는데 그러니? 자, 자, 그만해. 잠이나 자라. 얘야, 한두 달만 지나면 저 애가 지금 한 행패에 대해 혹독하게 갚아줄 수 있을 거다. 너는 순수한 사랑을 열망하지? 그렇지 않니? 그 외에는 아무것도 필요 없잖아. 그러니까 캐서린을 너와 결혼시키겠다! 자, 가서 자거라! 질라는 오늘 밤에 돌아오지 않을 테니까 옷도 네 손으로 벗어라. 조용히 하지 못해! 그만 훌쩍거려! 일단 네 방으로 돌아가면 무서워할 필요 없다. 난 네 가까이 가지 않을 테니까. 우연이겠지만 넌 일을 잘 처리했어. 나머지 일은 내가 처리하겠다."

히스클리프 씨는 아들이 나가도록 문을 열어둔 채 이렇게 말했습니다. 린튼은 문을 열어준 사람이 갑자기 문을 닫아 문틈에 끼워 혼내주려는 게 아닐까 의심하는 강아지처럼 살짝 빠져나갔습니다.

자물쇠는 다시 잠겼습니다. 히스클리프 씨는 아가씨와 제가 말없이 서 있는 난롯가로 다가왔습니다. 아가씨는 그를 쳐다보더니 본능적으로 손을 자기 뺨으로 가져가 가렸습니다. 히스클리프 씨가 가까이 오자 아팠던 기억이 되살아난 것이었습니다. 다른 사람 같으면 이런 어린애다운 행동을 사나운 눈으로 바라볼 수 없었을 텐데 히스클리프 씨는 얼굴을 찌푸리며 투덜거렸습니다.

"오, 내가 무섭지 않다면서? 아까 그 용기는 꾸며낸 것이었군. 지금은 아주 무서워하는 것 같은데!"

"지금은 무서워요." 아가씨가 대답했습니다. "내가 여기 있으면 아빠가 걱정하실 테니까요. 아빠를 비참하게 만드는 일을 내가 어떻게 견딜 수 있겠어요. 아빠가…… 아빠가……. 히스클리프 씨, 집으로 보내주세요! 린튼과 결혼한다고 약속할게요. 아빠도 좋아하실 테고 저도 린튼을 사랑해요. 제 스스로 기꺼이 할 일을 왜 이리 강제로 시키려고 하시지요?"

"강제로 시켜보라고 내버려두세요!" 제가 소리쳤습니다. "고맙게도 이 나라에는 법이 있어요! 우리가 이런 외진 곳에 살지만 법은 있어요! 내 아들이 그런 짓을 해도 나는 고발하겠어요. 목사님도 없이 결혼하는 것은 중죄라고요!"

"입 닥쳐!" 그 악한이 말했습니다. "악마에게나 가서 떠들어! 자네가 말하는 건 듣기도 싫어. 린튼 양, 아가씨의 아버지가 비참해진다고 생각만 해도 난 말할 수 없이 기분이 좋아. 만족스러워서 잠도 오지 않겠지. 그러니까 아가씨를 앞으로 24시간 동안 우리 집에 잡아두는 것은 그런 비참한 일이 그쪽에서 일어날 거라는 정보를 들을 수 있는 가장 확실한 방법이거든. 린튼과 결혼하겠다는 약속은 꼭 지키도록 내가 조치하겠어. 그 약속을 지킬 때까지는 이 집에서 나가지 못하게 될 테니까."

"그럼 엘렌이라도 보내서 내가 무사하다는 것을 아빠한테 알리게 해주세요!" 아가씨는 비통한 눈물을 쏟으며 외쳤습니다. "아니면 지금 당장 결혼시켜주세요. 가엾은 아빠! 엘렌, 아빠는 우리가 길을 잃은 걸로 생각하실 거야. 어떻게 하면 좋지?"

"그렇게 생각하지 않아! 간호하는 데 싫증이 나서 재미를 좀 보려고 뛰쳐나간 걸로 생각하겠지." 히스클리프 씨가 대답했습니다. "너 스스로 우리 집에 들어온 걸 부정할 수 없을 거야. 네 아버지의 지시를 무시하고 반대로 행동한 거야. 그리고 네 나이에 재미를 열망하는 것은 지극히 자연스러운 일이지. 환자를 간호하는 일에는 지칠 만도 해. 그 환자가 아버지라는 것뿐이지. 캐서린, 네가 세상에 태어나던 그날 네 아버지의 행복한 시절은 끝난 거야. 아마 네가 태어난 것을 저주했을 거라고. (적어도 나는 저주했지.) 그러니 그가 세상을 떠나면서 너를 저주해도 당연한 일이야. 나도 함께 저주해주겠어. 난 너를 사랑하지 않아! 어떻게 내가 너를 사랑하겠어? 실컷 울어. 내가 예상할 수 있는 한, 우는 것이 앞으로 네 인생의 주된 소일거리가 될 테니까. 네 아버지의 빈자리를 린튼이 채워주지 않으면 그렇다는 말이지. 그런데 선견지명이 있는 네 아버지는 린튼이 그렇게 해주리라고 생각하는 모양이더군. 충고와 위로가 담긴 네 아버지의 편지들이 나에게는 기가 막히게 재미있더군. 마지막 편지에는 내 소중한 자식에게 자기 딸을 잘 보살펴달라고 했더군. 그리고 결혼하면 친절하게 대하라고 말이야. 보살핌과 친절…… 그야말로 아버지다운 부탁이지! 그런데 린튼은 제 몸 하나한테 보살핌과 친절을 쏟기에도 벅찬 녀석이야. 린튼이 작은 폭군 노릇은 제법 해내겠지. 이빨과 발톱이 뽑힌 고양이 정도면 몇 마리건 못살게 굴 수 있겠지. 너는 집에 돌아가면 그의 친절에 대해 외삼촌, 그러니까 네 아버지에게 듣기 좋게 말할 수 있을 거야. 내가 장담하지."

"그건 옳은 말이군요!" 제가 말했습니다. "당신 아들의 성격을 설명해보세요. 당신과 닮은 점을 밝혀보세요. 그러면 캐시 아가씨는 그런 괴물과 결혼하기 전에 다시 한 번 생각할 테니까요."

"나는 지금 녀석의 상냥한 성격에 대해 말할 생각이 없어. 아가씨가 녀석을 받아주든지, 아니면 자네 주인이 죽을 때까지 자네도 아가씨와 함께 여기 갇혀 있어야 하기 때문이야. 나는 자네들 둘을 여기 감쪽같이 숨겨놓을 수 있단 말야. 내 말을 믿지 못하겠으면 어디 아가씨의 말을 취소시켜봐. 그러면 어떻게 돌아가나 판단할 기회가 생길 거야."

"나는 취소하지 않겠어요." 캐서린 아가씨가 말했습니다. "난 한 시간 안에라도 린튼과 결혼하겠어요. 곧이어 드러시크로스 농장으로 돌아갈 수 있다면 말이에요. 히스클리프 씨, 당신은 잔인한 사람이에요. 하지만 악마는 아니지요. 그러니까 단순한 앙심만으로 나의 모든 행복을 돌이킬 수 없이 파괴하진 않으실 거예요. 아빠가 내가 일부러 자신을 떠났다고 생각하시고, 또 내가 돌아가기 전에 세상을 떠나신다면 내가 어떻게 살아갈 수 있겠어요? 난 이제 울지 않겠어요. 당신 앞에 이렇게 무릎을 꿇고 일어나지 않을 거예요. 당신이 나를 돌아다볼 때까지는 당신의 얼굴에서 눈을 떼지 않겠어요! 안 돼요. 고개를 돌리지 마세요! 나를 보세요! 당신의 화를 돋울 만한 것은 아무것도 보여주지 않을 테니까요. 나는 당신을 미워하지 않아요. 당신이 나를 때렸다고 해서 화나지 않았어요. 당신은 평생 아무도 사랑한 적이 없나요, 고모부? 절대로 없나요? 아, 한 번만이라도 나를 보세요. 난 이를 데 없이 불행해요. 제 얼굴을 보면 가엾고 불쌍하다고 생각하지 않을 수 없을 거예요."

"이 도롱뇽 같은 손가락 좀 치워. 그리고 꺼져. 안 그러면 걷어찰 테니까!" 히스클리프는 우악스럽게 아가씨를 밀치며 외쳤습니다. "차라리 뱀 품에 안기는 편이 낫겠다. 도대체 어쩌자고 나한테 애교를 떨 생각이 났지? 난 네가 지긋지긋해!"

그는 어깨를 움츠리더니 소름이 끼치는 듯 정말로 몸서리를 치고 의자를 뒤로 밀치는 것이었습니다. 저는 일어서서 입을 열어 욕지거리를 퍼부으려 했지만 첫마디의 중간에서 입을 다물어야 했습니다. 한마디만 더 하면 저를 다른 방에다 혼자 있게 따로 감금하겠다고 위협했기 때문입니다.

날이 어두워지고 있었습니다. 정원 입구에서 웅성거리는 소리가 들렸습니다. 히스클리프 씨는 즉시 밖으로 나갔습니다. 그는 정신을 차리고 있었던 것입니다. 우리는 그렇지 못했습니다. 2, 3분 동안 이야기하는 소리가 들리더니 그가 혼자 돌아왔습니다.

"아가씨 사촌인 헤어튼이 돌아온 줄 알았어요." 제가 캐서린에게 말했습니다. "그가 오면 얼마나 좋을까! 혹시 알아요, 그가 우리 편을 들어줄지?"

"자네들을 찾으러 농장에서 하인 셋을 보냈어." 히스클리프 씨는 제 말을 엿듣고 말했습니다. "자네가 저 격자창을 열고 밖에다 대고 소리칠 걸 그랬지. 하지만 저 계집애는 자네가 그러지 않은 걸 기뻐할 거야. 여기에 머물지 않을 수 없게 된 걸 기뻐할 테니까. 틀림없이."

기회를 잃은 것을 알고 우리 두 사람은 걷잡을 수 없이 눈물을 흘렸습니다. 히스클리프 씨는 실컷 울도록 내버려두더니 9시가 되자 우리에게 부엌을 통해 질라의 방으로 올라가라고 했습니다. 저는 아가씨에게 시키는 대로 하라고 속삭였습니다. 그곳에서 창문을 통해서나 다락방으로 해서 채광용 들창을 통해 도망칠 수 있을지도 모른다는 생각이 들었기 때문입니다.

그러나 그곳의 창문도 아래층 창들처럼 좁았으며, 다락방으로 통하는 뚜껑문도 밀어보았지만 단단히 잠겨 있었습니다. 그래서 우리는 아까와 마찬가지로 갇혀 있게 되었습니다.

우리 둘은 눕지 않았습니다. 캐서린 아가씨는 격자창 곁에 자리를 잡고 아침이 밝기를 애타게 기다렸습니다. 눈을 좀 붙이고 쉬라고 몇 번이고 간청했지만 그에 대한 응답은 깊은 한숨뿐이었습니다.

저는 의자에 앉아 앞뒤로 의자를 흔들거리며, 제가 여러 번 제 할 일을 제대로 못한 것에 대해 가혹한 비판을 내렸습니다. 그때는 주인 집안의 모든 불운이 제 탓이라는 생각이 들었습니다. 사실은 그렇지 않다는 것을 저도 알고는 있었습니다. 그러나 그 음산한 밤에는 제 상상 속에서 그렇다고 생각되었고, 오히려 히스클리프 씨의 죄가 저보다 가볍다는 생각이 들었습니다.

7시에 그가 오더니 아가씨는 일어났느냐고 물었습니다.

아가씨는 즉시 문으로 달려가 대답했습니다.

"예."

"자, 그러면 이리로" 하고 문을 열더니 그는 아가씨를 끌어냈습니다.

저도 따라가려고 일어났지만 그는 다시 문을 잠가버렸습니다. 저는 내보내달라고 소리쳤습니다.

"참고 있어." 그가 대답했습니다. "아침은 잠시 후에 올려 보내지."

저는 판자로 된 문을 마구 두드리고 화가 나서 걸쇠를 흔들어댔습니다. 또한 밖에서는 캐서린 아가씨가 왜 저만 가둬두느냐고 묻는 소리가 들렸습니다. 그러자 한 시간만 참고 있으면 된다는 히스클리프 씨의 목소리가 들렸습니다. 그리고 두 사람은 가버렸습니다.

저는 두세 시간을 참고 있었습니다. 마침내 발소리가 들렸는데 히스클리프 씨는 아니었습니다.

"먹을 것 좀 가져왔어." 어떤 목소리가 말했습니다. "문 열어!"

허겁지겁 문을 열었더니, 하루 종일 먹기에 충분한 음식을 들고 헤어튼이 서 있었습니다.

"자, 받아." 그는 제게 쟁반을 내밀며 말했습니다.

"잠깐만 기다려요." 제가 입을 열었습니다.

"안 돼!" 그는 소리쳤습니다. 제가 붙들어두려고 아무리 부탁해도 아랑곳하지 않고 물러갔습니다.

그리하여 저는 그날 온종일 방 안에 갇혀 있었는데 다음 날 밤도 그다음 날, 그리고 또 다음 날도 갇혀 있었습니다. 그리하여 닷새 밤과 나흘 낮을 아침에 한 번 들르는 헤어튼 말고는 아무도 보지 못했습니다. 헤어튼은 모범적인 간수여서 뚱하니 입을 다물고 있을 뿐, 정의감이나 동정심을 불러일으키려고 아무리 애써도 전혀 듣지 않았습니다.

# 14

닷새째 되는 날 아침, 아니 오후에 가까운 시간에 다른 발소리가 다가왔습니다. 가볍고 보폭이 짧은 소리였습니다. 그런데 이번에는 그 사람이 방으로 들어오는 것이었습니다. 질라였습니다. 진홍빛 숄에다 검은 실크 보닛을 쓰고 버들가지로 엮은 광주리를 팔에 늘어뜨리고 있었습니다.

"이게 누구야! 딘 부인이군요!" 그녀가 소리쳤습니다. "그런데 말이에요, 기머튼에서는 당신들에 대한 소문이 돌고 있어요. 그래서 저는 부인이 아가씨와 함께 블랙호스 늪에 빠져 죽은 줄로만 알았지 뭐예요. 당신들이 구조되어 여기 머무르고 있다는 이야기를 주인이 해주기 전까진 말이에요! 그러니까 부인께서는 늪에 있는 섬으로 기어올랐었군요, 그렇지요? 그래 얼마나 오랫동안 구덩이에 빠져 있었죠? 딘 부인, 이 집 주인이 구해주었나요? 그런데 별로 여위진 않았네요. 많은 고생은 하지 않으셨군요, 그렇죠?"

"당신네 주인은 지독한 악당이야!" 제가 대답했습니다. "하지만 꼭 벌을 받게 해야지. 그런 얘기까지 꾸며낼 필요는 없는데, 모두 밝혀지게 하고 말 거요!"

"그건 또 무슨 소리지요?" 질라가 물었습니다. "그건 주인의 얘기가 아니라 마을 사람들이 그렇게 말하고 있어요. 당신들이 늪에 빠졌다는 얘기 말이에요. 그래서 제가 돌아와서 헤어튼 언쇼에게 이렇게 말했던 거예요.

'어머나, 헤어튼 씨. 내가 나간 사이에 이상한 일이 일어났더군요. 한창 나이의 젊은 아가씨와 팔팔한 넬리 딘 부인이 참 딱하게 되었네요.'

그러자 헤어튼이 깜짝 놀라더군요. 그는 아무 얘기도 못 들은 것 같아서 제가 소문을 들려주었어요. 주인도 곁에서 듣고 있었는데, 그냥 혼자 미소 짓더니 말하더군요.

'질라, 그들이 늪에 빠졌지만 지금은 늪 밖에 있어. 넬리 딘은 지금 자네 방에 있어. 올라가서 얼른 돌아가라고 말해. 여기 열쇠가 있네. 늪의 물을 마셔서 머리가 좀 이상해졌나 봐. 그냥 미친 듯이 집으로 달려가려 하기에 내가 붙잡아 제정신이 들 때까지 가둬둔 거라고. 갈 수만 있다면 곧 농장으로 가라고 이르게. 그리고 아가씨는 그 촌신사의 장례식에 참석하도록 곧 뒤따라가게 될 거라는 내 뜻을 전하게'라고 말이죠."

"에드거 주인이 돌아가신 건 아니겠지?" 저는 헐떡이며 말했습니다. "오! 질라! 질라!"

"아니, 아니에요······. 착하신 부인, 앉으세요" 하고 질라가 대답했습니다. "부인은 아직 몸이 성치 않군요. 그분은 돌아가지 않으셨어요. 케네스 의사 말로는 하루쯤 더 사실 것 같대요. 길에서 만났을 때 물어봤어요."

저는 앉지도 않고 외출할 때 쓰고 걸쳤던 것을 집어 들고 아래층으로 급히 내려왔습니다. 문이 열려 어디든 자유롭게 통과할 수 있었으니까요.

거실로 들어서며 캐서린 아가씨의 소식을 알려줄 사람이 어디 없을까 해서 사방을 둘러보았습니다.

방 안에는 햇빛이 가득 비치고 문은 활짝 열려 있었지만 가까이에는 아무도 없는 것 같았습니다.

그래서 즉시 떠날까 아니면 되돌아가서 아가씨를 찾아볼까 주저하고 있는데, 가벼운 기침 소리가 제 주의를 벽난로 쪽으로 이끄는 것이었습니다.

린튼이 혼자 등이 높은 긴 의자 위에 누워 막대 사탕을 핥으며 멍한 눈초리로 제 거동을 바라보고 있었습니다.

"캐서린 아가씨는 어디 있죠?" 저는 이렇게 혼자 있는 그를 붙잡고 겁을 주어 알아낼 생각으로 엄하게 다그쳤습니다.

린튼은 천진난만한 아이처럼 사탕을 계속 빨고 있었습니다.

"아가씨는 갔나요?" 제가 말했습니다.

"아니, 위층에 있어. 갈 수가 없지. 우리가 보내지 않을 테니까." 그가 대답했습니다.

"보내지 않다니, 이 천치야!" 제가 외쳤습니다. "당장 아가씨 방으로 안내해요. 안 그러면 단단히 혼날 줄 아세요."

"그곳에 가려고 하다가는 아빠가 넬리를 혼낼걸." 그가 대답했습니다. "아빠 말이 내가 캐서린에게 만만하게 보이면 안 된대. 캐서린은 내 아내여서 남편을 두고 가려는 것은 말도 안 된다고 했어! 게다가 캐서린은 나를 미워해서 내가 죽기를 바라고 있다고 했어. 그러면 내 재산을 차지할 수 있기 때문이래. 하지만 그건 어림없는 일이야. 절대로 집에 보내주지 않을 테니까! 절대로 못 갈 거야. 실컷 울다가 병에 걸리는 거지!"

린튼은 잠을 자려는 듯이 눈을 감으며 먹던 사탕을 다시 빨았습니다.

"히스클리프 도련님." 제가 다시 말을 시작했습니다. "지난겨울에 아가씨가 도련님에게 베푼 친절을 다 잊어버렸나요? 그때 도련님은 아가씨를 사랑한다고 확실히 말했어요. 아가씨가 책도 갖다 주고 노래도 불러주고, 눈보라가 치는데도 도련님을 만나러 수없이 왔었잖아요? 하루도 못 오면 도련님이 실망할 거라며 아가씨는 울기까지 했어요. 그 당시 아가씨가 얼마나 친절을 베풀었는지는 도련님도 잘 알고 있을 거예요. 그런데 지금은 아버지의 거짓말을 그대로 믿는군요. 아버지가 도련님과 아가씨를 다 싫어한다는 것을 알면서도 말입니다! 게다가 한술 더 떠서 아버지와 한패가 되어 아가씨를 괴롭히다니, 아가씨의 친절에 참 잘도 보답하는군요. 안 그래요?"

린튼은 입 언저리가 밑으로 처지더니 입술에서 사탕을 뺐습니다.

"도련님을 미워하면서도 아가씨가 워더링 하이츠에 왔나요?" 제가 말을 계속했습니다. "스스로 생각해보세요! 재산 얘기가 나왔는데, 아가씨는 도련님에게 앞으로 재산이 생긴다는 것조차 모르고 있어요. 지금 아가씨 몸이 아프다는 것을 알면서도 도련님은 아가씨를 낯선 집 위층에다 저렇게 내버려두긴가요! 외로움이 어떤 것인지 잘 아는 사람이 그럴 수 있어요? 도련님이 괴로워할 때 아가씨는 도련님을 동정했어요. 그런데도 아가씨가 받는 고통을 모른 체하다니! 히스클리프 도련님, 보세요, 저는 울고 있어요. 나이 든 하녀에 지나지 않는 저도 우는데, 사랑하다 못해 숭배하다시피 한 아가씨에게 도련님은 자신만을 위해 눈물은 아껴두고 그렇게 편안히 누워 있기만 하다니, 아, 도련님은 정말 인정이라곤 눈곱만치도 없는 이기주의자로군요!"

"캐서린과는 함께 있을 수가 없어." 그가 짜증 내듯 말했습니다. "나 혼자 있을 수가 없다고. 어찌나 울어대는지 참을 수가 없어. 아버지를 부른다고 해도 그치질 않아. 한번은 아버지를 불렀어. 조용히 하지 않으면 목을 졸라 죽이겠다고 아버지가 위협했지만, 아버지가 방에서 나가자마자 다시 울기 시작하는 거야. 화가 나서 나는 밤새 잠을 자지 못하겠다고 소리를 질러도 밤새도록 신음하며 구슬피 울었다니까."

"히스클리프 씨는 나갔나요?" 이 가련한 인간에게는 사촌 누이의 정신적 고통을 동정할 능력이 없다는 것을 알고 제가 물었습니다.

"아버지는 마당에 있어." 그가 대답했습니다. "케네스 의사와 이야기하고 있는데, 의사 말로는 외삼촌이 마침내 진짜로 돌아가신다는 거야. 난 기분이 좋아, 외삼촌의 뒤를 이어 내가 그 농장의 주인이 될 테니까. 캐서린은 늘 그게 제 집이라고 말했는데. 그건 자기 집이라고 말했었지. 하지만 이젠 캐서린의 집이 아니야! 그건 내 집이야……. 아버지가 그러는데 캐서린의 것은 모두 내 것이래. 그 애가 가진 좋은 책도 다 내 것이고. 내가 방 열쇠를 찾아서 저를 내보내주기만 하면 책이니 예쁜 새들이니, 그녀의 망아지 미니를 내게 주겠다고 말하더군. 하지만 그것들은 모두 내 것이니까 줄 게 없다고 내가 말했지 뭐야. 그러자 캐서린은 울면서 목걸이에서 작은 사진을 하나 꺼내더니, 나더러 가지라고 하더군. 금으로 된 케이스 안에 두 개의 사진이 있었는데, 한쪽에는 자기 어머니, 또 한쪽에는 내 외삼촌이 젊었을 때의 사진이었어. 바로 어제의 일이지. 나는 그것도 내 것이라고 말했어. 그러고는 난 그것을 뺏으려 했거든. 그랬더니 그 못된 것이 뺏기지 않으려고 나를 밀어버리는 통에 나는 다치고 말았어. 내가 비명을 질렀더니 겁은 내더군. 아버지가 올라오는 소리가 들리자 케이스를 부숴 반으로 나누더니 내게 자기 어머니 사진을 주고 나머지는 감추려고 했어. 그러나 아버지가 무슨 일이냐고 하기에 내가 그 일을 설명했어. 그러자 아버지는 내가 갖고 있던 것을 빼앗고 다른 것을 내게 주라고 캐서린에게 명령하더군. 그런데 그걸 거절하자 아버지는…… 아버지는 캐서린을 때려눕히고 체인에서 그것을 떼내어 발로 짓밟아버렸어."

"그래, 아가씨가 맞는 것을 보니 즐거웠나요?" 저는 그에게 말을 시키기 위해 물었습니다.

"눈만 깜박였지 뭐." 그가 대답했습니다. "아버지가 개나 말을 때리는 걸 보면 난 눈만 깜박여. 워낙 세게 때리거든……. 하지만 처음에는 즐겁더군. 나를 밀었으니 혼나도 싸지 뭐. 그런데 아버지가 나가버리자 캐서린은 나를 창문 쪽으로 데리고 가더니 이에 부딪혀 볼 안쪽이 찢어진 상처를 보여주었어. 입 안에는 피가 가득했어. 그러고 나서 사진 조각을 주워 모아 벽을 향해 돌아앉더니 그 후로는 내게 말도 하지 않았어. 아파서 말도 못하나 하는 생각을 이따금 했어. 그렇지만 그렇다고 생각하기 싫어! 하지만 그렇게 계속 울다니, 독한 아이야. 게다가 너무 창백하고 사나워 보여서 난 무서워!"

"그럼 도련님이 원하면 그 열쇠를 손에 넣을 수 있나요?" 제가 말했습니다.

"그럼, 내가 위층에 가면 그렇지." 그가 대답했습니다. "하지만 난 지금 걸을 수가 없어."

"어느 방에 있지요?" 제가 물었습니다.

"오……" 하고 그가 소리쳤습니다. "그게 어디 있는지는 말하지 않을 거야. 우리의 비밀이거든. 그 누구도 알면 안 돼. 헤어튼도 질라도 안 돼. 이제 그만 말해! 피곤해 죽겠어. 나가버려! 나가버려!" 그는 팔을 베고 다시 눈을 감더군요.

저는 히스클리프 씨를 보지 않고 떠나, 아가씨를 구하기 위해 농장에서 사람들을 데리고 오는 것이 상책이라고 생각했습니다.

제가 농장에 도착하자, 저를 본 동료 하인들의 놀라움과 기쁨은 대단했습니다. 또한 아가씨가 무사하다는 말을 들었을 때 두세 명이 대뜸 위층으로 달려가 주인의 방 앞에서 이 기쁜 소식을 큰 소리로 외쳐대려 했지만 제가 직접 알려드리기로 했습니다.

불과 그 며칠 동안 사람이 어쩌면 그렇게 변할 수가 있을까요! 주인은 슬픔과 체념의 모습으로 죽음을 기다리며 누워 있었습니다. 그는 무척 젊어 보였습니다. 실제로는 서른아홉 살이었지만 적어도 열 살은 더 젊어 보였습니다. 그는 아가씨 생각을 하고 있었습니다. 딸의 이름을 중얼거리고 있었으니까요. 저는 그의 손을 쥐고 말했습니다.

"주인님, 캐서린 아가씨가 오실 거예요!" 제가 속삭였습니다. "아가씨는 살아 있고 건강해요. 오늘 밤에는 이리 올 거예요."

이 소식이 가져온 첫 번째 효력을 보고 저는 몸을 떨었습니다. 주인은 몸을 반쯤 일으켜 방 안을 열심히 둘러보았습니다. 그러더니 기절하고 마는 것이었습니다.

주인이 의식을 회복하자마자 저는 아가씨와 제가 워더링 하이츠를 방문하고 그곳에 감금되었던 일에 대해 상세히 설명했습니다. 사실 정확한 건 아니지만, 히스클리프 씨가 강제로 저를 끌고 들어갔다고 말했습니다. 그리고 린튼 도련님에 대한 험담은 되도록 자제했습니다. 또한 그의 아버지의 짐승만도 못한 행동에 대해서도 모두 털어놓지 않았습니다. 그렇지 않아도 주인은 이미 넘쳐흐르는 괴로움을 당하고 있기 때문에 저는 더 이상의 고통을 보태서는 안 되겠다고 생각했습니다.

자신의 적인 히스클리프 씨의 목적 중 하나는 자신의 부동산뿐만 아니라 동산까지 그 아들의 수중에, 아니 오히려 그의 수중에 넣으려 한다는 것을 주인은 짐작하고 있었습니다. 그러나 자기가 죽을 때까지 왜 그가 기다려주지 못하는지를 궁금하게 여겼습니다. 그도 그럴 것이 주인은 자기 조카가 자기와 때를 같이하여 세상을 떠나게 되리라는 것을 몰랐기 때문입니다.

그러나 주인은 유서를 고쳐 쓰는 것이 좋겠다고 생각했습니다. 아가씨가 재산을 마음대로 처리하도록 하는 대신 관리인의 손에 맡겨 아가씨의 일생 동안, 아가씨가 죽은 후에는 혹시 있을 수도 있는 자식들을 위해 쓰이도록 만들어야겠다고 결심했던 것입니다. 그렇게 하면 린튼이 죽더라도 재산이 히스클리프 씨에게 넘어가지 않을 것이기 때문이었습니다.

주인의 명령을 받고 저는 하인을 보내 변호사를 데려오라고 했고, 다른 하인 네 명에게는 적당한 무기를 소지하고 아가씨를 구해오도록 했습니다. 양쪽 모두 일이 더디게 진행되었습니다. 한 명의 하인만이 먼저 돌아왔습니다.

변호사인 그린 씨가 때마침 집에 없어서 두 시간이나 기다렸다는 것이었습니다. 그런데 그린 씨는 마을에 볼일이 좀 있어서 다음 날 아침에나 드러시크로스 농장에 오겠다고 말했다는 것입니다.

또한 그 네 명도 허탕을 치고 돌아왔습니다. 캐서린 아가씨는 너무 아파서 도저히 방 밖으로 나올 수 없었고, 히스클리프 씨는 하인들을 아가씨와 대면도 시키지 않더라는 것이었습니다.

그런 거짓말을 듣고 그냥 돌아온 어리석은 바보들을 저는 호되게 야단쳤습니다. 그런 이야기를 주인에게 전할 수는 없었습니다. 그래서 날이 밝으면 모든 하인을 이끌고 하이츠로 올라가서 아가씨를 순순히 넘겨주지 않으면 말 그대로 뒤집어엎을 작정이었습니다.

그 악마 같은 놈이 방해한다면 문간에서 놈을 죽이는 한이 있더라도 주인이 아가씨를 볼 수 있게 해야겠다고 저는 속으로 다짐하고 또 다짐했습니다.

다행히 제가 그곳에 가서 한바탕 싸우는 수고는 할 필요가 없어졌습니다.

3시쯤 물주전자를 가지러 아래층에 내려갔다가 그것을 들고 홀을 지나오는데, 누군가 현관문을 쾅쾅 두드리는 바람에 저는 놀랐습니다.

"아, 그린 씨겠지. 이 시간에 올 사람은 그린 씨뿐일 거야" 하고 저는 정신을 차리며 속으로 중얼거렸습니다. 그래서 다른 사람을 시켜 문을 열게 해야지 하며 그냥 지나치려는데, 계속 두드리는 소리가 났습니다. 요란하지는 않았지만 왠지 다급한 것 같았습니다.

저는 주전자를 난간 위에 놓고 문을 열어주려고 급히 달려갔습니다.

밖에는 수확 철의 달이 맑게 비추고 있었습니다. 온 사람은 변호사가 아니었습니다. 저의 사랑스런 아가씨가 제 목으로 뛰어오르며 흐느꼈습니다.

"엘렌! 엘렌! 아빠는 살아 계셔?"

"그럼요!" 제가 외쳤습니다. "아, 나의 천사, 살아 계셔요! 하느님 감사합니다. 이렇게 무사히 돌아오시다니!"

아가씨는 숨을 헐떡이며 즉시 위층에 있는 아버지의 방으로 달려가려 했습니다. 그러나 저는 억지로 의자에 앉히고 물을 좀 마시게 한 후, 앞치마로 그녀의 창백한 얼굴을 닦아주고 비벼서 희미하게나마 혈색이 돌도록 했습니다. 그러고는 제가 먼저 올라가서 아가씨가 돌아왔다는 것을 전하겠다고 말했습니다. 그리고 제발 히스클리프

421

도련님과 행복하게 살 수 있을 거라고 말하도록 간곡히 부탁했습니다. 아가씨는 눈을 휘둥그레 뜨고 놀랐지만, 그런 거짓말을 시키는 제 뜻을 금세 알아차리고 군소리는 하지 않겠다고 장담했습니다.

저는 그 아버지와 딸의 상봉을 곁에서 지켜볼 수가 없었습니다. 저는 침실 밖에서 15분을 서 있었으며, 들어가서도 감히 침대 가까이에 갈 수 없었습니다.

그러나 분위기는 차분했습니다. 캐서린 아가씨의 절망은 아버지의 기쁨만큼이나 소리가 없었습니다. 아가씨는 보기에는 침착하게 아버지를 부축하고 있었습니다. 한편 아버지는 너무나 기뻐서 부릅뜬 듯 보이는 눈을 딸의 얼굴에 고정시키고 있었습니다.

록우드 씨, 그분은 축복을 받은 것처럼 운명했습니다. 그분의 죽음은 그러했습니다. 딸의 볼에 키스를 하면서 속삭였습니다.

"나는 이제 네 엄마에게 간다. 내 사랑하는 딸 너도 장차 우리에게 오겠지." 이 속삭임을 끝으로 그는 전혀 몸을 움직이지도 않고 말도 하지 않은 채, 맥박이 멎고 영혼이 몸에서 완전히 떠날 때까지 그 황홀하고 빛나는 눈길을 딸에게서 떼지 않았습니다. 아무도 정확한 그의 운명 시각을 알 수 없었습니다. 전혀 고통이란 것 없이 죽어갔던 것입니다.

아가씨는 눈물이 다 말라버렸는지, 아니면 슬픔의 농도가 너무 진해서 흐를 수가 없는지 날이 밝을 때까지 눈물 한 방울 흘리지 않고 그 자리에 그대로 앉아 있었습니다……. 정오가 되어도 그대로 앉아서 그 영면의 침상을 내려다보고 있었겠지만, 저는 나와서 좀 쉬어야 한다고 고집했습니다. 아가씨를 다른 방으로 가게 한 것은 잘한 일이었습니다. 점심때 변호사가 왔기 때문이지요. 그는 워더링 하이츠에 들러서 만반의 지시를 받고 오는 길이었습니다. 히스클리프 씨에게 매수되어 우리 주인의 호출에도 그처럼 늑장을 부렸던 것입니다. 다행히 아가씨가 돌아온 뒤라서 주인은 세상일에 조금도 정신을 번거롭게 하지 않고 최후를 맞았던 것입니다.

그린 변호사는 농장의 모든 것과 모든 인원을 정리하는 일을 떠맡아서 진행했습니다. 그는 저 이외의 모든 하인에게 나가라고 통보했습니다. 게다가 위임받은 권한을 내세워 에드거 린튼 씨를 아내의 묘지 곁이 아니라 가족 묘지에 묻어야 한다고까지 주장하려 했습니다. 그러나 그런 횡포를 막을 수 있는 유언장이 있었고, 그 유언의 지시 사항을 어기는 경우에는 제가 강력히 항의했습니다.

장례식은 서둘러 치렀습니다. 이제 히스클리프 부인이 된 캐서린 아가씨에게는 아버지의 유해가 농장에서 떠날 때까지 그 농장에 머물러도 좋다는 허락이 내려졌습니다.

아가씨가 제게 해준 말인데, 아가씨가 괴로워하는 모습을 보다 못한 린튼이 마침내 아가씨를 풀어주는 모험을 감행했다는 것입니다. 아가씨는 제가 보낸 하인들이 문 앞에서 떠드는 소리를 들었으며, 히스클리프 씨가 답변하는 말을 대강 짐작했다는 것이었습니다. 그러자 아가씨가 필사적으로 날뛴 모양입니다. 그래서 제가 떠난 후 작은 거실로 옮겨졌던 린튼은 아가씨에게 기가 질려서 아버지가 다시 올라오기 전에 열쇠를 가져왔다는 것입니다.

그는 자물쇠를 열고는 문은 닫지 않은 채 다시 잠그는 그런 교묘한 수법을 썼답니다. 그는 잠자리에 들 시간이 되자 그날 밤만은 헤어튼과 같이 자게 해달라고 간청했는데, 한 번만이라는 단서를 붙이고 허락을 받았다는 것입니다.

아가씨는 동이 트기 전에 몰래 빠져나왔습니다. 개들이 짖어 집안에 알릴까 봐 감히 문으로 나올 생각은 못하고 빈방을 돌며 창문을 살펴보았는데, 다행히도 옛날에 자기 어머니가 쓰던 방을 찾아내어 그곳 격자창을 통해서 밖으로 쉽게 빠져나와 창문 가까이에 있는 전나무를 타고 땅으로 내려왔다는 것입니다. 그녀의 공모자 린튼은 극히 소극적인 계략이었지만 그녀가 도망치는 데 한몫을 했다는 죄로 수난을 당했다고 합니다.

# 15

장례를 치른 날 저녁, 아가씨와 저는 서재에 앉아 있었습니다. 우리는…… 특히 아가씨는 절망적으로…… 돌아가신 분을 애도하면서 암담한 미래에 대해 여러 가지 추측을 해보았습니다.

적어도 린튼이 살아 있는 동안만이라도 계속 이 농장에서 살도록 허락을 받는 것이야말로 아가씨를 위해 가장 좋은 운명이라는 사실에 우리는 의견을 같이했습니다. 린튼도 아가씨와 농장에서 같이 살고 저도 가정부로 그냥 남아 있도록 허용되었으면 하는 것이었습니다. 그것은 지나친 욕심이어서 희망조차 할 수 없었지만, 어쨌든 저는 그렇게 되기를 바랐고 여지껏 살던 집에서 하던 일을 계속하면서, 무엇보다도 사랑스런 아가씨와 함께 살 수 있다는 생각에 저는 신이 나기까지 했습니다. 바로 그때 하인이, 해고되었지만 아직 떠나지 않은 하인이 뛰어 들어오더니 '악마 같은 히스클리프'가 마당으로 들어온다면서 그의 눈앞에서 문을 닫아버려도 되느냐고 묻는 것이었습니다.

설령 우리가 그렇게 하라고 명령할 정도로 미쳤다 하더라도 실제로 우리에겐 시간이 없었습니다. 히스클리프 씨는 노크를 한다든지 이름을 대는 번거로움을 생략했기 때문입니다. 그는 이제 이 집 주인이니까 한마디 말도 없이 곧장 들어오는 주인의 특권을 행사했습니다.

그 하인의 목소리가 길을 안내하여 히스클리프 씨는 서재로 와서 안으로 들어왔습니다. 몸짓으로 하인더러 나가라고 이른 후에 문을 닫았습니다.

그 서재는 18년 전에 그가 손님으로 안내되어 들어왔던 바로 그 방이었습니다. 그때와 똑같은 달이 창문을 통해 빛을 비췄고, 창밖에도 그때와 똑같은 가을 풍경이 펼쳐져 있었습니다. 아직 촛불은 밝혀놓지 않았지만 방 안의 모든 것이 보였으며, 심지어 벽 위의 초상화들까지 보였습니다. 린튼 부인의 찬란한 머리와 남편의 우아한 머리가 그 초상화 속에 있었습니다.

히스클리프는 난롯가로 걸어갔습니다. 세월은 그의 모습을 별로 바꿔놓지 않았습니다. 전과 다름없는 그 사람이었습니다. 검은 얼굴이 다소 누르스름해지고 보다 침착해졌으며 체중이 몇 킬로 불었을 뿐 별다른 차이가 없었습니다.

캐서린 아가씨는 그를 보자 뛰쳐나가고 싶은 충동을 느껴 자리에서 일어서는 것이었습니다.

"그대로 있어!" 그는 아가씨의 팔을 잡으며 말했습니다. "더 이상 도망칠 수 없어! 어디로 가려는 거냐? 나는 너를 데리러 왔어. 이제 착한 며느리가 되기를 바란다. 내 아들을 꾀어 내 말을 거역하게 만들지 말고. 그 녀석이 이번 일에 가담했다는 걸 알고 어떻게 벌을 줄까 고심했지. 어찌나 형편없는 약골인지 꼬집기만 해도 죽을 것 같더군. 그렇지만 녀석의 얼굴을 보면 그에 걸맞은 벌을 받았다는 걸 금세 알 수 있을 거다! 하루 저녁은, 바로 그저께 얘긴데, 녀석을 아래층으로 데리고 내려와서 그냥 의자에 앉혀두기만 했지. 그 뒤로는 손가락 하나 건드리지 않았어. 그러고는 헤어튼을 밖으로 내보내고 우리 둘만 남았지. 두 시간 후에는 조셉을 시켜 다시 위층으로 올려

보냈고. 그런 일이 있은 후로는 나만 보면 유령을 본 것처럼 벌벌 떨더군. 내가 가까이에 있지 않아도 나를 자주 본다고 상상하는 거야. 헤어튼이 그러는데, 자다가도 벌떡 일어나서 몇 시간이고 비명을 지르며 보낸다더군. 너를 부르며 나를 막아달라고 한다는 거야. 그러니 그 귀한 남편을 좋아하든 싫어하든 와줘야겠어. 이제 녀석은 네가 책임져야 해. 녀석에 대한 나의 모든 관심을 너한테 넘겨주는 거지."

"어째서 아가씨를 계속 여기서 살도록 허락하지 않는 거죠?" 제가 애원했습니다. "린튼 도련님을 이리 보내십시오. 두 사람 다 미워하니까 보내도 섭섭하지 않을 겁니다. 당신같이 이상한 사람에게 그들은 다만 매일매일의 골칫거리에 불과할 테니까요."

"나는 이 농장을 빌려서 운영할 사람을 찾는 중이야." 그가 대답했습니다. "그리고 나도 확실히 내 자식들을 곁에 두고 싶거든. 또한 이 아가씨도 제 밥값은 해야 되니까. 린튼이 죽은 뒤에 이 아가씨를 호강시키거나 빈둥빈둥 놀게 할 생각은 없어. 얼른 서둘러 준비하라고. 억지로 끌고 가게 하지 말고!"

"갈 거예요." 아가씨가 말했습니다. "이제 린튼은 내가 세상에서 사랑하는 전부예요. 그가 나를 미워하고 내가 그를 미워하도록 당신이 별짓을 다해도 결코 우리 서로가 미워하도록 만들지는 못해요! 내가 곁에 있는데 린튼을 건드리면 가만있지 않겠어요. 나를 겁주려고 해도 가만있지 않겠어요."

"꽤나 허풍을 떠는군!" 히스클리프 씨가 응수했습니다. "하지만 너 좋으라고 녀석에게 손을 대진 않아. 진짜 괴로움이 어떤 것인지 실컷 맛보게 해주지. 녀석이 나 때문에 널 미워하는 게 아니야. 녀석의 지독한 성미 때문이지. 네가 도주한 일과 그것 때문에 지독히 혼난 일 때문에 녀석은 독이 잔뜩 올라 있어. 그러니까 네가 지금 말한 것 같은 헌신적 사랑에 대해 녀석이 감사할 것이라고 기대하지 마. 녀석이 나만큼 힘이 세다면 앞으로 어떻게 할지 질라에게 신나서 떠드는 소리를 내가 들었거든. 원래 그런 성향이 있는 녀석이야. 몸이 약하니까 힘을 대신할 꾀만 갈고닦을 거다."

"성격이 나쁘다는 건 나도 알아요." 아가씨가 말했습니다. "당신 아들이 어디 가겠어요? 그렇지만 내게는 그런 성격을 용서할 보다 좋은 성격이 있어서 다행이에요. 린튼은 나를 사랑하고 있어요. 그래서 나도 그를 사랑하는 거예요. 히스클리프 씨, 당신을 사랑하는 사람은 한 명도 없어요. 그러니까 당신이 아무리 우리를 불행하게 만든다 해도 당신의 그 잔인한 행동은 바로 당신이 우리보다 더 불행하기 때문이라고 생각하면, 우리로서는 그것으로 복수한 셈이 되는 겁니다. 당신은 불행해요. 그렇지 않은가요? 악마처럼 외롭고 악마처럼 질투심이 강하지 않나요? 아무도 당신을 사랑하지 않아요. 당신이 죽더라도 울어줄 사람은 아무도 없을 거예요! 나는 당신 같은 사람은 되기 싫다고요!"

캐서린 아가씨는 어딘지 씁쓸한 승리감을 맛보며 말했습니다. 이제 한가족이 될 인간들의 정신 속으로 파고 들어가 그 적들의 슬픔에서 자신의 기쁨을 얻기로 결심한 것 같았습니다.

"두고 봐, 네가 곧 너 같은 인간으로 태어난 것을 후회하도록 해주겠다." 아가씨의 시아버지가 말했습니다. "1분이라도 더 거기에서 있으면 그렇게 될 줄 알아. 이 마녀 같으니, 얼른 가서 네 물건들이나 챙겨."

캐서린 아가씨는 콧방귀를 뀌며 나가버렸습니다.

아가씨가 나간 사이에 저는 질라 대신 하이츠에서 일하게 해달라고 간청하기 시작했습니다. 대신 지금의 제 자리를 질라에게 넘겨주겠다고 제안했습니다. 그러나 그는 어떤 이유로도 허용하지 않겠다는 것이었습니다. 제게 입을 다물고 있으라고 하더니, 처음으로 방 안을 둘러보다가 초상화에 눈이 갔던 모양입니다. 그는 린튼 부인, 즉 캐서린의 초상화를 자세히 살피더니 말하는 것이었습니다.

"저것을 집으로 가져가겠어. 필요해서가 아니라……."

히스클리프는 갑자기 난로 쪽으로 몸을 돌리더니, 글쎄 뭐라고 할까, 미소라고 불러야 할 그런 표정으로 계속해서 말했습니다.

"내가 어제 뭘 했는지 자네에게 말해주지. 린튼의 무덤을 파고 있던 묘지기더러 캐서린의 관 뚜껑 위에 덮인 흙을 치우라고 하고 나서 내가 직접 뚜껑을 열어봤는데, 그녀의 얼굴을 다시 보니…… 아직도 옛날 그대로였어. 거기 함께 누워 있었으면 좋겠다는 생각이 들더군. 묘지기가 나를 끌어내느라 고생깨나 했지. 공기가 들어가면 변한다기에 관의 한쪽을 두들겨 허술하게 만들고는 다시 흙을 덮어 놓았지. 린튼 쪽은 그렇게 덮지 않았어, 빌어먹은 자식! 녀석의 시체 따위는 납으로 만든 관 속에 넣어 봉해버렸으면 속이 시원할 텐데. 그리고 묘지기에게 돈을 주면서, 내가 거기 묻히게 되면 그녀의 관 한쪽을 뜯어버리고 내 것도 그렇게 해달라고 부탁해두었어. 나는 꼭 그렇게 하고 말 거야. 그렇게 해두면 린튼의 썩은 뼈가 우리 쪽으로 오게 될 무렵에는 어느 게 어느 건지 모를 테니까!"

"히스클리프 씨, 어쩌면 그렇게 악할 수가 있습니까!" 제가 외쳤습니다. "죽은 사람을 괴롭히다니 부끄럽지도 않나요?"

"넬리, 난 아무도 괴롭히지 않았어." 그가 대답했습니다. "난 내 자신에게 편안함을 선사한 거야. 이제는 내 마음이 훨씬 더 편안해질 거야. 내가 거기 묻히게 되면 내 귀신이 밖에 나와 돌아다닐 일이 없어질 거야. 캐서린을 괴롭혔다고? 천만에! 캐서린이야말로 지난

429

18년간 밤낮으로 나를 괴롭혔어, 끊임없이……. 냉혹하게 괴롭혔지. 바로 어젯밤까지 그랬어. 그러다가 어젯밤에야 나는 편안해졌어. 내 심장이 멎고 그녀의 뺨에 내 뺨을 얼어붙게 맞댄 채 그녀 곁에서 마지막 잠을 자는 꿈을 꾸었지 뭔가."

"만일 아씨가 흙이 되어버렸거나 더 형편없이 되었다면 무슨 꿈을 꾸었을까요?" 제가 말했습니다.

"같이 흙이 되어 더 행복해지는 꿈을 꾸었겠지!" 그가 대답했습니다. "내가 그런 변화 따위를 무서워할 것 같나? 관 뚜껑을 열 때만 해도 그런 변화가 있으리라 예상했지만, 이제는 내가 묻힐 때까지 그런 변화가 시작되지 않았으면 더 좋겠어. 게다가 격정이 사라진 그녀의 얼굴에서 어떤 뚜렷한 인상을 받았는데, 그런 인상을 받지 않았던들 그 이상한 기분은 사라지지 않았을 거야. 그건 이상하게 시작된 것이야. 알다시피 그녀가 죽은 뒤로 나는 포악해졌어. 아침부터 밤까지 쉴 새 없이 영혼만이라도 내게 돌아와달라고 기도했지. 나는 귀신이 있다는 걸 굳게 믿는 사람이야. 귀신은 우리 가운데 존재할 수 있고, 또 실제로 존재한다고 확신하는 사람이야!

그녀가 묻히던 날 눈이 내렸어. 저녁때 나는 교회 묘지로 갔지. 겨울처럼 황량한 바람이 불었어. 주위는 온통 적막했고. 그녀의 바보 같은 남편이 그런 늦은 시간에 그 계곡을 어슬렁거리며 올라올 염려도 없었어. 그 녀석 말고는 거기에 볼일이 있는 사람은 없었지.

나 혼자였고, 나와 그녀 사이를 가로막은 장벽이란 2야드 깊이의 느슨한 흙뿐이라는 생각이 들어 중얼거렸어. '다시 캐서린을 안아보리라! 그녀의 몸이 싸늘해도 나를 으스스하게 하는 것은 북풍이라고 생각해야지. 그녀가 움직이지 않으면 잠들었다고 생각해야지.'

나는 연장 창고에서 삽을 꺼내다가 있는 힘껏 땅을 파기 시작했어. 삽이 관을 긁는 소리가 들리더군. 나는 두 손으로 흙을 파내기 시작했지. 나사못 근처에서 나무판자가 삐걱거리는 소리가 나더군. 내 목표에 도달하려는 순간 무덤 끝 근처에서 누군가가 위에서 밑에 있는 나를 들여다보며 한숨짓는 소리가 들리는 것 같았어. '이것만 떼어낼 수 있으면 좋겠군.' 나는 웅얼거렸어. '사람들이 우리 두 사람 위로 흙을 덮어주면 좋으련만!' 그러면서 나는 더욱 결사적으로 관 뚜껑을 비틀어 떼어내려 했지. 그러자 또다시 내 귓전에 한숨 소리가 들려오는 거였어. 진눈깨비를 실은 바람 대신 따뜻한 숨결 같은 느낌이었어. 물론 살과 피를 가진 생물이 그 근처에 없다는 것은 알고 있었지. 하지만 어두워서 형체는 보이지 않아도 가까이 오는 사람의 기척은 느낄 수 있듯, 캐시가 땅 밑이 아닌 땅 위에서 나와 함께 있다는 걸 분명히 느꼈어. 갑작스런 안도감이 내 심장에서 온몸으로 퍼지더군. 나는 고뇌에 찬 작업을 그만두고 즉시 위로를 받았어. 말로 표현할 수 없는 위로였어. 그녀는 나와 함께 있었던 거야. 내가 무덤을 다시 덮는 동안에도 쭉 내 곁에서 기다리다가 나를 집까지 바래다주었어. 자넨 지금 웃는군. 웃고 싶으면 웃어도 돼. 그러나 그곳에서 그녀를 보리라고 확신했어. 나와 함께 있다는 걸 확신했어. 그녀와 얘기하지 않을 수 없었어.

하이츠에 도착하자 나는 문을 향해 정신없이 달려갔어. 잠겨 있더군. 그 괘씸한 언쇼와 내 아내 이사벨라가 나를 못 들어오게 막던 날이 지금도 생각나는군. 나는 언쇼를 걷어차서 숨도 못 쉬게 하고 위층으로 뛰어 올라가 내 방으로, 다음은 그녀의 방으로 뛰어 들어갔어. 나는 초조하게 사방을 둘러보았어. 그녀가 내 곁에 있다는 걸 느꼈던 거야. 보일 듯 말 듯 했는데, 결국 볼 수가 없었어! 그때 나는 피땀을 흘렸을 거야. 그리움 때문에 미칠 것 같았고, 단 한 번만

431

이라도 내 눈앞에 나타나달라는 타는 듯한 갈망 때문이었어. 그러나 보이지 않았어. 생전에도 그랬듯이 그녀는 내게 악마처럼 굴었어! 그 후로 때로는 심하게, 때로는 약하게 나는 견딜 수 없는 고통의 놀이개가 되어왔던 거야! 지독한 여자야! 내 신경을 있는 대로 당겨놓다니 말이야. 내 신경이 라켓 줄 같지 않았더라면 이미 오래전에 린튼의 신경처럼 늘어지고 말았을 거야.

헤어튼과 함께 거실에 앉아 있을 때도 밖에 나가기만 하면 그녀와 만날 것 같았고, 들판을 거닐 때도 집으로 돌아가면 그녀를 만날 수 있을 것 같았어. 외출했다가도 급히 집으로 돌아갔지. 틀림없이 그녀가 하이츠 어디엔가 있는 것 같았으니까! 그녀의 방에서 잠을 잘 때는 견디지 못하고 쫓겨나곤 했지만. 도저히 누워 있을 수 없었어. 눈을 감는 순간 그녀가 창밖에 나타나거나 판자문을 열어젖히거나 방으로 들어오곤 했는데, 심지어는 어렸을 때 베던 그 베개 위에 귀여운 머리를 기대기도 하더군. 그러면 나는 그 모습을 보려고 눈을 떠야만 했어. 그렇게 하룻밤에도 수백 번씩 눈을 떴다 감았다 해도 늘 실망으로 끝났어! 정말 고문이 따로 없었지! 가끔 큰 소리로 신음을 하면 마침내 악당 같은 조셉 영감이 내 마음속에서 양심이 악마처럼 난동을 부리는 거라고 믿더군. 이제 그녀를 보고 나니 마음이 편안해졌어. 약간 그렇다는 말이야. 18년 동안 허깨비 같은 희망으로 나를 희롱하다니. 그것도 1인치씩이 아니라 머리카락 한 올 두께만큼씩 죄어오는, 살인치고는 희한한 방식의 살인이었어!"

히스클리프 씨는 이야기를 멈추고 이마를 닦았습니다. 머리카락이 땀에 젖어 이마에 달라붙어 있었습니다. 두 눈은 난로의 붉은 불덩어리를 응시하고 있었는데, 눈썹은 안쪽으로 모으지 않고 관자놀이 근처까지 치키고 있어서 험악한 인상은 조금 가시고 묘하게 고통스런 표정이 되어, 긴장하여 한 가지 일에 몰두하고 있는 듯한 괴로운 표정이었습니다. 저를 향해서만 하는 얘기는 아닌 것 같아서 저는 침묵을 지키고 있었습니다. 사실 그의 이야기를 듣고 싶은 것도 아니었으니까요!

잠시 후 그는 다시 초상화를 물끄러미 바라보더니 그것을 떼어내어 좀 더 잘 보려고 소파에 기대놓는 것이었습니다. 그렇게 정신을 초상화에 쏟고 있는 동안 캐서린 아가씨가 들어와 망아지에 안장만 얹으면 된다고 말했습니다.

"저건 내일 보내주게." 히스클리프 씨가 제게 말하고는 아가씨 쪽으로 몸을 돌리며 덧붙였습니다. "망아지는 없어도 돼. 멋진 저녁인 데다가 워더링 하이츠에서는 망아지가 필요 없을 거야. 어디를 가든 두 발로 걸으면 되니까. 자, 가자."

"엘렌, 잘 있어!" 내 귀여운 아가씨가 속삭였습니다. 제게 입을 맞추는 아가씨의 입술은 얼음처럼 느껴졌습니다. "엘렌, 나를 보러 와. 잊지 말고."

"딘 부인, 그런 짓은 하지 않도록 주의해요." 아가씨의 시아버지가 말했습니다. "할 말이 있을 때는 내가 이리로 올 거야. 자네가 우리 집을 기웃거리는 건 원치 않아!"

그는 아가씨더러 앞장서라고 소리쳤습니다. 그러자 아가씨는 제 가슴을 저미는 듯한 눈길로 돌아보더니 그의 말에 순종했습니다.

저는 창문으로 그들이 정원을 내려가는 것을 지켜보았습니다. 히스클리프 씨가 아가씨의 팔을 자기 팔 밑으로 끼고 있었습니다. 처음에는 분명히 아가씨가 싫다고 했을 겁니다. 그러나 그는 빠른 걸음으로 아가씨를 끌고 오솔길로 들어섰고, 그곳의 나무들 때문에 그들의 모습은 사라지고 말았습니다.

# 16

저는 하이츠를 한 번 방문했습니다. 그러나 그때 헤어지고 나서는 아가씨를 만나지 못했습니다. 아가씨의 안부를 물으러 찾아갔더니 조셉이 문을 막고 들여보내주지 않는 것이었습니다. 린튼 부인은 '바쁘고' 주인은 집에 없다고 말하더군요. 질라가 집안이 어떻게 돌아가는지 말해주었습니다. 그렇지 않았다면 누가 죽고 누가 살았는지도 몰랐을 것입니다.

질라가 하는 말로 미루어 그녀는 아가씨를 오만하다고 생각해 좋아하지 않는 것 같았습니다. 처음 왔을 때 아가씨가 질라에게 일을 좀 도와달라고 했는데, 히스클리프 씨는 질라에게 맡은 일이나 하라고 이르며 며느리 일은 스스로 알아서 하도록 내버려두라고 했답니다. 속 좁고 이기적인 그 가정부는 주인의 말에 기꺼이 따랐고, 아가씨는 이러한 냉대에 어린애처럼 토라졌던 것입니다. 그리하여 아가씨는 멸시하는 태도로 대했고, 제게 정보를 주는 질라마저 적으로 여기고 그녀가 자신에게 무슨 큰 잘못이라도 저지른 것처럼 행동했습니다.

저는 6주 전쯤에 그녀와 오랫동안 이야기를 나누었는데, 그러니까 선생님이 오시기 얼마 전이지요. 그녀와 들판에서 마주친 어느 날이었습니다. 그때 질라가 이렇게 이야기를 들려주었습니다.

"린튼 부인이 하이츠에 도착해서 처음으로 한 일은" 하고 질라가 외쳤습니다. "나나 조셉에게 잘 자라는 인사도 없이 곧장 위층으로 올라간 거였어요. 그러고는 린튼 서방님 방에 틀어박혀 다음 날 아침까지 꼼짝도 하지 않더군요. 그러더니 주인과 언쇼가 아침 식사를 하고 있는데 거실로 들어와서는 몸을 떨면서 의사를 불러올 수 없느냐고 물었어요. 사촌이 몹시 아프다는 것이었어요.

'우리도 알고 있어' 하고 히스클리프 씨가 대답하더군요. '하지만 그 녀석의 목숨은 한 푼의 값어치도 없어. 난 녀석을 위해 한 푼도 쓰지 않겠어.'

'하지만 난 어찌해야 할지 모르겠어요.' 새댁이 말했어요. '아무도 도와주지 않으면 그 사람은 죽을 거예요!'

'썩 나가!' 히스클리프 주인이 소리 질렀어요. '그 녀석에 대해서는 내게 한마디도 하지 마! 그 녀석이 어찌 되든 여기선 아무도 관심 없어. 걱정이 되면 네가 간호해. 그렇지 않으면 가둬놓고 내버려둬.'

그러자 아씨는 나를 귀찮게 하기 시작했어요. 그래서 나도 그 귀찮은 환자에겐 진절머리가 났다고 말했어요. 우리는 각자 할 일이 있으니 린튼 서방님은 아씨가 돌봐야 한다고 했지요. 히스클리프 씨가 그 일은 아씨에게 맡기라고 내게 일렀거든요.

그 신혼부부가 어떻게 지냈는지 난 모르겠어요. 아마 린튼 서방님은 밤낮으로 짜증을 내고 신음만 했던 모양이에요. 그러니 아씨도 잠을 자지 못했을 거예요. 창백한 얼굴과 퉁퉁 부어오른 눈만 봐도 짐작할 수 있었어요. 가끔 당황한 모습으로 부엌에 들어왔는데 도움을 청하려는 눈치였어요. 하지만 난 주인의 말을 거역할 생각이 없었어요. 딘 부인, 내가 어떻게 감히 거역할 수 있었겠어요. 물론 케네스 의사를 불러오지 않은 것은 잘못이라고 생각했지만 충고나 불평의 말을 하는 것은 내 소관이 아니었어요. 언제나 나는 끼어들기 싫었어요.

모두가 잠자리에 든 다음 나는 한두 번 내 방문을 열어본 적이 있었지요. 아씨는 계단 꼭대기에 앉아 울고 있더군요. 그래서 얼른 문을 닫아버렸어요. 혹시 내 마음이 약해져서 끼어들게 될지도 몰라서 말이지요. 사실 아씨가 가엾더군요. 하지만 알다시피 나도 내 자리를 잃고 싶진 않았어요!

마침내 어느 날 밤 아씨는 내 방으로 불쑥 들어오더니, 나를 놀라게 만드는 말을 해서 정신이 아찔했어요.

'히스클리프 씨에게 아들이 죽어가고 있다고 말해. 이번에는 죽어가는 게 확실해. 얼른 일어나 가서 말해줘!' 이렇게 말하고 아씨는 다시 사라졌어요. 나는 15분가량 누운 채 귀를 기울이고 몸을 떨었어요. 움직이는 것은 하나도 없었어요. 집 안이 조용했어요.

'아씨가 잘못 생각한 거야.' 저는 속으로 생각했지요. '아픈 게 가라앉았나 보군. 식구들을 깨울 것까진 없지.' 그러고는 졸기 시작했어요. 그러나 내 잠은 잠시 방해를 받았는데, 이번에는 요란한 종소리가 울린 거예요. 린튼 서방님을 위해 일부러 마련한 종이었지요. 집 안에 하나밖에 없는 종이었어요. 그러자 주인이 나를 부르더니 가서 무슨 일인가 알아보고, 두 번 다시 그런 소동은 피우지 말라는 자기 뜻을 전하라는 것이었어요.

그래서 나는 아씨의 말을 전했어요. 히스클리프 씨는 욕을 하더니, 잠시 후 불을 붙인 초를 들고 나와 그들의 방으로 가더군요. 나도 따라갔어요. 아씨는 무릎 위에 두 손을 포개놓고 침대 곁에 앉아 있더군요. 시아버지가 다가가서 자기 아들의 얼굴에 불을 비추고 들여다보더니 손으로 만져보고 나서 며느리 쪽으로 눈을 돌리더군요.

'이제…… 캐서린.' 그가 말하더군요. '기분이 어때?'

아씨는 입을 다물고 있었어요.

'캐서린, 기분이 어떠냐니까?' 그가 다시 묻더군요.

'그는 안전하고 저는 자유롭게 되었어요.' 아씨가 대답하더군요. '기분이 좋아야 할 텐데…… 하지만.' 아씨는 마음의 고통을 감추지 못하고 말을 이었어요. '나 혼자 죽음과 싸우도록 너무 오랫동안 방관하셨어요. 내게 보이고 느껴지는 것은 죽음밖에 없어요. 나는 시체가 된 기분이에요!'

정말 아씨도 시체같이 보였어요! 내가 포도주를 조금 드렸어요. 종소리와 발소리에 잠을 깬 헤어튼 도련님과 조셉이 밖에서 듣고 있다가 그제야 안으로 들어오더군요. 조셉은 서방님의 죽음에 대해 기뻐하는 눈치였고, 헤어튼 도련님은 다소 괴로운 표정이었지만 린튼 서방님에 대한 생각보다는 아씨를 쳐다보는 데 정신이 팔려 있더군요. 그러나 주인은 그에게 다시 가서 자라고 말하더군요. 우리는 그의 도움이 필요하지 않았어요. 그리고 나서 주인은 조셉에게 시신을 자기 방으로 옮기라고 이르더니, 나보고도 방으로 돌아가라고 했어요. 그래서 아씨는 혼자 남게 되었지요.

다음 날 아침에 주인은 나를 보내 아씨에게 식사하러 반드시 내려와야 한다고 일렀어요. 아씨는 옷을 벗고 막 잠자리에 들려던 참이었어요. 아씨는 몸이 아프다고 말하더군요. 나는 당연히 그럴 거라고 생각했어요. 히스클리프 씨에게 그대로 전하자 그는 말하더군요.

'그래? 장례식이 끝날 때까지 내버려두고 가끔 올라가 필요한 것이 있으면 갖다 주게. 그러다가 몸이 나아진 것처럼 보이는 대로 내게 알려줘.'"

질라의 말에 의하면 아씨는 2주 동안이나 위층에서 지냈다고 합니다. 질라는 하루에 두 번씩 올라가 봤는데, 좀 다정하게 대하려 했지만 아씨는 질라의 이런 시도를 거만하게 즉각 거부했다는 것이었습니다.

히스클리프 씨는 딱 한 번 올라갔는데, 아들의 유서를 보여주기 위해서였습니다. 린튼은 자신의 전 재산과 아씨의 몫이었던 동산 전부를 아버지 히스클리프 씨에게 넘겨주었던 것입니다. 그 가엾은 아들은 외삼촌이 죽어서 아가씨가 한 주 동안 집에 없었을 때 협박을 받거나 꾐에 빠져 그런 행동을 했던 것입니다. 린튼은 아직 미성년자였기 때문에 토지에는 관여할 수 없었습니다. 그러나 히스클리프 씨는 죽은 아내와 자기의 권리를 주장하여 토지 소유권도 합법적으로 취득했던 것입니다. 어쨌든 캐서린 아씨는 돈도 없고 친구도 없어서 시아버지 히스클리프 씨의 소유로 되어버리는 것을 막을 수가 없었습니다.

"아무도……" 하고 질라가 말을 이었습니다. "나 말고는 아씨의 방에 접근하지 않았어요. 히스클리프 씨가 한 번 올라갔을 뿐이지요. 또한 누구도 아씨의 안부를 묻지 않았어요. 아씨가 처음으로 거실로 내려온 것은 어느 일요일 오후였어요.

내가 점심을 들고 올라갔더니 아씨는 이런 추운 데서는 더 이상 참을 수 없다고 소리 질렀어요. 그래서 주인은 드러시크로스 농장으로 가려는 참이고, 언쇼 도련님과 나는 아씨가 아래층으로 내려와도 상관없다고 말했죠. 히스클리프 씨의 말이 빠른 걸음으로 나가는 소리가 나자마자 아씨는 상복을 입고 아래층으로 내려왔는데, 퀘이커교도처럼 수수하게 곱슬거리는 금발을 귀 뒤로 빗어 넘겼더군요.

조셉과 나는 대개 일요일에는 예배를 보러 가지요. (딘 부인의 설명에 의하면 지금 이 교회에는 목사가 없다고 했다. 그래서 감리교회인지 침례교회인지는 잘 몰라도 아무튼 기머튼에서는 그저 교회라고 불렀던 것이다.) 조셉은 교회에 갔지만 나는 그냥 집에 남는 편이 낫겠다고 생각했어요" 하고 질라는 말을 계속했습니다. "젊은이들은 나이 든 사람이 감독하면 그만큼 조심을 하니까요. 그런데 헤어튼 도련님은 수줍어하는 성격이지만 그렇다고 해서 행동까지 얌전한 모범생은 아니지요. 나는 헤어튼에게 사촌 누이가 우리와 함께 앉아 있기 위해 내려오리라는 것을 알리고, 아씨는 언제나 주일을 경건히 지내는 것을 보아왔으니 아씨가 내려와 있는 동안에는 총이나 자질구레한 집안일은 치워두라고 일렀습니다.

그는 그런 말을 듣고는 얼굴을 붉히더니 자신의 손과 옷을 살펴보더군요. 그러고는 고래 기름과 화약을 재빨리 눈에 띄지 않는 곳으로 치워버렸어요. 그래서 나는 그가 아씨와 함께 있고 싶어 하는구나 하는 것을 알아차렸지요. 게다가 그의 거동으로 미루어 잘 보이고 싶어 하는 모습이었습니다. 그래서 나는 웃으면서, 주인이 있었으면 웃을 수 없었겠지만, 원한다면 도와주겠다고 말하며 허둥대는 꼴을 놀렸어요. 그러자 헤어튼 도련님은 시큰둥해지더니 욕을 하기 시작하더군요.

그런데 딘 부인……" 하고 질라는 말을 이었습니다. 제가 그녀의 말하는 태도를 못마땅하게 여기자 제 눈치를 살피면서 말했습니다.

"아마 당신은 아씨가 헤어튼 도련님에게는 과분하다고 생각하시겠죠. 그게 옳은 생각일지도 모르겠군요. 하지만 솔직히 말해서 나는 아씨의 콧대를 꺾고 싶었어요. 이제 와서 아씨의 학문이나 미모가 무슨 소용이 있단 말입니까? 아씨는 당신이나 나와 마찬가지로 가난뱅이라고요. 아니, 틀림없이 더 가난할 겁니다. 당신은 저축을 하고 있고, 또 나도 그런 식으로 적지만 버는 건 모두 저축하거든요."

아무튼 헤어튼은 질라의 도움을 받아 옷차림을 단정히 했습니다. 또한 질라는 그의 비위를 맞춰 기분을 좋게 해주었습니다. 그래서 아가씨가 내려오자 예전에 모욕을 당한 것도 잊어버리고 되도록 잘 보이려고 노력했던 것입니다. 그 가정부 질라의 얘기는 계속되었습니다.

"아씨는 걸어 들어왔어요." 질라가 말했습니다. "고드름처럼 차고 공주처럼 거만하더군요. 나는 일어나서 내가 앉았던 안락의자를 내주었어요. 아니, 아씨는 내 공손함을 싹 무시하더군요. 언쇼 도련님도 일어나더니 그 높은 등받이 의자 쪽으로 와서 난로 가까이 앉으라고 권하더군요. 추워서 몸이 얼었을 거라고 생각했기 때문이지요.

'내 몸이 얼어붙은 지 한 달도 넘어요.' 아씨는 멸시하는 어조로 '얼어붙은' 이란 단어를 강조하듯 대답하더군요.

그러고 나서 손수 의자를 가져다가 우리 두 사람과 떨어진 곳에다 놓더군요.

앉아서 몸이 더워지자 아씨는 방 안을 둘러보기 시작하다가 장 속에 있는 많은 책을 발견했어요. 이내 일어서서 팔을 뻗었지만 너무 높아서 닿지가 않았어요.

아씨의 사촌 헤어튼 도련님은 그 애쓰는 모습을 잠시 바라보다가 마침내 용기를 내어 도왔어요. 그는 먼저 손에 잡히는 책들을 아씨의 펼쳐 든 치마에 담아주더군요.

이런 행동은 그 젊은이로서는 굉장한 발전이었어요. 아씨가 고맙다는 말은 하지 않았지만, 자기의 도움을 받아들였다는 것만으로도 그의 가슴은 뿌듯했던 것이지요. 그래서 아씨가 책을 자세히 살피는 동안에도 감히 그녀의 뒤에 서서, 재미있다고 생각되는 낡은 그림이 나오면 허리를 굽혀 손가락으로 가리키기까지 했습니다. 그의 손가락이 닿자마자 책장을 홱 넘기는 등 그녀가 심통을 부려도 그는 기죽지 않았으며, 그냥 약간 물러서서 책 대신에 아씨를 바라보는 것으로 만족하더군요.

아씨는 책을 읽는지, 아니면 읽을 만한 것을 찾는지 여하튼 계속 책을 뒤적이고 있었습니다. 점차 헤어튼은 숱 많고 비단결 같은 아씨의 고수머리에 정신이 팔린 모양이었습니다. 도련님에게는 아씨의 얼굴이 보이지 않았고 아씨에게도 도련님이 보이지 않았습니다. 마침내 촛불에 끌리는 어린애처럼 무의식중에 그는 그 머리를 바라보는 데서 마침내 만지는 지경에 이르고 말더군요. 손을 뻗어 마치 새라도 다루듯 머리카락을 살그머니 쓰다듬었던 겁니다. 그러자 아씨는 목에 칼이라도 꽂힌 듯 소스라치게 놀라며 돌아보았어요.

'당장 저리 가지 못해! 어떻게 감히 나를 만져! 왜 거기 서 있는 거야?' 아씨는 징그럽다는 듯이 소리를 지르더군요. '역겨워! 또다시 가까이 오면 올라가버릴 거야!'

헤어튼 씨는 지독히도 바보 같은 표정을 짓고 물러서더니 높은 등받이 의자에 조용히 가서 앉더군요. 아씨는 30분가량 더 앉아서 책을 뒤적였어요. 마침내 헤어튼은 내게로 오더니 이렇게 속삭이는 것이었어요.

'질라, 우리에게 책을 읽어달라고 부탁해주지 않을래? 아무것도 할 게 없으니까 심심해 죽겠어. 읽어주면 좋겠어……. 그녀가 읽는 소리를 들을 수 있으면 좋겠어! 내가 원한다고 하지 말고 자네가 원하는 것처럼 부탁해봐.'

'아씨, 아씨가 우리에게 책을 읽어주시면 좋겠다고 헤어튼 씨가 말하고 있어요' 하고 나는 즉시 말했어요. '아주 큰 친절로 받아들이시겠대요. 아주 고맙겠다고 하시는군요.'

아씨는 눈살을 찌푸리더니 얼굴을 들고 대답하더군요.

'헤어튼 씨, 그리고 당신들 모두는 내 말을 이해하는 것이 좋을 거야. 나는 당신네들의 위선적인 친절 따위는 사양하겠어! 나는 당신네들을 경멸하고 누구와도 할 말이 없어! 친절한 말 한마디만 들을 수 있다면, 아니 누구 얼굴이라도 좀 볼 수 있다면 내 목숨이라도 내놓겠다고 생각했을 때는 당신네들 모두 나를 멀리했으니까. 그러나 불평을 늘어놓진 않겠어! 추워서 내려온 거지, 당신네들을 즐겁게 해주거나 같이 어울리고 싶어서 내려온 건 아니야.'

'도대체 내가 뭘 어쨌다는 거지?' 언쇼가 말을 시작했어요. '내가 뭘 잘못했지?'

'오! 당신은 예외야.' 아가씨가 대답했어요. '난 당신 같은 사람의 배려는 바라지도 않았어.'

'하지만 나는 여러 번 의견을 말하고 요청한 것이 있어.' 아씨가 샐쭉한 태도를 취하는 것에 화가 났는지 헤어튼이 말하더군요. '당신 대신 밤샘을 하겠다고 히스클리프 씨에게 여러 번 말씀드렸는데……'

'조용히 좀 해! 그 기분 나쁜 목소리를 듣느니 차라리 밖으로 나가든지 아무 데나 가야겠어!' 우리 숙녀가 말하더군요.

헤어튼은 지옥으로나 가라지 하고 웅얼거리더니, 걸어두었던 총을 꺼냄으로써 더 이상 일요일의 경건한 생활은 그만두기로 결정하더군요.

헤어튼은 이제 말도 함부로 하더군요. 그러니까 아씨는 곧 고독한 자기 방으로 돌아가는 것이 낫겠다고 생각했어요. 하지만 서리가 내려 날씨가 추웠기 때문에 아씨는 자존심을 접고 아래층으로 내려와 우리와 함께 지내는 시간이 점점 더 많아졌습니다. 그러나 나도 더 이상 내 호의를 무시당하지 않도록 조심했어요. 그래서 이런 일이 있은 다음부터는 나도 아씨와 마찬가지로 뻣뻣하게 굴었지요. 누구 하나 아씨를 좋아하거나 사랑해주지 않았어요. 그럴 만한 자격도 없더군요. 말 한마디 걸려고 하면 누구를 막론하고 몸을 웅크리며 경계하는 것이었어요! 주인에게까지 대들어 매를 맞을 정도였어요. 게다가 혼이 나면 날수록 더욱 독살스러워졌어요."

처음에 질라에게 이런 이야기를 들었을 때 나는 이 집에서 나가 오두막이라도 얻어서 아씨를 데려다 같이 살겠다고 결심했습니다. 그러나 히스클리프 씨가 그런 것을 허락할 정도면 헤어튼에게도 집을 주어 독립시켰을 겁니다. 그러니까 지금 같아서는 아씨가 재혼이라도 하지 않고서는 구제받을 방도가 없습니다. 그런데 그 계획은 제 능력으로는 처리할 엄두도 낼 수 없는 일입니다.

딘 부인의 이야기는 이렇게 끝났다. 의사의 예언과는 달리 내 건강은 급속히 회복되었다. 그래서 1월 둘째 주밖에 되지 않았지만, 하루나 이틀만 지나면 말을 타고 워더링 하이츠로 올라가서 집주인 히스클리프 씨에게 앞으로 6개월 동안은 런던에서 지낼 계획임을 알리겠다고 마음먹었다. 그래서 원한다면 10월 이후로는 세 들어 농장을 운영할 사람을 달리 찾아보라고 말할 작정이었다. 여기서 또한 번의 겨울을 보낼 생각은 없었다.

# 17

어제는 맑고 바람도 없이 서리가 내려 있었다. 나는 계획대로 하이츠에 갔다. 가정부 딘 부인이 젊은 미망인에게 쪽지를 전해달라고 간청하기에 나는 거절하지 않았다. 왜냐하면 이 착한 부인은 그처럼 부탁하는 것을 이상한 일이라고 생각할 여자가 아니었기 때문이다.

현관문은 열려 있었지만 강한 경계심을 드러내 보이는 대문은 지난번과 마찬가지로 잠겨 있었다. 나는 문을 두드려 화단에 있던 언쇼를 불러냈다. 그가 문을 열어주기에 나는 안으로 들어갔다. 그 청년, 즉 헤어튼은 시골뜨기치고 상당한 미남이었다. 이번에 나는 특히 그를 유심히 쳐다보았는데, 그는 얼핏 보기에도 멋을 내려고 한 흔적이 전혀 없었다.

나는 히스클리프 씨가 집에 계시냐고 물었다. 그는 지금은 없지만 점심 시간에는 돌아올 것이라고 대답했다. 11시여서 들어가 기다리겠다고 말했다. 그러자 그는 들고 있던 연장을 즉시 내던지고 나를 따라 들어왔다. 주인 대신으로서가 아니라 감시견의 역할을 하기 위해서였다.

우리는 함께 들어갔다. 캐서린이 거기 있었는데, 식사 시간이 다가와서 식탁에 놓을 야채를 준비하는 일을 거들고 있었다. 처음에 봤을 때보다 더 우울하고 기운이 없어 보였다. 나를 보기 위해 눈을 들지도 않고 지난번과 마찬가지로 일반적인 예의도 차리지 않은 채 하던 일을 계속했다. 내가 상체를 굽혀 인사를 하는데도 전혀 아는 체하지 않았다.

'딘 부인은 나를 설득해서 저 여자가 상냥한 여자라는 생각을 갖게 했지만 실은 그렇지 않군. 그녀가 미인인 것은 사실이지만 천사는 아니야' 하고 나는 생각했다.

언쇼는 퉁명스럽게 그녀에게 하던 것들을 부엌으로 치우라고 말하는 것이었다.

"당신이 치워요" 하고 캐서린은 일을 끝내자마자 모든 것을 밀어버리며 말했다. 그리고 창가에 있는 의자에 가서 앉더니 무릎 위에 무 조각을 놓고 새와 짐승의 모양으로 깎기 시작했다.

나는 정원을 보고 싶어 하는 척하며 그녀에게 다가갔다. 그리고 헤어튼이 눈치채지 못하도록 내 딴에는 아주 기술적으로 딘 부인의 쪽지를 그녀의 무릎 위에 떨어뜨렸다. 그러나 그녀는 큰 소리로 물었다.

"이게 뭐예요?" 하며 그 쪽지를 털어버리는 것이었다.

"당신의 옛 친구, 농장의 가정부가 보낸 편지입니다." 나는 모처럼 친절한 마음에서 은밀히 전해주려던 것이 폭로되어 당황스럽기도 하고, 또 내가 보내는 편지로 오해되지나 않을까 우려되어 이렇게 대답했다.

이 말을 듣자 그녀는 기뻐서 그 쪽지를 집어 들 참이었다. 그러나 헤어튼의 동작이 그녀보다 빨랐다. 헤어튼은 그것을 손에 쥐더니 조끼 속에다 넣으면서 히스클리프 씨가 먼저 봐야 한다고 말했다.

그러자 캐서린은 아무 말도 하지 않고 얼굴을 우리에게서 돌리고는 아주 은밀히 손수건을 꺼내어 눈에 갖다 댔다. 그녀의 사촌은 마

445

음 약해지지 않으려고 한동안 애쓰더니 편지를 꺼내어 그녀 옆의 마룻바닥에 던졌다. 그 던지는 모습은 아주 무례해 보였다.

캐서린은 그것을 주워 열심히 읽었다. 그러고 나서 친정에서 그대로 살고 있는 식구들에 대해 몇 가지 질문을 던졌다. 이치에 맞는 질문도 있었고 엉뚱한 질문도 있었다. 그러더니 언덕을 바라보며 독백하듯 중얼거렸다.

"미니를 타고 저리 가봤으면 좋겠다! 저기로 올라가고 싶어……. 아, 난 지쳤어……. 헤어튼, 난 수렁에 박혔어!"

캐서린은 아름다운 머리를 창틀에 기대고 반은 하품, 반은 한숨을 내쉬며 우리가 보든 말든 아랑곳하지 않고 멍한 슬픔에 빠져 있었다.

"히스클리프 부인." 나는 한동안 벙어리처럼 있다가 말했다. "제가 부인을 잘 알고 있다는 것을 모르시지요? 저는 너무 친근하게 알고 있어서 부인이 저한테 와서 말을 걸지 않는 것이 이상하게 생각됩니다. 우리 집 가정부는 부인에 대한 이야기나 칭찬을 할 때면 지칠 줄을 모릅니다. 그러니 부인의 소식을 전하는 말도 없이 제가 그냥 돌아가서, 부인은 편지를 받더니 아무 말도 없더라고 전하면 얼마나 실망이 크겠습니까!"

그녀는 이 말에 놀라는 것 같았다. 그러고는 물었다.

"엘렌이 댁을 좋아하나요?"

"그럼요, 아주 좋아합니다." 나는 주저없이 말했다.

"그녀에게 전해주셔야 해요" 하고 그녀가 계속했다. "답장을 쓰고 싶은데 쓸 종이가 없다고 얘기해주세요. 심지어 한 쪽 찢어낼 책한 권도 없다고 말이에요."

"책이 없다니요!" 내가 외쳤다. "책도 없이 이런 데서 어떻게 살지요? 실례되는 질문인지 모르겠습니다만…… 저는 커다란 서재가 있는데도 농장에서는 심심할 때가 많더군요. 책마저 없어지는 날에는 절망에 빠질 겁니다!"

"책이 있을 때는 나도 늘 책을 읽었어요." 캐서린이 말했다. "그런데 히스클리프 씨는 책을 전혀 읽지 않아요. 그래서 내 책을 죄다 없애버릴 생각을 한 거지요. 벌써 여러 주일째 책 그림자도 구경 못했다고요. 딱 한 번 조셉의 신학 서적들을 뒤적였지요. 조셉이 어찌나 화를 내던지 원. 또 한 번은 헤어튼, 난 당신 방에서 감춰둔 책을 우연히 봤어요. 라틴어와 그리스어로 된 책 몇 권하고 어떤 이야기책과 시집이었는데, 모두 낯익은 것들이었어요. 그중에서 이야기책과 시집은 내가 가져온 것이었어요. 그런데 마치 까치가 은수저를 모으듯 당신은 다만 훔치는 재미로 그것들을 다 모아두었더군요! 당신에겐 필요 없는 것들이에요. 그렇지 않으면 자기가 읽을 수 없으니까 남도 읽지 못하게 하려는 못된 심보로 감춘 것이겠죠. 어쩌면 샘이 나서 히스클리프 씨와 공모해서 내 보물을 훔친 것이겠지요, 그렇죠? 하지만 그 책의 내용은 거의 내 머릿속에 입력했으니까 그것들을 나한테서 빼앗아갈 수 없는 거예요!"

사촌 캐서린이 몰래 모아둔 책들에 대해 폭로하자, 헤어튼 언쇼는 얼굴이 빨개지더니 그녀의 비난에 대해 화를 내며 그렇지 않다고 더듬거리는 것이었다.

"헤어튼 씨는 지식을 넓히기를 원하시는 겁니다." 내가 그의 구원병이 되어 말했다. "부인의 교양을 부러워하는 게 아니라 교양을 본뜨려는 것이겠지요. 몇 년만 지나면 똑똑한 지식인이 될 겁니다."

"그동안에 내가 멍청이가 되었으면 하는 것이지요." 캐서린이 말했다. "그래요, 저 사람이 혼자서 철자를 외우며 읽으려고 노력하는

447

걸 들었어요. 잘못 읽는 게 지독히 많더군요! 당신, 어제 했던 것처럼 체비 체이스[스코틀랜드 민요]를 다시 해봐요. 어찌나 우스웠는지 원! 또…… 사전을 넘기며 어려운 말을 찾다가 욕을 하는 소리도 들었어요. 설명하는 말을 읽지 못해서 그랬죠?"

젊은이는 무식 때문에 조롱받고 이번에는 무식을 없애보려다 다시 조롱을 받자 너무 심하다고 생각한 것이 틀림없었다. 나도 헤어튼과 같은 생각이었다. 그리고 그가 아무런 교육도 못 받고 자라나 글을 깨우치려던 최초의 시도에 대한 얘기를 딘 부인에게 들은 일이 생각나서 나는 이렇게 말했다.

"그렇지만 말입니다, 히스클리프 부인, 누구에게나 시작은 있습니다. 그래서 그때는 누구나 넘어지고 비틀거립니다. 그런 때 선생님이 도와주지는 않고 조롱하기만 한다면 사람은 언제까지나 넘어지고 비틀거릴 겁니다."

"오!" 캐서린이 대답했다. "나는 저 사람의 지식 습득을 막고 싶지 않아요. 하지만 내 책을 가로챌 권리는 없잖아요. 지독한 착오나 틀린 발음으로 내 책을 우스운 것으로 만들 권리는 없다고요! 산문이든 운문이든 그 책들은 모두 여러 가지 추억과 사연이 있어서 내게는 신성한 것들이에요. 그래서 저 사람의 입으로 품위가 떨어지고 더럽혀지는 게 싫어요! 게다가 내가 제일 사랑하는 책들만 골라 가져갔어요. 일부러 심술을 부려보겠다는 것 같아요!"

헤어튼의 가슴은 잠시 침묵 속에서 일렁였다. 지독한 모욕과 분노에 짓눌려 고생하고 있었다. 그 기분을 참기란 쉬운 일이 아니었다.

나는 일어섰다. 그의 어벙벙한 기분을 완화시키겠다는 신사다운 생각으로 문 쪽으로 걸어가 바깥 풍경을 바라보며 섰다.

헤어튼도 내가 한 행동을 따라하는가 했더니, 밖으로 나갔다가 곧 다시 나타났다. 손에 대여섯 권의 책을 들고 와서는 캐서린의 무릎에다 던지며 외쳤다.

"가져가! 이런 책이라면 다시는 듣거나 읽거나 생각하기도 싫으니까!"

"이제 나도 필요 없어요!" 하고 그녀가 대답하는 것이었다. "이걸 보면 당신이 연상될 테니 꼴도 보기 싫어요!"

그녀는 전에 자주 읽어본 듯한 책 한 권을 펼치더니, 초보자의 더듬거리는 투로 한 대목 읽다가 웃음을 터뜨리며 내던졌다.

"이것도 들어보세요!" 그녀는 계속 약을 올렸고, 같은 식으로 옛 민요의 한 구절을 읊기 시작했다.

그러나 그의 자존심은 더 이상의 고문을 참으려 하지 않았다. 그녀의 험한 혀를 저지하는 손찌검 소리가 들렸다. 나로서도 그 손찌검이 아주 잘못된 것은 아니라는 생각이 들 정도였다. 이 사나운 여자가 사촌의 거칠긴 하지만 민감한 감정을 상하게 하려고 온힘을 다했으므로 그가 감정을 청산하고 그에 상응하는 앙갚음을 하는 방법은 완력뿐이었던 것이다.

그러고 나서 헤어튼은 책을 모아 난롯불 속으로 던져버렸다. 화풀이에다 그런 희생을 바치는 것이 얼마나 괴로운 일인가는 그의 얼굴에 나타난 표정으로 알 수 있었다. 책들이 타버릴 때 그는 책이 이미 안겨주었던 즐거움과 기대하던 성과와 날이 갈수록 커져가던 쾌감을 회상하고 있구나 하는 상상을 나는 해보았다. 또한 나는 그가 그처럼 남몰래 공부하게 된 동기도 짐작할 수 있을 것 같았다. 매일의 노동과 거친 동물적 환희에 만족하고 살아오다가 마침내 캐서린이 그의 삶으로 들어온 것이었다. 그녀의 멸시에 수치심을 느끼고는, 그녀의 인정을 받겠다는 희망이 처음으로 그가 보다 높은 교양을 추구하도록 한 촉진제였다. 멸시에서 자신을 지키고 인정을 얻으면서 자신을 격상시키려는 노력은 정반대의 결과를 낳고 만 것이다.

"맞아요, 당신 같은 무지막지한 사람이 책에서 얻을 수 있는 게 고작 이런 짓뿐이군요!" 캐서린은 터진 입술을 빨며 소리쳤고, 분노에 찬 눈으로 불꽃을 지켜보았다.

"이제 그 입 닥치는 게 좋을 거야!" 그는 무섭게 응수했다.

또한 더 이상의 말을 할 수 없을 정도로 흥분한 그가 입구로 나왔기 때문에 나는 길을 비켜주었다. 그러나 그가 현관의 섬돌을 내려서기도 전에, 자갈길을 올라오던 히스클리프 씨가 그와 마주치자 그의 어깨에 손을 얹으며 물었다.

"얘야, 무슨 일이 있었냐?"

"아뇨, 아무것도 아닙니다!" 그는 대답하고는 자신의 슬픔과 분노를 혼자 반추하기 위해 그 자리를 떠났다.

히스클리프는 그의 뒷모습을 바라보며 한숨을 쉬었다.

"내가 나 자신을 좌절시킨다면 우스운 일이 되겠군!" 그는 내가 자기 뒤에 있다는 것을 모른 채 이렇게 중얼거렸다. "그런데 녀석의 얼굴에서 제 아비의 얼굴 좀 찾으려 해도 날이 갈수록 그녀의 모습을 닮아간단 말야! 어쩌면 저렇게도 닮았지? 도무지 참고 바라볼 수가 없군."

그는 시선을 땅에 떨어뜨리고 시무룩한 표정으로 걸어 들어왔다. 그의 얼굴에는 전에 볼 수 없던 초조하고 불안한 표정이 서려 있었고, 몸도 수척해 보였다.

그의 며느리는 창문을 통해 그가 들어오는 것을 보고 즉각 부엌으로 도망치는 바람에 나만 혼자 남게 되었다.

"록우드 씨, 외출하신 걸 보니 다행입니다." 그는 내 인사에 응답하여 말했다. "이기적인 생각도 일부 작용한 말입니다. 이렇게 쓸쓸한 지역에서는 선생을 잃으면 새로 그 자리를 메울 사람을 구하기가 쉽지 않기 때문이지요. 그렇지 않아도 선생은 무슨 이유로 이런 곳까지 오셨는지 궁금할 때가 한두 번이 아니었습니다."

"그냥 할 일 없는 인간의 변덕이겠지요." 내가 대답했다. "또한 그런 변덕이 나서 훌쩍 떠나려는 겁니다. 저는 다음 주에 런던으로 떠날 생각입니다. 그래서 드리는 말씀인데, 처음에 계약한 대로 1년만 사용하고 더는 드러시크로스 농장에 있을 생각이 없습니다. 더이상 계약을 연장하는 일은 없을 겁니다."

"아, 그렇군요! 속세를 떠나 사는 일도 지겨워진 모양이군요." 그가 말했다. "하지만 이제는 살지도 않을 테니 집세를 깎아달라는 말을 하려고 오셨다면 공연히 헛걸음만 하신 셈이군요. 나는 누구한테나 받을 것은 꼭 받는 사람입니다."

"세를 깎아달라고 사정하러 온 것이 아닙니다!" 꽤 화가 나서 내가 소리쳤다. "원하시면 지금이라도 계산을 끝내겠습니다" 하고 말하고 나는 주머니에서 약속어음 다발을 꺼냈다.

"아니, 그러실 필요 없습니다." 그는 침착하게 대답했다. "혹시 런던에 가셨다 돌아오시지 않더라도 빚을 갚기에 충분한 물건을 남겨두고 가실 테니까요. 뭐 그리 서두르지 않으셔도 됩니다. 앉아서 우리 같이 식사나 합시다. 자주 찾지 않을 손님은 대개 환영받는 손님이지요. 캐서린! 음식을 가져와. 너 어디 있는 거냐?"

캐서린이 칼과 포크를 담은 쟁반을 들고 다시 나타났다.

"너는 조셉과 같이 식사하거라." 히스클리프 씨는 살짝 중얼거렸다. "손님이 가실 때까지 부엌에 있어."

그녀는 그의 지시를 깍듯이 따랐다. 아마 거역할 마음이 생기지

않는 모양이었다. 촌뜨기들과 염세주의자들 틈에서 살다 보니 보다
나은 계층의 사람을 만나도 그 가치를 알지 못하는 것 같았다.

한쪽에 음침하고 무뚝뚝한 히스클리프 씨가 앉고 다른 쪽에 완전
히 벙어리 같은 헤어튼이 앉아 있는 가운데 나는 별로 유쾌하지 않
은 식사를 끝내고 일찍 작별을 고했다. 마지막으로 나는 캐서린을
한 번 더 보고, 그래서 조셉 영감을 당황스럽게 만들고 싶어 뒷길로
나가려 했지만 주인이 헤어튼에게 내 말을 대령시키라고 명령하고
주인 자신도 문까지 배웅하는 바람에 뜻을 이루지 못했다.

'저런 집에서 사는 것은 정말 끔찍할 거다!' 나는 말을 타고 내려
가며 생각했다. '동화보다 더 낭만적인 일이 저 린튼 히스클리프 부
인에게 실현될 수도 있을 텐데! 그녀의 착한 유모의 소원대로 그녀
와 내가 연애로 엮여져 도시의 활기찬 분위기 속으로 같이 옮겨간다
면, 그럴 수도 있을 텐데!'

# 18

1802년. 그해 9월이었다. 나는 북부 지방에 사는 친구에게 그쪽 들판을 휩쓸며 사냥이나 하자는 초청을 받았다. 그의 집으로 가는 길에 나는 뜻밖에도 기머튼에서 15마일 떨어진 곳을 지나게 되었다. 길가의 술집에서 마부가 말들에게 줄 물통을 들고 오다가 방금 베어 낸 새파란 귀릿단을 실은 마차가 지나가자 이렇게 말하는 것이었다.

"저건 기머튼에서 오는 마차로군! 거기서는 추수가 다른 곳보다 언제나 3주일쯤 늦거든."

"기머튼이라 했나요?" 나는 마부의 말을 되풀이했다. 그 고장에서 보낸 기억이 벌써 희미해지고 꿈만 같았다. "아, 나도 알아요! 그곳은 여기서 얼마나 됩니까?"

"저 언덕들을 넘어서 아마 14마일쯤 될 겁니다. 길이 험하지요." 그가 대답했다.

드러시크로스 농장을 찾아보고 싶은 충동이 갑자기 나를 사로잡았다. 아직 정오도 되지 않은 시각이어서 여인숙에서 자느니 차라리 내 집 지붕 밑에서 자는 것이 낫겠다는 생각이 들었다. 게다가 하루쯤 시간을 내는 것은 어렵지 않으니 집주인과 일을 처리하면 되고, 그러면 다시 이 지방을 찾아오는 수고는 하지 않아도 될 것 같았다.

잠시 휴식을 취한 뒤 나는 하인에게 마을로 가는 길을 알아 오라고 명했다. 그리하여 세 시간 만에 그곳에 도착했다. 말들은 녹초가 되어버린 상태였다.

나는 하인을 마을에 남겨두고 혼자서 골짜기를 내려갔다. 회색의 교회는 더 회색으로 변해 있었고, 쓸쓸한 교회 묘지는 더욱 쓸쓸해 보였다. 야생 염소 한 마리가 무덤 위의 짧은 풀을 뜯어 먹고 있는 것이 내 눈에 띄었다. 화창하고 따뜻한 날씨였으나 여행하기에는 너무 후덥지근했다. 그러나 위아래로 펼쳐진 경치를 감상하는 데는 지장이 없었다. 이 경치를 8월경에 보았더라면 나는 틀림없이 이 고독 속에서 한 달쯤 지내고 싶다는 생각이 들었을 것이다. 언덕들로 둘러싸인 골짜기와 히스 꽃이 무성한 거칠고 대담한 기복은 겨울이면 더없이 황량하고 여름에는 더없이 신성했다.

나는 해 지기 전에 농장에 도착하여 문을 두드렸다. 그러나 부엌 굴뚝에서 가늘고 푸른 연기 화환이 굼실거리며 피어오르는 것으로 보아, 식구들이 뒤채로 물러가 있어서 문 두드리는 소리를 듣지 못하는 것 같았다.

나는 뜰로 말을 몰았다. 현관 앞에는 아홉 살이나 열 살쯤 된 계집애가 뜨개질을 하며 앉아 있었고, 한 노파가 댓돌에 몸을 기대고 파이프 담배를 빨며 생각에 잠겨 있었다.

"딘 부인 안에 계신가요?" 나는 노파에게 물었다.

"딘 부인이요? 없는데요!" 그녀가 대답했다. "이젠 여기서 살지 않아요. 저기 하이츠로 갔어요."

"그러면 할머니가 여기 가정부이신가요?" 내가 이어서 물었다.

"그래요, 내가 이 집을 지키고 있어요." 그녀가 대답했다.

"아, 그렇습니까. 나는 이 집 주인 록우드요. 잘 방이 있는지 모르겠군요. 오늘 밤은 여기서 묵을까 하는데요."

"주인이시라고요?" 그녀는 놀라며 소리쳤다. "주인이 오실 줄 누가 알았겠습니까? 미리 알려주셨으면 좋았을 텐데! 방이 모두 눅눅해서 마음에 안 드실 텐데요. 제대로 된 방이 하나도 없으니 원!"

노파가 담뱃대를 내던지고 허둥지둥 들어가자 계집아이도 뒤따랐고 나도 들어갔다. 나는 곧 노파의 말이 사실이라는 것을 알았고, 더욱이 난데없는 나의 출현이 노파를 혼비백산하게 만들었다는 것도 알았다.

나는 노파에게 마음을 편히 가지라고 일렀다. 산책이나 하고 올 테니 그동안에 거실 한구석을 치워 저녁을 먹을 수 있게 하고 침실을 하나 마련하라고 말했다. 쓸고 털 필요는 없고, 불이나 잘 피워놓고 마른 홑이불이나 있으면 된다고 말했다.

노파는 최선을 다해 기꺼이 일하려는 것 같았다. 그러나 난로를 닦는 솔을 부지깽이로 잘못 알고 난로의 쇠살대 사이로 쑤셔 넣기도 하고 그 밖의 여러 기구들을 잘못 사용하는 것이었다. 그러나 내가 돌아올 때까지는 어떻게 해서든 쉴 만한 곳을 마련하리라 믿고 나는 집에서 나와버렸다.

워더링 하이츠가 내가 가려고 하는 목적지였다. 뜰을 벗어났을 때 문득 생각나는 것이 있어서 다시 돌아왔다.

"하이츠에서는 모두 무고하신가요?" 하고 나는 노파에게 물었다.

"예, 내 알기로는 그래요!" 노파는 뜨거운 불씨를 한 그릇 담아서 바삐 뛰어가다가 대답했다.

딘 부인이 농장에서 떠난 이유를 물어보고 싶었지만, 뜨거운 것을 든 노파를 붙잡고 시간을 지연시킬 수는 없어서 몸을 돌려 밖으로 나왔다. 붉게 빛나며 지는 해를 뒤로하고 떠오르는 달이 발하는 은은한 빛을 앞으로 받으며 여유롭게 산책했다. 저녁놀은 빛을 잃어가고 달빛은 더욱 밝아지는 가운데 나는 공원을 빠져나와 히스클리프 씨의 저택으로 갈라지는 자갈길을 올라갔다.

그 집이 보이는 곳에 닿기도 전에 서쪽 하늘만 희미한 빛을 조금 담고 있을 뿐 날은 완전히 어두워졌다. 그러나 찬란한 달빛으로 길에 있는 조약돌 하나하나, 풀잎 하나하나를 분간할 수 있었다.

나는 대문을 기어오르거나 두드릴 필요가 없었다. 손으로 밀었더니 그냥 열리는 것이었다.

'이 점은 개선되었군!' 하고 나는 생각했다. 그리고 콧구멍의 도움으로 달라진 것이 또 있다는 것을 알았다. 볼품없는 과일나무들 사이로 비단향꽃무와 계란풀의 향기가 바람에 실려오고 있었다.

문과 격자창이 모두 열려 있었다. 그러나 탄광 지대에서 흔히 그렇듯 멋진 빨간 불길이 연통에 빛을 주고 있었다. 그 불꽃에서 시각이 얻는 안락감으로 필요 이상의 열기도 참을 수 있었다. 그러나 워더링 하이츠의 거실은 워낙 넓어서 식구들은 열기를 피해 얼마든지 멀리 떨어져 앉을 수 있었다. 따라서 거실에 있는 모두는 창문에서 멀지 않은 곳에 자리하고 있었다. 그래서 안으로 들어가기 전부터 그들의 모습을 볼 수 있었고 말소리도 들을 수 있었다. 머뭇거리면서 호기심과 부러움이 뒤섞인 감정에 이끌려 나는 그들을 눈으로 보고 귀로 들었다.

"컨-트러리〔'반대되는'이라는 뜻〕!" 은으로 만든 종이 울리는 듯한 아름다운 목소리가 말하고 있었다. "벌써 세 번째라고요, 바보 같으니! 다시는 가르쳐주지 않겠어요. 돌이켜 생각해봐요. 그렇지 않으면 머리카락을 잡아당기겠어요!"

"자, 컨트러리." 상대방은 굵고 나지막한 목소리로 대답했다. "이렇게 잘 기억했으니까 이제 키스해줘."

"안 돼요. 먼저 그것을 정확히 읽어봐요. 하나도 틀리면 안 돼요."

남자의 목소리는 다시 읽기 시작했다. 꽤 점잖게 입은 젊은이로서 책을 들고 탁자 앞에 앉아 있었다. 잘생긴 얼굴은 기쁨으로 빛나고 그의 눈길은 책장과 자기 어깨 위에 놓인 작고 하얀 손을 초조하게 방황하고 있었는데, 그 흰 손의 주인공은 이렇게 한눈파는 것을 발견할 때마다 그의 뺨을 찰싹 한 대 올려붙여 그의 주의를 환기시키는 것이었다.

흰 손의 주인공은 뒤에 서 있었다. 남자의 공부를 감독하느라 그녀가 몸을 굽힐 때면 부드럽게 빛나는 그녀의 고수머리가 때때로 그의 갈색 머리카락과 섞이는 것이었다. 또한 그 젊은 남자가 그녀의 얼굴을 볼 수 없는 것이 다행이었다. 그렇지 않다면 그는 그렇게 침착하게 앉아 있지 못했을 것이다. 저렇게 기막힌 미인을 바라보는 것 말고도 그 이상의 무엇이든 할 수 있는 기회를 놓쳐버린 것이 너무나 분해서 나는 입술을 깨물었다.

공부 시간은 끝났다. 틀린 것이 전혀 없진 않았지만 그 배우는 쪽이 상을 달라고 요구하자 적어도 다섯 번 키스를 받았고, 이에 대해 학생 자신도 아낌없이 보답하는 것이었다. 그러고 나서 그 남녀는 문으로 걸어갔다. 주고받는 얘기로 미루어 들판으로 산책을 나가려는 것 같았다. 이런 경우 재수 없게 내가 그 헤어튼 언쇼 앞에 나타난다면, 그가 입 밖으로 내지는 않더라도 마음속으로 나더러 지옥의 구렁텅이로 떨어져버리라고 저주할 것 같았다. 그래서 매우 야비하고 나쁜 짓인 줄 알면서도 부엌에 숨어 있으려고 슬그머니 돌아갔다.

그쪽에도 출입을 방해하는 것은 없었다. 문가에는 나의 옛 친구 넬리 딘이 바느질을 하면서 노래를 부르고 있었다. 그런데 그 노래는 안쪽에서 들려오는, 음악과는 거리가 먼 거친 경멸과 무시하는 말투 때문에 가끔 중단되었다.

"자네 노래를 듣느니 차라리 아침부터 밤까지 내 귀에 대고 퍼붓는 욕지거리를 듣는 게 훨씬 낫겠군!" 잘 들리지는 않았지만 넬리가 말한 것에 대해 부엌에 있는 사람이 대꾸하고 있었다. "내가 거룩한 성서를 펼치기만 하면 자네는 으레 악마와 세상의 모든 사악한 것을 찬양하는 노래를 불러대니, 참 창피한 일이야. 아! 자네나 저 계집이나 모두 못됐군. 자네들 때문에 저 젊은이만 망쳐버렸어. 불쌍한 젊은이야!" 그는 신음하며 덧붙였다. "젊은이는 마녀에게 홀렸어. 틀림없이! 오, 주여, 저들을 심판하소서. 우리에게 이래라 저래라 하는 자들에겐 법도 없고 정의도 없나이다!"

"심판하지 마십시오. 그랬다가는 우리가 불붙은 장작더미에 앉게 될 겁니다." 노래하던 넬리가 대답했다. "하지만 입 좀 다물어요, 이 영감아. 그리고 기독교인답게 얌전히 성경이나 읽어요. 나한테 신경 쓰지 말고요. 이 노래는 〈요정 애니의 결혼〉이라는 아름다운 노래예요. 춤추기에 알맞은 곡이지요."

딘 부인이 다시 노래를 시작하려는 순간에 내가 나타났던 것이다. 그녀는 즉시 알아보고 벌떡 일어나며 외쳤다.

"어머, 깜짝이야, 록우드 선생님! 어떻게 이렇게 갑자기 돌아오실 생각을 하셨나요? 드러시크로스 농장은 모두 잠가버렸어요. 미리 알려주시지 않고!"

"여기 있는 동안에 거기서 잘 수 있도록 준비시켜놓았소" 하고 나는 대답했다. "나는 내일 다시 떠납니다. 그런데 딘 부인, 어떻게 이리로 옮겨오게 되었지요? 어서 그 얘기나 해줘요."

"질라가 나가자 히스클리프 씨가 저더러 오라고 했어요. 선생님

458

이 떠나고 바로 그런 일이 있었지요. 선생님이 돌아오실 때까지만 여기에 있으라는 거였어요. 어쨌든 들어오세요! 이 저녁에 기머튼에서 걸어오신 건가요?"

"걸은 것은 농장에서부터였소." 내가 대답했다. "농장에서 내 잠자리를 마련하는 동안 당신 주인과 일을 마무리 지으려고 온 거요. 앞으로 기회가 쉽사리 생길 것 같지 않고 해서요."

"무슨 일인데요?" 넬리는 나를 거실로 안내하며 물었다. "지금 안 계신데 곧 돌아오지는 않을 겁니다."

"집세 문제지요." 내가 대답했다.

"아, 그렇다면 아씨와 해결하셔야 해요." 넬리가 말했다. "아니면 저하고 이야기하세요. 아씨는 아직 그런 사무를 잘 처리하지 못하니까요. 그래서 제가 대신하고 있어요. 달리 할 사람이 없으니까요."

나는 놀란 표정을 지었다.

"아! 선생님은 히스클리프 씨가 돌아가셨다는 소식을 듣지 못하셨군요!" 그녀가 계속했다.

"히스클리프 씨가 죽었다니요?" 나는 놀라서 소리쳤다. "언제 죽었지요?"

"3개월 전에요. 그건 그렇고, 좀 앉으세요. 모자를 이리 주세요. 제가 모두 이야기해드릴게요. 참, 아무것도 안 드셨죠?"

"생각 없습니다. 집에다 저녁 식사를 준비하라고 일러놓았습니다. 부인도 앉아요. 그가 죽은 것은 꿈에도 몰랐어요! 어떻게 그런 일이 생겼는지 들어봅시다. 그들은 곧 돌아오지 않는다고 했지요? 그 젊은이들 말이에요."

"그래요. 매일 늦도록 돌아다니는 통에 제가 매일 야단치지요. 그래 봐야 제 말에는 관심도 없어요. 집에 있는 오래된 맥주를 드세요. 몸에 좋을 겁니다. 피곤해 보이시니 말이에요."

내가 사양하기도 전에 넬리는 맥주를 가지러 급히 나갔다. 그때 조셉 영감이 넬리에게 뭐라고 묻는 소리가 들렸다. "그 나이에 사내가 생기다니, 세상이 곡할 일이군. 더군다나 주인의 창고에서 술을 내다 대접하다니! 살다가 원, 그런 꼴을 보다니 창피해서 원!"

넬리 부인은 멈춰 서서 대꾸 같은 것 전혀 하지 않고 잠시 후 술이 철철 넘치는 은잔을 들고 다시 들어왔다. 나는 그 술맛을 진심으로 열렬히 칭찬했다. 그러고 나서 그녀는 히스클리프의 인생 역정 속편을 내게 들려주었다. 그녀의 표현을 빌리자면 그의 최후는 '이상야릇'했다.

* * *

선생님이 떠나신 지 2주일도 못 되어 저는 워더링 하이츠로 불려왔습니다. 저는 캐서린 아씨를 위해서 기꺼이 그렇게 했지요.

아씨를 처음 만났을 때는 너무도 슬프고 충격적이었습니다! 서로 헤어진 뒤로 아씨는 너무 많이 변해 있었습니다. 히스클리프 씨는 저를 불러들일 생각을 하게 된 이유를 설명하지 않았습니다. 단지 제가 필요하고 캐서린 아씨를 보는 것이 지긋지긋해졌다는 것이었습니다. 작은 응접실을 제 거처로 하고 아씨를 거기서 함께 모시라는 것이었습니다. 그는 부득이한 경우 아씨를 하루에 한두 차례 보기만 하면 된다고 했습니다.

아씨는 그렇게 된 것을 기뻐하는 눈치였습니다. 그래서 저는 아씨가 농장에서 즐기던 많은 책과 물건들을 야금야금 몰래 가져왔고 이제 제법 마음의 평온을 찾게 되었다고 우쭐해 있었습니다.

그러나 그런 환상은 오래가지 못했습니다. 캐서린 아씨는 처음에는 만족스러워하더니 좀 시간이 지나자 짜증을 부리고 초조해하며 안절부절못했습니다. 한 가지 예로, 아씨는 정원 밖으로 나가는 것이 금지되어 있었습니다. 그런데 봄이 다가옴에 따라 그런 좁은 공간에 갇혀 있자니 서글플 정도로 짜증이 났던 것입니다. 또 다른 이유로는, 제가 집안일 때문에 자주 아씨 곁을 떠나 있어야 했는데 그렇게 되면 아씨는 외롭다고 불평했습니다. 혼자 편안히 앉아 있기보다는 부엌에서 조셉과 말다툼하는 것을 더 좋아했다니까요.

　이 두 사람의 다툼에 저는 신경도 쓰지 않았습니다. 그러나 주인이 거실에 혼자 있고 싶어 할 때면 헤어튼도 어쩔 수 없이 부엌으로 쫓겨 오는 경우가 종종 있었습니다. 처음에는 그가 들어오면 아씨는 나가버리거나 제 일을 조용히 거들면서 입을 다문 채 그에게 말도 걸지 않았습니다. 헤어튼도 언제나 무뚝뚝하고 말이 없기는 마찬가지였습니다만, 얼마 지나자 아씨의 태도가 돌변하더니 그를 그냥 내버려두지 못했습니다. 그에게 먼저 말을 걸어 어리석고 게으르다고 욕하기도 했으며, 어떻게 그런 생활을 참고 사는지 모르겠다고, 어떻게 저녁 내내 난롯불만 쳐다보며 졸고 앉아 있을 수 있는지 모르겠다고 빈정대기도 했습니다.

　"그는 꼭 개 같아. 엘렌, 안 그래?" 언젠가 아씨가 말하는 것이었습니다. "아니면 짐마차를 끄는 말 같지 않아? 그저 일하고 먹고 자니 말이야! 머릿속이 얼마나 텅 비어 있고 황량할까! 헤어튼, 당신 꿈은 꾸나요? 꾼다면 무슨 꿈이지요? 그것도 내게 말하지 못하겠지!"

　그렇게 말하고 아씨는 그를 바라보았지만, 그는 입을 열려고도 하지 않고 다시 쳐다보지도 않았습니다.

　"아마 지금 꿈을 꾸고 있나 봐." 아씨가 계속해서 말했습니다. "주노가 자다가 어깨를 움찔거리는 것처럼 그러네. 엘렌, 한번 물어봐."

"아씨가 점잖게 행동하지 않으면 헤어튼 씨는 주인께 말씀드려서 아씨를 위층으로 쫓아버릴 거예요!" 제가 말했습니다. 헤어튼은 어깨를 움찔거렸을 뿐만 아니라 주먹을 사용하고 싶어 못 견디겠다는 듯 불끈 쥐었습니다.

"내가 부엌에 있으면 헤어튼이 왜 말을 안 하는지 난 다 알아." 언젠가 아씨는 그렇게 외치더라고요. "내가 자기를 비웃을까 봐 두려워하고 있는 거야. 엘렌, 어떻게 생각해? 전에 글을 깨치려고 혼자서 공부하기 시작했는데, 내가 비웃었더니 책을 태워버리고 그만둔 적이 있거든. 그러니 바보가 아니고 뭐지?"

"아씨가 짓궂게 굴지 않았나요?" 제가 물었습니다. "어서 대답해봐요."

"아마 내가 짓궂게 굴긴 했지." 아씨가 계속 말했습니다. "하지만 저 사람이 그렇게 바보스러운지는 미처 몰랐어. 헤어튼, 지금 내가 책을 주면 받겠어요? 어디 한번 줘봐야지!"

아씨는 읽고 있던 책을 그의 손에 올려놓았습니다. 그러자 그는 책을 팽개치며 그만두지 않으면 목을 분질러버리겠다고 말했습니다.

"그럼 여기다 놓아둘게요." 아씨가 말했습니다. "이 탁자 서랍에 말이에요. 나는 잠이나 자러 가야겠군."

그러고 나서 아씨는 그가 책을 집는지 지켜보라고 귓속말로 제게 속삭이더니 부엌에서 나가버렸습니다. 그러나 헤어튼은 책 근처에도 가려고 하지 않았습니다. 그래서 제가 그다음 날 아침에 그렇게 보고했더니, 아씨는 몹시 실망하는 것이었습니다. 헤어튼이 언제나 우울하고 의욕이 없는 것을 안타깝게 여기는 아씨의 모습을 저는 보았습니다. 모처럼 공부하려던 그의 노력에 찬물을 끼얹은 사실에 대

462

해 양심의 가책을 느꼈던 모양입니다. 그것도 아주 효과적으로 방해했으니까요.

그러나 그녀의 창의성은 자기가 준 상처를 치유하는 작업을 시작했습니다. 제가 다리미질을 하거나 그 밖에 방 안에서 하기가 불편한 다른 일을 할 때 아씨는 어떤 유쾌한 책을 가지고 와서 큰 소리로 저에게 읽어주곤 했습니다. 곁에 헤어튼이 있을 때는 대개 재미있는 대목에서 읽던 것을 멈추고 책을 그 자리에 놔둔 채 밖으로 나가버리곤 했습니다. 그런 일이 여러 번 반복되었지요. 그러나 헤어튼은 노새만큼이나 고집이 세서 미끼에 달려들지 않았고, 비가 오는 날이면 조셉과 담배를 피우며 난로 양쪽에 따로 떨어져 자동 인형처럼 앉아 있었습니다. 다행히도 노인은 귀가 어두워서 자기 말마따나 아씨의 사악한 헛소리를 들을 수 없었고, 젊은 헤어튼은 못 들은 척하느라 무진 애를 쓰고 있었습니다. 날씨가 좋은 날 밤이면 헤어튼은 사냥을 하러 나갔습니다. 그러면 캐서린 아씨는 하품을 하거나 한숨을 내쉬면서 저더러 이야기를 해달라고 조르는 것이었습니다. 그래서 막상 제가 이야기를 시작하려 하면 금세 뜰이나 정원으로 뛰쳐나가버렸습니다. 그러다가 결국은 울음을 터뜨리며 사는 게 지겹고 자기의 인생은 쓸모없는 것이라고 말했습니다.

히스클리프 씨는 사람들과의 접촉을 점점 더 싫어하게 되어 헤어튼 도련님조차 자기 거실에서 내몰다시피 했습니다. 그런데 3월 초였습니다. 도련님은 어떤 사고로 며칠 동안 부엌에만 박혀 있어야 했습니다. 혼자서 산에 올라갔다가 총이 오발되어 파편이 팔을 찢고 박히는 바람에 집에 도착하기까지 많은 피를 흘렸던 것입니다. 그래서 결과적으로 별수 없이 상처가 아물 때까지 난롯가에서 안정을 취해야만 했습니다.

그가 그렇게 꼼짝 못하고 그곳에 있게 된 것이 캐서린 아씨에겐 잘된 일이었습니다. 여하튼 아씨는 위층의 자기 방을 전보다도 더 싫어하게 되었습니다. 아씨는 저와 같이 있기 위해 아래층에서 함께 할 수 있는 일거리를 만들라고 저에게 강요했습니다.

부활절에 이어진 월요일에 조셉은 몇 마리 소를 끌고 기머튼의 장터에 가고, 저는 부엌에서 아마포를 매만지느라 바빴습니다. 헤어튼 언쇼는 여느 때와 마찬가지로 시무룩해서 난롯가에 앉아 있었고요. 아씨는 심심풀이로 유리창에 그림을 그리며 한가로이 시간을 보냈는데, 그러다가 취향을 바꾸어 막혔던 목을 터뜨리듯 노래를 부르기도 하고 속삭이는 절규를 발하기도 하고 때로는 짜증스럽고 답답한 듯이 사촌 오빠의 얼굴을 힐끗 쳐다보기도 했지만, 그 사촌은 꾸준히 담배를 피우며 난로 아가리만 들여다보고 있었습니다.

창으로 들어오는 빛을 가로막고 있어서 제가 도저히 일을 할 수 없다고 주의를 주니까 아씨는 난롯가로 자리를 옮겼습니다. 그래서 저는 아씨의 행동에 별로 주의를 기울이지 않았는데, 이윽고 아씨가 이렇게 말하는 소리가 들렸습니다.

"헤어튼, 난 이제야 깨달았어요. 당신이 나한테 그렇게 화를 내고 거칠게 굴지 않았다면 나는 당신이 내 사촌이 되기를 바라고 또 기쁘게 생각했을 거라는 사실 말이에요!"

헤어튼은 아무런 대답도 돌려주지 않았습니다.

"헤어튼, 헤어튼, 헤어튼! 내 말 듣고 있어요?" 아씨가 계속했습니다.

"저리 꺼져!" 헤어튼은 타협하지 않겠다는 무뚝뚝한 어조로 으르렁거렸습니다.

"그 파이프 이리 줘요." 아씨는 조심스레 손을 뻗어 그의 입에서 파이프를 빼내며 말했습니다.

그가 도로 빼앗을 틈도 없이 파이프는 뚝 부러져서 난롯불 속으로 들어갔습니다. 헤어튼은 아씨에게 욕을 하며 다른 파이프를 집어 드는 것이었습니다.

"그만 피워요." 아씨가 소리쳤습니다. "우선 내 얘기를 들어요. 담배 연기가 내 얼굴로 흘러와서 말을 할 수가 없잖아요."

"악마한테나 가봐!" 그가 무섭게 외쳤습니다. "그리고 난 이대로 내버려둬!"

"싫어요." 아씨는 꺾이지 않았습니다. "당신이 내게 말을 하도록 하려면 내가 어떻게 해야 할지 모르겠어요. 당신은 내 말을 이해하지 않기로 결심한 모양이군요. 내가 당신더러 바보라고 한 것은 별 뜻이 없는 말이에요. 깔보고 그런 건 아니에요. 자, 내 말을 들어봐요. 헤어튼, 당신은 내 사촌이에요. 그러니 당신도 나를 사촌으로 인정해야 돼요."

"너와 으스대는 네 자존심과 그 빌어먹을 거짓과 잔꾀 따위들과는 상종도 안 해!" 그가 대답했습니다. "두 번 다시 곁눈질로 너를 쳐다보느니 나는 차라리 몸과 영혼을 다 가지고 지옥으로 가겠어! 자, 당장 내 앞에서 꺼져!"

아씨는 얼굴을 찡그리며 창가의 의자로 물러서서 입술을 깨물며 울음이 터져나오는 것을 감추려고 이상한 노래 곡조를 흥얼거렸습니다.

"사촌끼리 사이좋게 지내야 합니다. 헤어튼 씨." 제가 끼어들었습니다. "아씨가 건방 떤 것을 후회하고 있잖아요! 아씨와 친구가 되면 도련님에게도 굉장히 이로울 거예요. 도련님도 전혀 딴사람이 될 테니까요."

"친구?" 그가 외쳤습니다. "나를 미워하고 자기 신발을 닦을 자격도 없다고 생각하는데? 천만에. 나를 임금으로 모신다 해도 저 애한테서 호감을 사려다가 더 이상 무시당하고 싶진 않아."

"내가 당신을 미워하는 게 아니라 당신이 나를 미워하는 거라고요!" 캐서린 아씨는 괴로움을 더 이상 감출 수 없었는지 흐느껴 울었습니다. "당신은 히스클리프 씨만큼, 아니 그보다 더 나를 미워하고 있는 거예요."

"넌 저주받을 거짓말쟁이야." 헤어튼 언쇼가 말을 시작했습니다. "그렇다면 내가 왜 너를 편들다가 백 번도 넘게 히스클리프를 화나게 만들었겠니? 네가 나를 비웃고 업신여기는데도 말이야. 그래, 나를 실컷 괴롭혀봐. 그러면 나는 저리 가서 네가 나를 괴롭혀서 부엌에서 쫓아냈다고 말할 테야!"

"당신이 내 편을 들어줬다는 건 전혀 몰랐어요." 아씨는 눈물을 닦으며 대답했습니다. "그래서 나는 비참한 신세라고 느껴 누구에게나 적개심을 품었던 거예요. 하지만 이제라도 당신에게 감사해요. 그리고 나를 용서해요. 그 외에 내가 어떻게 하면 될까요?"

아씨는 난롯가로 돌아가더니 허심탄회하게 손을 내밀었습니다.

그는 얼굴에 먹구름이 끼면서 천둥을 담은 구름처럼 찌푸리더니 주먹을 계속 불끈 쥔 채 바닥만 노려보고 있었습니다.

이렇게 우악스러운 행동을 취하는 것은 자기를 싫어해서가 아니라 지독한 괴팍함 때문이라는 것을 아씨는 본능적으로 알아차렸음에 틀림없었습니다. 잠시 망설이더니 아씨는 허리를 굽혀 헤어튼의 뺨에 부드럽게 키스를 했던 것입니다.

이 귀여운 악당은 제가 보지 못한 줄 알고 창가의 자리로 아주 태연하게 돌아갔습니다.

저는 못마땅하다는 듯이 고개를 좌우로 흔들었습니다. 그러자 아씨는 얼굴을 붉히더니 속삭였습니다.

"그럼 엘렌, 내가 어떻게 했어야 되지? 저 사람은 악수도 안 하고 쳐다보지도 않잖아. 내가 자기를 좋아한다는 것, 친구가 되기를 원한다는 것을 어떻게든 보여주어야 했단 말이야."

그 키스가 계기가 되어 헤어튼이 아씨를 믿게 되었는지 어쨌는지는 잘 모르겠습니다. 헤어튼은 몇 분간 얼굴을 보이지 않으려고 아주 조심했습니다. 또한 얼굴을 들고서도 시선을 어디에 둬야 할지 몰라 애처로울 정도로 당황한 표정이었습니다.

아씨는 예쁜 책 한 권을 흰 종이로 산뜻하게 싸서 리본으로 묶은 뒤에 '헤어튼 언쇼에게'라고 쓰더니 저더러 그에게 전해달라고 부탁하는 것이었습니다.

"그가 책을 받으면 내가 가서 올바르게 읽는 법을 가르쳐준다고 말했다고 해." 아씨가 말했습니다. "받지 않으면, 난 위층으로 올라가서 다시는 그를 귀찮게 하지 않겠다고 전해줘."

저는 책을 가지고 가서, 심부름을 시킨 당사자가 초조하게 지켜보는 가운데 그 말을 그대로 전했습니다. 헤어튼은 손가락을 펴지도 않았습니다. 그래서 저는 책을 그의 무릎 위에 올려놓았습니다. 그가 책을 집어던지지는 않더군요. 저는 돌아와서 하던 일을 계속했습니다. 아씨는 머리를 팔 위에 대고 탁자에 엎드려 있었습니다. 마침내 부스럭거리며 포장지를 뜯는 소리가 나자, 아씨는 살며시 일어서더니 사촌 옆으로 가서 앉았습니다. 헤어튼은 몸을 떨며 얼굴을 붉혔습니다. 평상시의 거칠고 무뚝뚝했던 모습은 사라지고 없었습니다. 아씨의 의아해하는 눈길이나 속삭임에 대해서도 처음에는 한마디라도 내뱉을 용기를 낼 수 없는 것 같았습니다.

"헤어튼, 날 용서한다고 말해줘요, 어서! 그 말 한마디만으로 당신은 나를 행복하게 만들 수 있어요."

그는 들리지 않게 뭐라고 웅얼거렸습니다.

"그럼 내 친구가 되어주는 거죠?" 아씨가 질문조로 더 물었습니다.

"아니야! 너는 사는 동안 매일같이 나를 창피하게 생각할 거라고" 하고 그는 대답했습니다. "나를 알게 되면 더욱더 그럴 거야. 나는 그걸 견딜 수가 없어."

"그래서 친구가 되지 않겠다는 거예요?" 아씨는 꿀처럼 달콤한 미소를 지으며 그에게 바싹 다가앉았습니다.

그 후로는 제가 엿들을 수 있는 말이 들려오지 않았습니다. 그러나 제가 다시 돌아봤을 때, 아까 그 책을 펴서 들여다보고 있는 밝은 두 얼굴을 보았기 때문에 이제야 평화 조약이 성립되어 어제의 적이 동맹을 맹세한 우방이 된 것을 틀림없이 알 수 있었습니다.

그들이 공부하는 책은 화려한 그림으로 가득 차 있었습니다. 그 그림들과 그들이 붙어 앉은 자세는 조셉이 들어올 때까지도 그들을 꼼짝하지 않게 만들기에 충분한 매력이 있었습니다. 아씨가 헤어튼 언쇼와 같은 의자에 앉아 그의 어깨 위에 손을 얹고 있는 광경에 이 가엾은 영감은 완전히 질려버렸고, 자신이 총애하는 젊은이가 가까이 온 아씨를 참아주고 있다는 사실 앞에서 어안이 벙벙했던 모양입니다. 그 충격이 어찌나 컸는지 그날 밤 영감은 그 문제를 놓고 아무 말도 하지 못했던 것입니다. 다만 탁자 위에 커다란 성서를 엄숙히 펴놓고 그날의 거래에서 받은 때 묻은 지폐를 지갑에서 꺼내어 그 위에 놓으면서 땅이 꺼져라고 깊은 한숨을 내쉬는 것으로 자신의 감정을 드러낼 뿐이었습니다. 마침내 그는 앉아 있는 자리에서 자기 쪽으로 오라고 헤어튼을 불렀습니다.

"자, 이 돈을 주인에게 갖다 드려" 하고 그가 말했습니다. "그리고 그냥 그 방에 있도록 해. 난 내 방으로 갈 테니까. 이 방은 점잖지 못해서 우리에게 맞지 않아. 나가서 다른 방을 찾아야겠어!"

"캐서린 아씨, 자……" 하고 제가 말했습니다. "우리도 나가야 되겠어요. 다리미질도 다 했으니까요. 나갈 준비가 되었나요?"

"8시도 안 되었어!" 아씨는 마지못해 일어서며 대답했습니다. "헤어튼, 이 책은 벽난로 위에 놔둘게요. 내일은 몇 권 더 가져올게요."

"거기다 남겨두는 책은 무슨 책이든 내가 거실로 가져갈 테니 그리 알라고" 하고 조셉이 말했습니다. "그걸 찾아내면 운이 트인 거지. 알아서 해."

아씨는 자기 책을 건드리면 영감의 책도 그렇게 될 줄 알라고 협박했습니다. 그러고 나서 헤어튼 곁을 지나치면서 미소를 짓고 노래까지 부르며 위층으로 올라갔습니다. 아마 맨 처음에 린튼 도련님을 찾아왔을 때 이후로 이 집 지붕 밑에서 아씨가 그처럼 명랑한 적은 한 번도 없었을 것입니다.

이렇게 시작된 정다운 관계는 급속히 무르익었습니다. 물론 일시적인 걸림돌이 없었던 건 아닙니다. 언쇼가 원한다고 해서 곧 교양인이 되는 것은 아니었고, 그렇다고 아씨도 철학자가 아니며 인내심의 표상도 아니었기 때문이었습니다. 그러나 두 사람의 마음은 같은 지점으로 기울고 있었습니다. 한쪽은 존경을 사랑하고 열망했으며 또 한쪽은 존경받기를 사랑하고 열망했던 것입니다. 결국 그들은 목표를 달성했습니다.

록우드 씨, 히스클리프 부인의 마음을 사로잡기는 무척 쉽다는 것을 아셨을 겁니다. 그러나 이제 와서 생각하니, 그때 선생님께서

469

그런 시도를 하시지 않은 것은 정말로 다행한 일이었습니다. 저의 간절한 소망은 이 두 남녀의 결합입니다. 그들이 결혼하는 날, 저는 아무도 부럽지 않을 것입니다. 그날은 영국에서 저보다 더 행복한 여자가 없을 테니까요!

# 19

그 월요일에 이어진 다음 날에도 언쇼는 자기가 늘상 하던 일을 할 수 없어 집 안에 남아 있었으므로 저는 아씨를 예전처럼 곁에 붙잡아둘 수 없다는 것을 얼른 알아차렸습니다.

아씨는 저보다 먼저 아래층으로 내려와 정원으로 나갔습니다. 사촌이 거기서 뭔가 힘들지 않은 일을 하고 있는 것을 보았던 것입니다. 그런데 제가 아침을 먹으라고 그들을 부르러 갔을 때였습니다. 아씨는 헤어튼을 졸라서 까치밥나무와 구스베리 덩굴을 치우고 꽤 넓은 공간을 마련하여 농장에서 묘목을 가져와 심을 계획을 세우느라 바빴습니다.

불과 30분 동안에 그만큼 쳐낸 것을 보고 저는 겁부터 났습니다. 검은 까치밥나무는 조셉이 애지중지하는 나무인데, 하필 아씨는 그 한복판에다 화단을 만들기로 작정했던 것입니다.

"이봐요! 주인에게 모두 알려질 텐데" 하고 제가 소리쳤습니다. "이렇게 해놓은 것이 발각되는 순간 알려질 거예요. 그리고 정원을 이렇게 망쳐놓고 뭐라고 변명할 작정이죠? 보나마나 노발대발 대소동이 일어날 거라고요. 두고 보세요! 헤어튼 씨, 아씨가 부탁한다고 이렇게 엉망으로 만들다니, 정신이 있는 겁니까?"

"그게 조셉 영감 것이라는 걸 깜빡 잊었다고." 언쇼가 좀 당황한 표정으로 대답했습니다. "하지만 영감에게는 내가 했다고 말하겠어."

우리는 늘 히스클리프 씨와 함께 식사했습니다. 저는 차를 따라 주고 고기를 잘라 나누는 안주인의 역할을 했기 때문에 식탁에서 없어서는 안 되는 처지였습니다. 아씨는 대개 제 옆자리에 앉았습니다. 그런데 그날은 살금살금 헤어튼 쪽으로 더 가까이 가 있었습니다. 적개심도 그랬듯이 애정 표현에도 주저하지 않았습니다.

"이제 사촌과 지나치게 말을 많이 하거나 사촌에게 너무 신경을 쓰지 마세요." 우리가 식당으로 들어가기 전에 제가 아씨에게 속삭이며 전한 주의 사항이었습니다. "그랬다가는 틀림없이 히스클리프 씨가 화를 낼 것이고 결국 두 사람에게 벼락이 떨어질 테니까요."

"그러지 않을게." 아씨가 대답했습니다.

다음 순간 아씨는 그의 곁으로 다가가서 그의 죽 그릇에 앵초 꽃을 꽂는 것이었습니다.

헤어튼은 식탁에서는 감히 아씨에게 말도 못하고 쳐다볼 엄두도 내지 못했지만 아씨가 계속 짓궂게 굴자 두 번씩이나 웃음을 터뜨릴 뻔했습니다. 제가 얼굴을 찌푸렸더니 아씨는 주인 쪽을 힐끔 쳐다보았습니다. 주인은 그 얼굴 표정에서 나타나듯 마음은 거기 있는 사람들이 아닌 다른 문제에 사로잡혀 있었습니다. 그러자 아씨는 잠시 진지해지면서 주인을 심각한 표정으로 살펴보는 것이었습니다. 그러더니 이내 몸을 돌려 다시 장난을 치기 시작했습니다. 마침내 헤어튼은 참았던 웃음을 터뜨리고 말았습니다.

히스클리프 씨는 깜짝 놀랐습니다. 그의 눈은 재빨리 우리 얼굴을 훑어보았습니다. 아씨는 여느 때와 마찬가지로 불안한 표정으로, 그러면서도 도전적인 눈초리로 그의 눈을 맞이했는데, 히스클리프 씨는 그 눈초리를 제일 싫어했던 것입니다.

"내 손이 닿지 않는 곳에 앉아 있는 걸 다행으로 여겨." 그가 외쳤습니다. "너는 도대체 무슨 악귀에 씌어서 계속 그런 지긋지긋한 눈초리로 나를 노려보는 거냐? 눈을 내려뜨지 못해? 네가 있다는 것을 자꾸 상기시키지 마. 그 웃는 버릇은 다 고쳐놓은 줄 알았는데, 원!"

"제가 웃었습니다." 헤어튼이 중얼거렸습니다.

"뭐라고?" 주인이 다그쳐 물었습니다.

헤어튼은 자기 접시를 바라볼 뿐 그 고백을 되풀이하지는 않았습니다.

히스클리프 씨는 그를 잠시 바라보더니 말없이 식사를 계속했고, 다시 생각에 잠겼습니다.

우리는 식사를 거의 끝냈습니다. 두 젊은이들도 정신을 가다듬고 서로 떨어져 앉았으므로, 식탁에서 일어설 때까지는 더 이상 잡음이 있을 것 같지 않았습니다. 그런데 바로 그때 조셉이 문간에 나타났습니다. 떨리는 입술과 분노에 찬 눈은 그가 아끼던 나무를 파헤쳐 버린 사실이 발각되었다는 것을 여실히 나타내고 있었습니다.

조셉은 그 정원을 살펴보기 전에, 아씨와 헤어튼이 그곳에 있는 것을 보았음에 틀림없었습니다. 왜냐하면 새김질하는 암소처럼 아래위 턱을 움직거리며 거의 알아들을 수 없게 이런 말을 하기 시작했으니까요.

"난 급료를 받고 나가야겠어! 60년 동안 봉사한 이 집에 뼈를 묻으려 했는데. 그렇잖아도 내 책과 물건들을 죄다 다락방으로 옮기고 저들에게 부엌을 내줄 생각이었소. 그래야 집안이 조용해질 것 같았소. 난롯가의 내 자리를 포기하는 건 괴로운 일이지만 그렇게 할 수 있다고 생각했소! 그런데 이제 저 여자가 내 정원까지 빼앗아갔으

473

니, 원! 주인님, 난 참을 수 없어요! 주인님은 이런 굴욕을 참을 수 있을지 모르지만 나는 이런 일은 처음입니다. 이 늙은이는 이렇게 새로 닥친 무거운 짐을 감당하지 못해요. 차라리 길 닦는 데 나가 망치질이나 해서 입에 풀칠하는 게 낫겠어요!"

"자, 그만해! 이 백치야!" 히스클리프 씨가 말을 가로막았습니다. "그만 입 다물어! 영감 불평이 뭐야? 영감과 넬리의 다툼이라면 난 간섭하지 않겠어. 넬리가 영감을 석탄 구멍에 처넣어도 난 상관 안 해."

"넬리 얘기가 아니라고요!" 조셉이 대답했습니다. "넬리 때문에 나가겠다는 게 아니에요. 참말이지, 넬리도 기분 나쁘고 성미가 고약하긴 마찬가지지만요! 그래도 남의 영혼을 훔쳐가진 못해요. 저렇게 못났으니 눈만 껌벅이지 누가 쳐다보기나 하나요! 그런데 저 표독하고 품위 없는 여왕님이 그 대담한 눈과 뻔뻔한 수단으로 우리 도련님을 홀려가지고 결국……. 아니, 말도 못하겠네. 내 가슴을 찢어놓지 뭡니까! 도련님은 내가 그동안 해준 일을 죄다 잊어먹고 정원에서 제일 좋은 까치밥나무 덩굴을 전부 패버렸지 뭡니까!" 여기까지 말하고 영감은 서럽게 울음을 터뜨리는 것이었습니다. 너무 억울한 데다 언쇼의 배은망덕과 위태로운 지경에 빠진 언쇼의 처지를 생각하고 너무나 허탈했던 것입니다.

"저 멍청이가 취했나?" 히스클리프 씨가 물었습니다. "헤어튼, 영감이 너를 비난하는 거냐?"

"두세 그루의 관목을 제가 뽑아버렸습니다." 젊은이가 대답했습니다. "하지만 다시 심어놓겠습니다."

"그런데 그것들을 뽑아버린 이유가 뭐야?" 주인이 말했습니다.

아씨가 재치 있게 끼어들었습니다.

"우리는 거기에다 꽃을 심고 싶었어요." 아씨가 큰 소리로 말했습니다. "잘못한 사람이 있다면 나뿐이에요. 제가 헤어튼에게 그렇게 해달라고 졸랐으니까요."

"도대체 누가 너더러 여기에서 막대기 하나라도 건드려도 좋다고 허락했지?" 시아버지는 몹시 놀라며 물었습니다. "그리고 누가 너더러 내 며느리의 말에 복종하라고 했느냐 말야?" 하고 그는 헤어튼을 향하며 말을 덧붙였습니다.

헤어튼은 말이 없었습니다. 아씨가 대답하는 것이었습니다.

"화단을 만들려고 몇 야드밖에 안 되는 땅을 내가 쓰겠다는데, 그렇게 인색하게 굴지 마세요. 당신은 내 땅 전부를 빼앗아 갔잖아요!"

"네 땅이라고? 건방진 계집애 같으니! 네겐 땅이 없었어!" 히스클리프 씨가 말했습니다.

"게다가 내 돈도 빼앗아 갔잖아요." 아씨는 분노한 눈초리를 마주 노려보며 말을 잇더니, 그러면서도 먹다 남은 빵을 한입 베어 물었습니다.

"닥쳐!" 그는 외쳤습니다. "빨리 처먹고 꺼져!"

"그리고 헤어튼의 땅과 돈도 다 가져갔잖아요." 이 무모한 아씨는 계속했습니다. "헤어튼과 나는 이제 친구예요. 그래서 난 헤어튼에게 당신에 대해 모든 걸 얘기해줄 거예요!"

주인은 한순간 당황하는 표정이었습니다. 얼굴이 창백해져서 일어서더니 사람을 잡을 것 같은 증오심이 담긴 표정으로 계속 아씨를 노려봤습니다.

"만일 나를 때리면 헤어튼이 당신을 때릴 겁니다!" 아씨가 말했습니다. "그러니까 가만히 앉아 있는 게 좋을 거예요."

"헤어튼이 너를 이 방에서 쫓아내지 않는다면 나는 녀석을 때려 지옥으로 보내겠다." 히스클리프 씨가 천둥 치듯 소리쳤습니다. "저 주받아 마땅한 마녀 같으니! 감히 저 아이를 꾀어서 내게 반항하도록 충동질하다니! 저년을 끌고 나가! 내 말이 안 들려? 저년을 부엌에다 내동댕이치란 말야! 엘렌 딘, 저년을 다시 내 눈에 띄게 내버려둔다면 내가 죽여버릴 거야!"

헤어튼은 낮은 소리로 아씨에게 나가도록 설득했습니다.

"끌고 나가라니까!" 하고 히스클리프 씨는 사납게 소리쳤습니다. "너는 우물쭈물하며 말로만 할 작정이냐?" 하더니 히스클리프 씨는 자기가 한 명령을 손수 실행하려고 다가섰습니다.

"이 악당아, 헤어튼은 이제 더 이상 당신의 말을 듣지 않을 거예요." 캐서린 아씨가 말했습니다. "그도 나만큼 당신을 미워할 거예요!"

"그만둬! 그만둬!" 젊은 헤어튼은 나무라는 투로 중얼거렸습니다. "그런 식으로 저 사람에게 이야기하는 건 듣기 싫어. 이제 끝내!"

"그렇지만 저 사람이 나를 때리도록 내버려두지는 않겠죠?" 아씨가 외쳤습니다.

"그러면 나와!" 헤어튼은 진지하게 속삭이는 소리로 타일렀습니다.

그런데 때는 너무 늦었습니다. 히스클리프 씨가 아씨를 붙잡은 후였습니다.

"너는 저리 비켜!" 그는 언쇼에게 말했습니다. "지독한 마녀 같으니! 이번에는 도저히 참을 수 없게 나를 약올렸어. 그러니 영원히 후회하도록 만들어주마!"

히스클리프 씨는 아씨의 머리채를 잡았습니다. 헤어튼은 이번만은 용서해주라고 애원하면서 머리채를 쥔 손을 풀려고 노력했습니다. 히스클리프의 검은 눈은 광채를 발하며 아씨를 갈기갈기 찢어버릴 기세여서 저도 점점 흥분되어 아씨를 구하는 모험을 할 참이었습니다. 그때 갑자기 히스클리프 씨는 쥐었던 손의 힘을 풀더니 머리채 대신 팔을 붙잡고 아씨의 얼굴을 뚫어지게 쳐다봤습니다. 그러더니 손으로 아씨의 눈을 가리고 한동안 마음을 진정하려고 애쓰는 것이었습니다. 그러고는 아씨를 향해 애써 침착한 어조로 말했습니다.

"나를 화나게 하는 일은 피할 줄 알아야 해. 그렇지 않으면 언젠가 난 정말로 너를 죽이고 말 거야! 딘 부인과 함께 물러가서 늘 같이 있도록 해. 그리고 딘 부인 귀에다가만 건방을 떨란 말야. 헤어튼 언쇼 말인데, 만약 녀석이 네 말에 귀를 기울이는 게 내 눈에 띄기만 하면 나가서 밥벌이를 하라고 이 집에서 내보내겠어! 네 사랑이란 것은 녀석을 떠돌이 거지로 만들 거야. 넬리, 저 아이를 데리고 가. 모두 나가! 나 혼자 있게 해줘!"

저는 아씨를 데리고 나왔습니다. 그곳을 벗어난 것이 퍽이나 기뻤는지 아씨는 순순히 따라나왔고 헤어튼도 뒤따랐습니다. 그래서 히스클리프 씨는 점심때까지 그 방에 혼자 있게 되었습니다.

저는 아씨에게 점심은 위층에서 들도록 권했습니다. 그러나 아씨의 빈자리를 보자 주인은 제게 아씨를 불러오라고 하더군요. 히스클리프 씨는 아무하고도 말하지 않고 얼마 먹지도 않더니, 식사를 마치자마자 저녁때나 돌아오겠다고 알리고 집을 나갔습니다.

그가 없는 동안 새로 사귄 두 친구는 거실을 차지했습니다. 아씨가 시아버지인 히스클리프가 헤어튼의 아버지에게 저지른 일을 밝히려 하자 헤어튼은 단호하게 아씨의 입을 막았습니다.

히스클리프 씨를 깎아내리는 말은 한마디도 허락하지 않겠다고 그는 말했습니다. 설사 그가 악마라 해도 상관없으며 자기는 히스클리프 씨의 편이라는 것이었습니다. 그 사람을 욕하려거든 차라리 예전처럼 자기에게 욕했으면 좋겠다고 했습니다.

캐서린 아씨는 이 말에 화를 내기 시작했습니다. 그러나 그는 아씨의 입을 틀어막는 방법을 찾아냈습니다. 만약 자기가 아씨의 아버지에 대해 험담을 늘어놓으면 기분이 어떻겠느냐고 물었던 것입니다. 그래서 아씨는 헤어튼이 주인의 명예를 자기 자신의 명예로 생각한다는 것을 깨달았습니다. 이성으로도 끊을 수 없는 유대…… 습관으로 다져진 사슬로 이어진 그들 사이를 갈라놓으려는 행동이야말로 잔인한 짓임을 깨달았던 것입니다.

이런 일이 있은 뒤로 아씨는 주인에 대한 불평이나 반감을 감출 정도로 아량을 보였습니다. 또한 아씨는 히스클리프와 헤어튼을 이간질하려고 애쓰던 일이 후회된다고 제게 고백하기도 했습니다. 정말이지 그 이후로 헤어튼이 듣는 데서는 자신의 압제자에 대한 험담을 한마디도 한 적이 없었습니다.

이런 미미한 불화가 해소된 뒤로 두 사람은 다시 친밀한 사이가 되었고, 서로의 몇 가지 하는 일 중에서도 학생과 선생의 역할을 하느라 분주했습니다. 저도 집안일을 끝낸 후 그 방으로 들어가 그들과 함께 앉아 있었습니다. 그들을 보고 있으면 마음이 차분해지고 큰 위안을 느껴 시간 가는 줄도 몰랐습니다. 아시다시피 그들은 둘다 제 자식이나 다름없었으니까요. 저는 오랫동안 아씨를 자랑스럽게 생각해왔는데, 이제 헤어튼도 같은 만족의 원천이 될 것 같았습니다. 그의 정직하고 따뜻하고 총명한 성품은 성장 과정이 가져왔던 무지와 퇴보의 구름을 단시일 내에 걷어버렸던 것입니다. 또한 아씨의 진지한 칭찬은 그의 분발을 돕는 역할을 했습니다. 그의 마음이 밝아지자 외모도 밝아지고, 발랄하고 고귀한 기품까지 생겨났습니다. 그래서 언젠가 바위산으로 올라간 아씨를 찾으러 나왔다가 워더링 하이츠에서 제가 처음 본 그 젊은이와 지금의 도련님이 같은 사람이라고는 도저히 상상할 수도 없었습니다.

제가 이렇게 감탄하고 그들은 열심히 공부하는 동안 날이 어두워지기 시작했는데, 바로 그때 주인이 돌아왔습니다. 그는 현관문으로 들어와 뜻밖에도 우리와 마주쳤던 것입니다. 우리가 고개를 들어 그를 보기 전부터 그는 우리 세 사람을 훤히 내려다보고 있었던 것입니다.

지금도 제 눈에 선합니다. 그처럼 유쾌하고 순수한 광경은 없었을 것입니다. 그들을 야단친다는 생각 자체가 지독한 수치가 될 지경이었지요. 빨갛게 타고 있는 난로의 불빛이 그들의 귀여운 머리 위에서 빛을 발하고 그들의 얼굴은 무엇에 열중한 어린애들처럼 상기되어 있었습니다. 헤어튼은 스물세 살이고 아씨는 열여덟 살이었지만, 느끼고 배우는 것이 하나같이 신기함으로 가득 차 있었기에 냉정하고 환상을 벗어난 성숙된 감정은 경험하거나 드러내지도 않고 있었습니다.

두 사람은 동시에 눈을 들어 히스클리프 씨를 보았습니다. 아마 선생님은 두 사람의 눈이 매우 닮았다는 것을 눈치채지 못하셨을지 모릅니다만, 그 눈이 바로 캐서린 언쇼의 눈이었습니다. 지금의 캐서린 아씨는 눈만 닮았지 다른 데는 별로 닮은 데가 없습니다. 다만 비슷한 곳은 넓은 이마와 오똑한 콧날인데, 그 콧날 때문에 자기가 원하든 원하지 않든 좀 거만하게 보이는 것입니다. 그런데 헤어튼이 훨씬 더 고모를 쏙 빼닮았습니다. 언제 보아도 신기할 정도로 닮았는데, 특히 그때는 정말이지 놀라울 정도로 닮아 보였습니다. 감각

기관이 활발해지고 정신적인 능력에도 이제 눈을 떠서 예사롭지 않은 활기를 발하고 있었습니다.

죽은 캐서린을 쏙 빼닮은 헤어튼의 모습 앞에서 히스클리프 씨는 무기를 죄다 내려놓은 것 같았습니다. 분명히 흥분한 상태에서 그는 난로 쪽으로 걸어갔지만, 그 젊은 헤어튼을 보고는 곧 그 흥분이 가라앉았던 것입니다. 아니 흥분이 아직 남아 있었지만 그 성격이 달라졌는지도 모릅니다.

히스클리프 씨는 헤어튼의 손에서 책을 빼앗아 펼쳐진 페이지를 훑어보더니 아무 말도 하지 않고 돌려주고 나서 단지 아씨에게 나가라고 손짓했습니다. 그러자 헤어튼도 좀 있다가 따라서 나갔습니다. 그래서 저도 막 그 자리를 떠나려고 했는데 그가 앉아 있으라고 말하는 것이었습니다.

"결말치고는 형편없군, 안 그런가?" 그는 방금 자신이 목격한 장면을 잠시 생각하더니 그렇게 말했습니다. "나의 맹렬한 노력의 결과치고는 터무니없는 결말이 아닌가? 두 집안을 쑥밭으로 만들 수 있는 지렛대와 곡괭이를 장만해놓고 헤라클레스처럼 일할 수 있도록 내 자신을 단련해 막상 모든 것이 준비되고 내 힘으로 다 할 수 있게 되었는데, 어느 한쪽 집 기왓장 하나 들어내고 싶은 생각이 사라지고 말다니! 나의 옛 적들은 나를 이기지 못했어. 지금이야말로 내 적의 자식들에게 복수할 절호의 기회일 거야. 나는 복수할 수 있어. 누구도 나를 막지 못해…… 하지만 그게 다 무슨 소용이냐 말야? 때리고 싶지도 않아. 손을 쳐드는 것조차 귀찮아! 이제껏 애써온 것이 다만 멋진 관용의 흔적을 남기는 격이 되었어. 지금 한 말도 진실과는 멀어……. 그들을 파멸시키는 데서 오는 쾌감을 느낄 능력도 상실했어. 아무 소용도 없는 파괴도 귀찮아진 거야.

넬리, 이상한 변화가 나에게 다가오고 있어. 벌써 나는 그 변화의 그림자 속에 들어가 있어. 일상생활에 대한 흥미를 거의 잃어서 먹고 마실 생각조차 하지 못하겠어. 지금 내겐 방에서 나간 두 사람만이 분명한 물질적 형체를 가진 대상이야. 그래서 그들의 모습은 나에게 번뇌에 가까운 고통을 일으키고 있어. 며느리에 대해서는 말도 하고 싶지 않아. 생각조차 하기 싫어. 정말 눈에 보이지 않았으면 좋겠어. 그 아이가 앞에 있으면 미칠 것만 같아. 헤어튼은 나에게 다른 감정을 일으켜. 미친 사람처럼 보이지 않고 대면할 수 있다손 치더라도 다시는 그 녀석도 보지 않겠어! 어쩌면 넬리 자네도 내가 벌써 미쳐가고 있다고 생각할 거야." 그는 억지로 미소를 지으면서 말을 이었습니다. "만일 저 녀석이 일깨우거나 구체화시킨 수많은 과거의 기억들을 내가 묘사하려고 노력하면 내가 미쳐가는구나 하는 생각이 들겠지……. 그러나 넬리는 내 얘기를 함부로 퍼뜨릴 사람도 아니고 나는 나대로 늘 은둔 생활을 해왔기 때문에 이제는 드디어 누구한테고 털어놓고 싶은 심정이야.

바로 5분 전에 본 헤어튼의 모습은 실제 인물이 아니라 내 젊은 시절의 화신 같았어. 그 녀석을 보면 심경이 어찌나 착잡한지 이성적으로 말을 걸기도 불가능했을 거야.

첫째, 녀석은 놀라울 정도로 캐서린을 닮아서 겁날 정도로 그녀를 연상시키는 거야. 그런데 그 점이 내 상상력을 가장 강하게 사로잡는다고 자네는 생각하겠지만 사실 그건 아주 미약해. 왜냐하면 나에게 그녀를 연상시키지 않는 것이 어디 있겠나? 그녀를 상기시키지 않는 것이 뭐가 있겠어? 이 바닥을 내려다보아도 금세 그녀의 얼굴이 돌마루 위에서 어른거리는 판이야! 구름마다, 나무마다……
밤에는 하늘 가득히 모든 사물에 담긴 그녀의 번뜩이는 빛에 사로잡히고, 낮에는 그녀의 모습에 포위되어 살고 있단 말이야! 가장 평범하게 생긴 남녀들의 얼굴, 내 자신의 얼굴까지도 그녀와 닮은 모습을 띠고 나를 놀린단 말야. 온 세상은 그녀가 존재했었는데 내가 그녀를 잃었다는 것을 기록한 무서운 비망록이야!

그렇지. 헤어튼의 모습은 내 영원한 사랑의 환영이며, 나의 권리, 타락, 자부심, 행복, 고뇌를 끝까지 쥐고 놓지 않으려는 내 우악스러운 노력의 환영이야.

그러나 내가 이런 생각을 자네에게 말하는 것은 미친 짓이지. 다만 내가 늘 혼자 있기를 꺼려하면서도 왜 그 녀석과 함께 있어도 아무 이득이 없는가를 알려주고 싶군. 함께 있어봤자 내 마음을 달래주기는커녕 내가 겪는 끝없는 고통을 악화시킬 뿐이거든. 사촌끼리 어떻게 어울리든 내가 관심을 갖지 않는 것도 어느 정도 그런 이유 때문이야. 더 이상 그들에게 관심을 기울일 수가 없어."

"그런데 히스클리프 씨, 변화라고 말씀하셨는데 그게 무슨 뜻이지요?" 저는 그의 태도에 깜짝 놀라 이렇게 말했습니다. 하지만 그가 미치거나 죽을 염려가 있어서 그런 건 아닙니다. 제가 판단하기로 그는 아주 튼튼하고 건강했습니다. 그의 이성은 어떠했는가 하면, 어릴 때부터 어두운 일만 곰곰이 생각하고 야릇한 환상에 빠지는 것을 즐겼습니다. 떠나보낸 자신의 우상이란 주제에 병적인 집착 증세가 있었을지 모르지만 그 밖의 다른 면에서 그의 정신 상태는 저나 마찬가지였습니다.

"그 변화가 닥칠 때까지는 나도 몰라." 그가 말하는 것이었습니다. "지금은 반쯤밖에 의식하지 못하고 있어."

"몸이 불편한 건 아니시겠죠?" 제가 물었습니다.

"아냐, 넬리. 난 괜찮아." 그가 대답했습니다.

"그러면 죽음을 두려워하고 계신 게 아닌가요?" 제가 추궁했습니다.

"두려워한다고? 천만에!" 그가 대답했습니다. "난 죽음에 대한 공포심도 없고 예감도 없거니와 그것에 대한 희망도 없어. 왜 내가 그런 생각을 하겠나? 단단한 몸에 절제 있는 생활을 하며 위험한 일을 하는 것도 아니니까 검은 머리가 없어질 때까지 이 땅 위에 남아 있어야 하고, 아마 그렇게 될 거야. 그러나 이런 상태로는 도저히 계속 살아갈 수가 없어! 너 뭐 하는 거야, 숨을 쉬어야지 하고 자신에게 일깨워야 숨을 쉬고, 거의 스스로 일깨워야 그제야 심장이 고동치는 형편이야! 마치 강한 용수철을 뒤로 굽히는 작업 같단 말야. 아무리 사소한 행동도 퍼뜩 생각이 나서 하는 것이 아니라 강제로 밀어붙여야 하고, 하나의 보편적 개념과 관련 없는 것은 산 것이건 죽은 것이건 억지로 노력해야 눈에 들어오는 실정이야. 내게는 단 한 가지 소원이 있는데, 내 몸과 능력을 죄다 바쳐 그것을 이루려고 간절히 바라고 있어. 너무 오래 갈망했기 때문에 머지않아 달성되리라고 믿고 있지. 그렇게 되면 그 소원이 내 존재를 꿀꺽 삼켜버릴 테니까. 나는 그 소원이 이뤄지리라는 기대감에 사로잡혀 있어.

이런 고백으로 내 마음이 후련해지지는 않겠지. 하지만 내가 드러내는 기분의 어떤 면을, 달리 설명할 수 없는 어떤 면을 설명할 수 있을지도 모르지. 오, 하느님! 이건 긴 투쟁이었습니다. 이제 끝냈으면 좋겠습니다!"

그는 끔찍한 말을 혼자 중얼거리며 방 안을 왔다 갔다 하기 시작했습니다. 그래서 조셉이 말한 것처럼, 양심의 가책 때문에 그의 마음이 생지옥으로 떨어져버린 것이 아닌가 하고 믿게 될 정도였습니다. 결국 어떻게 종말에 이르게 될지 몹시 궁금했습니다.

히스클리프 씨가 전에는 표정으로나마 이런 심정을 바로 드러낸 적은 없었지만 늘 그런 심정으로 살아왔구나 하고 저는 생각했습니다. 자기 입으로 주장한 사실이니까요. 그러나 평소 그의 태도로 보아서는 어느 누구도 이런 사실을 짐작하지 못했을 겁니다. 록우드 씨, 선생님도 그를 보았을 때 짐작하지 못하셨을 겁니다. 그는 제가 지금 말씀드리는 그 시기에도 선생님과 만났던 시기와 다를 바 없었습니다. 다만 계속 혼자 있기를 좋아했고 다른 사람과 함께 있을 때는 말수가 더욱 적었을 겁니다.

# 20

그날 밤 이후로 며칠 동안 히스클리프 씨는 식탁에서 우리와 만나는 것을 피했습니다. 그러나 헤어튼과 아씨를 정색을 하고 배제하려고 하지는 않았습니다. 그는 자기의 감정에 완전히 굴복하는 것을 싫어했으므로 차라리 모습을 드러내지 않기로 작정했던 것입니다. 그는 하루 한 끼의 식사로도 충분히 지탱할 수 있는 것 같았습니다.

어느 날 밤 식구들 모두가 잠자리에 든 후였습니다. 저는 그가 아래층으로 내려가서 현관을 나서는 소리를 들었습니다. 그가 다시 돌아오는 소리는 나지 않았고, 아침이 되도록 그는 돌아오지 않았습니다.

그때는 4월이었습니다. 날씨는 화창하고 따뜻했고, 풀밭은 소나기와 햇빛으로 한껏 푸르렀으며, 남쪽 울타리 곁의 키 작은 사과나무 두 그루는 꽃이 만발해 있었습니다.

아침 식사 후에 아씨는 저더러 의자를 가지고 나와 집 끝에 있는 전나무 아래에 앉아서 일을 하라고 졸라댔습니다. 그리고 상처가 완전히 아문 헤어튼을 꾀어 그녀의 작은 화단을 파서 잘 가꾸도록 했는데, 조셉의 불평 때문에 그쪽 구석으로 밀려났던 것입니다.

저는 주위에 가득 찬 봄 내음과 머리 위의 아름답고 푸른 하늘을 만끽하고 있었습니다. 바로 그때 화단 가장자리에 심을 앵초 뿌리를 가지러 문 가까이 달려갔던 아씨가 절반도 안 되게 담아가지고 돌아오더니, 히스클리프 씨가 돌아왔다고 우리에게 알려주었습니다.

"그런데 나한테 말을 걸더군." 아씨는 당황한 얼굴로 말했습니다.

"뭐라고 했는데?" 헤어튼이 물었습니다.

"나더러 얼른 꺼지라고 했어요." 아씨가 대답했습니다. "하지만 여느 때와는 너무 달라 보여서 잠시 걸음을 멈추고 물끄러미 그를 쳐다봤어요."

"어떻게 달랐는데?" 그가 물었습니다.

"글쎄, 거의 밝고 쾌활해 보였어요. 아니, 그 정도가 아니라 몹시 흥분되고 걷잡을 수 없이 기쁜 모양이었어요!" 아씨가 대답했습니다.

"밤의 산책이 즐거웠나 보군요." 저는 일부러 관심 없는 말투로 말했습니다. 사실은 저도 아씨만큼이나 놀라서 아씨의 말이 사실인지 아닌지 확인하고 싶었습니다. 왜냐하면 주인이 기뻐하는 것을 보기란 아주 드문 일이었기 때문입니다. 그래서 저는 구실을 만들어 안으로 들어갔습니다.

히스클리프 씨는 열린 문가에 서 있었습니다. 창백한 얼굴에 몸은 떨고 있었지만 눈에는 야릇한 희열의 광채가 담겨 있어서 전체적인 인상이 달라 보였습니다.

"아침을 드시겠어요?" 제가 말했습니다. "밤새 돌아다녀서 시장하시겠어요!"

저는 그가 어디 갔었는지 궁금했지만 직접 묻고 싶지는 않았습니다.

"아니, 배고프지 않아." 그는 얼굴을 돌리며 말했습니다. 다소 경멸적인 말투였습니다. 마치 자기의 기분이 왜 좋은지를 알아내려고 제가 애쓰고 있는 것을 알아차린 것 같았습니다.

저는 어리둥절했습니다. 한마디 충고를 건넬 적절한 기회인지 아닌지를 알지 못했기 때문입니다.

"주무시지도 않고 밖에서 헤매는 것은 좋지 않다는 생각이 들었어요." 제가 말했습니다. "요즘처럼 습한 계절에는 현명하지 못한 처사예요. 독감이나 열병에 걸릴지도 모른다고요. 이제 보니 어디 좋지 않은 데가 있나 봐요!"

"대수롭지 않아. 다 참을 수 있는 거야." 그가 대답했습니다. "나한테 신경 쓰지 않고 내버려두면 제일 좋겠군……. 그러니 들어오기나 하라고. 귀찮게 굴지 말고."

저는 그의 말에 따랐습니다. 그런데 그의 곁을 지날 때, 그가 고양이처럼 숨을 가쁘게 쉬는 것을 저는 알아차렸습니다.

'그래!' 저는 속으로 생각했습니다. '병이 났군! 무얼 하고 다녔는지 알 수 없는 노릇이네!'

그날 점심때 그는 우리와 함께 식탁에 앉아, 마치 그동안 굶은 것을 보충하겠다는 듯이 제게서 한 접시 가득 음식을 받았습니다.

"넬리, 난 감기나 열병에 걸리지 않았다고." 그는 제가 아침에 한 말을 넌지시 암시하며 말했습니다. "그래서 자네가 내게 준 음식을 맛있게 먹겠어."

그는 나이프와 포크를 들고 먹기 시작하려는 순간 갑자기 입맛이 뚝 떨어진 것 같았습니다. 나이프와 포크를 식탁에 도로 내려놓고 창문 쪽을 뚫어져라 쳐다보더니 일어나 나가는 것이었습니다.

그리하여 우리가 식사를 마칠 때까지 그는 마당에서 이리저리 거닐고 있는 것이 보였습니다. 그러자 헤어튼 언쇼는 자기가 나가서 왜 식사를 하지 않는지 물어보겠다고 말했습니다. 우리가 어떤 식으로든 그의 비위를 거슬린 게 아닌가 하고 그는 생각했던 것입니다.

"그래, 들어오신대요?" 사촌이 돌아왔을 때 캐서린 아씨가 소리 쳤습니다.

"아니" 하고 헤어튼이 대답했습니다. "하지만 화가 난 건 아니더 군. 정말이지 대단히 기분이 좋은 모양이야. 그런데 다만 내가 두 번 째로 말을 걸었을 때 짜증을 내더니 캐시에게나 가보라고 하더군. 어째서 내가 다른 사람과 함께 있는 걸 좋아하는지 모르겠다는 거야."

저는 그의 음식이 식지 않도록 난로 위에 올려놓았습니다. 한두 시간 후 방이 깨끗이 치워졌을 때 그는 다시 돌아왔는데, 침착한 데 가 없는 것은 마찬가지였습니다. 정말 부자연스러운 표정이었는데, 아까와 다름없이 부자연스러운 기쁨을 담은 표정이 그의 검은 눈썹 아래 엿보였고, 여전히 창백한 얼굴에 이따금 미소를 짓는 것처럼 하얀 이를 드러내고 있었습니다. 몸을 떨고 있었지만 춥거나 쇠약해 서가 아니라 팽팽히 잡아당긴 줄이 진동하는 것 같았습니다. 몸을 덜덜 떠는 것이 아니라 오히려 강한 전율이었습니다.

무슨 일인지 제가 물어봐야겠다고 생각했습니다. 제가 아니면 누 가 묻겠습니까? 그래서 큰 소리로 말했습니다.

"히스클리프 씨, 무슨 소식이라도 있나요? 유난히 활기차 보이시 니 하는 말이에요."

"내게 좋은 소식이 올 곳이 어디 있겠나?" 그가 말했습니다. "굶 었더니 기운이 나는군. 그러니 난 아무래도 먹지 말아야 할까 봐."

"드실 음식은 여기 있어요." 제가 대꾸했습니다. "왜 안 드시죠?"

"지금 먹고 싶지 않아." 그는 급히 중얼거렸습니다. "이따가 저녁 이나 먹겠어. 그런데 넬리, 내 마지막으로 자네에게 부탁하는데, 헤 어튼과 그 계집애한테 내 앞에 얼씬거리지 말라고 일러줘. 누구의 방해도 받기 싫어. 혼자 이곳에 있고 싶으니까."

"이렇게 그들을 몰아내야 할 무슨 새로운 이유라도 있나요?" 제가 물었습니다. "히스클리프 씨, 왜 이렇게 이상하게 행동하시는지 제게 말씀해주세요. 어젯밤에 어디 가셨었죠? 할 일 없는 호기심에서 묻는 게 아니라……."

"할 일이 없으니까 호기심에서 묻고 있군그래." 그는 껄껄 웃으며 제 말을 채뜨렸습니다. "하지만 대답해주겠어. 어젯밤에 나는 지옥의 문턱에 갔었지. 오늘은 천국이 보이는 곳에 와 있고. 지금 천국을 바라보고 있는 거야……. 3피트도 떨어지지 않은 곳이야! 자, 이제 자네도 나가는 게 좋겠어. 꼬치꼬치 캐묻지 않으면 무서운 일은 보지도 듣지도 않게 될 거야."

난롯가를 쓸고 식탁을 훔친 후 저는 전보다 더욱 어리벙벙해져서 그곳을 나왔습니다.

그는 그날 오후에는 집 밖으로 나가지 않았습니다. 또한 아무도 그가 혼자 있는 것을 방해하지 않았습니다. 그러다가 8시가 되어 부름을 받지 않았는데도 저는 촛불과 저녁 식사를 그에게 가져다 주는 것이 좋겠다고 생각했습니다.

그는 열린 격자창 문턱에 기대고 있었지만 밖을 내다보는 게 아니라 어두운 방 안을 응시하고 있었습니다. 난롯불은 다 타서 재가 되어 있었습니다. 방 안은 흐린 날 저녁 특유의 습하고 후텁지근한 공기로 가득 차 있었습니다. 어찌나 조용한지 기머튼 골짜기의 물소리뿐만 아니라 자갈 위로 흐르는 물소리와 커다란 바위에 부딪혀 흐르는 물소리조차 구별할 수 있을 정도였습니다.

불도 없는 음산한 난로를 보고 저는, 어머나 세상에! 하고 외치며 창문 덮개를 하나하나 닫다가 마침내 그가 서 있는 창가에 이르렀습니다.

"이것도 닫아야겠지요?" 그의 정신이 들게 하려고 물었습니다. 그는 꼼짝도 하지 않으려 했으니까요.

제가 이렇게 말하고 있을 때 불빛이 그의 얼굴에서 번쩍하는 것이었습니다. 아, 록우드 씨, 언뜻 보인 그의 모습에 제가 얼마나 놀랐는지 아십니까! 움푹 팬 검은 눈! 그 미소, 송장처럼 창백한 얼굴! 히스클리프 씨가 아니라 도깨비였습니다. 너무나 무서워서 촛불을 벽 쪽으로 숙였기 때문에 저는 어둠 속에 처박히고 말았답니다.

"그래, 창문을 닫으라고." 그는 친밀한 목소리로 대답했습니다. "저런, 어쩌자고 그렇게 둔하게 굴지? 초를 어쩌자고 수평으로 기울여 잡는 거야? 빨리 다른 초를 가져와."

저는 바보처럼 공포에 사로잡혀 급히 뛰쳐나와 조셉에게 말했습니다. "주인이 영감더러 촛불을 가져오고 난로에 불을 다시 지피라고 하시던데요." 저는 그때 도저히 그 방에 다시 들어갈 용기가 나지 않았습니다.

조셉은 부스럭거리며 삽에다 불씨를 담아가지고 갔습니다. 그러나 곧 그것을 들고 다시 나왔습니다. 한 손에는 저녁상까지 들고 있었습니다. 나와서 하는 말이, 히스클리프 씨가 잠자리에 들 테니 아침까지 아무것도 먹지 않겠다고 하더라는 것이었습니다.

잠시 후 계단을 올라가는 히스클리프 씨의 발소리가 들렸습니다. 그런데 그는 자기 침실로 가지 않고 판자문이 달린 궤짝 침대가 있는 방으로 들어갔습니다. 전에도 말씀드렸지만 그 방 유리는 누구든지 드나들 수 있을 만큼 넓어서, 한밤중에 또 나가려나 보다 하는 생각이 번쩍 제 머리에 떠올랐습니다. 그는 우리에게 들키지 않고 몰래 밖으로 나가고 싶었던 모양입니다.

'저 사람은 시체를 파먹는 귀신인가, 아니면 흡혈귀인가?' 저는 깊이 생각했습니다. 저는 사람의 탈을 쓴 그런 끔찍한 악마에 대해 읽은 적이 있었습니다. 다음 순간 그가 어렸을 때 제가 키웠던 일, 자라서 청년이 되는 과정을 지켜본 일, 그리고 그 이후의 그의 삶의 여정을 뒤따르며 바라본 일 등을 회상해보았습니다. 그러자 그 사람을 그런 흉측한 존재로 생각하는 것이 얼마나 터무니없는 경거망동인가를 깨달았습니다.

"그 착한 분의 품에 안겨 왔다가 그 은혜를 독약으로 갚은 저 새까맣던 꼬마는 도대체 어디서 왔단 말인가?" 제가 꾸벅꾸벅 졸며 무의식 상태로 빠져들 때 미신이 중얼거리더군요. 저는 비몽사몽간에 그에게 어떤 부모가 있었나를 상상하다가 지치고 말았습니다. 그리고 생시의 생각을 반복하여 꿈속에서도 그의 일생을 더듬어보았습니다. 끔찍한 여러 가지 장면을 더듬었습니다. 그러다가 결국에 가서는 그의 죽음과 장례식까지 그려보았습니다. 그중에서 기억에 남는 것은, 그의 비석에 새길 비문을 어떻게 쓸까 난감해하다가 묘지기와 의논한 일이었습니다. 그의 정확한 성과 나이를 알 수 없어서 '히스클리프'라는 단 한 줄만 쓰고 그만둘 수밖에 없었습니다. 그 꿈이 현실화되었을 때 우리는 그렇게 하고 말았던 것입니다. 만일 선생님께서 묘지에 가보시면 그의 비석에는 그 한마디와 사망 날짜만 새겨진 것을 보실 수 있을 겁니다.

날이 밝아서야 저는 제정신으로 돌아왔습니다. 저는 일어나서 정원으로 나가자마자 그의 방 창문 밑에 발자국이 있는지 확인하고 싶었습니다. 발자국 같은 것은 전혀 없었습니다.

'집에 있었군.' 저는 생각했습니다. '오늘은 괜찮겠지!'

저는 여느 때처럼 식구들의 아침을 준비했습니다. 그러나 주인이 늦잠을 자고 있었으므로 그가 내려오기 전에 헤어튼과 아씨에게 먼저 식사하라고 일렀습니다. 두 사람이 밖에 나가 나무 아래에서 먹겠다고 하기에, 저는 그들의 뜻에 따라 작은 탁자를 밖으로 내다 주었습니다.

제가 다시 집 안으로 들어갔을 때 히스클리프 씨는 내려와 있었습니다. 그는 조셉과 농장 일에 관해 얘기를 나누었습니다. 그는 의논하고 있는 문제에 대해 분명하고 자세히 지시했습니다. 그러나 말은 빨랐고 고개를 줄곧 옆으로 돌리고 있었으며 여전히 흥분된 표정이었습니다. 어제보다도 더 심한 것 같았습니다. 조셉이 방에서 나가자 그는 늘 자신이 차지한 자리에 놓인 의자로 가서 앉았고, 저는 그의 앞에 커피가 담긴 잔을 갖다 놓았습니다. 그는 커피를 가까이 끌더니 팔은 식탁 위에 얹어놓은 채 맞은편 벽을 보고 있었는데, 번쩍이는 초조한 눈초리로 특히 어느 한 부분을 위아래로 뚫어져라 쳐다보고 있어서 한 30초 동안 숨도 쉬지 않는 것 같았습니다.

"자, 이제," 그의 손 쪽으로 빵을 좀 밀어놓으며 제가 큰 소리로 말했습니다. "식기 전에 드세요. 차려놓은 지 한 시간은 되었어요."

그는 내 쪽을 보지도 않고 미소를 짓는 것이었습니다. 그런 미소를 보니 차라리 이를 부드득 가는 것을 보는 편이 나을 정도였습니다.

"히스클리프 씨! 주인님!" 제가 소리를 질렀습니다. "제발 유령을 보는 것처럼 거길 바라보지 마세요."

"제발 그렇게 큰 소리로 떠들지 말라고." 그가 응답했습니다. "둘러보고 말해줘. 이 방에 우리 둘밖에 없나?"

"물론이죠." 제 대답이었습니다. "물론 우리 두 사람뿐이에요!"

정말 두 사람뿐인지 자신이 없어서 저는 내키지 않았지만 그의 명령대로 방 안을 다시 둘러보았습니다.

그는 앞에 놓인 아침상을 손으로 홱하고 밀어버리더니 공간을 만들어 좀 더 편안히 바라보려고 몸을 앞으로 굽히는 것이었습니다.

그러자 저는 그가 벽을 바라보는 게 아니라는 것을 알았습니다. 그의 시선을 좇아 본즉 그는 2야드 이내에 있는 그 무엇인가를 뚫어지게 쳐다보고 있는 것 같았습니다. 그것이 무엇인지는 알 수 없지만 분명히 그에게 극도로 격렬한 기쁨과 고통을 동시에 주는 것 같았습니다. 적어도 그 고뇌에 찬 표정, 그러면서도 황홀경에 빠진 듯한 표정이 제게 그런 생각이 들도록 했습니다.

그가 보는 허깨비는 한곳에 고정된 것이 아니었습니다. 그의 두 눈은 지칠 줄 모르는 경계심을 담고 그것을 좇았으며, 심지어 제게 말을 하는 동안에도 그 허깨비에게서 눈을 떼지 않았습니다.

오랫동안 음식을 전혀 들지 않았다는 사실을 그에게 상기시키려는 저의 노력은 다 헛일이었습니다.

제 간청에 응하여 음식에 손을 대려고 했다가도, 빵 한 조각을 집으려고 손을 뻗었다가도 미처 닿기 전에 주먹이 쥐어져서 왜 손을 뻗었는지를 잊어버린 채 식탁 위에 멈추고 마는 것이었습니다.

저는 인내심의 본을 보이듯 참고 앉아서 그가 넋을 잃고 몰두해 있는 그 상념으로부터 정신을 차리게 하려고 애썼습니다. 마침내 그는 짜증을 내다가 일어서더니, 어째서 자기가 마음 내킬 때 식사할 수 있도록 내버려두지 않느냐고 치받는 것이었습니다. 그러면서 저더러 다음부터는 시중드는 것도 필요 없으니 음식만 갖다 놓고 나가라고 말했습니다.

이런 말을 내뱉고 그는 집을 나가더니 정원에 난 통로를 따라 어슬렁거리며 내려가 대문 밖으로 사라져버렸습니다.

시간은 초조하게 흘러갔습니다. 다시 밤이 돌아왔습니다. 저는 밤늦도록 잠자리에 들지 않았습니다. 그러다가 자리에 든 후에도 잠을 이룰 수 없었습니다. 히스클리프 씨는 자정이 넘어서 돌아왔는데, 침실로 가지 않고 아래층 방으로 들어가버렸습니다. 저는 귀를 기울인 채 몇 번이나 뒤척이다가 마침내 옷을 입고 아래층으로 내려갔습니다. 온갖 부질없는 걱정거리로 골머리를 썩이자니 너무나 괴로워서 그대로 누워 있을 수가 없었습니다.

초조하게 마룻바닥 위를 걸어 다니는 히스클리프 씨의 발소리가 들렸습니다. 그는 신음 소리처럼 들리는 깊은 숨을 내쉬어 한밤중의 정적을 여러 번 깨뜨렸습니다. 또한 알아들을 수 없는 말을 중얼거렸습니다. 제가 알아들을 수 있는 것은 캐서린이라는 이름뿐이었습니다. 애정이나 고통을 뜻하는 어떤 격렬한 어휘가 섞여 있었는데, 마치 눈앞에 있는 사람에게 말하는 것처럼 나지막하고 영혼의 밑바닥에서 짜내는 듯한 진지함이 담겨 있었습니다.

저는 그 방으로 곧장 들어갈 용기가 나지 않았습니다. 그러나 그를 몽상에서 깨어나도록 만들고 싶어서 부엌으로 가서 불을 지피려고 난로 속을 휘저으며 재를 긁어내기 시작했습니다. 그랬더니 예상보다 빨리 그가 몽상에서 깨어났습니다. 그는 즉시 문을 열더니 말했습니다.

"넬리, 이리 오게. 벌써 아침인가? 촛불을 가지고 들어와봐."

"새벽 4시예요." 제가 대답했습니다. "위층으로 올라가려면 촛불이 필요하실 거예요. 이 난롯불에 불을 붙이면 되겠군요."

"아냐, 난 위층으로 올라가고 싶지 않아." 그가 말했습니다. "들어와서 불을 지펴줘. 그리고 이 방에 무슨 할 일이 있거든 알아서 해줘."

"그 방으로 불씨를 가져가려면 먼저 석탄을 빨갛게 달궈야겠네요." 저는 그렇게 대답하고 의자와 풀무를 가져왔습니다.

그동안에도 그는 거의 넋을 잃은 상태로 왔다 갔다 했습니다. 깊은 한숨을 연달아 내쉬는 바람에 제대로 숨 쉴 틈이 없는 것 같았습니다.

"날이 밝으면 그린 변호사를 부르러 사람을 보내야겠어." 그가 말했습니다. "그에게 법률상의 문제를 물어보고 싶어. 아직까지는 그런 문제를 생각하고 침착하게 처리할 수도 있으니까. 아직 유서는 써놓지 않았어. 재산을 어떻게 상속해야 할지 결정할 수가 없어서 하는 말이야. 차라리 그런 것들을 이 땅에서 말살해버렸으면 좋겠군."

"히스클리프 씨, 저 같으면 그렇게 말하지 않겠습니다." 제가 그의 말을 가로챘습니다. "유언장은 잠시 내버려두세요. 당신이 여지껏 저지른 수많은 잘못을 뉘우칠 수 있을 때까지는 사실 테니까요! 당신의 신경 계통이 이토록 망가지리라고는 꿈에도 예상하지 못했지만, 현재로서는 놀라울 정도로 망가져 있네요. 그런데 곧 당신의 잘못으로 완전히 망가질 거예요. 지난 사흘간처럼 그렇게 행동하다가는 타이탄이라도 쓰러졌을 거예요. 음식도 드시고 좀 쉬세요. 거울을 들여다보시면 그 두 가지가 얼마나 필요한지 금방 아시게 될 거예요. 양 볼은 푹 파이고 두 눈은 충혈된 것이, 꼭 굶어 죽어가는 사람 같고 잠을 못 자 장님이 되려는 사람 같아요."

"먹지 못하고 쉬지 못하는 것은 내 잘못이 아니야." 그는 대답했습니다. "내가 단언하는데, 일부러 그러는 것은 아니야. 할 수만 있다면 당장이라도 먹고 쉬겠어. 그렇지만 넬리 말은 마치 물속에서 허우적거리는 사람에게 조금만 더 가면 기슭에 닿을 테니 거기서 쉬라고 하는 소리나 마찬가지야! 나는 먼저 기슭에 닿아야 해. 그러고 나면 쉴 거야. 그래, 그린 변호사는 그만두지. 잘못을 뉘우치라고 했

495

는데, 난 잘못한 게 없으니까 뉘우칠 것도 없어. 난 너무 행복해. 그러나 충분히 행복하진 않아. 내 영혼의 최고 축복은 내 육체를 죽이는 것이야. 그러고도 충족되지 않아."

"주인님, 행복하다고 하셨나요?" 제가 소리쳤습니다. "참 이상한 행복이군요! 화내지 않고 들어주신다면 더 행복해지도록 충고를 해드릴 수도 있습니다."

"그게 뭔데?" 그가 물었습니다. "어서 말해봐."

"주인님도 아실 겁니다." 제가 말했습니다. "열세 살 때부터 주인님은 이기적이고 기독교인답지 않은 생활을 해왔어요. 아마 그동안 손에 성경을 들어본 적이 한 번도 없으실 거예요. 틀림없이 성경 말씀도 다 잊어버렸을 테고 이제는 성경을 펴볼 겨를도 없을 거예요. 그러니 어느 종파의 목사님이라도 좋으니 모셔오는 게 어떨까요? 그래서 그 가르침에서 주인님이 얼마나 멀리 벗어나 있고, 돌아가시기 전에 회개하지 않으면 천국으로 올라가기가 얼마나 힘든지 깨우침을 얻을 수 있지 않을까요?"

"넬리, 화가 나기는커녕 오히려 고맙군그래." 그가 말했습니다. "왜냐하면 넬리 말을 들으니 내가 바라는 장례 방식이 생각나는군. 저녁때 교회 묘지로 운구하도록 해. 원한다면 자네와 헤어튼이 따라와도 좋아. 특히 유의할 점은, 두 개의 관에 대한 내 지시를 묘지기가 제대로 지키는지 잘 살펴보는 일이야! 목사는 올 필요 없고 나를 위한 기도도 필요 없어. 사실 난 천국에 거의 다다른 거야. 남들의 천국 같은 건 아무 가치가 없는 것이고 조금도 부럽지 않아!"

"하지만 주인님이 고집스럽게 계속 굶다가, 그런 방식으로 죽었다는 이유로 교회 묘지에 묻히지 못하게 되면 어떻게 하지요?" 그의 무신론적 무관심에 충격을 받고 제가 말했습니다. "그렇게 되면 어떻게 하죠?"

"그런 일은 없을 거야." 그가 대답했습니다. "만일 그런 일이 생기면 자네가 나를 거기다 몰래 묻어줘야 해. 만일 그렇게 해주지 않으면 죽은 사람이라고 그대로 아주 없어지는 것이 아니라는 것을 사실상 자네가 입증하도록 쓴맛을 보여주겠어!"

다른 식구들이 일어나 움직이는 소리가 들리자 그는 자신의 은신처로 가버려서 저는 한숨 돌렸습니다. 그러나 오후에 조셉과 헤어튼이 일하러 나가자 그가 다시 부엌으로 왔습니다. 그는 신들린 듯한 표정으로 저더러 거실로 와서 앉아 있으라고 말했습니다. 같이 얘기할 사람이 있으면 좋겠다는 것이었습니다.

저는 거절했습니다. 그의 이상한 언동이 너무 무서워서 도저히 혼자서는 그의 말벗 노릇을 할 용기와 의지가 없다고 솔직히 말했습니다.

"자네는 나를 악마로 생각하는군!" 그는 쓰디쓴 웃음을 터뜨리며 말했습니다. "점잖은 지붕 밑에서는 살 수 없는 끔찍한 그 무엇으로 생각하고 있군그래!"

그러더니 그곳에 들어왔다가 그가 다가오자 제 뒤로 물러난 캐서린 아씨에게 비웃는 어조로 말했습니다.

"얘야, 이리 와라. 너를 해치려는 게 아니다. 그건 아냐. 너한테는 내가 악마보다 더 심하게 굴었지. 나한테서 도망치지 않고 상대해주는 사람이 한 명 있군! 정말이지 그녀는 무자비해. 에이, 빌어먹을! 인간으로서는 도저히 참을 수 없는 노릇이야. 심지어 나 같은 사람조차도 말야."

그는 더 이상 아무에게도 같이 있어달라고 조르지 않았습니다. 어두워지기 시작하자 그는 자기 침실로 들어갔습니다. 그날 밤 내

내, 그리고 아침 시간이 한참 지난 뒤까지도 그의 신음 소리와 혼자 중얼거리는 소리가 들렸습니다. 헤어튼은 들어가고 싶어 안달이었지만 저는 그에게 케네스 의사를 불러오고 나서 들어가 그를 보라고 말했습니다.

의사가 와서 제가 들어가도 좋으냐고 물으면서 문을 열려고 했지만 문은 잠겨 있었습니다. 히스클리프 씨는 우리에게 저리들 가라고 말하더군요. 몸이 좋아졌으니 혼자 내버려두라는 것이었습니다. 그래서 의사는 그냥 가버렸습니다.

다음 날 저녁은 몹시 습하더니 정말 비가 새벽까지 억수로 쏟아졌습니다. 제가 아침 산책을 하러 집 주위를 돌다 보니 주인의 방 창문이 열린 채 비가 그 안으로 곧장 들이치고 있었습니다.

그가 자리에 누워 있을 리 없어 하고 저는 생각했습니다. 저렇게 비가 들이치니 흠뻑 젖었을 거다! 일어나서 벌써 나갔음에 틀림없어 하고 저는 생각했습니다. 그러나 더 이상 소동을 피울 게 아니라 대담하게 들어가봐야지!

또 하나의 다른 열쇠로 문을 따고 들어가서 달려 올라가 판자문을 밀어 열었습니다. 그 안은 비어 있었습니다. 재빨리 판자들을 밀어젖히고 들여다보았습니다. 히스클리프 씨는 그 안에 누워 있었습니다. 아주 반듯이 누워 있었습니다. 제 눈과 마주친 그의 눈이 어찌나 날카롭고 격렬한지 저는 섬뜩했습니다. 그런데 그는 미소를 짓고 있는 것처럼 보였습니다.

저는 그가 죽었다고 생각할 수 없었습니다. 얼굴과 목덜미가 비에 젖고 이불이 흠뻑 젖어 있었는데도 그는 전혀 움직임이 없었습니다. 바람에 이리저리 덜커덩거리며 흔들리는 격자창이 창턱에 올려놓은 그의 손을 스치는 바람에 생긴 벗겨진 살갗에서는 피 한 방울

스며 나오지 않았습니다. 그 손에 제 손가락을 갖다 댔을 때 비로소 저는 의심이 사라졌습니다. 그는 죽어서 빳빳해져 있었습니다!

저는 창문 고리를 잠그고 그의 검고 긴 머리카락을 이마에서 쓸어 넘겼습니다. 그리고 눈도 감겨주려고 했습니다. 가능하면 다른 사람이 보기 전에 그 무섭고 살아 있는 듯한 환희의 눈빛을 지워 없애고 싶었습니다. 그러나 눈은 감기려 들지 않았습니다. 그의 눈은 제 노력을 비웃는 것 같았습니다. 또한 그의 벌어진 입술과 날카롭고 흰 이들도 저를 비웃는 것 같았습니다! 또다시 덜컥 겁이 나서 저는 큰 소리로 조셉을 불렀습니다. 조셉은 발을 질질 끌며 올라와서 요란을 떨었지만 도무지 시체에는 손을 대려 하지 않았습니다.

"악마가 그의 혼을 데려갔군." 그가 소리쳤습니다. "덤으로 시체까지 가져간다 해도 난 알 바 아냐! 아이쿠! 죽어서까지 이를 드러내고 웃다니, 얼마나 악하게 보이나!" 이렇게 말하고는 그 늙은 죄인은 시체를 흉내 내어 이를 드러내고 웃었습니다.

저는 조셉 영감이 침대를 돌며 춤이라도 추려나 생각했습니다. 그러나 그는 갑자기 침착해져서 무릎을 꿇고 두 손을 위로 쳐들더니, 이 집의 합법적인 주인과 유서 깊은 가문이 그들의 권리를 되찾게 된 것을 감사하는 기도를 드리는 것이었습니다.

저는 이 끔찍한 사건으로 얼이 다 빠져버렸습니다. 일종의 답답하고 슬픈 심정으로 저는 어쩔 수 없이 옛일을 생각하게 되었습니다. 그런데 가장 심한 학대를 받았던 헤어튼만이 가엾게도 진심으로 애도하고 슬퍼한 유일한 사람이었습니다. 밤새도록 시신 옆에 앉아 진정으로 슬픈 눈물을 흘렸습니다. 시체의 손을 잡고 모두 보기조차 꺼려하는 그 냉소적이며 험상궂은 얼굴에 키스까지 했습니다. 불에 달군 강철처럼 강인하면서도 너그러운 마음에서 자연스럽게 솟아나는 진한 슬픔을 못 이겨 히스클리프 씨를 애도하는 것이었습니다.

케네스 의사는 그가 무슨 병으로 죽었는지 진단하느라 애를 먹었습니다. 뒤에 무슨 시끄러운 일이 일어날까 봐 저는 그가 나흘간이나 아무것도 먹지 않았다는 사실을 숨겼습니다. 그 뒤에 저는 그가 일부러 굶은 것이 아니라는 확신을 갖게 되었습니다. 그가 음식을 끊은 것은 그의 이상한 병의 원인이 아니라 결과라는 생각이 들었습니다.

모든 이웃이 수군거리는 가운데 우리는 그가 원했던 대로 그를 매장했습니다. 언쇼와 저와 묘지기, 그리고 관을 운반하는 여섯 명의 인부가 장례식에 참석한 전부였습니다.

관을 운반한 여섯 명은 관을 무덤 속에 내려놓고 가버리고 우리만 남아서 관이 흙으로 덮이는 것을 지켜보았습니다. 눈물이 줄줄 흐르는 얼굴로 헤어튼은 파란 잔디를 떠서 손수 그 갈색의 무덤 위에 입혔습니다. 그래서 지금은 그 옆에 있는 아씨 부부의 무덤과 마찬가지로 판판하고 푸른 모습이 되어 있습니다. 그 안에 묻힌 사람도 편안히 잠자고 있기를 바랍니다. 그러나 선생님께서 이 고장 사람들에게 물으시면, 그들은 아직도 그가 세상 위를 걸어 다닌다고 성경에 손을 얹고 맹세할 것입니다. 교회 근처에서 만났느니 들판에서 만났느니, 심지어 이 집 안에서 만났다는 사람들도 있을 것입니다. 할 일 없으니까 지어낸 이야기라고 하시겠지요. 저도 그렇게 말합니다. 그런데 부엌 난롯가에 있는 저 영감도 그가 죽은 후 비 오는 밤에 창밖을 내다보면 두 사람의 유령이 있는 것을 본다고 주장합니다. 한 달쯤 전에 제게도 이상한 일이 일어났습니다.

어느 날 저녁 저는 농장으로 가고 있었습니다. 천둥이 칠 것 같은 어두운 저녁이었지요. 하이츠의 모퉁이를 막 돌아섰을 때 저는 어미 양 한 마리와 새끼 양 두 마리를 몰고 가는 어린 소년을 만났습니다.

그 소년은 엉엉 울고 있었습니다. 그래서 저는 어린 양들이 겁에 질려 소년의 말을 듣지 않나 보다 하고 생각했습니다.

"웬일이냐, 꼬마야?" 제가 물었습니다.

"저기 저 산기슭에 히스클리프와 웬 여자가 있어요." 소년은 울먹이며 말했습니다. "그래서 무서워서 지나갈 수 없어요."

제 눈에는 아무것도 보이지 않았습니다. 그렇지만 양들도 아이도 앞으로 가려 하지 않았습니다. 그래서 저는 아랫길로 가라고 일렀습니다.

아마 들판을 혼자 거닐면서 부모와 친구들이 반복해서 말하는 실없는 이야기에 대해 생각하다가 허깨비를 보았을 것입니다. 그런데 저도 요즘에는 캄캄할 때는 밖에 나가기가 싫어졌습니다. 또한 이 음산한 집에 혼자 남아 있기도 싫고요. 어쩔 수 없어요. 두 사람이 여기를 떠나 농장으로 옮겼으면 좋겠습니다!

"그러면 그들은 농장으로 이사할 건가요?" 하고 내가 말했다.

"예." 딘 부인이 대답했다. "결혼하는 대로 옮길 겁니다. 결혼 날짜는 정월 초하루로 잡았습니다."

"그러면 이 집에선 누가 살죠?"

"그야 조셉이 이 집을 돌보겠지요. 아마 벗 삼아 젊은이 하나를 두겠지요. 그들은 부엌에서 지낼 테니까 나머지 방들은 모두 잠가둘 겁니다."

"거기서 살고 싶어 하는 유령들이나 맘대로 살라는 말이군요." 내가 말했다.

"아닙니다, 록우드 씨." 넬리는 머리를 저으며 말했다. "저는 고인들이 평화롭게 잠들어 있다고 믿어요. 그분들에 대해 경솔한 말을 하는 것은 옳지 않은 일이죠."

바로 그때 정원 문이 열리며 산책을 나갔던 두 사람이 돌아왔다.

"저 두 사람은 무서울 게 없겠군." 다가오는 두 사람을 창문을 통해 내다보며 내가 중얼거렸다. "둘이 함께라면 사탄과 그의 대군이 몰려와도 용감히 맞설 수 있겠어."

그들이 현관의 섬돌에 올라서서 마지막으로 한 번 더 달을 쳐다보려고, 아니 더 정확히 말해서 그 달빛으로 서로의 얼굴을 보려고 멈춰 섰을 때 나는 다시 그들을 피하고 싶은 강렬한 충동을 느꼈다. 그래서 딘 부인의 손에 기념으로 약간의 돈을 쥐여주고, 이런 나의 실례를 나무라는 그녀의 충언을 무시한 채 그들이 거실 문을 열 때 부엌을 통해 사라졌다. 또한 다행히도 자기 발 밑에 떨어진 1파운드짜리 금화의 기분 좋은 쨍그랑 소리를 듣고 나를 점잖은 인물이라는 것을 알았으니 망정이지, 그렇지 않았다면 조셉은 자기 동료 하인인 딘 부인이 바람을 피운다는 의심을 굳혔을 것이다.

집까지 걸어오는 길은 교회 쪽으로 방향을 돌렸기 때문에 시간이 더 지체되었다. 교회의 담 밑에 이르자 겨우 일곱 달 만에 건물과 벽이 더욱 황폐해졌음을 알 수 있었다. 대부분의 창문은 유리가 없어져 검게 비어 있었고, 지붕의 기와도 여기저기 빠져나가 추녀가 그리는 곧은 선에서 이탈해 있는 것이 다가올 가을 태풍에는 모두 날아갈 지경이었다.

나는 찾고 있던 세 개의 묘석을 들판 바로 곁에 붙은 경사면에서 곧 발견했다. 가운데 있는 묘석은 잿빛으로 히스 덤불에 반쯤 묻혀 있었다. 에드거 린튼의 묘석만이 잔디와 묘석 밑에서 기어오른 이끼로 보기 좋게 조화를 이루고 있었고, 히스클리프의 묘석은 아직 헐벗은 맨 돌이었다.

나는 온화한 하늘 밑에서 그 묘석들 주위를 맴돌았다. 히스와 초롱꽃들 사이에서 요란하게 날개 소리를 내며 날아다니는 나방이들을 지켜보고 풀 사이에서 잔잔한 숨소리를 내는 바람에 귀를 기울이며, 이처럼 고요한 땅속에서 잠자는 사람들이 고이 잠을 이루지 못하리라고 누가 상상할 수 있을까 하고 생각해보았다.

## 작품 해설

### I

거의 모든 독자가 위대한 걸작으로 공감하는 《폭풍의 언덕》은 그 이야기가 복잡하고 나오는 인물들의 이름이 같아서 일부 독자들에게는 혼란을 일으키기 쉽다. 게다가 이름과 성이 따로따로 반복되기 때문에 그 인물이 어느 다른 인물이 아닌가 하는 착오를 일으키게 한다. 따라서 독자는 이 작품의 초반부를 읽을 때 정신을 바짝 차려야 한다.

또한 이야기를 끌어가는 것은 록우드라는 인물인데, 그가 직접 이야기하는 부분은 극히 일부에 지나지 않고 거의 대부분을 가정부에게 들어서 그것을 다시 독자에게 전달하는 특이한 방식이다. 쉽게 말하면 조셉 콘래드가 대표작 《어둠의 속》에서 사용한 소설 기법이다. 따라서 이 소설의 목소리는 가정부 딘 부인의 입을 통한 에밀리 브론테의 목소리로 봐도 무방하다.

이야기가 복잡하고 심리 묘사가 섬세하면서 상상을 초월하는 경우가 많고, 이 소설의 배경이 속세와는 동떨어진 특이한 환경이어서 대강의 줄거리를 여기에 기술하는 것은 독자의 이해에 큰 도움이 될 것이라 믿어 다음과 같이 소개한다.

1801년 록우드 씨는 드러시크로스 농장을 임대해 운영하게 된다. 그 농장은 워더링 하이츠라는 농장 겸 저택의 주인인 히스클리프의 소유다. 세를 얻고 난 초기에 록우드 씨는 히스클리프를 두 번 방문한다. 처음 만났을 때 히스클리프는 성질이 급하고 비사교적인데다 무서운 개들에 둘러싸여 살고 있다. 두 번째로 그를 방문했을 때 록우드 씨는 이 음산한 집안의 다른 식구들을 만나게 되는데, 거칠고 입성이 초라하면서도 잘생긴 헤어튼 언쇼라는 젊은 남자와 과부가 된 히스클리프의 아름다운 며느리 캐서린이다.

록우드 씨가 하이츠를 방문하는 동안 눈이 내리기 시작하여 들판의 길을 뒤덮어서 그곳을 통과해 농장으로 돌아가기가 불가능해진다. 히스클리프는 길을 안내할 수 있는 하인 하나를 내주기를 거부하며, 자고 가려거든 헤어튼의 침대나 늘 불평을 늘어놓는 늙은 하인 조셉과 같이 자라고 말한다. 록우드 씨가 조셉의 등을 빌려 집으로 돌아가려 했을 때 그 심술궂은 조셉은 맹견을 풀어 그에게 달려들게 하고는 헤어튼과 함께 재미있어 한다. 록우드 씨는 그 집의 가정부인 질라라는 부인에 의해 구조된다. 그 부인은 사용하지 않던 한 방으로 그 방문객을 데려가 그곳에 숨겨준다.

그날 밤 록우드 씨는 이상한 꿈을 꾼다. 강풍에 전나무 가지가 창문을 두드리는 요란한 소리가 그를 몹시 괴롭힌다. 참다 못한 그는 그것을 잡아채려고 유리를 깬다. 밖의 전나무 가지를 부러뜨리려고 손을 뻗었을 때 그의 손가락은 작고 얼음처럼 차가운 손을 만지게 된다. 그때 어떤 우는 목소리가 안으로 들여보내달라고 애원한다. 그 보이지 않는 인간은 자기 이름이 캐서린 린튼이라고 하며, 20년 동안이나 황무지를 떠돌아다녔다고 한다. 록우드 씨는 겁에 질려 고함을 지른다.

히스클리프가 흥분하여 나타나더니 손님더러 그 방에서 나오라고 명령한다. 그러고 나서 히스클리프는 판자 곁에 놓인 침대에 몸을 던지고 그 유령더러 어둠과 폭풍에서 나와 이리 들어오라고 간청한다. 그러나 그 목소리는 더 이상 들리지 않는다. 세찬 바람이 불어 들어와 촛불을 꺼뜨린다.

가정부 딘 부인이 그날 밤 워더링 하이츠에서 일어난 이상한 일에 대한 록우드 씨의 궁금증을 풀어준다. 지금은 드러시크로스 농장의 가정부지만, 그녀는 어린 시절부터 워더링 하이츠에서 일하며 가정부 노릇을 해왔다.

딘 부인은 언쇼 가의 가장인 언쇼 주인이 아내와 힌들리라는 아들과 캐서린이라는 딸과 함께 살던 옛날 이야기부터 시작한다. 그 주인이 한번은 리버풀로 여행을 갔다가 어떤 어린 남자애를 발견했던 것이다. 집도 없이 굶고 있는 고아로, 남루한 옷을 걸치고 피부색이 까무잡잡한 집시 같은 아이였다. 주인은 그 아이를 워더링 하이츠로 데리고 와서 히스클리프라는 이름을 지어준다. 그것은 그 아이의 이름이며 성 역할을 하게 된다. 차츰 그 소년은 주인의 사랑을 받게 된다. 주인은 그때 건강이 급격히 나빠진다. 워더링 하이츠 저택은 질투심으로 가득 찬다. 아들 힌들리는 히스클리프와 캐서린을 질시하고 조셉 영감도 투정을 늘어놓지만, 캐서린은 히스클리프를 너무 좋아한다. 마침내 아들 힌들리는 유학을 간다. 얼마 후 언쇼 주인은 세상을 떠난다.

부친의 장례식을 위해 힌들리 언쇼가 돌아왔는데, 그에게는 아내가 있었다. 힌들리는 이제 새 주인이 되어 히스클리프를 하인으로 대우함으로써 그에게 복수한다. 그러나 캐서린은 야성적이며 멋대로 행동하는 말괄량이가 되어 여전히 히스클리프를 계속 사랑한다.

506

어느 날 밤 캐서린과 히스클리프는 벌판을 헤매며 돌아다니다가 드러시크로스 농장에 이르러 이웃이자 이 농장 주인인 린튼 가문의 삶을 엿보게 된다. 그때 캐서린은 맹견에게 발목을 물려 그 농장 저택 안으로 들려 간다. 다시 걸을 수 있을 때까지 5주일을 농장에서 머물게 된다. 이리하여 캐서린은 그 가문의 식구들, 곧 그 집 주인인 린튼 부부와 아들 에드거와 딸 이사벨라와 친해진다. 그 후 린튼 가의 사람들은 자주 워더링 하이츠를 방문한다. 힌들리의 학대와 에드거와 이사벨라의 오만함을 겪으면서 히스클리프는 질투심에 불타고 성질이 나빠진다. 그는 힌들리에게 복수할 것을 결심한다.

다음 해 폐병에 걸린 힌들리의 아내 프랜시스는 아들 헤어튼 언쇼를 낳고 얼마 안 있어 죽는다. 슬픔을 이기지 못한 힌들리는 절망에 빠져 성격이 사나워지고 정신적으로 타락한다. 그러는 동안 캐서린과 에드거 린튼은 연인이 된다. 캐서린은 히스클리프를 사랑하지만 무일푼의 고아와 결혼하면 자기의 신분이 낮아질 것이라고 딘 부인에게 고백한다. 이 대화를 엿들은 히스클리프는 그날 밤으로 워더링 하이츠를 떠나 여러 해 동안 돌아오지 않는다. 에드거와 캐서린은 결혼하여 드러시크로스 농장에서 살면서 딘 부인을 가정부로 남게 한다. 그들은 히스클리프가 돌아와 말썽의 원인이 되기 전까지 행복한 나날을 보낸다.

히스클리프가 교양도 쌓고 용모도 훤출한 신사가 되어 돌아왔다. 히스클리프와 캐서린은 다정한 재회를 한다. 힌들리는 히스클리프를 자기 집에 살게 하는데, 그가 카드 노름과 술친구로 아주 훌륭했고 기울어지는 가문의 재산을 히스클리프의 주머니로 다시 일구겠다는 희망에서였다.

이사벨라 린튼이 히스클리프에게 홀딱 반한다. 에드거와 캐서린은 당황한다. 이사벨라에게 접근하는 히스클리프를 보고 캐서린은 그에게 화를 내고, 그 모습을 본 에드거는 히스클리프와 치고받는다. 그날 밤 히스클리프는 이사벨라와 결혼하여 에드거에게 복수하고 그의 화를 돋우기 위한 계산에서 그녀를 데리고 도주하고, 임신 중이던 캐서린은 심한 열병에 걸린다. 몇 개월 동안 앓던 캐서린이 겨우 방 밖으로 나올 만큼 회복되었을 무렵, 도주했던 이사벨라와 히스클리프가 워더링 하이츠로 돌아온다. 에드거는 여동생과 의절하고 히스클리프도 자기 농장에 드나들지 못하도록 한다. 이렇게 출입을 금지시켰는데도 히스클리프는 결국 캐서린과 다정한 재회를 한다. 이 정열적인 재회와 포옹 때문이었는지 캐서린의 딸이 그날 태어난다. 딸의 이름도 어머니와 같은 캐서린 린튼으로 명명된다. 아이도 조산이었지만 산모인 캐서린도 출산 후 죽는다.

이사벨라는 히스클리프와의 결혼 생활이 참을 수 없는 것임을 깨닫고 런던 근처로 도주하여 몇 달 후 아들 린튼을 낳는다. 힌들리가 죽자 히스클리프는 이제 손님이 아니라 하이츠의 주인이 된다. 힌들리의 모든 것은 이미 히스클리프에게 저당잡힌 상태였기 때문이다. 그리하여 헤어튼은 아버지의 적에게 얹혀사는 신세가 된다.

이사벨라는 히스클리프를 떠난 지 12년 후 죽는다. 그녀의 오빠 에드거는 병약한 조카인 린튼을 드러시크로스 농장에서 살게 하려고 데려온다. 즉 린튼은 외삼촌의 농장에서 살 예정이었다. 그러나 히스클리프는 그가 자기 아들이라고 주장하며 워더링 하이츠로 소년을 데려간다.

어린 캐서린은 워더링 하이츠를 방문하여 사촌 린튼 소년을 만난다. 캐서린의 아버지 에드거는 딸이 워더링 하이츠의 인간들을 멀리하기를 바란다. 히스클리프는 자신의 아들 린튼과 캐서린을 결혼시키기 위해 갖은 수단을 다 동원한다. 에드거 린튼의 건강이 위태로워졌을 때, 히스클리프는 병약하고 점점 건강이 나빠지는 아들 린튼, 그러니까 사촌 린튼을 방문하라고 캐시를 설득한다. 캐시가 워더링 하이츠에 도착하자 그녀를 5일간 그곳에 감금시켜놓고 강제로 두 젊은이를 결혼시킨다. 그래야만 임종을 앞둔 아버지를 보러 갈 수 있다고 위협했던 것이다. 캐시가 농장으로 도망쳐 왔지만 에드거는 유서를 다시 작성할 시간도 없이 죽는다. 그리하여 그 농장의 토지와 동산은 모두 조카 린튼에게 돌아가고 결국 히스클리프에게 넘어간다. 병약한 린튼은 곧 죽고 과부가 된 캐서린은 히스클리프에게 얹혀사는 신세가 되고 만다.

록우드 씨는 런던으로 돌아가고 워더링 하이츠의 사람들을 보지 못한다. 그러나 다음 해 가을에 그 지방을 사냥 여행하다가 워더링 하이츠를 다시 한 번 방문하고 싶다는 생각이 들어 찾아가본다. 이제 헤어튼과 캐서린이 그곳의 주인이 되어 있다. 3개월 전에 히스클리프가 죽었다는 이야기를 딘 부인에게서 듣는다. 히스클리프는 아름다운 첫 애인, 캐서린에 대한 기억과 추억 때문에 완전히 정상에서 벗어나 나흘간 의도적으로 굶다가 죽었다는 것이다. 그의 죽음으로 헤어튼과 캐서린은 탄압에서 벗어난다. 캐서린은 이제 무식한 헤어튼을 가르치고, 헤어튼은 어느새 읽을 줄도 알고 교양도 많이 쌓은 상태였다.

록우드 씨는 히스클리프의 무덤을 찾는다. 그 무덤은 캐서린의 무덤 한쪽에 있었는데 남편 에드거의 묘와 반대쪽에 있었다. 묘비가 각각 서 있었다. 가운데 있는 캐서린의 묘석은 바람에 어느 정도 풍화되어 색이 검측해지고 땅에 반쯤 묻혀 있었다. 에드거의 묘석에는 이끼가 피어 오르고 있었지만 히스클리프의 묘석은 아직 맨 돌이었다.

이 지방에는 사람들이 폭풍처럼 정열적인 삶을 살다 죽은 후 무덤 속에 들면 무덤 속에서도 편안히 누워 있지 못한다는 전설이 있다. 양몰이나 밤에 여행하는 사람들은 캐서린과 히스클리프가 옛날에 그랬듯 어두운 들판을 헤매는 것을 보았다고 주장한다. 또한 객관적 화자의 한 사람인 록우드 씨는 이런 환경에서 죽은 영혼이 왜 편히 잠들지 못하고 있다는 상상을 사람들이 하는지 그게 궁금하다는 말로 이야기를 끝낸다.

## Ⅱ

이렇게 3대에 걸친 긴 이야기는 강렬하면서도 흥미롭게 독자로 하여금 잠시 휴식할 틈도 주지 않고 이어진다. 그 전개의 수법도 탁월하고 교묘하여 독자들은 아슬아슬한 모험소설이나 탐정소설을 읽을 때처럼 가슴 두근거리며 다음은 어떻게 되는가 하는 기대를 머리에서 지울 수가 없을 정도다.

그러나 이 작품을 냉정하고 주의 깊은 눈으로 보는 독자나 평자들은 초반부터 여러 가지 의문에 휩싸인다. 그것은 애매모호한 표현의 의미와 신비하고 환상적인 어떤 상태, 특히 정신 상태와 감정의 분출을 맞아 당황하지 않을 수 없기 때문이다.

"나는 히스클리프야."
"나는 캐서린이야. 그녀가 우주에 없으면 나도 없는 거야."
"그들은 함께 들판으로 뛰어나가는 것이 주된 즐거움의 하나였다. 그들은 함께 있는 순간 모든 것을 잊었다."

위에 열거한 구절이 제시하는 삶과 기쁨의 핵심을 표현하는 그 그림을 현대의 어떤 작가는 주이상스〔액체 같은 것의 융합된 상태〕라는 새로운 언어로 정의하며 이 작품에 접근한다. 또 다른 작가는 이 작품에서처럼 섹스를 염두에 두지 않은 이성과의 애정 관계를 가리켜 '삶을 이긴 죽음의 승리'라고 한다. 반면에 정식 결혼으로 골인하는 사랑을 '죽음을 이긴 섹스의 승리'이며 '개인을 이긴 종족의 승리'라고 규정하면서 프로이트적 정신분석학을 동원해 이 작품에 접근했다. 이 작품에 대한 논평을 모두 합치면 방대한 비평문학사가 될 지경이다.

이 작품에서 큰 역할을 한다고 누구나 동의할 내용, 곧 1권 9장에 나오는 캐서린이 넬리에게 하는 발언을 예로 들어본다.

말로 표현할 수 없지만, 틀림없이 너 나 할 것 없이 누구나 자기를 넘어선 자기가 있고 또 있어야 한다는 생각을 가지고 있는 법이야. 나라는 존재가 오로지 나에게만 국한된다면 세상에 태어난 보람이 어디 있겠느냐 말야. 이 세상에서 나의 큰 비참함은 히스클리프의 비참함이었어. 나는 처음부터 그 불행의 각 품목을 지켜보고 느꼈어. 삶에서 내 머릿속을 전적으로 차지하고 있는 것은 히스클리프야. 다른 것이 모두 없어져도 히스클리프만 남는다면 나는 계속 살아갈 테지만, 다른 모든 것이 남고 그가 사라진다면 이 우주는 지독히 낯선 곳이 될 거야. 나는 우주의 일부로 보이지 않을 거고. ······ 넬리, 나는 히스클리프야. 그는 늘 내 마음속에 있어. 나 자신이 내게 늘 즐거운 존재가 아니듯 그가 즐거운 존재로서가 아니라 나 자신의 존재로서 내 마음속에 있는 거야.

이 발언은 캐서린이 에드거를 좋아하여 그의 구혼을 받아들이고 난 이후에 한 말이기 때문에 충격적이며 이해하기 어려운 부분이다. 다시 말해서 에드거의 구혼을 통해 가문도 좋고 교양과 돈도 있는 이상적인 신사 에드거와 결혼하기로 결심한 후에 그런 발언을 한 것이다. 이것은 도덕이나 사회 인습을 무시한 방종이라고까지 몰아붙일 수는 없지만 극히 낭만적인 사랑을 피력한 것이다. 그렇다면 다른 남자의 아내가 될 캐서린의 이 폭탄선언은 무엇일까? 이것도 격렬한 '낭만적 사랑'이라고 말하지 않을 수 없을 것이다. 왜냐하면 '낭만적 사랑'은 이루지 못한 욕망일 때 그 강도가 더욱 세지는 속성이 있기 때문이다.

이런 이유로 해서 《폭풍의 언덕》은 낭만주의 소설 중에서 최고의 걸작이라는 데 거의 모든 사람이 의견을 같이한다. 그러나 낭만적이라는 말은 카멜레온 같아서 여기저기에 갖다 붙여도 그럴듯하게 들어맞는 어휘이기도 하다.

세계 문학에서, 특히 영문학에서 '낭만주의는 동경'이라는 정의가 거의 상식이 되다시피 했다. 동경이 없으면 낭만도 없기 때문이다. 그러면 아무것에 대한 동경(longing)이 모두 낭만일까? 절대 그렇지 않다.

낭만주의는 첫째, 시공간적으로 먼 대상에 대한 동경을 말한다. 중세의 기사 이야기를 쓴 월터 스콧이 그 동경을 다룬 훌륭한 작가이다. 둘째, 신비한 것에 대한 동경을 말하는데, 그 대표적 시인으로 콜리지를 들 수 있다. 셋째, 아름다움과 진리에 대한 동경을 말하는데, 존 키츠와 셸리 같은 작가가 그런 낭만을 대표한다. 넷째, 자유 곧 구속의 탈피에 대한 동경이 그에 속하며 바이런이나 셸리가 그런 낭만을 대표한다. 다섯째, 자연에 대한 동경이다. 다 아는 바와 같이 윌리엄 워즈워스가 그 대표다.

이러한 관점에서 《폭풍의 언덕》을 볼 때, 이 작품의 배경은 우선 현실 곧 속세로부터 상당히 거리가 있는 외진 고원지대의 벌판과 산과 계곡과 늪으로 둘러싸인 곳이어서 첫째 요건이 충족된다. 그런가 하면 히스클리프는 출생부터 수수께끼이면서도 둘째 요소인 신비감을 부추긴다. 그가 자취를 감췄다가 지식과 부를 갖추고 돌아온 사실, 게다가 그렇게 짧은 기간 동안 큰돈을 벌어 돌아왔다는 사실도 거의 신비스럽기까지 하다. 워더링 하이츠가 안개와 바람에 휩싸여 있듯 히스클리프의 이력은 신비에 묻혀 있다. 그뿐 아니라 캐서린이나 히스클리프는 어떻게 해서 서로가 '상대방의 것이 아니라 상대방의 일부'라는 생각을 갖게 되었는가 하는 것도 신비투성이다. 섹스에 대한 관심이나 분위기나 관계는 전혀 언급되지 않았고, 고작 들판을 같이 뛰어다녔다는 언급마저도 이 소설 전체를 통틀어 짤막하게 세 번밖에 없다. 이런 부분 역시 모두 신비에 잠겨 있도록 방치하는 것이 작가 에밀리 브론테의 의도였는지도 모른다.

이렇게 볼 때 에밀리 브론테가 낭만적인 사랑을 그릴 목적으로 이 작품을 썼다는 것은 부인할 수 없다. 그러나 이 작품에는 히스클리프와 캐서린의 사랑이란 테마만 있는 것이 아니라 히스클리프가 전개하는 복수극이라는 테마가 병행한다. 이 복수라는 제2의 테마가 사랑이라는 테마보다 더 많은 지면을 차지하고 있다. 이 두 번째 복수라는 테마는 결국 캐서린을 잃은 데서 비롯된 반작용에 불과하다. 회화의 화폭으로 표현하면, 히스클리프의 악랄하고 집요한 성격과 음흉하고 무자비한 복수 행각은 화폭의 그늘 부분에 해당하는 것이어서 캐서린에 대한 동경과 사랑의 강도를 선명하게 드러내기 위해 까맣고 어둡게 색칠한 배경에 불과한 것처럼 느껴진다. 화폭의

한가운데 위치한 물상을 맑고 더 뚜렷하게 부각시키려고 언저리를
온통 까맣게 칠하는 대조법과 다를 바 없다.

히스클리프가 넬리에게 캐서린의 무덤에 갔던 이야기를 하는 장
면을 읽으면, 소름이 끼치면서 그의 악마적 · 광적 · 정열적인 '낭만
적 사랑'을 엿볼 수 있다.

린튼의 무덤을 파고 있던 묘지기더러 캐서린의 관 뚜껑 위에 덮
인 흙을 치우라고 하고 나서 내가 직접 뚜껑을 열어봤는데, 그녀의
얼굴을 다시 보니…… 아직도 옛날 그대로였어. 거기 함께 누워 있
었으면 좋겠다는 생각이 들더군. ……내가 거기 묻히게 되면 그
녀의 관 한쪽을 뜯어버리고 내 것도 그렇게 해달라고 부탁해두었어.

이 대목은 캐서린에 대한 히스클리프의 강렬한 사랑과 동경을 토
로하는 부분이다. 죽어서도 캐서린의 육체가 썩은 흙과 자신의 육체
가 썩은 흙이 하나로 융합되었으면 하는, 잔인하고 악마적이라고 할
만큼 낭만적인 사랑을 고백한다. 어떤 연애소설이나 사랑 이야기도
이것에 비하면 그 빛깔이 바랠 것이다. 예컨대 이루지 못한 사랑을
비관하여 자살하는 괴테의 《젊은 베르테르의 슬픔》이나 뮐러의 《독
일인의 사랑》이나 파스테르나크의 《닥터 지바고》나 스탕달의 《적과
흑》, 그 밖에 수많은 낭만적 사랑의 비극도 《폭풍의 언덕》이 그려내
는 낭만적 극치, 그 격랑에 비하면 모두 온화하고 잔잔하다.

…… 가능하면 다른 사람이 보기 전에 그 무섭고 살아 있는 듯한
환희의 눈빛을 지워 없애고 싶었습니다. 그러나 눈은 감기려 들지
않았습니다. 그의 눈은 제 노력을 비웃는 것 같았습니다. 또한 그의

벌어진 입술과 날카롭고 흰 이들도 저를 비웃는 것 같았습니다!

희열에 찬 얼굴로 죽은 히스클리프의 마지막 모습을 그린 대목이다. 그가 죽어가는 과정은 그가 캐서린에게로 접근해가는 희열에 찬 발걸음이다. 그가 나흘을 굶으며 죽어가는 모습은 웅대한 장송곡처럼 독자의 심금을 울린다.

아이러니하게도 이 책이 처음 발표되었을 때는 단 두 권밖에 팔리지 않았다고 한다. 20세기 초반에 들어서면서 관심을 끌고 독자를 매혹시켰던 것이다. 앞으로도 오랜 세월에 걸쳐 이 작품은 많은 독자들을 감동시키며 무언가 석연치 않은 수수께끼 문제 같은 의식의 앙금을 독자의 뇌리에 남겨놓을 것이다.

이 작품은 리얼리즘 소설이나 미술 작품에 익숙했던 우리에게 처음으로 모습을 드러낸 세잔이나 모네의 인상파적 작품과 같은 역할을 할 것이다.

2012년 5월
옮긴이 이덕형

## 작가 연보

1818년 7월 30일  패트릭 브론테와 마리아 브랜웰 사이에서 다섯째 자식으로 에밀리 제인 브론테가 태어난다. 위로 마리아, 엘리자베스, 샬럿, 브랜웰이 있었다.

1820년 1월 17일  동생 앤 브론테 출생. 4월, 가족은 호어스 목사관으로 이사한다.

1821년 9월 15일  모친 사망.

1824년 11월 25일  교역자들의 딸들을 교육하기 위해 설립된 코언 브리지 학교에 입학하여 마리아, 엘리자베스, 샬럿 언니들과 합세한다. (《제인 에어》에서 샬럿이 로우드 학교로 묘사하고 있는 곳이다.)

1825년 2월 14일  언니 마리아가 학교에서 몸이 아파 집으로 돌아온다. 5월 6일, 31세의 나이로 죽는다. 엘리자베스도 병을 얻어 귀가한다. 다음 날 샬럿 언니와 에밀리도 집으로 돌아온다. 엘리자베스는 6월 15일에 세상을 떠난다.

1826년  아직 살아남은 네 아이는 합작하여 '연극'을 쓴다. 원래 브랜웰이 받은 장난감 병정에서 영감을 얻은 작품이다.

1831년  에밀리와 앤은 〈곤달 무용담〉으로 알려진 이야기집을 창작하기 시작한다.

1835년 7월 29일  에밀리는 로헤드 학교에 입학한다. 그러나 겨우 3개월 후 집을 그리는 향수병에 시달려 다시 호어스 목사관으로 돌아온다. 돌아온 그녀의 건강은 망가져 있었다. 앤이 에밀리 대신 그 학교에 다닌다.

1836년 7월 12일　에밀리가 최초의 시 〈날이 개일까, 흐릴까?〉라는 작품을 창작한다. 그 시는 아직 남아 있다.

1837년　19편의 시를 더 창작한다.

1938년　로힐 여학교의 교사로 임명된다. 다시 건강이 악화된다. 1839년 3, 4월에 집으로 돌아온다. 다시 21편의 시를 더 창작한다.

1838~42년　현재 남아 있는 그녀의 시 반 이상을 쓴다.

1841년 7월 30일　에밀리의 일기에는 "우리 자신들이 학교를 설립하려는 계획은 현재로서는 순탄치 않다"고 적혀 있다.

1842년 2월　샬럿 언니를 따라 브뤼셀에 있는 M. 헤거 여학교로 간다.

1842년 10월 29일　엘리자베스 브랜웰 이모가 죽는다. 샬럿과 에밀리는 그 이모의 사망 소식을 듣고 브뤼셀에서 돌아온다. 에밀리는 다음 학년을 위해 샬럿과 함께 그 학교로 가기를 거부한다.

1842년 12월　브론테 세 자매들과 또 한 명의 사촌은 그 이모로부터 각각 300파운드의 유산을 받는다.

1844년　에밀리는 이제까지 쓴 시들을 〈곤달 시집〉과 〈EJB〉라는 제목을 붙여 두 권으로 나눈다.

1845년 6월 30일　에밀리와 앤은 요크로 사흘에 걸친 여행 길에 오른다. "우리끼리만 떠난 첫 장거리 여행이었다"고 에밀리는 그 어쩌다 떠난 여행에 대해 말하고 있다.

1845년 가을　샬럿이 에밀리가 써놓은 시 원고 뭉치를 발견하고 자기들이 쓴 시를 모아 전집을 발간하자고 자매들을 설득한다.

1846년 5월　자신들이 각출한 돈으로 시집이 발간되는데, 익명을 동원하여 《커러, 엘리스, 그리고 액튼 벨의 시 모음》이라는 제목이 붙은 책자를 발표한다.

1846년 7월 4일    샬럿이 런던의 출판업자 헨리 콜번에게 편지를 보내 "여기 세 권의 소설이 있는데, 합본으로 한 권에 수록해도 좋고 각각 별권으로 출판해도 좋으니 출판해줄 것"을 제의한다. (그 세 권이란 샬럿의 《교수》와 에밀리의 《폭풍의 언덕》과 앤의 《아그네스 그레이》였다.)

1847년 10월    샬럿은 자신의 첫 번째 소설 《교수》가 여러 출판사들로부터 출판을 거부당한 후 《제인 에어》를 발표하여 비평가들의 갈채를 받는다.

1847년 12월    《폭풍의 언덕》이 《아그네스 그레이》와 한 권의 책으로 묶여 출간된다.

1848년 9월 24일    브랜웰이 세상을 떠난다.

1848년 12월 19일    에밀리 브론테가 세상을 떠난다. 향년 30세였다.

1849년 5월 28일    앤이 세상을 떠난다.

1850년 12월    샬럿이 《폭풍의 언덕》 개정판을 편집한다. (《아그네스 그레이》와 자서전적인 자료와 에밀리 브론테의 시를 선별하여 그 책에 포함시킨다.) 이 새로 편집된 《폭풍의 언덕》에서 샬럿은 동생 에밀리의 특이한 문체를 교정하고 지나치게 강렬한 표현들을 삭제한다.

1854년 6월 29일    샬럿은 아서 니콜즈와 결혼한다.

1855년 3월 31일    샬럿도 세상을 떠난다.

옮긴이 **이덕형**

서울대학교 사범대학 영어교육과와 동 대학원을 졸업하고 이화여고, 동성고등학교, 서울사대 부속고등학교 교사를 역임한 후, 서울대학교 강사와 연세대학교 교수를 지냈다. 편저로《한 권으로 읽는 세계 문학 60선》, 옮긴 책으로는《가시나무새》,《호밀밭의 파수꾼》),《페이터의 산문》,《르네상스》,《센토》,《돌아온 토끼》,《멋진 신세계》,《어둠의 속》,《허클베리핀의 모험》,《톰 소여의 모험》,《월든》,《제인에어》,《이솝 우화》외에 다수가 있다.

## 폭풍의 언덕

1판 1쇄 발행  2012년  5월 30일
2판 1쇄 발행  2024년 12월 16일

지은이   에밀리 브론테 │ 옮긴이   이덕형
펴낸곳   (주)문예출판사 │ 펴낸이   전준배
출판등록   2004. 02. 11. 제 2013-000357호 (1966. 12. 2. 제 1-134호)
주소   04001 서울특별시 마포구 월드컵북로 21
전화   02-393-5681 │ 팩스   02-393-5685
홈페이지  www.moonye.com │ 블로그  blog.naver.com/imoonye
페이스북  www.facebook.com/moonyepublishing │ 이메일   info@moonye.com

ISBN  978-89-310-2406-7  04800
ISBN  978-89-310-2365-7 (세트)

(뒷면 계속)